高等院校信息安全专业规划教材

计算机系统安全原理与技术
第 2 版

陈 波 于 泠 肖军模 编著

机 械 工 业 出 版 社

本书全面介绍了计算机系统各层次可能存在的安全问题和普遍采用的安全机制，包括计算机硬件与环境安全、操作系统安全、计算机网络安全、数据库系统安全、应用系统安全、应急响应与灾难恢复、计算机系统安全风险评估、计算机安全等级评测与安全管理等内容。

　　本书还对各种安全技术的实践作了指导，帮助读者理解并掌握相关安全原理，提高信息安全防护意识和安全防护能力。本书每章附有思考与练习题，还给出了大量的参考文献以供进一步阅读。

　　本书可以作为信息安全专业、信息对抗专业、计算机专业、信息工程专业或其他相关专业的本科生和研究生教材，也可以作为网络信息安全领域的科技人员与信息系统安全管理员的参考书。

图书在版编目(CIP)数据

计算机系统安全原理与技术/陈波等编著. —2 版. —北京：机械工业出版社，2009.1
（高等院校信息安全专业规划教材）
ISBN 978 – 7 – 111 – 25856 – 8

Ⅰ. 计… Ⅱ. 陈… Ⅲ. 电子计算机－安全技术－高等学校－教材
Ⅳ. TP309

中国版本图书馆 CIP 数据核字（2008）第 203798 号

机械工业出版社（北京市百万庄大街22 号　邮政编码100037）
责任编辑：唐德凯
责任印制：李　妍
北京蓝海印刷有限公司印刷
2009 年2 月第2 版·第1 次印刷
184mm×260mm ·24.75 印张·615 千字
0001— 3000 册
标准书号：ISBN 978 –7 –111 –25856 –8
定价：39.00 元

凡购本书，如有缺页、倒页、脱页，由本社发行部调换
销售服务热线电话：(010) 68326294 68993821
购书热线电话：(010) 88379639 88379641 88379643
编辑热线电话：(010) 88379753 88379739
封面无防伪标均为盗版

高等院校信息安全专业规划教材

编委会成员名单

主　任　　沈昌祥

副主任　　王亚弟　　王金龙　　李建华　　马建峰

编　委　　王绍棣　　薛　质　　李生红　　谢冬青

　　　　　肖军模　　金晨辉　　徐金甫　　余昭平

　　　　　陈性元　　张红旗　　张来顺

出版说明

信息技术的发展和推广，为人类开辟了一个新的生活空间，它正对世界范围内的经济、政治、科教及社会发展各方面产生重大的影响。如何建设安全的网络空间，已成为一个迫切需要人们研究、解决的问题。目前，与此相关的新技术、新方法不断涌现，社会也更加需要这类专门人才。为了适应对信息安全人才的需求，我国许多高等院校已相继开设了信息安全专业。为了配合相关的教材建设，机械工业出版社邀请了解放军信息工程大学、解放军理工大学通信工程学院、上海交通大学、西安电子科技大学、湖南大学、中山大学、南京邮电学院等高校的专家和学者，成立了教材编委会，共同策划了这套面向高校信息安全专业的教材。

本套教材的特色：

1. 作者队伍强。本套教材的作者都是全国各院校从事一线教学的知名教师和学术带头人，具有很高的知名度和权威性，保证了本套教材的水平和质量。

2. 系列性强。整套教材根据信息安全专业的课程设置规划，内容尽量涉及该领域的方方面面。

3. 系统性强。能够满足专业教学需要，内容涵盖该课程的知识体系。

4. 注重理论性和实践性。按照教材的编写模式编写，在注重理论教学的同时注意理论与实践的结合，使学生能在更大范围内、更高层面上掌握技术，学以致用。

5. 内容新。能反映出信息安全领域的最新技术和发展方向。

本套教材可作为信息安全、计算机等专业的教学用书，同时也可以供从事信息安全工作的科技人员以及相关专业的研究生参考。

机械工业出版社

前　言

信息安全技术的发展日新月异，新思想和新方法不断产生，教学内容必须跟踪新技术的发展。同时，信息安全是一个整体概念，解决某一个安全问题常常要综合考虑硬件、系统软件、应用软件、网络协议、评估、管理等多个层次的安全问题。"计算机安全"是信息安全课程体系中的一门重要课程，也是一门直接面向应用、实践性很强的课程，教学中需要重视理论的讲授，使学生掌握解决问题的基本理论和技术，还要强调实验教学，培养学生解决安全问题的实践应用能力。

本书第1版自2006年出版以来，得到了许多读者的鼓励和很好的建议，因此，结合信息安全技术的发展，在第1版教材基础上，进行了认真全面的修订。

在第2章中增加了高级加密标准AES的介绍，散列函数一节删除了MD5算法，改为SHA算法的介绍；第3章中，对可信计算与安全芯片一节作了新技术的补充；第4章中修改了存储保护的内容，Windows系统安全的介绍围绕Windows XP/Vista展开，内容进行了重新组织；第5章中防火墙及入侵检测的介绍增加了实例，使得学生更加容易理解较深奥的这部分原理；第8章中删去了报文标记追踪技术这部分较深的内容；第9章围绕新的风险评估标准展开，修订了大部分内容；第10章补充了最新的法律法规，系统介绍了我国计算机知识产权的法律保护措施。这样，基于信息保障模型（PDRR）——防护、检测、反应与恢复的理论，本书内容涉及计算机系统安全各层次可能存在的安全问题和普遍采用的安全机制，具体包括：计算机硬件与环境安全、操作系统安全、计算机网络安全、数据库系统安全、应用系统安全以及应急响应与灾难恢复、计算机系统安全风险评估、安全管理和安全立法等。

本书第2版还丰富了课后习题，增加了操作实验题、编程实验题、材料分析题，并提供了很多相关网站和参考书供读者拓展知识面和进行实践。在一些具体章节中，例如第7章，重新编写了代码安全技术，补充了代码的静态和动态检测技术，增加了软件保护的实践方法；第8章中补充了计算机取证的操作内容。

本书第2版在注重内容全面系统的同时，力求做到叙述清晰、深入浅出。

为了方便教师利用本书教学，便于学生通过本书自学，本书提供了修订后的配套电子教案，读者可在机械工业出版社网站www.cmpedu.com上免费下载。同时，习题中的实验指导已集结成《计算机系统安全实验教程》出版，为广大读者完成实验给予指导和提供参考，这也使得本套教材的面向应用、提高能力的特色得到更好体现。

本书由陈波、于泠和肖军模共同完成编写。本书及配套实验教程的编写得到了南京师范大学的支持。

在此，向所有为本书做出贡献的同志致以衷心的感谢。

计算机信息系统安全仍是一个不断发展的研究领域，书中难免存在不足之处，恳请广大读者和专家提出批评和改进意见。

作　者

目　录

第1章　计算机系统安全概论

随着计算机技术的不断发展和网络的日益普及,人们对计算机和网络的依赖也越来越强,计算机和网络构成了当今信息社会的基础。本书所讨论的计算机系统是指在计算机网络环境下的信息处理系统。

目前,计算机信息系统面临着极大的安全威胁,针对计算机信息系统的攻击与破坏事件层出不穷,如果不对其加以及时和正确的保护,这些攻击与破坏事件轻则干扰人们的日常生活,重则造成巨大的经济损失,甚至威胁到国家的安全,所以信息系统的安全问题已引起许多国家的高度重视,人们不惜投入大量的人力、物力和财力来提高计算机信息系统的安全性。

本章对计算机信息系统安全问题进行了概述,1.1 节将介绍目前信息系统面临的主要安全威胁,并指出安全问题的根源,1.2 节将讲述信息安全概念的发展,1.3 节将介绍计算机系统安全研究的主要内容。

1.1　计算机信息系统安全问题

1.1.1　计算机信息系统

按照我国颁布的《计算机信息系统安全保护等级划分准则》的定义,"计算机信息系统是·由计算机及其相关的配套设备、设施(含网络)构成的,按照一定的应用目标和规格对信息进行采集、加工、存储、传输、检索等处理的人机系统。"

实际上,人们所讨论的典型的计算机信息系统,应该是在计算机网络环境下运行的信息处理系统。一个计算机信息系统由硬件、软件系统和使用人员两部分组成。

硬件系统包括组成计算机、网络的硬设备及其它配套设备。软件系统包括操作平台软件、应用平台软件和应用业务软件。操作平台软件通常指操作系统和语言及其编译系统;应用平台软件通常指支持应用开发的软件,如数据库管理系统及其开发工具,各种应用编程和调试工具等;应用业务软件是指专为某种应用而开发的软件。

众多的计算机信息系统,从应用角度可分为两类:一类是以客户机/服务器模式运行的信息系统,重点是提供信息服务,如 Web 网信息系统等;另一类是以信息交换模式运行的信息系统,重点是进行信息交换,如电子商务信息系统等。不论是何种应用模式,计算机信息系统的最终服务对象是人。人员是计算机信息系统的设计者、使用者,而计算机信息系统的安全问题也主要由各类使用人员引入,而且使用人员由合法使用人员和非法使用人员组成。

20 世纪 40 年代,随着计算机的诞生,计算机安全问题也随之产生。70 年代以来,随着计算机的广泛应用,以计算机网络为主体的信息处理系统迅速发展。同以前的计算机安全保密相比,计算机信息系统的安全问题要多得多,也复杂得多,涉及到物理环境、硬件、软件、数据、传输、体系结构等多个方面。

接下来,我们首先介绍与计算机信息系统安全相关的几个概念:威胁(Threat)、脆弱点(Vulnerability)、攻击(Attack)、控制(Control)。

1.1.2 安全威胁

对计算机信息系统的威胁是指:潜在的、对信息系统造成危害的因素。对信息系统安全的威胁是多方面的,目前还没有统一的方法对各种威胁加以区别和进行准确的分类。而且不同威胁的存在及其危害性是随环境的变化而变化的。下面是对现代信息系统及网络通信系统常遇到的一些威胁及其来源的概述。

正常的信息流向应当是从合法发送端源地址流向合法接收端目的地址,如图1-1所示:

1. 中断威胁

如图1-2,中断(Interruption)威胁使得在用的信息系统毁坏或不能使用,即破坏可用性(Availability)。

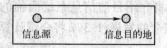

图1-1 正常的信息流向

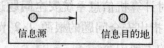

图1-2 中断威胁

攻击者可以从下列几个方面破坏信息系统的可用性。
- 使合法用户不能正常访问网络资源。
- 使有严格时间要求的服务不能及时得到响应。
- 摧毁系统。物理破坏网络系统和设备组件使网络不可用,或者破坏网络结构使之瘫痪等。如硬盘等硬件的毁坏,通信线路的切断,文件管理系统的瘫痪等。

最常见的中断威胁是造成系统的拒绝服务,即信息或信息系统资源的被利用价值或服务能力下降或丧失。

2. 截获威胁

如图1-3,截获(Interception)威胁是指一个非授权方介入系统,使得信息在传输中被丢失或泄露的攻击,它破坏了保密性(Confidentiality)。非授权方可以是一个人、一个程序或一台计算机。

这种攻击主要包括:
- 利用电磁泄漏或搭线窃听等方式可截获机密信息,通过对信息流向、流量、通信频度和长度等参数的分析,推测出有用信息,如用户口令、账号等。
- 非法复制程序或数据文件。

3. 篡改威胁

如图1-4,篡改(Modification)威胁以非法手段窃得对信息的管理权,通过未授权的创建、修改、删除和重放等操作使信息的完整性(Integrity)受到破坏。

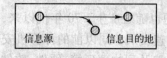

图1-3 截获威胁

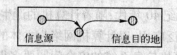

图1-4 篡改威胁

2

这种攻击主要包括:

- 改变数据文件,如修改数据库中的某些值等。
- 替换某一段程序使之执行另外的功能,设置修改硬件。

4. 伪造威胁

如图 1-5,在伪造(Fabrication)威胁中,一个非授权方将伪造的客体插入系统中,破坏信息的可认证性(Authenticity)。例如,在网络通信系统中插入伪造的事务处理或者向数据库中添加记录。

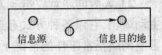

图 1-5　伪造威胁

1.1.3　脆弱点与安全控制

脆弱点(Vulnerability)是指信息系统中的缺陷,实际上脆弱点就是安全问题的根源所在,如原理设计及实现中的缺陷,它能被攻击者利用来进行破坏活动。下面从物理安全、操作系统、应用软件、TCP/IP 网络协议和人的因素等几个方面分析脆弱点。

1. 物理安全

计算机系统物理方面的安全主要表现为物理可存取、电磁泄漏等方面的问题。此外,物理安全问题还包括设备的环境安全、位置安全、限制物理访问、物理环境安全和地域因素等。由于这种问题是设计时所遗留的固有问题,一般除在管理上强化人工弥补措施外,采用软件程序的方法见效不大。

2. 软件系统

计算机软件可分为操作系统软件、应用平台软件(如数据库管理系统)和应用业务软件三类,以层次结构构成软件体系。操作系统软件处于基础层,它维系着系统硬件组件协调运行的平台,因此操作系统软件的任何风险都可能直接危及、转移或传递到应用平台软件。

应用平台软件处于中间层次,它是在操作系统支撑下,运行支持和管理应用业务的软件。一方面,应用平台软件可能受到来自操作系统软件风险的影响;另一方面,应用平台软件的任何风险可以直接危及或传递给应用业务软件。

应用业务软件处于顶层,直接与用户或实体打交道。应用业务软件的任何风险,都直接表现为信息系统的风险。

随着软件系统规模的不断增大,软件组件中的安全漏洞或"后门"也不可避免地存在,这也是信息安全问题的主要根源之一。比如常用的操作系统,无论是 Windows 还是 UNIX 几乎都存在或多或少的安全漏洞,各类服务器(典型的如微软的 IIS 服务器)、浏览器、数据库管理系统、一些桌面软件等都被发现过存在安全漏洞。可以说任何一个软件系统都会因为程序员的一个疏忽、设计中的一个缺陷等原因而存在漏洞,

3. 网络和通信协议

人们在享受因特网技术给全球信息共享带来的方便性和灵活性的同时,必须认识到基于 TCP/IP 协议栈的因特网及其通信协议存在很多的安全问题。TCP/IP 协议栈在设计时,只考虑了互联互通和资源共享的问题,并未考虑也无法同时解决来自网络的大量安全问题。例如,SYN Flooding 拒绝服务攻击,即是利用 TCP 协议三次握手中的脆弱点进行的攻击,用超过系统处理能力的消息来淹没服务器,使之不能提供正常的服务功能(第 5 章中将详细分析)。

4. 人的因素

人是信息活动的主体,人的因素其实是影响信息安全问题的最主要因素,看下面 3 种

情况。

1）人为的无意失误。如操作员安全配置不当造成的安全漏洞，用户安全意识不强，用户口令选择不慎，用户将自己的账号随意转借他人或与别人共享等都会给网络安全带来威胁。

2）人为的恶意攻击。人为的恶意攻击也就是黑客攻击，攻击可以分为以下两类：一类是主动攻击，它以各种方式有选择地破坏信息的有效性和完整性；另一类是被动攻击，它是在不影响网络正常工作的情况下，进行截获、窃取、破译以获得重要机密信息。由于现在还缺乏针对网络攻击卓有成效的反击和跟踪手段，使得许多黑客攻击的隐蔽性好、杀伤力强。

3）管理上的因素。网络系统的严格管理是企业、机构及用户免受攻击的重要措施。事实上，很多企业、机构及用户的网站或系统都疏于安全方面的管理。此外，管理的缺陷还可能出现在系统内部，例如，内部人员泄露机密或外部人员通过非法手段截获而导致机密信息的泄漏，从而为一些不法分子制造了可乘之机。

攻击者利用信息系统的脆弱点对系统进行攻击（Attack）。人们使用控制（Control）进行安全防护。控制是一些动作、装置、程序或技术，它能消除或减少脆弱点。可以这样描述威胁、控制和脆弱点的关系："通过控制脆弱点来阻止或减少威胁。"本书后续篇幅将主要介绍各种安全控制原理及技术。

1.1.4　计算机信息系统的安全需求

计算机信息系统的安全需求主要有：保密性、完整性、可用性、可控性、不可抵赖性和可存活性等。

1. 保密性（Confidentiality）

保密性是指确保信息资源仅被合法的用户、实体或进程访问，使信息不泄漏给未授权的用户、实体或进程。实现保密性的方法一般是通过信息的加密、对信息划分密级，并为访问者分配访问权限，系统根据用户的身份权限控制对不同密级信息的访问。

特别要说明的是，对计算机中央处理器、存储、打印设备的使用也必须实施严格的保密技术措施，以避免产生电磁泄露等安全问题。

2. 完整性（Integrity）

完整性是指信息资源只能由授权方或以授权的方式修改，在存储或传输过程中不丢失、不被破坏。完整性的破坏一般来自3个方面：未授权、未预期、无意。目前对于动态传输的信息，许多协议确保信息完整性的方法大多是收错重传、丢弃后续包。实际上，不仅仅要考虑数据的完整性，还要考虑操作系统的逻辑正确性和可靠性，要实现保护机制的硬件和软件的逻辑完备性、数据结构和存储的一致性。

3. 可用性（Availability）

可用性是指信息可被合法用户访问并按要求的特性使用而不遭拒绝服务。可用的对象包括：信息、服务和IT资源。例如，在网络环境下破坏网络和有关系统的正常运行就属于对可用性的攻击。信息的可用性与保密性之间存在一定的矛盾。为了控制非法访问，系统可以采取许多安全措施，但不应该阻止合法用户对系统中信息的利用。

4. 可控性（Controllability）

可控性是指保证信息和信息系统的认证授权和监控管理，确保某个实体（人或系统）身份的真实性，确保信息内容的安全性和合法性，确保系统状态可被授权方所控制。

5. 不可抵赖性(Non-Repudiation)

不可抵赖性通常又称为不可否认性,是指信息的发送者无法否认已发出的信息或信息的部分内容,信息的接收者无法否认已经接收的信息或信息的部分内容。不可否认性措施主要有:数字签名,可信第三方认证技术等。

6. 可存活性(Survivability)

可存活性是近年来学术界提出的一个安全概念。可存活性是指计算机系统的这样一种能力:它能在面对各种攻击或错误的情况下继续提供核心的服务,而且能够及时地恢复全部服务。这是一个新的融合计算机安全和业务风险管理的课题,它的焦点不仅是对抗计算机入侵者,还要保证在各种网络攻击的情况下业务目标得以实现,关键的业务功能得以保持。提高面对网络攻击的系统可存活性,同时也提高了业务系统在面对一些并非恶意的事故与故障的可存活性。

从广义上说,可存活性是一个工程的概念,它提供了一个自然的框架,可以把已有的或正在出现的软件工程概念集成到一个普通目标的服务中。这些已有的与可存活性相关的软件工程领域包括安全、容错、可靠、重用、性能、验证和测试等。

计算机安全专家又在已有计算机系统安全需求的基础上增加了可认证性(Authenticity)、实用性(Utility),认为这样才能解释各种网络安全问题。

信息的可认证性是指信息的可信度,主要是指对信息的完整性、准确性和对信息所有者或发送者身份的确认。可认证性比鉴别(Authentication)有更深刻的含义,它包含了对传输、消息和消息源的真实性进行核实。

信息的实用性是指信息加密密钥不可丢失(不是泄密),丢失了密钥的信息也就丢失了信息的实用性,成为垃圾。

总之,计算机信息系统安全的最终目标集中体现为系统保护和信息保护两大目标。

1) 系统保护。保护实现各项功能的技术系统的完整性、可用性和可控性等。

2) 信息保护。保护系统运行中有关敏感信息的保密性、完整性、可用性和可控性。

1.2 信息安全概念的发展

信息安全的最根本属性是防御性的,主要目的是防止己方信息的保密性、完整性与可用性遭到破坏。信息安全的概念与技术随着人们的需求,随着计算机、通信与网络等信息技术的发展而不断发展。早期,在计算机网络广泛使用之前,人们主要是开发各种信息保密技术,随着因特网在全世界范围商业化应用之后,信息安全进入网络信息安全阶段,近几年又发展出了"信息保障"(Information Assurance,IA)的新概念。下面对此做一综述。

1. 单机系统的信息保密阶段

20 世纪 50 年代,计算机应用范围很小,安全问题并不突出,计算机系统并未考虑安全防护的问题。后来发生了袭击计算中心的事件,才开始对机房采取实体防护措施。但这时计算机的应用主要是单机,计算机安全主要是实体安全防护和硬、软件防护。多用户使用计算机时,将各进程所占存储空间划分成物理或逻辑上相互隔离的区域,使用户的进程并发执行而互不干扰,即可达到安全防护的目的。

20 世纪 70 年代,随着计算机在政府机关、金融、商业等部门的广泛应用,重要机密信息一般都采用计算机处理,间谍和罪犯因此将计算机网络系统作为了侵犯的目标,计算机犯罪的案件不断发生。人们认识到,计算机安全关系到国家的安全和社会的稳定,并开始重视这个问题。许多人开始进行研究,并出现了计算机安全的法律、法规和各种防护手段,如防止非法访问的口令、身份卡、指纹识别等措施。这时计算机已由单机应用发展到计算机网络,除存储和数据处理外,发展到信息的远程传输,使网络受到攻击的部件增多,特别是传输线路和网络终端最为薄弱。这时,针对网络安全防护,出现了强制性访问控制机制、完善的鉴别机制和可靠的数据加密传输措施。

20 世纪 70 年代中期,在安全保密研究中出现了两个引人注目的事件。一是 Diffie 和 Hellman 冲破人们长期以来一直沿用的单钥体制,提出一种崭新的公开密钥密码体制;二是美国国家标准局(NBS)公开征集,并于 1977 年正式公布实施的美国数据加密标准(DES)。公开 DES 加密算法,并广泛应用于商用数据加密,这在安全保密研究史上是第一次,它揭开了密码学的神秘面纱,极大地推动了密码学的应用和发展。

除非不正确地使用密码系统,一般来说,好的密码难以破译。因此人们企图寻找别的方法来截获加密传输的信息。在 20 世纪 50 年代发现了寻找在电话线上的信号来达到获取报文的目的。大家知道,所有的电子系统都会释放电子辐射,包括电传机和正在使用发送加密报文的密码机。密码机将报文加密,并且通过电话线发送出去。可是代表原始信号的电信号也能在电话线上发现,这意味着可用某种好的设备来恢复原始信号。20 世纪 80 年代,国外发展出了以抑制计算机信息泄露为主的 TEMPEST 计划,它制定了用于十分敏感环境的计算机系统电子辐射标准,其目的是降低辐射以免信号被截获。

在 20 世纪 70 年代,David Bell 和 Leonard LaPadula 开发了一个安全计算机的操作模型(BLP 模型)。该模型是基于政府概念的各种级别分类信息(一般、秘密、机密、绝密)和各种许可级别。如果主体的许可级别高于文件(客体)的分类级别,则主体能访问客体;如果主体的许可级别低于文件(客体)的分类级别,则主体不能访问客体。

这个模型的概念进一步发展,20 世纪 80 年代中期,美国国防部计算机安全局公布了可信计算机系统安全评估准则(the Trusted Computing System Evaluation Criteria,TCSEC),即桔皮书,主要是规定了操作系统的安全要求。准则提高了计算机的整体安全防护水平,为研制、生产计算机产品提供了依据,至今仍具权威性。

进入 20 世纪 90 年代以来,信息系统安全保密研究出现了新的侧重点。一方面,对分布式和面向对象数据库系统的安全保密进行了研究;另一方面,对安全信息系统的设计方法、多域安全和保护模型等进行了探讨。随着信息系统的广泛建立和各种不同网络的互连、互通,人们意识到,不能再从安全功能、单个网络来个别地考虑安全问题,而必须从系统上、从体系结构上全面地考虑安全保密。

2. 网络信息安全阶段

因特网的快速发展与普及,使得老的安全问题仍以不同的形式出现,同时新的安全问题也不断出现。例如,各种局域网、城域网的安全不同于以往的远距离点到点的通信安全;高速网络以及由很多连接器连到一个公共的通信介质,原有的专用密码机已经完全不能解决问题;有很多用户从不同的系统经过网络访问,而没有对单个计算机的集中控制。如何解决在开放网络环境下的信息安全问题便成为迫切需要解决的问题。

人们不仅需要考虑信息系统本身的安全问题,还要考虑可能来自网络环境的攻击造成的问题。1988 年 11 月 3 日莫里斯"蠕虫"造成因特网几千台计算机瘫痪的严重网络攻击事件，引起了人们对网络信息安全的关注与研究，并于第二年成立了计算机紧急事件处理小组负责解决因特网的安全问题，从而开创了网络信息安全的新阶段。

国际标准化组织在开放系统互联标准中定义了 7 个层次的 OSI 网络参考模型，它们分别是物理层、数据链路层、网络层、传输层、会话层、表示层和应用层。TCP/IP 是因特网的通信协议，通过它将不同特性的计算机和网络（甚至是不同的操作系统、不同硬件平台的计算机和网络）互联起来。TCP/IP 协议族包括 4 个功能层：应用层、传输层、网络层和网络接口层。这 4 层概括了相对于 OSI 参考模型中的 7 层。

从安全角度来看，一个单独的层次无法提供全部的网络安全服务，各层都能提供一定的安全手段，针对不同层的安全措施是不同的。

应用层的安全主要是指针对用户身份进行认证并且建立起安全的通信信道。有很多针对具体应用的安全方案，它们能够有效地解决诸如电子邮件、HTTP 等特定应用的安全问题，能够提供包括身份认证、不可否认、数据保密、数据完整性检查乃至访问控制等功能（本书 5.7.1 介绍）。

在传输层，因为 IP 包本身不具备任何安全特性，很容易被修改、伪造、查看和重播。在传输层设置密码算法（SSL）来保护 Web 通信安全是很实用的选择（本书 5.7.2 介绍）。

在网络层，可以使用防火墙技术控制信息在内外网络边界的流动；可以使用 IPsec 对网络层上的数据包进行安全处理（本书 5.7.3 介绍）。

在数据链路层，点对点的链路可能采用通信保密机进行加密和解密，当信息离开一台机器时进行加密，而进入另外一台机器时进行解密。所有的细节可以全部由底层硬件实现，高层根本无法察觉。但是这种方案无法适应需要经过多个路由器的通信信道，因为在每个路由器上都需要进行加密和解密，在这些路由器上会出现潜在的安全隐患，在开放网络环境中并不能确定每个路由器都是安全的。当然，链路加密在因特网环境中并不完全适用。

在物理层，可以在通信线路上使得搭线监听变得不可能。

虽然上述各层解决方案都有一定的作用，但是研究者还在不断研究探索，提高这些技术。

总结前面的讨论，可以用图 1-6 来表示网络安全层次。

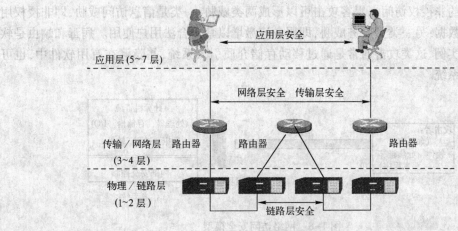

图 1-6　网络安全层次图

图 1-7 给出了一个网络保密安全基本模型,通信双方要传递某个消息,需要建立一个逻辑信息通道包括:确定从发送方到接受方的路由以及两方协同使用诸如 TCP/IP 协议。

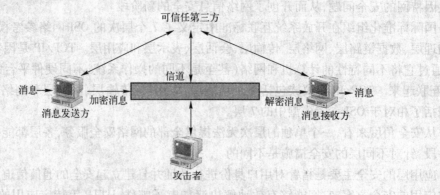

图 1-7　网络保密安全模型

为了在开放网络环境中保护信息的传输,需要提供安全机制和安全服务,主要包含以下两个部分。

1)消息的安全传输,包括对消息的加密与认证。例如,消息的加密,使开放网络对加密的消息不可读;又如附加一些基于消息内容的编码,用来验证发送者的身份。

2)双方共享秘密信息的分发。例如,用于发送前的加密密钥和接收后的解密密钥。

为了完成安全的消息传递,常常需要可信的第三方。其作用是负责为通信双方分发秘密信息,或者是在双方有争议时进行仲裁。

归纳起来,该网络保密安全模型必须包含以下 4 个基本内容。

1)建立一种加密算法。

2)产生一个用于加密算法的密钥。

3)开发一个分发和共享秘密信息的方法。

4)使用加密算法与秘密信息以得到特定安全服务所需的协议。

图 1-7 的网络保密安全模型虽是一个通用的模型,但它着重保护信息的机密性和可认证性,不能涵盖所有安全需求。图 1-8 给出了一个网络访问安全模型,该模型考虑了黑客攻击、病毒与蠕虫等的非授权访问。黑客攻击可以形成两类威胁:一类是信息访问威胁,即非授权用户截获或修改数据;另一类是服务威胁,即服务流激增以禁止合法用户使用。病毒和蠕虫是软件攻击的两个实例,这类攻击通常是通过移动存储介质引入系统,并隐藏在有用软件中,也可通过网络接入系统。

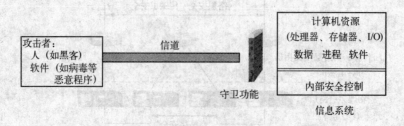

图 1-8　网络访问安全模型

在图 1-8 中,对非授权访问可设两道防线:第一道防线是守卫功能,包括基于口令的登录过程以拒绝所有非授权访问以及屏蔽逻辑以检测、拒绝病毒、蠕虫和其他类似攻击;第二道防线由内部的一些安全控制构成,用于管理系统内部的各项操作和所存储的信息分析,以检查对付未授权的入侵者。

在网络信息安全阶段中,人们还开发了许多网络加密、认证、数字签名的算法、信息系统安全评价准则(如 CC 通用评价准则)。这一阶段的主要特征是对于内部网络采用各种被动的防御措施与技术,目的是防止内部网络受到攻击,保护内部网络的信息安全。

3. 信息保障阶段

信息保障(IA)这一概念最初是由美国国防部长办公室提出来的,后被写入《DoD Directive S-3600.1:Information Operation》中,在 1996 年 12 月 9 日以国防部的名义发表。在这个命令中信息保障被定义为:通过确保信息和信息系统的可用性、完整性、可验证性、保密性和不可否认性来保护信息系统的信息作战行动,包括综合利用保护、探测和响应能力以及恢复系统的功能。1998 年 1 月 30 日美国防部批准发布了《国防部信息保障纲要》(DIAP),认为信息保障工作是持续不间断的,它贯穿于平时、危机、冲突及战争期间的全时域。信息保障不仅能支持战争时期的国防信息攻防,而且能够满足和平时期国家信息的安全需求。

1998 年 5 月美国公布了由国家安全局 NSA 起草的 1.0 版本《信息保障技术框架》(Information Assurance Technical Framework,IATF),旨在为保护美国政府和工业界的信息与信息技术设施提供技术指南。在 1999 年 8 月 31 日 IATF 论坛发布了 IATF 2.0 版本,2000 年 9 月 22 日又推出了 IATF 3.0 版本。

IATF 从整体、过程的角度看待信息安全问题,其代表理论为"纵深防护战略(Defense-in-Depth)",就是信息保障依赖人、技术、操作三个因素实现组织的任务/业务运作。通过有效结合当前已有成熟技术,充分考虑人员、技术、操作三方面的影响,并衡量防护能力、防护性能、防护耗费、易操作性等各方面因素,得到系统防护的最有效实用的方案。稳健的信息保障状态意味着信息保障的政策、步骤、技术与机制在整个组织的信息基础设施的所有层面上均得以有效实施。

IATF 强调人、技术、操作这 3 个核心要素。人,借助技术的支持,实施一系列的操作过程,最终实现信息保障目标,这就是 IATF 最核心的理念之一。

人(People):人是信息体系的主体,是信息系统的拥有者、管理者和使用者,是信息保障体系的核心,是第一位的要素,同时也是最脆弱的。正是基于这样的认识,信息安全管理在安全保障体系中就显得尤为重要,可以这么说,信息安全保障体系,实质上就是一个安全管理的体系,其中包括意识培养、培训、组织管理、技术管理和操作管理等多个方面。

技术(Technology):技术是实现信息保障的具体措施和手段,信息保障体系所应具备的各项安全服务是通过技术来实现的。当然,这里所说的技术,已经不单是以防护为主的静态技术体系,而是保护(Protection)、检测(Detection)、响应(Reaction)、恢复(Restore)有机结合的动态技术体系,这就是所谓的 PDRR(或称 PDR^2)模型(如图 1-9 所示)。

图 1-9 PDRR 模型

操作(Operation):或者叫运行,操作将人和技术紧密地结合在一起,涉及到风险评估、安全监控、安全审计、跟踪告警、入侵检测、响应恢复等内容。

IATF定义了对一个系统进行信息保障的过程,以及该系统中硬件和软件部件的安全需求。遵循这些原则,可以对信息基础设施进行纵深多层防护。纵深防护战略的4个技术焦点领域分为:保护网络和基础设施、保护边界、保护计算环境、支撑基础设施。

保护网络和基础设施:主干网的可用性;无线网络安全框架;系统互连与虚拟专用网(Virtual Private Network,VPN)。

保护边界:网络登陆保护;远程访问;多级安全。

保护计算环境:终端用户环境;系统应用程序的安全。

支撑基础设施:密钥管理基础设施/公钥基础设施(KMI/PKI);检测与响应。

信息保障与之前的单机系统的信息保密、计算机网络信息安全等阶段的概念相比,它的层次更高、涉及面更广、需解决问题更多、提供的安全保障更全面,它通常是一个战略级的信息防护概念。组织可以遵循信息保障的思想建立一种有效的、经济的信息安全防护体系和方法。

我国信息安全技术虽起步较晚,但发展很迅速,与国际先进国家的差距在逐步缩小。我国从20世纪80年代中期开始研究计算机网络的安全保密系统,并在各信息系统中陆续推广应用。其中有些技术已赶上或超过了国际同类产品,从而把我国的信息安全保密技术推进到新的水平。从20世纪90年代中期开始,我国进入了因特网发展时期,其发展势头十分迅猛,孕育着信息安全技术的新跃进。

1.3 计算机系统安全研究的内容

无论是在单机系统、局域网还是在广域网系统中,都存在着自然和人为等诸多因素的脆弱性和潜在威胁。因此,计算机系统的安全措施应能全方位地针对各种不同的威胁和脆弱性,这样才能确保信息的保密性、完整性和可用性。总之,一切影响计算机系统安全的因素和保障计算机信息安全的措施都是计算机系统安全技术的研究内容。

计算机网络环境下的信息系统可以用图1-10的层次结构来描述。

应用程序系统	网络应用服务、命令等
数据库系统	(HTTP、FTP)
操作系统	TCP、IP
硬件层(计算机、物理链路)	

图1-10 计算机网络环境下的信息系统层次结构

为了确保信息安全,必须考虑每一个层次可能的信息泄露或所受到的安全威胁。因此从以下几个层次研究信息安全问题:计算机硬件与环境安全、操作系统安全、计算机网络安全、数据库系统安全、应用系统安全以及安全管理和安全立法。

计算机硬件安全主要介绍PC机物理防护、基于硬件的访问控制技术、可信计算与安全芯片、硬件防电磁辐射技术和计算机运行环境安全问题。

操作系统安全主要介绍操作系统的安全机制,包括存储保护、用户认证和访问控制技术,并介绍了Windows XP/Vista系统的安全机制。

计算机网络安全主要介绍网络安全框架、防火墙和入侵检测系统,网络隔离技术,网络安全协议,以及公钥基础设施PKI/PMI等内容。

数据库系统安全主要介绍数据库的安全性、完整性、并发控制、备份和恢复等安全机制。

应用系统安全主要介绍应用系统可能受到的恶意程序攻击，因编程不当引起的缓冲区漏洞，开发安全的应用系统的编程方法、软件保护的技术措施以及安全软件工程技术。

此外，我们注意到在 PDRR 模型中，响应和恢复是两个重要的环节，因此本书还介绍了计算机系统应急响应与灾难恢复的概念、内容及相关计算机取证、攻击源追踪技术。

安全风险评估也是加强信息安全保障体系建设和管理的关键环节，本书介绍了安全评估的国内外标准、评估的主要方法、工具、过程，最后给出了一个信息系统风险度的模糊综合评估实例。

加强计算机网络安全管理的法规建设，建立、健全各项管理制度是确保计算机系统安全不可缺少的措施。本书介绍了计算机信息系统安全管理的目的、任务，安全管理的程序和方法，信息系统安全管理标准及其实施办法，以及我国有关信息安全的法律法规，并系统介绍了我国计算机知识产权的法律保护措施。

1.4　思考与练习

1. 计算机信息系统常常面临的安全威胁有哪些？安全威胁的根源在哪里？

2. 计算机系统的安全需求有哪些？在网络环境下有哪些特殊的安全需求？

3. 什么是系统可存活性？它有哪些主要属性？

4. 网络环境中的信息系统各个层次中的安全问题主要有哪些？请各列举 3 个。

5. 信息安全概念发展的 3 个主要阶段是什么？各个阶段中主要的安全思想与所开发的主要安全技术有哪些？

6. 查阅资料，进一步了解 PDR、P^2DR、PDR^2 以及 P^2DR^2 各模型中每个部分的含义。这些模型的发展说明了什么？写一篇读书报告。

7. 我国正逐步形成一个完善的安全保障体系，成立了国家计算机网络应急处理协调中心（CNCERT, http://www.cert.org.cn）、国家计算机病毒应急处理中心（http://www.antivirus-china.org.cn）、国家计算机网络入侵防范中心（http://www.nipc.org.cn）、信息安全国家重点实验室网站（http://www.is.ac.cn）。请访问以上网站，了解最新的信息安全研究动态和研究成果。

8. 操作实验：虚拟机软件 VMware 的使用。信息安全课程中要进行相关的安全实验，实验的基本配置应该至少包含两台主机及其独立的操作系统，且主机间可以通过以太网进行通信。此外，还要考虑到安全实验对系统本身以及对网络中其他主机有潜在的破坏性，所以利用虚拟机软件 VMware 在一台主机中再虚拟安装一套操作系统，以便完成后续的安全实验。

第 2 章 密码学基础

在计算机被广泛应用的信息时代,大量信息以数字形式存放在计算机系统里,并通过公共信道传输。计算机系统和公共信道在不设防的情况下是很脆弱的,面临极大的安全问题——如何保证信息的保密性、完整性、不可抵赖性。解决这些安全问题的基础是现代密码学。

密码技术是实现计算机系统信息安全的核心技术。通过加密将可读的信息变换成不可理解的乱码,从而起到保护信息的作用;密码技术还能够提供完整性检验,即提供一种当某些信息被修改时可被用户检验出的机制;基于密码体制的数字签名具有抗抵赖功能,可使人们遵守数字领域的承诺。

在本章中,除了介绍了密码学的起源和密码系统的组成等相关基本概念,还介绍了对称密码体制、公钥密码体制、散列函数、数字签名等技术以及信息隐藏和数字水印技术。

2.1 概述

密码学(Cryptology)以研究秘密通信为目的,是密码编码学(Cryptography)和密码分析学(Cryptanalysis)的统称。前者是研究把信息(明文)变换成为没有密钥不能解密或很难解密的密文的技术;后者是研究分析破译密码,从密文推演出明文或密钥的技术。它们彼此目的相反,相互对立,但在发展中又相互促进。

或许与最早的密码起源于古希腊有关,密码学——cryptology 一词来源于希腊语,crypto 是隐藏、秘密的意思,logo 是单词的意思,grapho 是书写、写法的意思,cryptography 就是"如何秘密地书写单词"。

公元六年前的古希腊人可能是最早有意识使用一些技术来加密信息的,他们使用一根叫scytale 的棍子,送信人先绕棍子卷一张纸条,然后把要加密的信息写在上面,接着打开纸送给收信人。如果不知道棍子的宽度(这里作为密钥)是很难解密里面内容的。

密码学紧跟科学技术前进的步伐,经历了手工、机械、电子与计算机三个发展阶段。

现代密码学离不开数学,密码学涉及到数学的各个分支,例如代数、数论、概率论、信息论、几何、组合学等。不仅如此,密码学的研究还需要具有其他学科的专业知识,例如物理、电机工程、量子力学、计算机科学、电子学、系统工程、语言学等。反过来,密码学的研究也促进了上述各学科的发展。

由于商业应用和计算机网络通信的需要,人们对数据保护、数据传输的安全性等课题越来越重视,密码学的发展从此进入了一个崭新的阶段。

2.2　密码学基本概念

2.2.1　现代密码系统的组成

　　密码算法也叫密码,如果算法的保密性是基于保持算法的秘密,这种算法称为受限算法。但按现在的标准,受限算法的保密性已远远不够。大的或经常变换的用户组织不能使用它们,因为每有一个用户离开这个组织或其中有人无意暴露了算法的秘密,这一密码算法就得作废了。更糟的是,受限密码算法不可能进行质量控制或标准化。每个用户组织必需有自己的唯一算法,这样的组织不可能采用流行的硬件或软件产品。

　　现代密码学用密钥解决了这个问题。现代密码系统(通常简称为密码体制)一般由五个部分组成。

　　1)明文空间 M:它是全体明文的集合,记作 $M = [M_1, M_2, \cdots, M_n]$。明文(Plain Text)用 M(消息)或 P(明文)表示,它一般是比特流(文本文件、位图、数字化的语音流或数字化的视频图像),明文可被传送或存储,无论在哪种情况,M 指待加密的消息。

　　2)密文空间 C:它是全体密文的集合,记为 $C = [C_1, C_2, \cdots, C_n]$。明文加密后的形式为密文(Cypher Text,Cypher 亦为 Cipher)。

　　3)密钥空间 K:它是全体密钥的集合。加密和解密操作在密钥的控制下进行。密钥空间 K 通常由加密密钥和解密密钥组成,即 $K = (K_e, K_d)$。

　　4)加密算法 E:它是一族由 M 到 C 的加密变换,对于每一个具体的 K_e,E 确定出一个具体的加密函数,把 M 加密成密文 C,通常记为 $C = E(M, K_e)$ 或 $C = E_{K_e}(M)$。

　　5)解密算法 D:它是一族由 C 到 M 的解密变换,对于每一个确定的 K_d,D 确定出一个具体的解密函数,把密文 C 恢复为 M,通常记为 $M = D(C, K_d)$ 或 $M = D_{K_d}(C)$。

　　一个有意义的密码系统应当满足:对于每一确定的密钥 $K = (K_e, K_d)$,有 $M = D(C, K_d) = D(E(M, K_e), K_d)$,或记为 $M = D_{K_d}$。加密和解密过程如图 2-1 所示。

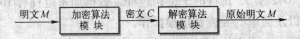

明文 M →　加密算法模块　→ 密文 C →　解密算法模块　→ 原始明文 M

图 2-1　加密和解密过程

　　因为数据以密文的形式存储在计算机文件中,或在通信网络中传输,因此即使数据被未授权者非法窃取,或因系统故障和操作人员误操作而造成数据泄露,未授权者也不能理解它的真正含义,从而达到数据保密的目的。同样,未授权者也不能伪造合理的密文,因而不能篡改数据,从而达到确保数据真实性的目的。

2.2.2　密码体制

　　如果一个密码体制的 $K_e = K_d$,或由其中一个很容易推出另一个,则称为对称密码体制(Symmetric Cryptosystem)或单钥密码体制或传统密码体制,对称密码体制模型如图 2-2 所示。否则,称为非对称密码体制(Asymmetric Cryptosystem)或双密钥密码体制,模型如图 2-3 所示。进而,如果在计算上 K_d 不能由 K_e 推出,这样将 K_e 公开也不会损害 K_d 的安全,这种密码体制称为公钥密码体制。

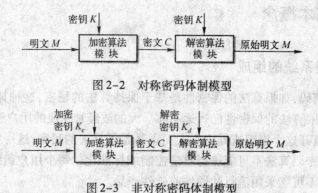

图 2-2　对称密码体制模型

图 2-3　非对称密码体制模型

　　根据密码算法对明文信息的加密方式,对称密码体制常分为两类:一类是分组密码(Block cipher,也叫块密码);另一类为序列密码(Stream cipher,也叫流密码)。

　　设 M 为明文,分组密码将 M 划分为一系列明文块 $M_1, M_2, \cdots, M_n$,通常每块包含若干字符,并且对每一块 M_i 都用同一个密钥 K_e 进行加密,即 $C = (C_1, C_2, \cdots, C_n)$。其中 $C_i = E(M_i, K_e)$,$i = 1, 2, \cdots, n$。

　　列举 3 种分组密码算法如下:

　　1)DES:由美国 IBM 公司研制。其设计思想是:把明文消息通过交替地反复进行替换和简单的线性变换,随机地均匀地分布在所有可能的密文消息集合上。在 2.3 节中详细介绍。

　　2)IDEA:由中国学者来学嘉(Xuejia Lai)与著名密码学家 James Massey 于 1990 年共同提出。IDEA 的设计思想是"把不同代数群中的运算相混和"。它是一种多层叠代分组密码,由 8 层变换和输出变换组成,输入和输出分组均为 64 比特,分成 4 个子分组,每个子分组 16 比特,密钥为 128 比特,每层子密钥为 6 个 16 比特,从 128 比特密钥中按一定方式选取得到。

　　3)BLOWFISH:1993 年由美国人 Bruce Schneier 提出,与 DES 相似,只是密钥的长度可变,长度范围为 1 ~ 448 比特。整个算法由密钥扩展和数据加密两个独立部分组成。密钥扩展部分是由输入密钥生成 1042 个 32 比特的子密钥过程。数据加密过程有 16 层,每层一次把数据进行加乱、置换、代替以及简单的异或和求模操作。

　　分组密码一次加密一个明文块,而序列密码一次加密一个字符或一个位。

　　序列密码将 M 划分为一系列的字符或位 $m_1, m_2, \cdots, m_n$,并且对于这每一个 m_i 用密钥序列 $K_e = (K_{e1}, K_{e2}, \cdots, K_{en})$ 的第 i 个分量 K_{ei} 来加密,即 $C = (C_1, C_2, \cdots, C_n)$,其中 $C_i = E(m_i, K_{ei})$,$i = 1, 2, \cdots, n$。

　　列举 3 种序列密码算法如下:

　　1)A5:是欧洲 GSM(Group Special Mobile)标准中规定的加密算法,用于对数字移动电话的加密,加密从用户设备到基站之间的链路。

　　2)FISH:于 1993 年由 Siemens 公司的 Blocher 和 Dichtl 提出,其以压缩生成器原理为基础,充分利用了微处理器 32 比特字长的特点。此加密算法由两个 Fibonacci(以数学家名字命名的一种数列方式)生成器组成。

　　3)PIKE:由 RossAnderson 提出,是一种改进了的 Fibonacci 生成器,采用了 A5 加密算法的基本设计思想,但纠正了 A5 算法中移存器级数太低的不足。

分组密码和序列密码在计算机系统中都有广泛应用。所有这些算法的安全性都基于密钥的安全性，而不是基于算法细节的安全性。这就意味着算法可以公开，也可以被分析，可以大量生产使用算法的产品，即使攻击者知道算法也没有关系，只要不知道所使用的具体密钥，就不可能阅读加密的消息。

2.2.3 密码算法设计的两个重要原则

本节介绍与加密算法性能有关的两个重要概念。

1. 混乱性

加密算法应该从明文中提取信息并将其转换，以使截取者不能轻易识别出明文。当明文中的字符变化时，截取者不能预知密文会有何变化。把这种特性称为混乱性(Confusion)。

混乱性好的算法，其明文、密钥和密文之间有着复杂的函数关系。这样，截取者就要花很长时间才能确定明文、密钥和密文之间的关系，从而要花很长的时间才能破译密码。

在传统加密算法中，大家熟知的恺撒密码(见思考与练习题17的解释)的混乱性就不好，因为只要推断出几个字母的移位方式，不需要更多的信息就能预测出其他字母的转换方式。相反，一次一密乱码本(具有同报文长度一样长的有效密钥)则提供了很好的混乱性。因为在不同的输出场合，一个明文字母可以转换成任何的密文字母，转换单一明文字母时并没有明显的模式。

2. 扩散性

密码还应该把明文的信息扩展到整个密文中去，这样，明文的变化就可以影响到密文的很多部分，该原则称为扩散性(Difusion)。这是一种将明文中单一字母包含的信息散布到整个输出中去的特性。好的扩散性意味着截取者需要获得很多密文，才能去推测算法。

2.2.4 密码分析学

密码分析学是在不知道密钥的情况下，通过已知加密消息、已知加密算法、截取的明文、密文中已知或推测的数据项、数学或统计工具和技术、语言特性、计算机、技巧与运气等恢复出明文的科学。成功的密码分析能恢复出消息的明文或密钥，密码分析也可以发现密码体制的弱点。

如果能够根据密文确定出明文或密钥，或者能够根据明文—密文对确定出密钥，则说明这个密码是可破译的。否则，说明这个密码是不可破译的。

密码分析者攻击密码的方法主要有以下三种。

1) 穷举攻击。穷举攻击又称做蛮力攻击，是指密码分析者用试遍所有密钥的方法来破译密码。穷举攻击所花费的时间等于尝试次数乘以一次解密(加密)所需的时间。显然可以通过增大密钥量或加大解密(加密)算法的复杂性来对抗穷举攻击。当密钥量增大时，尝试的次数必然增大，当解密(加密)算法的复杂性增大时，完成一次解密(加密)所需的时间增大，从而使穷举攻击在实际上不能实现。

2) 统计分析攻击。是指密码分析者通过分析密文和明文的统计规律来破译密码。统计分析攻击在历史上为破译密码作出过极大的贡献。许多古典密码都可以通过分析密文字母和字母组的频率而破译。对抗统计分析攻击的方法是设法使明文的统计特性不带入密文。这样，密文不带有明文的痕迹，从而使统计分析攻击成为不可能。

3）数学分析攻击。是指密码分析者针对加密算法的数学依据,通过数学求解的方法来破译密码。为了对抗这种数学分析攻击,应选用具有坚实数学基础和足够复杂的加密算法。

此外,根据密码分析者可利用的数据来分类,可将破译密码的类型分为以下几种。

1）唯密文（Ciphertext Only）攻击。是指密码分析者仅根据截获的密文来破译密码。密码分析者有一些消息的密文,这些消息都用同一加密算法加密。密码分析者的任务是恢复尽可能多的明文,或者最好是能推算出加密消息的密钥来,以便可采用相同的密钥解出其他被加密的消息。即已知:

$$C_1 = E_K(M_1), C_2 = E_K(M_2), \cdots\cdots, C_i = E_K(M_i)$$

推导出:$M_1, M_2, \cdots, M_i$;密钥 K 或者找出一个算法从 $C_{i+1} = E_K(M_{i+1})$ 推出 M_{i+1}。

2）已知明文（Known Plaintext）攻击。是指密码分析者不仅可得到一些消息的密文,而且也知道这些消息的明文。分析者的任务就是用加密信息推出用来加密的密钥或导出一个算法,此算法可以对用同一密钥加密的任何新的消息进行解密。即已知:

$$M_1, C_1 = E_K(M_1); M_2, C_2 = E_K(M_2); \cdots\cdots, M_i, C_i = E_K(M_i)$$

推导出:密钥 K 或者找出一个算法从 $C_{i+1} = E_K(M_{i+1})$ 推出 M_{i+1}。

3）选择明文（Chosen Plaintext）攻击。是指密码分析者不仅可得到一些消息的密文和相应的明文,而且他们也可选择被加密的明文,这是对密码分析者最有利的情况。计算机文件系统和数据库特别容易受到这种攻击。因为用户可随意选择明文,并得到相应的密文文件和密文数据库。即已知:

$$M_1, C_1 = E_K(M_1); M_2, C_2 = E_K(M_2); \cdots\cdots; M_i, C_i = E_K(M_i), 其中 M_1, M_2, \cdots\cdots, M_i, 是由密$$
码分析者选择的。

推导出:密钥 K 或者找出一个算法从 $C_{i+1} = E_K(M_{i+1})$ 推出 M_{i+1}。

4）选择密文（Chosen Ciphertext）攻击。密码分析者能选择不同的被加密的密文,并可得到对应的解密的明文,密码分析者的任务是推出密钥。即已知:

$$C_1, M_1 = D_K(C_1); C_2, M_2 = D_K(C_2); \cdots\cdots; C_i, M_i = D_K(C_i)$$

推导出:密钥 K。

这种攻击主要用于公钥密码体制。选择密文攻击有时也可有效地用于对称密码算法。

有时选择明文攻击和选择密文攻击一起称做选择文本攻击。

5）选择密钥（Chosen Key）攻击。这种攻击并不表示密码分析者能够选择密钥,它只表示密码分析者具有不同密钥之间关系的有关知识。这种方法有点奇特和晦涩,不是很实际。

6）软磨硬泡（Rubber-hose）攻击。密码分析者威胁、勒索,或者折磨某人,直到他给出密钥为止。行贿有时称为购买密钥攻击。这些是非常有效的攻击,并且经常是破译算法的最好途径。

2.2.5　密码算法的安全性

根据被破译的难易程度,不同的密码算法具有不同的安全等级。如果破译算法的代价大于加密数据的价值,那么算法可能是安全的;如果破译算法所需的时间比加密数据的时间更长,那么算法可能是安全的;如果用单密钥加密的数据量比破译算法需要的数据量少得多,那么算法可能是安全的。

这里说"可能"是因为在密码分析中总有新的突破。另一方面,大多数数据随着时间的推移,其价值会越来越小,这点是很重要的。

Lars Knudsen 把破译算法分为不同的类别,安全性的递减顺序为:

1)全部破译(Total Break):密码分析者找出密钥 K,这样 $D_K(C) = M$。

2)全盘推导(Global Deduction):密码分析者找到一个代替算法 A,在不知道密钥 K 的情况下,等价于 $D_K(C) = M$。

3)实例(或局部)推导(Instance Deduction):密码分析者从截获的密文中找出明文。

4)信息推导(Information Deduction):密码分析者获得一些有关密钥或明文的信息。这些信息可能是密钥的几个比特、有关明文格式的信息等。

如果不论密码分析者有多少密文,都没有足够的信息恢复出明文,那么这个算法就是无条件保密的,事实上,只有一次一密方案(使用与明文消息一样长的随机密钥,该密钥不能重复)才是不可破的。

密码学更关心在计算上不可破译的密码系统。如果一个算法用(现在或将来)可得到的资源都不能破译,这个算法则被认为在计算上是安全的(有时叫做强的)。

可以用不同方式衡量攻击方法的复杂性:

1)数据复杂性(Data Complexity):用作攻击所需输入的数据量。

2)处理复杂性(Processing Complexity):完成攻击所需要的时间。

3)存储需求(Storage Requirement):进行攻击所需要的存储量。

攻击的复杂性取这三个因素的最小化,有些攻击包括这三种复杂性的折中。

复杂性用数量级来表示。如果算法的处理复杂性是 2^{128},那么破译这个算法也需要 2^{128} 次运算(这些运算可能是非常复杂和耗时的)。假设有足够的计算速度去完成每秒钟一百万次运算,并且用 100 万个并行处理器完成这个任务,那么仍需花费 10^{19} 年以上才能找出密钥,那是宇宙年龄的 10 亿倍。

当攻击的复杂性是常数时(除非 些密码分析者发现更好的密码分析攻击),就只取决于计算能力了。在过去的半个世纪中,大家已看到了计算能力的显著提高,而且这种趋势还在继续。许多密码分析攻击用并行处理机是非常理想的,这个任务可分成亿万个子任务,且处理之间不需相互作用。一种算法在现有技术条件下不可破译就简单地宣称该算法是安全的,这未免有些冒险和可笑。好的密码系统应设计成能抵御未来许多年后计算能力的发展。

密码分析学的任务是破译密码或伪造认证密码,窃取机密信息或进行诈骗破坏活动。密码编码学的任务是寻求生成高强度密码的有效算法,满足对消息进行加密或认证的要求。进攻与反进攻、破译与反破译是密码学中永无止境的矛与盾的较量。

2.3 对称密码体制

2.3.1 数据加密标准 DES

1. DES 概述

典型的对称密码系统是数据加密标准 DES(Data Encryption Standard)。为了适应社会对计算机数据安全保密越来越高的要求,1973 年,美国国家标准局(National Bureau of Standard,

NBS），即现在的美国国家标准技术研究所（National Institute of Standard and Technology，NIST）公开征求联邦数据加密标准的方案，这一举措促成了数据加密标准 DES 的出现。

DES 由 IBM 开发，由美国学者 Tuchman 和 Meyer 完成，它是 Lucifer 体制的改进。DES 于 1975 年首次公开。经过大量的、激烈的公开讨论后，1977 年 DES 被用做美国非国家保密机关使用的数据加密标准。

根据密码算法设计的原则——混乱和扩散，DES 每层的 f 函数就是反复、交替地使用一些变换使得密文的每个比特是明文和密钥的完全函数，确保输出和输入没有明显的联系。

DES 算法只使用了标准的算术和逻辑运算，所以适合在目前大多数的计算机上用软件来实现。DES 在 POS、ATM、磁卡及智能卡（IC 卡）、加油站、高速公路收费站等领域被广泛应用，以此来实现关键数据的保密，如信用卡持卡人的 PIN 的加密传输、IC 卡与 POS 间的双向认证、金融交易数据包的 MAC 校验等，均用到 DES 算法。

2. DES 算法步骤

DES 算法首先把明文分块，每块 64 比特位，不足则用 0 补足 64 位。密钥也是 64 比特位，但实际上它是 56 位的任意数字组成的，多余的 8 位通常作为校验位，并不影响加解密。

DES 算法对每块数据分 3 个步骤进行，如图 2-4 所示。

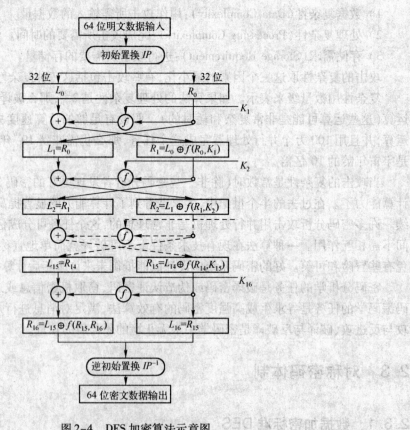

图 2-4　DES 加密算法示意图

1）对 64 比特的明文 x，通过一个初始置换函数 IP 来重排 x，置换后的 x 记为 x_0，$x_0 = IP(x) = L_0 R_0$，L_0 表示 x_0 的前 32 比特位，R_0 表示 x_0 的后 32 比特位。

2）计算 16 次迭代，设前 $i-1$ 次迭代结果为 $x_{i-1} = L_{i-1} R_{i-1}$，则第 i 次迭代运算为：

$$L_i = R_{i-1}; R_i = L_{i-1} \oplus f(R_{i-1}, K_i); i = 1, 2, \cdots, 16。$$

其中 L_{i-1} 表示 x_{i-1} 的前 32 比特,R_{i-1} 表示 x_{i-1} 的后 32 比特,$\oplus$ 表示两比特串的"异或"运算,f 主要是由一个称为 S 盒的置换构成。K_i 是一些由初始的 56 比特经过密钥编排函数产生的 48 比特长的块。

3)对比特串 $R_{16}L_{16}$ 做逆置换 IP^{-1} 得密文 $y,y = IP^{-1}(R_{16}L_{16})$。置换 IP^{-1} 是 IP 的逆置换。

下面分别描述初始置换 IP、IP^{-1}、函数 f、S 盒及由密钥产生的 K_i。

1)初始置换。待加密的 64 比特数据,要先经过 IP 的初始置换,最后还要经过 IP^{-1} 的逆置换处理。置换 IP 和逆置换 IP^{-1} 依表 2-1 进行。从表中可以看出函数 IP 和 IP^{-1} 的输入和输出比特的对应关系。比如,函数 IP 输出的前 3 个比特分别是输入的第 58、50 和 42 比特,输出的第 62、63 和 64 比特分别是输入的第 23、15 和 7 比特。

经过初始置换后,每块数据被分为前半块(32 位)和后半块(32 位)。

表 2-1 置换 IP 和逆置换 IP^{-1} 数据对应表

IP								IP^{-1}							
58	50	42	34	26	18	10	2	40	8	48	16	56	24	64	32
60	52	44	36	28	20	12	4	39	7	47	15	55	23	63	31
62	54	46	38	30	22	14	6	38	6	46	14	54	22	62	30
64	56	48	40	32	24	16	8	37	5	45	13	53	21	61	29
57	49	41	33	25	17	9	1	36	4	44	12	52	20	60	28
59	51	43	35	27	19	11	3	35	3	43	11	51	19	59	27
61	53	45	37	29	21	13	5	34	2	42	10	50	18	58	26
63	55	47	39	31	23	15	7	33	1	41	9	49	17	57	25

2)函数 f 的计算。函数 f 的计算过程如图 2-5 所示。在函数 f 中,首先进行扩展置换。

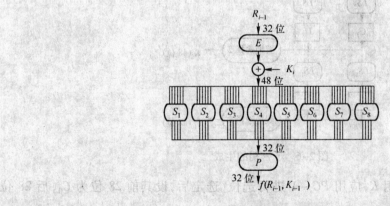

图 2-5 函数 f 的计算

E 表示从 R_{i-1} 的 32 比特中选取某些位,扩展成 48 比特位,共 8 组,每组 6 比特。即 E 将 32 比特扩展置换为 48 比特。E 的比特位选择表如表 2-2 所示。

K_i 是由密钥产生的 48 位比特串,它的生成在第 3)点中描述。将 E 的扩展置换结果与 K_i 按位作模 2 加法,得:$E(R_{i-1}) \oplus K_i$,这是一个 48 位的输出。分成 8 组,每组 6 位,作为 8 个 S

盒的输入。每个 S 盒输出 4 位,共 32 位,S 盒的工作过程在第 4)点中描述。S 盒的输出又作为 P 的输入,P 的功能是对输入进行位置换,其换位表如表 2-3 所示。

表 2-2　E 的比特位选择表

32	1	2	3	4	5
4	5	6	7	8	9
8	9	10	11	12	13
12	13	14	15	16	17
16	17	18	19	20	21
20	21	22	23	24	25
24	25	26	27	28	29
28	29	30	31	32	1

表 2-3　P 换位表

16	7	20	21
29	12	28	17
1	15	23	26
5	18	31	10
2	8	24	14
32	27	3	9
19	13	20	6
22	11	4	25

3) 子密钥 K_i 的构造。设密钥串为 K 共 64 位,其中第 8、16、24、32、40、48、56、64 用做奇偶校验位,本身不含密钥信息,从而密钥实际上只有 56 位。$K_i, i = 1, 2, \cdots, 16$ 的构造分 16 轮,如图 2-6 所示。

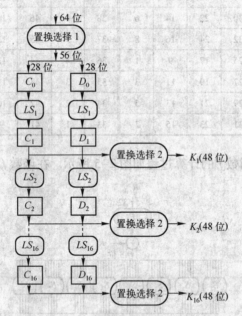

图 2-6　子密钥的生成

首先,对于给定的密钥 K,应用 $PC-1$ 进行选位,选定后,设其前 28 位为 C_0,后 28 位为 D_0。

第一轮:对 C_0 作左移 LS_1 得 C_1,对 D_0 作左移 LS_1 得 D_1,对 $C_1 D_1$ 应用 $PC-2$ 进行选位,得 K1;

第二轮:对 C_1, D_1 作左移 LS_2 得 C_2 和 D_2,进一步对 $C_2 D_2$ 应用 $PC-2$ 进行选位,得 K_2;

如此继续,分别可得 $K_3, K_4, \cdots, K_{16}$。

$PC-1, PC-2$ 的选位如表 2-4、2-5。

表2-4 P0-1选位表						
57	49	41	33	25	17	9
1	58	50	42	34	26	18
10	2	59	51	43	35	27
19	11	3	60	52	44	36
63	55	47	39	31	23	15
7	62	54	46	38	30	22
14	6	61	53	45	37	29
21	13	5	28	20	12	4

表2-5 P0-2选位表					
14	17	11	24	1	5
3	28	15	6	21	10
23	19	12	4	26	8
16	7	27	20	13	2
41	52	31	37	47	55
30	40	51	45	33	48
44	49	39	56	34	53
46	42	50	36	29	32

$LS_1, LS_2, \cdots, LS_{16}$ 表示左移,左移位数如表2-6:

表2-6 $LS_1, LS_2, \cdots, LS_{16}$ 左移位数表

左移	LS_1	LS_2	LS_3	LS_4	LS_5	LS_6	LS_7	LS_8	LS_9	LS_{10}	LS_{11}	LS_{12}	LS_{13}	LS_{14}	LS_{15}	LS_{16}
位数	1	1	2	2	2	2	2	2	1	2	2	2	2	2	2	1

$PC-1$ 选位:

设 $K = k_1 k_2 \cdots k_{64}$,则 K 经过 $PC-1$ 选位,得:
$$C_0 = k_{57} k_{49} k_{41} \cdots k_{52} k_{44} k_{36}, D_0 = k_{63} k_{55} k_{47} \cdots k_{20} k_{12} k_4;$$

$LS_1, LS_2, \cdots, LS_{16}$ 移位变换:

为了容易看清楚变换,将 C_0, D_0 重新标为:$C_0 = c_1 c_2 c_3 \cdots c_{27} c_{28}, D_0 = d_1 d_2 d_3 \cdots d_{27} d_{28}$;则经过 LS_1 左移1位,得:$C_1 = c_2 c_3 \cdots c_{27} c_{28} c_1, D_1 = d_2 d_3 \cdots d_{27} d_{28} d_1$;

再经过 LS_2 左移1位,得:$C_2 = c_3 \cdots c_{27} c_{28} c_1 c_2, D_2 = d_3 \cdots d_{27} d_{28} d_1 d_2$;

再经过 LS_3 左移2位,得:$C_3 = c_5 c_6 c_7 \cdots c_{28} c_1 c_2 c_3 c_4, D_3 = d_5 d_6 d_7 \cdots d_{28} d_1 d_2 d_3 d_4$。

类似地,可进行 $LS_4, LS_5, \cdots, LS_{16}$。

$PC-2$ 选位:

如果 $C_s D_s = a_1 a_2 a_3 \cdots a_{55} a_{56}$,则其经过 $PC-2$ 选位后得:$k_s = a_{14} a_{17} a_{11} \cdots a_{29} a_{32}$。

4)S盒的工作原理。8个S盒由8张数表组成,如表2-7:

表2-7 S盒映射数据表

S_1	0	1	2	3	4	5	6	7	8	9	10	11	12	13	14	15
0	14	4	13	1	2	15	11	8	3	10	6	12	5	9	0	7
1	0	15	7	4	14	2	13	1	10	6	12	11	9	5	3	8
2	4	1	14	8	13	6	2	11	15	12	9	7	3	10	5	0
3	15	12	8	2	4	9	1	7	5	11	3	14	10	0	6	13
S_2	0	1	2	3	4	5	6	7	8	9	10	11	12	13	14	15
0	15	1	8	14	6	11	3	4	9	7	2	13	12	0	5	10
1	3	13	4	7	15	2	8	14	12	0	1	10	6	9	11	5
2	0	14	7	11	10	4	13	1	5	8	12	6	9	3	2	15
3	13	8	10	1	3	15	4	2	11	6	7	12	0	5	14	9

21

S_3	0	1	2	3	4	5	6	7	8	9	10	11	12	13	14	15
0	10	0	9	14	6	3	15	5	1	13	12	7	11	4	2	8
1	13	7	0	9	3	4	6	10	2	8	5	14	12	11	15	1
2	13	6	4	9	8	15	3	0	11	1	2	12	5	10	14	7
3	1	10	13	0	6	9	8	7	4	15	14	3	11	5	2	12
S_4	0	1	2	3	4	5	6	7	8	9	10	11	12	13	14	15
0	7	13	14	3	0	6	9	10	1	2	8	5	11	12	4	15
1	13	8	11	5	6	15	0	3	4	7	2	12	1	10	14	9
2	10	6	9	0	12	11	7	13	15	1	3	14	5	2	8	4
3	3	15	0	6	10	1	13	8	9	4	5	11	12	7	2	14
S_5	0	1	2	3	4	5	6	7	8	9	10	11	12	13	14	15
0	2	12	4	1	7	10	11	6	8	5	3	15	13	0	14	9
1	14	11	2	12	4	7	13	1	5	0	15	10	3	9	8	6
2	4	2	1	11	10	13	7	8	15	9	12	5	6	3	0	14
3	11	8	12	7	1	14	2	13	6	15	0	9	10	4	5	3
S_6	0	1	2	3	4	5	6	7	8	9	10	11	12	13	14	15
0	12	1	10	15	9	2	6	8	0	13	3	4	14	7	5	11
1	10	15	4	2	7	12	9	5	6	1	13	14	0	11	3	8
2	9	14	15	5	2	8	12	3	7	0	4	10	1	13	11	6
3	4	3	2	12	9	5	15	10	11	14	1	7	6	0	8	13
S_7	0	1	2	3	4	5	6	7	8	9	10	11	12	13	14	15
0	4	11	2	14	15	0	8	13	3	12	9	7	5	10	6	1
1	13	0	11	7	4	9	1	10	14	3	5	12	2	15	8	6
2	1	4	11	13	12	3	7	14	10	15	6	8	0	5	9	2
3	6	11	13	8	1	4	10	7	9	5	0	15	14	2	3	12
S_8	0	1	2	3	4	5	6	7	8	9	10	11	12	13	14	15
0	13	2	8	4	6	15	11	1	10	9	3	14	5	0	12	7
1	1	15	13	8	10	3	7	4	12	5	6	11	0	14	9	2
2	7	11	4	1	9	12	14	2	0	6	10	13	15	3	5	8
3	2	1	14	7	4	10	8	13	15	12	9	0	3	5	6	11

S 盒以 6 位作为输入,而以 4 位作为输出,现以 S_1 为例说明其运行过程。

设输入为:$A = a_1 a_2 a_3 a_4 a_5 a_6$,则由 $a_2 a_3 a_4 a_5$ 所代表的二进制数是 $0 \sim 15$ 之间的一个数,记为 $k = a_2 a_3 a_4 a_5$;由 $a_1 a_6$ 所代表的二进制数是 $0 \sim 3$ 之间的一个数,记为 $h = a_1 a_6$。则在 S_1 的 h 行 k 列查得一数 B,$0 \le B \le 15$,它可用 4 位二进制数表示,设为:$B = b_1 b_2 b_3 b_4$,这就是 S_1 的输出。

DES 解算法和加密算法完全一样,只须在第一次迭代时使用 K_{16},第二次迭代时使用 K_{15},…,第十五次迭代时使用 K_2,最后一次迭代时使用 K_1。

3. 关于 DES 的讨论

1975 年 3 月，DES 算法公开发表，在美国引起了一场激烈的争论。DES 设计中，除去 S 盒外的所有设计都是线性的，从而 S 盒是密码体制的唯一非线性组件，其安全性至关重要。但是，斯坦福大学的研究小组认为 S 盒的设计虽然不是线性的，但也不是随机的。似乎是针对某种目的而设计的，甚至有人认为 S 盒可能包含某种"陷门"，国家安全部门能够解密。但是，没有证据说明这样的"陷门"存在，也没有排除这种"陷门"存在的可能性。

对 DES 最中肯的批评是密钥空间 2^{56} 的容量对真正的安全性太小。对于已知明文攻击，可以进行穷举搜索。

1977 年，Diffie 和 Hellman 提出了制造一个每秒能测试 10^6 个密钥的 VLSI 芯片，这种芯片的机器大约一天就可以搜索完整个密钥空间，而制造这种机器大约需要 2 千万美元。

在 CRYPTO'93 上，R. Session 和 M. Wiener 给出了一个非常详细的密钥搜索机器的设计方案，它基于并行运算的密钥搜索芯片，此芯片每秒测试 5×10^7 个密钥，当时这种芯片的造价为 10.5 美元，5760 个这样的芯片组成的系统需 10 万美元，这一系统平均 1.5 天即可找到密钥，如果用 10 个这样的系统，费用是一百万美元，但平均搜索时间可降为 3.5 小时。可见这样的密钥长度对穷举搜索来说是不够的，从而体制是不安全的。

DES 的 56 比特短密钥面临的另外一个严峻的问题是，国际互联网的超级计算能力。1997 年 1 月 28 日，美国的 RSA 数据安全公司在国际互联网上开展了一项名为"秘密密钥挑战"的竞赛，悬赏一万美元，破解一段用 56 比特长度密钥加密的 DES 密文。计划公布后立即引起了网络用户的强烈响应。科罗拉多州的一位名叫 Rocke Verser 的程序员设计了一个可以通过互联网分段运行的密钥穷举搜索程序，组织实施了一个称为 DESCHALL 的搜索行动，成千上万的志愿者加入到计划中，在该计划实施的第 96 天，即"秘密密钥挑战"的竞赛计划公布的第 140 天，1997 年 6 月 17 日晚上 10 点 39 分，美国盐湖城 Inetz 公司职员 Michael Sanders 成功地找到了密钥。当 M. Sanders 的计算机上显示出明文："The unknown message is：Strong cryptography makes the world a safer place"时。因特网仅仅应用闲散资源，毫无代价就破译了 DES 的密码，这是对密码方法的挑战，也是其超级计算能力的显示。

对 DES 的其他攻击，除去穷举搜索密钥外还有其他形式的分析方法。最著名的有 Biham 和 Shamir 的差分分析法，这是一个选择性明文攻击方法，虽然对 16 轮 DES 还没有攻破，但是，如果加密轮数降低，则它可成功地被攻破，例如，8 轮 DES 在一台个人计算机上只需要 2 分钟即可攻破。

尽管 DES 有这样那样的不足，但是作为第一个公开密码算法的对称密码体制，它在密码学发展史上具有重要的地位。

4. DES 扩展形式

DES 算法目前已广泛用于电子商务系统中。随着研究的发展，针对上 DES 的缺陷，DES 算法在基本不改变加密强度的条件下，发展了许多变形 DES。人们提出了一些增强 DES 安全性的方法，主要有以下几种。

（1）多重 DES

为了增加密钥的长度，人们建议将一种分组密码进行级联，在不同的密钥作用下，连续多次对一组明文进行加密，通常把这种技术称为多重加密技术。对 DES，建议使用二重或三重 DES，这一点目前基本上达成一个共识。

因为确定一种新的加密法是否真的安全是极为困难的,而且 DES 主要的缺点就是密钥长度相对比较短,所以人们并没有放弃使用 DES,而是想出了一个解决其长度问题的方法,即采用三重 DES。其基本原理是将 128 比特的密钥分为 64 比特的两组,对明文多次进行普通的 DES 加解密操作,从而增强加密强度。

这种方法用两个密钥对明文进行 3 次加密,假设两个密钥是 K_1 和 K_2:

1) 用密钥 K_1 进行 DES 加密。

2) 用 K_2 对步骤 1 的结果进行 DES 解密。

3) 用密钥 K_1 对步骤 2 的结果进行 DES 加密。

三重 DES 算法是扩展密钥长度的一种方法,可使加密密钥长度扩展到 128 比特(112 比特有效)或 192 比特(168 比特有效)。此方法为密码专家 Merkle 及 Hellman 推荐。据称,目前尚无人找到针对此方案的攻击方法。

(2) S 盒可选择的 DES

Biham 和 Shamir 证明通过优化 S 盒的设计,甚至 S 盒本身的序,可以抵抗差分密码分析,以达到进一步增强 DES 算法的加密强度的目的。

在一些设计中,将 DES 作如下改进,使 S 盒的次序随密钥而变化或使 S 盒的内容本身是可变的。

8 个 DES 的 S 盒的改变可使得 DES 变弱许多,使用某些特定次序的 S 盒的 16 圈迭代 DES 仅需要大约 2 个选择明文就能用差分分析方法被破译。采用随机的 S 盒的 DES 很容易被破译,即使是对 DES 一个 S 盒的数字稍作改变也会导致 DES 易于破译。因此,不管怎样随机选择 S 盒都不会比 DES 更安全。

(3) 具有独立子密钥的 DES

DES 的另一种变形是每圈迭代都使用不同的子密钥,而不是由单个的 56 比特密钥来产生。因为 16 圈迭代 DES 的每圈都需要 48 比特密钥,所以这种变形的 DES 的密钥长度是 768 比特。这一方法可以增强 DES 的加密强度,大大地增加了破解 DES 的难度。

但据密码专家 Biham 和 Shamir 证明利用 261 个选择明文便可破译这个 DES 变形,而不是人们所希望的 2768 个选择明文。所以这种改变并不能使 DES 变得更安全。

(4) G-DES

G-DES 是广义 DES 的缩写,设计它的目的是为了提高 DES 的速度和强度。总的分组长度增加了(分组长度是可变的),但圈函数 f 保持不变。Biham 和 Shamir 仅使用 16 个已知明文就能用差分分析破译分组长度为 256 比特的 16 圈 G-DES。使用 48 个选择明文就能用差分分析破译分组长度为 256 比特的 22 圈 G-DES。即使是分组长度为 256 比特的 64 圈 G-DES 也比 16 圈 DES 弱。事实证明,比 DES 快的任何 G-DES 都不如 DES 安全。

2.3.2 高级加密标准 AES

1. AES 概述

在攻击面前,虽然多重 DES 表现良好。不过,考虑到计算机能力的持续增长,人们需要一种新的、更加强有力的加密算法。1995 年,美国国家标准技术研究所 NIST 开始寻找这种算法。最终,美国政府采纳了由密码学家 Rijmen 和 Daemen 发明的 Rijindael 算法,使其成为了高级加密标准 AES(Advanced Encryption Standard)。

Rijindael 算法之所以最后当选,是因为它集安全性、效率、可实现性及灵活性于一体。

AES 算法是具有分组长度和密钥长度均可变的多轮迭代型加密算法。分组长度一般为 128 比特位,密钥长度可以是 128/192/256 位。实际上,AES 算法的密钥长度可以扩展为 64 的任意整数倍,尽管 AES 标准中只有 128,192 和 256 被认可。

AES 的 128 位块可以很方便地考虑成一个 4×4 矩阵,这个矩阵称为"状态"(State)。例如,假设输入为 16 字节 $b_0, b_1, \cdots, b_{15}$,这些字节在状态中的位置及其用矩阵的表示如表 2-8 所示。注意,这些状态用输入数据逐列填充。

表 2-8 AES 中"状态"的位置及其矩阵表示

b_0	b_4	b_8	b_{12}		$s_{0,0}$	$s_{0,1}$	$s_{0,2}$	$s_{0,3}$
b_1	b_5	b_9	b_{13}		$s_{1,0}$	$s_{1,1}$	$s_{1,2}$	$s_{1,3}$
b_2	b_6	b_{10}	b_{14}		$s_{2,0}$	$s_{2,1}$	$s_{2,2}$	$s_{2,3}$
b_3	b_7	b_{11}	b_{15}		$s_{3,0}$	$s_{3,1}$	$s_{3,2}$	$s_{3,3}$

2. AES 算法步骤

AES 加密算法具有 N_r 次替换 – 置换迭代,其中替换提供混乱性,置换提供了扩散性。N_r 依赖于密钥长度,密钥长度为 128 比特,$N_r = 10$;密钥长度为 192 比特,$N_r = 12$;密钥长度为 256 比特,$N_r = 14$。

AES 的加密与解密流程如图 2-7 所示。

下面以分组长度为 128 比特,迭代次数 10 为例介绍算法加密的过程。算法的 4 个步骤如下:

1)给定一个明文 x,将 State 初始化为 x,并进行轮密钥(AddRoundKey)操作,将轮密钥与 State 异或。

2)对前 $N_r - 1$ 轮中的每一轮,对当前的 State 进行 S 盒变换操作(SubBytes)、行移位(ShiftRows)、列混淆操作(MixColumns)以及轮密钥(AddRoundKey)操作。

3)在最后一轮,对当前的 State 进行 SubBytes、ShiftRows、AddRoundKey 操作。

4)最后 State 中的内容即为密文。

其中涉及了以下 5 个重要操作。

1)AddRoundKey——轮密钥加变换操作。将输入或状态 State 中的每一个字节分别与产生的密钥的每一个字节进行异或操作。

2)SubBytes——S 盒变换操作。SubBytes 操作是一个基于 S 盒(如表 2-9 所示)的非线性置换。将 State 状态中的每一个字节通过查表操作映射成另一个字节。映射方法是:输入字节的高 4 位作为 S 盒的

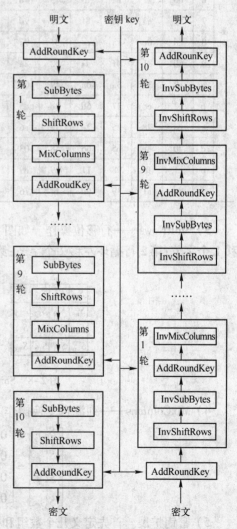

图 2-7 AES 算法加密与解密流程图

行值,低4位作为 S 盒的列值,然后取出 S 盒中对应的行和列的值作为输出。例如,输入为"95"(十六进制表示)的值所对应的 S 盒的行值为"9",列值为"5",S 盒中相应位置上的值为"2a",这样"95"被映射成了"2a"。

表 2-9　S 盒变换(十六进制)

									y							
		0	1	2	3	4	5	6	7	8	9	a	b	c	d	e	f
x	0	63	7c	77	7b	f2	6b	6f	c5	30	01	67	2b	fe	d7	ab	76
	1	ca	82	c9	7d	fa	59	47	f0	ad	d4	a2	af	9c	a4	72	c0
	2	b7	fd	93	26	36	3f	f7	cc	34	a5	e5	f1	71	d8	31	15
	3	04	c7	23	c3	18	96	05	9a	07	12	80	e2	eb	27	b2	75
	4	09	83	2c	1a	1b	6e	5a	a0	52	3b	d6	b3	29	e3	2f	84
	5	53	d1	00	ed	20	fc	b1	5b	6a	cb	be	39	4a	4c	58	cf
	6	d0	ef	aa	fb	43	4d	33	85	45	f9	02	7f	50	3c	9f	a8
	7	51	a3	40	8f	92	9d	38	f5	bc	b6	da	21	10	ff	f3	d2
	8	cd	0c	13	ec	5f	97	44	17	c4	a7	7e	3d	64	5d	19	73
	9	60	81	4f	dc	22	2a	90	88	46	ee	b8	14	de	5e	0b	db
	a	e0	32	3a	0a	49	06	24	5c	c2	d3	ac	62	91	95	e4	79
	b	e7	c8	37	6d	8d	d5	4e	a9	6c	56	f4	ea	65	7a	ae	08
	c	ba	78	25	2e	1c	a6	b4	c6	e8	dd	74	1f	4b	bd	8b	8a
	d	70	3e	b5	66	48	03	f6	0e	61	35	57	b9	86	c1	1d	9e
	e	e1	f8	98	11	69	d9	8e	94	9b	1e	87	e9	ce	55	28	df
	f	8c	a1	89	0d	bf	e6	42	68	41	99	2d	0f	b0	54	bb	16

3) ShiftRows——行移位操作。如图 2-8 所示,行移位原则是:第 0 行不动;第 1 行循环左移 1 个字节;第 2 行循环左移 2 个字节;第 3 行循环左移 3 个字节。

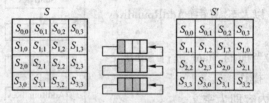

图 2-8　ShiftRows 完成循环移位操作

4) MixColumns——列混合变换操作。

$$\begin{bmatrix} S'_{0,c} \\ S'_{1,c} \\ S'_{2,c} \\ S'_{3,c} \end{bmatrix} = \begin{bmatrix} 02 & 03 & 01 & 01 \\ 01 & 02 & 03 & 01 \\ 01 & 01 & 02 & 03 \\ 03 & 01 & 01 & 02 \end{bmatrix} \begin{bmatrix} S_{0,c} \\ S_{1,c} \\ S_{2,c} \\ S_{3,c} \end{bmatrix}$$

5) 密钥扩展。首先定义几个数组和操作:

- $w[i]$:存放生成的密钥。
- $Rcon[i]$:存放前 10 个轮常数 $RC[i]$ 的值(用十六进制表示),如表 2-10 所示。其对应的 $Rcon[i]$ 如表 2-11 所列。$Rcon[i] = (RC[i], \text{`00'}, \text{`00'}, \text{`00'})$,$RC[0] = \text{`01'}$,$RC[i] = 2 \cdot RC[i-1]$。

表 2-10　$RC[i]$ 中的值

i	1	2	3	4	5	6	7	8	9	10
$RC[i]$	01	02	04	08	10	20	40	80	1b	36

表 2-11　$Rcon[i]$ 中的值

i	1	2	3	4	5
$Rcon[i]$	01000000	02000000	04000000	08000000	10000000
i	6	7	8	9	10
$Rcon[i]$	20000000	40000000	80000000	1b000000	36000000

- RotWord( )操作:循环左移一个字节,将 $[b_0 b_1 b_2 b_3]$ 变成 $[b_1 b_2 b_3 b_0]$。
- SubWord( )操作:基于 S 盒对输入字中的每个字节进行 S 代替。

密钥扩展的具体步骤:

1)初始密钥直接被复制到数组 $w[i]$ 的前 4 个字节中,得到 $w[0]$、$w[1]$、$w[2]$、$w[3]$。

2)对 w 数组中下标不为 4 的倍数的元素,只是简单地异或,即

$$w[i] = w[i-1] \oplus w[i-4] \quad (i\ 不为\ 4\ 的倍数)$$

3)对 w 数组中下标为 4 的倍数的元素,在使用上式进行异或前,需对 $w[i-1]$ 进行一系列处理,即依次进行 RotWord、SubWord 操作,再将得到的结果与 $Rcon[i/4]$ 做异或运算。

【例 2-1】

输入信息:32 43 f6 a8 88 5a 30 8d 31 31 98 a2 e0 37 07 34;

加密密钥:2b 7e 15 16 28 ae d2 a6 ab f7 15 88 09 cf 4f 3c;

加密密钥为 128 比特,所以轮数 $N_r = 10$;

求出加密结果。

加密过程分析:

1)10 轮迭代开始前,先把原始明文写成如下形式:

32	88	31	e0
43	5a	31	37
f6	30	98	07
a8	8d	a2	34

本轮密钥写成如下形式:

2b	28	ab	09
7e	ae	f7	cf
15	d2	15	4f
16	a6	88	3c

进行 AddRoundKey 操作后产生一个结果,作为 10 轮迭代的第一轮输入。AddRoundKey 操作如下:

每个字节相应异或:32 为 00110010,2b 为 00101011,异或结果为:00011001 即 19,所以第一个字节为 19,其他字节以此类推。因此得到第一轮的轮开始状态为:

19	a0	9a	e9
3d	f4	c6	f8
e3	e2	8d	48
be	2b	2a	08

2) 接下来进行第一轮的 SubBytes 操作要查 S 盒,每个字节依次置换。

置换方法为:高 4 位为 S 盒行值,低 4 位为 S 盒列值,如 19 就是查 S 盒中第 1 行第 9 列的值,结果为 d4,其他字节同样。

d4	e0	b8	1e
27	bf	b4	41
11	98	5d	52
ae	f1	e5	30

然后按照 ShiftRows——行移位操作原则进行移位,得到结果如下:

d4	e0	b8	1e
bf	b4	41	27
5d	52	11	98
30	ae	f1	e5

下面的 MixColumns 列混合变换操作利用公式完成

$$\begin{bmatrix} S'_{0,c} \\ S'_{1,c} \\ S'_{2,c} \\ S'_{3,c} \end{bmatrix} = \begin{bmatrix} 02 & 03 & 01 & 01 \\ 01 & 02 & 03 & 01 \\ 01 & 01 & 02 & 03 \\ 03 & 01 & 01 & 02 \end{bmatrix} \begin{bmatrix} S_{0,c} \\ S_{1,c} \\ S_{2,c} \\ S_{3,c} \end{bmatrix}$$

第一个字节为:$02 * d4 + 03 * bf + 01 * 5d + 01 * 30 = 04$,

其他字节类似按公式计算。(其中所有的计算都是在有限域上计算)

得到的结果如下,记为中间状态 1:

04	e0	48	28
66	cb	f8	06
81	19	d3	26
e5	9a	7a	4c

接下来就按上面已经讨论过的步骤讨论密钥扩展:

首先:$w[0] = 2b7e1516$,$w[1] = 28aed2a6$,$w[2] = abf71588$,$w[3] = 09cf4f3c$。

接着求 $w[4]$,由于下标为 4 的倍数,则在异或之前对 $w[i-1]$ 也就是 $w[3]$ 处理,于是 $w[4]$ 的产生过程如图 2-9 所示。

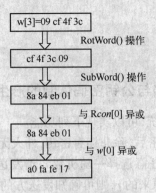

图 2-9　$w[4]$ 的计算

a0　fa　fe　17 即为 $w[4]$ 的值。$w[5]=w[4]\oplus w[1]=88542cb1$，$w[6]=w[5]\oplus w[2]=$ 23a33939，$w[7]=w[6]\oplus w[3]=2a6c7605$，得到新一轮的密钥为：

a0	88	23	2a
fa	54	a3	6c
fe	2c	39	76
17	b1	39	05

把这个新的密钥和中间状态 1 做 AddRoundKey 操作，得到的结果作为第 2 轮迭代的输入。

a4	68	6b	02
9c	9f	5b	6a
7f	35	ea	50
f2	2b	43	49

3）依次迭代下去，直到第 10 轮迭代结束。注意：第 10 轮的迭代不要 MixColumns 操作。最后的结果即产生的密文为：

39	02	dc	19
25	dc	11	6a
84	09	85	0b
1d	fb	97	32

即：39 25 84 1d 02 dc 09 fb dc 11 85 97 19 6a 0b 32

该实例完整的步骤读者可以参考《应用密码学教程》。

3. 对 Rijndael 算法的评估

1）安全性。没有已知的方法能攻击 Rijndael 。它用 S 盒作为非线性组件，Rijndael 表现出足够的安全性。

2）多功能性和灵活性。Rijndael 支持分组和密钥长度分别为 128 位、192 位、256 位的各种组合。原则上该算法结构能通过改变轮数来支持长度为 32 位的任意倍数的分组和密钥长度。

3）Rijndael 对内存的需求非常低，也使它很适合用于受限制的环境中，Rijndael 的操作简单，并可抵御强大和实时的攻击。

2.4 公钥密码体制

2.4.1 传统密码体制的缺陷与公钥密码体制的产生

一个安全的对称密钥密码系统,可以实现下列功能。

1) 保护信息机密:明文经加密后,除非拥有密钥,外人无从了解其内容。

2) 认证发送方身份:接收方任意选择一随机数 r,请发送方加密成密文 C,送回给接收方。接收方再将 C 解密,若能还原成原来的 r,则可确知发送方的身份无误,否则则是第三者冒充。此乃由于只有发送方(及接收方)知道加密密钥,因此只有他能将此随机数 r 所对应的密文 C 求出,其他人则因不知道加密密钥,而无法求出正确的 C。此种认证发送方身份的方法现广泛使用于银行体系中。

3) 确保信息完整性:在许多不需要隐藏信息内容,但需要确保信息内容不被更改的场合,发送方可将明文加密后的密文附加于明文之后送给接收方,接收方可将附加的密文解密,或将明文加密成密文,然后对照是否相符。若相符则表示明文正确,否则有被更改的嫌疑。银行界使用的押码即是如此。通常可利用一些技术,将附加密文的长度缩减,以减少传送时间及内存容量。有关这些方法,本书在 2.5 节单向散列函数中介绍。

对称密钥密码系统具有下列缺点。

1) 收发双方如何获得其加密密钥及解密密钥? 这个问题称为密钥分配问题。若收发双方互不认识时,此问题尤其严重。当暂不考虑密钥分配问题时,可假设发送方与接收方有一条秘密信道(Secure Channel)来传递密钥。

2) 密钥的数目太大。若网络中有 n 人,则每人必须拥有 $n-1$ 把密钥。网络中共需有 $n(n-1)/2$ 把不同的密钥。当 n 等于 1000 时,每人须保管 999 把密钥。网络中共需有 499500 把不同的密钥。如何管理这么多的密钥,这是一个让人头痛的问题。

3) 无法达到不可否认服务。由于发送方与接收方都使用同一密钥,因此发送方可在事后否认他先前送过的任何信息。因为接收方可以任意地伪造或篡改,而第三者并无法分辨是发送方抵赖送过的信息,或是接收方自己捏造的。对称密钥密码系统无法达到如手写签名具有事后不可否认的特性(除非公正的第三者,在收发双方通信时介入,且愿在事后证明)。

如何解决以上这些问题呢? 现在回到密码系统模型上,发送方是否一定需要知道解密密钥,才能将明文加密成密文? 如果不需要,就可将加密密钥 K_d 与解密密钥 K_e 分开,使得即使知道 K_d,还是无法得知 K_e。那就可将 K_d 公开,但只有接收方一人知道 K_e。在此情况下,任何人均可利用 K_d 加密,而只有知道 K_e 的接收方才能解密。或是只有接收方一人才能加密(加密与解密其实都是一种动作),任何人均能解密。这就是公开密钥密码系统的主要精神,也是其与秘密密钥密码系统最大的不同所在。由于加密密钥 K_d 与解密密钥 K_e 不同,因此,此系统又称为双密钥密码系统或非对称密码系统。

1976 年,Diffie 和 Hellman 在"New Direction in Cryptography"(密码学新方向)一文中首次提出了公开密钥密码体制的思想,这就是有名的 Diffie-Hellman 公开密钥分配系统(Public Key Distribution System,PKDS)。但是他们并没有提出一个完整的公开密钥系统,而只是推测其存在。

1977 年,Rivest,Shamir 和 Adleman 第一次实现了公开密钥密码体制,现在称为 RSA 公开密钥体制。

2.4.2 公钥密码体制

图 2-10 是公钥密码体制加解密的原理图,加解密过程主要有以下几步。

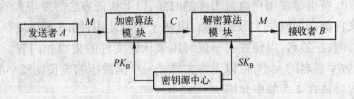

图 2-10 公钥密码体制加解密原理图

1) 系统中要求接收消息的端系统(如图中的接收者 B),产生一对用来加密和解密的密钥 PK_B,SK_B,其中 PK_B 是公开钥,SK_B 是秘密钥。

2) 端系统 B 将加密密钥 PK_B 放在一个公开的寄存器或文件中,通常放入存放密钥的密钥中心。另一密钥 SK_B 则被用户保存。

3) A 如果要想向 B 发送消息 M,则首先必须得到并使用 B 的公开钥 PK_B 加密 M,表示为 $C = E_{PK_B}(M)$,其中 C 是密文,E 是加密算法。

4) B 收到 A 的加密密文 C 后,用自己的秘密钥 SK_B 解密得到明文信息,表示为 $M = D_{SK_B}(C)$,其中 D 是解密算法。

因为整个过程只有 B 知道 SK_B,所以其他人都无法对 C 解密,从而信息得到有效保护。

安全的公开密钥密码系统,可以达到下列功能。

1) 简化密钥分配及管理问题。网络上的每人只需要一把加密(公开)密钥及一把解密(私有秘密)密钥,这些密钥由接收方自己产生即可。除拥有更高的安全性外,更大大简化密钥之分配及管理问题。

2) 保护信息机密。任何人均可将明文加密成密文,此后只有拥有解密密钥的人才能解密。

3) 实现不可否认功能。由于只有接收方自己才拥有解密密钥,若他先用解密密钥将明文加密(签名)成密文(签名文),则任何人均能用公开密钥将密文解密(验证)成明文,并与原来明文对照。由于只有接收方才能将明文签名,任何人无法伪造,因此,此签名文就如同接收方亲手签名一样,具有法律效力,日后有争执时,第三方可以很容易作出正确的判断。提供此种功能的公开密钥密码系统,称为数字签名,2.6 节中将详细介绍数字签名。

公开密钥加密算法用于对发送方 A 发送的消息 M 提供认证的功能如图 2-11 所示。用户 A 用自己的秘密钥 SK_A 对明文 M 进行加密,过程表示为 $C = E_{SK_A}(M)$,将密文 C 发给 B。B 用 A 提供的公开钥 PK_A 对 C 进行解密,该过程可以表示为 $M = D_{PK_A}(C)$,因为从 M 得到 C 是经过 A 的秘密钥 SK_A 加密,也只有 A 才能做到,因此 C 可当做 A 对 M 的数字签名。另一方面,任何人只要得不到 A 的秘密钥 SK_A 就不能篡改 M,所以以上过程获得了对消息来源的认证功能。

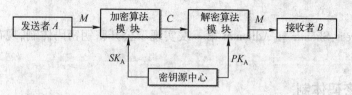

图 2-11 公钥密码体制认证原理图

在实际应用中,特别是在用户数量很多的时候,以上认证方法需要很大的存储空间来存储密钥,因为每个文件都必须以明文形式存储,以便于实际使用,同时还必须存储每个文件被加密后的密文形式即数字签名,以便在有争议时用来认证文件的来源和内容。一种改进的方法就是减少文件的数字签名的大小,可以先将文件经一个函数压缩成长度较小的比特串,再进行数字签名,有关内容将在 2.5 节中介绍。

为了同时提供认证功能和保密性,可采用双重加、解密。原理如图 2-12 所示。

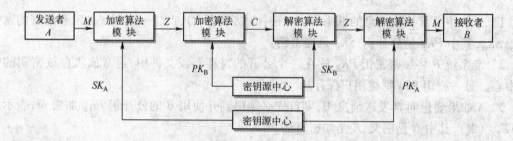

图 2-12 公钥密码体制的认证、保密原理图

发送方首先用自己的秘密钥 SK_A 对消息 M 进行加密,用于提供数字签名功能。然后再用接收方的公开钥 PK_B 进行第二次加密操作,表示为 $C = E_{PK_B}(E_{SK_A}(M))$,解密过程为 $M = D_{PK_A}(D_{SK_B}(C))$,即接收方用自己的秘密钥和发送方的公开钥对收到的密文进行两次解密操作。

一般来讲公开密钥算法应满足以下几点基本要求。

1)接收方 B 产生密钥对(公钥 PK_B 和秘钥 SK_B)是很容易计算得到的。

2)发送方 A 用收到的公钥对消息 M 加密以产生密文 C,即 $C = E_{PK_B}(M)$,在计算上是容易的。

3)接收方 B 用自己的秘密钥对密文 C 解密,即 $M = D_{SK_B}(C)$ 在计算上是容易的。

4)密码分析者或者攻击者由 B 的公钥 PK_B 求秘钥 SK_B 在计算上是不可行的。

5)密码分析者或者攻击者由密文 C 和 B 的公钥 PK_B 恢复明文 M 在计算上是不可行的。

6)加、解密操作的次序可以互换,也就是 $E_{PK_B}(D_{SK_B}(M)) = D_{SK_B}(E_{PK_B}((M)))$。

2.4.3 加密与签名的顺序问题

假定用户 A 想给用户 B 发送一个消息 M,出于机密性以及确保完整性和不可否认性的考虑,A 需要在发送前对消息进行签名和加密,那么 A 是先签名后加密好还是先加密后签名好呢?

考虑下面的重放攻击情况,假设 Alice 决定发送消息:

$$M = \text{``I love you''}$$

先签名再加密,她发送 $E_{PK_B}(E_{SK_A}(M))$ 给 B。出于恶意,B 收到后解密获得签名的消息 $E_{SK_A}(M)$,并将其加密为 $E_{PK_C}(E_{SK_A}(M))$,将该消息发送给 C,于是 C 以为 A 爱上了他。

再考虑下面的中间人攻击情况,A 将一份重要的研究成果发送给 B。这次她的消息是先加密再签名,即发送 $E_{SK_A}(E_{PK_B}(M))$ 给 B。

然而 C 截获了 A 和 B 之间的所有通信内容并进行中间人攻击。C 使用 A 的公钥来计算出 $E_{PK_B}(M)$,并且用自己的私钥签名后发给 B,从而使得 B 认为该成果是 C 的。

从上面的两种情况能够看出公钥密码的局限性。对于公钥密码,任何人都可以进行公钥操作,即任何人都可以加密消息,任何人都可以验证签名。

在现实世界里要想使用公钥密码,必须解决一系列的问题。公钥基础设施 PKI(Public Key Infrastructure)是安全地使用公钥密码所需要的所有事物的统称。本书在后面的章节中将对此详细介绍。

2.4.4 基本数学概念

1. 群

群是一个抽象的数学对象,它包含一个元素集合,一个运算,以及一些其他的定义性质。群的一个例子是在模 n 加法运算下的整数模 n 群。这个群包含 n 个元素,它可以表示为 $Z_n = \{0,1,2,\cdots,n-1\}$。比如群 Z_{15},它的元素是 $\{0,1,2,\cdots,14\}$。这个群中的一些计算例子如:$5 + 6 \bmod 15 = 11$;$5 + 10 \bmod 15 = 0$;$12 + 6 \bmod 15 = 3$。

2. 模逆元

元素 $x \in Z_n$ 有乘法逆元 x^{-1},当且仅当 x 和 n 的最大公因子是 1,即 $\gcd(x,n) = 1$。也即 x 必须和 n 互素。如果 x 的逆元存在,那么必定满足 $x \times x^{-1} \bmod n = 1$。

一般地,若 x 与 n 互质,则有唯一逆元,例如 $5 \bmod 14$ 的逆元为 3,因为 $5 \times 3 = 15 \equiv 1 \bmod 14$。

x 与 n 不互质,没有逆元,例如 $2 \bmod 4$ 没有逆元。

如果 n 是一个素数,则从 $1 \sim n-1$ 的每一个数都与 n 互质,则在此范围内恰好有一个逆元。

要计算 a 的逆元 $x = a^{-1} \bmod n$,即求出满足 $ax + ny = 1$ 中的 x。显然用扩展的 Euclidean 算法即可。

【例 2-2】 求 $3^{-1} \bmod 4$。

解:因 $\gcd(3,4) = 1$,令 $x = 3^{-1} \bmod 4$,求解 $3x + 4y = 1$。用扩展的 Euclidean 算法最后得到 $(-1) \times 3 + 1 \times 4 = 1$,所以 $3^{-1} \bmod 4 \equiv (-1) \bmod 4 \equiv 3$。

3. 费尔马小定理

当 n 是素数时,Z_n 中元素 a 满足 $a^{n-1} \equiv 1 \bmod n$。

例如:$2^{7-1} \equiv 1 \bmod 7$

4. Euler 函数

$n \geq 1$,在 $1,2,\cdots,n$ 中与互素的元素个数记作 Euler 函数 $\varphi(n)$。Euler 函数的性质:是素数,$\varphi(n) = p - 1$。

【例 2-3】 $\varphi(5) = 4$,$\varphi(6) = 2$,$\varphi(9) = 6$。

5. 生成元

域实际上是一个群,且域中每一个非零元都有乘法逆元。设 p 是素数,Z_p 就是有限域的一个例子。这个域由元素集合 $\{0,1,2,\cdots,p-1\}$，模 p 的加法运算和模 p 的乘法运算组成。另一个有限域的例子是 Z_p*，其中所有的元素都与 p 互素。Z_p* 还具有另外一个特性，它是一个循环域。即对任意元素 $\beta \in Z_p*$ 都可以由一个生成元 g 的 a 次幂生成，其中 $0 \leqslant a \leqslant p-2$。比如域 $Z_{13}* = \{1,2,3,4,5,6,7,8,9,10,11,12\}$。这个域的生成元是 2，因为其中的每个元素都可以由 2 的 a 次方幂生成，其中 $0 \leqslant a \leqslant 11$，即：

$2^0 \bmod 13 = 1, 2^1 \bmod 13 = 2, 2^4 \bmod 13 = 3, 2^2 \bmod 13 = 4, 2^9 \bmod 13 = 5,$

$2^5 \bmod 13 = 6, 2^{11} \bmod 13 = 7, 2^3 \bmod 13 = 8, 2^8 \bmod 13 = 9, 2^{10} \bmod 13 = 10,$

$2^7 \bmod 13 = 11, 2^6 \bmod 13 = 12。$

一个域的生成元称为模 p 的本原元。

2.4.5 RSA 算法

1. RSA 算法过程

RSA 算法是基于群 Z_n 中大整数因子分解的困难性。

RSA 算法可以描述如下：

1）生成两个大素数 p 和 q（保密）。

2）计算这两个素数的乘积 $n = pq$（公开）。

3）计算小于 n 并且与 n 互素的整数的个数，即欧拉函数 $\varphi(n) = (p-1)(q-1)$（保密）。

4）选取一个随机整数 e 满足 $1 < e < \varphi(n)$，并且 e 和 $\varphi(n)$ 互素，即 $\gcd(e,\varphi(n)) = 1$（公开）。

5）计算 d，满足 $de = 1 \bmod \varphi(n)$（保密）。

以 $\{e,n\}$ 为公开钥，$\{d,n\}$ 为秘密钥。

利用 RSA 加密的第一步是将明文数字化，并取长度小于 $\log_2 n$ 位的数字作明文块。

加密算法：$c = E(m) \equiv m^e (\bmod\ n)$。

解密算法：$D(c) \equiv c^d (\bmod\ n)$。

【例 2-4】 一个利用 RSA 算法的加密实例。

加密过程分析：

$p = 43, q = 59, n = pq = 43 \times 59 = 2537, \varphi(n) = 42 \times 58 = 2436$，取 $e = 13$

解方程 $de = 1 \bmod 2436$

$2436 = 13 \times 187 + 5, 13 = 2 \times 5 + 3$

$5 = 3 + 2, 3 = 2 + 1$

故 $1 = 3 - 2, 2 = 5 - 3, 3 = 13 - 2 \times 5, 5 = 2436 - 13 \times 187$

所以 $1 = 3 - 2 = 3 - (5 - 3) = 2 \times 3 - 5 = 2 \times (13 - 2 \times 5) - 5 = 2 \times 13 - 5 \times 5$

$= 2 \times 13 - 5 \times (2436 - 13 \times 187) = 937 \times 13 - 5 \times 2436$

即 $937 \times 13 \equiv 1(1 \bmod 2436)$

取 $e = 13, d = 937$

若有明文：public key encryptions。

先将明文分块为：pu bl ic ke ye nc cy py io ns。

如利用英文字母表的顺序：即 a 为 00，b 为 01，……，y 为 24，z 为 25，将明文数字化得：

  1520 0111 0802 1004 2404 1302 1724 1519 0814 1418

加密的密文：

> 0095　1648　1410　1299　1365　1379　2333　2132　1751　1289

2. RSA 算法与 DES 算法的比较

DES 算法和 RSA 算法各有优缺点，可以对 DES 算法和 RSA 算法在以下几个方面作一比较。

1）效率。在加密、解密的处理效率方面，DES 算法优于 RSA 算法。因为 DES 密钥的长度只有 56 比特，可以利用软件和硬件实现高速处理。

2）密钥管理。在密钥的管理方面，RSA 算法比 DES 算法更加优越。因为 RSA 算法可采用公开形式分配加密密钥，对加密密钥的更新也很容易，并且对不同的通信对象，只需对自己的解密密钥保密即可；DES 算法要求通信前对密钥进行秘密分配，密钥的更换困难，对不同的通信对象，DES 需产生和保管不同的密钥。

3）安全性。在安全性方面，DES 算法和 RSA 算法的安全性都较好，还没有在短时间内破译它们的有效的方法。

4）签名和认证。在签名和认证方面，DES 算法从原理上不可能实现数字签名和身份认证，但 RSA 算法能够容易地进行数字签名和身份认证。

3. RSA 的缺点

RSA 的重大缺陷是：RSA 的安全性一直未能得到理论上的证明。

RSA 的缺点还有：

1）产生密钥很麻烦，受到素数产生技术的限制，因而难以做到一次一密。

2）由于进行的都是大数计算，使得 RSA 最快的情况也比 DES 慢上 100 倍，无论是软件还是硬件实现，速度一直是 RSA 的缺陷。一般来说只用于少量数据加密。一种提高 RSA 速度的建议是使公钥 e 取较小的值，这样会使加密变得易于实现，速度有所提高。但这样做是不安全的，对付办法就是 e 和 d 都取较大的值。

3）分组长度太大。为保证安全性，n 至少也要 600 比特以上，使运算代价很高，尤其是速度较慢，较对称密码算法慢几个数量级；且随着大数分解技术的发展，这个长度还在增加，不利于数据格式的标准化。目前，SET（Secure Electronic Transaction，安全电子交易）协议中要求认证中心 CA 采用 2048 比特长的密钥，其他实体使用 1024 比特的密钥。

4. 安全性分析

若 $n = pq$ 被因数分解，则 RSA 便被攻破。因为若 p 和 q 已知，则 $\varphi(n) = (p-1)(q-1)$ 可计算出，解密密钥 d 便可利用欧几里得算法求出。

因此，RSA 的安全性依赖于大数分解，但是否等同于大数分解，一直未能得到理论上的证明，因为没有证明破解 RSA 就一定需要作大数分解。假设存在一种无须分解大数的算法，那它肯定可以修改成为大数分解算法。目前，RSA 的一些变种算法已被证明等价于大数分解。

不管怎样，分解 n 是最显然的攻击方法。现在，人们已能分解 140 多个十进制位的大素数。目前因数分解速度最快的方法，其时间复杂性为 $e^{\sqrt{\ln n \ln \ln(n)}}$。以现在所知道的最好方法来估计，一台每秒运行 10^6 次位运算的电子计算机分解：50 位的数需 3.9 小时；75 位的数需 104 天；100 位的数需 74 年；200 位的数需 3.8×10^9 年；300 位的数需 4.9×10^{15} 年。

若 $n = pq$ 被因式分解成功，则 RSA 便被攻破。还不能证明对 RSA 攻击的难度和分解 n 的难度相当，但也没有比因子分解 n 更好的攻击方法。当然，若从求 $\varphi(n)$ 入手对 RSA 进行攻击,它的难度和分解 n 相当。

已知 n,求得 $\varphi(n)$,则 p 和 q 可以求得。因为根据欧拉定理,

$$\varphi(n) = (p-1)(q-1) = pq - (p+q) + 1 = n - (p+q) + 1。$$

所以 $p + q = n - \varphi(n) - 1$,又 $(p-q)^2 = (p+q)^2 - 4pq = (n-\varphi(n)+1)^2 - 4n$;据此列出方程,求得 p 和 q。

基于对 RSA 系统安全性的考虑,在设计 RSA 系统的时候,p 和 q 应满足:

1) 选取的素数 p 和 q 要足够大,使得给定了它们的乘积 n,在事先不知道 p 和 q 的情况下分解 n 是计算上不可行的。一般应在 $10^{100} \sim 10^{125}$ 之间,这样可以基本保证不会在有效时间内被密码分析人员破译出参数。

2) 如果 $p > q$,$p - q$ 不宜太小,最好与 p、q 的位数接近。因为当 p、q 差距很小时,在已给 $n = pq$ 的情况下,可预先估计 p 和 q 的平均值 $\dfrac{p+q}{2}$ 为 $\sqrt{n}$,然后利用下式

$$\left(\frac{p+q}{2}\right)^2 - N = \left(\frac{p-q}{2}\right)^2$$

若上式右边为平方数,则可得 $\dfrac{p+q}{2}$ 和 $\dfrac{p-q}{2}$,因此可因子分解。

例如,$n = 164009$,估计 $\dfrac{p+q}{2}$ 为 405,则 $405^2 - n = 16 = 4^2$,则 $\dfrac{p+q}{2} = 405$,$\dfrac{p-q}{2} = 4$,所以 $p = 409$,$q = 401$。

3) $\gcd(p-1, q-1)$ 应尽量小。

满足上述条件的素数称做安全素数。

RSA 算法是第一个能同时用于加密和数字签名的算法,也易于理解和操作。RSA 是被研究得最广泛的公钥算法,从提出到现在已逾 20 年,经历了各种攻击的考验,逐渐被人们接受,普遍认为它是目前最优秀的公钥方案之一。

2.5 散列函数

2.5.1 散列函数的概念

前面介绍了对称密码体制算法和公钥密码算法,本节介绍第三种加密算法,即散列或消息摘要(Message Digest)函数。

不像前两种类型的算法,散列函数没有密钥,散列函数就是把可变输入长度串(叫做预映射,Pre-image)转换成固定长度输出串(叫做散列值)的一种函数。

散列函数又可称为压缩函数、杂凑函数、消息摘要、指纹、密码校验和、信息完整性检验(DIC)、消息认证码(Message Authentication Code,MAC)。

散列函数有以下 4 个主要特点。

1) 它能处理任意大小的信息,并将其信息摘要生成固定大小的数据块(例如,128 位,即 16 字节),对同一个源数据反复执行 Hash 函数将总是得到同样的结果。

2) 它是不可预见的。产生的数据块的大小与原始信息的大小没有任何联系,同时源数据和产生的数据块的数据看起来没有明显关系,但源信息的一个微小变化都会对数据块产生很

大的影响。

3）它是完全不可逆的，即散列函数是单向的，从预映射的值很容易计算其散列值，没有办法通过生成的散列值恢复源数据。

4）它是抗碰撞的，即寻找两个输入得到相同的输出值在计算上是不可行的。

图2-13表示一个单向散列函数的工作过程。假设单向散列函数$H(M)$作用于任意长度的消息M，它返回一个固定长度的散列值h，其中h的长度为定数m，该函数必须满足如下特性。

1）给定M，很容易计算h。

2）给定h，计算M很难。

$$M \longrightarrow \boxed{\text{单向散列函数 } H(M)} \longrightarrow h$$

3）给定M，要找到另一消息M'并满足$H(M')=H(M)$ 图2-13 单向散列函数的工作过程
很难。

单向散列函数最主要的用途是数字签名。现在使用的重要的计算机安全协议，如SSL、PGP都用散列函数来进行签名。2.6节中将详细介绍数字签名。

常用的消息摘要算法有如下几种。

1）MD2算法。MD2算法由美国麻省理工学院的R Rivest于1989年提出的，它被互联网电子邮件保密协议（PEM）指定为消息摘要算法之一，用于数字签名前对消息进行安全的哈希（Secure Hashing）。该算法可以将任意长度的消息摘要为128比特。MD2的安全性依赖于它使用的随机字符置换表。在这个算法中，首先对信息进行数据补位，使信息的字节长度是16的倍数。然后以一个16位的检验和追加到信息末尾。并且根据这个新产生的信息计算出散列值。

2）MD4和MD5算法。MD4算法由美国麻省理工学院的R Rivest在1990年欧洲密码年会上提出的。在发现MD4的漏洞后，R. Rivest于1991年提出了MD5。MD5速度比MD4慢，但比MD4更安全。

MD5是一个在国内外有着广泛应用的散列函数算法，它曾一度被认为是非常安全的。然而，在2004年8月17日美国加州圣巴巴拉召开的国际密码学会议（Crypto′ 2004）上，来自我国山东大学的王小云教授做了破译MD5、HAVAL-128、MD4和RIPEMD算法的报告。她的研究成果是近年来密码学领域最具实质性的进展。

王小云教授发现，可以很快的找到MD5的"碰撞"，这意味着，当在网络上使用电子签名签署一份合同后，还可能找到另外一份具有相同签名但内容迥异的合同，这样两份合同的真伪性便无从辨别。王小云教授的研究成果证实了利用MD5算法的碰撞可以严重威胁信息系统安全，这一发现使目前电子签名的法律效力和技术体系受到挑战。

3）SHA算法。SHA（Secure Hash Algorithm）是美国国家标准技术局对MD5算法的一种改进算法，它能将任意长度小于264的比特串压缩为160比特输出。SHA是美国联邦安全压缩标准SHS（Secure Hash Standard）规定的算法。

4）RIPEMD算法。RIPEMD算法是为欧共体RIPE工程设计的，它将任意长度消息摘要为128比特，后来又对算法进行了修改，使其摘要长度变为160比特，修改后称为RIPEMD-160。RIPEMD-160是一个基于MD4的函数，由10层变换组成，每层内包含16层子变换。

2.5.2 SHA算法

1. SHA概述

SHA（Secure Hash Algorithm）由美国国家标准和技术局NIST设计，1993年被作为联邦信

息处理标准(FIPS PUB 180)公布,1995 年又公布了修订版 FIPS PUB 180-1,通常称为 SHA-1。就当前的情况来看,SHA-1 由于其安全强度及运算效率方面的优势已经成为使用最为广泛的散列函数。

该算法输入消息的最大长度为 $2^{64}-1$ 位,产生的输出是一个 160 位的消息摘要。输入按 512 位的分组进行处理。

2. SHA 算法步骤

SHA-1 算法流程如图 2-14 所示,具体步骤介绍如下:

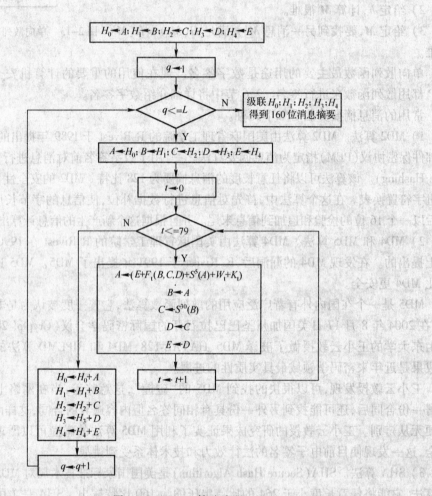

图 2-14 SHA-1 算法流程

1)填充消息。对输入的原始消息添加适当的填充位,使得填充后消息的长度满足模 512 余 448。即使输入的原始消息长度已满足模 512 余 448,仍然要执行填充操作。具体填充方法是,第一位为 1,后面各位全为 0。

2)添加原始消息长度。在填充的消息后面附加 64 位,用 64 位无符号整数表示原始消息的长度。

3)初始化消息摘要缓存区。SHA-1 中有 5 个 32 位的寄存器(A,B,C,D,E)组成 160 位的缓存区,用于存储中间结果和最终散列函数的结果(即消息摘要)。其初始值(IV)为:$A=$

$0x67452301, B = 0xEFCDAB89, C = 0x98BADCFE, D = 0x10325476, E = 0xC3D2E1F0$。

4）处理消息。以 512 位为一个分组，对填充后的消息进行处理。主循环的次数为消息的分组数 L。每次主循环分成 4 轮，每轮进行 20 步操作，共 80 步。每轮以当前正在处理的一个 512 位分组和 160 位的缓存值 ABCDE 为输入，然后更新缓存的内容。

图中 q 表示分组数，t 表示步数，+ 表示模 2^{32} 加，S^k 表示循环左移 k 位给定的 32 位字，W_t 表示从当前输入的 512 位消息分组中导出的 32 位字。从图中可以看出，每轮各步会使用到常数 K_t 和逻辑函数 F_t（其中 $0 \leqslant t \leqslant 79$，表示 80 步中的一步），取值如表 2-12 所示：

表 2-12　各步使用的常量和逻辑函数

步数（t）	K_t 的十六位进制值	逻辑函数 $F_t(B,C,D)$
$0 \leqslant t \leqslant 19$（第一轮）	5A827999	$(B \wedge C) \vee (\neg B \wedge D)$
$20 \leqslant t \leqslant 39$（第二轮）	6ED9EBA1	$B \oplus C \oplus D$
$40 \leqslant t \leqslant 59$（第三轮）	8F1BBCDC	$(B \wedge C) \vee (B \wedge D) \vee (C \wedge D)$
$60 \leqslant t \leqslant 79$（第四轮）	CA62C1D6	$B \oplus C \oplus D$

每步所使用的 32 位字 W_t 导出方法如下：

前 16 步（$t = 0, \cdots, 15$）导出字的值直接取自当前 512 消息分组中 16 个字的值，其余步导出字的值由 4 个前面的 W_t 值异或后再循环左移 1 位得出，即：

$$W_t = S^1(W_{t-16} \oplus W_{t-14} \oplus W_{t-8} \oplus W_{t-3})$$ 其中 $t = 16, 17, \cdots, 79$

3. SHA 算法安全性分析

2005 年 2 月 7 日，美国国家标准和技术局 NIST 对外宣称，SHA-1 还没有被攻破，并且也没有足够的理由怀疑它很快被攻破。但仅在一周之后，王小云教授再次令世界密码学界大跌眼睛——SHA-1 也被她破解了。对于 SHA-1，攻击者会于一个 160 位散列函数大约 2^{63}（远小于 2^{80}）次运算可以找到产生统一摘要的消息。虽然这个攻击并不意味着 SHA 失去用途，因为攻击者必须收集和分析大量的摘要样本，但它还是提示大家应该使用更长的摘要。SHA 1 的应用范围比 MD5 更广泛，安全性较 MD5 要高出很多，一些重要的场合都选择 SHA-1 来做数字签名。美国政府部门早在 1994 年就开始使用 SHA-1 算法。因此 SHA-1 被破解的消息在国际社会的反响甚至超出半年前 MD5 被破解时的情景。随后美国政府宣布 5 年内不再使用 SHA-1，并计划在 2010 年前改用先进的 SHA-224，SHA-256，SHA-384 及 SHA-512 算法，这些算法的安全性比较如表 2-13 所示。

表 2-13　SHA 系列算法比较

算法名称	输入消息大小（位）	分组大小（位）	导出字大小（位）	消息摘要大小（位）	每个分组执行操作步数	是否存在碰撞攻击
SHA-1	$< 2^{64}$	512	32	160	80	是
SHA-224	$< 2^{64}$	512	32	224	64	尚未出现
SHA-256	$< 2^{64}$	512	32	256	64	尚未出现
SHA-384	$< 2^{128}$	1024	64	384	80	尚未出现
SHA-512	$< 2^{128}$	1024	64	512	80	尚未出现

2.5.3　散列函数的应用

可以利用散列函数设计一个数据文件完整性检测的程序。

为了检测数据是否被非法篡改，一般可采用比较数据文件长度、文件修改时间等方法，以此来判断数据文件是否发生了变化。但这样的比较存在一些问题，当入侵者仅将数据文件中的一部分内容替换成大小相同的其他内容时，通过比较文件的长度就无法发现文件的改变；当入侵者修改了系统时间后，通过比较数据文件的修改时间也无法发现文件已被篡改。而采用单向散列函数可克服上述缺陷。通过将单向散列函数作用于数据文件，得到一个固定的散列值。数据文件发生任何一点变化，通过单向散列函数计算出的散列值就会不同。

系统运行时仅需通过文件对话框选择所要检测的数据文件即可自动备份相关文件到指定磁盘中，在备份的同时，系统将所需检测的数据文件的文件名、数字摘要以及备份文件的盘符、路径、文件名写入数据表中，以供检测时使用。

当进行检测时系统每隔指定的时间（如半小时），将数据表中所需检测的文件轮询一遍，通过将文件所计算出的当前数字摘要与数据表中该文件原有的数字摘要作比较，来判断文件是否被修改。若发现改动，立即报警，并用备份盘上的备份文件进行恢复。一次轮询过程如图 2-15 所示。

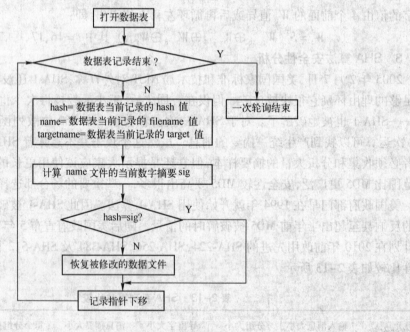

图 2-15　一次轮询过程

2.6　数字签名

2.6.1　数字签名的概念

数字签名（Digital Signatures）技术是实现交易安全的核心技术之一，其实现基础就是加密技术。一般书信或文件传送根据亲笔签名或印章来证明真实性,在计算机网络中传送的报文是使用数字签名来证明其真实性的。

数字签名可以保证实现以下几点。

1)发送者事后不能否认对发送报文的签名。

2)接收者能够核实发送者发送的报文签名。

3)接收者或其他人不能伪造发送者的报文签名。

4)接收者不能对发送者的报文进行部分篡改。

数字签名的应用范围十分广泛,在保障电子数据交换(EDI)的安全性上产生了突破性的进展。凡是需要对用户的身份进行判断的情况都可以使用数字签名,比如加密信件、商务信函、定货购买系统、远程金融交易、自动模式处理等都可以使用数字签名。

使用对称和非对称密码算法都可以实现数字签名,目前采用较多的是公钥加密技术,如基于 RSA Data Security 公司的 PKCS(Public Key Cryptography Standards)、DSA(Digital Signature Algorithm)、Elgamal、PGP(Pretty Good Privacy)。1994 年美国标准与技术协会公布了数字签名标准(Digital Signature Standard,DSS)而使公钥加密技术广泛应用。

使用公钥加密技术的签名和验证过程是:

1)发送方(甲)先用单向散列函数对某个信息(如合同的电子文件)A 进行计算,得到 128 位的结果 B,再用私钥 SK 对 B 进行加密,得到 C,该数据串 C 就是甲对合同 A 的签名。

2)他人(乙)的验证过程为:乙用单向散列函数对 A 进行计算,得到结果 B_1,对签名 C 用甲的公钥 PK 进行解密,得到数据串 B_2,如果 $B_1 = B_2$,则签名是真的,反之签名则为假的。

由以上可知,只有持有私钥 SK 的人可以完成签名操作。因为甲虽然可以指责乙捏造了合同 A(任何人都可以在计算机上打出一份他想要的合同),乙也的确可以从 A 计算出 B,但从 B 到 C 的过程要用到甲的私钥 SK,该过程只有甲可以完成;甲也可以指责乙先捏造了签名 C,乙也的确可以用甲的公钥从 C 计算出 B,但乙无法从 B 推算出 A,从 A 到 B 的 Hash 函数是单向的,无法反向计算。

2.6.2　常用算法介绍

1. Elgamal 算法

RSA 算法用于数字签名为确定性签名方式,即一个明文对应一个签名文。1985 年由 Elgamal 提出了一种概率签名方式,即对于明文,可以有很多合法签名文。Elgamal 签名的安全性基于求离散对数的困难问题上。

1)密钥对的产生。首先选择一个素数 p,两个随机数 g 和 x。其中 g,x 小于 p,计算 $y \equiv g^x \pmod{p}$,则其公钥为 y,g 和 p。私钥是 x。g 和 p 可由一组用户共享。

2)数字签名过程。设被签信息为 M,首先选择一个随机数 k,k 与 $p-1$ 互质,计算:

$$a \equiv g^k \pmod{p}$$

再用扩展 Euclidean 算法对下面方程求解 b:

$$M \equiv xa + kb \pmod{p-1}$$

签名就是 (a,b)。随机数 k 须丢弃。

3)签名验证过程。验证下式:

$$y^a * a^b (\bmod p) \equiv g^M (\bmod p)$$

同时一定要检验是否满足 $1 \leqslant a < p$，否则签名容易伪造。选择的素数 p 必须足够大，且 $p-1$ 至少包含一个大素数因子。

M 一般都应采用信息的 Hash 值。ElGamal 的安全性主要依赖于 p 和 g，若选取不当则签名容易伪造，应保证 g 对于 $p-1$ 的大素数因子不可约。

ElGamal 的一个不足之处是它的密文成倍扩张。

2. DSA 算法

DSA 是 Schnorr 和 ElGamal 签名算法的变种，被美国 NIST 作为 DSS。算法中应用的参数见表 2-14。

表 2-14　DSA 算法中各参数的含义

参　　数	含　　义
p	512-1024 比特长的素数
q	160 比特的素数，而且 $q\|p-1$，即 $(p-1)$ 是 q 的倍数
g	$g = h^{((p-1)/q)} \bmod p, h$ 为小于 $(p-1)$，且大于 1 的任意整数
x	$x < q, x$ 为签名者的私钥
y	$y = g^x \bmod p, y$ 为公开密钥
h	为 Hash 函数，DSS 中选用 SHA

p, q, g 与 h 为系统公布的共同参数，与公开密钥 y 均要公开。

1）签名过程。设明文为 $m, 0 < m < p$。签名者选取任一整数 $k, 0 < k < q$，并计算：

$$r \equiv (g^k \bmod p) \bmod q$$

以及：

$$s \equiv (k^{-1}(h(m) + xr)) \bmod q$$

签名结果是签名文为 (r, s)。

2）验证。首先检查 r 和 s 是否属于 $[0, q]$，若不是则 (r, s) 不是签名文。然后计算：

$$t \equiv s^{-1} \bmod q$$

以及：

$$r' \equiv (g\hat{\ }(h(m)\hat{\ }t) y\hat{\ }(rt) \bmod p) \bmod q。$$

若 $r' = r$，则为合法签名文。

DSA 是基于整数有限域求离散对数的难题，其安全性与 RSA 相比差不多。DSA 的一个重要特点是两个素数公开，这样，当使用别人的 p 和 q 时，即使不知道私钥，也能确认它们是否是随机产生的，还是做了手脚，RSA 算法却做不到。

2.7　信息隐藏与数字水印

当前的信息安全技术主要采用加密，即将信息加密成密文，使非法用户不能解读。但随着计算机处理能力的快速提高，通过不断增加密钥长度来提高系统密级的方法变得越来越不安全。而且，信息经过加密后容易引起攻击者的好奇和注意，诱使其怀着强烈的好奇心和成就感去破解密码。最近几年，人们开始研究和应用信息隐藏（Information Hiding）或更严格地称为信息伪装(Steganography)技术,即将秘密信息隐藏于一般的非秘密的数字媒体文件(如图像、声音、文档文件)中,使得秘密信息不易被发觉的一种方法。

信息隐藏不同于传统的密码学技术。密码技术主要是研究如何将机密信息进行特殊的编码,以形成不可识别的密文进行传递;而信息隐藏则主要研究如何将某一机密信息秘密隐藏于另一公开的信息中,然后通过公开信息的传输来传递机密信息。对加密通信而言,可能的监测者或非法拦截者可通过截取密文,并对其进行破译,或将密文进行破坏后再发送,从而影响机密信息的安全;但对信息隐藏而言,可能的监测者或非法拦截者则难以从公开信息中判断机密信息是否存在,难以截获机密信息,从而能保证机密信息的安全。多媒体技术的广泛应用,为信息隐藏技术的发展提供了更加广阔的领域。

比如,可以将加密后的邮件内容隐藏在一幅普通的图片中发送,这样攻击者不易对这种邮件产生好奇心,而且由于邮件经过加密,即使被截获,也很难破解邮件内容。与加密不同的是,加密保护的是信息内容本身,而信息隐藏则掩盖它们的存在。

信息隐藏技术的基本思想源于古代的隐写术。大家熟知的隐写方法恐怕要算化学隐写了。近年来,认知科学的飞速发展为信息隐藏技术奠定了生理学基础,人眼的色彩感觉和亮度适应性缺陷、人耳的相位感知缺陷都为信息隐藏的实现提供了可能的途径;另一方面,信息论、密码学等相关学科又为其提供了丰富的理论资源,多媒体数据压缩编码与扩频通信技术的发展为其提供了必要的技术基础。

作为信息隐藏技术的一个主要分支,数字水印(Digital Watermark)是目前国际学术界研究的一个前沿热门方向,因为数字水印技术在信息安全中占有不可替代的地位。例如在从传统商务向电子商务转化的过程中,会出现各种纸质票据等电子文件的扫描图像等,在各种票据中加入数字水印,可以提供不可见的认证标志,从而大大增加伪造的难度;随着数字化技术和因特网的发展,DVD、MP3 等数字化产品让人目不暇接,在数字产品中加入水印,日后可根据水印标识追踪非法复制品的来源,从而起到防盗版的作用;目前的网络安全技术还缺乏对于网页篡改的有效侦测机制,在网页中加入数字水印,可以通过定时检测隐藏在网页中的数字水印来判定网页是否遭受攻击,以便及时报警或自动修复。总之,人们对信息安全的需求促进了对数字水印技术研究的迅速升温。

1994 年 Van Schyndel 在国际信息处理会议(International Conference on Information Processing,ICIP)上发表了题为"A Digital Watermark"的文章,这是第一篇在主要会议上发表的关于数字水印的文章,该文讨论了信息隐藏在多媒体版权保护应用的可行性,并且阐述了一些关于水印的重要概念。该文引起了人们的广泛注意,被认为是一篇具有历史价值的文献。1996 年 5 月 30 日 ~ 6 月 1 日,在英国剑桥牛顿研究所召开了第一届国际信息隐藏学术会议研讨会,这标志着一门新兴学科——信息隐藏学的正式诞生。此后数字水印技术的研究得到了迅速的发展,成为国际学术界研究的一个前沿热门方向,越来越多的数字水印算法被提出,同时对各种水印的攻击方法也不断被发现。国内在信息隐藏方面的研究起步稍晚,但已引起了信息安全领域研究人员的普遍关注,并于 1999 年 12 月召开了第一届信息隐藏学术研讨会,会议决定研讨会每年召开一次,以促进国内信息隐藏技术的研究工作。另外,数字水印的研究人员也于 2000 年 1 月召开了国内第一届数字水印技术研讨会,并建立了中国数字水印网,对国内数字水印研究工作者的交流起到了很好的促进作用。

2.7.1 信息隐藏

1. 信息隐藏模型

1996年,在英国剑桥牛顿研究所召开的"First International Workshop on Information Hiding"(第一届国际信息隐藏学术会议研讨会)上,信息隐藏被确立为一门正式的学科,并且建立了关于信息隐藏核心系统的模型(如图2-16所示)。待隐藏的信息称为秘密信息(Secret message),它可以是版权信息或秘密数据,也可以是一个序列号;而公开信息则称为载体信息(Cover message),如视频、音频片段。这种信息隐藏过程一般由密钥(Key)来控制,即通过嵌入算法(Embedding algorithm)将秘密信息隐藏于公开信息中,而隐蔽载体(隐藏有秘密信息的公开信息)则通过信道(Communication channel)传递,然后检测器(Detector)利用密钥从隐蔽载体中恢复/检测出秘密信息。

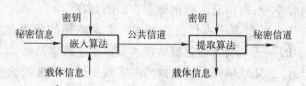

图2-16 信息隐藏核心系统模型

信息隐藏技术主要由下述两部分组成。

1)信息嵌入算法,它利用密钥来实现秘密信息的隐藏。

2)隐蔽信息检测/提取算法(检测器),它利用密钥从隐蔽载体中检测/恢复出秘密信息。在密钥未知的前提下,第三者很难从隐秘载体中得到或删除,甚至发现秘密信息。

2. 信息隐藏特点

根据信息隐藏的目的和技术要求,该技术存在以下特性。

1)鲁棒性(Robustness),指不因图像文件的某种改动而导致隐藏信息丢失的能力。这里所谓"改动"包括传输过程中的信道噪音、滤波操作、重采样、有损编码压缩、D/A 或 A/D 转换等。

2)不可检测性(Undetectability),指隐蔽载体与原始载体具有一致的特性。如具有一致的统计噪声分布等,以便使非法拦截者无法判断是否有隐蔽信息。

3)透明性(Invisibility),利用人类视觉系统或人类听觉系统属性,经过一系列隐藏处理,使目标数据没有明显的降质现象,而隐藏的数据却无法人为地看见或听见。

4)安全性(Security),指隐藏算法有较强的抗攻击能力,即它必须能够承受一定程度的人为攻击,而使隐藏信息不会被破坏。

5)自恢复性(Self-recovery),由于经过一些操作或变换后,可能会使原图产生较大的破坏,如果只从留下的片段数据,仍能恢复隐藏信号,而且恢复过程不需要宿主信号,这就是所谓的自恢复性。

2.7.2 数字水印

1. 数字水印概念

数字水印是实现版权保护的有效办法,是信息隐藏技术研究领域的重要分支。该技术是通过在原始数据中嵌入秘密信息——水印(Watermark)来证实该数据的所有权。这种被嵌入的水印可以是一段文字、标识、序列号等,而且这种水印通常是不可见或不可察的,它与原始数据(如图像、音频、视频数据)紧密结合并隐藏其中,并可以经历一些不破坏源数据使用价值或商用价值的操作而保存下来。

下面给出一个典型的数字水印系统模型,图2-17为水印信号嵌入模型,其功能是完成将水印信号加入原始数据中;图2-18为水印信号检测模型,用以判断某一数据中是否含有指定的水印信号。

图2-17　水印信号嵌入模型　　　　　图2-18　水印信号检测模型

为了给攻击者增加去除水印的不可预测的难度,目前大多数水印制作方案都在加入、提取时采用了密钥,应做到只有掌握密钥的人才能读出水印。"密钥"这个词是从密码学借用来的,有人认为,水印密钥与密码密钥尚无法相提并论。但应做到,即使知道水印的嵌入算法的全部细节,只要不知道秘密密钥,就不能将水印提出或破坏。

虽然数字水印对于知识产权保护来说是一个新的技术,但它集多学科的理论及技术于一身,密码学、通信理论、编码理论、扩频技术、信号处理技术、数据压缩技术、噪声理论、视听觉感知理论、数学等,都可在这个新的领域里找到用武之地。

2. 数字水印的分类

1) 按水印的可见性划分,可将水印分为可见水印和不可见水印。

可见水印(Visible Watermark)是可以看见的水印,就像插入或覆盖在图像上的标识一样,它与可视的纸张水印相似。可见水印主要应用于图像,比如用来可视地标识那些可在图像数据库中得到的或者在因特网得到的图像的预览来防止这些图像被用于商业用途。当然也可以用在视频和音频当中,音频当中就是可听水印,比如电台广播广告,广告商为了维护自己的权益,在录音带中录入某一特殊的声音,从而从广播的广告当中这一声音出现的次数可以知道电台是否执行了合同。

可见水印的特性如下:

* 水印在图像中可见。
* 水印在图像中不太醒目。
* 在保证图像质量的前提下,水印很难被去除。
* 水印加在不同的图像中具有一致的视觉突出效果。

不可见水印(Ivisible Watermark)是一种应用更加广泛的水印技术,与前面的可视水印相反,它加在图像,音频或视频当中,表面上不可察觉,但是当发生版权纠纷时,所有者可以从中提取出标记,从而证明该物品归某人所有。不可见水印可以分为以下两种:

* 脆弱水印(Fragile Watermark),又叫易碎水印,当嵌入水印的数据载体被修改时,通过对水印的检测,可以对载体是否进行了修改或进行了何种修改进行判定。它的特性

是,水印在通常或特定的条件是不可见的;水印能被最普通的数字信号处理技术所改变;未经授权者很难插入一个伪造的水印;授权者可以很容易地提取水印;从提取的水印中可以得到载体的那些部分被改变了。上述有些特性在特定的应用环境下不一定被满足。

- 稳健水印(Robust Watermark),是指加入的水印不仅能能抵抗恶意的攻击,而且要求能抵抗一定失真内的恶意攻击,并且一般的数据处理不影响水印的检测。它的特性是,水印在通常或者特定的条件下不可感知;嵌入水印的载体信号经过普通的信号处理或者恶意攻击后,水印仍然保持在信号中;未经授权者很难检测出水印;授权者很容易的检测出水印。

2)按水印的所附载体划分,可以把水印划分为图像水印、音频水印、视频水印、文本水印以及用于三维网络模型的网格水印等。随着数字技术的不断发展,会有更多种类的数字媒体的出现,同时也会产生相应载体的水印技术。

3)按水印的检测过程划分,可以将水印划分非盲水印(Nonblid Watermark),半盲水印(Seminonblind Watermark)和盲水印(Bind Watermark)。非盲水印在检测过程中需要原始数据和原始水印的参与;半盲水印则不需要原始数据,但需要原始水印来进行检测;盲水印的检测只需要密钥,既不需要原始数据,也不需要原始水印。一般说来,非盲水印的稳健性比较强,但其应用受到存储成本的限制。目前学术界研究的数字水印多为半盲水印或者是盲水印。

4)按水印的内容划分,可以将水印分为有意义水印和无意义水印。有意义水印是指水印本身也是个某个数字图像(如商标图像)或者数字音频片断的编码;无意义水印则只对应于一个序列号或一段随机数。有意义水印的优势在于,如果由于受到攻击或者其它原因致使解码后的水印破损,人们仍然可以通过观察确认是否有水印。但对于无意义水印来说,如果解码后的水印序列有若干码元错误,则只能通过统计决策来确定信号中是否含有水印。

5)按水印的用途划分,可以将数字水印划分为票据防伪水印、版权标识水印、篡改提示水印和隐蔽标识水印等。

- 票据防伪水印是一类比较特殊的水印,主要用于打印票据和电子票据的防伪。一般说来,伪币的制造者不可能对票据图像进行过多的修改,所以诸如尺度变换等信号处理操作是不用考虑的。但另一方面,人们必须考虑票据破损,图案模糊等情形,而且考虑到快速检测的要求,用于票据防伪的数据水印算法不能太复杂。
- 版权标识水印是目前研究最多的一种数据水印。数字作品既是商品又是一种知识作品,这种双重性决定了版权标识水印主要强调隐蔽性和稳健性,而对数据水印量的要求相对较少。
- 篡改提示水印是一种脆弱水印,其目的是标识载体信号的完整性和真实性。
- 隐蔽标识水印的目的是将保密数据的重要标识隐藏起来,限制非法用户对保密数据的使用。

6)按水印的隐藏位置划分,可以将其划分为时(空)域数字水印、变换域数字水印。时(空)域数字水印是直接在信号空间上叠加水印信息,而变换域水印则包括在 DCT 域,DFT 域或者是小波变换域上隐藏水印。

随着数字水印技术的发展,各种水印算法层出不穷,水印的隐藏位置也不再局限于上述四种。应该说只要构成一种信号变换，就有可能在其变换空间上隐藏水印。

3. 数字水印的基本特性

为了更好地实现对数字产品知识产权的保护，一个数字产品的内嵌数字水印应具有以下基本特性。

1）隐藏信息的鲁棒性。鲁棒性对水印而言极为重要。即能在多种无意或有意的信号处理过程后产生一定的失真的情况下，仍能保持水印完整性和鉴别的准确性。如对图像进行的通常处理操作带来的信号失真，这包括数/模与模/数转换，再取样、再量化、低通滤波；对图像和视频信号的几何失真，包括剪切、位移、尺度变化等；对图像进行有损压缩，如变换编码，矢量量化等，对音频信号的低频放大等等。虽然从理论上，水印是可以消除的，但必须具备相应的解除信息，成功的数字水印技术在信息不完备的情况下，任何试图去除水印的方法均应直接导致原始数据的严重损失。对于数字水印而言，其隐藏信息的鲁棒性在实际应用中是由两部分组成：

- 在整体数据出现失真后，其内嵌水印仍能存在。
- 在数据失真后，水印探测算法仍能精确地探测出水印的存在。例如，许多算法插入的水印在几何失真（如尺度变化）后仍能保存，但其相应探测器只有在首先去除失真后才探测水印，如果失真无法确定或无法消除，探测器就无法正常识别。

2）不易察觉性。数字产品包括图片、视频、音频、文本等，都是为了满足人们视觉、听觉的感官需求（商业或执法），这就要求它的水印不可破坏其观赏价值和使用价值，要求水印应不引人注目，不碍观瞻。众所周知，任何数字信息与模拟信号一样，都有其固有的误差范围，即所谓的噪声，因为它只是模拟信号的近似值；数字水印的制作过程可看作是将产权等信息作为附加噪声融合在原数字产品当中，但不致影响人的感官对数字作品的感觉欣赏，即利用了人在感觉上的冗余。这正是不易感知数字水印存在的前提。

不易感知数字水印的关键性能是，第一，不知其存在；第二，即使知其存在，也不知其隐藏在哪里，难于被除去。可以举这样一个例子，不小心将一根针掉到了草堆里，你想要找到它是很难的，为什么呢？一方面因为针的尺寸相对于草堆来说是太小了；另一方面针从你手中掉落时掉到哪里是无法确定的。数字水印技术正是利用了这种原理，即不引人注意和随机性；也就是嵌入某些标识数据到宿主数据中作为水印，使得水印在宿主数据中不可感知和足够安全，这就保证了数字水印深藏在数字作品当中，无法被找到和去除。

3）安全可靠性。数字水印应能对抗非法的探测和解码，面对非法攻击也能以极低差错率识别作品的所有权。同时数字水印应很难为他人所复制和伪造。将水印信息隐藏于数据中而非文件头里，文件格式的变换不会导致水印数据的丢失。在实际应用中，对水印的保密安全可以有两种不同程度的要求。第一种是非授权的用户对给定包含水印的一段数据既不能读取或解码嵌入的水印，也不能检测到水印的存在；第二种是允许未授权的用户能够检测水印的存在，但若没有密码的话不能读取水印的内容。这样的水印策略可以嵌入两个水印，一个带公开密码，一个带私人密码。还有的水印策略是将一种或几种公开密码和私人密码结合起来，嵌入一个包含私人及公开密码的水印。

4）抗攻击性。在水印能够承受合法的信号失真的同时，水印还应能抗击试图去除所含水印的破坏处理过程。除此之外，如果许多同样作品的复件存在不同的水印，当水印用作鉴别购买者时，就可能遭受许多购买者的合谋攻击。即多个使用者利用各自具有的含水印的合法复件,通过平均相同数据等手段,销毁所含水印或形成不同的合法水印诬陷第三方。水印技术必须考虑这些攻击模式,确保水印探测的准确性。

5)水印调整和多重水印。在许多具体应用中,希望在插入水印后仍能调整它。例如,对于数字视盘,一个盘片被嵌入水印后仅允许被复制一次。一旦复制完成,有必要调整原盘上的水印禁止再次复制。最优的技术是允许多个水印共存,而且便于跟踪作品从制作到发行到购买,可以在发行的每个环节上插入特制的水印。

6)可证明性。水印算法识别被嵌入到保护对象中的所有者的有关信息,如注册的用户号码、产品标志或有意义的文字等,并能在需要的时候将其提取出来,从而判别对象是否受到保护,并能够监视被保护数据的传播、真伪鉴别以及非法复制控制等。因此一个好的水印算法应该能够为受到保护的信息产品的归属提供完全和可靠的证明。

除了以上的基本特性,数字水印的设计还应考虑信息量的约束,编解码器的运算量(该点对于商业应用十分重要),以及水印算法的通用性,包括音频、图像和视频。

4. 数字水印的主要用途

虽然数字水印产品只是近几年才出现的,但其应用前景和应用领域将是巨大的,总的来说,数字水印技术有以下一些应用领域。

1)数字媒体的版权保护和跟踪。数字媒体包括音像制品、数字广播、DVD、MP3等。例如在发行的每个复件中利用密钥嵌入不同的水印,其目的是通过授权用户的信息来识别数据的发行复件,监控和跟踪使用过程中的非法复件。当出现产权纠纷时,所有者可以利用从盗版作品或水印作品中获取水印信号作为依据,从而保护了所有者的权益,这要求水印必须具有较好的稳健性、安全性、透明性和水印嵌入的不可逆性。

2)图像认证。认证的目的是检测对图像数据的修改。可用脆弱性水印对图像进行的修改来实现认证。为便于检测,易损水印对某些变换(如压缩)具有较低的稳健性,而对其他变换的稳健性更低。因而在所有的数据水印应用中,认证水印具有最低级别的稳健性要求。

3)篡改提示。又叫数据完整性鉴定,当数字作品被应用于法庭、医学、新闻及商业时,常常需要确定它们的内容是否被修改、伪造或特殊处理过。为实现该目的,通常将原始图像分成多个独立的块,每个块加入不同的水印。可通过检测每个数据块中的水印信号来确定作品的完整性。与其他水印不同的是,这类水印必须是脆弱型水印,并且检测水印信号不需要原始数据的参与。

4)数字广播电视分级控制。在数字广播和数字影视中,利用数字水印技术对各级用户分发不同的内容。

5)标题与注释。将作品的标题、注释等内容以水印的形式嵌入该作品。例如,一幅照片的拍摄时间和地点,拍摄照片的摄影数据,如光圈快门等。这种隐式的注释不需要额外的带宽,且不易丢失。

5. 数字水印的制作方法

归纳起来一般水印的制作都要在水印信息的选择、水印加入算法、密钥的使用等方面进行考虑。

水印信息从内容到大小都没有一个统一的标准,其内容应该是任何具有代表意义的信息,可以是图像、文字、数字、符号等,为了便于隐藏,水印的体积当然越小越好。有人认为用文本作为水印信息是最好的选择,它既节约空间又能直读出其含义,长度最好不要超过12个字符,在商业交易中约相当于一个信用号或发票号。

加入水印的算法是数字水印技术的关键环节,更是没有一定成规,当然越难破译、越坚固越好。目前已有的数字水印技术大都是利用空间域、频率域、时间域制作的,它们各有特点,抗攻击能力也各不相同。

1)空间域水印算法。早期的数字水印算法利用的是空间域。该类算法中典型的水印算法是将信息嵌入到随机选择的图像点中最不重要的像素位(Least Significant Bits, LSB)上,这可保证嵌入的水印是不可见的。但是由于使用了图像不重要的像素位,算法的鲁棒性差,水印信息很容易为滤波、图像量化、几何变形的操作破坏。另外一个常用方法是利用像素的统计特征将信息嵌入像素的亮度值中。Patchwork 算法是随机选择 N 对像素点(a_i, b_i),然后将每个a_i点的亮度值加 1,每个b_i点的亮度值减 1,这样整个图像的平均亮度保持不变。适当地调整参数,Patchwork 方法对 JPEG 压缩、FIR 滤波以及图像裁剪有一定的抵抗力,但该方法嵌入的信息量有限。为了嵌入更多的水印信息,可以将图像分块,然后对每一个图像块进行嵌入操作。

图像空间域水印的一个缺点是经不住修剪(图像处理中的一种普通处理方法),但如果将水印信息做的很小,利用前面所提到的"草堆里找针"的方法,可以解决这个问题。一个数字产品好比是一个草堆,它里面不是只有一根针,而是很多针,每一根针都是水印的一个复件,这样就能经得住图像修剪处理,除非修剪到图像失去任何欣赏价值。盗贼如不想被抓住,就必须从草堆中把所有的针都找出来并除去,他们就将面临这样的选择,要么耗其余生寻找所有的针,要么干脆烧掉草堆以确保毁掉所有的针。

文本的水印通常也是做在空间域的,常用的方法有,文本行编码、字间距编码及字符编码。如图 2-19,其中 1 倍行距代表 0,1.5 倍行距代表 1,因而其中隐藏的信息为"1111 1000 0001"。

四月是最残忍的一个月,荒地上

长着丁香,把回忆和欲望

掺合在一起,又让春雨

催促那些迟钝的根牙

冬天使我们温暖,大地

给助人遗忘的雪覆盖着,又叫

枯干的球根提供少许生命

夏天来得出人意外,在下阵雨的时候

来到了斯丹卜基西;我们在柱廊下躲避,

等太阳出来又进了霍夫加登,

喝咖啡,闲谈了一个小时。

我不是俄国人,

我是立陶宛来的,是地道的德国人。

图 2-19　文本行编码水印

2)变换域算法。在变换域算法中,大部分采用了扩展频谱通信(Spread Spectrum Communication)技术。

算法实现过程为:先计算图像的离散余弦变换(DCT),然后将水印叠加到 DCT 域中幅值最大的前 k 系数上(不包括直流分量),通常为图像的低频分量。若 DCT 系数的前 k 个最大分

量表示为 $D = \{d_i\}$，$i = 1, \cdots, k$，水印是服从高斯分布的随机实数序列 $W = \{w_i\}$，$i = 1, \cdots, k$，那么水印的嵌入算法为 $d_i = d_i(1 + aw_i)$，其中常数 a 为尺度因子，控制水印添加的强度。然后用新的系数做反变换得到水印图像 I。解码函数则分别计算原始图像 I 和水印图像 $I*$ 的离散余弦变换，并提取嵌入的水印 $W*$，再做相关检验以确定水印的存在与否。该方法即使当水印图像经过一些通用的几何变形和信号处理操作而产生比较明显的变形后仍然能够提取出一个可信赖的水印复件。

一个简单改进是不将水印嵌入到 DCT 域的低频分量上，而是嵌入到中频分量上以调节水印的顽健性与不可见性之间的矛盾。另外，还可以将数字图像的空间域数据通过离散傅里叶变换（DFT）或离散小波变换（DWT）转化为相应的频域系数；其次，根据待隐藏的信息类型，对其进行适当编码或变形；再次，根据隐藏信息量的大小和其相应的安全目标，选择某些类型的频域系数序列（如高频或中频或低频）；再次，确定某种规则或算法，用待隐藏的信息的相应数据去修改前面选定的频域系数序列；最后，将数字图像的频域系数经相应的反变换转化为空间域数据。该类算法的隐藏和提取信息操作复杂，隐藏信息量不能很大，但抗攻击能力强，很适合于数字作品版权保护的数字水印技术中。

3）压缩域算法。该算法是基于 JPEG、MPEG 标准的压缩域数字水印系统，不仅节省了大量的完全解码和重新编码过程，而且在数字电视广播及 VOD（Video on Demand）中有很大的实用价值。相应的，水印检测与提取也可直接在压缩域数据中进行。下面介绍一种针对 MPEG-2 压缩视频数据流的数字水印方案。虽然 MPEG-2 数据流语法允许把用户数据加到数据流中，但是这种方案并不适合数字水印技术，因为用户数据可以简单地从数据流中去掉，同时，在 MPEG-2 编码视频数据流中增加用户数据会加大位率，使之不适于固定带宽的应用，所以关键是如何把水印信号加到数据信号中，即加入到表示视频帧的数据流中。对于输入的 MPEG-2 数据流而言，它可分为数据头信息、运动向量（用于运动补偿）和 DCT 编码信号块 3 部分，在方案中只有 MPEG-2 数据流最后一部分数据被改变，其原理是，首先对 DCT 编码数据块中每一输入的 Huffman 码进行解码和逆量化，以得到当前数据块的一个 DCT 系数；其次，把相应水印信号块的变换系数与之相加，从而得到水印叠加的 DCT 系数，再重新进行量化和 Huffman 编码，最后对新的 Huffman 码字的位数 n_1 与原来的无水印系数的码字 n_0 进行比较，只在 n_1 不大于 n_0 的时候，才能传输水印码字，否则传输原码字，这就保证了不增加视频数据流位率。该方法有一个问题值得考虑，即水印信号的引入是一种引起降质的误差信号，而基于运动补偿的编码方案会将一个误差扩散和累积起来，为解决此问题，该算法采取了漂移补偿的方案来抵消因水印信号的引入所引起的视觉变形。

4）NEC 算法。该算法由 NEC 实验室的 Cox 等人提出，该算法在数字水印算法中占有重要地位，其实现方法是，首先以密钥为种子来产生伪随机序列，该序列具有高斯 $N(0,1)$ 分布，密钥一般由作者的标识码和图像的哈希值组成，其次对图像做 DCT 变换，最后用伪随机高斯序列来调制（叠加）该图像除直流（DC）分量外的 1000 个最大的 DCT 系数。该算法具有较强的鲁棒性、安全性、透明性等。由于采用特殊的密钥，因此可防止 IBM 攻击，而且该算法还提出了增强水印鲁棒性和抗攻击算法的重要原则，即水印信号应该嵌入源数据中对人感觉最重要的部分，这种水印信号由独立同分布随机实数序列构成，且该实数序列应该具有高斯分布 $N(0,1)$ 的特征。

5）生理模型算法。人的生理模型包括人类视觉系统 HVS 和人类听觉系统 HAS。该模型不仅被多媒体数据压缩系统利用,同样可以供数字水印系统利用。利用视觉模型的基本思想均是利用从视觉模型导出的 JND(Just Noticeable Difference)描述来确定在图像的各个部分所能容忍的数字水印信号的最大强度,从而能避免破坏视觉质量。也就是说,利用视觉模型来确定与图像相关的调制掩模,然后再利用其来插入水印。这一方法同时具有好的透明性和强健性。

2.7.3 信息隐藏实例

1. 简单的文件隐藏方法

将一个文本文件合并到一个非文本文件中,可以实现隐藏秘密的作用。大家都知道 DOS 命令 Copy 的主要作用是复制文件,实际上,它还有一个作用是合并文件。

一般情况下,它主要用于合并相同类型的文件,比如将两个文本文件合并为一个文本文件、将两个独立的 MPEC 视频文件合并为一个连续的视频文件等。

例如,某人有一段信息要隐藏起来,先录入并保存为文本文件,假设保存为 001. txt。再找一个非文本文件,最好为图片文件或可执行文件。以图片文件为例,假设它的文件名为 002. jpg。如果把它们都放到 D 盘根目录下,那么在 Windows 的 DOS 方式下执行以下命令:

copy 002. jpg/b +001. txt/a 003. jpg

其中参数/b 指定以二进制格式复制、合并文件;参数/a 指定以 ASCII 格式复制、合并文件。这里要注意文件的顺序,二进制格式的文件应放在加号前,文本格式的文件放在加号后。

执行该命令后,生成了一个新文件 003. jpg。回到 Windows 中用图片浏览软件打开这个文件,会发现它与 002. jpg 的显示结果一模一样。用记事本打开 003. jpg(在记事本的"打开"对话框中选择"文件类型"为"所有文件"才能打开非 TXT 文件;或者直接用鼠标把图片拖进记事本窗口),将会看到一堆乱码,但如果按下 < Ctrl + End > 键将光标移至文件的尾部,就能够看到 001. txt 文件中的内容。

按照这种方法,可以轻松地把一些重要信息隐藏起来,比如用户 ID、密码、重要私人信息等。这个方法虽然很巧妙,但有一点要提醒大家,这个文本文件的前面最好空 3 行以上,这样它头部的内容就不会丢失。

2. 利用 BMP 图像文件进行信息隐藏的原理和方法

也可以采用 LSB 算法在 BMP 图像文件的最不重要位(最低位)来隐藏密文。

LSB 是 L. F. Turner 和 R. G. van Schyndel 等人提出的一种典型的空间域信息隐藏算法。考虑人视觉上的不可见性缺陷,信息一般嵌入到图像最不重要的像素位上,如最低几位。利用 LSB 算法可以在 8 色、16 色、256 色以及 24 位真彩色图像中隐藏信息。对于 256 色图像,在不考虑压缩的情况下,每个字节存放一个像素点,那么一个像素点至少可隐藏 1 位信息,一幅 640 * 480 的 256 色图像至少可隐藏 640 * 480 = 307200 位(38400 字节)的信息。对于 24 位真彩色图像,在不考虑压缩的情况下,三个字节存放一个像素点,那么一个像素点至少可隐藏 3 位信息,一幅 1024 * 768 的图像可以隐藏 1024 * 768 * 3 = 2359296 位(294912 字节)的信息。

BMP 图像文件包括每个像素为 1 位、4 位、8 位和 24 位的图像,其中,24 位真彩图像在位图文件头和位图信息头后直接是位图阵列数据。选用 24 位 BMP 图像可以容易的把密文信息存储到位图阵列信息中,因为从 24 位 BMP 图像文件的第 55 个字节起,每 3 个字节为一组记录 1 个像素的红（R）、绿（G）、蓝（B）三种颜色的亮度分量。

实验证明，人眼对红、绿、蓝的感觉是不同的，根据亮度公式 $Y = 0.3R + 0.59G + 0.11B$，以及人眼视锥细胞对颜色敏感度的理论，人眼对绿色最敏感，对红色次之，而对蓝色最不敏感，红色分量改变最低 2 位，绿色分量改变最低 1 位，蓝色分量改变最低 3 位，都不会让图像产生人眼容易察觉的变化。按照这种方法，一个长度为 L 字节的 24 位 BMP 图像可以隐藏信息的最大字节数是 $(L-54)/4$ 字节，其中需要排除位图文件头和位图信息的头部共 54 字节。

隐藏密文步骤如下：

1）选择合适大小的 BMP 图像文件。设密文文件的长度为 N 字节，再考虑存储该数字 N 要使用 3 个字节，要选取的 24 位 BMP 图像的字节数 L 应满足关系：$L \geqslant 4 \times (N+3) + 54$；

2）存储密文文件长度值 N。将数字 N 转化为 24 位二进制数 $n_i (i = 0 \sim 23)$，$N = \sum_{i=0}^{23} 2^i n_i$，从 BMP 图像文件第 55 字节起连续读出 12 字节，用 n_i 分别替换这 12 个字节的低位。

3）隐藏密文。从 BMP 图像文件第 67 字节起按 12 字节一组（最后一组不够时可少于 12 字节）依次读出。同时从密文文件头开始按 3 字节一组（最后一组不够时可少于 3 字节）依次读出密文文件字节到 A、B、C（$A = a_7 a_6 a_5 a_4 a_3 a_2 a_1 a_0$，$B = b_7 b_6 b_5 b_4 b_3 b_2 b_1 b_0$，$C = c_7 c_6 c_5 c_4 c_3 c_2 c_1 c_0$），每读一组 BMP 图像文件的 12 字节和一组密文文件的 3 字节后，进行如表 2-15 所示的替换。第 2 步中的替换方法与此类似。

提取密文过程是按隐藏密文的逆过程来从隐藏有密文的 24 位 BMP 图像文件中抽取信息，并以字节为单位重新生成密文。

为了提高隐藏的可靠性，应当做到：

1）保证所选取的图像文件的大小与待隐藏的加密文件的大小保持适当的比例，建议选取的图片和机密文件的大小应悬殊一点，即一张图片中不要藏过多（或过大）的机密文件。

2）可将经加密隐藏后的图片再进行多重加密隐藏，使之难于被发现和破解。

表 2-15　替换表

字节	内容
67 R	* * * * * * $a_7 a_6$
68 G	* * * * * * * a_5
69 B	* * * * * $a_4 a_3 a_2$
70 R	* * * * * * $a_1 a_0$
71 G	* * * * * * * b_7
72 B	* * * * * $b_6 b_5 b_4$
73 R	* * * * * * $b_3 b_2$
74 G	* * * * * * * b_1
75 B	* * * * * $b_0 c_7 c_6$
76 R	* * * * * * $c_5 c_4$
77 G	* * * * * * * c_3
78 B	* * * * * $c_2 c_1 c_0$
……	… …

密码学尽管在信息安全中具有举足轻重的地位，但密码学绝不是确保信息安全的唯一工具，它也不能解决所有的安全问题。同时，密码编码和密码分析是一对矛盾的关系，它们在发展中始终处于一种动态平衡。在后面的章节中还将介绍计算机系统安全的其他技术。

2.8　思考与练习

1. 什么是密码学？什么是密码编码学和密码分析学？

2. 现代密码系统的五个组成部分是什么？

3. 密码分析主要有哪些形式？各有何特点？

4. 对称密码体制和非对称密码体制各有何优缺点？

5. 假设 Alice 想发送消息 M 给 Bob。出于机密性以及确保完整性和不可否认性的考虑，Alice 可以在发送前对消息进行签名和加密，她的操作顺序对安全性有无影响？

6. 简述用 RSA 及 DES 算法保护的机密性、完整性和抗否认性的原理。

7. 在使用 RSA 公钥中如果截取了发送给其他用户的密文 $C=10$,若此用户的公钥为 $e=5$, $n=35$,请问明文的内容是什么?

8. 已知有明文 public key encryptions,先将明文以 2 个字母为组分成 10 块,如果利用英文字母表的顺序,即 $a=00$, $b=01\cdots$,将明文数据化。现在令 $p=53$, $q=58$,请计算得出 RSA 的加密密文。

9. 请简要比较 DES 算法和 RSA 算法的优缺点。

10. 查找资料,了解散列(消息摘要)算法还有哪些应用。

11. 什么是数字签名? 常用的算法有哪些?

12. 进一步阅读数字水印有关文献(见本书参考文献),了解数字水印的攻击方法和对抗策略,了解软件水印的概念。

13. 访问书生电子印章中心网站 http://estamp. sursen. com,了解电子印章的最新应用。

14. 访问中国电子签名网站 http://www. eschina. info,了解电子签名的研究动态和最新应用。

15. 访问网站 http://www. tripwire. com,了解完整性校验工具 Tripwire 的更多信息。

16. 验证实验:访问网站 http://www-rohan. sdsu. edu/~gawron/crypto/pyrsa_gui,下载 RSA Tools 工具,实践利用 RSA 算法产生公私钥的过程。

17. 编程实验:凯撒密码是一种简单置换密码,密文字母表是由正常顺序的明文字母表循环左移 3 个字母得到的。表示为:$C_i = E(M_i) = M_i + 3$。如将字母 A 换成字母 D,将字母 B 换成字母 E。据说凯撒是率先使用加密函的古代将领之一,因此这种加密方法被称为凯撒密码。在 Visual C++6.0 环境下编程实现凯撒密码的加密与破解。

18. 编程实验:在 Visual C++6.0 环境下实现 DES、AES、RSA、SHA、DSA 等算法。

19. 编程实验:常见的加解密、完整性验证以及数字签名算法都已经在 . NET Framework 中得到了实现,为编码提供了极大的便利性,实现这些算法的命名空间是 system. security. cryptography。请基于 . NET Framework 提供的诸多加密服务提供类,实现本章中的 DES、AES、RSA、SHA、DSA 等算法。

20. 编程实验:在 Visual C++6.0 环境下实现利用散列算法进行文件完整性验证的程序。

21. 编程实验:在 Visual C++6.0 环境下实现基于 LSB 算法的在 BMP 图片中进行信息隐藏的程序。

22. 操作实验:Windows 系统中对多种常用文档进行加密及其解密,了解对于常用文件的保护方法,掌握密码设置的技巧。实验主要内容:Microsoft Office 文档的加解密;WinRAR 文档的加解密;PDF 文档的加解密;PhotoEncrypt 加密图片文件。

23. 操作实验:进一步阅读数字水印有关文献(见本书参考文献),下载相关数字水印工具并使用。实验主要内容:使用专业水印制作软件 Photo Watermark Professional 制作图片中的可视水印;使用抓图软件 SnagIt 制作图片中的可视水印;使用 HyperSnap 制作图片中的可视水印;使用《渗透软件》制作图片中的隐形水印;使用 VidLogo 制作视频中的可视水印;使用《绘声绘影》制作视频中的可视水印;使用《密安数字水印软件系统》制作视频中的隐形水印;使用 DRM 制作音频中的隐形水印。

第3章 计算机硬件与环境安全

计算机硬件及其运行环境是计算机网络信息系统运行的基础,它们的安全直接影响着网络信息的安全。由于自然灾害、设备自然损坏和环境干扰等自然因素以及人为的窃取与破坏等原因,计算机设备和其中信息的安全受到很大的威胁。

本章讨论计算机设备及其运行环境以及计算机中的信息面临的各种安全威胁和防护方法,并介绍利用硬件技术实现信息安全的一些方法。

3.1 对计算机硬件的安全威胁

自从1946年计算机问世以来,随着半导体集成技术的发展,个人计算机(PC)便朝着微型化方向发展,计算机硬件体积的不断缩小给人们在工作和生活中使用计算机带来了很大的便利,然而计算机硬件受到的安全威胁也越来越大。本节将主要讨论PC(包括便携式计算机)这方面的安全威胁。

3.1.1 计算机硬件安全缺陷

PC的一个重要用途是建立个人办公环境。PC机硬件的尺寸越来越小,容易搬移,尤其是笔记本电脑、超级移动PC(UMPC)以及"易PC"(Easy to Work)更是如此。这既是优点也是弱点。这样小的机器并未设计固定装置,使机器能方便地放置在桌面上,于是盗窃者能够很容易地搬走整个机器,其中的各种文件也就谈不上安全了。

与大型计算机相比,一般PC无硬件级的保护,他人很容易操作控制机器。即使有保护,机制也很简单,很容易被绕过。例如,对于CMOS中的口令保护可以通过将CMOS的供电电池短路,使CMOS电路失去记忆功能,而绕过口令的控制。目前,PC机的机箱一般都设计成便于用户打开的,有的甚至连螺丝刀也不需要,因此打开机箱进行CMOS放电很容易做到。

PC的硬件是很容易安装和拆卸的,硬盘容易被盗,其中的信息自然也就不安全了。而且存储在硬盘上的文件几乎没有任何保护措施,DOS的文件系统存储结构与管理方法几乎是人所皆知的,对文件附加的安全属性,如隐藏、只读、存档等属性,很容易被修改,对磁盘文件目录区的修改既没有软件保护也没有硬件保护。掌握磁盘管理工具的人,很容易更改磁盘文件目录区,造成整个系统的信息紊乱。在硬盘或软盘的磁介质表面的残留磁信息也是重要的信息泄露渠道,文件删除操作仅仅在文件目录中作了一个标记,并没有删除文件本身数据存储区,有经验的用户可以很容易恢复被删除的文件。保存在软盘上的数据也很容易因不小心划坏、各种硬物碰伤或受潮霉变而无法读取。

内存空间之间没有保护机制,即使简单的界限寄存器也没有,也没有只可供操作系统使用的监控程序或特权指令,任何人都可以编制程序访问内存的任何区域,甚至连系统工作区(如系统的中断向量区)也可以修改,用户的数据区得不到硬件提供的安全保障。有些软件中包含用户身份认证功能,如口令、软件狗等都很容易被有经验的程序员绕过或修改认证数据。有的微处理器芯片虽然提供硬件保护功能,但这些功能还未被操作系统有效利用。

计算机的外部设备是不受操作系统安全控制的,任何人都可以利用系统提供的输出命令打印文件内容,输出设备是最容易造成信息泄露或被窃取的地方。

计算机中的显示器、中央处理器(CPU)和总线等部件在运行过程中会向外部辐射电磁波,电磁波反映了计算机内部信息的变化。经实际仪器测试,在几百米以外的距离可以接收与复现显示器上显示的信息,计算机屏幕上的信息可以在其所有者毫不知晓的情况下泄露出去。计算机电磁泄漏是一种很严重的信息泄露途径。

计算机的 CPU 中常常还包括许多未公布的指令代码。这些指令常常被厂家用于系统的内部诊断或可能被作为探测系统内部信息的"陷门",有的甚至可能被作为破坏整个系统运转的"炸弹"。

计算机硬件及网络设备故障也会对计算机中的信息造成威胁,硬件故障常常会使正常的信息流中断,在实时控制系统中,这将造成历史信息的永久丢失。2006 年 12 月 26 日晚 8 时 26 分至 40 分间,我国台湾屏东外海发生地震。台湾地区的地震影响到大陆出口光缆、中美海缆、亚太 1 号等至少 6 条海底通信光缆发生中断,造成我国大陆至台湾地区、美国、欧洲的通信线路大量中断,互联网大面积瘫痪,除我国外,日本、韩国、新加坡网民均受到影响。这是计算机系统物理安全遭到破坏的一个典型例子。

3.1.2 环境对计算机的安全威胁

计算机的运行环境对计算机的影响非常大,环境影响因素主要有温度、湿度、灰尘、腐蚀、电气与电磁干扰等。这些因素从不同侧面影响计算机的可靠工作,下面分别加以说明。

1. 温度

计算机的电子元器件、芯片都密封在机箱中,有的芯片工作时表面温度相当高。电源部件也是一个大的热源,虽然机箱后面有小型排风扇,但计算机工作时箱内的温度仍然相当的高,如果周边温度也比较高的话,机箱内的温度很难降下来。一般电子元器件的工作温度范围是 0 ~ 45℃,当环境温度超过 60℃时,计算机系统就不能可靠工作,温度每升高 10℃,电子元器件的可靠性就会降低 25%。元器件可靠性降低无疑将影响计算机的正确运算,影响结果的正确性。

温度对磁介质的导磁率影响很大,温度过高或过低都会使导磁率降低,影响磁头读写的正确性。温度还会使磁带、磁盘表面热胀冷缩发生变化,造成数据的读写错误,影响信息的正确性。温度过高会使插头、插座、计算机主板、各种信号线腐蚀速度加快,容易造成接触不良,温度过高也会使显示器各线圈骨架尺寸发生变化,使图像质量下降。温度过低会使绝缘材料变硬、变脆,使磁记录媒体性能变差,也会影响显示器的正常工作。计算机工作的环境温度最好是可调节的,一般控制在 20℃左右。

2. 湿度

环境的相对湿度若低于 40% 时,环境相对是干燥的;相对湿度若高于 60% 时,环境相对是潮湿的。湿度过高过低对计算机的可靠性与安全性都有影响。如果对计算机运行环境没有任何控制,温度与湿度高低交替大幅度变化,会加速对计算机中各种器件与材料的腐蚀与破坏作用,严重影响计算机的正常运行与寿命。

当相对湿度超过 65% 以后,就会在元器件的表面附着一层很薄的水膜,会造成元器件各引脚之间的漏电,甚至可能出现电弧现象。当水膜中含有杂质时,它们会附着在元器件引脚、导线、接头表面,会造成这些表面发霉和触点腐蚀。磁性介质是多孔材料,在相对湿度高的情况下,它会吸收空气中的水分变潮,使其导磁率发生明显变化,造成磁介质上的信息读写错误。在高湿度的情况下,打印纸会吸潮变厚,影响正常的打印操作。

当相对湿度低于20%时,空气相当干燥,这种情况下极易产生很高的静电(实验测量可达10 kV),如果这时有人去碰MOS器件,会造成这些器件的击穿或产生误动作。过分干燥的空气也会破坏磁介质上的信息,会使纸张变脆、印制电路板变形。

计算机正常的工作湿度应该控制在40% ~60%之间。

3. 灰尘

空气中的灰尘对计算机中的精密机械装置,如磁盘、光盘驱动器影响很大,磁盘机与光盘机的读头与盘片之间的距离很小,不到 $1 \mu m$。在高速旋转过程中,各种灰尘,其中包括纤维性灰尘会附着在盘片表面,当读头靠近盘片表面读信号的时候,就可能擦伤盘片表面或者磨损读头,造成数据读写错误或数据丢失。放在无防尘措施空气中平滑的光盘表面经常会带有许多看不见的灰尘,即使用干净的布稍微用点力去擦抹,也会在盘面上形成一道道划痕。如果灰尘中还包括导电尘埃和腐蚀性尘埃的话,它们会附着在元器件与电子线路的表面,此时机房空气湿度若较大的话,会造成短路或腐蚀裸露的金属表面。灰尘在器件表面的堆积,会降低器件的散热能力。因此,对进入机房的新鲜空气应进行一次或两次过滤,要采取严格的机房卫生制度,降低机房灰尘含量。

4. 电磁干扰

电气与电磁干扰是指电网电压和计算机内外的电磁场引起的干扰。常见的电气干扰是指,电压瞬间较大幅度的变化、突发的尖脉冲或电压不足甚至掉电。例如,计算机房内使用较大功率的吸尘器、电钻,机房外使用电锯、电焊机等大用电量设备,这些情况都容易在附近的计算机电源中产生电气噪声信号干扰。这些干扰一般容易破坏信息的完整性,有时还会损坏计算机设备。防止电气干扰的办法是采用稳压电源或不间断电源,为了防止突发的电源尖脉冲,对电源还要增加滤波和隔离措施。

对计算机正常运行影响较大的电磁干扰是静电干扰和周边环境的强电磁场干扰。计算机中的芯片大部分都是MOS器件,静电电压过高会破坏这些MOS器件。据统计,50%以上的计算机设备的损害直接或间接与静电有关。防静电的主要方法有:机房应该按防静电要求装修(如使用防静电地板),整个机房应该有一个独立且良好的接地系统,机房中各种电气和用电设备都接在统一的地线上。周边环境的强电磁场干扰主要指无线电发射装置、微波线路、高压线路、电气化铁路、大型电机、高频设备等产生的强电磁干扰。这些强电磁干扰轻则会使计算机工作不稳定,重则对计算机造成损坏。

3.2　计算机硬件安全技术

计算机硬件安全是所有单机计算机系统和计算机网络系统安全的基础,计算机硬件安全技术是指,用硬件的手段保障计算机系统或网络系统中的信息安全的各种技术,其中也包括为保障计算机安全可靠运行对机房环境的要求,有关环境安全技术将在3.3节中介绍。

本节将介绍用硬件技术实现的PC机防护技术、访问控制技术、可信计算和安全芯片技术以及防电磁泄露技术。让读者对这些技术有初步的了解,以便在实际工作中考虑计算机安全时,从这些技术与措施中选择并加以应用。

3.2.1　PC 物理防护

1. 机箱锁扣

这个锁扣实现的方式非常简单,如图 3-1。在机箱上固定一个带孔的金属片,然后在机箱侧板上打一个孔,当侧板安装在机箱上时,金属片刚好穿过锁孔,此时用户在锁孔上加装一把锁就实现了防护功能。

其特点是:实现简单,制造成本低。但由于这种方式防护强度有限,安全系数也较低。

2. Kensington 锁孔

Kensington 锁孔需要配合 Kensington 线缆锁来实现防护功能。这个锁由美国的 Kensington 公司发明。如图 3-2,Kensington 线缆锁是一根带有锁头的钢缆(图片左上方)。使用时将钢缆的一头固定在桌子或其他固定装置上,另一头将锁头固定在机箱上的 Kensington 锁孔内,就实现了防护功能。

图 3-1　机箱锁扣

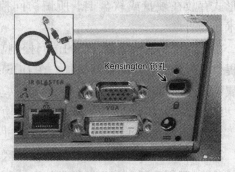

图 3-2　Kensington 锁孔

其特点是:这种固定方式灵活,对于一些开在机箱侧板上的 Kensington 锁孔,不仅可以锁定机箱侧板,而且钢缆还能防止机箱被人挪动或搬走。

3. 机箱电磁锁

机箱电磁锁主要出现在一些高端的商用 PC 产品上。如图 3-3,这种锁是安装在机箱内部的,并且借助嵌入在 BIOS 中的子系统通过密码实现电磁锁的开关管理,因此这种防护方式更加的安全和美观,也显得更加的人性化。

其特点是:体现了较高的科技含量,但是也会带来整体采购成本的升高。

4. 智能网络传感设备

如图 3-4,将传感设备安放在机箱边缘,当机箱盖被打开时,传感开关自动复位,此时传感开关通过控制芯片和相关程序,将此次开箱事件自动记录到 BIOS 中或通过网络及时传给网络设备管理中心,实现集中管理。

其特点是:这是一种创新的防护方式。但是当网络断开或计算机电源彻底关闭时,上述网络管理方式的弊端也就体现出来了。

上面四点只是品牌 PC 一些有代表性的物理防护方式,但实际上还有一些其他的防护方式也常在商用 PC 上出现。如可以将键盘鼠标固定在机箱侧板上的安全锁、可覆盖主机后端接口的机箱防护罩等,这些都能从一定程度上保障设备和信息的安全。

传感开关

| 图 3-3 机箱电磁锁 | 图 3-4 智能网络传感设备 |

3.2.2 基于硬件的访问控制技术

访问控制的对象主要是计算机系统的软件与数据资源,这两种资源平时一般都是以文件的形式存放在硬盘或软盘上。所谓访问控制技术主要是指保护这些文件不被非法访问的技术。

由于硬件功能的限制,PC 的访问控制功能明显地弱于大型计算机系统。PC 操作系统没有提供有效的文件访问控制机制。在 DOS 系统和 Windows 系统中,文件的隐藏、只读、只执行等属性以及 Windows 中的文件共享与非共享等机制是一种较弱的文件访问控制机制。

PC 机访问控制系统应当具备的主要功能:

1)防止用户不通过访问控制系统而进入计算机系统。

2)控制用户对存放敏感数据的存储区域(内存或硬盘)的访问。

3)对用户的所有 I/O 操作都加以控制。

4)防止用户绕过访问控制直接访问可移动介质上的文件,防止用户通过程序对文件的直接访问或通过计算机网络进行的访问。

5)防止用户对审计日志的恶意修改。

下面介绍常见的结合硬件实现的访问控制技术。

纯粹软件保护技术其安全性不高,比较容易被破解。软件和硬件结合起来可以增加保护能力,目前常用的办法是使用电子设备"软件狗",这种设备也称为电子"锁"。软件运行前要把这个小设备插入到一个端口上,在运行过程中程序会向端口发送询问信号,如果"软件狗"给出响应信号,则说明该程序是合法的。

当一台计算机上运行多个需要保护的软件时,就需要多个"软件狗",运行时需要更换不同的"软件狗",这给用户增加了不方便。这种保护方法也容易被破解,方法是跟踪程序的执行,找出和"软件狗"通信的模块,然后设法将其跳过,使程序的执行不需要和"软件狗"通信。为了提高不可破解性,最好对存放程序的磁盘增加反跟踪措施,例如一旦发现被跟踪,就停机或使系统瘫痪。

还有一种方法,在计算机内部芯片(如 ROM)里存放该机器惟一的标志信息,软件和具体的机器是配套的,如果软件检测到不是在特定机器上运行,便拒绝执行。为了防止被跟踪破解,还可以在计算机中安装一个专门的安全芯片,密钥也封装于芯片中,这样可以保证一个机器上的文件在另一台机器上不能运行。下面就介绍这种安全芯片。

3.2.3 可信计算与安全芯片

1. 可信计算的提出

信息安全技术日新月异,然而,信息安全的防线并未因此而固若金汤,网络攻击层出不穷,恶意程序防不胜防。针对这种现象,越来越多的人开始认识到:计算机终端是安全的源头。

另外,从组成信息系统的服务器、网络、终端三个层面上来看,现有的保护手段是逐层递减的,这说明人们往往把过多的注意力放在对服务器和网络的保护上,而忽略了对终端的保护,这显然是不合理的。终端往往是创建和存放重要数据的源头,而且绝大多数的攻击事件都是从终端发起的。可以说,安全问题是终端体系结构和操作系统的不安全所引起的。如果从终端操作平台实施高等级的安全防范,这些不安全因素将从终端源头被控制。

和抵抗 SARS 要控制病源一样,必须做到终端的可信,才能从源头解决人与程序之间、人与机器之间的信息安全传递。对于最常用的微机,只有从芯片、主板等硬件和 BIOS、操作系统等底层软件综合采取措施,才能有效地提高其安全性。

可信计算的思想源于社会。其基本思想是,在计算机系统中首先建立一个信任根,再建立一条信任链,一级测量认证一级,一级信任一级,把信任关系扩大到整个计算机系统,从而确保计算机系统的可信。

在技术领域,可信计算发展非常迅速。早在 20 世纪 60 年代,人们就开始重视可信电路 DC(Dependable Circuit)的研究。那个时候对计算机安全性的理解主要是硬件设备的安全,而影响计算机安全的主要因素是硬件电路的可靠性,因此研究的重点是电路的可靠性。把高可靠的电路称为可信电路。1983 年,美国国防部制定了《可信计算机系统评价准则》TCSEC (Trusted Computer System Evaluation Criteria),第一次提出了可信计算机与可信计算基 TCB (Trusted Computing Base)的概念,把 TCB 作为系统安全的基础。1999 年,由包括微软、IBM、HP、Intel 等 IT 业界大公司牵头,可信计算平台联盟(TCPA,Trusted Computing Platform Alliance)宣布成立。2003 年,TCPA 联盟改组为可信计算组织 TCG(Trusted Computing Group)。TCPA 和 TCG 的出现形成了可信计算的新高潮。该组织提出可信计算平台的概念,并具体化到微机、PDA、服务器和手机设备,而且给出了体系结构和技术路线,不仅考虑信息的秘密性,更强调了信息的真实性和完整性,而且更加产业化和更具广泛性。TCPA 和 TCG 制定了关于可信计算平台、可信存储和可信网络连接等一系列技术规范。目前已有 200 多个企业加入了TCG,可信计算机已经进入实际应用阶段。

2002 年 7 月微软的 Palladium(意思为智慧女神)计划刚一公布,就立刻在行业内引起了广泛的争论。微软因此于 2003 年将 Palladium 更名为比较中性的 NGSCB(下一代安全计算基础,Next Generation Secure Computing Base)的可信计算计划,强调可信计算在数字产权管理方面的应用。微软推出的新一代操作系统 Vista 支持可信计算机制。Intel 为支持微软的 Palladium 计划宣布 La Grande 硬件技术,并计划推出相应的新一代处理器。

欧洲于 2006 年 1 月启动了名为"开放式可信计算(Open Trusted Computing)"的研究计划,旨在开发开源可信计算软件。

在理论领域,IEEE 的容错专家们自 1999 年将容错计算会议改名为可信计算会议后,便致力于可信计算的研究。他们的可信计算更强调计算系统的可靠性、可用性和可维性,而且强调可信的可论证性。IEEE 组织于 2004 年开办了 IEEE Transactions on Dependable and Secure Computing 杂志,专门刊发可信计算研究论文。

目前,可信计算的用途包括:

1)风险管理。在突发事件发生时,使个人和企业财产的损失最小。

2)数字版权管理。保护数字媒体不被非授权的复制和扩散。

3)电子商务。有利于交易双方互相了解和建立信任关系。

4)安全监测与应急。监测计算机的安全状态,发生事件时作出响应。

2. 可信计算的概念

目前,关于"可信"尚未形成统一的定义。可信计算组织 TCG 用实体行为的预期性来定义可信:如果它的行为总是以预期的方式,朝着预期的目标,则这个实体是可信的。

ISO/IEC 15408 标准定义可信为:参与计算的组件、操作或过程在任意的条件下是可预测的,并能够抵御病毒和物理干扰。

可信计算是安全的基础,它从可信根出发,解决 PC 结构所引起的安全问题。信任根和信任链是可信计算平台的关键技术。一个可信计算机系统由可信根、可信硬件平台、可信操作系统和可信应用组成。如图 3-5 所示。

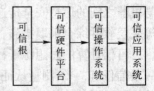

图 3-5　可信计算机系统

可信计算平台的工作原理是将 BIOS 引导块作为完整性测量的信任的根,可信计算模块 TPM 作为完整性报告的信任的根,对 BI-OS、操作系统进行完整性测量,保证计算环境的可信性。信任链通过构建一个信任根,从信任根开始到硬件平台、到操作系统、再到应用,一级测量认证一级,一级信任一级,从而把这种信任扩展到整个计算机系统。其中信任根的可信性由物理安全和管理安全确保。

"可信计算"技术的核心是称为 TPM(可信平台模块)的安全芯片。TCG 定义了具有安全存储和加密功能的 TPM(可信平台模块),并于 2001 年 1 月 30 日发布了基于硬件系统的"可信计算平台规范"1.0 版标准。该标准通过在计算机系统中嵌入一个可抵制篡改的独立计算引擎,使非法用户无法对其内部的数据进行更改,从而确保了身份认证和数据加密的安全性,2003 年 10 月发布了 1.2 版标准。

TPM 实际上是一个含有密码运算部件和存储部件的小型片上系统(System on Chip,SOC),由 CPU、存储器、I/O、密码运算器、随机数产生器和嵌入式操作系统等部件组成。

TPM 技术最核心的功能在于对 CPU 处理的数据流进行加密,同时监测系统底层的状态。在这个基础上,可以开发出唯一身份识别、系统登录加密、文件夹加密、网络通信加密等各个环节的安全应用,它能够生成加密的密钥,还有密钥的存储和身份的验证,可以高速进行数据加密和还原,作为呵护 BIOS 和操作系统不被修改的辅助处理器,通过可信计算软件栈 TSS 与 TPM 的结合来构建跨平台与软硬件系统的可信计算体系结构。用户即使硬盘被盗,由于缺乏 TPM 的认证处理,不会造成数据泄露。目前一些国内厂商已经将 TPM 芯片应用到台式机领域。图 3-6 分别为贴有 TPM 标志的主机箱(见右下角)、兆日公司的 TPM 芯片及在主板上的状态。

要想查看计算机上是否有 TPM 芯片,可以打开"设备管理器",其中是否存在"安全设备"节点,该节点下是否有"受信任的平台模块"这类的设备,并确定其版本即可,如图 3-7 所示。

图 3-6　主机箱上的 TPM 标志、TPM 芯片及主板上的 TPM 芯片

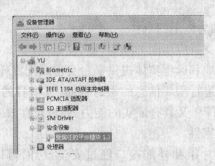

图 3-7　通过设备管理器看到的 TPM 芯片

以 TPM 为基础的"可信计算"可以从 3 个方面来理解：

1）用户的身份认证，这是对使用者的信任。传统的方法是依赖操作系统提供的用户登录，这种方法具有两个致命的弱点，一是用户名称和密码容易仿冒，二是无法控制操作系统启动之前的软件装载操作，所以被认为是不够安全的。而可信计算平台对用户的鉴别则是与硬件中的 BIOS 相结合，通过 BIOS 提取用户的身份信息，如 IC 卡或 USB KEY 中的认证信息进行验证，从而让用户身份认证不再依赖操作系统，并且用户身份信息的假冒更加困难。

2）可信计算平台内部各元素之间互相认证，体现了使用者对平台运行环境的信任。系统的启动从一个可信任源（通常是 BIOS 的部分或全部）开始，依次将验证 BIOS、操作系统装载模块、操作系统等，从而保证可信计算平台启动链中的软件未被篡改。

3）平台之间的可验证性，指网络环境下平台之间的相互信任。可信计算平台具备在网络上的唯一的身份标识。现有的计算机在网络上是依靠不固定的也不唯一的 IP 地址进行活动，导致网络黑客泛滥和用户信用不足。而具备由权威机构颁发的唯一的身份证书的可信计算平台则可以准确地提供自己的身份证明，从而为电子商务之类的系统应用奠定信用基础。

LT 技术是英特尔公司提出的新一代 PC 平台的安全解决方案。它和 TCG 推出的 PC 实施规范有所联系，它用到了 TCG 定义的 TPM，基于此来构建自己的安全架构，其区别在于，LT 技术扩展了 TCG 所定义的可信计算的功能和范围。

LT 是多种硬件技术的结合，可以说：LT ＝ CPU + TPM + Chipset + Protected I/O。英特尔认为当前个人计算机上主要存在的软件攻击隐患有：用户输入输出的脆弱性，很容易在 I/O 通路上对数据进行伪造或篡改，尤其是显示设备的缓存直接是可存取的，如果不控制，所见到的输出将不能确保是真实可信的；内存访问的脆弱性，获得特权级的恶意代码可以对内存的任意位置进行访问，而 DMA 控制器也可以不经过 CPU 直接对内存进行访问，如果仅从软件来控制，是远远不够的。

针对上述问题,英特尔提出基于硬件的安全解决方案,包括以下几个主要部分:

1) CPU:支持进程间隔离,对执行进行保护,包括扩充安全指令集,以及寻址结构。

2) TPM:支持密封存储,提供用于用户认证和平台验证的各种密码支持。

3) Chipset:支持内存隔离,域管理,解决 DMA 通道对内存访问的问题,也为建立有保护的输入输出环境提供硬件支持。

4) Protect I/O:涉及到各种外部设备及接口,建立有保护的输入输出,还需要对外部设备及接口进行改造。

LT 技术的安全特性总结为以下四点:

1) 执行保护:从硬件上支持应用间的隔离,称为"域隔离"。

2) 可验证性:能够向本地和远程实体提供平台身份或配置环境是否可信的验证。

3) 安全存储:通过 TPM 进行重要信息的密封存储,其本身的硬件特性就保证比存放在其他设备上要安全得多,同时 TPM 又具有证实的能力,通过对存放的密封数据的检验和鉴别,更好地保护数据的完整性和秘密性。

4) 输入输出的保护:芯片组和外部接口经过安全设计,可以建立基于硬件保护的可信通道。

在应用模式上,考虑到兼容性,LT 技术引入了标准环境和保护环境,并且两种环境是并存的,如果一旦安全应用需要运行,系统将通过一系列步骤在标准环境下建立一个平行的保护环境,应用一旦处于保护环境下,将能够使用 LT 提供的各种安全功能,同时,该环境本身也是可信的,不会被不可信的应用破坏,因为保护环境和标准环境是互相隔离的。标准环境则仍然运行着现有的普通应用。

微软提出的 NGSCB 计划,目的是为构建下一代安全计算平台环境提供基于硬软件的整套方案。NGSCB 技术框架的基本结构可以划分为三层:

1) 最底层为硬件支持层称为 SSC(Secure Support Component)。

2) 运行在其上的是与操作系统内核在同一个环上的核心模块,通过该模块来提供对 SSC 的访问,同时提供各种安全功能支持,称为 Nexus。

3) 上面是应用层,由称为 NCA(Nexus Computing Agent)的代理来执行。

NGSCB 技术也提供四个新的安全特性,同 LT 技术非常类似:

1) 进程隔离:确保应用之间不能访问对方空间,甚至连操作系统本身也无法做到,它是由 nexus 建立并维护的,由硬件提供支持。

2) 密封存储:包含认证机制的加密保护,即只有可信的应用,或由可信应用委任的其他实体才可以访问该信息。

3) 安全通路:在输入输出和 nexus 之间建立基于硬件的安全通道,恶意代码无法对输入输出数据进行刺探,或进行模拟及篡改。

4) 可验证性:平台的相互认证机制,同时也可以鉴别远程或本地平台软硬件配置及应用的可信。

Windows Vista 版本全面实现可信计算功能,运用 TPM 和 USB KEY 实现密码存储保密、身份认证和完整性验证。实现了版本不能被篡改、防病毒和黑客攻击等功能。

3. 可信计算在我国

可信计算不仅仅是一个概念和技术,它影响着计算机乃至整个 IT 产业的发展,它更关系到信息安全、国家安全。

　　我国关键信息产品大多是国外产品，信息产品安全后门普遍存在。我国的 IT 基础产业薄弱制约了信息安全技术的发展，信息安全尖端技术多掌握在外国公司手中，例如操作系统、BIOS、芯片。

　　TCG 发展的可信计算平台 TCP 会成为未来信息战的工具，TCG 认为可信的 CPU、BIOS、OS 对中国来说不一定可信。如果采用可信计算平台，所有软件都需要 TCG 发放证书，那么我国自己开发的软件都需要向 TCG 申请证书后才能"合法"运行。实际上 TCG 的 TCP 让用户对自己的计算机失去了控制权。

　　在我国，国家"十一五"规划和"863 计划"中，都把"可信计算"列入重点支持项目，并有较大规模的投入与扶植。2005 年 1 月全国信息安全标准化技术委员会在北京成立了 TC260 可信计算小组（WG1），该工作组负责人卿斯汉研究员介绍："国内可信计算这个名词出现得晚，但技术研究并不低于国外，核心技术应该以国内为主，但要按照国际规范来做。"

　　针对当前可信计算研究现状，我们的研究应以密码技术为核心，从可信计算理论研究基础开始，以实现终端安全为目标，研究安全终端体系结构和可信操作系统，采用我国密码成果，研究具有自主知识产权的可信计算。

　　可信计算的研究和发展重点包括：

　　1）基于可信计算技术的可信终端是发展产业的基础。可信终端（包括 PC、网络处理节点、手机以及其它移动智能终端等）是以可信平台模块 TPM 为核心，它并不仅仅是一块芯片和一台机器，而是把 CPU、操作系统、应用可信软件以及网络设备融为一体的基础设备，是构成可信体系的装备平台，应抓大力度研制开发。

　　2）高性能可信计算芯片是提高竞争能力的核心。可信计算核心是 TPM 芯片，TPM 的性能决定了可信平台的性能。不仅要设计特殊的 CPU 和安全保护电路，而且还要内嵌高性能的加密算法、数字签名，散列函数、随机发生器等，是体现国家主权与控制的聚焦点，是竞争能力的源动力。

　　3）可信计算理论和体系结构是持续发展的源泉。可信计算概念来自于工程技术发展，到目前为止还未有一个统一的科学严谨的定义，基础理论模型还未建立。因此现有的体系结构还是从工程实施上来构建，缺乏科学严密性。必须加强可信计算理论和体系结构研究，对安全协议的形式化描述和证明，逐步建立可信计算学科体系。

　　4）可信计算应用关键技术是产业化的突破口。可信计算平台最终目的是保护应用资产的安全，其主要技术手段是使用密码技术进行身份认证，实施保密存储和完整性度量，因此在 TPM 的基础上，如何开发可信技术软件栈 TSS 是提高应用安全保障的关键。可信计算平台广泛应用，产业化规模也就大了。

　　5）可信计算相关标准规范是自主创新的保护神。我国可信计算平台研究起步不晚，技术上也有一定优势，但至今还没有相应的标准规范，处于盲目的跟踪和效仿 TCG 的建议。这样很可能丧失已经取得的自主知识产权的创新。可信计算是以密码技术为基础，每个国家都有相关的密码政策和法律，即使采用美国的密码算法的中国可信计算产品也不可能推销到美国。我国应加大力度制定相关标准规范，强制执行，严格测评认证，保障我国在可信计算领域自主创新。

　　目前，我国的可信计算标准尚未出台，但是国内的兆日、联想等厂商都成为了 TCG 的重要成员,这标志着我国企业在可信计算领域里具备了核心技术能力,无疑将对整个中国 IT 产业链,乃至国家经济和社会信息化的发展进程产生积极的推动作用。

据预测,内嵌 TPM 安全芯片的 PC 将成为新一代安全终端的主流。

3.2.4　硬件防电磁泄漏

俗语说"明箭好躲,暗箭难防",主要是讲人们考虑问题时常常会对某些可能发生问题的某些方面估计不足,缺少防范心理。在考虑计算机信息安全问题的时候,往往也存在这种情况,一些用户常常仅会注意计算机内存、硬盘、软盘上的信息泄露问题,而忽视了计算机通过磁辐射产生的信息泄露。我们把前一类信息的泄露称为信息的"明"泄露,后一类的信息泄露称为信息的"暗"泄露。

1. TEMPEST 概念

计算机是一种非常复杂的机电一体化设备,工作在高速脉冲状态的计算机就像是一台很好的小型无线电发射机和接收机,不但产生电磁辐射泄露保密信息,而且还可以引入电磁干扰影响系统正常工作。尤其是在微电子技术和卫星通信技术飞速发展的今天,计算机电磁辐射泄密的危险越来越大。

1985 年在法国召开的"计算机与通信安全"国际会议上,荷兰的一位工程师 WinvanEck 公开了他窃取微机信息的技术。他用价值仅几百美元的器件对普通电视机进行改造,然后安装在汽车里,从楼下的街道上,接收到了放置在 8 层楼上的计算机电磁泄漏,并显示出计算机屏幕上显示的图像。这表明计算机电磁辐射造成的信息泄露威胁是存在的。

据文献可查,TEMPEST (Transient Electromagnetic Pulse Emanations Standard Technology,瞬时电磁脉冲发射标准,或称作 Transient Electromagnetic Pulse Emanation Surveillance Technology,瞬时电磁脉冲发射监测技术)一词最早出现在 1969 年美国制定的"EMC 计划"中。而美国早在 20 世纪 50 年代就开始了计算机"泄密发射"(Compromising Emanations)的研究,并在 1981 年颁布了一系列 TEMPEST 标准;80 年代中期,英国和北约颁布了类似的标准,其他国家也制定了相应的研究开发计划,这些标准都是非常机密的,此方面的研究工作也都是秘密开展的。随着 TEMPEST 技术的发展,其研究范围又增加了电磁泄漏的侦察检测技术,用于截获和分析对手的泄漏发射信号。1998 年,英国剑桥大学的科学家 Ross Anderson 和 Markus Kuhn 提出了 Soft TEMPEST 的概念,即通过特洛伊木马程序主动控制计算机的电磁信息辐射,这标志着 TEMPEST 技术从被动防守转变到主动进攻。

我国是从 20 世纪 80 年代中期开始关注 TEMPEST 领域的,已经在计算机系统电磁信息泄露的安全防护方面取得了一些研究成果。但因为起步晚,许多课题尚有待深入研究、发展。

国际上把信息辐射泄漏技术简称为 TEMPEST 技术,TEMPEST 研究的范围包括理论、工程和管理等方面,涉及电子、电磁、测量、信号处理、材料和化学等多学科的理论与技术。主要研究内容有以下几方面:

1) 电子信息设备是如何辐射泄漏的,研究电子设备辐射的途径与方式,研究设备的电气特性和物理结构对辐射的影响。

2) 电子信息设备辐射泄漏如何防护,研究设备整体结构和各功能模块的布局、系统的接地、元器件的布局与连线以及各种屏蔽材料、屏蔽方法与结构的效果等问题。

3) 如何从辐射信息中提取有用信息,研究辐射信号的接受与还原技术,由于辐射信号弱小、频带宽等特点,需要研究低噪声、宽频带、高增益的接收与解调技术,进行信号分析和相关分析。

4）信息辐射的测试技术与测试标准,研究测试内容、测试方法、测试要求、测试仪器以及测试结果的分析方法,并制定相应的测试标准。

2. TEMPEST 威胁

（1）信息设备的电磁泄漏威胁

信息设备是信息技术设备和处理信息的模拟设备的总称。按麦克斯韦电磁理论,在电磁场的空间某处有电荷的加速运动,或电流随时间变化所引起的扰动会向四周传播。信息设备内部的电流变化都会产生电磁场的发射。如果该电磁发射是由红信号（携带涉密明文信息的信号称为红信号,否则称为黑信号）的电流变化引起的,则被称为电磁泄漏发射,这种发射可以被接收并还原为红信号。

理论分析表明,泄漏发射强度和电路中电流的变化成正比。现今大部分信息设备的红信号都是数字信号,数字信号电平的大小和沿的陡峭程度（越陡峭意味着电流变化越快）,决定了发射强度的高低。因此,随着信息技术设备处理速度的不断提高,电磁发射的强度也会不断增强,对信息安全的威胁也会越来越大。信息设备的电磁泄漏发射分为辐射和传导两种方式。辐射发射是信息设备电磁波在自由空间的传播,辐射发射如同广播电视发射信号,可被天线和接收机接收处理。通过金属导体（例如电源线和通信线）或任何金属结构的传播构成了信息设备的传导发射,可通过电流卡钳等感应导体电流变化的设备截取到。

1）计算机系统的电磁泄漏。计算机及外设产生的电磁泄露,伴随信息的接收、处理和发送的全过程。包括视频信息、键盘输入信息、磁盘信息等计算机处理的数据。泄漏发射源包括显示器、键盘、软驱、主板及各种连接电缆接口等。从信号的传输方式分串行信号的泄漏和并行信号的泄漏。计算机系统中并行信号泄漏发射之间形成同频相关干扰。从中提取红信号十分困难。对信息威胁最大的是串行信号的泄漏发射。产生串行信号的部件有显示器、键盘、软驱、RS232 通信线等。

2）其他信息设备的电磁泄漏。如电话机、打印机、复印机和传真机处理信息的方式都是以串行为主。它们的电磁泄漏同样具有威胁。

3）HIJACK。HIJACK 是源于美国的秘密术语。主要研究与密码设备有关的电磁泄漏。密码设备是处于红黑界面上的特殊设备。在使用时,一定要考虑到系统互联情况。如果黑设备与密码设备相连时,没有考虑红黑信号隔离以及信号耦合和串扰途径,此时黑设备很可能成为红信号泄漏的途径和载体。密码设备的电磁泄漏发射往往使构造密码算法的努力前功尽弃。

4）SOFT TEMPEST。从攻击角度,通过事先植入目标计算机的程序,窃取硬盘中的数据,以隐藏的方式通过信息设备产生的电磁波有意发射出去,然后利用接收还原设备接收隐藏的数据。不但可以利用 CRT 隐藏窃取的数据,而且其他硬件如 CPU 和 PCI 总线,通过编程,在总线上周期地改变数据,也可达到隐蔽传递信息的目的。这种方法 1998 年由英国剑桥大学的两位学者提出。并将之称为 SOFT TEMPEST。这种所谓"TEMPEST 病毒",适合于攻击物理隔离的计算机。

（2）声光的泄漏威胁

除了电流变化引起的电磁泄漏发射对信息安全造成威胁。声音和光的无意识泄漏也会造成信息的泄露。

1）光的泄漏威胁。如果计算机显示器直接面对窗外,它发出的光可以在直线很远的距离上接收到。即使没有直接的通路,接收显示器通过墙面反射的光线仍然能再现显示屏幕信息。这种光泄漏和电磁泄漏异曲同工,在目前复杂的电磁环境下,光信号的接收还原更容易实现。

2）声音信号也存在泄漏现象。例如,通过点阵式打印机击打打印纸发出的声音能够复原出打印的字符。清华大学的石长生教授通过实验证明由振动引起的声场信息泄露确实是信息泄露的一个重要途径,而且其造成的危害性在某种程度上讲更甚于电磁泄漏。这是由于声场中压强的衰减与距离成反比,而电磁场中近场与距离的三次方成反比。美国有关 TEMPEST 的资料中,也有降低点阵式打印机噪声的要求。

3. 计算机设备的一些防泄露措施

对计算机与外部设备究竟要采取哪些防泄露措施,要根据计算机中信息的重要程度而定。对于企业而言,需要考虑这些信息的经济效益,对于军队则需要考虑这些信息的保密级别。在选择安全措施时,不应该花费 100 万元去保护价值 10 万元的信息。

下面介绍一些常用的防泄露措施。

1）屏蔽。屏蔽不但能防止电磁波外泄,而且还可以防止外部的电磁波对系统内设备的干扰,并且在一定条件下还可以起到防止"电磁炸弹"、"电磁计算机病毒"打击的作用。

对军队、政府机关、科研院所、学校等要害部门的一些办公室、实验场所,甚至整幢大楼用昂贵的有色金属网或金属板进行屏蔽,构成所谓的"法拉第笼"。并注意连接的可靠性和接地良好,防止向外辐射电磁波,使外面的电磁干扰对系统内的设备也不起作用。

另外,因为计算机系统工作时,除了以电磁波方式辐射电磁能量以外,还可通过电源线、信号线和地线等以传导的方式泄露。因此同时也要加强对整个电子设备的屏蔽,如,对显示器、键盘、传输电缆线、打印机等的整体屏蔽;对电子线路中局部器件,如有源器件、CPU、内存条、字库、传输线等强辐射部位采用屏蔽盒、合理布线等,以及局部电路的屏蔽。一台符合 TEMPEST 防护标准的电脑,它的结构、机箱、键盘、显示器与普通电脑在外观上会有明显的不同。

2）隔离和合理布局。隔离和合理布局均为降低电磁泄漏的有效手段。隔离是将信息系统中需要重点防护的设备从系统中分离出来,加以特别防护,并切断其与系统中其他设备间的电磁泄漏通路。合理布局是指以减少电磁泄漏为原则,合理地放置信息系统中的有关设备。合理布局也包括尽量拉大涉密设备与非安全区域(公共场所)的距离。

首先要让计算机房远离可能被侦测的地点,这是因为计算机辐射的距离有一定限制。对于一个单位而言,计算机房尽量建在单位辖区的中央地区。若一个单位辖区的半径少于300 m,距离防护的效果就有限。

此外即使在屏蔽室内,也必须把红、黑设备隔离。其中红设备是指有信息泄露危险的元器件、部件和连线等设备,黑设备是指处理、传输非保密数据的设备。如果要连接红、黑设备,必须通过严格的 TEMPEST 测试,按照规范进行连接。

3）滤波。滤波是抑制传导泄漏的主要方法之一。电源线或信号线上加装合适的滤波器,可以阻断传导泄漏的通路,从而大大抑制传导泄漏。

4）接地和搭接。接地和搭接也是抑制传导泄漏的有效方法。良好的接地和搭接,可以给杂散电磁能量一个通向大地的低阻回路,从而在一定程度上分流掉可能经电源线和信号线传输出去的杂散电磁能量。将这一方法和屏蔽、滤波等技术配合使用,对抑制电子设备的电磁泄漏可起到事半功倍的效果。

5)使用干扰器。干扰器是一种能辐射出电磁噪声的电子仪器。它是通过增加电磁噪声降低辐射泄露信息的总体信噪比,增大辐射信息被截获后破解还原的难度,从而达到"掩盖"真实信息的目的。其防护的可靠性也相对较差,因为设备辐射出的信息量并未减少。从原理上讲,运用合适的信息处理手段,仍有可能还原出有用信息,只是还原的难度相对增大。这是一种成本相对低廉的防护手段,主要用于保护密级较低的信息。此外,使用干扰器还会增加周围环境的电磁污染,对其他电磁兼容性较差的电子信息设备的正常工作构成一定的威胁。所以只能在没有其他有效防护手段的前提下,作为应急措施才使用干扰器。

6)配置低辐射设备。低辐射设备是在设计和生产计算机时就已对可能产生电磁辐射的元器件、集成电路、连接线、显示器等采取了防辐射措施,把电磁辐射抑制到最低限度。使用低辐射计算机设备是防止计算机电磁辐射泄密的较为根本的防护措施。它和屏蔽手段结合使用可以有效地保护绝密级信息。例如,可以采用低辐射的液晶显示器来代替高辐射的 CRT 显示器。

7)软件 TEMPEST 防护。TEMPEST 防护技术从 20 世纪 60 年代就开始了,现在其技术已经逐渐成熟。不过一台符合 TEMPEST 防护标准的计算机的造价非常昂贵,通常是普通计算机的四五倍。一间几十平方米的屏蔽室的成本少则几十万元,甚至好几百万元。这给对电磁辐射的防护工作带来一定的困难。

软件 TEMPEST 是近几年兴起的用计算机软件控制信息泄露的新技术。针对保密信息主要是文字、数字信息,防止信息泄露就是如何防止这些文字信息被别人窃取,TEMPEST 字体是一种有效防止文字信息泄露的新方法。经过特殊处理的 TEMPEST 字体即使被 TEMPEST 攻击设备截获,也根本无法还原泄露信息的内容。

8)TEMPEST 测试技术。TEMPEST 测试技术即检验电子设备是否符合 TEMPEST 标准。其测试内容并不限于电磁发射的强度,还包括对发射信号内容的分析、鉴别。

TEMPEST 技术标准是进行涉密信息系统认证的基础,是建立涉密信息系统测评体系的前提。它的制订比其他标准更为严格,可以具体指导防护工作。由于 TEMPEST 技术的特殊性,国外对其 TEMPEST 技术标准严格保密。我国近十年来投入大量人力物力对其进行了探索和研究,制定了自主的技术标准。

3.3　环境安全技术

3.3.1　机房安全等级

计算机系统中的各种数据依据其重要性和保密性,可以划分为不同等级,需要提供不同级别的保护。对于高等级数据采取低水平的保护会造成不应有的损失,对不重要的信息提供多余的保护,又会造成不应有的浪费。因此,在计算机机房安全管理中应对计算机机房规定不同的安全等级。根据国标 GB9361-88《计算站场地安全要求》,计算机机房的安全等级分为三级,A 级要求具有最高安全性和可靠性的机房;C 级则是为确保系统作一般运行而要求的最低限度安全性、可靠性的机房;介于 A 级和 C 级之间的则是 B 级。计算机房安全等级的划分如表 3-1 所示。

表 3-1　机房的安全等级

安全项目 ＼ 机房安全等级指标	C 级	B 级	A 级
场地选择	——	⊙	⊙
防火	⊙	⊙	⊙
内部装修	——	⊙	◎
供配电系统	⊙	⊙	◎
空调系统	⊙	⊙	◎
防火报警及消防设施	⊙	⊙	◎
防水	——	⊙	◎
防静电	——	⊙	◎
防雷击	——	⊙	◎
防鼠害	——	⊙	⊙
防电磁波干扰	——	⊙	⊙

注:"——"表示无要求;"⊙"表示有要求或增加要求;"◎"表示要求与前级相同。

应该根据所处理信息及运用场合的重要程度来选择适合本系统特点的相应安全等级的机房,而不应该要求一个机房内的所有设施都达到某一安全级别的所有要求,可以按不同级别的要求建设机房。例如,有些系统可根据处理信息的实际情况将数据保护的安全措施定为 A 级,把电源系统定为 B 级,火灾报警及消防措施定为 C 级。

3.3.2　机房环境基本要求

计算机系统实体是由电子设备、机电设备和光磁材料组成的复杂系统。这些设备的可靠性和安全性与环境条件有着密功的关系。如果环境条件不能满足设备对环境的要求,就会降低计算机的可靠性和安全性,轻则造成数据或程序出错、破坏,重则加速元器件老化、缩短机器寿命,或发生故障使系统不能正常运行,严重时还会危害设备和人员的安全。实践表明,有些计算机系统不稳定或经常出错,除了机器本身的原因之外,机房环境条件是一个重要因素。因此,充分认识机房环境条件的作用和影响,找出解决问题的办法并付诸实施是十分重要的。1993 年 2 月 17 日国家技术监督局、中华人民共和国建设部联合发布了《中华人民共和国国家标准——电子计算机机房设计规范》(GB50174-93),该标准于 1993 年 9 月 1 日实施,其中对机房环境的基本要求介绍如下。

1. 温、湿度及空气含尘浓度

计算机机房内温、湿度应满足下列要求:

1)开机时计算机机房内的温、湿度要求,应符合表 3-2 的规定。

表3-2 开机时计算机机房的温、湿度要求

级 别 项 目	A 级		B 级
	夏 季	冬 季	全 年
温度/℃	23 ±2	20 ±2	18 ~28
相对湿度	45% ~65%		40% ~70%
温度变化率	<5℃/h 并不得结露		<10℃/h 并不得结露

2）停机时计算机机房内的温、湿度要求,应符合表3-3 的规定。

表3-3 停机时计算机机房的温、湿度要求

项 目	A 级	B 级
温 度/℃	5 ~35	5 ~35
相对湿度	40% ~70%	20% ~80%
温度变化率	<5℃/h 并不得结露	<10℃/h 并不得结露

开机时主机房的温、湿度应执行 A 级,基本工作间可根据设备要求按 A、B 两级执行,其他辅助房间应按工艺要求确定。

3）记录介质库的温、湿度应符合下列要求:
- 常用记录介质库的温、湿度应与主机房相同。
- 其他记录介质库的要求应执行表3-4 标准。

表3-4 记录介质库的温、湿度要求

品 种	卡 片	纸 带	磁 带		磁 盘	
			长期保存已记录的	未记录的	已记录的	未记录的
温度/℃	5 ~40		18 ~28	0 ~40	18 ~28	0 ~40
相对湿度	30% ~70%	40% ~70%	20% ~80%		20% ~80%	
磁场强度/（A/m）			<3,200	<4,000	<3,200	<4,000

4）主机房内的空气含尘浓度,每升空气中大于或等于 0.5 μm 的尘粒数应少于18,000 粒。

2. 噪声、电磁干扰、振动及静电
- 主机房内的噪声,在计算机系统停机条件下,在主操作员位置测量应小于68 dB(A)。
- 主机房内无线电干扰场强,在频率为 0.15 ~1,000 MHz 时,不应大于 126 dB。
- 主机房内磁场干扰环境场强不应大于 800 A/m。
- 在计算机系统停机条件下主机房地板表面垂直及水平向的振动加速度值,不应大于500 mm/s^2。
- 主机房地面及工作台面的静电泄漏电阻,应符合现行国家标准《计算机机房用活动地板技术条件》的规定。
- 主机房内绝缘体的静电电位不应大于 1 kV。

3.3.3 机房场地环境

1. 机房外部环境要求

机房场地的选择应以能否保证计算机长期稳定、可靠、安全的工作为主要目标。在外部环境的选择上，应考虑环境安全性、地质可靠性、场地抗电磁干扰性，应避开强振动源和强噪声源，应避免设在建筑物的高层以及用水设备的下层或隔壁。

同时，应尽量选择电力、水源充足，环境清洁，交通和通信方便的地方。对于机要部门信息系统的机房，还应考虑机房中的信息射频不易被泄漏和窃取。为了防止计算机硬件辐射造成信息泄露，机房最好建设在单位的中央地区。

2. 机房内部环境要求

- 机房应辟为专用和独立的房间；
- 经常使用的进出口应限于一处，以便于出入管理；
- 机房内应留有必要的空间，其目的是确保灾害发生时人员和设备的撤离和维护；
- 机房应设在建筑物的最内层，而辅助区、工作区和办公用房设在其外围。A、B级安全机房应符合这样的布局，C级安全机房则不作要求。

3. 机房面积要求

机房面积的大小与需要安装的设备有关，另外还要考虑人在其中工作是否舒适。通常有两种估算方法，一种是按机房内设备总面积 M 计算。计算公式如下：

$$机房面积 = (5 \sim 7)M(m^2)$$

这里的设备总面积是指所有设备的最大外形尺寸的总和，如所有的计算机、网络设备、I/O 设备、电源设备、资料柜、耗材柜、空调设备等。系数 5～7 是根据我国现有机房的实际使用面积与设备所占面积之间关系的统计数据确定的，实际应用时根据本单位具体情况调整。

第二种方法是根据机房内设备的总数进行机房面积的估算。设设备的总台数为 K，则估算公式为：

$$机房面积 = (4.5 \sim 5.5)K(m^2)$$

在这种计算方法中，估算的准确与否和各种设备的尺寸是否大致相同有密切关系，一般的参考标准是按台式计算机的尺寸为一台设备进行估算。如果一台设备占地面积太大，最好把它按两台或多台台式计算机去计算，这样可能更会准确。系数 4.5～5.5 也是根据我国具体情况的统计参数。

按照国家标准"计算机中心（站）场地技术要求"，工作间、辅助间与机房所占面积应有合适的比例，其他各类用房依据人员和设备的多少而定。通常，办公室、用户工作室、终端室按每人 3.5～4.5 m^2 进行计算。在此基础上，再考虑 15%～30% 的备用面积，以便适应今后发展的需要。

机房场地环境方面更详细的内容，读者可以参阅国标 GB/T2887-2000《电子计算机场地通用规范》、GB50174-93《电子计算机机房设计规范》、GB9361-88《计算站场地安全要求》。

3.4 思考与练习

1. 计算机硬件有哪些有碍信息安全方面的缺陷，书中列举了一些，你能否再列举一些？
2. 环境可能对计算机安全造成哪些威胁，如何防护？

3. 查阅资料,了解可信计算的新进展,写一篇读书报告。

4. 基于硬件的访问控制技术还有哪些方法,除此以外,你还知道哪些?并说明它们的局限性。

5. 计算机哪些部件容易产生辐射?如何防护?

6. TEMPEST 技术主要研究内容是什么?

7. 计算机设备防泄漏的主要措施有哪些?它们各自的主要内容是什么?

8. 为了保证计算机安全稳定地运行,对计算机机房有哪些主要要求?机房的安全等级有哪些,根据什么因素划分的?

9. 安全适用的机房要符合哪些条件?

10. 操作实验:搜集、阅读资料,下载相关软件,学习如何保护 U 盘中的数据文件,如何防止数据意外丢失。

11. 操作实验:了解 CPU、内存、硬盘、显卡检测工具以及硬件综合测试工具的使用,比较各类软件的优劣。实验主要内容:CPU 检测工具 Intel processor ID、RightMark CPU clock、CPU-z 等的使用;内存检测工具 MemTest 的使用;硬盘检测工具 HDD life、HardDrive Inspector、Hard-Disk Sentinel 的使用;显卡检测工具 3DMark 的使用;显示器检测工具 Monitors Matter Check-Screen 的使用;电源检测工具 OCCT 的使用;硬件综合测试工具 Everest ultimate、SiSoftware Sandra 的使用。

第4章　操作系统安全

计算机操作系统是对计算机软件、硬件资源进行调度控制和信息产生、传递、处理的平台，它为整个计算机信息系统提供底层(系统级)的安全保障。计算机系统遭到的攻击，很多是针对其所使用操作系统的漏洞而进行的。操作系统中的安全缺陷和安全漏洞，往往会造成严重的后果。

对于一个支持多道程序的操作系统(即多用户并发使用同一系统)，操作系统设计者设计了一些方法来保护用户的计算机免受其他用户无意或恶意的干扰，这些方法包括存储保护、用户认证和访问控制等。由于访问控制决定了用户对系统资源拥有怎样的权限，对系统的安全具有很重要的影响，所以本章对访问控制作了较详细的阐述，同时也分析了操作系统的其他安全机制，还介绍了常用的 Windows 操作系统的安全机制。

4.1　操作系统的安全问题

4.1.1　操作系统安全的重要性

操作系统安全是计算机信息系统安全的重要基础，研究和开发安全操作系统具有重要意义。

根据计算机软件系统的组成，软件安全可划分为：操作系统安全、数据库安全、应用软件安全。操作系统用于管理计算机资源，控制整个系统的运行，它直接和硬件打交道，并为用户提供接口，是计算机软件的基础；数据库、应用软件通常是运行在操作系统之上的，若没有操作系统安全机制的支持，它们就不可能具有真正的安全性；同时，在网络环境中，网络的安全性依赖于各主机系统的安全性，而主机系统的安全性又依赖于其操作系统的安全性。因此，可以说操作系统的安全是整个计算机系统安全的基础，没有操作系统安全，就不可能真正解决数据库安全、网络安全和其他应用软件的安全问题。

通过第2章的学习大家知道，数据加密是保密通信中必不可少的手段，也是保护存储文件的有效方法，但数据加密、解密所涉及到的密钥分配、转储等过程必须用计算机实现。若无安全的计算机操作系统做保护，数据加密相当于在"纸环上套了个铁锁"。数据加密并不能提高操作系统的可信度，要解决计算机内部信息的安全性，必须解决操作系统的安全性。因此，操作系统安全是计算机安全的必要条件。

当前，保障网络及信息安全的问题已引起人们的重视，网络加密机、防火墙、入侵检测等安全产品也得到了广泛使用，但是人们又在思考这样的问题：这些安全产品的"底座"(操作系统)可靠、坚固吗？美国 CERT(Computer Emergency Response Term，计算机应急响应组)提供的安全报告表明，很多安全问题都源于操作系统的安全脆弱性。

现在应用最广泛的 Windows 系列操作系统在安全性方面还不断地被发现漏洞。2007 年微软推出的 Vista 操作系统，号称是基于 Windows server 2003(sp1)的底层核心编码并融和

Windows XP 整体优良特性的一款综合性操作系统,它在安全机制上同样也拥有两项系统的优点,并且还增加了很多底层的安全功能。但是,Vista 系统很快就曝出了漏洞。安全专家表示,Vista 漏洞不是"有没有漏洞"的问题,只是何时能被发现而已。期待通过一个 Vista 系统解决安全问题显然是不切实际的,而且由于 Windows 操作系统不提供源码,像一个"黑盒子",对它的安全性难以估量。

操作系统的易用性和安全性是一对矛盾。操作系统在设计时不可避免地要在安全性和易用性之间寻找一个最佳平衡点,这就使得操作系统在安全性方面必然存在着缺陷,而这种缺陷正是恶意代码(包括病毒、特洛伊木马、蠕虫等)得以蔓延的主要原因。一个有效可靠的操作系统必须具有相应的保护措施,消除或限制如病毒、网络攻击、隐蔽通道等对系统构成的安全隐患。

4.1.2 操作系统面临的安全威胁

威胁操作系统安全的因素除了第 3 章中介绍的硬件与环境方面以外,还有以下几种。

1)恶意代码的破坏和影响。例如,计算机病毒可以使系统感染,也可以使应用程序或数据文件受到感染,造成程序和数据文件的丢失或被破坏,设置使系统瘫痪或崩溃。

2)恶意用户的攻击。人们常常把这些恶意用户称为计算机"黑客",他们设法获取非授权的资源访问权,危害计算机及其信息系统的保密性和完整性。例如,非法获取其他用户的信息。这些信息可以是系统运行时内存中的信息,也可以是存储在磁盘上的信息(文件)。窃取的方法有多种,可以通过破解其他用户的口令来获取该用户的资源;可以通过执行隐藏在正常程序中的"特洛伊木马"程序秘密窃取,还可以利用隐蔽信道非法访问资源等。

这里解释一下隐蔽信道(Covert Channel),在考试中常常有人通过咳嗽、叹气、摸耳朵、摸鼻子等小动作来传递试卷的答案,这种通过公开通道传递秘密信息的方式就是生活中的隐蔽信道(隐蔽通道)。隐蔽信道一般可分为存储通道和时间通道,它们都是利用共享资源(如文件,对文件是否存在的判断)来传递秘密信息的,并要协调好时间间隔。共享资源在多用户环境里是很普遍的。例如,对磁盘存储而言,服务程序为了表示信息 1,在磁盘上创建一个非常大的文件,占用了磁盘上的大部分可用空间。之后,间谍程序也会尝试在磁盘上创建一个大型文件。如果成功,间谍程序就推断服务程序没有在磁盘上创建大型文件,所以服务程序提供的信息是 0;否则,该信息就是 1。在这里,间谍程序只需要通过判定某个文件是否存在,就能接收到某些秘密信息。

3)用户的误操作。例如,用户无意中删除了不想删除的文件,无意中停止了系统的正常处理任务,这样的误操作或不合理地使用了系统提供的命令,会成为对资源的安全威胁。此外,在多用户操作系统中,各用户程序执行过程中相互间会产生不良影响,用户之间会相互干扰。

4.1.3 操作系统的安全性设计

操作系统安全的主要目标是:

1)标识系统中的用户并进行身份鉴别。

2)依据系统安全策略对用户的操作进行存取控制,防止用户对计算机资源的非法存取。

3)监督系统运行的安全。

4）保证系统自身的安全性和完整性。

为了实现操作系统安全的目标,需要建立相应的安全机制,包括隔离控制、存储保护、用户认证、访问控制等。下面先介绍隔离控制,其他安全机制在后面介绍。

隔离控制的方法有四种:

1）物理隔离。在物理设备或部件一级进行隔离,使不同的用户进程使用不同的物理对象。例如,为不同安全级别的用户分配不同的打印机,对特殊用户的高密级运算甚至可以在CPU 一级进行隔离,使用专用的 CPU 运算。

2）时间隔离。对不同安全要求的用户进程分配不同的运行时间段。例如,对于用户运算高密级信息时,独占计算机进行运算。

3）逻辑隔离。操作系统限定各进程的运行区域,不允许进程访问其他未被允许的区域。这样,多个用户进程可以同时运行,但相互之间感觉不到其他用户进程的存在。

4）加密隔离。进程把自己的数据和计算活动隐蔽起来,使它们对于其他进程不可见;对用户的口令信息或文件数据以密码形式存储,使其他用户无法访问。

这几种隔离措施实现的复杂性是逐步递增的,第一种相对简单一些,最后一种则相对复杂一些。而它们的安全性则是逐步递减的,前两种方法的安全性是比较高的,但会降低硬件资源的利用率。后两种隔离方法主要依赖操作系统的功能实现。

4.2 存储保护

对于一个安全的操作系统,存储保护是最基本的要求,这里包括内存保护、运行保护、I/O保护等。

4.2.1 内存保护

内存储器是操作系统中的共享资源,即使对于单用户的个人计算机,内存也是被用户程序与系统程序所共享的,在多道环境下更是被多个进程所共享。为了防止共享失去控制和产生不安全问题,对内存进行保护是必要的。

对于一个安全操作系统,存储保护是一个最基本的要求,这主要是指保护用户在存储器中的数据。保护单元为存储器中的最小数据范围,可为字、字块、页面或段。保护单元越小,则存储保护精度越高。对于代表单个用户,在内存中一次运行一个进程的系统,存储保护机制应该防止用户程序对操作系统的影响。在允许多道程序并发运行的多任务操作系统中,还进一步要求存储保护机制对进程的存储区域实行互相隔离。

存储器保护的主要目的是:

1）防止对内存的未授权访问。

2）防止对内存的错误读写,如向只读单元写。

3）防止用户的不当操作破坏内存数据区、程序区或系统区。

4）多道程序环境下,防止不同用户的内存区域互相影响。

5）将用户与内存隔离,不让用户知道数据或程序在内存中的具体位置。

常用的内存保护技术有单用户内存保护、多道程序的保护、内存标记保护和分段与分页保护法。这些技术的实现方法在一般的操作系统原理教科书都有介绍,这里仅介绍各种内存保护技术的安全作用。

1. 单用户内存保护

在单用户操作系统中,系统程序和用户程序同时运行在一个内存之中,若无防护措施,用户程序中的错误有可能破坏系统程序的运行。可以利用基址寄存器在内存中规定一条区域边界(一个内存地址),用户程序运行时不能跨越这个地址。利用该寄存器也可以实现程序重定位功能,可以指定用户程序的装入地址。

2. 多道程序的保护

对于单用户操作系统,使用一个基址寄存器就可以保证系统区与用户程序的安全。但对于多用户系统,可能有多个用户程序需要在内存运行,利用一个基址寄存器就无法把这些用户程序分隔在不同内存区运行。解决这个问题的办法是再增加一个寄存器,保存用户程序的上边界地址,如图4-1所示。程序执行时硬件系统将自动检查程序代码所访问的地址是否在基址与上边界之间,若不在则报错。用这种办法可以把程序完整地封闭在上下两个边界地址空间中,可以有效地防止一个用户程序访问甚至修改另一个用户的内存。如果使用多对基址和边界寄存器,还可以把用户的可读写数据区与只读数据区和程序区互相隔离,这种方法可以防止程序自身的访问错误。例如,可以防止向程序区或只读数据区写访问。

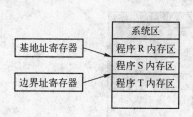

图4-1　多道程序的保护

图4-2　加标记的内存

3. 标记保护法

用上面介绍的多对基址与边界寄存器技术只能保护数据区不被其他用户程序访问,不能控制自身程序对同一个数据区内单元有选择地读或写。例如,一个程序中若没有数组越界溢出检查,当向该数组区写入时就有可能越界到其他数据单元,甚至越界到程序代码区(这就是缓冲区溢出的一种情况,将在7.2节中介绍),而代码区是严格禁止写操作的。为了能对每个存储单元按其内容要求进行保护,如有的单元只读、读/写、或仅执行(代码单元)等不同要求,可以在每个内存单元中专用几个比特来标记(Tagging)该单元的属性。除了标记读、写、执行等属性外,还可以标记该单元的数据类型,如数据、字符、指针或未定义等。在高安全级别的系统中,要求对主体与客体的安全级别与权限给出标记,因此单元标记的内容还可以包括敏感级别等信息。每次指令访问这些单元时,都要测试这些比特,当访问操作与这些比特表示的属性不一致的时候就要报错。使用带标记的存储器需要浪费一些存储空间,还会影响操作系统代码的可移植性,这种保护技术一般在安全要求较高的系统中使用。图4-2给出了加标记内存的示意图,其中X表示执行(eXecute),R表示读(Read),W表示写(Write)。

4. 分段与分页技术

对于稍微复杂一些的用户程序,通常按功能划分成若干个模块(过程)。每个模块有自己的数据区,各模块之间也可能有共享数据区。各用户程序之间也可能有共享模块或共享数据区。这些模块或数据区有着不同的访问属性和安全要求,使用上述各种保护技术很难满足这些要求。分段技术就是试图解决较大程序的装入、调度、运行和安全保护等问题的一种技术。

如图 4-3 所描述的,分段将内存分成很多逻辑单元,如一组组私有程序或数据。采用分段技术以后,用户并不知道他的程序实际使用的内存物理地址,操作系统把程序实际地址隐藏起来了。这种隐藏对保护用户代码与数据的安全是极有好处的。对于安全而言,分段技术有如下许多优点。

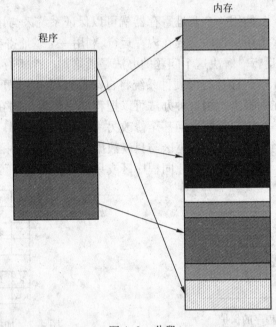

图 4-3　分段

1) 任何段可以放在任何内存空间——假设地址空间大小足够容纳任何一个段。操作系统必须定位所有段的地址,它是通过使用 < 段址,偏移地址 > 的方式来实现的,其中段地址指定了一个段,而偏移地址是数据在特定段中的开始地址。

2) 不同的访问控制可以实施在不同的段中。在段表中除了与段名对应的段号及段基址外,还可以增加必要的访问控制信息,对于任何企图访问某个段的操作,操作系统和硬件都可以进行检查。分段技术几乎可以实现对程序的不同片段分别保护的目标。根据各段敏感性要求,为各段划分安全级,并提供不同的保护措施。

3) 在分段这种方式下,任何地址的引用必须通过操作系统,这样操作系统可以进行完全的调度。由于实施于特定段的访问控制的作用,用户可以实行对某些段的访问共享,特定的用户访问权也可以限制在特定的段内。

段的管理方式存在的问题与困难主要是:

1) 当操作系统使用 < 段址,偏移地址 > 的方式来进行寻址时,必须知道段的大小以确保访问的地址在该段之内。但是很多段(比如那些可以进行动态内存分配的段)的内存是可以在执行的过程中动态增长的。所以,操作系统中必须保存可变化段的大小。为了保证安全,要求系统检查所产生的地址,验证其是否超出所访问段的末端。

2) 因为段大小可变,内存"碎片"成为一个潜在的问题,使得内存中虽然剩余碎片的总和大于某个段的长度,但仍无法为该段分配内存的现象发生。

3)如果压缩内存可以更加有效地利用已有空间,分段表则会发生改变。

总之,分段本身比较复杂,并且它给操作系统带来了明显的负担。

为了解决分段可能产生的内存碎片问题,引入了分页技术(如图4-4所示)。分页是把目标程序与内存都划分成相同大小的片段,这些片段称为"页"。在分页模式下,需要使用参数对 <页,偏移地址> 来访问特定的页。

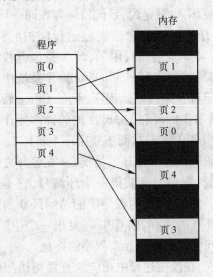

图4-4　分页

分页技术虽然解决了碎片问题,但又损失了分段技术的安全功能。由于段具有逻辑上的完整意义,而页则没有这样的意义,程序员可以为段规定某些安全控制要求,但却无法指定各页的访问控制要求。

解决这个问题的方法是将分页与分段技术结合起来使用,由程序员按计算逻辑把程序划分为段,再由操作系统把段划分为页。在段的基础上进行分页的好处在于不会产生碎片,效率高,并且不需要考虑每部分大小的变化所带来的各种问题。

操作系统同时管理段表与页表,完成地址映射任务和页面的调进调出,并使同一段内的各页具有相同安全管理要求,这也是虚拟存储器的基本思想。系统还可以为每个物理页分配一个密码,只允许拥有相同密码的进程访问该页,该密码由操作系统装入进程的状态字中,在进程访问某个页面时,由硬件对进程的密码进行检验,只有密码相同且进程的访问权限与页面的读写访问属性相同时方可执行访问。这种安全机制有效地保护了虚拟存储器的安全。

4.2.2　运行保护

安全操作系统很重要的一点是进行分层设计,而运行域正是这样一种基于保护环的等级式结构。运行域是进程运行的区域,在最内层具有最小环号的环具有最高特权,而在最外层具有最大环号的环只有最小的特权。

设置两环系统是很容易理解的,它只是为了隔离操作系统程序与用户程序。这就像生活中的道路被划分为机动车道和非机动车道一样,各种车辆和行人各行其道,互不影响,保证了各自的安全。对于多环结构,它的最内层是操作系统,它控制整个计算机系统的运行;靠近操作系统环之外的是受限使用的系统应用环,如数据库管理系统或事务处理系统;最外一层则是各种不同用户的应用环。

在这里最重要的安全概念是,等级域机制应该保护某一环不被其外层环侵入,并且允许在某一环内的进程能够有效地控制和利用该环以及该环以外的环。进程隔离机制与等级域机制是不同的。给定一个进程,它可以在任意时刻在任何一个环内运行,在运行期间还可以从一个环转移到另一个环。当一个进程在某个环内运行时,进程隔离机制将保护该进程免遭在同一环内同时运行的其他进程的破坏,也就是说,系统将隔离在同一环内同时运行的各个进程。

Intel x86 微芯片系列就是使用环概念来实施运行保护的,如图 4-5 所示。环有 4 个级别:环 0 是最高权限的,环 3 是最低权限的。当然,微芯片上并没有实际的物理环。Windows 操作系统中的所有内核代码都在环 0 级上运行。用户模式程序(例如 Office 软件程序)在环 3 级上运行。包括 Windows 和 Linux 在内的许多操作系统在 Intel x86 微芯片上只使用环 0 和环 3,而不使用环 1 和环 2。

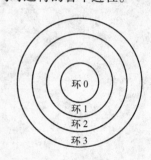

图 4-5　CPU 支持的保护环

CPU 负责跟踪为软件代码和内存分配环的情况,并在各环之间实施访问限制。通常,每个软件程序都会获得一个环编号,它不能访问任何具有更小编号的环。例如,环 3 的程序不能访问环 0 的程序。若环 3 的程序试图访问环 0 的内存,则 CPU 将发出一个中断。在多数情况下,操作系统将不会允许这种访问。该访问尝试甚至会导致程序的终止。

下面介绍两域结构的实现,在段描述符中相应地有两类访问模式信息,一类用于系统域;一类用于用户域。这种访问模式信息决定了对该段可进行的访问模式,如图 4-6 所示。

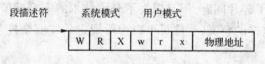

图 4-6　两域结构中的段描述符

如果要实现多级域,那就需要在每个段描述符中保存一个分立的 W、R、X 比特集,集的大小将取决于设立多少个等级。这在管理上是很笨拙的,但可以根据等级原则简化段描述符以便于管理。在描述符中,不用为每个环都保存相应的访问模式信息。对于一个给定的内存段,仅需要 3 个区域(它们表示 3 种访问模式),在这 3 个区域中只要保存具有该访问模式的最大环号即可,如图 4-7 所示。

段描述符:

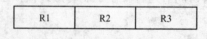

图 4-7　多域结构中的段描述符

称这 3 个环号为环界(Ring Bracket)。相应地,这里 R1、R2、R3 分别表示对该段可以进行写、读、运行操作的环界。

实际上如果某环内的某一进程对内存某段具有写操作的特权,那就不必限制其对该段的读与运行操作特权。此外如果进程对某段具有读操作的特权,那当然允许其运行该段的内容。

如果某段对具有较低特权的环而言是可写的,那么在较高特权环内运行该段的内容将是危险的,因为该段内容中可能含有破坏系统运行或偷窃系统机密信息的非法程序(如特洛伊木马)。所以从安全性的角度考虑,不允许低特权环内编写(修改)的程序在高特权环内运行。

环界集为(0,0,0)的段只允许最内环(具最高特权)访问,而环界集为(7,7,7)则表示任何环都可以对该段进行任何形式的访问操作。

对于一个给定的段,为每个进程分配一个相应的环界集,不同的进程对该段的环界可能是不同的。这种方法不能解决在同一环内,两个进程对共享段设立不同访问模式的问题。为解决这个问题所采取的方法是:将段的环界集定义为系统属性,它只说明某环内的进程对该段具有什么样的访问模式,即哪个环内的进程可以访问该段以及可以进行何种模式的访问,而不考虑究竟是哪个进程访问该段。所以对一个给定的段,不是为每个进程都分配一个相应的环界集,而是为所有进程都分配一个相同的环界集。同时,在段描述符中再增加3个访问模式位W、R、X。访问模式位对不同的进程是不同的。

4.2.3 I/O保护

I/O介质输出访问控制最简单的方式是将设备看作是一个客体,仿佛它们都处于安全边界外。由于所有的I/O不是向设备写数据就是从设备接收数据,所以一个进行I/O操作的进程必须受到对设备的读写两种访问控制。这就意味着设备到介质间的路径可以不受什么约束,而处理器到设备间的路径则需要施以一定的读写访问控制。

4.3　用户认证

用户的认证包括:标识与鉴别。标识(Identification)就是系统要标识用户的身份,并为每个用户取一个系统可以识别的内部名称——用户标识符。用户标识符必须是唯一的且不能被伪造,防止一个用户冒充另一个用户。

将用户标识符与用户联系的过程称为鉴别(Authentication),鉴别过程主要用以识别用户的真实身份,鉴别操作总是要求用户具有能够证明他身份的特殊信息,并且这个信息是秘密的或独一无二的,任何其他用户都不能拥有它。

认证用户的方法一般有三种:

1)用户所知道的。如要求输入用户的姓名、口令或加密密钥等。

2)用户所拥有的。如智能卡等物理识别设备。

3)用户本身的特征。如用户的指纹、声音、视网膜等生理特征。

其中的物理认证方法在本书第3章已作了介绍。由于使用的方便以及成本等原因,口令认证成为最常用的方法,下面详细介绍。

4.3.1　口令认证

口令是一种容易实现并有效地只让授权用户进入系统的方法。口令是用户与操作系统之间交换的信物。用户想使用系统,首先必须通过系统管理员登录系统,在系统中建立一个用户账号,账号中存放用户的名字(或标识)和口令。用户输入的用户名和口令必须和存放在系统中的账户/口令文件中的相关信息一致才能进入系统。没有一个有效的口令,入侵者要闯入计算机系统是很困难的。

口令是只有用户自己和系统管理员知道(有时管理员也不知道)的简单的字符串。只要一个用户保持口令的机密性,非授权用户就无法使用该用户的账户。各个系统的登录进程可以有很大的不同,有的安全性很高的系统要求几个等级的口令。例如,一个用于登录进入系统,一个用于个人账户,还有一个用于指定的敏感文件。有的系统则只要一个口令就可以访问整个系统,大多数系统有介于这两个极端情况之间的登录进程。

破解口令是黑客们攻击系统的常用手段,那些仅由数字组成、或仅由字母组成、或仅由两三个字符组成、或名字缩写、或常用单词、生日、日期、电话号码、用户喜欢的宠物名、节目名等易猜的字符串作为口令是很容易被破解的。这些类型的口令都不是安全有效的,常被称为弱口令。一旦口令失密或被破解,口令就不能提供任何安全了,该用户的账户在系统上就不再受保护了。

口令系统提供的安全性依赖于口令的保密性,这就要求:

1) 当用户在系统注册时,必须赋予用户口令。

2) 用户口令必须定期更改。

3) 系统必须维护一个口令数据库。

4) 用户必须记忆自身的口令。

5) 在系统认证用户时,用户必须输入口令。

1. 口令质量

由上可以看出,口令质量是一个非常关键的因素,它涉及以下几点。

1) 口令空间。下面的公式给出了计算口令空间的方法:$S = A^M$。

- S 表示口令空间。
- A 表示口令的字符空间,不要仅限于 26 个大写字母,要扩大到包括 26 个小写字母、10 个数字等系统可接受字符。
- M 表示口令长度。选择长口令可以增加破解的时间。假定字符空间是 26 个字母,如果已知口令的长度不超过 3,则可能的口令有 $26 + 26 \times 26 + 26 \times 26 \times 26 = 18278$ 个。若每毫秒验证一个口令,只需要 18 s 多就可以检验所有口令。如果口令长度不超过 4,检验时间只需要 8 min 左右。很显然,增加字符空间的字符数和口令的长度可以显著增加口令的组合数。

2) 选用无规律的口令。不要使用自己的名字、熟悉的或名人的名字作为口令,不要选择宠物名或各种单词作为口令,因为这种类型的口令往往是破解者首先破解的对象,由于它们的数量有限(常用英文词汇量只不过 15 万左右),对计算机来说不是一件困难的事情。假定按每毫秒穷举一个英文单词的速度计算,15 万个单词也仅仅需要 150 秒钟时间。

无规律的口令可以增加破解的难度,但也增加了记忆的难度。有的操作系统为了提高口令的安全性,强制用户在口令中必须包含除字母数字外的其他特殊符号,UNIX 系统就是这样的系统。

3) 多个口令。一般来说,登录名或用户名是与某个私人口令相联系的。尽管如此,在有更高安全要求的系统上还采用多个口令的安全措施。其中包括系统口令,它允许用户访问指定的终端或系统,这是在正常登录过程之后的额外的访问控制层。还包括对拨号访问或访问某些敏感程序或文件而要求的额外口令。

4) 系统生成口令。可以由计算机为用户生成口令,UNIX 系统就有这种功能。口令生成软件可以按前面讨论的许多原则为用户生成口令,由系统生成的口令一般很难记忆,有时会迫使用户写到纸上,这样又造成了不安全因素。

有的系统对使用口令进行访问还采取更严格的控制,通常有以下一些措施。

1) 登录时间限制。用户只能在某段时间内(如上班时间)才能登录到系统中。任何人在这段时间之外想登录到系统都将遭到拒绝。

2) 系统消息。在用户使用登录程序时,系统首先敬告登录者"只欢迎授权用户",有的系统不向访问者提供本系统是什么类型的系统,使黑客得不到任何有用的系统信息。

3) 限制登录次数。为了防止对账户多次尝试口令以闯入系统,系统可以限制每次试图登录的次数。如果有人连续几次(如3次)登录失败,终端与系统的连接就自动断开。这样可以防止有人不断地尝试不同的口令和登录名。

4) 最后一次登录。该方法报告最后一次系统的登录时间和日期,以及在用户最后一次登录后发生过多少次未成功的登录企图。该措施可以为用户提供线索,看是否有人非法访问了某个账户。

5) 尽量减少会话透露的信息。系统一般需要用户输入用户名和口令,系统能恰当组织会话过程,使外漏的信息最少。那么入侵者通不过系统验证时,将什么信息也得不到。

6) 增加认证的信息量。认证程序还可以在认证过程中向用户随机提问一些与该用户有关的问题,这些问题通常只有这个用户才能回答(如个人隐私信息)。当然这需要在认证系统中存放每个用户的多条秘密信息,供系统提问用。系统入侵者可能会攻破某用户的口令,如果他对该用户不熟悉,很难正确回答该用户的秘密信息。

2. 口令存储

必须对口令的内部存储实行一定的访问控制和加密处理,保证口令数据库不被未授权用户读取或者修改。未授权读将泄露口令信息,从而使一个用户可以冒充他人登录系统。但要注意登录程序和口令更改程序应能够读、写口令数据库。

可以使用强制访问控制或自主访问控制机制。无论采取何种访问控制机制,都应对存储的口令进行加密,因为访问控制有时可能被绕过。口令输入后应立即加密,存储口令明文的内存应在口令加密后立即删除,以后使用加密后的口令进行比较。

3. 口令传输

在口令从用户终端到认证端的传输中,应施加某种保护。

4. 口令管理

系统管理员应担负的职责包括:

1) 初始化系统口令。系统中有一些标准用户是事先在系统中注册了的。在允许普通用户访问系统之前,系统管理员应能为所有标准用户更改口令。

2) 初始口令分配。系统管理员应负责为每个用户产生和分配初始口令,但要防止将口令暴露给系统管理员。

- 有许多方法可以实现口令生成后对系统管理员的保密。一种技术是将口令用一种密封的多分块方式显示;另一种方法是,口令产生时用户在场。系统管理员启动产生口令的程序,用户则掩盖住产生的口令并删除或擦去显示痕迹。
- 使口令暴露无效。当用户初始口令必须暴露给系统管理员时,用户应立即通过正常程序更改其口令,使暴露的口令失效。

- 分级分配。当口令必须分级时,系统管理员必须指明每个用户的初始口令,以及后续口令的最高安全级别。

为了帮助用户选择安全有效的口令,可以通过警告、消息和广播,管理员可以告诉用户什么样的口令是最有效的口令。另外,依靠系统中的安全机制,系统管理员能对用户的口令进行强制性的修改,如设置口令的最短长度与组成成分,限制口令的使用时间,甚至防止用户使用易猜的口令等措施。

用户应明白自己有责任将其口令对他人保密,报告口令更改情况,并关注安全性是否被破坏。为此用户应担负的职责包括:

1) 口令要自己记忆。为了安全起见,再复杂的口令都应该自己记忆。

2) 口令应进行周期性的改动。有时口令已经泄露了,但拥有者却不知道,还在继续使用。为了避免这种情况发生,比较好的办法是定期更换口令。用户可以自己主动更换口令,系统也会要求用户定期更换它们的口令,口令经常更换可以提高其安全性。有的系统还会把用户使用过的口令记录下来,防止用户使用重复的口令。

为避免不必要地将用户口令暴露给系统管理员,用户应能够独自更改其口令。用户只允许更改自己的口令。为确保这一点,口令更改程序应要求用户输入其原始口令。更改口令发生在用户要求或口令过期的情况下。用户必须输入新口令两次,这样就表明用户能连续正确地输入新口令。

5. 口令审计

系统应对口令的使用和更改进行审计。审计事件包括成功登录、失败尝试、口令更改程序的使用、口令过期后上锁的用户账号等。

实时通知系统管理员。同一访问端口或使用同一用户账号连续 5 次(或其他阈值)以上的登录失败应立即通知系统管理员。

通知用户。在成功登录时,系统应通知用户以下信息:用户上一次成功登录的日期和时间、用户登录地点、从上一次成功登录以后的所有失败登录。

4.3.2 一次性口令认证

传统的口令认证多是基于静态用户名和密码的二元信息组合,其认证的安全性完全依赖于口令的保密性。而一旦口令泄露,用户若无法及时发现很可能会遭到攻击。泄露口令的主要途径包括:

1) 在输入密码时被窥探或被盗号程序所记录。

2) 攻击者运用社会工程学,冒充合法用户骗取口令。目前这种"网络钓鱼"现象层出不穷。

3) 口令在传输过程中被攻击者嗅探到。一些信息系统对传输的口令没有加密,攻击者可以轻易地得到口令的明文。但是即使口令经过加密也是难于抵抗重放攻击,因为攻击者可以直接使用这些加密信息向认证服务器发送认证请求,而这些加密信息是合法有效的。

4) 一些用户信息安全意识不高,往往采用一些有意义的字母、数字来作为密码,攻击者可以利用掌握的一些信息运用密码字典生成工具,生成密码字典然后逐一尝试破解。

针对传统口令认证的种种缺陷,美国科学家 Leslie Lamport 于 1981 年提出了一次性口令的思想,密码不再是一成不变的而是具有实时变化性的。动态密码满足"一次一密"的要求,即每次登录系统时用户口令都是不一样的,每个口令只能使用一次。口令的生命期很短,即使被窃取也不能再次使用,是一种理论不可破译的密码机制。

一次性口令原理

一次性口令 OTP(One-Time Password)的基本原理是:在登录过程中加入不确定因子,使每次用户在登录时输入的口令都不相同。认证系统得到口令后通过相应的算法验证用户的身份。

根据不确定因子的产生方式一次性口令可以分为几种常见的模式:口令序列、时间同步、事件同步、质询/响应(Challenge/Response)方案等。

在一次性口令生成机制中时间同步方案原理较为简单。该方案要求用户和认证服务器的时钟必须严格一致,用户持有时间令牌(动态密码生成器),令牌内置同步时钟、秘密密钥和加密算法。时间令牌根据同步时钟和密钥每隔一个单位时间(如 1 min)产生一个动态口令,用户登录时将令牌的当前口令发送到认证服务器,认证服务器根据当前时间和密钥副本计算出口令,最后将认证服务器计算出的口令和用户发送的口令相比较,得出是否授权用户的结论。该方案的难点在于解决好网络延迟等不确定因素带来的干扰,使口令在生命期内顺利到达认证系统。

质询/响应方案又名挑战/应答方案。目前该机制使用最多,下面介绍其在智能卡应用中的工作过程(如图4-8所示)。

1)认证请求。客户机首先向服务器发出认证请求,服务器提示用户输入用户 ID 等信息。

2)质询。服务器选择一个一次性随机数 X 发送给客户端的智能卡。服务器根据用户 ID 取出对应的密钥 K 后,利用发送给客户机的随机串 X,在服务器上用加密引擎进行运算,得到运算结果 Es。

图 4-8 OTP 的认证过程

3)响应。智能卡根据输入的随机串 X 与智能卡内的密钥 K 使用硬件加密引擎运算,得到一个运算结果 Ec,此运算结果将作为认证的依据发送给服务器。

4)验证结果。服务器比较两运算结果 Es 与 Ec 是否相同,若相同,则为合法用户。

由于密钥存在于智能卡中,也未直接在网上发送,整个运算过程也是在智能卡中完成的,密钥认证是通过加密算法来实现的,因而极大地提高了安全性。并且每当客户端有一次服务申请时,服务器便产生一个随机串给客户,即使在网上传输的认证数据被截获,也不会带来安全上的问题。

4.3.3 令牌或智能卡

这里讲的令牌是一种能标识其持有人身份的特殊标志。例如,公民身份证就是一种认证令牌。为了起到认证作用,令牌必须与持有人之间是一一对应的,要求令牌是唯一的和不能伪造的。

各种银行卡是网络通信令牌的一种形式,银行卡中记录了一些磁记录信息,通常磁卡读出器读出卡信息后,还要求用户输入通行字以便确认持卡人的身份。

还有一种更为复杂的令牌——智能卡(Smart Card)。智能卡是一种集成电路卡,它是随着半导体技术的发展以及社会对信息的安全性和存储容量要求的日益提高应运而生的。它是一种将具有加密、存储、处理能力的集成电路芯片嵌装于塑料基片上而制成的卡片。智能卡一般由微处理器、存储器及输入、输出设施构成。微处理器用于计算卡的唯一数用户标识(ID)，ID保证卡的真实性，持卡人使用ID访问系统。为防止智能卡遗失或被窃，许多系统需要智能卡和个人标识号(Personal Identification Number,PIN)同时使用。若仅有卡而不知道PIN码，则不能进入系统。

智能卡的使用过程大致如下，一个用户在网络终端上输入自己的名字，当系统提示他输入通行字时，把智能卡插入槽中并输入其通行字，通行字不以明文形式回显，也不以明文方式传输，这是因为智能卡对它加密的结果。在接收端对通行字进行解密，身份得到确认后，该用户便可以进行他希望的操作了。

在智能卡中存储私钥和数字证书，给用户带来了安全信息的轻便移动性，智能卡可以方便地携带，可以在任何地点进行电子交易。使用智能卡在线交易迅速并且简单，只需把智能卡插入与计算机相连的读卡器，输入ID和PIN。智能卡的读卡器也越来越普遍，有USB型的，也有PC卡型的，甚至Windows终端上也出现了智能卡插槽。

微软公司在丹麦哥本哈根召开的"IT论坛"上，微软总裁盖茨预测说，人们很快就可以依靠密码之外的其他技术验证他们的身份。他说，身份认证系统存在的一个主要问题就是密码的强度不够。不能只依靠密码，采用生物特性和智能卡技术将是趋势。

4.3.4 生物特征认证

生物认证，可以分为生理特征认证和生物行为认证，就是利用人体固有的生理特征或行为动作来进行身份识别或验证。

研究和经验表明，人的指纹、掌纹、面孔、发音、虹膜、视网膜、骨架等都具有唯一性和稳定性的特征，即每个人的这些特征都与别人不同、且终生不变，可以据此识别出人的身份。

由于每个人的生活环境、方式、生理特点、知识结构等诸多方面的差异，一个人的书写习惯、肢体运动、表情行为等都具有一定的稳定性和难以复制性。

基于以上这些特性，人们发展了指纹识别、面部识别、发音识别、笔迹识别、击键分析等多种生物认证技术。其中的指纹认证技术更是生物特征认证技术的热点。

指纹是分布在人体手指表面凸凹不平的纹线。这些皮肤的纹路在图案、断点和交叉点上各不相同。因此，可以把一个人与他的指纹对应起来，通过对他的指纹和预先保存的指纹进行比较，就可以验证他的真实身份。

今天，随着计算机技术和集成电路技术的发展，个人计算机以及其他一些微处理器完全有能力实现一个自动指纹识别系统，嵌入式自动指纹识别系统随之出现。可以想象如果计算机上的所有系统和应用程序都可以使用指纹验证的话，人们使用计算机就会非常方便和安全。

IBM公司已经开发成功并广泛应用的Global SignOn软件，通过定义唯一的口令和使用指纹就可以在公司整个网络上畅行无阻。把指纹识别技术同IC卡结合起来是目前最有前景的方向之一，目前加装指纹识别功能的ATM提款机在美国已经开始使用。SFNB(Security First Network Bank,安全第一网络银行)目前正在实施以指纹识别技术为基础的保障安全性的项目以增强交易的安全性。

手印识别与指纹识别有所不同，手印识别器需要读取整个手而不仅是手指的特征图像。一个人把他的手按在手印读入设备上，然后将该手印与计算机中的手印图像进行比较。

每个人的声音都有细微的差别，没有两个人是完全相同的。每个人说话时都有唯一的音质和声音"图像",甚至两个说话声音相似的人也是这样。识别声音图像的能力使人们可以基于某个短语的发音对人进行识别。声音识别技术已经商用化了,例如,大家使用的某些品牌的手机已经具有声音拨号的功能。但当一个人的声音发生很大变化的时候(如患感冒),声音识别器可能会发生错误。

笔迹或签名不仅具有字母和符号的组合方式的差别,还具有包括在书写签名或单词的某些部分用力大小的差别,或笔接触纸的时间长短和笔移动中的停顿等细微的差别。可以通过一支生物统计学笔和板设备进行笔迹或签名的识别,只需将书写特征与存储的信息相比较。

视网膜识别技术也已经应用到身份鉴别中。视网膜扫描器用红外线检查人眼的血管图像,并和计算机中存储的图像信息比较。由于各人的视网膜是互不相同的,利用这种方法可以区别每一个人。

击键分析也是目前研究的一个热点,通过为某人的打字速度和节奏等细节特征建立模式库,进行身份的鉴别。

4.4 访问控制

访问控制技术起源于 20 世纪 70 年代,当时是为了满足管理大型主机系统上共享数据授权访问的需要。随着计算机技术和网络技术的发展,访问控制技术在信息系统的各个领域得到越来越广泛的应用。在 30 多年的发展过程中,先后出现了多种重要的访问控制技术,它们的基本目标都是防止非法用户进入系统和合法用户对系统资源的非法使用。为了达到这个目标,访问控制常以用户身份认证为前提,在此基础上实施各种访问控制策略来控制和规范合法用户在系统中的行为。用户认证解决的是"你是谁?你是否真的是你所声称的身份?",而访问控制技术解决的是"你能做什么?你有什么样的权限?"。

用户认证在上一节中已作介绍。本节介绍的访问控制主要是针对计算机系统内的主体和客体讨论。

4.4.1 访问控制模型

1. 访问控制的三要素

根据安全性要求,需要在系统中的各种实体之间建立必要的访问与控制关系。这里的实体(Entity)是指计算机资源(物理设备、数据文件、内存或进程)或一个合法用户。为了抽象地描述系统中的访问控制关系,通常根据访问与被访问的关系把系统中的实体划分为两大类:主体和客体,而将它们之间的关系称为规则。

1)主体(Subject)。主体是访问操作的主动发起者,但不一定是动作的执行者。主体可以是用户或其他任何代理用户行为的实体(例如设备、进程、作业和程序)。

2)客体(Object)。客体通常是指信息的载体或从其他主体或客体接收信息的实体。客体不受它们所依存的系统的限制,可以包括记录、数据块、存储页、存储段、文件、目录、目录树、库表、邮箱、消息、程序等,还可以包括比特位、字节、字、字段、变量、处理器、通信信道、时钟、网络节点等。主体有时也会成为访问或受控的对象,如一个主体可以向另一个主体授权,一个进程可能控制几个子进程等情况,这时受控的主体或子进程也是一种客体。本书中有时会把客体称为目标或对象。

3）安全访问规则。用以确定一个主体是否对某个客体拥有某种访问权力。

2. 基本的访问控制模型

（1）访问控制矩阵（Access Control Matrix，ACM）

访问控制矩阵模型的基本思想就是将所有的访问控制信息存储在一个矩阵中集中管理。当前的访问控制模型一般都是在它的基础上建立起来的。

访问控制矩阵中，行代表主体，列代表客体，每个矩阵元素说明每个用户的访问权限。表4-1是访问控制矩阵的示例。由于每个主体访问的客体有限，这种矩阵可能是稀疏的，空间浪费较大，在操作系统中使用不多。访问控制矩阵适用于主体集合与客体集合之间每个主体对应50%以上客体的情况。

表4-1　访问控制矩阵

	File1	File2	File3	File4
User-A	ORW		OX	R
User-B	R			R
User-C	RW	ORW		RW
User-D			X	O

表中 O:Owner，R:Read，W:Write，X:eXecute。

在访问控制矩阵的基础上人们研究建立了其他模型，主要包括访问目录表（Access Directory List）、访问控制表（Access Control List）、能力（Capabilities）机制和基于角色（Role-based）的访问控制模型。下面分别加以介绍。

（2）访问目录表

这种访问控制机制实际上按访问控制矩阵的行实施对系统中客体的访问控制。

操作系统把用户分为系统管理员、文件主（拥有者）和一般用户。系统管理员具有最高的权限，他可以为用户分配或撤销文件的访问权，也有权把自己文件的访问权分配给其他用户或将其收回。一个用户通常需要访问多个文件，且对每个文件的访问权限不尽相同，为了便于管理，通常为每个用户建立一张访问目录表，其中存放有权访问的文件名及其访问权限（如图4-9）。对任何一种客体的管理都可以采用这种目录表式的安全机制。

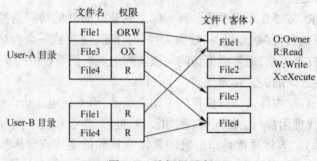

图4-9　访问目录表

访问目录表机制容易实现，但存在三个问题需要解决。

1）共享客体的控制。凡是允许用户访问的客体，都应该把它的名字存入该用户的访问目录表内，共享客体也应该存入该目录表中。存在的问题是，如果共享的客体太多（如子程序库),用户的目录表将会很长,增加了处理时间。

2)访问权的收回问题。在实际情况中,A、B两人之间可能有信任关系,File1 的拥有者 A 可以把该文件的某些权限传递给用户 B,当用户 A 想从用户 B 收回该访问权时,只要从 B 的目录表中删除该文件名即可。在许多操作系统中都支持这种信任关系。但是若允许信任关系传递,则给目录表的管理带来麻烦。假设用户 B 再把 File1 的访问权又传递给用户 C,当用户 A 希望收回所有用户对 File1 的访问权时,A 可能不知道这种情况,解决的办法是搜索所有用户的目录表,如果系统中用户数量较大,将要花费很多时间。

3)多重许可权问题。多重许可权问题是由文件重名问题引起的。假定用户 B 的目录表中已经有一个 File1,用户 A 也有一个 File1,但这两个文件的内容不同。如果 A 信任 B,第一次把自己文件 File1 的部分访问权传递给 B,为了不重名,A 的文件 File1 被改名为 FileX 后存入到 B 的目录表中,B 可能会忘记自己目录表中的 FileX 就是 A 的文件 File1,于是又向 A 申请 File1 的访问权,A 可能对 B 更加信任,就把 File1 更高的访问权授予 B,于是造成用户 B 对 A 的 File1 有多重访问权的问题,产生客体安全管理的混乱,而且可能产生矛盾。

(3)访问控制表 ACL

ACL 保护机制实际上是按矩阵的列实施对系统中客体的访问控制的。访问目录表和访问控制表分别将访问控制设施设置在主体端和客体端,这两种控制方式需要管理的表项的总数量是相同的,它们的差别在于管理共享客体的方法上,访问控制表技术易于实现对这些共享客体的管理。

每个客体都有一张 ACL,用于说明可以访问该客体的主体及其访问权限。这种访问控制方式可以有效地解决目录表方式管理共享客体的困难。对某个共享客体,操作系统只要维护一张 ACL 即可(见图 4-10)。ACL 对于大多数用户都可以拥有的某种访问权限,可以采用默认方式表示,ACL 中只存放各用户的特殊访问要求。这样对于那些被大多数用户共享的程序或文件等客体就用不着在每个用户的目录中都要保留一项。

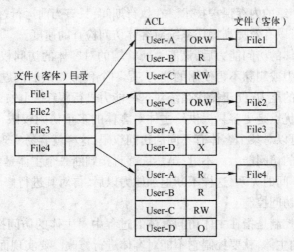

图 4-10 访问控制表机制

(4)能力机制

上述几种访问控制机制适用于固定客体的访问控制,但有这样的实际需求,主体不仅应该能够创立新的客体,而且还应该能指定对这些客体的操作权限。例如,应该允许用户创建文件、数据段或子例程等客体,也应该让用户为这些客体指定操作类型,如读、写、执行等操作。

能力(Capability)机制是可以满足这些要求的更高的访问控制机制。能力模型首先是由Dennis和Van Horn提出的,后来又出现了很多方法去实现和优化它。能力的最基本形式是对一个客体的访问权力的索引,它的基本内容是每一个"客体—权力"对被认为是一个单独的实体,一个主体如果能够拥有这个"客体—权力"对,就说这个主体拥有访问该客体某项权力的能力。

主体具有的能力是一种权证,类似一个"入场券",是在用户向系统登录时,由操作系统赋予的一种权限标记,它不可伪造,用户凭借该标记对客体进行许可的访问。

能力可以实现复杂的访问控制机制。假设主体对客体的能力包括"转授"(或"传播")的访问权限,具有这种能力主体可以把自己的能力复制传递给其他主体。这种能力可以用表格描述,"转授"权限是其中的一个表项。一个具有"转授"能力的主体可以把这个权限传递给其他主体,其他主体也可以再传递给第三者。具有转授能力的主体可以把"转授"权限从能力表中删除,进而限制这种能力的进一步传播。

主程序与子程序之间也存在能力的传递问题。主程序可以访问的所有客体的集合称为该主程序的作用域。在作用域中一种能力只能标识单个客体,能力的集合也就定义了作用域。子程序的作用域可以和主程序的不同,子程序可以访问主程序不能访问的客体,主程序也可以把自己作用域中的客体的部分访问控制权传递给子程序。例如,主程序可以只把某些变量的读权传递给子程序,但不允许对它们进行修改。在主程序调用子程序的时候,操作系统先把当前主程序的所有能力存放在堆栈中,然后再为子程序建立新的能力。

能力机制需要结合访问控制表(或访问控制矩阵)实现,当一个过程要求访问新客体的时候,操作系统首先查询访问控制表,确认该过程是否有权访问该客体,若有,操作系统就要为该过程创立一个访问该客体的能力。为了安全起见,能力应该存储在用户程序访问不到的区域中,这需要用到前面介绍的内存保护技术。在执行期间,只有当前运行过程访问的那些客体的能力有效,这一限制可以有效提高操作系统对客体访问检查的速度。

当主体收回某客体的访问能力后,该能力所管辖的对客体的访问权限也就被终止了。如何收回传递出去的能力或删除不再使用的能力,是一个稍微复杂的问题。可以在能力表中建立指针指向传递出去的能力,便于操作系统对这些能力进行跟踪、回收或删除。

能力机制的显著优点是更容易提供给主体对客体的多重访问权限,因为主体可以有不同的能力,而这些能力可以对某个客体有不同的访问权限,这样就容易实现一个主体在不同的进程中对一个客体不同的访问能力。不过,虽然能够直接判断一个主体是否拥有某种能力,但不能直接得到主体、客体间的关系,这样不断追加能力以后,再对其进行修改就变得比较困难了。

(5)面向过程的访问控制

面向过程的访问控制是指在主体访问客体的过程中对主体的访问操作进行监视与限制。例如,对于只有读权的主体,就要控制它不能对客体进行修改。要实现面向过程的访问控制就要建立一个对客体访问进行控制的过程,该过程能够自己进行用户认证,以此加强操作系统的基本认证能力。该访问控制过程实际上是为被保护的客体建立一个保护层,它对外提供一个可信赖的接口,所有对客体的访问都必须通过这个接口才能完成。例如,操作系统中用户的账户信息(其中包含用户口令)是系统安全的核心文档,对该客体既不允许用户访问,也不允许一般的操作系统进程访问,只允许对用户账户表进行增加、删除与核查的三个进程对这个敏感客体的访问。特别是增加与删除用户这两个进程内部包含检验功能,可以检查调用者(即主体)是否有权进行这种操作。

面向对象技术与抽象数据类型都要求数据隐蔽功能,即数据隐藏在模块内部,这些数据有的限于模块内,外界永远不得访问;有的虽然允许外界访问,但必须通过模块接口才能完成。面向过程的保护机制可以实现这种信息隐蔽要求,但要付出执行效率的代价,因为每对客体执行一次访问都要由保护机制进行检查,所以会影响程序效率。

访问控制矩阵、访问目录表、访问控制表、能力和面向过程的控制等五种访问控制机制的实现复杂性是逐步递增的。实现能力机制必须对每次访问进行检查,而访问目录表方式实现比较容易,它只需要在主体对客体第一次访问时进行检查。实现复杂的保护方式提高了系统的安全性,但降低了系统响应速度。安全与效率之间需要平衡。

下面介绍和分析几种被广泛接受的主流访问控制技术,包括自主访问控制、强制访问控制和基于角色的访问控制。

4.4.2 自主访问控制

如何对系统中各种客体的访问权进行管理与控制是操作系统必须解决的问题。管理的方式不同就形成不同的访问控制方式。一种方式是由客体的属主对自己的客体进行管理,由属主自己决定是否将自己客体的访问权或部分访问权授予其他主体,这种控制方式是自主的,把它称为自主访问控制(Discretionary Access Control,DAC)。在自主访问控制下,一个用户可以自主选择哪些用户可以共享他的文件。

对于通用型商业操作系统,DAC 是一种最普遍采用的访问控制手段。需要由自主访问控制方式保护的客体数量取决于系统想要的环境。几乎所有系统的 DAC 机制中都包括对文件、目录、通信信道以及设备的访问控制。如果通用操作系统希望为用户提供较完备的和友好的DAC 接口,那么在系统中还应该包括对邮箱、消息、I/O 设备等客体提供自主访问控制保护。

访问控制矩阵是实现 DAC 策略的基本数据结构,矩阵的每一行代表一个主体,每一列代表一个客体,行列交叉处的矩阵元素中存放着该主体访问该客体的权限。矩阵通常是巨大的稀疏矩阵,必须采用某种适当形式存放在系统中,完整地存储整个矩阵将浪费系统许多存储空间。一般的解决方法是按矩阵的行或列存储访问控制信息的。下面介绍这两种方法的优缺点。

1. 基于行的访问控制机制

这种机制是把每个主体对所在行上的有关客体(即非空矩阵元素所对应的那些客体)的访问控制信息以表的形式附加给该主体,这种表被称为访问目录表。

根据表中的内容不同又分为不同的具体实现机制。

(1)权限表(Capability List)机制

权限表中存放着主体可访问的每个客体的权限(如读、写、执行等),主体只能按赋予的权限访问客体。程序中可以包含权限,权限也可以存储在数据文件中。为了防止权利信息被非法修改,可以采用硬件、软件和加密措施。由于允许主体把自己的权利转授给其他进程,或从其他进程收回访问权,因此在运行期间,进程的权限可能会发生变化(增加或删除)。由此可见权限表机制是动态实现的,所以,对一个程序而言,最好能够把该程序所需访问的客体限制在较小的范围内。由于在 DAC 策略下权限的转移是不受限制的,而且权限还可以存储在数据文件中,因此,对某个文件的访问权还可以用于访问其他客体。由于权限表体现的是访问矩阵中单行的信息,所以对某个特定客体而言,一般情况下很难确定所有能够访问它的所有主体,因此,利用访问权限表不能实现完备的自主访问控制。实际利用权限表实现自主访问控制的系统并不多。

（2）前缀表（Profiles）机制

前缀表中存放着主体可访问的每个客体的名字和访问权限。当主体要访问某个客体时,系统将检查该主体的前缀中是否具有它所请求的访问权。前缀表机制的实现存在以下困难需要解决。

1）前缀表可能很大。在一个稍微大而复杂的系统中,由于用户为客体起名的随意性和唯一性要求,使得名字众多,长度不一,且很难分类,这将致使一个主体的前缀表可能很大,增加了系统管理的困难。

2）只能由系统管理员进行修改。一个新客体生成时,或一个已有客体被撤销或改变访问权限时,可能需要对许多主体的前缀进行更新,需要花费许多操作时间。而且为了保证对前缀表的安全修改,不允许用户直接修改自己的或其他主体的前缀。有些系统中只允许系统管理员修改主体前缀。在这种情况下,除非安全管理员更新相应用户的前缀,否则任何用户（包括客体的属主）都无法获得对客体的访问权限。作为一般的安全规则,除非对主体授予某种访问权限,否则任何主体对任何客体都不具有任何访问权。这种管理方法有些超出了 DAC 原则。用安全管理员控制主体前缀表的修改虽然安全性高,但在需要对客体访问权频繁更改的系统中这种方法很不适用。

3）撤销与删除困难。访问权的撤销是比较困难的,除非对每一种访问权限系统自动搜索主体的前缀。删除一个客体也是困难的,因为系统需要判断哪些主体的前缀中包含该客体。一般而言,如权限表机制一样,要系统回答"谁对某一客体具有访问权"这样的问题比较困难。但这个问题在安全系统中却是很重要的。

（3）口令（Password）机制

在这种机制中,每个客体相应地有一个口令。当主体请求访问一个客体时,必须向系统提供该客体的口令。如果口令正确,主体就可以访问该客体。如果对每个客体,每个主体都拥有它自己独有的口令,那么这种口令机制就类似于权利表机制,但口令机制不是动态的。在大多数实现口令机制的系统中只允许对每一个客体或对客体的每一种访问方式（如读、写、执行等）配备一个口令。有不同的对口令机制的管理方法,有的系统只有系统管理员才有权分配口令,而有些系统则允许客体的拥有者任意地改变客体的口令。为了安全起见,一个客体至少要有两个口令,一个用于控制读,一个用于控制写。

利用口令机制对客体实施的访问控制是比较麻烦和脆弱的,并不是一种合适的方法。这是因为:

1）系统不知道谁访问了客体。对客体访问的口令是手工分发的,不需要系统参与,因而系统无法知道谁拥有对某个客体的口令,这样就无法知道是哪个用户访问了该客体。

2）安全性脆弱。如果一个程序在运行期间需要访问某个客体,就需要把该客体的口令写在程序中,这样很容易造成口令的泄露。对于一个不知道某客体口令的用户只要他有机会（不管用什么手段）运行含有该客体口令的程序就可以访问这一客体。多个用户同时知道某个客体的口令,本身就不符合安全性要求。

3)使用不方便。在口令机制下,每个用户要记忆许多需访问的客体的口令,这对用户而言很不友好。如果用户不得不以书面形式记录时,口令泄露的危险性就增加了。

4)管理麻烦。如果要撤销某用户对某客体的访问权限,只能改变该客体的口令,但必须把新口令通知每一个对该客体有访问权的用户。通过对每个客体分配多个口令的方法可以部分地解决这个问题,但不能彻底解决。

对于一个大型的组织机构,系统的用户多而且频繁更迭,这种应用环境下,口令机制无法实现对客体的访问控制。

2. 基于列的访问控制机制

这种机制是把每个客体被所在列上的有关主体(即非空矩阵元素所对应的那些行上的主体)访问的控制信息以表的形式附加给该客体,然后依此进行访问控制。它有两种实现形式,保护位方式和访问控制表(ACL)方式,分述如下:

(1)保护位(Protection Bits)机制

保护位对所有主体、主体组以及该客体的拥有者指定了一个访问权限的集合,UNIX 利用了这种机制。主体组中包括具有相似特点的主体的集合,主体的拥有者是指生成客体的主体,它对该客体的所有权只能通过超级用户特权来改变。除超级用户外,拥有者是唯一能够改变客体保护位的主体。一个主体可能不止属于一个主体组,但在某一时刻,一个主体只能属于活动的主体组。在保护位中包含了主体组的名字和拥有者的名字。由于保护位的长度有限,用这种机制完全表示访问矩阵实际上是不可能的。由于除拥有者外,保护位中不包含其他主体的名字,这表示保护位机制中不包含可访问该客体的各个主体的名字,因此,系统也不能基于单个主体来决定是否允许对其客体的访问。

(2)访问控制表(ACL)机制

在这种机制中,每个客体附带了访问矩阵中可访问它自己的所有主体的访问权限信息表(即 ACL)。该表中的每一项包括主体的身份和对该客体的访问权。如果利用组或通配符的概念,可以使 ACL 缩短。与上一种方式不同,利用这种机制,系统可以决定某个主体是否可对某个特定客体进行访问。在各种访问控制技术中,ACL 方式是实现 DAC 策略的最好方法。

3. 访问许可权与访问操作权

在 DAC 策略下,访问许可(Access Permission)权和访问操作权是两个有区别的概念。访问操作表示有权对客体进行的一些具体操作,如读、写、执行等;访问许可则表示可以改变访问权限的能力或把这种能力转授给其他主体的能力。对某客体具有访问许可权的主体可以改变该客体的 ACL 表,并可以把这种权利转授给其他主体。简而言之,许可权是主体对客体(也可以是另一主体)的一种控制能力,访问权限则是指对客体的操作。在一个系统中,不仅主体对客体有控制关系,主体与主体之间也有控制关系,这就涉及到对许可权限的管理问题。这个问题很重要,因为它与 ACL 的修改问题有关。

在 DAC 模式下,有 3 种控制许可权手段,层次型的、属主型的和自由型的。下面分别介绍。

(1)层次型的(Hierarchical)

在一个社会的部门中,其组织机构的控制关系一般都呈树型的层次结构,最顶层的领导者有最高的权限,最底层的职员只有权处理自己的事务(如编写报表)。在操作系统中也可以仿此结构建立对客体访问权的控制关系。在这个结构中,系统管理员有最高的控制(即访问许可)权,可以修改系统中所有对象(包括主体与客体)的 ACL,也具有转授权,可以把修改 ACL 的权利转授给位于顶部第二层的部门管理员。当然,具有许可权的主体也可以修改自身的 ACL。在这个结构的最底层是对应于组织机构的业务文件,是被访问的对象,是纯粹的客体,它们对任何客体都不具备任何访问许可权与访问操作权。

层次型的优点是可以通过选择可信的人担任各级权限管理员,从而以可信的方式实现对客体实施控制,而这种控制关系往往与部门的组织机构对应,容易获得用户单位的认可。它的缺点是一个客体可能会有多个主体对它具有控制权,发生问题后存在一个责任问题。

(2) 属主型的(Owner)

该类型的访问权控制方式是为每一个客体设置拥有者,一般情况下客体的创建者就是该客体的拥有者。拥有者是唯一可以修改自己客体的 ACL 的主体,也可以对其他主体授予或撤销对自己客体的访问操作权。拥有者拥有对自己客体的全部控制权,但无权将该控制权转授给其他主体。属主型访问权控制符合自主访问控制原则。

有两种途径实现属主型许可权控制方式。一是与 DAC 机制一起通过管理的方式实现,由系统管理员为每一个主体建立一个主目录(Home Directory),并把该目录下的所有客体(子目录与文件)的许可权都授予该主目录的主体,使他有权修改其主目录下所有客体的 ACL,但不允许他把这种许可权转授给其他主体。当然系统管理员可以修改系统中所有客体的 ACL;另一种方式是把属主型控制纳入到 DAC 机制中,但不实现任何访问许可功能。DAC 机制将客体的创建者的标识符保存起来作为拥有者的标记,并使他成为唯一能够修改该 ACL 的主体。

属主型控制方式的优点是修改权限的责任明确,由于拥有者最关心自己客体的安全,他不会随意把访问权转授给不可信的主体,因此这种方式有利于系统的安全性。有许多重要系统使用属主型访问权控制方式,UNIX 系统采用了这种方式。但这种方式也有一定的缺陷。由于规定拥有者是唯一能够删除自己客体的主体,如果主体(用户)被调离他处或死亡,系统需要利用某种特权机制来删除该主体拥有的客体。在 UNIX 中,这种情况由超级用户特权进行处理。

(3) 自由型的(Laissez-Faire)

在该类型的访问权控制方案中,客体的拥有者(创建者)可以把对自己客体的许可权转授给其他主体,也可以使其他主体拥有这种转授权,而且这种转授能力不受创建者自己的控制。在这种情况下,一旦对某个客体的 ACL 修改权被转授出去以后,拥有者就很难对自己的客体实施控制了。虽然可以通过客体的 ACL 查询出所有能够修改该表的主体,但由于这种许可权(修改权)可能会被转授给不可信的主体,因此这种对访问权修改的控制方式是很不安全的。

4.4.3 强制访问控制

DAC 机制虽然使得系统中对客体的访问受到了必要的控制,提高了系统的安全性,但它的主要目的还是为了方便用户对自己客体的管理。由于这种机制允许用户自主地将自己客体的访问操作权转授给别的主体,这又成为系统不安全的隐患。权利的多次转授后,一旦转授给不可信主体,那么该客体的信息就会泄露。DAC 机制第二个缺点是无法抵御特洛伊木马的攻击。在 DAC 机制下,某一合法的用户可以任意运行一段程序来修改自己文件的访问控制信息,系统无法区分这是用户合法的修改还是木马程序的非法修改。DAC 机制的第三个缺点是,还没有一般的方法能够防止木马程序利用共享客体或隐蔽信道把信息从一个进程传送给另一个进程。另外,因用户无意(如程序错误、某些误操作等)或不负责任的操作而造成的敏感信息的泄露问题,在 DAC 机制下也无法解决。

对于安全性要求更高的系统来说,仅采用 DAC 机制是很难满足要求的,这就要求更强的访问控制技术。强制访问控制机制 MAC(Mandatory Access Control)可以有效地解决 DAC 机制中可能存在的不安全问题,尤其是像特洛伊木马攻击这类问题。

1. MAC 机制的实现方法

在一个系统中实现 MAC 机制,最主要的是要做到两条:

1)访问控制策略要符合 MAC 的原则。因此系统要完全收回在 DAC 机制下允许客体的拥有者(创建者)修改自己客体的访问权和把对自己客体访问权的控制权转授给其他主体的权利,把这些权利交给全系统权利最高和最受信任的安全管理员。因此在 MAC 机制下,即使是客体的拥有者也没有对自己客体的控制权,也没有权利向别的主体转授对自己客体的访问权。即使是系统安全管理员修改、授予或撤销主体对某客体的访问权的管理工作也要受到严格的审核与监控。

2)对系统中的每一个主体与客体都要根据总体安全策略与需要分配一个特殊的安全属性,该安全属性能够反映该主体或客体的敏感等级和访问权限,并把它以标记的形式和这个主体或客体紧密相连而无法分开。例如,可以用硬件实现或固化等措施使主体与客体带上标记,使得这种安全属性一般不能被随意更改。再通过设置一些不可逾越和不可更改的访问限制,就能够有效地防范恶意程序(特洛伊木马)的攻击。

在 MAC 机制下,创建客体是受严格控制的,这样就可以阻止某个进程通过创建共享文件的方式向其他进程传递信息。由于用户不能修改他自己及其他任何客体的安全属性,也包括他自己拥有的客体在内的安全属性,因此,即使用户程序中或系统中包含恶意程序(如特洛伊木马),也很难获取与用户程序无关的客体的敏感信息。虽然 MAC 机制对系统主体的限制很严,也无法防范用户自己用非计算机手段将自己有权阅读的文件泄露出去,例如,用户将计算机显示的文件内容记忆住,然后再用手写方式泄露出去。然而用 MAC 机制确实能够防范用计算机程序手段窃取某个文件。

一般而言,在高安全级(B 级及以上)的计算机系统中同时实现 MAC 机制与 DAC 机制,是在 DAC 机制的基础上增加更强的访问控制以达到强制访问控制的目的。在 DAC 机制下系统用访问矩阵(或其变种)形式描述主体与客体之间的访问控制关系,MAC 对访问矩阵增加了严格的限制,并按 MAC 的策略要求对访问矩阵实施管理与控制。一个主体必须首先通过 DAC 和 MAC 的控制检查,得到允许后才能访问某个客体。客体受到了双重保护,DAC 可以防范未经允许的用户对客体的攻击,而 MAC 不允许随意修改主体、客体的安全属性,提供了一个不可逾越的保护层,因而又可以防范任意用户滥用 DAC 机制转授访问权。有了 MAC 控制后,可以极大地减少因用户的无意性(如程序错误或某些误操作)泄露敏感信息的可能性。

木马窃取敏感文件的方法通常有两种,一是通过修改敏感文件的安全属性(如敏感级别、访问权限等)来获取敏感信息。这在 DAC 机制下是完全可以做到的,因为在这种机制下,合法的用户可以利用一段程序修改自己客体的访问控制信息,木马程序同样也能做到。但在 MAC 机制下,严格地杜绝了修改客体安全属性的可能性,因此木马利用这种方法获取敏感文件信息是不可能的;另一种方法是躲在用户程序中的木马利用合法用户读敏感文件的机会,把所访问文件的内容复制到入侵者的临时目录下,条件是系统因疏漏允许入侵者建立一个可读文件即可。为了防止这种形式的木马攻击,系统除了要严格控制主体建目录的权限外,还要限制邮箱功能与交互进程的信息交换。

强制访问控制机制比较适合专用目的的计算机系统,如军用计算机系统。因此从 B1 等级的计算机系统才开始实施这种机制,B2 级计算机系统实现更强的 MAC 控制,B2 级计算机系统是符合军用要求的最低安全级别(计算机系统安全等级评估准则在 10.2 节介绍)。但对于通用型操作系统,从对用户友好性出发,一般还是以 DAC 机制为主,适当增加 MAC 控制。目前流行的操作系统(如 UNIX 系统、Linux、Windows 2000/XP)就是属于这种情况。

2. 支持 MAC 的措施

从某种意义上说,采用 MAC 机制主要是防止一些从某些渠道进入系统的恶意程序(如木马)通过窃取访问权或隐蔽信道获取敏感信息。除了在系统中采用严格地强制访问控制机制外,还要有其他一些管理控制措施给予支持,这样才能有效减少恶意程序窃取信息的机会。

(1) 防止恶意程序从外部进入系统

恶意程序从外部进入系统有两种渠道。

1) 通过软盘、光盘或网络下载等方式,由用户自己"主动地"把未被认证是"纯净"的软件装入到系统中,如果其中含有木马类程序,它们就会乘机进入系统。即使对于厂商销售的正版软件也不能放心无疑,因为确实发现有的公司销售的网络服务软件中包含特洛伊木马的事情,因此一些要害部门即使对于正版软件也应该进行安全审核与检验,确信不包含恶意功能后才能安装应用。

2) 利用系统存在的漏洞,通过网络攻击等手段把木马类程序装入系统。例如,广泛流传的"红色代码 II"网络病毒就是利用微软系统提供的 IIS 4.0(或 5.0)服务中存在的一个缓冲区溢出漏洞而把木马程序装入系统中的。还有其他一些手段,如通过远程访问或登录(FTP 或 TELNET)机会或电子邮件等方式把木马装入客体系统中。对系统漏洞进行防堵和严格控制远程访问权限(如不允许在客体系统上建立文件)有助于防止木马程序的进入。为了防止木马从外部流入,有效的办法是严格防止未经许可私自装入系统以外的软件。只允许安装由系统管理部门(或人员)发放的系统原版软件与应用软件。

另外,为了防止木马程序进入自己的控制目录,用户对自己还要加强过程性控制,用户不要随意运行系统目录以外的任何程序,即使偶然需要使用其他目录中的文件时,也不要做任何动作。在必须使用他人编写的程序时,要保持警惕,注意观察程序的运行状态与结果。

(2) 消除利用系统自身的支持而产生木马的可能性

在 MAC 机制下,由于系统中有很强的访问控制措施,外来的木马很难顺利工作与达到目的。但是,如果内部某个有不良意图的合法用户利用自己的权限在系统编程工具的支持下,编写藏有木马的程序,并使它在系统中合法地运行,这种情况下的木马很难防范。为了防止这类情况的发生,最简单的方法是去掉系统提供的各种编程工具与开发环境,其中包括编译器、解释器、汇编程序以及各种开发工具包等。此外,有的系统还提供命令编辑工具和命令处理器,这些工具也应该从系统中删除。对于通用商业型系统,如果删除了系统或应用开发能力会使用户感到很不方便,也会影响这些系统的销售。但对于一些专用计算机系统,如军用计算机,只需要用户操作,不需要用户开发,这种情况下就可以完全删除系统中的编程能力。美军的战术互联网中的计算机系统就不提供开发能力,而且明确规定只允许运行下发的光盘上的软件。

在网络环境下禁止系统编程能力不能只考虑单机系统,需要防止木马可能通过网络接口从另一个有编程能力的计算机系统装入本地计算机系统。一种解决办法是对本地计算机系统的远程装入与运行功能进行限制和安全控制,不允许远程装入,但这样做可能会影响系统提供服务的能力,如 TELNET、FTP 等服务功能;另一种解决办法是从全网范围内消除编程能力,这对于内部专用网(如军队指挥网、银行事务处理系统等)是可行的。但是必须保证该专用网没有和外部网络连接,如果连接了,全网内的编程限制就不起作用了。

4.4.4 基于角色的访问控制

网络的发展,特别是 Intranet 的广泛应用使网上信息的完整性要求超过了机密性,而传统的 DAC/MAC 策略难以提供这方面的支持。20 世纪 90 年代以来 NIST(National Institute of Standards and Technology)提出了基于角色的访问控制 RBAC(Role-Based Access Control)模型,这一访问控制模型已被广为接受。

1. RBAC 的基本概念

根据自主访问控制策略,用户可以自主地把自己所拥有的客体的访问权限授予其他用户,但是在很多商业部门中,终端用户并不"拥有"他们所能访问的信息,这些信息的真正"拥有者"是企业(公司),这种情况下,访问控制应该基于职员的职务而不是基于信息的拥有者,即,访问控制是由各个用户在部门中所担任的角色来确定的。例如,一个医院可能包括医生、护士、药剂师等角色,而银行则包括出纳员、会计、行长等角色。因此 RBAC 是实施面向企业的安全策略的一种有效的访问控制方式。

RBAC 的突出优点是简化了各种环境下的授权管理。在 DAC-MAC 系统中访问权限直接授予用户,而系统中的用户数量众多而且经常变动,这就增加了授权管理的复杂性。RBAC 中的基本元素包括,用户、角色和权限。其核心思想是,将访问权限分配给角色,系统的用户担任一定的角色,与用户相比角色是相对稳定的。所谓"角色",是指一个或一群用户在组织内可执行的操作的集合。这里的角色就充当着主体(用户)和客体之间关系的桥梁,如图 4-11 所示。

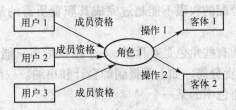

图 4-11　基于角色的访问控制

例如,一个医院有医生、护士、药剂师若干名,不妨设 $D_1, D_2, \cdots, D_m$ 是医生,$N_1, N_2, \cdots, N_n$ 是护士,$P_1, P_2 \cdots P_r$ 是药剂师,医生的职责包括 $DD = \{$诊断病情、开处方、给出治疗方案、填写医生值班记录$\}$;护士的职责则包括 $DN = \{$换药、填写护士值班记录$\}$;药剂师的职责包括 $DP = \{$配药、发药$\}$。医生 $D_j(j=1, \cdots, m)$ 可以尽医生的职责,执行 DD 中的操作而不能执行 DN 和 DP 中的操作;同样 $N_k(k=1, \cdots, n)$ 也只能尽护士的职责,执行 DN 中的操作而不能执行 DD 和 DP 中的操作。用户在一定的部门中具有一定的角色(如医生、护士、药剂师等),其所执行的操作与其所扮演的角色的职能相匹配,这正是 RBAC 的根本特征,即,依据 RBAC 策略,系统定义了各种角色,每种角色可以完成一定的职能,不同的用户根据其职能和责任被赋予相应的角色,一旦某个用户成为某角色的成员,则此用户可以完成该角色所具有的职能。

角色由系统管理员定义,角色成员的增减也只能由系统管理员来执行,即只有系统管理员有权定义和分配角色。用户与客体无直接联系,他只有通过角色才享有该角色所对应的权限,从而访问相应的客体。例如增加一名医生 D_u,系统管理员只需将 D_u 添加到医生这一角色的成员中即可,删除一名护士 N_u,只需简单地从护士角色中删除成员 N_u。同一个用户可以是多个角色的成员,即同一个用户可以扮演多种角色,同样,一个角色可以拥有多个用户成员,这与现实是一致的,因为一个人可以在同一部门中担任多种职务,而且担任相同职务的可能不止一人。因此 RBAC 提供了一种描述用户和权限之间的多—多关系,图 4-11 表示了用户、角色、操作和客体之间的关系。

RBAC 与 DAC 的根本区别在于,用户不能自主地将访问权限转授给别的用户。RBAC 与 MAC 的区别在于,MAC 是基于多级安全需求的,而 RBAC 则不是。

2. RBAC 96 模型

RBAC 96 模型是 Sandhu 等人提出的一个 RBAC 模型簇,包括四个子模型。

1)RBAC 0 是基本模型,描述任何支持 RBAC 的系统的最小要求。RBAC0 包含四个基本要素,用户、角色、会话和访问权限。用户在一次会话中激活所属角色的一个子集,获得一组访问权限,即可对相关客体执行规定的操作,任何非显式授予的权限都是被禁止的。

2)RBAC 1 是对 RBAC 0 的扩充,增加了角色等级的概念。实际组织中职权重叠现象的客观存在为角色等级提供了依据。通过角色等级,上级角色继承下级角色的访问权限,再被授予自身特有的权限构成该角色的全部权限,这极大地方便了权限管理。比如销售部经理应具有销售部职员的访问权限,同时还应有普通职员不具备的权限,如制订和修改销售计划,考核每个销售员的业绩等。

3)RBAC 2 也是 RBAC 0 的扩充,但与 RBAC 1 不同,RBAC 2 加进了约束的概念。约束机制久已有之,如在一个组织中会计和出纳不能由同一个人担当(称为职责分离)。RBAC 2 中的约束规则主要有:

- 最小权限。用户被分配的权限不能超过完成其职责所需的最少权限,否则会导致权力的滥用。
- 互斥角色。组织中的有些角色是互斥的,一个用户最多只能属于一组互斥角色中的某一个,否则会破坏职责分离。如上面提到的会计和出纳。权限分配也有互斥约束,同一权限只能授予互斥角色中的某一个。
- 基数约束与角色容量。分配给一个用户的角色数目以及一个角色拥有的权限数目都可以作为安全策略加以限制,称作基数约束。一个角色对应的用户数也有限制,如总经理角色只能由一人担当,这是角色容量。
- 先决条件。一个用户要获得某一角色必须具备某些条件,如总会计师必须是会计。同理一个角色必须先拥有某一权限才能获得另一权限,如在文件系统中先有读目录的权限才能有写文件的权限。

4)RBAC 3 是 RBAC 1 和 RBAC 2 的结合。将角色等级与约束结合起来就产生了等级结构上的约束:

- 等级间的基数约束。给定角色的父角色(直接上级)或子角色(直接下级)的数量限制。
- 等级间的互斥角色。两个给定角色是否可以有共同的上级角色或下级角色。特别是两个互斥角色是否可以有共同的上级角色,如在一个项目小组中程序员和测试员是互斥角色,那么项目主管角色如何解释(它是程序员和测试员的上级)。

3. ARBAC 97 模型(Administration RBAC Model)

RBAC 96 模型假定系统中只有一个安全管理员(SO)进行系统安全策略设计和管理。大型系统中用户和角色数量众多,单靠一个 SO 是不现实的,通常的做法是指定一组 SO,如有首席安全员(CSO)、系统级安全员(SSO)、部门级安全员(DSO)等。因此又提出了 RBAC 96 的管理模型 ARBAC 97。

在 ARBAC 97 中角色分为常规角色和管理角色,二者是互斥的。管理角色也具有等级结构和权限继承。那么访问权限可分为常规权限和管理权限,也是互斥的。ARBAC 97 包括三个组成部分:

1)用户—角色分配管理。描述管理角色如何实施常规角色的用户成员分配与撤消问题。

2)权限—角色分配管理。讨论常规角色访问权限的分配与撤销问题。

3)角色—角色分配管理。讨论常规角色的角色成员分配规则以构成角色等级的问题。

4. NIST RBAC 建议标准

2001 年 8 月 NIST 发表了 RBAC 建议标准。此建议标准综合了该领域众多研究者的共识,包括两个部分:RBAC 参考模型(the RBAC Reference Model)和功能规范(the RBAC Functional Specification)。

参考模型定义了 RBAC 的通用术语和模型构件并且界定了标准所讨论的 RBAC 领域范围。功能规范定义了 RBAC 的管理操作。均包括四个部分:

1)基本 RBAC(Core RBAC)。包括任何 RBAC 系统都应具有的要素,如用户、角色、权限、会话等。基本思想是通过角色建立用户和访问权限的多对多关系,用户由此获得访问权限。

2)等级 RBAC(Hierarchical RBAC)。在基本 RBAC 上增加对角色等级的支持。角色等级是一个严格意义上的半序关系,上级角色继承下级角色的权限,下级角色获得上级角色的用户。

3)静态职责分离(SSD,Static Separation of Duties)。用于解决角色系统中潜在的利益冲突,利益冲突源于用户被授予相互冲突的角色。

4)动态职责分离(DSD,Dynam ic Separation of Duties)。与 SSD 类似,DSD 也是限制可提供给用户的访问权限,但实施的机制不同,DSD 在用户会话中对可激活的当前角色进行限制。用户可被授予多个角色,包括有冲突的角色,但它们不能在同一个会话中被激活。

在具体实现一个 RBAC 系统时,除了基本 RBAC 构件是必需的,其他构件可根据应用的需要取舍,因此参考模型具有较大的弹性。

5. RBAC 的特点

归结起来,基于角色的访问控制有以下五个特点。

1)以角色作为访问控制的主体。用户以什么样的角色对资源进行访问,决定了用户拥有的权限以及可执行何种操作。

2)角色继承。为了提高效率,避免相同权限的重复设置,RBAC 采用了"角色继承"的概念,定义的各类角色,它们都有自己的属性,但可能还继承其他角色的属性和权限。角色继承把角色组织起来,能够很自然地反映组织内部人员之间的职权、责任关系。

角色继承可以用祖先关系来表示,在角色继承关系中,处于最上面的角色拥有最大的访问权限,越下端的角色拥有的权限越小。

3)最小特权原则(Least Privilege Theorem)。最小特权原则是系统安全中最基本的原则之一。所谓最小特权,是指"在完成某种操作时所赋予网络中每个主体(用户或进程)的必不可少的特权"。最小特权原则是指"应限定网络中每个主体所必需的最小特权,确保由于可能的事故、错误、网络部件的篡改等原因造成的损失最小"。换句话说,最小特权原则是指用户所拥有的权利不能超过他执行工作时所需的权限。实现最小权限原则,需分清用户的工作内容,确定执行该项工作的最小权限集,然后将用户限制在这些权限范围之内。在 RBAC 中,可以根据组织内的规章制度、职员的分工等设计拥有不同权限的角色,只有角色执行所需要的才授权给角色。当一个主体需访问某资源时,如果该操作不在主体当前所扮演的角色授权操作之内,该访问将被拒绝。

最小特权原则一方面给予主体"必不可少"的特权,以保证所有的主体都能在所赋予的特权之下完成所需要完成的任务或操作;另一方面,它只给予主体"必不可少"的特权,这就限制了每个主体所能进行的操作。

最小特权原则要求每个用户和程序在操作时应当使用尽可能少的特权,而角色允许主体以参与某特定工作所需要的最小特权去控制系统。特别是被授权拥有高特权角色(Powerful Roles)的主体,不需要动辄使用到其所有的特权,只有在那些特权有实际需求时,主体才会运用它们。这样,可减少由于无意的错误或是入侵者假装合法主体所造成的安全事故。另外它还减少了特权程序之间潜在的相互作用,从而尽量避免对特权无意的、没必要的或不适当的使用。这种机制还可以用于计算机程序,只有程序中需要特权的代码才能拥有特权。

4)职责分离(主体与角色的分离)。对于某些特定的操作集,某一个角色或用户不可能同时独立地完成所有这些操作。"职责分离"可以有静态和动态两种实现方式。

- 静态职责分离:只有当一个角色与用户所属的其他角色彼此不互斥时,这个角色才能授权给该用户。
- 动态职责分离:只有当一个角色与一主体的任何一个当前活跃角色都不互斥时,该角色才能成为该主体的另一个活跃角色。

5)角色容量。在创建新的角色时,要指定角色的容量。在一个特定的时间段内,有一些角色只能由一定人数的用户占用。

基于角色的访问控制是根据用户在系统里表现的活动性质而定的,这种活动性质表明用户充当了一定的角色。用户访问系统时,系统必须先检查用户的角色,一个用户可以充当多个角色,一个角色也可以由多个用户担任。

基于角色的访问控制机制有几个优点,便于授权管理,便于根据工作需要分级,便于赋予最小特权,便于任务分担,便于文件分级管理,便于大规模实现。

RBAC 中引进了角色表示访问主体具有的职权和责任,灵活地表达和实现了企业的安全策略,使系统权限管理可在企业的组织视图这个较高的抽象集上进行,从而简化了权限设置的管理,从这个角度看,RBAC 很好地解决了企业管理信息系统中用户数量多、变动频繁的问题。相比较而言,RBAC 是实施面向企业的安全策略的一种有效的访问控制方式,它具有灵活性、方便性和安全性的特点,目前在大型数据库系统的权限管理中得到普遍应用。

基于角色的访问控制是一种有效而灵活的安全措施,虽然 RBAC 已在某些系统中得到应用(如 SQL),但 RBAC 仍处于发展阶段,RBAC 的应用仍是一个相当复杂的问题。

4.4.5 新型访问控制

1. 基于任务的访问控制(TBAC)

访问控制的目的在于限制系统内合法用户的行为和操作(非法用户应该被挡在身份鉴别这道门外)。传统的访问控制方法——强制访问控制(MAC)、自主访问控制(DAC),以及现在广泛应用的基于角色的访问控制(RBAC)等模型,都是基于主体—客体观点的被动安全模型。在被动安全模型中,授权是静态的,没有考虑到操作的上下文,因此存在如下缺点,在执行任务之前,主体就已有权限,或者在执行完任务后继续拥有权限,这样就导致主体拥有额外的权限,系统安全面临极大的危险。

数据库、网络和分布式计算的发展,组织任务进一步自动化,与服务相关的信息进一步计算机化,促使人们将安全问题方面的注意力从独立的计算机系统中静态的主体和客体保护,转移到随着任务的执行而进行动态授权的保护上。人们提出了基于任务的访问控制(TBAC,Task-Based Access Control)模型。

TBAC模型是从应用和企业层角度来解决安全问题,是一种以任务为中心的,从任务(活动)的角度来建立安全模型和实现安全机制,在任务处理的过程中提供动态和实时的安全管理。该模型的基本思想是:授予用户的访问权限,不仅仅依赖主体、客体,还依赖于主体当前执行的任务及任务的状态。当任务处于活动状态时,主体拥有访问权限;一旦任务被挂起,主体拥有的访问权限就被冻结;如果任务恢复执行,主体将重新拥有访问权限;任务处于终止状态时,主体拥有的权限马上被撤销。TBAC适用于工作流、分布式处理、多点访问控制的信息处理以及事务管理系统中的决策制订,但最显著的应用还是在安全工作流管理中。

工作流是为完成某一目标而由多个相关的任务(活动)构成的业务流程。工作流所关注的问题是处理过程的自动化,对人和其他资源进行协调管理,从而完成某项工作。当数据在工作流中流动时,执行操作的用户在改变,用户的权限也在改变,这与数据处理的上下文环境相关。传统的DAC和MAC访问控制技术,则无法予以实现,上述的RBAC模型,也需要频繁地更换角色,且不适合工作流程的运转。

TBAC模型一般用5元组(S,O,P,L,AS)来表示,其中S表示主体,O表示客体,P表示许可,L表示生命期,AS表示授权步。由于任务都是有时效性的,所以在基于任务的访问控制中,用户对于所授权限的使用也是有时效性的。因此,若P是授权步AS所激活的权限,那么L则是授权步AS的存活期限。在授权步AS被激活之前,它的保护态是无效的,其中包含的许可也不可使用。当授权步AS被触发时,它的委托执行者开始拥有执行者许可集中的权限,同时它的生命期开始倒记时。在生命期内,5元组有效;生命期终止时,5元组无效,委托执行者将所拥有的权限回收。

TBAC的访问政策及其内部组件关系一般由系统管理员直接配置。通过授权步的动态权限管理,TBAC支持最小特权原则和最小泄露原则,在执行任务时只给用户分配所需的权限,未执行任务或任务终止后用户不再拥有所分配的权限;而且在执行任务过程中,当某一权限不再使用时,授权步自动将该权限回收;另外,对于敏感的任务需要不同的用户执行,这可通过授权步之间的分权依赖实现。

TBAC从工作流中的任务角度建模,可以依据任务和任务状态的不同,对权限进行动态管理。因此,TBAC非常适合分布式计算和多点访问控制的信息处理控制以及在工作流、分布式处理和事务管理系统中的决策制定。

2. 基于对象的访问控制(OBAC)

DAC 或 MAC 模型的主要任务都是对系统中的访问主体和受控对象进行一维的权限管理,当用户数量多、处理的信息数据量巨大时,用户权限的管理任务将变得十分繁重,并且用户权限难以维护,这就降低了系统的安全性和可靠性。对于海量的数据和差异较大的数据类型,需要用专门的系统和专门的人员加以处理,要是采用 RBAC 模型的话,安全管理员除了维护用户和角色的关联关系外,还需要将庞大的信息资源访问权限赋予有限个角色。当信息资源的种类增加或减少时,安全管理员必须更新所有角色的访问权限设置,而且,如果受控对象的属性发生变化,同时需要将受控对象不同属性的数据分配给不同的访问主体处理时,安全管理员将不得不增加新的角色,并且还必须更新原来所有角色的访问权限设置以及访问主体的角色分配设置,而且这样的访问控制需求变化往往是不可预知的,造成访问控制管理的难度和巨大的工作量。在这种情况下,人们引入了基于受控对象的访问控制模型(Object-Based Access Control Model,OBAC Model)。

控制策略和控制规则是基于对象访问控制系统的核心所在,在 OBAC 模型中,将访问控制列表与受控对象或受控对象的属性相关联,并将访问控制选项设计成为用户、组或角色及其对应权限的集合;同时允许对策略和规则进行重用、继承和派生操作。这样,不仅可以对受控对象本身进行访问控制,受控对象的属性也可以进行访问控制,而且派生对象可以继承父对象的访问控制设置,这对于信息量巨大、信息内容更新变化频繁的管理信息系统非常有益,可以减轻由于信息资源的派生、演化和重组等带来的分配、设定角色权限等的工作量。

OBAC 从信息系统的数据差异变化和用户需求出发,有效地解决了信息数据量大、数据种类繁多、数据更新变化频繁的大型管理信息系统的安全管理。OBAC 从受控对象的角度出发,将访问主体的访问权限直接与受控对象相关联,一方面定义对象的访问控制列表,使增、删、修改访问控制项易于操作,另一方面,当受控对象的属性发生改变,或者受控对象发生继承和派生行为时,无须更新访问主体的权限,只需要修改受控对象的相应访问控制项即可,从而减少了访问主体的权限管理,降低了授权数据管理的复杂性。

4.5 Windows 系统安全

当前,Windows XP/Vista 被作为企业、政府部门以及个人计算机的系统平台广泛应用。Windows XP/Vista 操作系统在其设计的初期就把安全性作为操作系统的核心功能之一。尽管Windows XP/Vista 安全机制比较全面,但是那种认为安装上 Windows XP/Vista 操作系统后就万事大吉的想法是很天真的。这是因为操作系统安全漏洞很多,也面临威胁和攻击,自身并不能解决安全问题。只有在制订精细的安全策略并进行正确配置和对象访问控制后,用户才能用 Windows XP/Vista 构建一个高度安全的系统。因此,在使用 Windows XP/Vista 操作系统时,一定要熟悉它的账户管理、登录验证和安全策略等安全保护机制,这样才能降低遭受威胁和攻击的风险。本节将对这些内容作一介绍。

4.5.1 Windows 系统安全模型

1. Windows 安全子系统的结构

Windows 系统在安全设计上有专门的安全子系统,安全子系统主要由本地安全授权

（LSA）、安全账户管理（SAM）和安全引用监视器（SRM）等模块组成，如图 4-12 所示。

1）登录进程 Winlogon 和 GINA（Graphical Identification and Authentication DLL，图形化标识和认证）。Winlogon 是一个用户模式进程，运行的是\Windows\System32\Winlogon. exe。在 Windows 系统的登录过程中，如果用户在 Windows 系统启动后按〈Ctrl + Alt + Del〉组合键，则会引起硬件中断，该中断信息被系统捕获后，操作系统即激活 Winlogon 进程（作为 Windows 安全子系统的重要组成部分，Winlogon 进程提供交互式登录支持）。Winlogon 通过调用 GINA（DLL），将登录窗口（账户名和口令登录提示符）显示在用户前。GINA 在收集好用户的登录信息后，就调用本地安全认证（Local Security Authority，LSA）的 LsaLogonUser 命令，把用户的登录信息传递给 LSA。实际认证部分的功能是通过 LSA 来实现的。Winlogon、GINA 和 LSA 三部分相互协作实现了 Windows 的登录认证功能。

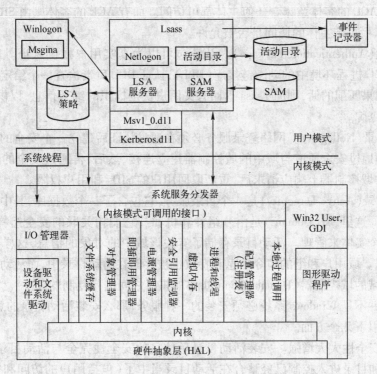

图 4-12　Windows 安全子系统结构

GINA 是一个图形动态库，运行在 Winlogon 的进程中，提供可定制的登录用户界面并对用户进行身份认证。标准的 GINA 是\Windows\System32\Msgina. dll。

2）本地安全授权 LSA（Local Security Authority）提供了许多服务程序，保障用户获得存取系统的许可权。它产生令牌，执行本地安全管理，提供交互式登录认证服务，控制安全审查策略和由 SRM 产生审计记录信息。

Lsass 策略数据库是包含本地系统安全策略设置的数据库。该数据库被存储在注册表中，位于 HKLM\SECURITY 的下面。它包含的信息有，哪些域是可信任的，从而可以认证用户的登录请求；谁允许访问系统，以及如何访问（交互式登录、网络登录，或者服务登录）；分配给谁哪些特权；执行哪一种安全审计。Lsass 策略数据库也保存一些"秘密"，包括域登录（domainlogon)在本地缓存的信息,以及 Windows 服务的用户—账户登录信息。

3)安全账户管理器 SAM(Security Account Manager)服务,负责管理一个数据库,该数据库包含了本地机器上已定义的用户名和组。SAM 服务是在\Windows\System32\ Samsrv. dll 中实现的,它运行在 Lsass 进程中。

SAM 数据库是个名为 SAM 的文件,位于%SystemRoot% \system32\config 文件夹下。在非域控制器的系统上,SAM 数据库里已定义的本地用户和用户组的用户名、登录密码和其他属性。在域控制器上, SAM 数据库保存了该系统的管理员恢复账户的定义及其登录密码。

4)安全引用监视器 SRM(Security Refrence Monitor)负责访问控制和审查策略,由 LSA 支持。SRM 提供客体(文件、目录等)的存取权限,检查主体(用户账户等)的权限,产生必要的审查信息。客体的安全属性由安全控制项(ACE)来描述,全部客体的 ACE 组成访问控制表(ACL)。没有 ACL 的客体意味着任何主体都可访问。而有 ACL 的客体则由 SRM 检查其中的每一项 ACE,从而决定主体的访问是否被允许。

5)认证包(Authentication Package)。认证包可以为真实用户提供认证。这包括运行在 Lsass 进程和客户进程环境中的动态链接库(DLL),认证 DLL 负责检查一个给定的用户名和口令是否匹配,如果匹配的话,则向 Lsass 返回有关用户安全标识的细节信息,以供 Lsass 利用这些信息来生成令牌。

6)网络登录(Netlogon)。网络登录服务必须在通过认证后建立一个安全的通道。要实现这个目标,必须通过安全通道与域中的域控制器建立连接,然后,再通过安全的通道传递用户的口令,在域的域控制器上响应请求后,重新取回用户的 SIDs 和用户权限。

7)活动目录(Active Directory)是一个目录服务,它包含了一个数据库,其中存放了关于域中对象的信息。这里,域(Domain)是由一组计算机和与它们相关联的安全组构成的,每个安全组被当作单个实体来管理。活动目录存储了有关该域中的对象的信息,这样的对象包括用户、组和计算机。域用户和组的口令信息和特权也被存储在活动目录中,而活动目录则是在一组被指定为该域的域控制器(Domain Controller)的机器之间进行复制的。

活动目录并不是 Windows 系统必须安装的一种服务,那么安装活动目录的意义在哪里呢?它主要体现在以下几个方面。

- 信息的安全性大大增强。安装活动目录后信息的安全性完全与活动目录集成,用户授权管理和目录进入控制已经整合在活动目录当中了(包括用户的访问和登录权限等),而它们都是 Windows 操作系统的关键安全措施。活动目录集中控制用户授权,目录进入控制不仅能在每一个目录中的对象上定义,而且还能在每一个对象的每个属性上定义。除此之外,活动目录还可以提供存储和应用程序作用域的安全策略,提供安全策略的存储和应用范围。安全策略可包含账户信息,如域范围内的密码限制或对特定域资源的访问权等。
- 引入基于策略的管理,使系统的管理更加明朗。活动目录服务包括目录对象数据存储和逻辑分层结构,作为目录,它存储着分配给特定环境的策略,称为组策略对象。作为逻辑结构,它为策略应用程序提供分层的环境。组策略对象表示了一套商务规则,它包括与要应用的环境有关的设置,组策略是用户或计算机初始化时用到的配置设置。所有的组策略设置都包含在应用到活动目录、域或组织单元的组策略对象(GPOs)中。GPOs 设置决定目录对象和域资源的进入权限,什么样的域资源可以被用户使用,以及这些域资源怎样使用等。例如,组策略对象可以决定当用户登录时用户在他们的计算机上看到什么应用程序,当它在服务器上启动时有多少用户可连接至服务器,以及当用户转移到不同的部门或组时他们可访问什么文件或服务。通过活动目录,用户可将组策略设置应用于适当的环境中,不管它是整个单位还是单位中的特定部门。

- 具有很强的可扩展性。管理员可以在计划中增加新的对象类,或者给现有的对象类增加新的属性。计划包括可以存储在目录中的每一个对象类的定义和对象类的属性。例如,在电子商务上可以给每一个用户对象增加一个购物授权属性,然后存储每一个用户购买权限作为用户账号的一部分。

- 具有很强的可伸缩性。活动目录可包含在一个或多个域,每个域具有一个或多个域控制器,以便用户可以调整目录的规模以满足任何网络的需要。多个域可组成为域树,多个域树又可组成为树林,活动目录也就随着域的伸缩而伸缩,较好地适应了单位网络的变化。

- 智能的信息复制能力。信息复制为目录提供了信息可用性、容错、负载平衡等性能优势,活动目录使用多主机复制,允许在任何域控制器上而不是单个主域控制器上同步更新目录。多主机模式具有更大的优点是容错,因为使用多域控制器,即使任何单独的域控制器停止工作,也可继续复制。由于进行了多主机复制,它们将更新目录的单个副本,在域控制器上创建或修改目录信息后,新创建或更改的信息将发送到域中的所有其他域控制器,所以其目录信息是最新的。

2. Windows 安全子系统的组件

Windows 安全子系统包含五个关键的组件:安全标识符、访问令牌、安全描述符、访问控制列表和访问控制项。下面分别对它们的意义做出说明。

1）安全标识符 SID（Security Identifiers）。Windows 并不是根据每个账户的名称来区分账户的,而是使用 SID。在 Windows 环境下,几乎所有对象都具有对应的 SID,例如本地账户、本地账户组、域账户、域账户组、本地计算机、域、域成员,这些对象都有唯一的 SID。可以将用户名理解为每个人的名字,将 SID 理解为每个人的身份证号码,人名可以重复,但身份证号码绝对不会重复。这样做主要是为了便于管理,例如,因为 Windows 是通过 SID 区分对象的,完全可以在需要的时候更改一个账户的用户名,而不用再对新名称的同一个账户重新设置所需的权限,因为 SID 是不会变化的。然而,如果有一个账户,已经给该账户分配了相应的权限,一旦删除了该账户,然后重建一个使用同样用户名和密码的账户,但原账户具有的权限和权利并不会自动应用给新账户,因为尽管账户的名称和密码都相同,但账户的 SID 已经发生了变化。

标识某个特定账号或组的 SID 是在创建该账号或组时由系统生成的。本地账号或组的 SID 由计算机上的 LSA 生成,并与其他账号信息一起存储在注册的一个安全域里。域账号或组的 SID 由域 LSA 生成并作为活动目录里的用户或组对象的一个属性存储。SID 在它们所标识的账号或组的范围内是唯一的。每个本地账号或组的 SID 在创建它的计算机上是唯一的,机器上的不同账号或组不能共享同一个 SID。SID 在整个生存期内也是唯一的。安全主体绝不会重复发放同一个 SID,也不会重用已删除账号的 SID。

SID 是一个 48 位的字符串,在 Windows Vista 中,要想查看当前登录账户的 SID,可以使用管理员身份启动命令提示行窗口,然后运行"whoami /user"命令。例如,运行该命令后,可以看到类似这样的结果（如图 4-13 所示）。

```
C:\Windows\System32>whoami /user

用户信息
-----------------

用户名    SID
======= ==========================================
yu\user S-1-5-21-3806520194-4151960992-92929914-1000
```

图4-13　"whoami /user"命令执行结果

Windows XP 中没有 whoami 程序,因此如果想要在 Windows XP 下查看当前账户的 SID,或者在 Windows Vista 和 Windows XP 下查看其他账户的 SID,可以借助微软的一个免费小工具 PsGetSid(http://www.microsoft.com/technet/sysinternals/utilities/psgetsid.mspx)。

2)访问令牌(Access Tokens)。安全引用监视器使用一个称为访问令牌的对象来标识一个进程或线程的安全环境。访问令牌可以看做是一张电子通行证,里面记录了用于访问对象,以及执行程序,甚至修改系统设置所需的安全验证信息。

令牌的大小是不固定的,因为不同的用户账户有不同的特权集合,它们关联的组账户集合也不同。然而,所有的令牌包含了同样的信息,如图4-14所示。

Windows 中的安全机制用到了令牌中的两部分信息来决定哪些对象可以被访问,以及哪些安全操作可以被执行。第一部分由令牌的用户账户 SID 和组 SID 域构成。SRM 使用这些 SID 来决定一个进程或线程是否可以获得指定的、对于一个被保护对象(比如一个 NTFS 文件)的访问许可。

令牌中的组 SID 说明了一个用户的账户是哪些组的成员。当服务器应用程序在执行客户请求的一些动作时,它可以禁止某些特定的组,以限制一个令牌的凭证。像这样禁止一个组,其效果几乎等同于这个组没有出现在令牌中(禁止 SID 也被当作安全访问检查的一部分)。

在一个令牌中,决定该令牌的线程或进程可以做哪些事情的第二部分信息是特权集。一个令牌的特权集是一组与该令牌关联的权限的列表。关于特权的一个例子是,与该令牌关联的进程或线程具有关闭该计算机的权限。本章后面更加详细地讲述了特权。一个令牌默认的主组

| 令牌源 |
| 模仿类型 |
| 令牌 ID |
| 认证 ID |
| 修改 ID |
| 过期时间 |
| 默认的主组 |
| 默认的 DACL |
| 用户账户 SID |
| 组 1　SID |
| …… |
| 组 n　SID |
| 受限制的 SID 1 |
| …… |
| 受限制的 SID n |
| 特权 1 |
| …… |
| 特权 n |

图4-14　访问令牌

域和默认的自主访问控制列表(DACL)域是指这样一些安全属性,当一个进程或线程使用该令牌时,Windows 将这些安全属性应用在它所创建的对象上。Windows 通过将这些安全信息包含在令牌中,从而使得进程或者线程可以很方便地创建一些具有标准安全属性的对象,因为进程和线程不需要为它所创建的每个对象请求单独的安全信息。

在进程管理器 Process Explorer(可从 http://www.microsoft.com/technet/sysinternals/utilities/processexplorer.mspx 下载)中,通过进程属性对话框的安全属性页面,可以间接地查看令牌的内容,图4-15所示对话框显示了当前进程的令牌中包括的组和特权。

3)安全描述符(Security Descriptors)。为了实现进程间的安全访问,WindowsNT/XP 中的对象采用了安全性描述符(Security Desciptor)。令牌标识了一个用户的凭证,而安全描述符与一个对象关联在一起,规定了谁可以在这个对象上执行哪些操作。

一个安全描述符是由以下的属性构成的(如图4-16所示)。

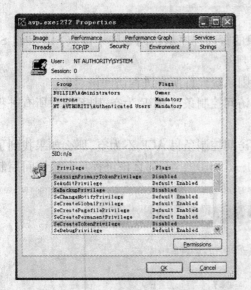

图 4-15　显示了当前某进程的令牌中包括的组和特权

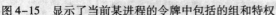

图 4-16　安全描述符

- 版本号:创建此描述符的 SRM 安全模型的版本。
- 标志:定义了该描述符的类型和内容。该标志指明是否存在 DACL 和 SACL。还包括如 SE _ DACl _ PROTECTED 的标志,防止该描述符从另一个对象继承安全设置。
- 所有者 SID:所有者的安全 ID,该对象的所有者可以在这个安全描述符上执行任何动作。所有者可以是一个单一的 SID,也可以是一组 SID。所有者具有改变 DACL 内容的特权。
- 组 SID:该对象的主组的安全 ID(仅用于 POSIX)。
- 自主访问控制列表(DACL,Discretionary ACL):规定了谁可以用什么方式访问该对象。
- 系统访问控制列表(SACL,System ACL):规定了哪些用户的哪些操作应该被记录到安全审计日志中。

安全描述符的主要组件是访问控制表,访问控制表为该对象确定了各个用户和用户组的访问权限。当一个进程试图访问该对象时,该进程的 SID 与该对象的访问控制表相匹配,来确定本次访问是否被允许。

当一个应用程序打开对一个可得到的对象的引用时,Windows 系统验证该对象的安全描述符是否同意该应用程序的用户访问。如果检测成功,系统缓存这个允许的访问权限。

创建一个对象时,创建进程可以把该进程的所有者指定成它自己的 SID 或者它的访问令牌中的任何组 SID。创建进程不能指定一个不在当前访问令牌中的 SID 作为该进程的所有者。随后,任何被授权可以改变一个对象的所有者的进程都可以这样做,但是也有同样的限制。使用这种限制的原因是防止用户在试图进行某些未授权的动作后隐藏自己的踪迹。

4)访问控制列表 ACL。访问控制表是 Windows 访问控制机制的核心,它们的结构如图 4-17 所示。每个表由整个表的表头和许多访问控制(ACE)项组成。每一项定义一个个人 SID 或组 SID,访问掩码定义了该 SID 被授予的权限。

前面介绍过 Windows 中访问控制列表有两种,系统访问控制列表 SACL 和自主访问控制列表 DACL。在 Windows XP 下右击 C:图标,选择属性,可查

图 4-17　访问控制列表

看 C 盘的 DACL(如图 4-18 所示)。

当进程试图访问一个对象时,系统中该对象的管理程序从访问令牌中读取 SID 和组 SID,然后扫描该对象的 DACL,进行以下 3 种情况的判断。

- 如果目录对象没有访问控制列表 DACL,则系统允许所有进程访问该对象。
- 如果目录对象有访问控制列表 DACL,但访问控制条目 ACE 为空,则系统对所有进程都拒绝访问该对象。
- 如果目录对象有访问控制列表 DACL,且访问控制条目 ACE 不为空,那么如果找到了一个访问控制项,它的 SID 与访问令牌中的一个 SID 匹配,那么该进程具有该访问控制项的访问掩码所确定的访问权限。

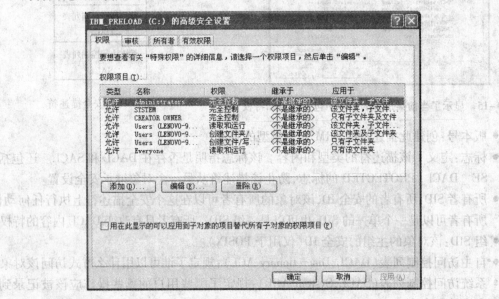

图 4-18 C 盘的 DACL

5) 访问控制项 ACE(Access Control Entries)。访问控制项包含了用户或组的 SID 以及对象的权限。SID 用来标识允许、禁止或审计访问的用户或组。访问控制项有两种,允许访问和拒绝访问。拒绝访问的级别高于允许访问。

3. Windows 安全机制

1) Windows 认证机制。早期 Windows 系统的认证机制不很完善,甚至缺乏认证机制。例如 Windows 32、Windows 98 等。随着系统发展,微软公司逐步增强了 Windows 系统的认证机制。以 Windows 2000 为例,系统提供两种基本认证类型,即本地认证和网络认证。其中,本地认证是根据用户的本地计算机或 Active Directory 账户确认用户的身份。而网络验证,根据此用户试图访问的任何网络服务确认用户的身份。为提供这种类型的身份验证,Windows 2000 安全系统集成了 3 种不同的身份验证技术,Kerberos V5、公钥证书和 NTLM。

2) Windows 访问控制机制。Windows NT/XP 的安全性达到了橘皮书 C2 级,实现了用户级自主访问控制。其访问控制机制如图 4-19 所示。

Windows XP 的访问控制策略是基于自主访问控制的,根据对用户进行授权,来决定用户可以访问哪些资源以及对这些资源的访问能力,以保证资源的合法、受控地使用。基本上,Windows XP 的访问控制策略是完善的、方便的、先进的。可以保证没有特定权限的用户不能访问任何资源,而同时这些安全性的运行又是透明的。既可防止未授权用户的闯入,也可防止授权用户做他不该做的事情,从而保证了整个网络系统高效、安全地正常运行。

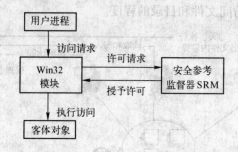

图 4-19   Windows NT/XP 访问控制示意图

Windows 访问控制由两个实体管理,与每个进程相关联的访问令牌;与每个对象相关联的安全描述符。

3)Windows 审计/日志机制。日志文件是 Windows 系统中一个比较特殊的文件,它记录 Windows 系统运行状况,如各种系统服务的启动、运行和关闭等信息。Windows 日志有 3 种类型,系统日志、应用程序日志和安全日志,它们对应的文件名为 SysEvent. evt、AppEvent. evt 和 SecEvent. evt。这些日志文件通常存放在操作系统安装的区域"system32\config"目录下,可以通过打开"控制面板"→"管理工具"→"事件查看器"来浏览其中内容。

4)Windows 协议过滤和防火墙。针对来自网络上的威胁,Windows NT 4.0、Windows 2000 提供了包过滤机制,通过过滤机制可以限制网络包进入到用户计算机。而 WindowsXP 则自带了防火墙,该防火墙能够监控和限制用户计算机的网络通信。

5)Windows 文件加密系统。为了防范入侵者通过物理途径读取磁盘信息,绕过 Windows 系统文件访问控制机制。微软公司研究开发了加密的文件系统 EFS,利用 EFS,文件中的数据在磁盘上是加密的。用户如果访问加密的文件,则必须拥有这个文件的密钥,他才能够打开这个文件,并且像普通文档一样透明地使用它。

4.5.2   Windows 用户账户

1. 用户账户基本概念

1)用户账户。在 Windows XP/Vista 中,访问控制依赖于系统能够唯一地识别出每个用户。用户账户(User Account)提供了这种唯一性。每个使用计算机的用户都应当被分配一个用户账户。

每个安装好的 Windows XP 都至少有两个内置用户账户,这两个账户预配置了一定的权限和限制。

- Administrator。管理员账户拥有对整台计算机的完全控制权。作为 Administrators 组的一个永久成员,这个账户对本计算机上的所有文件和注册表拥有不受限制的访问权。Administrator 可以创建其他用户账户。

- Guest。Guest 账户是用于偶尔或是一次性访问的用户,而且它的默认权限相当有限。使用这个账户登录的用户只能在本地计算机上运行程序及保存文档。在 Windows XP 中,当启用"使用简单文件共享"选项时,Guest 账户还可以提供对共享网络资源的访问。

2）组账户。Windows XP 将所有的管理权限集中到一个单一的账号——Administrator（管理员）账号。Windows XP 安全性中的一个中心机制是自主访问控制 DAC,DAC 可以使得管理员能够控制每个用户能够访问文件和目录的程度。

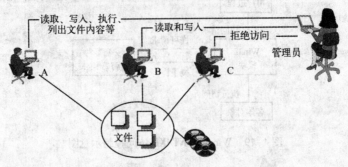

图 4-20　管理员进行访问控制

　　如图 4-20 所示,管理员可以精确指定用户 A、B、C 访问某个目录下同一文件的不同方式。例如,用户 A 可以读取这些文件、写入（或创建）新文件、修改现有文件、列出目录的内容并执行其中的任何文件;相反,用户 B 则只能读取这些文件、写入（或创建）新文件;而用户 C 则根本不能访问这些文件。

　　不过,这种方式的控制过于繁琐。在许多公司,是按照工作职能划分为不同的部门,这些部门中的多个用户通常需要访问相同的文件,执行相同的操作,因此,除用户账户外,Windows XP 还提供组账户。可使用组账户对同类用户授予权限以简化账户管理。如果用户是可访问某个资源的一个组中的成员,则该特定用户也可访问这一资源。因此,若要使某个用户能访问各种工作相关的资源,只需将该用户加入正确的组。注意,虽然可通过用户账户登录计算机,但不能通过组账户登录计算机。

　　如图 4-21 所示,组 A 的成员具有只读的权限,而组 B 的成员则具有读取、写入和执行的权限,这种组一级的管理在具有多个用户时（并且不同的用户子集需要类似或相同的访问权限时）特别方便。Windows XP 具有一系列内置的组,例如 Administrators（管理员）和 Back Operators（备份操作员）来帮助对用户进行分类。

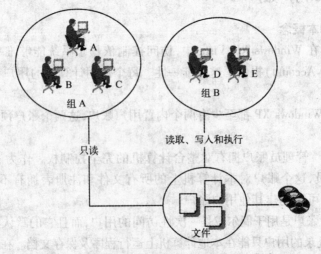

图 4-21　组是具有相似访问权限的用户集合

Windows XP 中,可以通过其控制面板中的"管理工具"→"计算机管理"来添加用户账户/组账户,如图 4-22 所示。

图 4-22　用户账户/组账户管理

3)本地账户和域账户。本地账户,即存储在计算机 SAM 中的用户账户和安全组。独立的计算机和工作组中的计算机都只使用本地账户。工作组中的每台计算机只维护含有该台计算机本地账户自己的 SAM。本地账户只允许用户登录到存储其账户的计算机,并且只允许访问该计算机上的资源。

Windows XP 还提供了域的概念进行网络访问控制,即允许或拒绝某个主机或用户连接到其他主机的能力。

如图 4-23 所示,管理员可以制订非常精细的域访问规则,用户 A 不能在网络中的任何一处登录域;而用户 B 则只能在某个特定的工作站上才能登录域;用户 C 则没有任何限制——他能够在网络中的任何一处登录域。

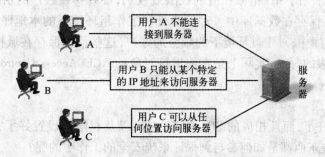

图 4-23　管理员使用域进行网络访问控制

域账户存储在一个称为域控制器的中央计算机上。如果一台计算机加入了一个域(域是至少有一台运行 Windows 2000 Server 的计算机,并且将它作为一台域控制器进行工作的网络),则应使用域账户进行登录。Windows NT Server 也可以作为域控制器,但是它不支持 Active Directory 及 Kerberos V5 身份验证协议,而这两个协议是最新的域所必需的两个功能。在"登录到 Windows"对话框的"登录到"文本框中,可以输入计算机名称(使用本地账户登录)或是一个域的名称(使用域账户登录)。通过域账户,用户可以登录到域中任意一台计算机上并访问网络上任何允许访问的资源,当然在访问中要受到单个计算机上设置的权限以及在域级上所设置权限的限制。

对于小型网络,域并不是必需的,但是使用域可以增强安全性并且在网络扩大时简化管理工作。例如,在一个拥有 4 台计算机的网络上,每台计算机都有一个单独的用户,在每台计算机上创建相同的用户账户并协调文件共享并不十分困难。然而,对于拥有 20 或 200,甚至 2000 台计算机的网络,在每台计算机上使一组相同用户账户同步将会是一场灾难。这时添加一个域控制器就可以使网络管理员对安全设置集中化的管理。

域用户账户(每个账户带有其唯一的 SID)存储在域目录中,由域控制器进行管理。域的每个成员都可以连接到这个数据库并使用它的账户列表以利于安全。这样,一个计算机用户就可以准许使用域安全组的名称来访问共享资源。当网络管理员添加一个新用户并将该用户指派给某个组,这个新用户就可以自动获得对共享资源的访问权,而不用要求本地计算机用户做任何工作。在域环境中,本地计算机的 SAM 也起着重要作用,因为访问本地计算机上的资源需要一个本地用户账户或是本地组的成员资格。

Windows XP 的网络安全性依赖于给用户或组授予以下三种能力。

- 权利。在系统上完成特定动作的授权,一般由系统指定给内置组,但也可以由管理员将其扩大到组和用户上。
- 共享。用户可以通过网络使用的文件夹。
- 权限。可以授予用户或组的文件系统能力。

在 Windows XP 系统中,权利专指用户对整个系统能够做的事情,如关掉系统、往系统中添加设备、更改系统时间等;权限专指用户对系统资源所能做的事情,如对某文件的读、写控制,对打印机队列的管理等。

2. 用户账户创建

当在 Windows 中创建一个用户账户的时候,系统会根据输入的用户名为该用户创建对应的配置文件。之后系统会为该账户生成一个唯一的 SID(Security Identifiers,安全标识符),并根据账户的类型给对应的 SID 指派相应的权限或权利,接着将该账户的访问凭据(用户名和密码)等信息加密后保存在数据库中。对于单机和工作组环境下的本地账户,凭据信息保存在本机的 SAM 数据库中;对于域环境下的域全局账户,这些信息保存在域控制器上。在给一个对象设置访问权限的时候,实际上是在编辑该对象的 ACL(Access Control List,访问控制列表)。

3. 用户账户登录

账户已经创建好了,而且相应的 SID、配置文件,以及权限都设置好了,那么在使用 Windows 的过程中,这些东西都是如何参与到保证系统安全的工作中的呢?

当登录的时候,Winlogon 进程首先会获取在欢迎屏幕或者"Windows 登录"对话框上提供的用户名和密码,并将获得的信息和 SAM 数据库中保存的记录进行对比验证(具体验证方法在 4.5.3 中介绍)。如果找不到匹配的项目,用户就会被拒绝登录;如果能够找到匹配的项目,则证明该用户名和密码是有效的,可以继续进行登录。Windows 会自动为该用户生成一个安全访问令牌(Security Access Token),其中包含了这个用户的用户名和 SID 等信息,同时还包含该账户所在用户组的信息(这些内容被统称为安全配置文件)。

对于 Windows 2000 操作系统,如果能够在操作系统没有运行的情况下删除 Windows2000 的 SAM 文件,那么账户的密码将会被清空。不过这个方法对 Windows XP 和 Windows Vista 无效,对于 Windows XP 删除 SAM 文件会导致系统崩溃。

介绍一个软件 Offiine NT Password &Registry Editor（下文统一简称为 Editor）的免费软件（http://home. eunet. no/pnordahl/ntpasswd），该软件可以在不知道当前密码的情况下脱机重设单机或工作组环境下 Windows XP 以及 Windows Vista 操作系统本地用户账户的密码。

所有这类可以查看或者重设 Windows 账户密码的软件实际上都是在破解 SAM 文件。通常在 Windows 运行着的情况下，SAM 文件会被操作系统锁定，无法直接读取或者复制，然而通过很多方法可以绕过这一限制，例如将硬盘连接到其他计算机上直接读取，或者使用引导光盘将计算机引导到特殊的 DOS 或者 Linux 环境下读取。而一旦可以读取到 SAM 文件，虽然 SAM 文件中的信息是被加密的，但理论上，任何加密方法都可能被破解，只不过在于破解所需的时间。

要避免这种危险其实也很简单，首先，一定要保证重要计算机的物理安全。要破解 SAM 文件，必须在操作系统没有运行的情况下进行，这叫做脱机攻击。例如，破解者必须能够拿到计算机的硬盘，或者使用具有引导功能的软盘或光盘引导计算机。只要能够有效保证计算机的物理安全，这类程序在很大程度上都将失效。

另外，在条件允许的情况下请尽量使用长密码。因为根据计算，密码长度增加，破解的难度和所需时间将会呈指数方式增长。同时配合长密码，还需要按照实际情况频繁更换密码。例如，假设当前使用的密码复杂程度决定了要破解该密码需要长时间的运算（假设需要 40 天），而每 30 天就更换一次密码。这样破解者就算能够计算出密码，等计算出来后我们的密码早已经更换了。可以通过组策略限制 Windows 对密码的加密方式，以及通过其他密码策略增强系统安全性。

另外，Windows Vista 企业版和旗舰版，包含的 BitLocker 功能也可以有效防范对操作系统的脱机攻击。对于 Windows XP 或者是不带 Bitlocker 的 Windows Vista 版本，可以使用系统自带的 Syskey 程序。

需要注意的是，对于域环境中的 Windows 系统，这类软件往往也只能针对本地账户生效，而无法对域账户生效。因为域账户的登录信息都是保存在域控制器上的，因此域环境在这方面的安全性要更高一些。

4. 用户账户控制

访问令牌是可以传递的，如果一个用户在登录后试图运行某个程序，那么这个程序就会获得该用户的访问令牌。简而言之，用户运行的程序将具有和用户本身同样的特权。

例如，对于一个管理员用户，他登录后就具有管理员权限的访问令牌，而该用户运行的程序也将具有管理员权限，对系统具有完全控制的权利。假设该用户从电子邮件中收到了一个带有病毒的附件，这个病毒会恶意修改系统设置。如果运行了该附件，那么这个附件也将具有管理员的权限，因此完全可以实现目的，修改系统设置。但如果该用户是标准/受限账户，没有修改这个系统设置的权限，那么该用户运行感染病毒的附件后，病毒虽然可以运行起来，但因为缺少权限，无法修改系统设置，这也就直接防止了病毒的破坏。

因此，在 Windows Vista 出现之前，很多安全类的书籍或者文章都会建议大家，在 Windows 中创建一个管理员账户，并创建一个标准账户，这样平时可以使用标准账户登录，只有在需要维护系统，或者进行其他需要管理员权限才可以进行的操作时才使用管理员账户登录。

不过在 Windows Vista 中，因为有了全新的用户账户控制功能，因此大可不必如此大费周章。因为用户账户控制功能就可以限制用户的权限,进一步保证系统的安全。

在 Windows Vista 中,当用户使用管理员账户登录时,Windows 会为该账户创建两个访问令牌,一个标准令牌,一个管理员令牌。大部分时候,当用户试图访问文件或运行程序的时候,系统都会自动使用标准令牌进行,只有在权限不足,也就是说,如果程序宣称需要管理员权限的时候,系统才会使用管理员令牌。这种将管理员权限区分对待的机制就叫做 UAC(User Account Control,用户账户控制)。简单来说,UAC 实际上是一种特殊的"缩减特权"运行模式。

在进行需要管理员特权的操作时,系统会首先弹出"UAC"对话框,要求用户确认(如果当前登录的是管理员用户),或者输入管理员用户的密码(如果当前登录的是标准用户)。只有在提供了正确的登录凭据后,系统才允许使用管理员令牌访问文件或运行程序。这个要求确认或者输入管理员账户密码的过程叫做"提升"。

这里,介绍一下"安全桌面"的概念。Windows Vista 在显示提升提示的时候切换到安全桌面。安全桌面可以将该程序和进程限制在桌面环境上,这样可以降低恶意软件或用户可以访问需要提升的进程的可能性。默认情况下这个安全选项是被启用的,如果不希望 Windows Vista 在提示提升之前切换到安全桌面,那么可以禁用该策略。然而这可能使得计算机更容易被恶意软件所感染和攻击。

简单来说,默认情况下,Windows Vista 弹出 UAC"提升"对话框时,桌面背景会变暗。这样做的主要原因并不是为了突出显示"用户账户控制"对话框,而是为了安全。由于"UAC"对话框运行在安全桌面上,所以安全性非常好。除了受信任的系统进程之外,任何用户级别的进程都无法在安全桌面上运行。这样就可以阻止恶意程序的仿冒攻击。

举例来说,如果有恶意软件打算伪造 UAC 的"提升"对话框,以便骗取用户的账户和密码,如果没有安全桌面功能,那么用户如果没能区分出真正的 UAC"提升"对话框,或者伪造的对话框太过逼真,那就有可能泄露自己的密码。而使用安全桌面功能后,因为真正的"提升"对话框都是显示在安全桌面上的,而这种情况下用户无法和其他程序的界面进行交互,因此避免了大量安全问题。

在启用 UAC 的情况下,当用户登录 Windows Vista 的时候,Windows 首先会用标准令牌启动 explorer. exe,该进程就是俗称的 Windows 外壳,也可以理解为初始进程(其他所有用户进程的父进程),同时看到的 Windows 任务栏、桌面图标、开始菜单这些东西都是由 Windows 外壳产生的。而在登录后,如果需要通过控制面板设置某个系统选项,因为控制面板也是 Windows 外壳的一部分,又因为 Windows 外壳是使用标准令牌启用的,因此控制面板中的选项(Windows 外壳的子进程)也会使用标准令牌启动,而因为权限不足,就会看到 UAC 提升对话框。

有些程序,在运行的时候,就会要求提升,只要提升后就可以正常工作在 Windows Vista 下。但有些程序,主要是老程序,运行的时候并没有主动要求提升,但无法正常使用(例如,无法保存设置信息),只有提升后才会正常。为什么有些程序可以自动要求提升,有些则不行?其实这是应用程序清单文件在起作用。

默认情况下,兼容 Windows Vista 的应用程序使用了一个包含运行级别信息的应用程序清单文件(Application Manifest)帮助操作系统了解该程序所需的特权。应用程序清单文件通过下列方式定义应用程序需要的特权。

1) RunAsInvoker 使用和当前用户同样的特权运行应用程序,这样任何用户都可以运行该程序。对于标准用户或者隶属于管理员组的用户,该程序会使用标准访问令牌运行,只有在启动该程序的父进程具有管理员访问令牌的时候,程序才会使用更高的特权运行。例如,如果运行了一个提升后的命令提示符窗口,然后从该窗口下启动了一个程序,该程序才会以管理员访问令牌运行。

2)RunAsHigest 使用当前用户具有的最高特权运行应用程序,这样的程序可以被管理员用户和标准用户运行。可以被程序执行的任务取决于用户的特权,对于标准用户,程序会使用标准访问令牌运行;对于隶属于拥有更高权限用户组,例如 Backup Operators 组、Server operators 组或者 Account Operators 组的用户,程序会使用只包含用户当前具有的特权的访问令牌运行;对于隶属于管理员组的用户,程序会使用完整的管理员令牌运行。

3)RunAsAdmin 使用管理员特权运行应用程序,只有管理员才能运行该程序。对于标准用户或者隶属于拥有更高权限用户组的用户,只有在用户可以通过提升获取更高的权限以进行提升,或者程序通过提升后的父进程启动的情况下(例如,通过提升后的命令提示符窗口运行该程序),该程序才可以运行;对于隶属于管理员组的用户,该程序会使用管理员访问令牌运行。

清单文件是一个纯文本文件,可以使用任何文本编辑软件(例如,Windows 自带的记事本程序)打开。假设软件的名称是 app. exe,那么对应的清单文件就是 app. exe. manifest。

因此,当在 Windows Vista 下试图执行一个程序的时候,系统首先会查找该程序有没有可用的清单文件,如果有,则按照清单文件中的声明来执行。例如,如果清单声明了需要管理员权限,那么系统就会显示 UAC"提升"对话框供用户操作;如果不存在清单文件,或者清单文件中声明的权限属于标准用户的权限,那么不需要提升,就可以自动开始执行该程序。

那些因为 UAC 而无法在 Windows Vista 下正常运行的程序,主要就是因为没有提供用于声明所需权限的清单文件。那么这种问题该怎么解决呢?

在 Windows Vista 下,可以使用以下两种方法让程序以管理员方式运行。

1)以管理员身份运行程序一次。

2)配置兼容模式总是使用管理员身份运行。

可以通过配置兼容性模式让程序每次都使用管理员方式运行。

在程序对应的可执行文件或者快捷方式的图标上单击鼠标右键,选择"属性",打开"属性"对话框,接着打开"兼容性"选项卡。在兼容性选项卡上,选中特权等级选项下的"请以管理员身份运行该程序"选项,这样以后每次直接双击该程序的可执行文件或者快捷方式,UAC 都会进行提升提示,供用户操作。

新手往往认为 UAC 功能让原本就显得有些繁琐的操作变得更加繁琐,因为在执行很多操作的时候都需要进行确认,或者输入管理员密码。

而对 UAC 以及对系统安全有所了解的人则认为,UAC 虽然可以对恶意软件的运行制造人为的障碍,但并不能彻底解决问题。例如,如果病毒需要修改系统设置,或者破坏系统,而反病毒软件因为各种原因没能及时拦截,虽然 UAC 会要求用户完成提升操作,可如果用户对此不够了解,随随便便就单击了"继续"按钮,那么病毒依然会成功运行。

安全性最薄弱的环节永远在用户,毕竟操作系统不能直接对用户的操作进行干预。例如,如果用户要执行某个病毒文件,操作系统根本无法判断用户到底是无意中执行的,还是因为要研究这个病毒而故意执行的,因此 Windows Vista 只能用"提升"对话框告诉用户执行这个操作需要较高的权限才能进行,需要谨慎,至于是否接受操作系统的建议,是否继续进行这个操作,这个则依然取决于用户本身。

然而从另一方面考虑,这个提升过程还是可以增强系统安全性的。例如,从网上下载了一个软件的安装程序,该安装程序中被捆绑了病毒,但用户并不知道这件事。那么在运行这个软件的时候,因为用户知道这个软件是 A 公司开发的,带有 A 公司的数字签名,但 Windows 突然显示了一个“提升”对话框,告诉用户有个未经签名的,或者由 B 公司签名的软件需要管理员权限才可以安装,这时候相信对 UAC 的工作原理有所了解的人都会意识到其中存在的问题。

4.5.3 Windows 登录验证

Windows XP 安全模型中的身份验证赋予用户登录系统访问网络资源的能力。在这种身份验证模型中,安全系统提供了两种类型的身份验证,交互式登录(根据用户的本地计算机或 Active Directory 账户确认用户的身份)和网络身份验证(根据此用户试图访问的任何网络服务确认用户的身份)。

1. 验证机制

在网络中以未加密的形式发送用户名和密码是绝对不安全的,Windows 系统可以使用几种不同的密码验证机制,NTML、Kerberos V5 和公钥证书。

1) NTLM。传统 Windows NT 4.0 使用的是微软专有的认证方案,即 NTLM(NT LAN Manager)质询/响应认证。但传统 Windows NT 4.0 的基于注册表的安全机制已经受到了严峻的挑战,其局限性主要在于,SAM(Security Accounts Manager,安全账户管理器)的大小受到限制;多登录 ID;服务器和域控制器的安全数据库不同;不可传递的信任关系等。为了解决传统 NT 安全机制中的问题,微软用基于 LDAP(Lightweight Directory Access Protocol,轻量级目录访问协议)的活动目录代替了原来的基于文件的注册表数据库。同时为了替代陈旧的 NTLM 质询/响应认证,微软选择了一种开放式标准:Kerberos。

2) Kerberos。Kerberos 是开放式协议(本书5.6节中介绍),目前 Windows 2000 Server/XP 使用的是 Kerberos 5.0 版本。Kerberos 很好地解决了攻击者可能来自某个服务器所信任的工作站的问题,如果该攻击者没有通过相应的 Kerberos 认证,则他将被拒绝访问服务器。

在 Windows 2000(XP)中,Kerberos 验证被用于授权访问本地或域服务器的 Windows 2000 计算机用户和带有活动目录附件的 Windows 9x 计算机用户。但是当访问传统 NT 域服务器和从 NT 工作站及标准 Windows 9x 客户端访问 Windows 2000/XP 服务器的时候,还是必须使用 NTLM 认证方式。在实际工作中,经常是因为采用了高安全的通信策略(即只用 Kerberos 认证),而导致标准的 Windows 9x 计算机无法与 Windows 2000/XP 计算机通信。

Kerberos 在验证授权用户时涉及到三方,用户、目标服务器以及存放用户和目标服务器凭证的服务器(它对用户进行必要的认证,然后为用户访问授权)。Kerberos 认证的三方特性较好地解决了传统 NT 安全机制中与认证有关的问题。Kerberos 支持多域之间可传递的信任关系,还提供了相互认证和定期的重新认证机制,而且 Kerberos 比 NTLM 的速度快得多。

3) PKI。在 Internet 中,还需要一种更为复杂的验证机制:PKI(Public Key Infrastructure,公钥基础设施,本书5.7节中介绍)。它和 Kerberos 的不同之处在于,Kerberos 是对称密钥,而 PKI 是非对称密钥。在 Internet 环境中,就需要使用非对称密钥加密。即每个参与者都有一对密钥,可以分别指定为公钥和私钥,公钥用来加密和验证签名;私钥用来解密和数字签名。每个人都可以公开自己的公钥,以供他人向自己传输信息时加密。只有拥有私钥的人才能解密,保证了数据传输的安全性。

同时,为了保证信息的完整性,还可以采用数字签名的方法。接下来的问题是,如何获得通信对方的公钥,并且相信此公钥是由某个身份确定的人拥有的。这就要用到电子证书。电子证书是由大家共同信任的第三方——认证中心(Certificate Authority,CA)颁发的,证书包含某人的身份信息、公钥和 CA 的数字签名。任何一个信任 CA 的通信方,都可以通过验证对方电子证书上的 CA 数字签名来建立起对对方的信任,并且获得对方的公钥。目前国内网上银行使用中国金融认证中心(CFCA)发放的数字证书来保证客户在网上银行交易时的安全性和不可否认性。

Windows XP 的 PKI 基于 X. 509 协议。X. 509 标准用于在大型计算机网络提供目录服务,它提供了一种用于认证 X. 509 服务的 PKI 结构,两者都属于 ISO 和 ITU 提出的 X 系列国际标准。目前,有许多公司发展了基于 X. 509 的产品,例如 Visa、MasterCard、Netscape,而且基于该标准的 Internet 和 Intranet 产品也越来越多。X. 509 是目前唯一的已经实施的 PKI 系统。X. 509 V3 是目前的最新版本,在原有版本的基础上扩充了许多功能。目前电子商务的安全电子交易(SET)协议也基于 X. 509 V3。

2. 登录及身份验证过程

Windows XP 要求每个用户使用唯一的用户名和口令登录到计算机上,这种登录过程不能关闭。

在没有用户登录时,可以看到屏幕上显示一个对话框,提示用户登录 Windows XP 系统。实际上,在 Windwos XP 系统中有一个登录进程,它是 \ Windows \ System32 目录下的 Winlogon. exe 文件。当用户开始登录时,无论屏幕上是否有登录对话框,一定要按下〈Ctrl + Alt + Del〉组合键,以确保弹出的对话框是 Windwos XP 系统的登录对话框,此过程就是强制性登录过程。

强制性登录有如下几个优点。

1)强制性登录过程用于确认用户身份是否合法,从而确定用户对系统资源的访问权限。

2)在强制性登录期间,挂起对用户模式程序的访问,这样可以防止有人创建偷窃用户账号和口令的应用程序。例如,入侵者可能会仿制一个 Windows 的登录界面,然后让用户进行登录,从而获得用户名和相应的密码。使用〈Ctrl + Alt + Del〉组合键能使应用程序终止,而真正的登录程序可以由〈Ctrl + Alt + Del〉组合键启动。

3)强制登录过程允许用户具有单独的配置,包括桌面和网络连接。这些配置在用户登录后自动调出,退出时自动保存。这样,多个用户可以使用同一台机器,并且仍然具有它们自己的专有设置。用户的配置文件可以存放在域控制器上,这样用户在域中任何一台计算机上登录都会具有相同的界面和网络连接设置。

成功的登录过程要经过以下 4 个步骤。

1)Windows 的 Winlogon 过程给出一个对话框,要求回答一个用户名和口令。

2)Winlogon 将用户名和口令传递给 LSA(Local Security Authority,本地安全授权),LSA 决定该登录应该在本地计算机还是网络上进行身份验证。这实际上依赖于用户在"登录到"窗口所做的选择。

3)如果是本地登录,LSA 会查询 SAM 数据库,以确定用户名和口令是否属于授权的系统用户。如果用户名和密码合法,SAM 把该用户的 SID 以及该用户所属的所有组的 SID 返回给

LSA。LSA 使用这些信息创建一个访问令牌（Access Token），每当用户请求访问一个受保护资源时，LSA 就会将访问令牌显示出来以代表用户的"标记"。

4）Winlogon 启动系统，该用户的访问令牌就成了用户进程在 Windows 系统中的通行证。用户无论做什么事情，Windows 中负责安全的进程都会检查其存取标识，以确定其操作是否合法。用户成功地登录之后，只要用户没有注销自己，其在系统中的权利就以 SID 为准，Windows 安全系统在此期间不再检查安全账户数据库 SAM。这主要是考虑到效率。

4.5.4　Windows 安全策略

Windows XP 的安全策略主要包括，密码策略、锁定策略、审核策略、用户权利指派、安全选项、装载自定义安全模板、软件限制策略等。下面分别讨论各种策略的使用方法。

1. 密码策略

打开"控制面板"→"管理工具"→"本地安全策略"→"安全设置"→"账户策略"→"密码策略"，有两个选项值得注意。

1）密码必须符合复杂性要求。为了避免通过字典攻击来破解 SAM 数据库，Microsoft 提供了一种强大的密码过滤器以加强复杂密码策略。复杂密码必须至少有 6 个字符，不能包括用户名或用户全名，且必须包含大写字母、小写字母、阿拉伯数字、特殊字符和标点符号中的三种。

2）密码最长存留期。在默认情况下，密码有效期为 42 天。

2. 锁定策略

为了防止网络黑客在网络上猜出用户的密码，可以在连续多次无效登录之后对用户账号实行锁定策略。打开"本地安全策略"→"安全设置"→"账户锁定策略"，查看选项。

1）复位账户锁定计数器：将锁定阈值归零的时间间隔。

2）账户锁定时间：账户从被锁定到解锁的时间间隔。

3）账户锁定阈值：在账户锁定之前，允许的无效登录的次数。

3. 审核策略

无论 UNIX 还是 Windows 系统，审核策略都是网络安全的核心策略之一。在 Windows 系统中，任何涉及安全对象的活动都应该受到审核。打开"本地安全策略"→"安全设置"→"本地策略"→"审核策略"，可以看到能够被审核的事件有策略更改、登录事件、对象访问、过程追踪、目录服务访问（仅限于 Windows 的域控制器）、特权使用、系统事件、账户登录事件、账户管理等。其中"登录事件"与"账户登录事件"是不同的，前者记录网络登录和注销网络访问事件，而后者记录本地登录与注销事件。审核报告将被写入安全日志中，可以使用"事件查看器"来查看。安全日志 SecEvent. Evt 位于 \Windows\System32\Config 目录中。日志大小默认为 512KB，如果需要修改日志的设置，可右键单击"安全日志"对象并从弹出的菜单中选择"属性"，进行设置。

4. 用户权力指派

在该安全策略中，安全组定义了从建立页面文件到登录服务器控制台的各种权力。用户和组通过被添加到相应的安全组而得到这些系统权限。

5. 安全选项

安全选项包括了一些与安全性有关的独立的注册表项，这些项目与用户无关，它们只影响常规的系统操作。如果修改了安全选项策略,在命令行提示符下,运行"Secedit"→"Refresh-policy Machine_policy"命令则无需重新启动计算机,即可直接刷新策略。

6. 装载自定义安全模板

除了系统定义的各种安全设置外,Windows XP 还提供了"安全模板"来初始化系统安全配置。安全模板就是对整个系统安全属性的一个配置文件。系统管理员可以生成一个能够反映实际需要的安全模板,并把它应用于本地计算机或把它输入到活动目录的一个组策略对象。当新的模板被加入到一个组策略中后,所有受它影响的计算机都会接收模板的设置。模板文件是基于文本的文件。可从 MMC(微软管理控制台)的"安全模板"管理单元或通过使用"记事本"等文本编辑器来更改模板文件。安全模板文件中的某些部分(如[文件安全]和[注册表项])包含特定的访问控制列表 ACL。这些 ACL 是由安全描述符定义语言(SDDL)定义的文本字符串。

Windows XP 提供了许多预定义安全模板,它们以.inf 文件的形式存储在\Windows\Security\Templates 文件夹中。

1)Compatws.inf。提供基本的安全策略,执行具有较低级别的安全性但兼容性更好的环境。放松用户组的默认文件和注册表权限,使之与多数没有验证的应用程序的要求一致。"Power Users"组通常用于运行没有验证的应用程序。

2)Hisec*.inf。提供高安全的客户端策略模板,执行高级安全的环境,是对加密和签名作进一步限制的安全模板的扩展集,这些加密和签名是进行身份认证和保证数据通过安全通道以及在 SMB 客户机和服务器之间进行安全传输所必需的。

3)Rootsec.inf。确保系统根的安全,可以指定由 Windows XP Professional 所引入的新的根目录权限。默认情况下,Rootsec.inf 为系统驱动器根目录定义这些权限。如果不小心更改了根目录权限,则可利用该模板重新应用根目录权限,或者通过修改模板对其他卷应用相同的根目录权限。

4)Secure*.inf。定义了至少可能影响应用程序兼容性的增强安全设置,还限制了 LAN Manager 和 NTLM 身份认证协议的使用,其方式是将客户端配置为仅可发送 NTLMv2 响应,而将服务器配置为可拒绝 LAN Manager 的响应。

5)Setupsecurity.inf。重新应用默认设置。这是一个针对于特定计算机的模板,它代表在安装操作系统期间所应用的默认安全设置,其设置包括系统驱动器的根目录的文件权限,可用于系统灾难恢复。

使用 MMC 的"安全模板"插件可以创建和修改安全模板,使用"安全配置和分析"插件,可以导入预定义的或新建的安全模板,进行系统安全状态的分析和配置。

(1)安全模板的创建与修改

使用 MMC 的安全模板插件可以创建和修改安全模板。步骤如下:

1)单击"开始"→"运行",键入 MMC,运行 MMC 控制台。

2)在菜单"文件"中,选择"添加/删除管理单元",在其对话框中单击"添加"按钮,将"添加独立管理单元"对话框中的"安全模板"和"安全配置和分析"选中,这样"安全模板"和"安全配置和分析"插件就会被加入到控制树的树根下。回到控制树中,展开安全模板目录,再展开"Security\templates"文件夹,会看到一些初始模板列表,这些都是预定义的模板。当一个新的模板被创建或一个现有的模板被复制时,它将被加入到这个列表中。选择其中任意一个预加载的策略,窗口右侧列表中则显示所有可供配置的安全内容,如图4-24所示。

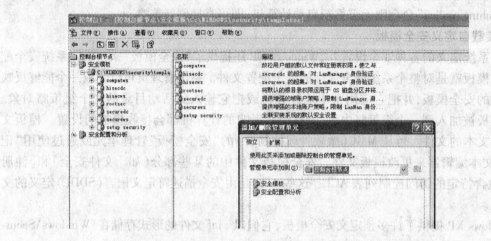

图4-24　使用MMC的安全模板插件创建和修改安全模板

3)如果要对预定义的安全模板进行修改,可右键单击右侧窗口中的相应项目,选择"安全性"进行设置。也可以用记事本等文本编辑软件编辑模板文件,但是必须重新加载安全模板,修改才有效。

若要建立一个新的安全模板,可右键单击根模板文件夹Security\Templates,选择"新加模板",在弹出的对话框中,键入模板的名字和目的描述,新的模板将以.inf为扩展名存储在Templates文件夹中,并出现在窗口左侧模板的列表中。这时的模板文件还是空的,可利用上面提到的两种方法对其进行修改编辑。

(2)安全配置和分析

"安全配置和分析"是MMC中的一个插件,利用它可以导入预定义的或新建的安全模板,进行系统安全状态的分析和配置,步骤如下:

1)如果要使用现有模板,则右键单击"安全配置和分析"并从弹出的菜单中选择"打开数据库"选项,在弹出的对话框中键入新的文件名来创建新的数据库,或者选择打开一个已有的数据库。接下来,按照提示选择一个安全模板就可将其导入到数据库中。安全模板文件最终是被导入到一个扩展名为.SDB的数据库中。利用这种特性,可以先自定义一个安全模板文件,然后将其分发并装载到各个需要同样安全配置的服务器中,从而达到简化配置策略的目的。

2)当向数据库导入安全模板后,就可以分析系统了。右键单击"安全配置和分析"并从弹出菜单中选择"立即分析计算机"选项,在弹出的对话框中,选择分析结果的目标路径和文件名,单击"确定"按钮,分析开始。当分析完成后,分析结果是以日志文件的形式保存的,可以通过查看日志文件来确定系统的安全属性。另外,也可以展开"安全配置和分析"列表,选择其下的某个项目,在窗口右侧就可以看到实际的分析结果。其中安全设置图标为绿色"√"的表示自定义的配置修改与当前系统配置无冲突;若为红色"×",则表示该项设置与当前本地设置有冲突。如果是域成员,则需修改组策略。

3)在成功分析了系统并且找到数据库和计算机设置的差异后,可根据实际需要修改模板,最后,右键单击"安全配置和分析"项,选择"立即配置计算机"选项,就完成了本地计算机安全属性的配置。

（3）一个典型的安全模板分析

下面是一个典型的安全模板文件的部分内容，对其分析下如：

```
[System Access]
MinimumPasswordAge = 2;                    密码最短存留期 2 天
MaximumPasswordAge = 42;                   密码最长存留期 42 天
MinimumPasswordLength = 8;                 密码长度最小值 8 个字符
PasswordComplexity = 1;                    启用密码复杂性
PasswordHistorySize = 24;                  强制密码历史 24 个记住的密码
LockoutBadCount = 5;                       账户锁定阈值 5 次无效登录
ResetLockoutCount = 30;                    复位账户锁定计数器 30 min 之后
LockoutDuration = -1;                      账户锁定时间 0
RequireLogonToChangePassword = 0;         登录请求改变密码,停用
ClearTextPassword = 0;                     使用还原的加密存储密码,停用
[System Log]
RestrictGuestAccess = 1;                   限制来宾对系统日志的访问,启用
[Security Log]
MaximumLogSize = 10240;                    安全日志最大值 10240KB
AuditLogRetentionPeriod = 0;              按需要保留安全日志
RestrictGuestAccess = 1;                   限制来宾对安全日志的访问,启用
[Application Log]
RestrictGuestAccess = 1;                   限制来宾对应用程序日志的访问,启用
;
;Local Policies\Audit Policy
;
[ Event Audit ]
AuditSystemEvents = 3;                     审核系统事件,成功、失败
AuditLogonEvents = 3;                      审核登录事件,成功、失败
AuditObjectAccess = 2;                     审核对象访问,失败
AuditPrivilegeUse = 3;                     审核特权使用,成功、失败
AuditPolicyChange = 3;                     审核策略更改,成功、失败
AuditAccountManage = 3;                    审核账户管理,成功、失败
AuditAccountLogon = 3;                     审核账户登录事件,成功、失败
```

7. 软件限制策略

打开"本地安全策略"控制台,在控制台窗口左侧的树形图中依次进入到"安全设置"→"软件限制策略",然后在软件限制策略节点上单击鼠标右键,选择"创建新的策略",这样就可以创建一个默认的软件限制策略,同时该节点下将出现名为"安全级别"和"其他规则"的两个结点(如图 4-25 所示)。

在新建了软件限制策略后,在"软件限制策略"节点下有 3 条策略,强制、指派的文件类型和受信任的出版商以及两个节点"安全级别"、"其他规则"。

1)"强制"策略。该策略决定了软件限制策略的适用范围。Windows XP 下双击该策略后可以看到如图 4-26 所示的对话框。

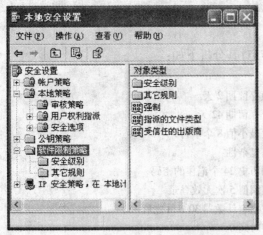
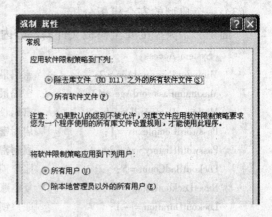

图 4-25　Windows 中的软件限制策略内容　　　　图 4-26　"强制"策略的设置内容

该对话框有 2 个选项（Windows Vista 中，该对话框有 3 个选项），其中"应用软件限制策略到下列"选项决定了软件限制策略是否应用到库文件；"将软件限制策略应用到下列用户"选项决定了软件限制策略是否应用给管理员用户，默认情况下将会被应用给所有用户。

2）"指派的文件类型"策略。该策略决定了具有什么扩展名的文件可以被视为可执行文件，如图 4-27 所示。

3）"受信任的出版商"策略。在 Windows Vista 中，该策略叫做"受信任的发布者"。

在 Windows XP 中双击该策略后可以看到如图 4-28 所示的对话框。

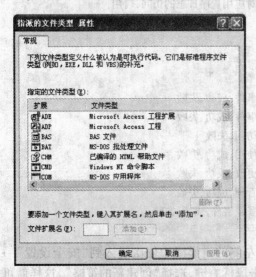
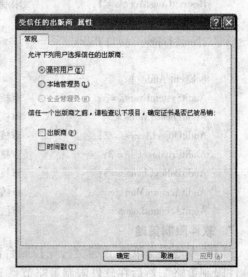

图 4-27　"指派的文件类型"策略的设置内容　　　图 4-28　Windows XP 中设置受信任的出版商策略

其中"允许下列用户选择信任的出版商"选项可以决定谁可以选择受信任的出版商。第二个选项用来决定 Windows 通过检查哪些项目决定证书是否被吊销。

在 Windows Vista 中双击该策略后可以看到如图 4-29 所示的对话框。默认情况下，Windows Vista 不允许修改这些设置，因此首先要选中"定义这些策略设置"选项，才可以修改。

4）"安全级别"节点。在 Windows XP 中，该节点下有 2 条策略："不允许的"、"不受限的"

（如图4-30所示）；在 Windows Vista 中，该节点下有 3 条策略"不允许的"、"不受限的"和"基本用户"。

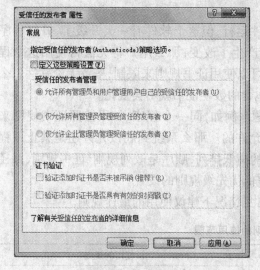

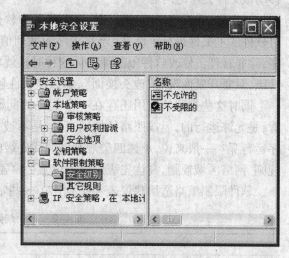

图4-29　Windows Vista 中设置受信任的出版商策略　　　图4-30　Windows XP 中"安全级别"节点

- 不允许的。该策略表明，除了通过其他规则明确允许的软件外，其他软件都禁止运行。
- 不受限的。该策略表明，除了通过其他规则明确拒绝的软件外，其他软件都允许运行。
- 基本用户。该策略表明，除了通过其他规则明确制订的软件外，其他软件只能以一般用户的身份运行（不能以管理员身份运行）。

5）"其他规则"节点。在"其他规则"节点下，可以看到一些系统预设的规则。系统不同，其他策略的设置不同，这里可能出现不同数量的默认规则。在"其他规则"节点上单击鼠标右键，在弹出的右键菜单允许新建证书规则、散列规则、网络区域规则和路径规则。要创建这些规则，在"其他规则"节点上单击鼠标右键，选择相应菜单项后即可进行设置。

这里解释一下这些规则的含义。

- 证书规则。通过证书规则，用户可以借助软件可执行程序自带的数字证书来创建策略。例如，可以通过证书规则决定，所有带有来自微软的数字证书的软件都可以运行，或者所有带有某个不被信任的开发商的数字证书的软件都禁止运行。这样每当用户试图运行一个程序的时候，系统都会查看该程序的数字签名，然后跟软件限制策略中的定义进行比较，并根据策略的设置决定是否允许运行。
- 散列规则。在使用散列规则的时候，用户可以指定一个软件的可执行文件，然后由操作系统计算该文件的散列值，并根据计算出来的散列值决定是否允许运行该软件。这样每当用户试图运行一个程序的时候，系统都会计算该程序的散列值，然后跟软件限制策略中的定义进行比较，并根据策略的设置决定是否允许运行。
- 网络区域规则。该规则主要用于使用 Windows Installer 技术安装的软件，通过该规则，用户可以对来自不同 Internet 区域的软件的安装程序采取不同的限制措施。
- 路径规则。通过该规则，用户可以利用程序的安装路径或者注册表路径来决定是否允许某个路径的程序的运行。

上述四种方式各有利弊，通常来说，应该配合起来使用。例如，假设使用路径规则禁止运行安装在某个路径下的程序,但用户只要有相应的 NTFS 访问权限,并将软件移动到其他位置,就可以越过路径规则的限制。这时候就可以给路径规则结合 NTFS 访问权限,不允许用户移动该文件夹中的内容。

又比如,假设用户通过散列规则允许某个软件运行,但这个软件有一天升级了,升级程序对软件的主文件进行了修补,导致文件的散列值产生了改变,那么用户将无法再使用这个程序,除非管理员修改软件限制策略。这种时候就可以使用证书规则来限制,毕竟无论软件怎么升级,只要开发商没有"改头换面",那么该软件包含的数字证书就不会变化。

同时这些规则的应用还存在一个优先级问题。例如,同一个程序,如果按照证书规则来看,是允许运行的,但按照路径规则来看,是不被允许的。那么系统到底该允许还是禁止该程序运行呢? 一般来说,上述四类规则按照优先级的高低排列,顺序是散列规则、证书规则、路径规则、网络区域规则,高优先级规则的设置会覆盖低优先级规则的设置。

软件限制策略适用建议表 4-2 列出了一些常见情况下建议使用的最佳规则。

表4-2　不同规则的使用范围

目　　的	建议使用的规则
允许或不允许运行特定版本的程序	散列规则
允许或不允许运行始终安装在同一位置的程序	文件路径规则
允许或不允许运行可以安装在计算机上任何位置的程序	注册表路径规则
允许或不允许运行保存在中央服务器上的程序或脚本	文件路径规则
允许或不允许运行保存在中央服务器上的一批程序或脚本	带有通配符的文件路径规则
允许或不允许某个特定名称的程序运行	路径规则
允许或不允许某个特定公司开发的软件	证书规则
允许或不允许从某个 Internet 区域站点安装软件	网络区域规则

另外,还有一个需要注意的问题是用户的设置在保证限制的同时,是否会影响到用户的使用。例如,如果在禁止使用其他软件的同时允许使用 Windows Live Messenger 和客户交流,那么是否只要对 msnmsgr.exe(Windows Live Messenger 的主程序)创建一条哈希规则就可以了? 这样做该软件确实可以使用,但功能上会受到限制,例如语音通信或者视频通信,虽然也是在 Windows Live Messenger 中完成的,但实际上这些应用由专门的程序来完成。因此在创建规则的时候,一定要确保不仅可以保证必要软件的正常使用,还得保证所有需要的功能都不会受到限制。如果希望知道某个软件在运行过程中需要读写哪些文件以及注册表路径,可以使用微软提供的小工具: Regmon (http://www.microsoft.com/technet/sysinternals/utilities/regmon.mspx) 和 Filemon (http://www.microsoft.com/technet/sysinternals/utilities/filemon.Mspx)。

4.6　思考与练习

1. 为什么说操作系统的安全是整个计算机系统安全的基础?
2. 用哪些方法可以提高用户认证的安全性?

3. 什么是一次性口令认证？为什么口令加密过程要加入不确定因子？

4. 访问网站 http://www.microsoft.com/protect/yourself/password/checker.mspx，对自己的一些口令进行安全性检测。

5. 访问生物特征认证与安全技术研究中心网站 http://www.sinosurveillance.com/chinese/technology.htm，了解各种最新的身份认证的技术和应用。

6. 什么是自主访问控制？自主访问控制的方法有哪些？自主访问控制有哪些类型？

7. 什么是强制访问控制？如何利用强制访问控制抵御特洛伊木马的攻击？

8. 什么是基于角色的访问控制技术？它与传统的访问控制技术有何不同？

9. 当用户开始登录时，无论屏幕上是否有登录对话框，一定要按下〈Ctrl + Alt + Del〉组合键，为什么要采用此"强制性登录过程"？

10. Vista 系统中的"UAC"是什么？谈谈你对这一功能的认识。

11. 很多人在系统安全方面存在一个误区，那就是技术是万能的，靠技术可以解决一切问题。然而在安全领域（以及其他大部分领域）却并非如此。例如，网上曾经盛传过一个所谓的 Windows XP 的漏洞"我们都知道，要想在 Windows XP 中进入故障恢复控制台，必须使用 Windows XP 的安装光盘引导计算机，选择修复，同时如果要修复的是 Windows XP 专业版，我们还必须使用正确的 Administrator 账户的密码登录才可以使用。然而如果使用 Windows 2000 安装光盘引导安装了 Windows XP 的计算机，并选择修复，进入故障恢复控制台，无论是 Windows XP 专业版还是家庭版，完全不需要登录，就可以直接进入。"很多人认为这是一个很大的安全漏洞，但微软却一直没有修复这个问题，试分析这是为什么？

12. 访问以下网站，了解 Windows 系统的安全指南。Windows Server 2003 安全指南（http://www.microsoft.com/china/technet/security/guidance/secmod117.mspx）；Windows XP 安全指南（http://www.microsoft.com/china/technet/security/prodtech/windowsxp/secwinxp/default.mspx）；Windows Server 2003 和 Windows XP 的安全设置（http://www.microsoft.com/china/technet/security/guidance/secmod48.mspx）。

13. 操作实验：检测和发现系统中的薄弱环节，最大限度地保证系统安全，最有效的方法之一就是定期对系统进行安全性分析，及时发现并改正系统、网络存在的薄弱环节和漏洞，保证系统安全。但是，仅仅依靠管理员去分析和发现系统漏洞，既费时费力，同时受管理员水平的限制，分析也未必全面。下载"微软基准安全分析器"（Microsoft Baseline Security Analyzer, MBSA）检查 Windows XP 系统的常见漏洞。

14. 操作实验：Windows Sysinternals 工具集里包含了一系列免费的系统工具，如 Process Explorer。熟悉和掌握这些工具，对深入了解 Windows 系统、对在日常的计算机使用中进行诊断和排错有很大的帮助。从 Microsoft 官方网站 http://www.microsoft.com/technet/sysinternals/securityutilities.mspx 下载系统工具集中的工具在 Windows 系统中应用。

第5章 网络安全

随着计算机网络的不断延伸以及和其他网络的集成，保持网络内敏感对象安全的难度也极大地增加了。共享既是网络的优点，也是风险的根源，非法用户能够从远端对计算机数据、程序等资源进行非法访问，使数据遭到拦截与破坏。计算机网络的安全问题成为当前的热点课题。

计算机网络系统可以看成是一个扩大了的计算机系统，在网络操作系统和各层通信协议的支持下，位于不同主机内的操作系统进程可以像在一个单机系统中一样互相通信，只不过通信时延稍大一些而已。因此，在讨论计算机网络安全时，可以参照操作系统安全的有关内容进行讨论。对网络而言，它的安全性与每一个计算机系统的安全问题一样都与数据的完整性、保密性以及服务的可用性有关。

在本章的讨论中，就是以一个系统的观念看待计算机网络，首先分析其面临的安全威胁以及网络攻击的关键步骤；其次给出了解决安全问题的框架和机制；最后介绍了用户对网络访问的控制、网络攻击的检测、网络隔离、公钥基础设施、网络安全协议等重要网络安全技术。

5.1 网络安全威胁

5.1.1 TCP/IP 协议结构

TCP/IP 是因特网的通信协议，通过它可以将不同特性的计算机和网络（甚至是不同的操作系统、不同硬件平台的计算机和网络）互联起来。TCP/IP 参考模型如图 5-1 所示。TCP/IP 协议族包括 4 个功能层：应用层、传输层、网络层和网络接口层。这 4 层概括了相对于 OSI 参考模型中的 7 层。

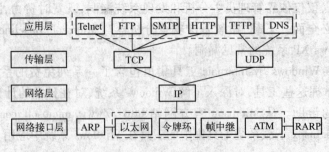

图 5-1 TCP/IP 协议层次

1）网络接口层。网络接口层有时又称数据链路层，一般负责处理通信介质的细节问题，如设备驱动程序、以太网（Ethernet）、令牌环网（Token Ring）。ARP 和 RARP 协议负责 IP 地址和网络接口物理地址的转换工作。

2）网络层。该层负责处理网络上的主机间路由及存储转发网络数据包。IP 是网络层的主要协议,提供无连接、不可靠的服务。IP还给出了因特网地址分配方案,要求网络接口必须分配独一无二的IP地址。同时,IP为ICMP、IGMP以及TCP和UDP等协议提供服务。

3)传输层。该层负责提供源主机、目的主机的应用程序间的数据流通信服务。TCP/IP协议在此层定义了TCP和UDP协议。TCP提供可靠的数据流通信服务。TCP的可靠性由定时器、计数器、确认和重传来实现。与TCP处理不同的是,UDP不提供可靠的服务,其主要的用处在于应用程序间发送数据。UDP数据包有可能丢失、复制和乱序。

4)应用层。该层包含多种高层协议。几乎每一个TCP/IP的实现都提供许多公开的应用。

- HTTP:超文本传递协议,提供浏览器和WWW服务间有关HTML文件传递服务。
- FTP:文件传输协议,提供主机间数据传递服务。
- Telnet:虚拟终端协议,提供远程登录服务。
- SMTP:简单的电子邮件传送服务协议,提供发送电子邮件服务。
- DNS:域名系统完成域名的解析。

此外,还有POP3、OSPF、NFS等其他的许多应用协议。

5.1.2 IPv4 版本 TCP/IP 的安全问题

目前广泛使用的TCP/IP协议是缺少安全机制的IPv4版本,下面对其存在的安全问题做一分析。

1. 网络接口层 ARP 协议的安全问题

地址解析协议ARP(Address Resolution Protocol)的基本功能是,主机在发送帧前将目标IP地址转换成目标MAC地址。从某种意义上讲ARP协议是工作在更低于IP协议的协议层。

要将IP地址转化成MAC地址的原因在于,在TCP网络环境下,一个IP包走到哪里,要怎么走是靠路由表定义。但是,当IP包到达该网络后,哪台机器响应这个IP包却是靠该IP包中所包含的MAC地址来识别。也就是说,只有机器的MAC地址和该IP包中的MAC地址相同的机器才会应答这个IP包。

每一个主机都设有一个ARP高速缓存(ARP cache),里面有所在局域网的各主机和路由器的IP地址到MAC地址的映射表。当主机A欲向本局域网上的某个主机B发送IP数据报时,就先在其ARP高速缓存中查看有无主机B的IP地址。如有,就可查出其对应的硬件地址,再将此硬件地址写入MAC帧,然后通过局域网将该MAC帧发往此硬件地址。如果没有找到,该主机就发送一个ARP广播包,看起来象这样,"我是主机 xxx. xxx. xxx. xxx,MAC是xxxxxxxxxxxx,IP为 xxx. xxx. xxx. xx1 的主机请告之你的MAC地址来",IP为 xxx. xxx. xxx. xx1 的主机于是响应这个广播,应答ARP广播为:"我是 xxx. xxx. xxx. xx1,我的MAC地址为xxxxxxxxxx2"。于是,主机刷新自己的ARP缓存,然后发出该IP包。

在Windows系统的命令提示符下输入 arp -a,可以看到类似下面这样的输出:

```
Interface: 192. 254. 0. 18 --- 0x2

Internet Address    Physical Address    Type
70. 196. 198. 173    00-05-dc-e3-57-bc    dynamic
70. 196. 198. 178    00-02-55-73-6b-ad    dynamic
```

这里第一列显示的是 IP 地址,第二列显示的是和 IP 地址对应的网络接口卡的硬件地址(MAC),第三列是该 IP 地址和 MAC 地址的对应关系类型,它是动态刷新的。

从上面可以知道,ARP 缓存表的作用本是提高网络效率、减少数据延迟。然而缓存表是动态刷新的,存在易信任性,即主机不对发来的 ARP 数据包内容的正确做审查。主机接收到被刻意编制的,将 IP 地址指向错误的 MAC 地址的 ARP 数据包时,会不加审查地将其中的记录加入 ARP 缓存表中。这样,当主机访问该 IP 地址时,就会根据此虚假的记录,将数据包发送到记录所对应的错误的 MAC 地址,而真正使用这个 IP 地址的目标主机则收不到数据。这就是 ARP 欺骗。

ARP 欺骗有以下几种实现方式。

1)发送未被请求的 ARP 应答报文。对于大多数操作系统,主机收到 ARP 应答报文后立即更新 ARP 缓存,因此直接发送伪造 ARP 应答报文就可以实现 ARP 欺骗。

2)发送 ARP 请求报文。主机可以根据局域网中其他主机发送的 ARP 请求来更新自己的 ARP 缓存。因此,攻击者可以发送一个修改了源 IP-MAC 映射的 ARP 请求来实现欺骗。

3)响应一个请求报文。对于一些操作系统有一些特殊规定,如 Solaris 要求接收到 ARP 应答之前必须有 ARP 请求报文发送。在这种情况下,攻击主机可以监听主机,当接收到来自目标主机发送的 ARP 请求报文时,再发送应答。考虑到操作系统一般用后到的 ARP 应答中的 MAC 地址来刷新 ARP 缓存,攻击者往往延迟发送该 ARP 响应。

下面以第一种方式来阐述 ARP 欺骗的原理。假设这样一个网络,一个 Hub 或交换机连接了 3 台机器,依次是计算机 A、B、C。它们的 IP-MAC 地址如图 5-2 所示。正常情况下在 A、B、C 计算机上运行 arp -a 查询 ARP 缓存表应该出现如图信息。

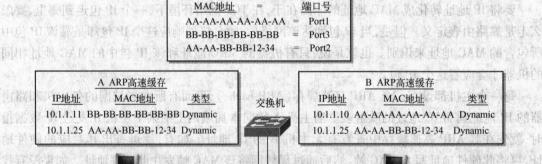

图 5-2 ARP 欺骗前的情况

欺骗时,在计算机 C 上运行 ARP 欺骗程序,来发送 ARP 欺骗包。

C 向 A 发送一个自己伪造的 ARP 应答,ARP reply:10.1.1.11 is-at AAAA. BBBB. 1234

C 向 B 发送一个自己伪造的 ARP 应答,ARP reply:10.1.1.10 is-at AAAA. BBBB. 1234

当 A、B 接收到 C 伪造的 ARP 应答,就会更新本地的 ARP 缓存。

图 5-3 中,计算机 A 上的关于计算机 B 的 MAC 地址已经错误了,所以即使以后从 A 计算机访问 B 计算机这个 10.1.1.11 这个地址,也会被 ARP 协议错误的解析成 MAC 地址为 AA-AA-BB-BB-12-34 的。

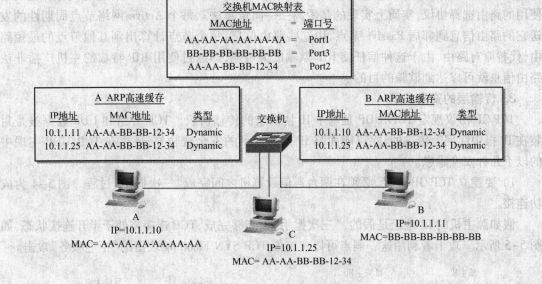

图 5-3 ARP 欺骗后的情况

利用 ARP 欺骗进行攻击的具体方式主要有以下 2 种。

1) 中间人(Man-in-the Middle)攻击。中间人攻击就是攻击者通过将自己的主机插入到两个目标主机通信路径之间,使其成为两个目标主机相互通信的一个中继。为了不中断通信,攻击者将设置自己的主机转发来自两个目标主机之间的数据包。攻击过程如图 5-2 所示。

最终结果是所有的 A 和 C 发送给对方的数据将发送给 B,由 B 转发给目标主机。中间人攻击主要应用于网络监听。攻击者只要将网卡设置为混杂模式,就可以监听到 A 和 C 的通信,此种方法更适合交换式局域网。攻击者还可以针对目标主机和路由器进行中间人攻击,从而监听到目标主机与外部网络之间的通信。

中间人攻击的另一形式是会话劫持(Connection Hijacking)。会话劫持允许攻击者在两台主机之间完成连接后由自己来接管该链接。例如,A Telnet 到目标主机 B,C 等 A 登陆完成后以 B 的身份向 A 发送错误信息然后中断链接,这样 C 就可以以 A 的身份与 B 进行通信。

2) 拒绝服务(Denial of Service)攻击。利用 ARP 欺骗进行拒绝服务攻击的原理是,攻击者将目标主机中的 ARP 缓存 MAC 地址全部改为不存在的地址,致使目标主机向外发送的所有以太网数据包丢失。

2. IP 层的安全问题

由于 TCP/IP 协议使用 IP 地址作为网络节点的唯一标识,其数据包的源地址很容易被发现,且 IP 地址隐含所使用的子网掩码,攻击者据此可以画出目标网络的轮廓。因此,使用标准 IP 地址的网络拓扑对因特网来说是暴露的。IP 地址也很容易被伪造和被更改,且 TCP/IP 协议没有对 IP 包中源地址真实性的鉴别机制和保密机制。因此,因特网上任一主机都可产生一个带有任意源 IP 地址的 IP 包,从而假冒另一个主机进行地址欺骗。

IP 层本身不提供加密传输功能,用户口令和数据是以明文形式传输的,很容易在传输过程中被截获或修改。

在 IP 层上同样缺乏对路由协议的安全认证机制,因此对路由信息缺乏鉴别与保护。路由欺骗有多种方法,都是通过伪造路由表欺骗。例如,基于 RIP 的欺骗。RIP 是现代计算机网络使用的路由选择协议,实质上实现的是距离——向量算法。每个 Active 网络节点周期性的发送它的路由信息到邻居 Passive 节点,用这些路由信息,每个节点计算出到其他节点的最短路由,代替原有路由,由于这种信任使 RIP 欺骗成为可能,即通过使用 RIP 特权的主机广播非法路由信息就可以达到欺骗的目的。

3. 传输层的安全问题

TCP/IP 协议规定 TCP/UDP 是基于 IP 协议上的传输协议。TCP 分组和 UDP 数据报是封装在 IP 报中在网上传输的,除可能面临 IP 层所遇到的安全威胁外,还存在 TCP/UDP 实现中的以下几种安全隐患。

1) 要建立 TCP/IP 连接,必须在两台通信计算机之间完成"三次握手"过程。图 5-4 为成功连接。

假如源主机的 IP 地址是假的,"三次握手"不能够完成,TCP 连接将处于半开连接状态,如图 5-5 所示。攻击者利用这一弱点可以实施如 TCP SYN Flooding 攻击的"拒绝服务"攻击。

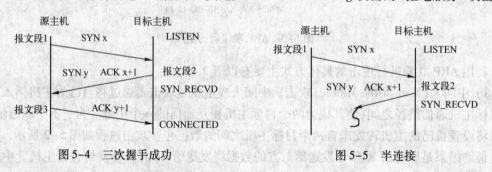

图 5-4　三次握手成功　　　　图 5-5　半连接

在 SYN Flooding 攻击中,黑客机器向目标主机发出数据包的源地址是一个虚假的、或者是一个根本不存在的 IP 地址。当目标主机收到这样的请求后,回复黑客机一个 ACK + SYN 数据包,并分配一些资源给该连接。由于 ACK + SYN 报是返回一个假的 IP 地址,因此没有任何响应。于是目标主机将继续发送 ACK + SYN 报,并将该半开连接放入端口的积压队列中。虽然一般系统都有默认的回复次数和超时时间,但由于端口积压队列的大小有限,如果不断向目标主机发送大量伪造 IP 的 SYN 请求,将导致该端口无法去响应其他机器进行的连接请求,形成通常所说的端口被"淹"的情况,最终使目标主机资源耗尽。

攻击者还可以利用 TCP 协议中关于对报文应答的机制,利用连接的非同步状态来进行 IP 劫持。首先,攻击者利用发 RST 报文引起连接重置的方法或空报文法,在真正用户与服务器之间连接建立的初期制造非同步状态,在非同步状态中,一方发送的报文序列号由于没有落在接收方的滑动窗口内,将被简单的抛弃,并向发送方发送一个反馈包,以通告合法的序列号。这时,攻击者在网络上截获客户方发送的报文,并据此仿造报文,重新设置报文的序列号,使之落入接收方的滑动窗口内,这样服务器将接收到攻击者发送的虚假报文,自己却一无所知。这样就完成了 IP 劫持,攻击者接管用户的连接,使得正常连接与经过攻击者中转一样,客户和服务器都认为他们在互相通信,这样,攻击者能对连接交换的数据进行修改,冒充客户给服务器发送非法命令,或冒充服务器给用户发回虚假信息。

2)TCP 提供可靠连接是通过初始序列号和鉴别机制来实现的。一个合法的 TCP 连接都有一个源主机/目标主机双方共享的唯一序列号作为标识和鉴别。初始序列号一般由随机数发生器产生,问题出在很多操作系统(如 UNIX)产生 TCP 连接初始序列号的方法中,所产生的序列号并不是真正随机的,而是一个具有一定规律、可猜测或计算的数字。对攻击者来说,猜出了初始序列号并且掌握目标 IP 地址之后,就可以对目标实施 IP 欺骗(Spoofing)攻击,而此类攻击很难检测,因此危害极大。

3)由于 UDP 是一个无连接控制协议,极易受 IP 源路由和拒绝服务型攻击。

4. 应用层的安全问题

在 TCP/IP 协议层结构中,应用层位于最顶部,因此下层的安全缺陷必然导致应用层的安全出现漏洞甚至崩溃。各种应用层服务协议(如 HTTP、FTP、Telnet、E-mail、DNS、SNMP 等)本身也存在许多安全隐患,这些隐患涉及鉴别、访问控制、完整性和机密性等多个方面。

(1)Web 服务的安全问题

Web 服务器上的漏洞一般可以分为以下几类。

1)操作系统本身的安全漏洞。比如由于操作系统本身的漏洞,使得未授权的用户可以获得 Web 服务器上的秘密文件、目录或重要数据。

2)明文或弱口令漏洞。如果客户机和服务器间的通信是明文或弱口令加密方式,那么传输的信息中途可能会被网络攻击者非法拦截而暴露。

3)Web 服务器本身存在的一些漏洞,或者 IIS(运行于 Windows 下)和 Apache(运行于 Linux 下)本身的漏洞,使得攻击者能侵入到主机系统,破坏一些重要的数据,甚至造成系统瘫痪。

4)脚本程序的漏洞,这些漏洞给网络攻击者创造了条件。

使用针对 Web 服务器的漏洞扫描工具可以帮助系统管理员、安全顾问和 IT 专家用于检查并确认网络系统中存在的 Web 漏洞。这类工具如 N-Stalker Web Application Security Scanner (http://www.nstalker.com/stealth.php)。

除了针对漏洞进行的攻击以外,Web 欺骗也是一个发生频繁的安全问题。Web 欺骗允许攻击者将对一个正常 Web 的访问流量全部引入到攻击者的 Web 服务器,经过攻击者机器的过滤作用,允许攻击者监控受攻击者的任何活动,包括账户和口令。攻击者也能以受攻击者的名义将错误或者易于误解的数据发送到真正的 Web 服务器,以及以任何 Web 服务器的名义发送数据给受攻击者。

欺骗攻击在现实的电子交易中是常见的现象。相关媒体曾报道过中国银行、中国工商银行的网上银行惊现"赝品",例如,当上网用户点击某个"工商银行"的链接 (www.cnicbc.com.cn),其打开的工行网上银行页面与真实的工行网上银行 (www.icbc.com.cn)的页面几乎一模一样,只是一旦用户按照要求输入网上银行的帐号和密码,该帐号和密码就会被盗取,给用户造成极大的经济损失。

(2)FTP 和 TFTP 服务的安全问题

这两个服务都是用于传输文件的,但应用场合不同,安全程度也不同。TFTP 服务用于局域网,在无盘工作站启动时用于传输系统文件,安全性极差,常被人用来窃取密码文件/etc/

passwd,因为它不带有任何安全认证。

FTP 服务对于局域网和广域网都可以,可以用来下载任何类型的文件。网上有许多匿名 FTP 服务站点,上面有许多免费软件、图片、游戏,匿名 FTP 是人们常使用的一种服务方式。

FTP 服务的安全性要好一些,用户权力会受到严格的限制,但匿名 FTP 也存在一定的安全隐患,因为有些匿名 FTP 站点提供可写区给用户,这样用户可以上载一些软件到站点上。但这些可写区常被一些人用作地下仓库,浪费用户的磁盘空间、网络带宽等系统资源,可能会造成"拒绝服务"攻击。匿名 FTP 服务的安全很大程度上决定于一个系统管理员的水平,一个低水平的系统管理员很可能会错误配置权限,从而被黑客利用破坏整个系统。

(3)Telnet 的安全问题

Telnet 是一个非常有用的工具,并且一般主机都开启了 Telnet 服务。可以使用 Telnet 登录上一个开启了 Telnet 服务的主机来执行一些命令,便于进行远程工作和维护。但是 Telnet 本身存在很多的安全问题,主要有:

1)传输明文。Telnet 登录时没有口令保护,远程用户的登录传送的用户名和密码都是明文,传送的数据都没有加密,网络攻击者使用任何一种简单的嗅探器就可以截获。

2)没有强力认证过程。验证的只是连接者的用户名和密码。

3)没有完整性检查。传送的数据无法知道是否是完整的,不能判断数据是否被篡改过。

解决办法主要有:

- 关闭 Telnet 服务。
- 替换在传输过程中使用明文的传统 Telnet 软件,使用安全套接层(SSL)Telnet 或安全外壳(SSH)对数据加密传输的软件。

(4)电子邮件的安全问题

电子邮件作为一种网络应用服务,采用的主要协议是简单邮件传输协议 SMTP(Simple Mail Transfer Protocol)。随着网络应用的不断发展,大量多媒体数据,如图形、音频、视频数据都可能需要通过电子邮件传输。因特网采用"类型/编码"格式的多目的互联网络邮件扩展 MIME(Multipurpose Internet Mail Extensions)标准来标识和编码这些多媒体数据。

电子邮件面临的安全问题如下:

1)邮件拒绝服务(邮件炸弹)。攻击者利用工具使邮箱里一下涌进成千上万封信,导致邮箱无法正常使用。目前,在技术上没有有效的办法防止攻击者发送电子邮件炸弹,因为只要邮箱允许收发邮件,攻击者即可做简单重复的循环发送邮件程序把邮箱灌满。很多情况下,即使设置邮箱过滤也无济于事,因为攻击者是可以伪造邮件发送地址的。

2)邮件内容被截获。邮件服务一般使用的 SMTP 和 POP3 协议是明文传递的,攻击者可以截获邮件,获取信件的内容。发送完电子邮件后,用户就不知道它会通过哪些路由器最终到达主机,也无法确定在经过这些路由器的时候,是否有人把它截获下来,就像去邮局寄信,无从知道寄出去的信会经过哪些邮局转发,哪些人会接触到这封信。使用电子邮件就像在邮局发送一封没有信封的信一样不安全。从技术上看,没有什么方法能够阻止攻击者截取电子邮件数据包。那么,唯一的办法就是让攻击者无法阅读它,这就需要对电子邮件加密。当对电子邮件加密后,只要加密算法和密钥足够强大,那么即使攻击者截获了邮件数据也不能看到或修改邮件的内容。

3)邮件软件漏洞非法利用。攻击者利用邮件软件程序漏洞来攻击网站,特别是一些具有缓冲区溢出漏洞的程序。攻击者编写一些漏洞利用程序,使得邮件服务失去控制,一旦缓冲区溢出成功,攻击者可以执行其恶意指令。目前,邮件成为渗透内网的重要攻击手段。

4)邮件恶意代码。攻击者通过电子邮件的附件携带恶意代码,如病毒、木马或蠕虫,然后诱骗用户触发执行,甚至利用邮件客户端软件漏洞直接运行,进而控制用户机器,传播病毒或者进行其他目的的攻击。

5)邮箱口令暴力攻击(Brute Force)。攻击者通过邮件口令猜测程序暴力破解用户邮箱的口令。

6)垃圾邮件。垃圾邮件是非法者强行塞入用户邮箱的商业广告、产品介绍、发财之道等内容的电子邮件。垃圾邮件违背收件人的意愿,占用用户时间,干扰正常电子邮件的使用。

7)用户邮箱地址泄漏。攻击者利用邮件服务管理配置漏洞,例如,开放"EXPN"和"VRFY"功能,造成远程用户可以验证邮件地址真实性和获取用户电子邮件地址列表。

(5)DNS 的安全问题

NDS 域名服务系统是因特网重要的网络基础服务,一旦域名服务器受到破坏,网络用户就难以访问网络。常见的域名服务问题如下:

1)域名欺骗。DNS 通过客户服务器方式提供域名解析服务,但查询者不易验证请求回答信息的真实性和有效性。攻击者设法构造虚假的应答数据包,将网络用户导向攻击者所控制的站点,为用户提供虚假的网页,或者搜集用户的敏感数据,如邮件和网络银行账号。

攻击者控制一个或多个在因特网上正在运行的 DNS 服务器,他可以指定这些服务器负责解析某个区域,比如 hacker. net,攻击者在这个区域内加入大量伪造的数据(A 记录、NS 记录等),然后使用 nslookup 等 DNS 查询工具向受害者的 DNS 服务器发送一个递归查询请求,要求解析 www. hacker. net 这个域名信息,因而引诱 DNS 服务器去查询黑客的 DNS 服务器,黑客的 DNS 服务器在返回的查询结果中包含了那些事先伪造的数据(这些伪造信息位于 DNS 的 UDP 响应包中的附加段部分),受害者的 DNS 服务器在收到查询结果后,把此结果送回黑客的查询工具,同时将查询结果中的伪造数据进行缓存。假如缓存的伪造数据中含有 www. yahoo. com 1. 1. 1. 1 这样的地址映射,那么当其他主机向被攻击的 DNS 服务器请求 www. yahoo. com 的地址时,被攻击的 DNS 服务器查询自己的缓存,然后将 1. 1. 1. 1 这个错误的地址以非授权形式返回。同理,黑客通过修改自己的 DNS 服务器上的数据,可以使被攻击的 DNS 服务器返回任何错误的地址指向。

2)网络信息泄漏。域名服务器存贮大量的网络信息,如 IP 地址分配、主机操作系统信息、重要网络服务器名称等。假如域名服务器允许区域信息传递,就等于为攻击者提供了"目标网络拓扑图"。

3)DNS 服务器拒绝服务。域名服务器是因特网运行的基础服务,某个单位的域名受到破坏,则大部分网络用户就无法获得该单位提供的服务。

4)远程漏洞。BIND 服务器软件的许多版本存在缓冲区溢出漏洞,黑客可以利用这些漏洞远程入侵 BIND 服务器所在的主机,并以 root 身份执行任意命令。这种攻击的危害性比较严重,黑客不仅获得了 DNS 服务器上所有授权区域内的数据信息,甚至可以直接修改授权区域内的任意数据,同时可以利用这台主机作为攻击其他机器的"跳板"。关于这些漏洞的详细信息可以查看参考文献中所列的 CERT 安全建议。

5.1.3 网络攻击

美国 CERT 组织研究报告指出,发起网络攻击的人员可以归结为黑客、间谍、恐怖主义者、公司职员、职业犯罪、破坏者六种类型。他们各不相同,如黑客是为了挑战计算机网络安全技术;间谍为了取得对秘密信息的访问权限,获取政治、经济等情报;恐怖主义者通过网络攻击制造恐怖;公司职员对公司的网站报复泄气等。其中网络安全最大的威胁来自黑客。

黑客(Hacker),源于英语动词 hack,意为"劈,砍",也就意味着"辟出,开辟",进一步引申为"干了一件非常漂亮的工作"。现在"黑客"一词普遍的含意指计算机系统的非法侵入者。多数黑客对计算机非常着迷,认为自己有比他人更高的才能,因此只要他们愿意,就非法闯入某些禁区,或开玩笑或恶作剧,甚至干出违法的事情。他们常常以此作为一种智力的挑战而陶醉于技术上的违法之中。

目前黑客已成为一个广泛的社会群体。在西方有完全合法的黑客组织、黑客学会,这些黑客经常召开黑客技术交流会。在因特网上,黑客组织有公开网站,提供免费的黑客工具软件,介绍黑客手法,出版网上黑客杂志和书籍。因为目前已有很多黑客工具,现在一般性的"行黑"已变得比较容易,因此普通人也很容易学到网络进攻方法。

1. 网络攻击步骤

网络攻击者在一次攻击过程中通常采用如图 5-6 所示的步骤。下面对攻击过程中的各个步骤逐一介绍。

1)隐藏攻击源。在因特网上的主机均有自己的网络地址,因此攻击者在实施攻击活动时的首要步骤是设法隐藏自己所在的网络位置,如 IP 地址和域名,这样使调查者难以发现真正的攻击来源。

攻击者经常使用如下技术隐藏他们真实的 IP 地址或者域名。

图 5-6　网络攻击步骤

- 利用被侵入的主机(俗称"肉鸡")作为跳板进行攻击,这样即使被发现了,也是"肉鸡"的 IP 地址。
- 使用多级"Sock 代理",这样在被入侵主机上留下的是代理计算机的 IP 地址。
- 伪造 IP 地址。
- 假冒用户账号。

2)信息搜集。在发起一次攻击之前,攻击者要对目标系统进行信息搜集,一般要先完成如下步骤。

- 确定攻击目标。
- 踩点,就是通过各种途径收集目标系统的相关信息,包括机构的注册资料、公司的性质、网络拓扑结构、邮件地址、网络管理员的个人爱好等。
- 扫描,利用扫描工具在攻击目标的 IP 地址或地址段的主机上,扫描目标系统的软硬件平台类型,并进一步寻找漏洞如目标主机提供的服务与应用及其安全性的强弱等。
- 嗅探,利用嗅探工具获取敏感信息,如用户口令等。

攻击者将搜集来的信息进行综合、整理和分析后,能够初步了解一个机构的安全态势,并能够据此拟定出一个攻击方案。

3）掌握系统控制权。一般账户对目标系统只有有限的访问权限，要达到某些攻击目的，攻击者只有得到系统或管理员权限，才能控制目标主机实施进一步的攻击。

获取系统管理权限通常有以下途径。

- 通过口令攻击，如使用专门针对 root 用户的口令攻击软件。
- 利用系统管理上的漏洞，如错误的文件许可权，错误的系统配置。
- 通过欺骗让系统管理员运行一些特洛伊木马，如经篡改之后的 LOGIN 程序等。
- 通过系统漏洞获得系统权限。如 FTP 服务程序的安全漏洞等，并利用这些漏洞入侵系统或取得系统的核心文件（如口令字文件等），再用 JOHN 之类的工具软件获得系统的账号和口令，从而侵入系统。
- 通过软件漏洞得到系统权限，如某些 SUID 程序中存在的缓冲区溢出问题等。
- 通过监听获得敏感信息进一步获得相应权限。
- 通过攻破与目标主机有信任关系的另一台机器进而得到目标主机的控制权。

对于一些有经验的系统管理员来说，目标系统的安全配置很严格，同时也及时地修补了现有系统的各种安全漏洞，这时攻击者就可能采用一些非常规的入侵手法，如会话劫持攻击等尝试入侵目标系统。

4）实施攻击。不同的攻击者有不同的攻击目的，可能是为了获得机密文件的访问权，也可能是破坏系统数据的完整性，也可能是获得整个系统的控制权，以及其他目的等。一般说来，可归结为以下几种攻击目的。

- 下载敏感信息。
- 攻击其他被信任的主机和网络。
- 瘫痪网络。
- 修改或删除重要数据。
- 其他非法活动。

5）安装后门。一次成功的入侵通常要耗费攻击者的大量时间与精力，所以精干算计的攻击者在退出系统之前会在系统中安装后门，以保持对已经入侵主机的长期控制。

攻击者设置后门时通常有以下方法。

- 放宽文件许可权。
- 重新开放不安全的服务。
- 修改系统的配置，如系统启动文件、网络服务配置文件等。
- 替换系统本身的共享库文件。
- 安装各种特洛伊木马，修改系统的源代码。

6）隐藏攻击痕迹。一次成功入侵之后，通常攻击者的活动在被攻击主机上的一些日志文档中会有记载，如攻击者的 IP 地址、入侵的时间以及进行的操作等，这样很容易被管理员发现。为此，攻击者往往在入侵完毕后清除登录日志等攻击痕迹。

攻击者通常采用如下方法。

- 清除或篡改日志文件。
- 改变系统时间造成日志文件数据紊乱以迷惑系统管理员。
- 利用前面介绍的代理跳板隐藏真实的攻击者和攻击路径。

2. 黑客攻击的常用手段

据统计,开发人员在编写程序时,每写一千行代码,至少会有一个漏洞出现。再高明的程序员也不例外,因此黑客技术的出现和发展也不足为奇。黑客主要利用计算机系统或网络的漏洞,包括软件漏洞、硬件漏洞、网络协议漏洞、管理方面的漏洞和一些人为的错误,通过现有的或自己开发的工具软件实施攻击。黑客攻击手段主要包括:

1) 探测攻击。通过扫描允许连接的服务和开放的端口,能够迅速发现目标主机端口的分配情况以及提供的各项服务和服务程序的版本号,黑客找到有机可乘的服务或端口后进行攻击。常见的探测攻击程序有:SATAN、Saint、NTScan、Nessus 等。

2) 网络监听。将网卡设置为混杂模式,对以太网上流通的所有数据包进行监听,并将符合一定条件的数据包(如包含了"username"或"password"的数据包)记录到文件中去,以获取敏感信息。常见的网络监听工具有 NetRay、Sniffit、Sniffer、Etherfind、Snoop、Tcpdump 等。

3) 解码类攻击。通过各种方法获取 password 文件,然后用口令猜测程序破译用户账号和密码。常见工具有 Crack、L0phtCrack、John the Ripper 等。

4) 未授权访问尝试。利用系统管理策略或配置文件的漏洞,获得比合法权限更高的操作权;如电子邮件 DEBUG、Decode、Pipe、Wiz;FTP 的 CWD-root、Site Exec;IP 碎片攻击、NFS 猜测、NFS UID 检查等。

5) 缓冲区溢出。通过往程序的缓冲区写超出其长度的内容,造成缓冲区的溢出,从而破坏程序的堆栈,使程序转而执行其他的指令,如果这些指令是放在有 root 权限的内存中,那么一旦这些指令得到了运行,黑客就以 root 权限控制了系统,达到入侵的目的。缓冲区攻击的目的在于扰乱某些以特权身份运行的程序的功能,使攻击者获得程序的控制权。

6) 伪装攻击。通过指定路由或伪造假地址,以假冒身份与其他主机进行合法通信、或发送假数据包,使受攻击主机出现错误动作,如 IP 欺骗。

7) 电子欺骗攻击。黑客利用 TCP/IP 协议本身的一些缺陷对 TCP/IP 网络进行攻击,主要方式有 ARP 欺骗、DNS 欺骗、Web 欺骗、电子邮件欺骗等。

8) WWW 攻击。利用 WEB 服务器的不合理配置,或 CGI 程序的漏洞进行攻击,达到获取脚本源码,非法执行程序,使 WWW 服务器崩溃等目的。如对 NT 的 IIS 服务器的多种攻击。

9) 拒绝服务和分布式拒绝服务攻击。这种攻击行为通过发送一定数量一定序列的数据包,使网络服务器中充斥了大量要求回复的信息,消耗网络带宽或系统资源,导致网络或系统不胜负荷以至于瘫痪、停止正常的网络服务。常见的拒绝服务(Denial of Service,DoS)攻击有同步洪流(SYN Flooding)、死亡之 Ping(Ping of Death)、Teardrop 攻击、Land 攻击、Smurf 等。近年,DoS 攻击有了新的发展,攻击者通过入侵大量有安全漏洞的主机并获取控制权,在多台被入侵的主机上安装攻击程序,然后利用所控制的这些大量攻击源,同时向目标机发起拒绝服务攻击,称之为分布式拒绝服务(Distribute Denial of Service,DDoS)攻击。常见的 DDoS 攻击工具有 Trinoo、TFN、TFN2K 等。

10) 病毒攻击。病毒是黑客实施网络攻击的有效手段之一,它具有隐蔽性、寄生性、繁殖性和破坏性等特性,而且在网络中其危害更加可怕。目前可通过网络进行传播的病毒已有数千种。

3. 网络攻击的发展

随着网络的发展,攻击技术日新月异,其变化趋势主要有以下几方面。

1）网络攻击自动化。网络攻击者能够利用现有攻击技术编制自动攻击工具软件。

2）网络攻击组织化。网络攻击工具的传播，使得越来越多的人掌握了攻击方法，出现了有组织的网络攻击行为。

3）网络攻击目标扩大化。网络攻击从以往的以主机为主转向网络的各个层面，网络通信协议、密码协议、网络域名服务、网络的路由服务系统和网络应用服务系统，甚至网络安全保障系统均成为攻击对象。例如，防火墙渗透攻击。

4）网络攻击协同化。攻击者利用因特网的巨大计算资源，开发特殊的程序实现将分布在不同地域的计算机协同起来，向特定的目标发起攻击。2000 年 2 月，黑客对 Yahoo 等大型网站进行 DDOS 攻击，导致服务瘫痪。爱尔兰数学家 Robert Harley 和他的三位同事动用因特网中 9500 台计算机强行破解了以椭圆曲线算法加密的消息，其中密钥长度为 109 位。从这两个事例可以预见因特网络蕴含巨大的计算能力，而且，因特网以松散方式构成，容易隐藏攻击者的踪迹。考虑这些因素，在因特网中建立起分布式攻击平台是一个理想的信息战基地。

5）网络攻击智能化。网络攻击与病毒程序相结合，病毒的复制传播特点使得攻击程序如虎添翼。近两年来发生的"熊猫烧香"等病毒已令大家震惊。

6）网络攻击主动化。网络攻击者掌握主动权，而防御者被动应付。攻击者处于暗处，而被攻击目标则在明处。网络中的弱点往往是入侵者先发现，这样网络安全防御就处于被动局面。如果网络安全防御者未消除新公布的弱点，则网络攻击者就有机可乘。

4. 网络攻击防范概述

1）攻击发生前的防范。使用防火墙，作为网络安全的第一道防线，它可以识别并阻挡许多黑客攻击行为。防火墙是一种位于网络边界的特殊访问控制设备，用于隔离内部网络和因特网的其他部分之间信息的自由流动。

防火墙主要用来隔离内部网和外部网的直接信息传输，对于出入防火墙的网络流量施加基于安全策略的访问控制，但对于内部入侵却无能为力，防火墙能否正确工作依赖安全管理员的手工配置。这样的安全防御系统在复杂网络中要做到合理配置是十分困难的，而且在大规模部署时可缩放性和实时响应功能较差。

除了应用防火墙，还可以使用漏洞扫描工具来探测网络上每台主机乃至路由器的各种漏洞，并将系统漏洞一一列表，给出最佳解决方法；系统使用动态口令，用户每次登录系统的口令都不同，可防止口令被非法窃取；使用 UNIX 策略管理、UNIX 资源管理软件，将系统变得更加安全可靠；使用邮件过滤器，阻挡基于邮件的进攻；使用网络防病毒系统，以有效防止病毒的危害；使用 VPN 技术，使信息在通过网络的传输过程中更加安全可靠。另外，事前防御体系还包括系统的安全配置，对用户的培训与教育等。

2）攻击发生过程中的防范。随着攻击者知识的日趋成熟，攻击工具与手法的日趋复杂多样，单纯的防火墙策略已经无法满足对安全高度敏感的部门的需要，网络的防卫必须采用一种纵深的、多样的手段。与此同时，当今的网络环境也变得越来越复杂，各式各样复杂的设备，需要不断升级、补漏的系统使得网络管理员的工作不断加重，不经意的疏忽便会给企业造成巨大损失。在这种环境下，入侵检测系统（Intrusion Detection System，IDS）成为了安全市场上新的热点，不仅愈来愈多地受到人们的关注，而且已经开始在各种不同的环境中发挥关键作用。

IDS 相对于传统意义的防火墙是一种主动防御系统，入侵检测作为安全的一道屏障，可以在一定程度上预防和检测来自系统内、外部的入侵。

与防火墙这样技术高度成熟的产品相比,IDS 还存在相当多的问题。随着网络技术的不断发展,IDS 面临着许多的挑战,IDS 要在安全防范体系中真正发挥作用还有一些困难,主要表现在 IDS 的有效性、效率、安全性、适应性等方面。

3) 攻击发生后的应对。防火墙、IDS 等都提供详细的数据记录功能,可以对所有误操作的危险动作和蓄意攻击行为保留详尽的记录,而且记录在一台专用的安全主机上,这样可以在黑客攻击后通过这些记录来分析黑客的攻击方式,弥补系统漏洞,防止再次遭受攻击,并可进行黑客追踪和查找责任人。

本书第 8 ~ 10 章还介绍了应急响应、计算机风险评估和安全管理,其中包含了网络攻击发生后的响应等应对方法。

5.2 网络安全框架

作为因特网技术的核心,尽管 TCP/IP 协议在连通性上非常成功,但在安全性方面却暴露了很多问题。由于 TCP/IP 没有一个整体的安全体系,各种安全技术(如防火墙、SSL 通信协议等)虽然能够在某一方面保护网络资源或保证网络通信的安全,但是各种技术相对独立,冗余性大,在可管理性和扩展性方面都存在很多局限。从安全体系结构的角度研究怎样有机地组合各种单元技术,设计出一个合理的安全体系,为各种层次不同的应用提供统一的安全服务,以满足不同强度的安全需求,这对于网络安全的设计、实现与管理都非常重要。

开放式系统互联参考模型 (OSI/RM) 扩展部分中增加了有关安全体系结构的描述,安全体系结构 (Security Architecture) 是指对网络系统安全功能的抽象描述,从整体上定义网络系统所提供的安全服务和安全机制,然而这一体系只为安全通信环境提出了一个概念性框架。事实上,安全体系结构不仅应该定义一个系统安全所需的各种元素,还应该包括这些元素之间的关系,以构成一个有机的整体,正象 Architecture 这个词的本意,一堆砖瓦不能称之为建筑。

美国国防信息系统安全计划(DISSP)提出了一个反映网络安全需求的安全框架,该框架是一个由安全属性、OSI 各协议层和系统部件组成的三维矩阵结构,但是该框架中系统部件维所包含的系统部件(端系统、接口、网络系统和安全管理)并不能反应网络工程中的实际需求,也没有给出安全属性维中各安全属性的逻辑关系。本节介绍一个针对 TCP/IP 网络由安全服务、协议层次和实体单元组成的三维框架结构,它是在 DISSP 三维安全模型基础上的改进模型,从三个不同的角度阐述不同实体、不同层次的安全需求以及它们之间的逻辑关系。

1. 网络安全体系结构的相关概念

安全服务:是一个系统各功能部件所提供的安全功能的总和。从协议分层的角度,底层协议实体为上层实体提供安全服务,而对外屏蔽安全服务的具体实现。OSI 安全体系结构模型中定义了五组安全服务认证(Authentication)服务、保密(Confidentiality)服务、数据完整性(Integrity)服务、访问控制(Access Control)服务、抗抵赖(Non-repudiation)服务(或称作不可否认服务)。

安全机制:是指安全服务的实现机制,一种安全服务可以由多种安全机制来实现,一种安全机制也可以为多种安全服务所用。

安全管理:包括两方面的内容,一是安全的管理(Management of Security),网络和系统中各种安全服务和安全机制的管理,如认证或加密服务的激活、密钥等参数的分配、更新等;二是管理的安全(Security of Management),是指各种管理活动自身的安全,如管理系统本身和管理信息的安全。

2. 网络安全体系的三维框架结构

下面给出描述计算机网络安全体系结构的三维框架结构,如图5-7所示。

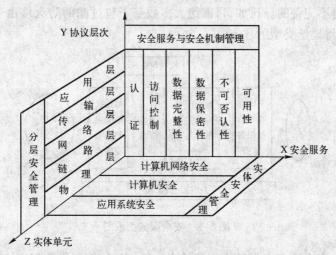

图5-7 计算机网络安全体系的三维框架结构

安全服务平面取自于国际标准化组织制订的安全体系结构模型,在五类基本的安全服务以外增加了可用性(Availability)服务。不同的应用环境对安全服务的需求是不同的,各种安全服务之间也不是完全独立的。在后面将介绍各种安全服务之间的依赖关系。

协议层次平面参照 TCP/IP 协议的分层模型,旨在从网络协议结构角度考察安全体系结构。

实体单元平面给出了计算机网络系统的基本组成单元,各种单元安全技术或安全系统也可以划分成这几个层次。

安全管理涉及到所有协议层次、所有实体单元的安全服务和安全机制的管理,安全管理操作不是正常的通信业务,但为正常通信所需的安全服务提供控制与管理机制,是各种安全机制有效性的重要保证。

从(X,Y,Z)三个平面各取一点,比如取(认证服务,网络层,计算机),表示计算机系统在网络层采取的认证服务,如端到端的、基于主机地址的认证;(认证服务,应用层,计算机)可以是指计算机操作系统在应用层中对用户身份的认证,如系统登录时的用户名/口令保护等;(访问控制服务,网络层,计算机网络)表示网络系统在网络层采取的访问控制服务,比如防火墙系统。

3. 安全服务之间的关系

图5-7 中的 X 平面所示,一个网络系统的安全需求包括主体、客体的标识与认证;主体的授权与访问控制;数据存储与传输的完整性;数据存储与传输的保密性;可用性保证;抗抵赖服务。各种安全需求之间存在相互依赖关系,孤立地选取某种安全服务常常是无效的。这些安全服务之间的关系如图5-8 所示。

在计算机系统或网络通信中,参与交互或通信的实体分别被称为主体(Subject)和客体(Object),对主体与客体的标识与鉴别是计算机网络安全的前提。认证服务用来验证实体标识的合法性,不经认证的实体和通信数据都是不可信的。不过目前因特网从底层协议到高层的应用许多都没有认证机制,如 IPv4 中无法验证对方 IP 地址的真实性;SMTP 协议也没有对收到的 E-mail 中源地址和数据的验证能力。没有实体之间的认证,所有的访问控制措施、数据加密手段等都是不完备的。比如,目前绝大多数基于包过滤的防火墙由于没有地址认证的能力,无法防范假冒地址类型的攻击。

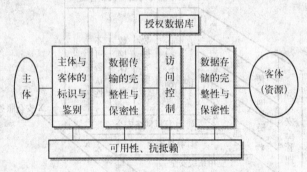

图 5-8　安全服务关系图

访问控制是许多系统安全保护机制的核心。任何访问控制措施都应该以一定的访问控制策略(Policy)为基础,并依据对应该政策的访问控制模型(Access Control Model)。网络资源的访问控制和操作系统类似,比如,需要一个参考监控器(Reference Monitor),控制所有主体对客体的访问。防火墙系统可以看成外部用户(主体)访问内部资源(客体)的参考监控器,然而,集中式的网络资源参考监控器很难实现,特别是在分布式应用环境中。与操作系统访问控制的另外一点不同是,信道、数据包、网络连接等都是一种实体,有些实体(如代理进程)既是主体又是客体,这都导致传统操作系统的访问控制模型很难用于网络环境。

数据存储与传输的完整性是认证和访问控制有效性的重要保证,比如,认证协议的设计一定要考虑认证信息在传输过程中不被篡改;同时,访问控制又常常是实现数据存储完整性的手段之一。与数据保密性相比,数据完整性的需求更为普遍。数据保密性一般也要和数据完整性结合才能保证保密机制的有效性。

保证系统高度的可用性是网络安全的重要内容之一,许多针对网络和系统的攻击都是破坏系统的可用性,而不一定损害数据的完整性与保密性。目前,保证系统可用性的研究还不够充分,许多拒绝服务类型的攻击还很难防范。抗抵赖服务在许多应用(如电子商务)中非常关键,它和数据源认证、数据完整性紧密相关。

5.3　防火墙

5.3.1　防火墙的概念

防火墙是设置在可信网络(Trusted Network)和不可信任的外界之间的一道屏障,可以实施比较广泛的安全策略来控制信息流进入可信网络,防止不可预料的潜在的入侵破坏;另一方面能够限制可信网络中的用户对外部网络的非授权访问。

不管什么种类的防火墙,不论其采用何种技术手段,防火墙都必须具有以下三种基本性质。

1) 进出网络的双向通信信息必须通过防火墙。

2) 只能允许经过本地安全策略授权的通信信息通过。

3) 防火墙本身不能影响网络信息的流通。

防火墙的功能主要表现在如下四个方面。

1) 防火墙是网络安全的屏障。防火墙作为阻塞点、控制点,能极大地提高一个内部网络的安全性,并通过过滤不安全的服务而降低风险。由于只有经过精心选择的应用协议才能通过防火墙,所以内部网络环境变得更安全。

2) 防火墙可以强化网络安全策略。通过以防火墙为中心的安全方案配置,能将所有安全策略,如口令、加密、身份认证、审计等配置在防火墙上。与将网络安全问题分散到各个主机上相比,防火墙的集中安全管理更经济。

3) 对网络存取和访问进行监控审计。作为内外网络间通信的唯一通道,防火墙能够有效地记录各次访问,同时也能提供网络使用情况的统计数据。当发生可疑动作时,防火墙能进行报警,并提供网络是否受到监测和攻击的详细信息。

4) 防止内部信息的外泄。通过利用防火墙对内部网络的划分,可实现内部网重点网段的隔离,从而限制局部重点或敏感网络安全问题对全局网络造成的影响。

由于防火墙所处的优越位置(内网与外网的分界点),它在实际应用中也往往加入一些其他功能,如 NAT、VPN、路由管理等功能。

NAT(Network Address Translation,网络地址转换),也称 IP 地址伪装技术(IP Masquerading)。因特网编号分配管理机构(Internet Assigned Number Authority,IANA)保留了以下 IP 地址空间为私有网络地址空间:10.0.0.0 ~ 10.255.255.255、172.16.0.0 ~ 172.31.255.255、192.168.0.0 ~ 192.168.255.255,因此可以采用以上空间,利用 NAT 技术,建立对外部用户透明的私有网。

NAT 主要应用在两个方面。

1) 网络管理员希望隐藏内部网络的 IP 地址。这样因特网上的主机无法判断内部网络的情况。

2) 内部网络的 IP 地址是无效的 IP 地址。这种情况主要是因为现在的 IP 地址不够用,要申请到足够多的合法 IP 地址很难办到,因此需要转换 IP 地址。

通过使用 NAT 技术可以防止内部网络结构被人掌握,因此从一定程度上降低了内部网络被攻击的可能性,提高了私有网络的安全性。

VPN(Virtual Private Network,虚拟专用网)是指在公共网络中建立专用网络,数据通过安全的"加密通道"在公共网络中传播。VPN 的基本原理是通过对 IP 包的封装、加密及认证等手段,从而达到保证安全的目的。它往往是在防火墙上附加一个加密模块实现。通过 VPN,将企事业单位在地域上分布在全世界各地的 LAN 或专用子网,有机地联成一个整体。不仅省去了专用通信线路,而且为信息共享提供了技术保障。

路由安全管理典型实现可见 Checkpoint 公司的 FireWall-1 防火墙,它主要指为路由器提供集中管理和访问列表控制。

总之,防火墙允许网络管理员定义一个中心点来防止非法用户进入内部网络;可以很方便地监视网络的安全性,并报警;可以作为部署 NAT 的地点,利用 NAT 技术将有限的 IP 地址动态或静态地与内部的 IP 地址对应起来,用来缓解地址空间短缺的问题;防火墙还是审计和记录因特网使用的一个最佳地点,网络管理员可以在此向管理部门提供因特网连接的情况,查出潜在的带宽瓶颈位置,并能够依据本机构的核算模式提供部门级的计费;防火墙可以连接到一个单独的网段上(DMZ),从物理上和内部网段隔开,并在此部署 WWW 服务器和 FTP 服务器,将其作为向外部发布内部信息的地点。

因特网是经常变化的,新的易受攻击点将不断出现,新的服务和服务的增强都将给防火墙的安装带来困难,因此,为使防火墙适应这些变动,灵活性是至关重要的。

从总体上来看,防火墙应具有以下五个基本功能。

1) 过滤进、出网络的数据。

2) 管理进、出网络的访问行为。

3) 封堵某些禁止的业务。

4) 记录通过防火墙的信息内容和活动。

5) 对网络攻击进行检测和告警。

5.3.2 防火墙技术

防火墙的关键问题是如何检查数据包,以及检查到何种程度才能既保障安全又不会对通信速度产生明显的负面影响。

1. 包(分组)过滤技术

包过滤(Packet Filter)防火墙工作在网络层和传输层,它根据通过防火墙的每个数据包的首部信息来决定该数据包是通过还是丢弃。传统的包过滤防火墙可以在路由器或防火墙上实现。

网络层中数据包的封装格式如图 5-9 所示。包过滤防火墙通常依据以下特性进行过滤。

图 5-9　数据包的封装格式

1) IP 源地址。

2) IP 目标地址。

3) 协议类型(TCP 包、UDP 包和 ICMP 包)。

4) TCP 或 UDP 包的源端口。

5) TCP 或 UDP 包的目的端口。

6) TCP 包头的标志位(如 ACK)。

7) TCP 包的序列号、IP 校验和等。

8) ICMP 消息类型。

防火墙中的检查模块将所有通过的数据包中发送方 IP 地址、接收方的 IP 地址、TCP 端口、TCP 标志位等信息读出,按照预先设置的过滤规则过滤数据包。只有满足过滤规则的数据包才被转发,其余数据包则被从数据流中丢弃。包过滤设备(不管是路由器还是防火墙)配置有一系列的数据包过滤规则,定义了什么包可以通过防火墙,什么包必须丢弃。这些规则常称为数据包过滤访问扩展列表(ACL)。各个厂商的防火墙产品都有自己的语法用于创建规则。

对于一些常用的包过滤规则,本文使用与厂商无关但可理解的定义语言,如表5-1所示。

表5-1 一个过滤规则样表

源IP	目的IP	协议	源端口	目的端口	标志位	操作
内部网络地址	外部网络地址	TCP	任意	80	任意	允许
外部网络地址	内部网络地址	TCP	80	>1023	ACK	允许
所有	所有	所有	所有	所有	所有	拒绝

该表中的第一条规则允许内部用户向外部 Web 服务器发送数据包,并定向到 80 端口,第二条规则允许外部网络向内部的高端口发送 TCP 包,只要 ACK 位置位,且入包的源端口为 80。即允许外部 Web 服务器的应答返回内部网络。最后一条规则拒绝所有数据包,以确保除了先前规则所允许的数据包外,其他所有数据包都被丢弃。

过滤设备接收到数据包后,开始从上至下扫描过滤规则,与数据包相匹配的第一条规则被应用。

一般地,包过滤防火墙规则中还应该阻止如下几种 IP 包进入内部网。

1）源地址是内部地址的外来数据包。这类数据包很可能是为实行 IP 地址诈骗攻击而设计的,其目的是装扮成内部主机混过防火墙的检查进入内部网。

2）指定中转路由器的数据包。这类数据包很可能是为绕过防火墙而设计的数据包。

3）有效载荷很小的数据包。这类数据包很可能是为抵御过滤规则而设计的数据包,其目的是将 TCP 包首部分封装成两个或多个 IP 包送出,比如将源端口和目标端口分别放在两个不同的 TCP 包中,使防火墙的过滤规则对这类数据包失效,这种方法称为 TCP 碎片攻击。

除了阻止从外部网送来的恶意数据包外,过滤规则还应阻止某些类型的内部网数据包进入外部网,特别是那些用于建立局域网和提供内部网通信服务的各种协议数据包,如启动程序协议（BOOTP）、动态主机配置协议（DHCP）、简易文件传输协议（TFTP）、微软网络基本输入输出系统（NetBIOS）、公共互联网文件系统（CIFS）、远程行式打印机（LPR）和网络文件系统（NFS）。

BOOTP 使连网计算机无须使用硬盘就可启动,它使计算机在装载操作系统之前能自动获得 IP 地址及存储启动映像的路径。DHCP 协议是基于 BOOTP 协议发展起来的协议,并且通常也支持 BOOTP 协议。NetBIOS 系统提供局域网计算机之间的通信服务。

包过滤防火墙的优点在于处理效率上,其安全性体现在根据过滤规则对 TCP、UDP 数据包进行检测。但是制定包过滤防火墙的安全规则非常复杂,且不易配置和维护,有时为了允许正常情况下被阻塞的访问服务而需要制定规则的例外情形,这使得过滤规则复杂到难以管理的地步。

下面以一个简单的例子来说明包过滤防火墙不能很好的处理动态端口连接的情况。

假设通过部署包过滤防火墙将内部网络和外网分隔开,配置过滤规则审查内外网络数据流,以开通内部主机 A 和外部服务器的 Web 访问为例。

过滤规则格式及规则如表5-1。大家知道 Web 通信涉及到客户端和服务器端两个端点。由于服务器将 Web 服务绑定在固定的 80 端口上,但是客户端的端口号是动态分配的,即预先不能确定客户使用哪个端口进行通信,这种情况称为动态端口连接。包过滤处理这种情况只能将客户端动态分配端口的区域全部打开(1024 ~ 65535),才能满足正常通信的需要,而不能根据每一连接的情况,开放实际使用的端口。

此外,包过滤防火墙不论是对待有连接的 TCP 协议,还是无连接的 UDP 协议,它都以单个数据包为单位进行处理,对数据传输的状态并不关心,因而传统包过滤又称为无状态包过滤,它对基于应用层的网络入侵无能为力。

下面再看一个包过滤防火墙对于 TCP ACK 隐蔽扫描无能为力的例子,如图 5–10 所示。

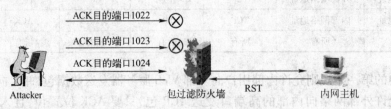

图 5–10　TCP ACK 扫描通过包过滤防火墙

外部的攻击机 Attacker 可以在没有 TCP3 次握手中的前两步的情况下,发送一个具有 ACK 位的初始包,这样的包违反了 TCP 协议,因为初始包必须有 SYN 位。但是因为包过滤防火墙没有状态的概念,防火墙将认为这个包是已建立连接的一部分,并让它通过(当然,如果根据表 5–1 的过滤规则,ACK 置位,但目的端口≤1203 的数据包将被丢弃)。当这个伪装的包到达内网的某个主机时,主机将意识到有问题(因为这个包不是任何已建立连接的一部分),若目标端口开放,目标主机将返回 RST 信息,并期望该 RST 包能通知发送者 Attacker 终止本次连接。这个过程看起来是无害的,它却使 Attacker 能通过防火墙对开放的端口进行扫描。这个技术称为 TCP 的 ACK 扫描。

通过图 5–10 中示意的 TCP ACK 扫描,Attacker 穿越了防火墙进行探测,并且获知端口 1204 是开放的。为了阻止这样的攻击,防火墙需要记住已经存在的 TCP 连接,这样它将知道 ACK 扫描是非法连接的一部分。下面将讨论状态包过滤防火墙,它能够跟踪连接状态并以此来阻止 ACK 扫描攻击。

2. 状态包过滤技术

状态包过滤(Stateful Packet Filter)是一种基于连接的状态检测机制,将属于同一连接的所有包作为一个整体的数据流看待,对接收到的数据包进行分析,判断其是否属于当前合法连接,从而进行动态的过滤。

跟传统包过滤只有一张过滤规则表不同,状态包过滤同时维护过滤规则表和状态表。过滤规则表是静态的,而状态表中保留着当前活动的合法连接,它的内容是动态变化的,随着数据包来回经过设备而实时更新。当新的连接通过验证,在状态表中则添加该连接条目,而当一条连接完成它的通信任务后,状态表中的该条目将自动删除。

分析几种状态包过滤防火墙的实现,其内部处理流程大致如图 5–11 所示。

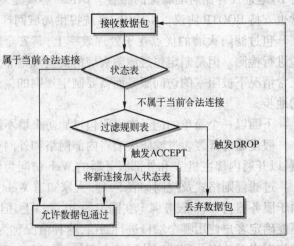

图 5–11　状态包过滤处理流程

142

步骤1：当接收到数据包，首先查看状态表，判断该包是否属于当前合法连接，若是，则接受该包让其通过，否则进入步骤2。

步骤2：在过滤规则表中遍历，若触发 DROP 动作，直接丢弃该包，跳回步骤1处理后续数据包；若触发 ACCEPT 动作，则进入步骤3。

步骤3：在状态表中加入该新连接条目，并允许数据包通过。跳回步骤1处理后续数据包。

下面使用状态包过滤重新配置前面提到的访问 Web 服务器的例子。在主机 A 和服务器间开放 Web 通道，主机 A 是初始连接发起者：

｜OUT｜主机 A 地址：＊｜服务器地址：80｜TCP 协议｜接受并加入状态表｜

和前面的配置不同，状态包过滤只需设定发起初始连接方向上的过滤规则即可，该规则不仅决定是否接受数据包，而且也包含是否往状态表中添加新连接的判断标准。原先的动态端口范围包（1024～65535）由"＊"取代，表示过滤规则并不关心主机 A 是以什么端口进行连接的，即主机 A 分配到哪一个端口都允许外出，但是返回通信就要基于已存连接的情况进行验证。因而状态包过滤借助状态表，可以按需开放端口，分配到哪个动态端口，就只开放这个端口，一旦连接结束，该端口重新被关闭，这样很好的弥补了前面提到的传统包过滤缺陷，大大增强了安全性。

再看看前面介绍的 TCP ACK 扫描穿透包过滤防火墙的例子，在状态过滤防火墙中，状态防火墙记住了原来 Web 请求的外出 SYN 包，如果攻击者试图从早先没有 SYN 的地址和端口发送 ACK 数据包，则状态包防火墙会丢弃这些包。

除了记住 TCP 标志位，状态数据包防火墙还能记住 UDP 数据包，只有存在前一个外出数据包，才允许进入的 UDP 数据包通过。此外，状态数据包过滤能够帮助保护更复杂的服务，如 FTP。FTP 传输一个文件需要两个连接，一个 FTP 控制连接（通过这个连接发送获取目录列表和传输文件的命令）；以及一个 FTP 数据连接（通过这个连接发送文件列表和文件本身）。可以配置状态防火墙，使之只在建立了 FTP 控制连接之后才允许 FTP 数据连接，从而比传统的（非状态）数据包过滤防火墙更好地维护协议。

状态数据包过滤防火墙比传统数据包过滤具有强得多的安全能力。但是，由于必须查询状态表，状态数据包过滤防火墙通常要比传统数据包过滤防火墙慢一些。不过，由于大大提高了安全性，性能上的这点变化通常可以忽略。而且，使用定制的专用芯片，状态过滤处理仍然可以相当快速。由于这些好处，现在许多防火墙解决方案都是基于状态数据包过滤技术。

3. 代理技术

代理（Proxy）技术与包过滤技术完全不同。数据包过滤设备，无论是传统的还是状态的，都主要用于过滤数据包，查看在 TCP 和 IP 层提供的信息。代理防火墙不再围绕数据包，而着重于应用级别，分析经过它们的应用信息，决定是传送或是丢弃。

代理服务一般分为应用层代理与传输层代理两种。

1）应用层代理。应用层代理也称为应用层网关（Application Gateway）技术，它工作在网络体系结构的最高层——应用层，通过对每一种应用服务编制专门的代理程序，实现监视和控制应用层信息流的作用。防火墙可以代理 HTTP、FTP、SMTP、POP3、Telnet 等协议，使得内网用户可以在安全的情况下实现浏览网页、收发邮件、远程登录等应用。

如图 5-12 所示，客户与代理交互，而代理代表客户与服务器交互。所有其他应用、客户或服务器的连接都被丢弃。

图5-12　基于代理的防火墙实现应用级控制

代理服务通常由两个部分组成,代理服务器端程序和代理客户端程序。代理服务程序接收内网用户的请求,并按照一个访问规则检查表进行核查,检查表中给出所允许的请求类型。当证实该请求是允许的之后,代理服务程序把该请求转发给外部的真正服务程序。一旦会话建立起来,应用层代理程序便作为中转站在内网用户和外部服务器之间转抄数据,因此,代理服务程序实际上担当着客户机和服务器的双重角色。因为在客户机和服务器之间传递的所有数据均由应用层代理程序转发,因此它完全控制着会话过程,并可按照需要进行详细的记录。为了连接到一个应用层代理服务程序,许多应用层网关要求用户在内部网络的主机上运行一个专用的代理客户端程序;另一种方法是使用 Telnet 命令并给出代理服务的端口号。

基于代理的防火墙没有传统数据包过滤防火墙遇到的 ACK 攻击扫描问题,因为 ACK 不是有意义的应用请求的一部分,它将被代理丢弃。而且,由于主要针对应用级,基于代理的防火墙可以梳理应用级协议,以确保所有交换都严格遵守协议消息集。例如,一个 Web 代理可以确保所有消息都是正确格式的 HTTP,而不是仅仅检查确保它们是前往目标 TCP 端口 80。而且,代理可以允许或拒绝应用级功能。因此,对于 FTP,代理可以允许 FTP GET,从而使用户可以将文件带入网络,同时拒绝 FTP PUT,禁止用户使用 FTP 将文件传送出去。

此外,可以将经常访问的信息进行缓存,从而对于同一数据,无须向服务器发出新的请求,这样代理可帮助优化性能。

采用应用层网关技术的防火墙还有以下优点。

- 应用层网关有能力支持可靠的用户认证并提供详细的注册信息。因为它在应用级操作,并可以显示用户 ID 和口令提示或其他验证请求。
- 用于应用层的过滤规则相对于包过滤防火墙来说更容易配置和测试。
- 代理工作在客户机和真实服务器之间,完全控制会话,所以可以提供很详细的日志和安全审计功能。
- 提供代理服务的防火墙可以被配置成唯一的可被外部看见的主机,这样可以隐藏内部网的 IP 地址,可以保护内部主机免受外部主机的进攻。
- 通过代理访问因特网可以解决合法 IP 地址不够用的问题,因为因特网所见到的只是代理服务器的地址,内部的 IP 则通过代理可以访问因特网。

然而,应用层代理也有明显的缺点。尽管特定厂商的实现差别很大,一般来讲,因为基于代理的防火墙注重于应用层,并详细搜索协议,因此它们比数据包过滤防火墙稍慢。代理对数据流的控制要多得多,但是控制需要 CPU 开销和内存开销。因此,要处理相同量的数据流,基于代理的防火墙通常需要更高性能的处理器。

此外,还有的一些缺点主要包括:

- 有限的连接性。代理服务器一般具有解释应用层命令的功能,如解释 FTP 命令和Telnet 命令等。那么这种代理服务器就只能用于某一种服务。因此,可能需要提供很多种不同的代理服务器,如 FTP 代理服务器和 Telnet 代理服务器等,而且,每一种应用升级时,一般代理服务程序也要升级,所以能提供的服务和可伸缩性是有限的。但从安全角度上看,这也是一个优点,因为除非明确地提供了应用层代理服务,就不可能通过防火墙,这也符合"未被明确允许的就将被禁止"的原则。
- 有限的技术。应用层网关不能为 RPC、Talk 和其他一些基于通用协议族的服务提供代理。

2) 传输层代理。传输层代理(Socks)是最近几年新产生的一项代理技术,它解决了应用层代理一种代理只能针对一种应用的缺陷。

Socks 代理通常也包含两个组件,Socks 服务端和 Socks 客户端。Socks 代理技术以类似于 NAT 的方式对内外网的通信连接进行转换,与普通代理不同的是,服务端实现在应用层,客户端实现在应用层和传输层之间。它能够实现 Socks 服务端两侧的主机间互访,而无需直接的 IP 连通性作前提。Socks 代理对高层应用来说是透明的,即无论何种具体应用都可以通过 Socks 来提供代理。

Socks 有两个版本,Socks 4 是旧的版本,只支持 TCP 协议,也没有强大的认证功能,为了解决这些问题,Socks 5 应运而生,除了 TCP,它还支持 UDP 协议,有多种身份认证方式,也支持服务器端域名解析和新的 IPv6 地址集。

Socks 服务器一般在 1080 端口进行监听,使用 Socks 代理的客户端首先要建立一个到 Socks 服务器 1080 端口的 TCP 连接,然后进行认证方式协商,并使用选定的方式进行身份认证,一旦认证成功,客户端就可以向 Socks 服务器发送应用请求了。它通过特定的"命令"字段来标识请求的方式,可以是对 TCP 协议的"connect",也可以是对 UDP 协议的"UDP associate"。这里很清楚的是,无论客户端是与远程主机建立 TCP 连接还是使用无连接的 UDP 协议,它与 Socks 服务器之间总是通过 TCP 连接来通信的,更多细节内容可以参见 RFC1928。

4. 防火墙的其他相关技术

除了上面介绍的防火墙技术外,一些新的技术正在防火墙产品采用,主要有 NAT、VPN、安全审计、安全内核、身份认证、负载平衡、内容安全以及加密技术等。其中身份认证技术、NAT 和 VPN 技术已经在前面介绍过。下面再简要介绍所提到的其他技术。

1) 安全审计。绝对的安全是不可能的,因此必须对网络上发生的事件进行记录和分析,对某些被保护网络的敏感信息访问保持不间断的记录,并通过各种不同类型的报表、报警等方式向系统管理人员进行报告。比如在防火墙的控制台上实时显示与安全有关的信息、对用户口令非法、非法访问进行动态跟踪等。

2) 安全内核。除了采用 Proxy 以外,人们开始在操作系统的层次上考虑安全性。例如,考虑把系统内核可能引起安全问题的部分从内核中去掉,形成一个安全等级更高的内核,从而使系统更安全,例如 Cisco 的 PIX 防火墙等。

从现有的诸多产品看,对安全操作系统内核的加固与改造主要从以下几个方面进行,取消危险的系统调用;限制命令的执行权限;取消 IP 的转发功能;检查每个分组的端口;采用随机连接序列号;驻留分组过滤模块;取消动态路由功能;采用多个安全内核。

3）负载平衡(Load Balance)。平衡服务器的负载,由多个服务器为外部网络用户提供相同的应用服务。当外部网络的一个服务请求到达防火墙时,防火墙可以用其制定的平衡算法确定请求由哪台服务器来完成。但对用户来讲,这些都是透明的。

4）内容安全(Content Security)。内容安全技术提供对高层服务协议数据的监控能力,确保用户的安全。包括计算机病毒、恶意的 JavaApplet 或 ActiveX 控件的攻击、恶意电子邮件及不健康网页内容的过滤防护。

5）加密机制。在现有的网络安全产品中,防火墙都融合了加密认证技术。目前市场上70%的产品都在 IP 层实现加密,这种方案对线路上的一切数据均进行加密。其优点在于能阻止具有网络分析器的黑客从网上取得信息包及其 IP 地址,进而就能防止黑客利用该信息定位防火墙后面的路由器及其他设备,使得外部入侵者难以伪装成内部网的用户而欺骗防火墙;但 IP 层加密的缺点在于加密过程要占用 CPU 时间,使设备要花更长的时间处理 IP 分组,从而降低了网络性能。因此有些公司的产品专门利用加密芯片来分担 CPU 的负载。另一种加密方式是应用层加密,其优点在于因特网管理者可以对不同对象选择是否加密,这在一定程度上提高了网络的吞吐率,节省了 CPU 时间。但这种做法是以牺牲安全性为代价的。攻击者有可能窃取信息源和 IP 地址,从而实施 IP 欺骗和攻击,同时这种加密方式还要求网络管理者必须对每个应用软件设定加密参数,并且对人的专业素质有很高的要求。

5.3.3 防火墙体系结构

设计和搭建一个防火墙是在网络上正确应用防火墙技术的一门艺术,而不是简单地把防火墙产品添加到网络上去。

防火墙体系结构一般分为包过滤路由器;双宿主机防火墙;屏蔽主机防火墙;屏蔽子网防火墙。下面分别作一介绍。

1. 包过滤路由器防火墙

包过滤路由器防火墙主要工作在 OSI 模型的网络层和传输层,也能够工作在数据链路层和物理层。

包过滤路由器防火墙结构中,一般使用路由器将多个网络连接在一起,路由器根据制定的过滤规则决定数据包的取舍,如图 5-13 所示。

图 5-13　包过滤路由器防火墙结构

一般情况下,包过滤路由器按如下的方式完成包过滤过程。

1）在包过滤设备端口设置包过滤标准,即包过滤规则。

2）当数据包到达包过滤路由器的端口时,包过滤路由器对其报头进行语法分析。

3）包过滤规则以特定方式存储。用于数据包的规则与包过滤防火墙规则存储的顺序相同。

4）如果一条规则阻止数据包传输或接收,此数据包便被禁止。

5）如果一条规则允许数据包传输或接收,该数据包可以被继续处理。

6）如果一个数据包不满足任何一条规则,该数据包被丢掉。

过滤路由器是有效防止非法用户访问网络的办法之一。该技术的优点体现在以下几点。

1）不要求用户机器和主应用程序作出修改,因为过滤操作是在 TCP/IP 层次上,而 TCP 层和 IP 层与应用层问题不相关。这使得这些安全策略不会对用户产生影响。

2）因为过滤操作仅仅是对发送过来的数据包的 IP 源地址、端口号和协议等头部信息进行粗略地检查,所以其工作速度很快。

3）过滤路由器的实现比较简单。只需根据系统的安全策略要求,列出过滤路由器所允许和禁止通过的各种数据包。

4）利用商用过滤路由器本身提供的语法规则,可以根据用户不同的要求将各种不同过滤任务重新设置,经过编译、调试正确后再应用于网络上。

由于过滤路由器工作在网络层,这就决定着它自身有着无法弥补的缺点。

1）包过滤规则说明的复杂性,而且必须根据网络新情况的变化,不断的对其过滤规则进行补充和修改。不仅如此,没有一套标准的测试工具能够测试过滤规则的正确性与完备性、过滤的性能、还有没有其他的漏洞等,这些基本上取决于网络管理员的经验和素质,因而对网络管理人员要求较高。

2）因为类似 UDP 和 RPC 这样的网络服务采用动态分配端口,过滤路由器对这一类服务难以过滤。

3）在许多过滤路由器的实施中没有审核和报警功能,仅仅简单地按照过滤规则对发送来的数据进行取舍。

4）使用包过滤路由器作为防火墙的另一个主要缺点是无法察觉网络上的攻击,因为路由器只有很少甚至没有日志记录或打印能力。过滤路由器往往没有身份验证功能,不能防范如 IP 地址欺骗之类的典型网络攻击手段。

2. 双宿主机防火墙

在如图 5-14 所示的结构中,用一台双宿主主机作防火墙,双宿主主机就是拥有两个网络适配器、能连接到两个不同网络上的主机。例如,一个网络接口连到外部不可信任的网络上,另一个网络接口连接到内部可信任的网络上。这样的双宿主主机又称为堡垒主机。堡垒主机上运行着防火墙软件(通常是代理服务器),可以转发应用程序等。

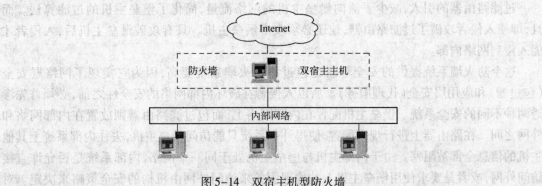

图 5-14　双宿主机型防火墙

这种防火墙的最大特点是IP层的通信是被阻止的,两个网络之间的通信可通过应用层数据共享或应用层代理服务来完成。在双重宿主主机上,运行各种各样的代理服务器,当要访问外部站点时,必须先经过代理服务器的认证,然后才可以通过代理服务器访问因特网。

双重宿主主机是唯一的隔开内部网和外部网之间的屏障,如果入侵者得到了双重宿主主机的访问权,内部网络就会被入侵,所以为了保证内部网的安全,双重宿主主机应具有强大的身份认证系统,才可以阻挡来自外部不可信网络的非法登录。

此外,由于双宿主机是外部用户访问内部网络系统的中间转接点,所以它必须支持很多用户的访问,因此双宿主机的性能非常重要。

3. 屏蔽主机防火墙

屏蔽主机防火墙由包过滤路由器和堡垒主机组成,如图5-15所示。屏蔽主机型防火墙强迫所有的外部主机与一个堡垒主机相连接,而不让它们直接与内部主机相连。

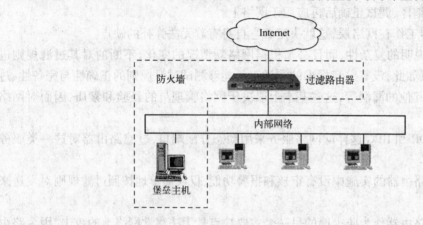

图5-15 屏蔽主机防火墙

屏蔽主机防火墙使用一个过滤路由器,过滤路由器至少有一条路径,分别连接到非信任的网络和堡垒主机上。过滤路由器为堡垒主机提供基本的过滤服务,所有IP数据包,只有经过路由器的过滤后才能到达堡垒主机。

当来自外部网络的数据包通过过滤路由器的过滤过程后,还必须到堡垒主机进行进一步检查。堡垒主机不仅可以使用网络层的策略,而且还可以使用应用层的功能对发来的数据包进行检测,允许或者阻挡外部的数据包流入可信的网络。

过滤路由器的引入,减少了流向堡垒主机的网络流量,简化了堡垒主机的过滤算法。而且,即使入侵者攻破了过滤路由器,他还必须攻击堡垒主机。只有攻破堡垒主机后,入侵者才能入侵到网络内部。

这个防火墙系统提供的安全等级比包过滤防火墙系统要高,因为它实现了网络层安全(包过滤)和应用层安全(代理服务)。所以入侵者在破坏内部网络的安全性之前,必须首先渗透两种不同的安全系统。堡垒主机配置在内部网络上,而包过滤路由器则放置在内部网络和外网之间。在路由器上进行规则配置,使得外部系统只能访问堡垒主机,去往内部系统上其他主机的信息全部被阻塞。由于内部主机与堡垒主机处于同一个网络,内部系统是否允许直接访问外网,或者是要求使用堡垒主机上的代理服务来访问外网由机构的安全策略来决定。对路由器的过滤规则进行配置,使得其只接受来自堡垒主机的内部数据包,就可以强制内部用户使用代理服务。

屏蔽主机防火墙存在一些问题,具体表现在如下几方面。

1)使用单一的过滤路由器,使其可能成为可信网络流量的瓶颈。

2)过滤路由器是否正确配置是这种防火墙安全与否的关键。而且对过滤路由器的路由表必须加以保护,使其免受入侵者的修改。因为,一个入侵者可以通过修改过滤路由器的路由表,使得网络流量不发往堡垒主机,而是直接发往可信网络。

3)如果过滤路由器崩溃,则整个网关随之而崩溃。

4)要禁止 ICMP 重新定向,否则,入侵者可以借助路由器对错误的 ICMP 重新定向消息的回答而攻击网络。

因为在这种体系结构中,堡垒主机有被绕过的可能,堡垒主机与其他内部主机之间没有任何保护网络安全的东西存在,一旦堡垒主机被攻破,内部网将完全暴露,所以下面介绍另一种体系结构——屏蔽子网。

4. 屏蔽子网防火墙

屏蔽子网防火墙使用一个或者更多的过滤路由器和堡垒主机,在内外网间建立一个被隔离的子网——DMZ(Demilitarized Zone)又称非军事区、周边网络或屏蔽子网,如图 5-16 所示。

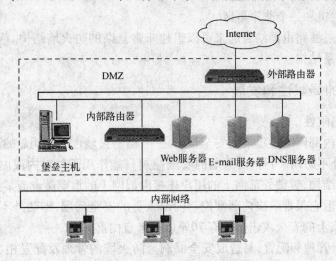

图 5-16　屏蔽子网型防火墙

DMZ 网络是一个与内部网络和外部网络隔离的小型网络,一般将堡垒主机、信息服务器以及其他公用服务器放在 DMZ 网络中。一般情况下对 DMZ 配置成允许外部用户访问 DMZ 中的特定服务器,但阻止对内部网络的直接访问外网和内部网络系统都能够访问 DMZ 网络上数目有限的服务系统,而通过 DMZ 网络直接进行信息传输是严格禁止的。

这种防火墙系统的安全性很好,因为外部网络将要访问内部网络的流量,必须经过这个由过滤路由器和堡垒主机组成的 DMZ 子网络;可信网络内部流向外界的所有流量,也必须首先接收这个子网络的审查。

对于进来的信息,外部路由器用于防范通常的外部攻击(如源地址欺骗和源路由攻击),并管理外网到 DMZ 网络的访问。它只允许外部系统访问堡垒主机(还可能有信息服务器)。内部路由器(又称阻塞路由器)位于内部网和 DMZ 网络之间,内部路由器提供第二层防御,只接受源于堡垒主机的数据包,允许内部系统只访问堡垒主机(还可能有信息服务器)负责管理DMZ到内部网络的访问。

在堡垒主机上,可以运行各种各样的代理服务器,它是一个连接外部非信任网络和可信网络的一个"桥梁"。堡垒主机是最容易受侵袭的,万一堡垒主机被控制,如果采用了屏蔽子网体系结构,入侵者仍然不能直接侵袭内部网络,内部网络仍受到内部过滤路由器的保护。

同其他类型的网络层防火墙相比,屏蔽子网防火墙仍有以下几点不足之处。

1) 屏蔽子网防火墙要比使用单一的堡垒主机防火墙更昂贵。因为,这种防火墙必须为可信网络的每一个子网分配一个路由器端口和堡垒主机。

2) 屏蔽子网防火墙中堡垒主机的配置更加复杂。当可信网络的子网增加时,这种复杂性以几何级数增长。

5. 其他防火墙体系结构

其他的防火墙体系结构是上面所介绍结构的一些变体,但同样也要用到过滤路由器和堡垒主机,其中包括:

1) 一个堡垒主机和一个非军事区。

2) 两个堡垒主机和两个非军事区。

3) 两个堡垒主机和一个非军事区。

将堡垒主机和过滤路由器结合起来可以组建非常复杂的防火墙结构。可以根据需要,选择合适的防火墙体系结构。

5.3.4 防火墙的局限性和发展

1. 防火墙的局限性

防火墙技术是内部网络最重要的安全技术之一,但防火墙也有其明显的局限性。

1) 防火墙防外不防内。目前防火墙的安全控制只能作用于外对内或内对外,即,对外可屏蔽内部网的拓扑结构,封锁外部网上的用户连接内部网上的重要站点或某些端口;对内可屏蔽外部危险站点。但它很难解决内部网控制内部人员的安全问题,即防外不防内。而据权威部门统计表明,网络上的安全攻击事件有70%以上来自内部。

2) 防火墙难于管理和配置,易造成安全漏洞。防火墙的管理及配置相当复杂,要想成功维护防火墙,就要求防火墙管理员对网络安全攻击的手段及其与系统配置的关系有相当深刻地了解。防火墙的安全策略无法进行集中管理,一般来说,由多个系统(路由器、过滤器、代理服务器、网关、堡垒主机)组成的防火墙,管理上有所疏忽是在所难免的。

3) 很难为用户在防火墙内外提供一致的安全策略。许多防火墙对用户的安全控制主要是基于用户所用机器的 IP 地址而不是用户身份,这就很难为同一用户在防火墙内外提供一致的安全控制策略,限制了网络的物理范围。

4) 防火墙只实现了粗粒度的访问控制。防火墙只实现了粗粒度的访问控制,且不能与网络内部使用的其他安全(如访问控制)结合使用。这样,就必须为网络内部的身份验证和访问控制管理维护单独的数据库。

5) 使用防火墙为网络带来安全性的同时削弱了网络的功能。网络在安全方面加强了多少,它就会在功能上失去多少;反之亦然。一些研究结果表明,在大量使用分布式应用的环境下设置防火墙是不切合实际的。因为防火墙所实施的严格的安全策略使得这样的环境无法继续运转。

6）使用防火墙可能会成为网络的瓶颈。因为在防火墙处要进行所有的安全验证，根据安全验证策略的不同，防火墙的处理时间可能会较长。对某些以提供服务为目的的组织，如 ISP（Internet Service Provider），如果采用严格的防火墙安全策略，就会失去用户。

7）使用应用代理防火墙时必须不断地设法获得新出现服务的应用代理。虽然像 FTP、HTTP、Telnet 以及 Gopher 等应用的代理服务程序都已经成熟，但是新类型的服务不断出现。为了使用户更方便地使用因特网，就不得不编写或设法获得新访问的应用代理，而且还得重新配置防火墙。

8）无法防范病毒，抵御基于数据的攻击（Data-Driven Attack）。防火墙不可能限制所有被计算机病毒感染的软件和文件通过，也不可能杀掉通过它的病毒。虽然现在内容安全的技术可以对经过防火墙的数据内容进行过滤，但是对病毒防范是不现实的，因为病毒类型太多，隐藏的方式也很多，比如各种压缩软件等。

9）大量潜在的后门。防火墙不能保护那些不经过防火墙的攻击，实际上在内部网络中存在很多这样的后门，例如不严格的拨号上网、Fax 服务器等。

10）防火墙本身存在漏洞。如著名的 FireWall-1 防火墙软件就已经被发现存在多种漏洞了。攻击者首先利用一些专用扫描器对防火墙进行扫描分析，利用它可能存在的漏洞或配置错误来攻击防火墙和受其保护的主机。

2. 防火墙的发展趋势

针对防火墙的局限性，人们对防火墙的性能、结构和功能等方面进行着不断的改进，要全面展望防火墙技术的发展很困难，但是从产品及功能上却可以看出一些发展趋势。

1）优良的性能。新一代防火墙系统不仅应该能更好地保护防火墙后面内部网络的安全，而且应该具有更为优良的整体性能。数据通过率越高，防火墙性能越好。现在大多数的防火墙产品都支持 NAT 功能，它可以让受防火墙保护一边的 IP 地址不至于暴露，但启用 NAT 后，势必会对防火墙系统性能有所影响，如何尽量减少这种影响也成为了目前防火墙产品的卖点之一。另外防火墙系统中集成的 VPN 解决方案必须是真正的线速运行，否则将成为网络通信的瓶颈。特别是采用复杂的加密算法时，防火墙性能尤为重要。总之，未来的防火墙系统将会把高速的性能和最大限度的安全性有机结合在一起，有效地消除制约传统防火墙的性能瓶颈。

2）可扩展的结构和功能。选择哪种防火墙，除了应考虑它的基本性能外，还应考虑用户的实际需求与未来网络的升级。因此，防火墙除了应具有保护网络安全的基本功能外，还应提供对 VPN 的支持，同时还应该具有可扩展的内驻应用层代理。例如，如果用户需要 X-Window、HTTP 和 Gopher 等服务，防火墙就应该包含相应的代理服务程序。未来的防火墙系统应是一个可随意伸缩的模块化解决方案，从最为基本的包过滤到带加密功能的 VPN 型包过滤，直至一个独立的应用网关，使用户有充分的余地构建自己所需要的防火墙体系。对网络攻击的检测和告警也将成为防火墙的重要功能。

3）简化的安装与管理。若防火墙的配置和管理过于困难，则可能会造成设定上的错误，反而不能达到其功能。未来的防火墙将具有非常易于进行配置的图形用户界面。防火墙将从目前对子网或内部网络管理的方式向远程上网集中管理的方式发展。

4）主动过滤。许多防火墙都包括对过滤产品的支持，并可以与第三方过滤服务连接。过滤深度会不断加强，从目前的地址、服务过滤，发展到 URL（页面）过滤，关键字过滤和对 ActiveX、Java 等的过滤。

5）防病毒与防黑客。防火墙具有内置防病毒与防黑客的功能。

综上所述，未来防火墙技术会全面考虑网络的安全、操作系统的安全、应用程序的安全、用户的安全、数据的安全等五个方面。此外，防火墙产品还将把网络前沿技术，如 Web 页面超高速缓存、虚拟网络和带宽管理等与其自身结合起来。

不过应当认识到，防火墙并不是对一个网络进行安全保护的唯一措施，世界上没有绝对安全的事物，如果防火墙被突破，入侵者会获得网络的控制权，因而还需要对网络攻击的检测等攻击响应技术进行研究。

5.4 入侵检测

5.4.1 入侵检测的概念及发展

入侵（Intrusion）是指任何企图危及资源的完整性、机密性和可用性的活动。不仅包括发起攻击的人（如恶意的黑客）取得超出合法范围的系统控制权，也包括收集漏洞信息，造成拒绝服务等对计算机系统产生危害的行为。入侵检测顾名思义，是指通过对计算机网络或计算机系统中的若干关键点收集信息并对其进行分析，从中发现网络或系统中是否有违反安全策略的行为和被攻击的迹象。入侵检测的软件与硬件的组合便是入侵检测系统（Intrusion Detection System，IDS）。

1980 年，James Anderson 首次提出入侵检测的概念，他采用计算机系统风险和威胁分类的方法，将入侵分为外部渗透、内部渗透和滥用三种。还提出了利用主机审计数据来监视跟踪入侵活动的思想，开创了基于主机的入侵检测研究的先河。

1986 年，为检测用户对数据库异常访问，在 IBM 主机上用 COBOL 开发的 Discovery 系统可说是最早的基于主机的 IDS 雏形之一。

1987 年，Dorothy E Denning 和 Peter Newman 提出了一个实时入侵检测系统模型 IDES（Intrusion Detection Expert System）。该模型由六个部分组成，主体、对象、审计记录、特征描述、异常记录、活动规则。它独立于特定的系统平台、应用环境、系统漏洞以及入侵类型，为实现入侵检测系统提供了一个通用的框架。

1988 年，Teresa Lunt 等人进一步改进了 Denning 提出的入侵检测模型，并开发了第一个IDS 原型系统。该系统包括一个异常检测器和一个专家系统，分别用于统计异常模型的建立和基于规则的特征分析检测。1995 年开发了 IDES 完善后的版本——NIDES（Next-Generation Intrusion Detection System），可以检测多个主机上的入侵。随后开发的原型系统基本上都采用主机日志的审计和分析作为入侵检测的数据源和分析手段，没有突破 Denning 的模型。

1990 年，Heberlein 等提出了一个新的概念，基于网络的入侵检测——NSM（Network Security Monitor）。NSM 与此前的 IDS 系统最大的不同在于它并不检查主机系统的审计记录，它通过在局域网上主动地监视网络信息流量来追踪可疑的行为。从而实现了在不将审计数据转换成统一格式的情况下监控多台主机，开创了基于网络的入侵检测系统的研究，也就有了后来的基于网络的和基于主机的入侵检测系统分类。

1988 年大规模的蠕虫事件发生之后，网络安全才真正引起美国军方、学术界和企业的高度重视,美国军方资助学术界开展了对分布式入侵检测系统(Distribute Intrusion Detection System,DIDS)的研究,提出了将基于主机和基于网络的检测方法集成的思想。

DIDS 将分布式思想引入入侵检测系统,它的检测模型采用了分层结构,由数据、事件、主体、上下文、威胁、安全状态 6 层构成,无论从检测能力和性能上都较以往的单一基于主机或单一基于网络的入侵检测系统有了较大的提高。因此,近年来分布式入侵检测系统逐步成为大规模入侵检测系统研究的热点,产生了一批分布式入侵检测系统原型,如 GrIDS,AAFID 等。

近年来,还有研究者把免疫原理、遗传算法、移动代理等运用在入侵检测中。1998 年 Ross Anderson 和 Abida Khattak 将信息检索技术引进到入侵检测。1998 年开始,W Lee 等人提出和实现了在 CIDF(公共入侵检测框架)基础上实现多级 IDS,它运用数据挖掘的方法对审计数据进行处理,提高了现有检测系统的准确度和可扩展性。最近,Cheung,Steven 等人提出了入侵容忍(Intrusion Tolerance)概念,它引入容错技术,扩充先前 IDS 的功能,在不改变现有网络基础设施的前提下,使系统不仅能够检测到可疑行为,还能进行系统诊断,查知违反安全策略的行为、网络组件的操作错误,并自动阻止攻击行为的扩散,存储操作状态,即把检测仅当作整个控制环节中的一个部分。

5.4.2　入侵检测通用模型及框架

最早的入侵检测模型是由 Denning 给出的,该模型主要根据主机系统审计记录数据,生成有关系统的若干轮廓,并监测轮廓的变化差异,发现系统的入侵行为,如图 5-17 所示。

这几年,入侵检测系统的市场发展很快,但是由于缺乏相应的通用标准,不同系统之间缺乏互操作性和互用性,大大阻碍了入侵检测系统的发展。为了解决不同 IDS 之间的互操作和共存问题,1997 年 3 月,美国国防部高级研究计划局(DARPA)开始着手 CIDF(Common Intrusion Detection Framework,通用入侵检测框架)标准的制定,试图提供一个允许入侵

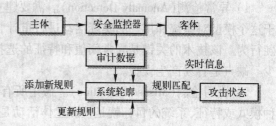

图 5-17　IDES 入侵检测模型

检测、分析和响应系统和部件共享分布式协作攻击信息的基础结构。加洲大学 Davis 分校的安全实验室完成了 CIDF 标准,IETF(Internet Engineering Task Force,Internet 工程任务组)成立了 IDWG(Intrusion Detection Working Group,入侵检测任务组)负责建立 IDEF(Intrusion Detection System Exchange Format,入侵检测数据交换格式)标准,并提供支持该标准的工具,以便更高效率地开发 IDS 系统。

该框架的目的主要是:

1)IDS 构件共享,即一个 IDS 的构件可以被另一个 IDS 构件所使用。

2)数据共享,即通过提供标准的数据格式,使得 IDS 中的各类数据可以在不同系统之间传递并共享。

3)完善互用性标准并建立一套开发接口和支持工具,以提供独立开发部分构件的能力。

CIDF 阐述的是一个入侵检测系统的通用模型。按功能,它把一个入侵检测系统分为以下组件(如图 5-18 所示)。

1)事件产生器(Event Generators):从整个计算环境中获得事件,并向系统的其他部分提

供此事件。

2）事件分析器（Event Analyzers）：分析得到的数据，并产生分析结果。

3）响应单元（Response Units）：对分析结果作出反应的功能单元，它可以作出切断连接、改变文件属性等强烈反应，也可以只是简单的报警。

4）事件数据库（Event Databases）：是存放各种中间和最终数据的地方的统称，它可以是复杂的数据库，也可以是简单的文本文件。

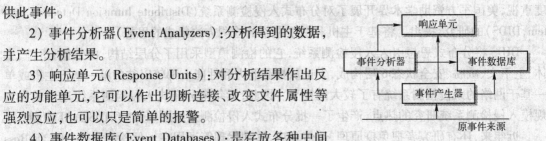

图 5-18　CIDF 各组件之间的关系图

CIDF 将 IDS 需要分析的数据统称为事件，事件可以是网络中的数据包，也可以是从系统日志等其他途径得到的信息。在这个模型中，前三者以程序的形式出现，而最后一个则往往是文件或数据流的形式。以上四类组件以 GIDOs（Generalized Intrusion Detection Objects，通用入侵检测对象）的形式交换数据，而 GIDOs 通过一种用 CISL（Common Intrusion Specification Language，通用入侵规范语言）定义的标准通用格式来表示。

5.4.3　入侵检测系统分类

入侵检测系统可以从不同的角度进行分类，主要有以下几种分类方法。

1. 根据其采用的分析方法可分为异常检测和误用检测

1）异常检测（Anomaly Detection）。需要建立目标系统及其用户的正常活动模型，然后基于这个模型对系统和用户的实际活动进行审计，当主体活动违反其统计规律时，则将其视为可疑行为。该技术的关键是异常阈值和特征的选择。其优点是可以发现新型的入侵行为，漏报少。缺点是容易产生误报。

2）误用检测（Misuse Detection）。假定所有入侵行为和手段（及其变种）都能够表达为一种模式或特征，系统的目标就是检测主体活动是否符合这些模式。误用检测的优点是可以有针对性地建立高效的入侵检测系统，其精确性较高，误报少。主要缺陷是只能发现攻击库中已知的攻击，不能检测未知的入侵，也不能检测已知入侵的变种，因此可能发生漏报。且其复杂性将随着攻击数量的增加而增加。

2. 根据系统所检测的对象可分为基于主机的和基于网络的

1）基于主机的 IDS（HIDS）。通过监视和分析主机的审计记录检测入侵。典型的系统主要有 Computer Watch、Discovery、Haystack、IDES、ISOA、MIDAS 以及 LosAlamos 国家实验室开发的异常检测系统 W&S。

这类系统的优点是可精确判断入侵事件，并及时进行反应。缺点是会占用宝贵的主机资源。另外，能否及时采集到审计也是这种系统的弱点之一，因为入侵者会将主机审计子系统作为攻击目标以避开 IDS。

2）基于网络的 IDS（NIDS）。通过在共享网段上对通信数据进行侦听，分析可疑现象。典型的系统有 LosAlamos 国家实验室的网络异常检测和入侵检测报告 NADIR（一个自动专家系统）；加利福尼亚大学的 NSM 系统（它通过广播 LAN 上的信息流量来检测入侵行为）；分布式入侵检测系统 DIDS 等。

这类系统的优点是检测速度快、隐蔽性好，不那么容易遭受攻击，它对主机资源消耗少，并且由于网络协议是标准的,可以对网络提供通用的保护而无需顾及异构主机的不同架构。但它只能监视经过本网段的活动,且精确度较差,在交换网络环境下难于配置,防欺骗能力也较差。

以上2种入侵检测系统都具有自己的优点和不足,可互相作为补充。一个完备的 IDS 一定是基于主机和基于网络两种方式兼备的分布式系统,但现在还没有一种完美的 IDS 系统模型可以照搬。事实上,现在的商用产品也很少是基于一种入侵检测模型,使用一种技术实现的,一般都是理论模型与技术条件的折衷方案。不同的体系结构、不同的技术途径实现的入侵检测系统都有不同的优缺点,都只能最适用于某种特定的环境。

3. 根据系统的工作方式可分为离线检测和在线检测

1)离线检测。在事后分析审计事件,从中检查入侵活动,是一种非实时工作的系统。

2)在线检测。实时联机的检测系统,它包含对实时网络数据包分析,对实时主机审计分析。

另外,根据系统的对抗措施还可分为主动系统和被动系统;根据系统检测频率可分为实时连续入侵检测系统和周期性入侵检测系统。值得注意的是,以上这几种方法并不相交,一个系统可以属于某几类。当然,系统攻击和入侵检测是矛与盾的关系,各种不同机制的入侵检测系统之间并没有绝对的优劣之分。在当前,由于对计算机系统各部分存在漏洞的情况、人类的攻击行为、漏洞与攻击行为之间的关系都没有(也不可能)用数学语言明确的描述,无法建立可靠的数学描述模型,因而无法通过数学和其他逻辑方法从理论上证明某一个入侵检测模型的有效性,而只能对于一个已经建立起来的原型系统进行攻防比较测试,通过实验的方法在实践中检验系统的有效性。

5.4.4 入侵检测技术

1. 一个简单的基于统计的异常检测模型

为了便于读者理解入侵检测技术,本节介绍一个简单的基于统计的异常检测模型。

1)工作流程。如图 5-19 所示,根据计算机审计记录文件产生代表用户会话行为的会话矢量,然后对这些会话矢量进行分析,计算出会话的异常值,当该值超过阈值便产生警告。

步骤1:产生会话矢量。根据审计文件中的用户会话(如用户会话包括 login 和 logout 之间的所有行为),产生会话矢量。会话矢量 $X = <x_1, x_2, \cdots, x_n>$ 表示描述单一会话用户行为的各种属性的数量。会话开始于 login,终止于 logout,login 和 logout 次数也作为会话矢量的一部分。可监视 20 多种属性,如工作的时间、创建文件数、阅读文件数、打印页数和 I/O 失败次数等。

步骤2:产生伯努里矢量。伯努里矢量 $B = <b_1, b_2, \cdots, b_n>$ 是单一 2 值矢量,表示属性的数目是否在正常用户的阈值范围之外。阈值矢量 $T = <t_1, t_2, \cdots, t_n>$ 表示每个属性的范围,其中 t_i 是 $<t_{i,min}, t_{i,max}>$ 形式的元组,代表第 i 个属性的范围。这样阈值矢量实际上构成了一张测量表。算法假设 t_i 服从高斯分布(即正态分布)。

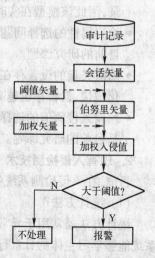

图 5-19　异常检测简单模型

产生伯努里矢量的方法就是用属性 i 的数值 x_i 与测量表中相应的阈值范围比较,当超出范围时,b_i 被置 1,否则 b_i 置 0。产生伯努里矢量的函数可描述为:

$$b_i = \begin{cases} 0 & t_{i,min} \leqslant x_i \leqslant t_{i,max} \\ 1 & \text{其他} \end{cases}$$

步骤 3:产生加权入侵值。加权入侵矢量 $W = <w_1, w_2, \cdots, w_n>$ 中每个 w_i 与检测入侵类型的第 i 个属性的重要性相关。即,w_i 对应第 i 个属性超过阈值 t_i 的情况在整个入侵判定中的重要程度。加权入侵值由下式给出:

$$\text{加权入侵值 score} = \sum_{i=1}^{n} b_i * w_i$$

步骤 4:若加权入侵值大于预设的阈值,则给出报警。

2) 模型应用实例。利用该模型设计一个防止网站被黑客攻击的预警系统。考虑到一个黑客应该攻击他自己比较感兴趣的网站,因此可以在黑客最易发起攻击的时间段去统计各网页被访问的频率,当某一网页突然间被同一主机访问的频率剧增,那么可以判定该主机对某一网页发生了超乎寻常的兴趣,这时可以给管理员一个警报,以使其提高警惕。

借助该模型,可以根据某一时间段的 Web 日志信息产生会话矢量,该矢量描述在特定时间段同一请求主机访问各网页的频率,x_i 说明第 i 个网页被访问的频率;接着根据阈值矢量产生伯努里矢量,此处的阈值矢量定为各网页被访问的正常频率范围;然后计算加权入侵值,加权矢量中的 w_i 与网页需受保护程度相关,即若 $w_i > w_j$,表明网页 i 比网页 j 更需要保护;最后若加权入侵值大于预设的阈值,则给出报警,提醒管理员,网页可能会被破坏。

3) 模型分析。该简单模型具有一般性,来自不同操作系统的审计记录只需转换格式,就可用此模型进行分析处理。

然而,该模型还有很多缺陷和问题,具体如下:

- 大量审计日志的实时处理问题。尽管审计日志能提供大量信息,但它们可能遭受数据崩溃、修改和删除。并且在许多情况下,只有在发生入侵行为后才产生相应的审计记录,因此该模型在实时监控性能方面较差。
- 检测属性的选择问题。如何选择与入侵判定相关度高的、有限的一些检测属性仍然是目前的研究课题。
- 阈值矢量的设置存在缺陷。由于模型依赖于用户正常行为的规范性,因此用户行为变化越快,误警率也越高。
- 预设入侵阈值的选择问题。如何更加科学地设置入侵阈值,以降低误报率、漏报率仍然是目前的研究课题。

2. 现有入侵检测技术

目前,在入侵检测系统中有多种检测入侵的方法和技术,常见的主要有以下几种。

(1) 统计方法

统计方法通常用于异常检测。统计方法是一种较成熟的入侵检测方法,它使得入侵检测系统能够学习主体的日常行为,将那些与正常活动之间存在较大统计偏差的活动标识为异常活动。

在统计方法中,需要解决以下 4 个问题。

1) 选取有效的统计数据测量点,生成能够反映主体特征的会话向量。

2）根据主体活动产生的审计记录，不断更新当前主体活动的会话向量。

3）采用统计方法分析数据，判断当前活动是否符合主体的历史行为特征。

4）随着时间变化，学习主体的行为特征，更新历史记录。

（2）模式预测

模式预测也是一种用于异常检测的方法，它基于如下假设，审计事件的序列不是随机的，而是符合可识别的模式的。与纯粹的统计方法相比，它增加了对事件顺序与相互关系的分析，从而能检测出统计方法所不能检测的异常事件。这一方法首先根据已有的事件集合按时间顺序归纳出一系列规则，在归纳过程中，随着新事件的加入，它可以不断改变规则集合，最终得到的规则能够准确地预测下一步要发生的事件。

（3）专家系统

用专家系统对入侵进行检测，经常是针对有特征的入侵行为。所谓的规则，即是知识，专家系统的建立依赖于知识库的完备性，知识库的完备性又取决于审计记录的完备性与实时性。

（4）键盘监控

键盘监控是一种简单的入侵检测方法，它通过对用户击键序列的模式分析检测入侵行为，它可用于主机入侵检测。这一方法的缺点非常明显，首先，批处理或 Shell 程序可以不通过击键而直接调用攻击命令序列；其次，操作系统通常不提供统一的击键检测接口，需通过额外的钩子函数（Hook）来监测击键。

（5）基于模型的入侵检测技术

入侵者在攻击一个系统时往往采用一定的行为序列，如猜测口令的行为序列，这种行为序列构成了具有一定行为特征的模型，根据这种模型所代表的攻击意图的行为特征，可以实时地检测出恶意的攻击企图。与专家系统通常放弃处理那些不确定的中间结论的缺点相比，这一方法的优点在于它基于完善的不确定性推理数学理论。基于模型的入侵检测方法可以仅监测一些主要的审计事件，当这些事件发生后，再开始记录详细的审计，从而减少审计事件处理负荷。

（6）状态转移分析

状态转移分析方法以状态图表示攻击特征，不同状态刻画了系统某一时刻的特征。初始状态对应于入侵开始前的系统状态，危害状态对应于已成功入侵时刻的系统状态。初始状态与危害状态之间的迁移可能有一个或多个中间状态。攻击者执行一系列操作，使状态发生迁移，可能使系统从初始状态迁移到危害状态。因此，通过检查系统的状态就能够发现系统中的入侵行为。

（7）模式匹配

基于模式匹配的入侵检测方法将已知的入侵特征编码成与审计记录相符合的模式。当新的审计事件产生时，这一方法将寻找与它相匹配的已知入侵模式。

（8）其他新技术

这几年随着网络及其安全技术的飞速发展，一些新的入侵检测技术相继出现，主要包括：

1）数据挖掘。计算机连网导致大量审计记录，而且审计记录大多数以文件形式存放（如 UNIX 系统中的 Sulog）。因此，单纯依靠人工方法发现记录中的异常现象是困难的，难以发现审计记录之间的相互关系。W. Lee 和 Stolfo 将数据挖掘技术引入入侵检测领域，从审计数据或数据流中提取感兴趣的知识。这些知识是隐含的、事先未知的潜在有用信息。提取的知识表示为概念、规则、规律、模式等形式,并用这些知识检测异常入侵和已知的入侵。基于数据挖掘的异常检测方法,目前已有 KDD 算法可以应用。数据挖掘的优点在于处理大量数据的能力与进行数据关联分析的能力。因此,基于数据挖掘的检测算法将会在入侵预警方面发挥优势。但是,对于实时入侵检测,这种方法还需要加以改进,需要开发出有效的数据挖掘算法和相应的体系。

2)软计算方法。软计算方法包含了神经网络、遗传算法与模糊技术。运用神经网络进行入侵检测有助于解决具有非线性特征的攻击活动。而用于入侵检测的神经网络运用模糊技术确定神经网络的权重,加快神经网络的训练时间,提高神经网络的容错和外拓能力。神经网络方法的运用是提高检测系统的准确性和效率的重要手段。近年来,人们还将遗传算法、遗传编程及免疫原理运用到入侵检测中。

3)移动代理。移动代理的特性,如动态迁移性、智能性、平台无关性,分布的灵活性、低网络数据流量和多代理合作等特性,特别适合做大规模信息收集和动态处理。在 IDS 的信息采集和处理中采用移动代理,既能充分发挥移动代理的特长,又能大大提高入侵检测系统的性能和整体功能。近年已有这方面的研究,如 AAFID (Autonomous Agents for Intrusion Detection,自治代理入侵检测)。

4)计算机免疫学。这是一个较新的领域,最初由 Forrest 等人提出。系统模仿生物有机体的免疫系统工作机制,使受保护的系统能够将"非自我"(Non-Self)的攻击行为与"自我"(Self)的合法行为区分开来。该方法综合了异常检测和误用检测两种方法,其关键技术在于构造系统"自我"标志以及标志演变。

5)协议分析加命令解析技术。这是一种新的入侵检测技术。它结合高速数据包捕捉、协议分析和命令解析来进行入侵检测,其特征主要有协议分析大大缩减了计算量;命令解析器具有读取攻击串及其所有可能的变形,并挖掘其本质含义的能力。可有效检测到分片攻击并进行协议校验。最大限度地减小了虚警。该技术的优势表现在提高了性能和准确性;是一种基于状态的分析;反规避能力强;降低了系统资源开销。

上述攻击检测方法和技术单独使用并不能保证准确地检测出变化无穷的入侵行为。在网络安全防护中应该充分权衡各种方法的利弊,综合运用这些方法,这样才能更为有效地检测出入侵者的非法行为。目前,已有的 IDS 产品还主要以模式发现技术为主,并结合异常发现技术。

5.4.5 入侵检测体系结构

纵观入侵检测技术的发展历史,其体系结构主要有以下几种形式。

1. 集中式结构

入侵检测系统发展的初期,IDS 大都采用单一的体系结构,即所有的工作包括数据的采集、分析都是由单一主机上的单一程序来完成。

目前,一些所谓的分布式入侵检测系统只是在数据采集上实现了分布式,数据的分析、入侵的发现和识别还是由单一程序来完成。

这种技术的优点是:数据的集中处理可以更加准确地分析可能的入侵行为。

缺点主要在于:

1)可扩展性差。在单一主机上处理所有的信息限制了受监视网络的规模;分布式的数据收集常会引起网络数据过载问题。

2）难于重新配置和添加新功能。要使新的设置和功能生效,IDS 通常要重新启动。

3）中央分析器是个单一失效点。数据的集中处理使检测主机成了网络安全的瓶颈,若它出现故障或受到攻击,则整个网络的安全将无从保障。此外,这种方式的数据采集对于大型网络很难实现。

2. 分布式结构

随着入侵检测产品日益在规模庞大的企业中应用,分布式技术也开始融入到入侵检测产品中来。这种分布式结构采用多个代理在网络各部分分别进行入侵检测,并且协同处理可能的入侵行为。

其优点是:能够较好地实现数据的监听,可以检测内部和外部的的入侵行为。

但是这种技术不能完全解决集中式入侵检测的缺点。因为当前的网络普遍是分层的结构,而纯分布式的入侵检测要求代理分布在同一个层次,若代理所处的层次太低,则无法检测针对网络上层的入侵,若代理所处的层次太高,则无法检测针对网络下层的入侵。同时由于每个代理都没有对网络数据的整体认识,所以无法准确地判断跨一定时间和空间的攻击,容易受到 IP 分段等针对 IDS 的攻击。

3. 分层结构

由于单个主机资源的限制和攻击信息的分布,针对高层次攻击(如协同攻击)上,需要多个检测单元进行协同处理,而检测单元通常是智能代理 Agent。因此近来入侵检测的体系结构开始考虑采用分层的结构来检测越来越复杂的入侵,如图 5-20 所示。

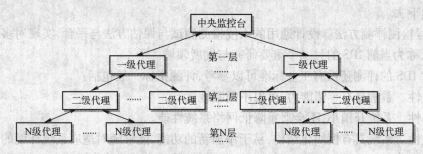

图 5-20　IDS 的分层结构

在树形分层体系中,最底层的代理负责收集所有的基本信息,然后对这些信息进行简单的处理,并完成简单的判断和处理。特点是所处理的数据量大、速度快、效率高,但它只能检测某些简单的攻击。中间层代理起承上启下的作用;一方面可以接受并处理下层节点处理后的数据;一方面可以进行较高层次的关联分析、判断和结果输出,并向高层节点进行报告。

中间节点的加入减轻了中央控制的负担,增强了系统的伸缩性。最高层节点主要负责在整体上对各级节点进行管理和协调,此外,它还可根据环境的要求动态调整节点层次关系,实现系统的动态配置。

5.4.6　入侵检测技术和产品的发展趋势

随着网络技术的飞速发展,入侵技术也在日新月异地发展。交换技术的发展以及通过加密信道的数据通信使通过共享网段侦听的网络数据采集方法显得不足,而巨大的通信量对数据分析也提出了新的要求。总的来看,入侵检测技术的发展方向主要有以下几个。

1）体系架构演变。传统的 IDS 局限于单一的主机或网络架构,对异构系统及大规模的网络检测明显不足,并且不同的 IDS 系统之间不能协同工作。因此,有必要发展分布式通用入侵检测架构。除此之外,现代网络技术的发展带来的新问题是,IDS 需要进行海量计算,因而高性能检测算法及新的入侵检测体系也成为研究热点,高性能并行计算技术将用于入侵检测领域。

2）标准化。标准化有利于不同类型 IDS 之间的数据融合及 IDS 与其他安全产品之间的互动。IETF(Internet Engineering Task Force)的入侵检测工作组(IDWG)已制定了入侵检测消息交换格式(IDMEF)、入侵检测交换协议(IDXP)、入侵报警(IAP)等标准,以适应入侵检测系统之间安全数据交换的需要。目前,这些标准协议得到 SILICON DEFENSE、DEFCOM、UCSB 等不同组织的支持,而且按照标准的规定进行实现。开放源代码的网络入侵检测系统 Snort 也已经支持 IDMEF 的插件。因此,具有标准化接口的功能将是下一代 IDS 的发展方向。

3）应用层入侵检测。许多入侵检测的语义只有在应用层才能理解,而目前的 IDS 仅能检测如 Web 之类的通用协议,而不能处理如 Lotus Notes、数据库系统等其他应用系统。

4）智能入侵检测。入侵方法越来越多样化与综合化,尽管已经有智能体、神经网络与遗传算法在入侵检测领域应用研究,但这只是一些尝试性的研究工作,仍需对智能化的 IDS 加以进一步的研究以解决其自学习与自适应能力。

5）入侵检测系统的自身保护。一旦入侵检测系统被入侵者控制,整个系统的安全防线将面临崩溃的危险。因此如何防止入侵者对入侵检测系统功能的削弱乃至破坏的研究将在很长时间内持续下去。

6）入侵检测评测方法。设计通用的入侵检测测试与评估方法与平台,实现对多种 IDS 系统的检测已称为当前 IDS 的另一个重要研究与发展领域。

目前对 IDS 的评测还没有工业标准可以参考,评测指标一般包括:

- 可靠性。系统具有容错能力,可以不间断地运行。
- 可用性。系统开销小,不会严重降低网络系统性能。
- 适应性。系统具有模块化结构,易于添加新的功能,能够随时适应系统环境的改变。
- 实时性。系统能够实时地发现入侵企图、报警并采取相应响应措施。
- 准确性。系统具有较低的误报率和漏报率。
- 抗攻击性。近几年来,攻击者不仅攻击网络服务的主机系统,而且采取各种手段逃避 IDS 的检测,攻击网络入侵检测系统。IDS 应能够很好地保护自身的安全。

未来,网络入侵检测系统的攻击技术与评估方法研究是一个热点。

7）安全技术综合集成。IDS 尽管能够识别并记录攻击,但不能及时阻止攻击,而且 IDS 的误报警造成与之联动的防火墙无从下手。要解决当前的实际网络安全需求,入侵检测系统将与弱点检查系统、防火墙系统、应急响应系统等逐渐融合,形成一个综合的信息安全保障系统。例如,Securedecisions 公司研究开发了一个安全决策系统产品,集成 IDS、扫描器、防火墙等功能,并将报警数据进行可视化处理。

8）面向 IPv6 的入侵检测。目前绝大多数入侵检测系统是面向 IPv4 的。IPv6 是针对 IPv4 地址空间有限和安全性不够而提出的。随着 IPv6 应用范围的扩展,入侵检测系统支持 IPv6 将是一大发展趋势,如 Snort 2.0 就增加了对 IPv6 协议的分析。

IPv6 扩展了地址空间,协议本身提供加密和认证功能,因此,面向 IPv6 的入侵检测系统主要解决如下问题。

- 大规模网络环境下的入侵检测。由于 IPv6 支持超大规模的网络环境,面向 IPv6 的入侵检测系统要解决大数据量的问题,需要融合分布式体系结构和高性能计算技术。
- 认证和加密情况下的网络监听。IPv6 协议本身支持加密和认证的特点,极大地增加了面向 IPv6 的入侵检测系统监听网络数据包内容的难度,极端情况下,甚至需要首先获得通信双方的会话密钥。

面向 IPv6 的入侵检测技术是未来几年该领域研究的主流。

9)产品的发展。Snort 是一个开放源代码的免费软件,可以作为一个轻量级的网络 IDS,在其网站(http://www.snort.org)提供了最新的版本。此外,国外比较流行的 IDS 产品有美国 Cisco 公司的 Net Ranger、ISS 公司的 Real Secure 等。目前,国内出现的产品还比较少,但从事该产品研发销售的企业发展迅速。如冠群金辰软件公司的 eTrust,中科网威信息技术有限公司的"天眼"和"火眼",上海金诺公司的 KIDS,方正数码的 SHARKS 等。目前 IDS 产品主要在体系结构、检测性能等前述的几个发展方向进行研发。

5.4.7 入侵防御系统

虽然传统的安全防御技术在某种程度上对防止系统非法入侵起到了一定的作用,但这些安全措施自身存在许多缺点,尤其是对网络环境下日新月异的攻击手段缺乏主动防御能力。所谓主动防御能力是指系统不仅要具有入侵检测系统的入侵发现能力和防火墙的静态防御能力,还要有针对当前入侵行为动态调整系统安全策略,阻止入侵和对入侵攻击源进行主动追踪和发现的能力。单独的防火墙和 IDS 等技术不能对网络入侵行为实现快速、积极的主动防御。针对这一问题,人们不断进行新的探索,于是入侵防御系统 IPS 作为 IDS 的替代技术诞生了。

1. IPS 的概念

2002 年下半年国际上一些网络信息安全研究组织提出了 IPS(Intrusion Prevention System)的概念。指出网络安全产品之间应该能够互相协作、联动,即基于协同式的入侵防范与安全保护。协同的目的就是通过 IDS 和其它安全系统之间的协作,共同来建立和维护一个安全的网络环境。

IPS 是一种主动的、智能的入侵检测、防范、阻止系统,其设计旨在预先对入侵活动和攻击性网络流量进行拦截,避免其造成任何损失,而不是简单地在恶意流量传送时或传送后才发出警报。它部署在网络的进出口处,当它检测到攻击企图后,它会自动地将攻击包丢掉或采取措施将攻击源阻断。

IPS 系统根据部署方式可分为三类,基于主机的入侵防护(Host IPS,HIPS)、基于网络的入侵防护(Network IPS,NIPS)、应用入侵防护(Application Intrusion Prevention,AIP)。HIPS 通过在主机/服务器上安装软件代理程序,防止网络攻击操作系统以及应用程序;NIPS 通过检测流经的网络流量,提供对网络系统的安全保护,由于它采用在线连接方式,所以一旦辨识出入侵行为,NIPS 就可以去除整个网络会话,而不仅仅是复位会话;AIP 是 NIPS 的一个特例,它把基于主机的入侵防护扩展成为位于应用服务器之前的网络设备,AIP 被设计成一种高性能的设备,配置在应用数据的网络链路上。

IPS 技术有如下 4 大特征。

1）只有以嵌入模式运行的 IPS 设备才能够实现实时的安全防护，实时阻拦所有可疑的数据包。

2）IPS 必须具有深入分析能力，以确定哪些恶意流量已经被拦截，根据攻击类型、策略等来确定哪些流量应该被拦截。

3）高质量的入侵特征库是 IPS 高效运行的必要条件。

4）IPS 必须具有高效处理数据包的能力，将对整个网络性能的影响保持在最低水平。

2. 工作原理

一个完整的入侵防御系统一般由如下 4 部分组成。

1）事件分析单元。采用相关的分析检测技术，对经过的信息进行分析，提取信息中所包含的事件特征。包括协议分析、规则匹配分析、入侵特征库升级、身份鉴别。

2）响应单元。根据定义的策略对事件分析单元发送的消息进行响应。可有 3 种响应手段记录、报警和阻断。

3）审计单元。在违反安全策略的事件发生时，对事件发生的时间、主体和客体等信息进行记录和审计。包括生成审计事件、审计纪录的创建、储存和删除、审计记录查询、审计记录的保存、数据库支持、审计记录存储。

4）管理控制单元。负责入侵防御系统定制策略、审阅日志、系统状态管理，并以可视图形化形式提交授权用户进行管理。包括管理功能、远程管理、管理信息加密、鉴别和认证。

IPS 与 IDS 在检测方面的原理相同，它首先由信息采集模块实施信息收集，内容包括系统、网络、数据及用户活动的状态和行为，入侵检测利用的信息一般来自系统和网络日志文件、目录和文件中的不期望的改变、程序执行中的不期望行为、以及物理形式的入侵信息 4 个方面；然后利用模式匹配、协议分析、统计分析和完整性分析等技术手段，由信号分析模块对收集到的有关系统、网络、数据及用户活动的状态和行为等信息进行分析；最后由反应模块对采集、分析后的结果做出相应的反应。

真正的 IPS 与传统的 IDS 有两点关键区别，自动阻截和在线运行，两者缺一不可。防护工具必须设置相关策略，以对攻击自动做出响应，而不仅仅是在恶意通信进入时向网络主管发出告警。要实现自动响应，系统就必须在线运行。当黑客试图与目标服务器建立会话时，所有数据都会经过 IPS 传感器，传感器位于活动数据路径中。传感器检测数据流中的恶意代码，核对策略，在未转发到服务器之前将信息包或数据流阻截。由于是在线操作，因而能保证处理方法适当而且可预知。

3. 关键技术

1）主动防御技术。通过对关键主机和服务的数据进行全面的强制性防护，对其操作系统进行加固，并对用户权力进行适当限制，以达到保护驻留在主机和服务器上的数据的效果。这种防范方式不仅能够主动识别已知攻击方法，对于不合适的访问予以拒绝，而且能够成功防范未知的攻击方式。例如，若一个入侵者利用一个新的漏洞获取了操作系统超级用户的口令，下一步他希望采用这个账户和密码对服务器上的数据进行删除和篡改。这时，如果利用主动防范的方式首先限制了超级用户的权限，而且又通过访问地点、时间以及访问采用的应用程序等几方面的因素予以了限制，入侵者的攻击企图就很难得逞。同时，系统会将访问企图记录下来。

2）防火墙和 IPS 联动技术。一是通过开放接口实现联动。即防火墙或 IPS 产品开放一个接口供对方调用，按照一定的协议进行通信，传输警报。该方式比较灵活，防火墙可以行使它第一层防御功能——访问控制；IPS 系统可以行使它第二层防御功能——检测入侵，丢弃恶意通信，确保该通信不能到达目的地，并通知防火墙进行阻断。而且，该方式不影响防火墙和 IPS 产品的性能，对于两个产品的自身发展比较好。但是，由于是两个系统的配合，所以要重点考虑防火墙和 IPS 产品互动的安全性。二是紧密集成实现互动。即把 IPS 技术与防火墙技术集成到同一个硬件平台上，在统一的操作系统管理下有序地运行。该方式实际上是把两种产品集成起来，所有通过该硬件平台的数据不仅要接受防火墙规则的验证，还要被检测判断是否有攻击，以达到真正的实时阻断。

3）集成多种检测方法。IPS 存在的最大隐患是有可能引发误操作，阻塞合法的网络事件，造成数据丢失。为避免发生这种情况，IPS 可以采用多种检测方法，最大限度地正确判断已知和未知攻击。包括提供规则匹配，异常检测功能，增加状态信号、协议和通信异常分析功能，以及后门和二进制代码检测。为解决主动性误操作，采用通信关联分析的方法，让 IPS 全方位识别网络环境，减少错误告警。通过将琐碎的防火墙日志记录、IDS 数据、应用日志记录以及系统弱点评估状况收集到一起，合理推断出将发生哪些情况，并做出合适响应。

4）硬件加速系统。IPS 必须具有高效处理数据包的能力，才能实现千兆级网络流量的深度数据包检测和阻断功能。因此 IPS 必须基于特定的硬件平台，必须采用专用硬件加速系统来提高 IPS 的运行效率。该特定硬件平台通常可分为 3 类，一是网络处理器（网络芯片）；二是专用的 FPGA 编程芯片；三是专用的 ASIC 芯片。

4. 面临的问题及发展前景

IPS 技术要面对诸多挑战，其中主要有以下 3 点。

1）单点故障。设计要求 IPS 必须以嵌入模式工作，这就可能造成瓶颈问题或单点故障。如果 IDS 出现故障，最坏的情况也就是造成某些攻击无法被检测到，而嵌入式的 IPS 设备出现问题，就会严重影响网络的正常运转。如果 IPS 出现故障而关闭，用户就会面对一个由 IPS 造成的拒绝服务问题，所有客户都将无法访问企业网络提供的应用。

2）性能瓶颈。即使 IPS 设备不出现故障，它仍然是一个潜在的网络瓶颈，不仅会增加滞后时间，而且会降低网络的效率，IPS 必须与数千兆或者更大容量的网络流量保持同步，尤其是当加载了数量庞大的检测特征库时，设计不够完善的 IPS 嵌入设备无法支持这种响应速度。绝大多数高端 IPS 产品供应商都通过使用自定义硬件 FPGA、网络处理器和 ASIC 芯片来提高 IPS 的运行效率。

3）误报和漏报。误报率和漏报率也需要重视。在繁忙的网络当中，每天需要处理百万条警报。一旦生成了警报，最基本的要求就是 IPS 能够对警报进行有效处理。如果入侵规则编写不当，导致合法流量也有可能被意外拦截。

由于网络攻击技术的不确定性，靠单一的产品往往不能够满足不同用户的不同安全需求。信息安全产品的发展趋势是不断地走向融合，走向集中管理。IPS 具有检测入侵和对入侵做出反应两项功能，可以说是将防火墙、IDS 系统、防病毒和脆弱性评估等技术的优点与自动阻止攻击的功能融为一体。

采用入侵协同技术，让入侵防御体系更加有效地应对重大网络安全事件，实现多种安全产品的统一管理和协同操作、分析，从而实现对入侵行为进行全面、深层次的有效管理，降低安全风险和管理成本,成为入侵防护产品发展的一个主要方向。

5.5　网络隔离

尽管人们正在广泛地采用防火墙、入侵检测等安全技术,但是由于这些技术基本都是属于某种逻辑机制,仍然存在安全漏洞和安全威胁,因而无法满足某些特殊组织,如军队、政府、金融以及企业提出的高度信息安全的要求。由此产生了网络隔离技术。我国2000年1月1日起实施的《计算机信息系统国际联网保密管理规定》第二章第六条规定,"涉及国家秘密的计算机信息系统,不得直接或间接地与国际互联网或其他公共信息网络相连接,必须实行物理隔离"。

网络隔离,是指两个或两个以上的计算机或网络,不相连、不相通、相互断开。不需要信息交换的网络隔离很容易实现,只需要完全断开,既不通信也不联网就可以了。但需要交换信息的网络隔离技术却不容易,甚至很复杂。本节讨论的是在需要信息交换的情况下实现的网络隔离。

5.5.1　网络隔离的概念

网络隔离,英文名为 Network Isolation,主要是指把两个或两个以上可路由的网络通过不可路由的协议(如 IPX/SPX、NetBEUI 等)进行数据交换而达到隔离目的。由于其原理主要是采用了不同的协议,所以通常也叫协议隔离(Protocol Isolation)。1997年,信息安全专家 Mark Joseph Edwards 在他编写的"Understanding Network Security"一书中,对协议隔离进行了归类。在书中他明确地指出了协议隔离和防火墙不属于同类产品。

隔离概念是在为了保护高安全度网络环境的情况下产生的;隔离产品的大量出现,也是经历了五代隔离技术不断的实践和理论相结合后得来的。

第一代隔离技术——完全的隔离。此方法使得网络处于信息孤岛状态,做到了完全的物理隔离,需要至少两套网络和系统,更重要的是信息交流的不便和成本的提高,这样给维护和使用带来了极大的不便。

第二代隔离技术——硬件卡隔离。在客户端增加一块硬件卡,客户端硬盘或其他存储设备首先连接到该卡,然后再转接到主板上,通过该卡能控制客户端硬盘或其他存储设备。而在选择不同的硬盘时,同时选择了该卡上不同的网络接口,连接到不同的网络。但是,这种隔离产品有的仍然需要网络布线为双网线结构,产品存在着较大的安全隐患。

第三代隔离技术——数据转播隔离。利用转播系统分时复制文件的途径来实现隔离,切换时间非常之久,甚至需要手工完成,不仅明显地减缓了访问速度,更不支持常见的网络应用,失去了网络存在的意义。

第四代隔离技术——空气开关隔离。它是通过使用单刀双掷开关,使得内外部网络分时访问临时缓存器来完成数据交换的,但在安全和性能上存在有许多问题。

第五代隔离技术——安全通道隔离。此技术通过专用通信硬件和专有安全协议等安全机制,来实现内外部网络的隔离和数据交换,不仅解决了以前隔离技术存在的问题,并有效地把内外部网络隔离开来,而且高效地实现了内外网数据的安全交换,透明支持多种网络应用,成为当前隔离技术的发展方向。

网络隔离技术是一种将内外网络从物理上断开,但保持逻辑连接的网络安全技术。这里,物理断开表示任何时候内外网络都不存在连通的物理连接,同时原有的传输协议必须被中断。逻辑连接表示能进行适度的数据交换。因此,可以说网络隔离技术包含中断连接、分解数据、安全检查、协议重构等多个功能部分。

生活中的一些例子有助于理解隔离技术。比如制造生理盐水,需要纯净的、不含病菌的水。一种简单的方式是用很细很细的滤纸对水过滤,以便去除水中的杂质;另一种方法是采用蒸馏的方法,将水蒸发成水蒸气,冷凝后得到纯净水。

上述例子便于区分信息安全中隔离技术的工作机理。在内外网络交互信息的过程中,传统的防火墙技术好比过滤水的滤纸。符合安全策略的连接直接通过防火墙,否则被滤掉。过滤后的水仍然可能携带病毒,同样,通过安全策略检查的连接完全可能是一个潜在的攻击。事实上,只要允许连接进入内部网络,攻击者就有攻击内部网络的可能。

而在蒸馏方法中,首先打破原水的组成结构,将其转变为水蒸气,然后再冷凝——重构成"可信"的纯净水。隔离技术处理进出内外网络连接时就借用了这种思想。对进入内部网络的连接,隔离技术首先将其断开,将连接中的分组分解成应用数据和控制信息(如路由信息),并利用非 TCP/IP 协议将这些信息打包,发送到内部网络的安全审核区。被打包的信息在发送过程中,将经过一条物理断开的传输通道,如电子交换存储器。在安全审核区,数据内容和控制信息的合法性得到检查。如果通过合法性检查,隔离技术重构原有的连接和分组,将相应的分组通过连接发送到目的地。可以说,隔离技术既拥有网络连接中数据交换的优势,又拥有保持内外网络断开的安全优势。

5.5.2 网络隔离的技术和应用

1. 网络隔离技术要求

当一种网络安全技术同时满足如下的基本要求,才能称其为真正的网络隔离技术。

(1)必须保持内外网络每时每刻物理断开

这是网络隔离的核心技术之一。在内外网络之间,如果不存在物理的连接,外部攻击者将失去访问内部资源的途径。

物理断开包括在物理辐射上隔断内部网与外部网,确保内部网信息不会通过电磁辐射或耦合方式泄露到外部网;在物理存储上隔断两个网络环境,对于断电后会遗失信息的部件,如内存、处理器等暂存部件,要在网络转换时做清除处理;对于断电非易失性设备,如磁带机、硬盘等存储设备,内部网与外部网信息要分开存储;严格限制可移动介质的使用,如无线连网的便携式计算机等。

目前,保持内外网络之间的物理断开,但同时又能在内外网络之间适度交换信息的技术主要包括以下两类。

1)数据二极管技术。这是一种在物理断开的网络之间进行单向桥接的专用安全技术,通过单工的光连接完成的。这种光连接只在数据源计算机具有一个发光源,在数据目标计算机上具有一个光感应器。

2)存储池交换技术。这也是一种桥接隔离网络之间的专用安全技术。通过使用一个可交换方向的电子存储池,存储池每次只能与内外网络的一方相连。通过内外网络向存储池复制数据块和存储池的摆动完成数据传输(如图 5-21 所示)。这种技术在实现内外网络数据交换的同时,保持了内外网络的物理断开。

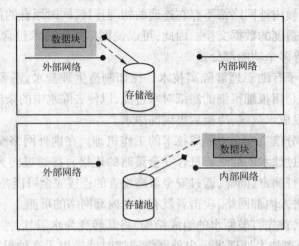

图 5-21　存储池交换技术

这种方式就好像用户在河的两岸,通过一只船来回传递两岸的货物,而不会存在直接连接两岸的桥梁或者船同时停靠在两岸的问题,这样既保证了对外服务需求,又保证了网络安全。该方案在实现物理隔离的同时,能够提供对外服务。

存储池交换技术在实际使用中可以优化。如采用两个可交换存储池,异步地在内外网交换数据,在达到保持内外网物理断开的同时,提高内外网之间的数据吞吐率。

(2) 能打破原有协议格式

隔离技术的另一个技术核心就是能打破原有的 TCP/IP 协议格式,让所有的基于 TCP/IP 协议的已知和未知攻击都不能得逞。

隔离技术采用内部专有的封装协议来实现这个功能。当外部网络数据传输到内部网络之前,隔离技术首先在外网端将 TCP/IP 协议分组分解成数据信息部分和控制信息部分;然后将数据信息和控制信息分别按照封装协议格式打包,通过存储池交换技术或其他隔离交换技术,将协议包中继到隔离设备的内网端;在内网端,访问控制模块按照访问控制规则对 TCP/IP 协议的控制信息(如路由信息、IP 安全选项、连接建立序列是否符合逻辑等)进行判断,决定对应的数据部分处理方式。在网络隔离技术中,处理方式包含以下三种,直接中继到内部网络;接受进一步的安全检查;直接丢弃。

需要直接丢弃的,可以在必要的日志记录之后直接丢弃这些分组。对于需要接受安全审查的,则将相应的数据信息、控制信息送入审查模块进行内容安全审查、病毒扫描等,如果发现数据信息不符合安全规则,则按照安全策略需要作进一步处理;如果通过了安全审查,则审查模块通知访问控制模块审查通过的结果。当数据可以直接中继,或者数据应接受安全审查,但已经通过审查时,隔离设备将按照控制信息以及相应的数据信息重构 TCP/IP 协议分组和/或进行 TCP/IP 连接,并中继这些分组到通信目的地址。

应当指出,在打破原有 TCP/IP 协议结构的同时,为保证物理隔离在数据传输方面的效率和有效性,专用封装协议应该满足以下要求。

1) 协议是轻量封装,不能过于复杂,以免增加隔离设备的处理负荷。

2) 封装协议应具有细粒度的表示规则,能充分表达被封装信息的类型、属性等,不至于丢失原 TCP/IP 协议分组的信息。

（3）具有安全处理功能

网络隔离的最终目的不是断开物理连接，而是对连接进行安全处理。网络隔离技术断开内外网络连接的目的，在于保证中继到内部的数据能在一个安全的环境中接受安全处理。这些安全处理至少应包含对信息流的访问控制功能和信息流的内容审查。

1）访问控制功能。既然物理隔离技术仍保持了上层的逻辑连接，实现内外网络的协议数据交换，隔离技术就必须能够依据管理者的安全意志判断数据的合法性，包括哪些数据是允许中继的，哪些数据应接受进一步的处理以及哪些数据可直接中继到内部网络等。即，隔离技术必须具有访问控制功能。

2）具有内容审查功能。隔离技术在安全控制方面涉及到网络通信的所有协议层次。除了在数据链路层保持连接的物理断开、在网络层和传输层实现访问控制外，隔离设备还依据安全规则的需要，在应用层实现信息流的内容安全，做到对内防泄露，对外防攻击、病毒和不良信息。隔离技术不但应该能够对内外交互的数据信息进行内容审核，病毒检测，还应该能判断关键应用命令的合法性。例如对于 Web 应用，如果只允许对服务器站点网页进行"读"操作，不允许"写"操作，则隔离设备应该能滤掉所有的"POST"命令，而只允许"GET"等必须的命令。

对信息流的内容审查是相当占用计算资源的。为了保证对应用数据、命令检查过程的安全性，并行实施安全处理，以及提高对通信的响应性能，内容审查、病毒扫描等安全功能应该在一个隔离的设备上进行。这样，即使在病毒扫描过程中病毒发作，也不能危及访问控制模块的运行，而且系统也不会因为内容审查而影响访问控制等模块的运行。

（4）使用安全的操作平台

信息系统安全是一个系统的概念。它包括物理安全、环境安全、操作系统安全、通信安全、传输安全、应用安全以及用户安全等，只有恰当地采用各种安全技术机制，并对相应的信息系统各功能组件进行配置，直接或间接提供必要的安全服务，才能保证功能组件正常、稳定和可靠地执行其功能。操作平台软件处于基础层，它维系着系统硬件组件协调运行的平台，因此平台软件的任何风险都可能直接危及或被转移到或延伸到应用平台软件。在网络隔离技术实现中，操作系统的安全问题将危及隔离设备各个上层安全模块的安全，攻击者可以利用操作系统的安全漏洞，旁路上层协议的安全保护，破坏安全策略的完整性，破坏安全策略执行过程的完整性等，从而损害隔离保护体系的总体安全。因此隔离技术必须使用安全的操作系统。

（5）能适度交换数据信息和操作命令

无论是何种网络边界设备，只要支持建立逻辑连接，就能完成数据信息的交换。但能否支持应用和系统操作命令的关键在于传输的实时性。如果系统的吞吐性能差、传输延迟大，则不能让通信对端实时响应本地发送的某些操作命令。如果边界安全设备不支持控制命令和系统命令的中继，则将极大限制这种技术的应用。

网络隔离技术作为内外网络的安全桥接技术，应当能支持各种命令的传输，这要求物理隔离和交换功能能快速实现。提高隔离技术实现性能的主要因素包括：

1）具有合理的物理隔离体系结构。

2）具有轻量级的内部封装协议。

3）核心的协议分解、重构等子功能采用芯片技术硬实现等。

（6）确保隔离模块本身的安全性

确保隔离模块本身的安全性十分重要。为了正确行使网络隔离技术的内容审核、访问控制等安全功能，首先必须保证隔离设备本身的安全性，特别是不能在查杀病毒的同时，却被病毒感染。这样不但不能正确行使其应有的安全服务功能，还可能因之麻痹管理者，造成更大的安全损失。

防止隔离设备自身被病毒感染的方案主要包括：

1）将待接受安全策略的数据按一定的数学变换规则进行变换，打破数据中可能存在病毒的基本格式，使之失去感染隔离设备的能力。SpearHead 公司的 NetGap 就采用了这种技术。这种技术被 SpearHead 称为数据的"静态化"。

2）将关键的安全处理模块功能硬实现。这种方法可以极大地降低病毒感染隔离设备的可能。

安全模块安全性的另一层意思是，确保安全策略及其实现过程的完整性。安全策略是系统管理者管理意志的体现，它表明了在内外网络使用隔离技术的基本目的。

传统的防火墙设计中，安全策略（体现为防火墙的访问控制规则）存放于安全策略数据库中，受到严格的访问控制保护、完整性保护。只有具有特权的系统或用户进程才可以访问它。但正如前面所言，防火墙允许 TCP/IP 协议直接到达、穿过防火墙，这使得攻击者利用 TCP/IP 协议漏洞攻击防火墙及其安全策略库成为可能。一旦防火墙被控制，其安全策略将完全暴露于攻击之下。因此，隔离技术必须采用有效的机制，确保访问控制等安全策略的完备性。

一种值得推荐的方案是将实现安全策略的访问控制模块与外部环境物理隔断，并采用专用的封装协议在外部环境与安全策略模块之间中继数据。这样，所有的 TCP/IP 连接在隔离设备的两端被断开，不可能存在直接到访问控制模块的 TCP/IP 连接。由于所有的 TCP/IP 协议分组都被分解和重构，使所有基于 TCP/IP 协议漏洞的攻击都无机可乘。由此保证隔离技术具有独立和完整的安全决策功能。

只有满足以上的基本要求，才能真正实现内外网络物理断开，并安全高效地实现内外网络逻辑连接。

2. 简单网络隔离技术

隔离技术在理论上可分为终端级和网络级两个层次。

终端级是通过存储器的隔离实现的，在单硬盘上划分安全区、非安全区以及交换区，通过使用网络安全隔离卡，使安全区和非安全区不能同时使用，以达到信息隔离的效果。

网络级的隔离通过在终端上使用特制的网络隔离卡，并与安全集线器相配合，通过网络隔离卡上电信号的高低选择相应的网络进行连接，做到不能同时连接安全和非安全网络，与终端存储器的隔离相配合达到信息隔离的效果。

1）网络安全隔离卡。网络安全隔离卡的功能是，以物理方式将一台工作站或 PC 虚拟为两部计算机，实现工作站的双重状态——既可在安全状态，又可在公共状态，两种状态是完全隔离的，从而使一部工作站可在安全状态下连接内外网，如图 5-22 所示。网络安全隔离卡实际上是将一台工作站或 PC 的单个硬盘物理分

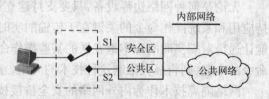

图 5-22　网络安全隔离卡工作原理

割为两个分区，即公共区和安全区，这些分区容量可以由用户指定，这样可以使一台工作站或 PC 连接两个网络。

主机只能使用硬盘的公共区与外部网连接，而此时与内部网是断开的，且硬盘安全区也是

被封闭的;主机只能使用硬盘的安全区与内部网连接,而此时与外部网连接是断开的,且硬盘的公共区的通道是封闭的。两个分区分别安装各自的操作系统,是两个完全独立的环境。操作者一次只能进入其中一个系统,从而实现内外网的完全隔离。由于内外网的隔离是在最底层上的,其操作和指令在硬件中运行,因此是真正意义上的物理隔离。当两种状态转换时,系统通过硬件重启信号重新启动,这样所有的临时数据储存将被完全删除。

单硬盘 PC 网络安全隔离卡控制器会根据系统状态明确哪个盘可用,哪个盘隐藏、断开连接。为了保证安全,两个分区不能直接交换数据,而是要经过某种独特的设计才能安全方便地实现数据交换,创建由内部网向外部网单向传递数据的安全通道,即数据只能从公共区向安全区转移,但不能逆向转移。此项技术的核心是单硬盘网络隔离技术。

2) 网络安全隔离集线器。网络安全隔离集线器系统可以让用户,包括那些使用以太网、快速以太网或令牌环网连接到两个物理独立的网络用户,能使用现有的单一布线系统,节约了费用和精力。

网络安全隔离集线器是一种多路开关切换设备,与网络安全隔离卡配合使用。它具有标准的 RJ45 接口,如图 5-23 所示,入口与网络安全隔离卡相连,出口分别与内外网络的集线器(Hub)相连。它检测网络安全隔离卡发出的特殊信号,识别出所连接的计算机,自动将其网络线切换至相应的网络 Hub 上。实现多台独立的安全计算机与内外两个网络的安全连接以及自动切换,进一步提高了系统的安全性,并且解决了多网布线问题,让连接两个网络的计算机只通过一条网络线即可与多网切换连接,对现存网络的改进有较大帮助。

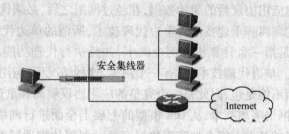

图 5-23 网络安全隔离集线器工作原理

3. 网闸技术

网闸(如图 5-24 所示)的主要原理是,由两套各自独立的系统分别连接安全和非安全的网络,两套系统之间是一个类似闸门的装置,保证存储介质与安全的网络连通时,断开与非安全网络的连接;当与非安全网络连接时,断开与安全网络的连接,分时使用两套系统中的数据通路进行数据交换,以达到隔离与交换的目的。在数据交换过程中要进行防病毒、防恶意代码等信息过滤,以保证信息的安全。

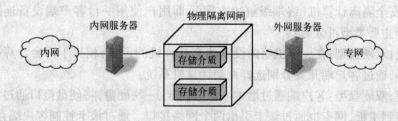

图 5-24 网闸工作原理

网闸的技术特征如下：

1) 采用三模块架构。这三个模块，有两个是主机，一个是基于独立的控制电路控制的固态存储介质，通常称之为"2+1"架构。

2) 物理层断开技术。网闸就是要保证网闸的外部主机和内部主机在任何时候是完全断开的。但外部主机与固态存储介质，内部主机与固态存储介质，有时候是相连的，但不能同时相连。因此，外部主机与固态存储介质之间存在一个开关电路，内部主机与固态存储介质之间存在一个开关电路。网络隔离必须保证这两个开关不会同时闭合，从而保证从 OSI 模型上的物理层的断开机制。

3) 链路层断开技术。链路层的断开，就必须消除所有的通信链路协议。任何基于通信协议的数据交换技术，都无法消除数据链路的连接，因此不是完整的网络隔离技术。

安全专家们注意到，有些产品没有实现链路层的断开，而是把两个或两个以上可路由的网络(如 TCP/IP)通过不可路由的协议(如 IPX/SPX、NetBEUI 等)进行数据交换。其原理是采用了不同的协议，所以通常也叫协议转换(Protocol Translation)或协议隔离(Protocol Isolation)。实际上，针对 IPX/SPX 和 NetBEUI 协议的攻击多得很，尤其是针对 NetBEUI 协议的攻击。因此协议转换或协议隔离不能说它不是一种安全技术，但归纳在网络隔离技术中是不恰当的。

4) TCP/IP 协议剥离和重建技术。为了消除 TCP/IP 协议(OSI 的第三层和第四层)的漏洞，必须剥离 TCP/IP 协议。在经过网闸之后，必须再代理重建 TCP/IP 协议。

5) 应用协议的剥离和重建技术。为了消除应用协议(OSI 的第五层至第七层)的漏洞，必须剥离应用协议。剥离应用协议后的原始数据，在经过网闸之后，必须代理重建应用协议。人们有时候称应用协议的剥离和重建技术为单边代理技术，所谓的单边代理技术是相对双边而言的。双边代理技术，是指一台计算机有两个网卡，并且执行代理功能。数据包从一个网卡进，从另外一个网卡出。单边代理技术，只有一个网卡，这种情况下，应用协议必须还原成为原始数据，给用户查看，而不能是包，因此是一个完整的应用协议剥离和重建技术。

总之，网闸是一种网络隔离技术，从 OSI 模型的七层上全面进行网络隔离，同时采用一种三模块架构在网络隔离的基础上安全地实现数据交换。网闸从物理层上进行了网络隔离，消除了数据链路的通信协议，剥离了 TCP/IP 协议，剥离了应用协议，在安全交换后进行了协议的恢复和重建。

4. 实现网络隔离的典型方案

在实施网络隔离过程中，通常有以下方案可以选择。

1) 建设两个独立的网络，一个是内部网络，用于存储、处理、传输涉密信息；一个是外部网络，与因特网相连。两个网络之间如果有数据交换需要，则采用人工操作(如通过软盘、磁带等)的方式。

2) 采用安全隔离计算机(终端级解决方案)，即用户使用一台客户端设备连接内部网络和外部网络。主要类型可分为：

- 双主板，双硬盘型：在一个机箱内设置两套计算机的设备，相当于两台计算机共用一台显示器，通过客户端开关分别选择两套计算机系统。
- 单主板，双硬盘型：客户端通过增加一块隔离卡、一块硬盘，将硬盘接口通过添加的隔离卡转接到主板，网卡也通过该卡引出两个网络接口。通过该卡控制客户端存储设备，同时选择相应的网络接口，达到物理隔离的效果；另外一种方案是在主板 BIOS 等更底层的技术方面进行设计,做到不同的网络选择不同的硬盘,达到物理隔离的目的。

- 单主板,单硬盘型:客户端需要设置一块隔离卡,但不需要额外增加硬盘,将存储器通过隔离卡连接到主板,网卡也通过隔离卡引出两个网络接口。在原有硬盘上划分安全区、非安全区,通过该卡控制客户端存储设备分时使用安全区和非安全区,同时选择相应的网络接口,达到物理隔离的效果。

3)采用安全隔离集线器(集线器解决方案),主要解决房间和楼层单网布线的问题。这种集线器需要和专用的安全隔离计算机相配合,只采用一个网络接口,通过网线将不同的网络选择信号传递到网络选择器,根据不同的选择信号,选择不同的网络连接。

4)属于物理隔离的远程安全传输方式,包括使用独立铺设线路和交换设备方式;在具备相应的认证和链路加密措施的前提下,使用面向连接的电路交换方式(如 PSTN、ISDN、ADSL 等);使用永久虚电路(PVC)交换方式(如在 DDN、X.25、帧中继和 ATM 中使用永久虚电路构建的专线。

5)采用网闸的隔离方案。网闸的外部主机连接外部网络,网闸的内部主机连接内部网络,网闸的内外主机完全隔离,支持文件、数据或信息的交换。

5.5.3 网络隔离的局限和发展

总的来说,网络隔离技术仍存在如下不足。

1)网络隔离技术还仅仅只是一种被动的隔离开关,手段单一,没有与其他的安全技术进行配合。

2)网络隔离技术不能做到安全状态检测,容易被非法人员利用而混入内部网络。

3)网络隔离技术的客户端存在安全隐患,由于内外网的存储介质都在本地,不能有效防止内部人员主动泄露信息,而事实上信息泄露多数来自内部。

4)网络隔离技术不能进行有效的取证工作,一旦发生信息泄露问题,无法确认信息泄露的行为人。

以上不足说明,物理隔离技术还需要进一步提高,新一代网络隔离技术将向更安全、更智能化的方向发展,并且在满足用户现有要求的前提下,具备如下一些新特点。

1)客户端具有防下载的功能,防止内部用户通过客户端下载重要数据而导致信息泄露。

2)具有网络状态自动检测功能,能够对客户端的计算机是否安全做出正确判断,并进行相应处理。

3)具有用户身份鉴别功能,通过口令等鉴别手段,防止非法用户通过客户端进入内网。

4)能够对用户进出内外网进行日志记录,做到用户访问有案可查,一旦出现异常事件,可以结合用户身份鉴别技术进行查证。

5)具有审计功能,能够对用户日志自动进行安全检查,以发现可能存在的安全隐患。

5.6 公钥基础设施 PKI

5.6.1 PKI 基本概念

1. PKI 的定义

公钥基础设施 PKI(Public Key Infrastructure)是解决信任和加密问题的基本解决方案。基于因特网的保密性应用要求有一个真正可靠、稳定、高性能、安全、互操作性强、完全支持交叉认证的 PKI 系统。PKI 的本质就是实现了大规模网络中的公钥分发问题,建立了大规模网络中的信任基础。概括地说,PKI 是创建、管理、存储、分发和撤消基于公钥加密的公钥证书所需要的一套硬件、软件、策略和过程的集合。

PKI 为开放的 Internet(或 Intranet)环境提供了以下 4 个基本的安全服务。

1)认证。确认发送者和接收者的真实身份。

2)数据完整性。确保数据在传输过程中不能被有意或无意的修改。

3)不可抵赖性。通过验证,确保发送方不能否认其发送消息。

4)机密性。确保数据不能被非授权的第三方访问。

另外,PKI 还提供了其他的安全服务,主要包括以下 2 个。

1)授权。确保发送者和接收者被授予访问数据、系统或应用程序的权力。

2)可用性。确保合法用户能够正确访问信息和资源。

PKI 在实际应用中是一套软硬件系统和安全策略的集合,它提供了一整套安全机制,使用户在不知道对方身份或分布地点的情况下,以证书为基础,通过一系列的信任关系进行网络通信和网络交易。

2. 典型 PKI 的组成

一个典型的 PKI 系统如图 5-25 所示,其中包括 PKI 策略、软硬件系统、证书颁发机构 CA(Certificate Authority,也称为认证中心)、证书注册机构 RA(Registration Authority)、证书管理系统和 PKI 应用接口。

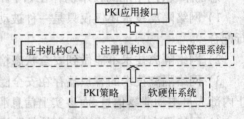

图 5-25 典型 PKI 系统组成

1)PKI 策略。建立和定义了一个组织信息安全方面的指导方针,同时也定义了密码系统使用的处理方法和原则。它包括一个组织怎样处理密钥和机密的信息,根据风险的级别定义安全控制的级别。

2)证书颁发机构 CA。CA 是 PKI 的核心,是信任基础,它管理公钥的整个生命周期,其作用包括发放证书、规定证书的有效期和通过发布证书作废列表(CRL)确保必要时可以作废证书。在后面将详细介绍 CA 的有关知识。

3)证书注册机构 RA。RA 提供用户和 CA 之间的一个接口,它获取并认证用户的身份,向 CA 提出证书请求。对于一个规模较小的 PKI 应用系统,注册管理的职能可以由认证中心 CA 来行驶,而不设立独立运行的 RA。PKI 国际标准推荐由一个独立的 RA 来完成注册管理的任务,可以增强应用系统的安全。

4)PKI 应用接口系统。便于各种网络应用能够以安全可信的方式与 PKI 交互,确保所建立的网络环境安全可信。

3. PKI 的应用

以 PKI 为基础的安全应用非常多,许多应用程序依赖于 PKI。下面列举几个比较典型的安全技术。

1)基于 SSL/TLS 的 Web 安全服务。利用 PKI 技术,SSL/TLS 协议允许在浏览器和服务器之间进行加密通信,还可以利用数字证书保证通信安全,便于交易双方确认对方的身份。结合 SSL 协议和数字证书,PKI 技术可以保证 Web 交易多方面的安全需求,使 Web 上的交易和面对面的交易一样安全。

2）基于 SET 的电子交易系统。这是比 SSL 更为专业的电子商务安全技术。

3）基于 S/MIME 的安全电子邮件。电子邮件的安全需求,如机密、完整、认证和不可否认等都可以利用 PKI 技术来实现。

4）用于认证的智能卡。

5）软件的代码签名认证。

6）VPN 的安全认证。目前广泛使用的 IPSec VPN 需要部署 PKI 用于 VPN 路由器和 VPN 客户机的身份认证。

国外的 PKI 应用已经开始,很多厂家如 Baltimore Technologies,Entrust 和 Microsoft 等都推出了 PKI 产品;有些公司如 VeriSign 提供 PKI 服务;由美国国家安全局(NSA)推动的 DOD PKI 研究也正积极地进行着;加拿大政府公开密钥基础设施 GOCPKI 是世界上最早的大规模政府 PKI 计划,已在各行各业取得了成效。但总的来说,PKI 系统仅仅还处于示范工程阶段,新技术不断出现,PKI 的结构、对称及非对称密钥算法、密钥生命周期管理的方案等还在不断变化。

在我国,上海、北京、深圳、重庆等城市已经建立了 CA 认证中心,以便为本地化通信网络提供安全服务。CA 认证中心是 PKI 的重要组成部分,在国家直属部门,以中国人民银行为首的 12 家金融机构推出了中国金融认证中心 CFCA,中国电信建立了 CTCA 安全认证体系。另外,许多网络通信公司正在积极开发自己的基于 PKI 的安全产品。

5.6.2 数字证书

1. 数字证书的定义

数字证书是各类实体(持卡人/个人、商户/企业、网关/银行等)在网上进行信息交流及商务活动的身份证明。通信各方通过验证对方证书的有效性,从而解决相互间的信任问题。可以说,数字证书类似于现实生活中的由国家公安部门发放的居民身份证或各种国家权威部门发放的各类资格证书。

数字证书是一段包含用户身份信息、用户公钥信息以及身份验证机构数字签名的数据。

数字证书采用公钥密码机制。每个用户拥有一把仅为自己掌握的私钥,用它进行解密和签名,同时拥有一把可以对外的公钥,用于加密和验证签名。因而从证书的用途来看,数字证书可分为签名证书和加密证书。签名证书主要用于对用户信息进行签名,以保证信息的完整性和不可否认性;加密证书主要用于对用户传送的信息进行加密,以保证信息的机密性。以数字证书为核心的加密技术可以对网络上传输的信息进行加密和解密、数字签名和签名验证,确保网上传递信息的机密性、完整性,以及交易实体身份的真实性,签名信息的不可否认性,从而保障网络应用的安全性。

数字证书是由权威公正的第三方机构即认证中心签发的,身份验证机构的数字签名可以确保证书信息的真实性。

2. 数字证书的类型

常见的数字证书有以下几种类型。

1）Web 服务器证书。用于 Web 服务器与用户浏览器之间建立安全连接通道,直接存储在 Web 服务器的硬盘中。

2）服务器身份证书。提供服务器信息、公钥及 CA 的签名,用于在网络中标识服务器软件的身份,确保与其他服务器或用户通信的安全性。

3）计算机证书。颁发给计算机,提供计算机(如服务器、PC)本身的身份信息,确保与其他计算机通信的安全性。

4）个人证书。提供证书持有者的个人身份信息、公钥及 CA 的签名,用于在网络中标识证书持有者的个人身份。浏览器证书也是一种个人证书。

5）安全电子邮件证书。提供证书持有者的电子邮件地址、公钥及 CA 的签名,用于电子邮件的安全传递和认证。

6）企业证书。提供企业身份信息、公钥及 CA 的签名,用于在网络中标识证书持有企业的身份。

7）代码签名证书。软件开发者借助数字签名技术,在软件代码中附加一些相关信息,使得用户在下载这些具有代码签名的软件时,可以确信软件的真实来源(用户可以相信该软件确实出自其签发者)和软件的完整性(用户可以确信该软件在签发之后未被篡改或破坏)。代码签名证书设计的目的是为通过零售渠道销售软件提供安全保障。

3. 数字证书的格式

证书的格式一般遵循 ITU-T X. 509 标准。该标准是为了保证使用数字证书系统间的互操作性而制定的。X. 509 作为目录服务标准 X. 500 的一部分,提供安全目录检索服务。X. 509 协议是 ITU-T(国际电联电信标准化部门,简称 ITU-T)组织制定的有关标准。在 PKI 由小变大,由原来网络封闭环境到分布式开放环境的过程中,X. 509 标准起到了举足轻重的作用,它提出的证书概念使公钥技术变得可行。多种环境、多种应用系统和众多生产厂商的采用,也表明了它的通用、灵活性以及它已经成为有效国际标准的事实。许多与 PKI 相关的协议标准(如 PKIX、S/MIME、SSL、TLS、IPsec)等都是在 X. 509 基础上发展起来的。

在介绍 X. 509 之前,首先需要明确一下有关版本的问题。X. 509 系列协议中涉及到两种版本的意义,容易混淆。一个是协议中定义的证书格式的版本(英文用 Version 表示),另一个是 X. 509 协议文本的版本(英文用 Edition 表示)。X. 509 证书格式的版本到目前为止,共有三个版本,通常由 V1、V2 和 V3 表示。而 X. 509 协议文本的版本,目前已到第四版。其具体发布情况如下:

1）第一版(1988):定义了 V1 版的证书格式和 CRL 格式。

2）第二版(1993):定义了 V2 版的证书格式和修改了上一版的 CRL 格式。

3）第三版(1997):定义了 V3 版的证书格式和 V2 版的 CRL 格式。

4）第四版(2000):证书格式版本未变,仍为 V3,只是增加了新的扩展项,并且增加了对属性证书的描述。黑名单格式的版本也没有变化,保持为 V2。

一份 X. 509 证书是一些标准字段的集合,这些字段包含有关用户或设备及其相应公钥信息的一种非常通用的证书格式。X. 509 的证书格式包括证书内容、签名算法和使用签名算法对证书内容所作签名的三个部分(见表 5-2)。证书的管理一般通过目录服务来实现。

证书内容有 10 个字段,6 个强制性的和 4 个可选择的。强制性的字段是序列号、证书签名算法标识、证书发放者姓名、证书有效期、公钥和主体。有 4 个可选字段,版本、2 个唯一的标识符和扩展项。这些可选字段只出现在版本 2 和版本 3 的证书里。

1）版本(Version)。版本字段指出 X. 509 证书的版本,目前常用的版本是 V3。当版本字段被省略时,证书将被编码成版本 1。版本 1 证书不包括唯一标识符或者扩展名。当证书包括唯一标志符但是没有扩展名时,版本字段就意味着版本 2。当证书包括扩展名时,版本字段就意味着版本 3。

2)序列号(Serial Number)。由 CA 分配给证书的唯一的数字型标识符。当证书被取消时,将此证书的序列号放入由 CA 签发的证书撤消列表 CRL 中。对一个发放者来说每个证书只能产生唯一的序列号。发放者的名字和序列号的组合唯一确定了一个证书。

表 5-2   X.509 版本 3 的证书形式

版　　本		V3
序列号		1234567890
签名算法标识(算法、参数)		RSA 和 MD5
签发者		c = CN, o = JIT-CA
有效期(起始日期、结束日期)		05/05/05—05/12/01
主体		c = CN, o = SXCorp, cn = John Doe
主体公钥信息(算法、参数、公开密钥)		56afSdc3a4a785d6ff4/RSA/SHA
发证者唯一标识符		Value
主体唯一标识符		Value
扩展标志符	关键程度标志	Value
扩展标志符	关键程度标志	Value
CA 的数字签名		

3)签名算法标识(Signature)。签名算法标识指出 CA 在证书上签名使用的算法。算法标识符指定 CA 签名证书使用的公钥算法和散列算法(例如,DSA 和 SHA-1 或者 RSA 和 MD5)。

4)签发者(Issuer)。发证 CA 的 X.509 名称。用以区分产生证书的的 TTP(可信任第 3 方)的名字。

5)有效期(Validity)。起始至结束的一对日期,证书在这段日期之内有效。

6)主体(Subject)。证书持有者(和公钥相对应的私钥持有人)的 X.509 名称。主体可以是 CA、RA 或者是一个终端实体。终端实体可以是个人用户、硬件设备或者是任何可以利用私钥的实体。

7)主体公钥信息(Subject Public Key Information)。标识了两个重要的信息,主体拥有的公钥的值;公钥所应用的算法的标识符。算法标识符指定公钥算法和散列算法(例如,RSA 和 SHA-1)。在这个字段里的公钥和可选算法参数一样,是被用来核实数字签名或者执行密钥管理。如果证书的主体是 CA,那么公钥就被用来检测证书的数字签名。

8)发证者唯一标识符和主体唯一标识符(Issuer Unique ID and Subject Unique ID)。这些字段包括标识符,只出现在版本 2 或者版本 3 的证书中。主体和发放者唯一 ID 是打算在将来重新利用主体名或者发证者的名字。然而,这种机制已经被证明是不适合的方案,不推荐使用这些字段。

9)扩展标志符(Extensions)。这种可选字段只出现在版本 3 的证书中。如果出现这个字段,则包括一个或多个证书扩展。每一个扩展包括一个扩展标志符,一个关键程度标志和扩展值。扩展标志符定义了扩展值字段中的数据类型。这个类型可以是简单的字符串、数值、日期、图片或一个复杂的数据类型。为便于交互,所有的数据类型都应该在国际知名组织进行注册。关键程度标志是一比特标识位。当一扩展标识为不可默认时,说明相应的扩展值非常重要,应用程序不能忽略这个信息。如果使用一特殊证书的应用程序不能处理该字段的内容,就应该拒绝此证书。扩展值字段包含了这个扩展实际的数据。

标准扩展字段包括以下内容。

1）主体类型(Subject type)。这个字段指出了一个主体是个 CA 或者是个实体。

2）名字和身份信息(Names and identity information)。这个字段用来帮助解决关于用户身份问题,例如,Alice@ gsa. gov 和"c = US;o = U. S Government;ou = GSA;cn = Alice Adams"是同一个人的身份。

3）密钥属性(Key attributes)。这个字段主要和公钥属性相关,例如,公钥能否被用来密钥传输,或者被用来检测数字签名。

4）策略信息(Policy Information)。这个字段用来帮助用户决定能否信任另一个用户的证书,对于大的交易该证书是否合适,以及与组织策略信息不同的其他情况。

证书扩展允许 CA 包含不被基本证书内容支持的信息。任何组织都可以定义私有扩展来适应特殊的商业需要。当然,使用标准扩展可以满足大部分的需求。标准扩展获得了商业产品的广泛支持。

4. 数字证书生命周期

数字证书从创建到销毁总共要经历 5 个阶段,这 5 个阶段分别是:

1）证书申请。指用户通过支持 PKI 的应用程序,如 Web 浏览器向认证机构申请数字证书的过程,该过程从用户生成密钥对(公钥和私钥)时开始。完整的证书申请由密钥生成和信息登记构成。

2）证书生成。一旦用户请求了证书,认证机构就根据其建立的认证策略验证用户信息。如果确定信息有效,则认证机构创建该证书。

3）证书存储。认证机构在生成用户证书之后,将通过安全的途径把证书发送给用户,或通知用户自行下载。数字证书将保存在用户计算机的安全空间里。为了防止证书的丢失或损坏,证书持有者应将证书导出并保存在安全的存储介质里,如软盘、智能卡等。

4）证书发布(证书库)。认证机构在生成用户证书之后,会把用户的公钥发送到指定的任何资源库,如内部目录或公用服务器,以方便人们获得或验证证书持有者的公钥。

5）证书废止。当发出证书时,将根据分发策略为其配置特定的到期日。如果需要在该日期之前取消证书,则可以指示认证机构将这一事实发布和分发到证书撤销列表 CRL 中。浏览器和其他支持 PKI 的应用程序则配置成需要对当前的证书撤销列表进行检查,并且如果他们无法验证某一证书还没有被添加到该列表,将不进行任何操作。证书可能会因各种原因而被废止,包括证书持有者私钥的损坏或丢失。

5.6.3 证书颁发机构 CA

数字证书是各实体在网上进行信息交流及商务交易活动中的身份证明,具有唯一性和权威性。为满足这一要求,需要建立一个各方都信任的机构,专门负责数字证书的发放和管理,以保证数字证书的真实可靠,这个机构就是 CA。CA 类似于生活中的公证人。PKI 往往被称为 PKI-CA 体系。

CA 是计算机硬件、软件和操作人员的集合体。作为 PKI 的核心，CA 执行 4 个基本的 PKI 功能，签发证书（例如，创建和签名）；维持证书状态信息和签发证书撤消列表（CRL）；发布它的当前（例如，期限未满）证书和 CRL，为用户提供需要实现安全服务的信息；维持有关到期证书的状态信息档案。这些需求可能很难同时满足。为了完成这些功能，CA 可以把一些功能委托基础设施的其他部分。

CA 可以给用户、其他 CA 或者两者签发证书，用来证实实体有恰当的凭证。当 CA 签发一个证书时，它就宣称证书的主体拥有与证书中公钥相对应的私钥。如果在证书里 CA 包括了附加的信息，那么 CA 也宣称该信息和主体相对应。这些附加的信息可以是联系信息（如 E-mail 地址），政策信息（如可以被公钥执行的应用程序类型）。当证书的主体是其他 CA 时，那么就意味着其他 CA 签发的证书也是可信任的。

CA 把自己的名字插入到它产生的每一个证书（和 CRL）中，并用自己的私钥签名。一旦用户建立了与 CA 的信任关系（直接或者通过一条证书路径），他们就可以信任 CA 签发的证书。通过比较 CA 的名字，用户可以很容易地验证 CA 发布的证书。为了确保证书是真实的，用户通过 CA 的公钥来检测签名。因此 CA 要为自己的私钥提供足够的保护。

CA 必须能够发布和处理证书撤销列表（CRL），CRL 就是那些已经作废了的证书列表。这些列表通常由发布这些证书的实体签名。证书可以被作废，例如，如果私钥丢失了、私钥的持有人离开企业或者私钥的持有人名字变了。CRL 也证明证书的撤消状况。也就是说，如果签名日期在证书的有效期内并且目前 CA 发布的 CRL 还没有显示证书被撤销，那么一个有日期限制的签名可以认为是有效的。

在选择 CA 时，应考虑以下几方面的问题。

1）CA 的知名度、可信度。

2）CA 所颁发证书的信任范围。如用于国际业务，就不能申请仅限于国内的证书。

3）申请证书要提供的身份证明信息。

4）CA 是否有 Web 站点提供申请客户证书。

5）所签发的证书是否与所使用的浏览器和服务器兼容。

在选择 CA 产品时，还要考虑所支持的相关 PKI 标准、易管理性、伸缩能力以及成本费用等。

国际知名的 CA 不少，如 VeriSign（http://www.verisign.com）和 GTE CyberTrust（http://www.cybertrust.com）。国内有中国电信 CA 安全认证体系（CTCA）、中国金融认证中心（CFCA）等，各个省份也都建有 CA 中心。当然也可以建立自己的证书颁发机构，面向 Internet 或 Intranet 来提供证书服务。

许多网络系统安全业务需要 PKI 提供相关证书和认证体系，这就需要部署 PKI。企业在选择 PKI 解决方案时，有以下 3 种选择。

1）向第三方 CA 提供商外购 PKI。

2）部署自己的企业级 PKI。

3）部署混合模式 PKI 体系，由第三方 CA 提供根 CA，将 CA 颁发限定于企业内部。

多数中小型网络都运行 Windows 服务器，实际上 Windows 2000 和 Windows 2003 服务器就提供功能完善的 CA 服务器软件，包括证书颁发机构、证书层次、密钥、证书和证书模板、证书作废列表、公共密钥策略、加密服务提供者(CSP)、证书信任列表等组件,可用来创建自己的证书颁发机构,提供证书服务,接收证书申请,验证申请中的信息和申请者的身份、颁发证书,废除证书以及发布证书作废列表(CRL)。

5.6.4　证书管理中的关键过程

PKI 在密钥和证书的生成、分发和管理中起到核心作用,同时 PKI 自身也有管理需求。本节先讨论在 PKI 的支持下,证书管理中的几个关键过程。将以一个实时应用和一个存储转发式的应用(基于 SSL 的 Secure Web 和基于 S/MIME 的安全电子邮件)为例子来讨论这些关键过程。

1. 证书策略的建立

证书策略包括:

1) 使用证书的团体。

2) 证书的目的和适用性。

3) 一些保证实体之间信赖关系的安全规则。

PKI 签发证书之前必须定义好自己的证书策略,并提供确保这些策略执行的一套机制。

2. 注册

PKI 中的决策者称为 CMA(Certificate Management Authority),它可能是 CA,也可能是 RA。CMA 操作员负责认证证书请求者的身份,确保这个身份和证书中的公钥是正确对应的。某个组织建立起 PKI 以后,就会对 CA 和 RA 的操作员进行身份认证,这些操作员因而有了特殊的权限。他们首先被注册进来,其他订阅者则由他们来负责注册。

3. 定制

定制反映 PKI 如何处理证书请求过程。基于 Secure Web 和安全电子邮件的应用背景,来看看这一处理过程。

1) 浏览器端。用户将他的 Web 浏览器连接到 CA 的 Web 前端,这样开始密钥的生成和证书请求的过程。然后用户填写由 Web 前端所提供的证书请求表单。当密钥生成后,浏览器生成一个证书请求,该请求里包括公钥和用户完成的表单信息。在生成证书前,CA 会验证请求里的数字签名。CA 会一直存储证书请求直到 RA 或者 CA 的操作员批准该请求。RA 访问Web 前端来评审所有未审批的证书请求。RA 检查请求的信息并且验证这些是否满足 CA 设定的策略,如用户的密钥是否满足特定的长度等。如果需要更多的信息才能处理该请求,RA会跟提交请求的用户来联系。

2) Web 服务器端。为 Secure Web 服务器生成证书的过程和为用户生成装入浏览器的证书的过程很相似。通常以表单接口的方式提出需求,表单里的一个选项就是生成并安装服务器证书。管理员运行密钥生成程序,生成公钥和私钥。然后填写服务器的证书请求,包含的信息包括服务器的名字、管理员的电子邮件地址和电话号码等。表单填写完成后,管理员通过电子邮件将表单发送到 CA。CA 对 Web 服务器和浏览器的证书请求处理过程本质上是一样的,唯一的区别就是请求的接收和证书的发送是通过电子邮件。CA 的操作员为了对服务器的请求信息进行确认,甚至可以要求系统管理员亲自到 CA 来。

3) S/MIME 客户端。使用安全配置选项的 S/MIME 客户端,用户的密钥对是在本地产生的。私钥被存放在产品的密钥库里,数据库通过根据用户在密钥生成时输入的密码进行哈希计算得到的密钥来保护。公钥放在自签名的证书里，或者放在证书请求里，这就需要和 PKI 的部件交互。CA 通过电子邮件接收证书请求。一旦接收到证书请求，S/MIME 客户端证书的生成过程实际上与前面描述的 Web 浏览器和服务器的证书生成过程一样。如果需要，可以由 CA 来对用户进行身份鉴别。

4. 密钥和证书的生成

（1）密钥的产生

就密钥的产生方式而言，有分布式（密钥在本地产生）和集中式（密钥由 CA 或其他可信任实体集中产生）两种模型。集中式模型中，所有的密钥都在同一个系统里产生，因此可以有很好的设备支持，如加密硬件、随机数发生器等。此外，两种模型还在密钥的传送上有所区别，分布式模型的密钥在本地产生后，私钥就一直留在本地，公钥传递给 CA，用来包含到证书里；而集中式模型里，CA 还要额外将私钥分发出去，通过手工方式或者安全协议（如 SSL）分发。通常，集中式模型产生加密密钥，而签名密钥则在本地产生，因此只有订阅者自己知道私钥。

另外，软硬件的问题也值得考虑。许多商业化的安全产品把包括密钥产生在内的所有安全功能都用软件实现。但软件并不见得能适应所有的情形，因而厂商们在考虑将加密功能用硬件实现（包括 PCMCIA 卡和 ISO 7816 兼容智能卡）。需要注意的是，大多数商业化 CA 产品都是利用硬件标识来产生密钥，因而就需要对这些硬件标识进行管理，包括标识的初始化、私人化以及相关 PIN 的分发等。

此外，还需要考虑密钥的长度问题。通常，密钥越长越强。现今的商业化加密产品中，非对称密钥通常有 1024 位，而像 CA 签名密钥这样一些更为敏感的应用场合，往往有 2048 位或更长的密钥长度。对称密钥通常采用 128 位，用来保护高度机密信息的加密产品采用更长的密钥。还需要注意，政府对基于加密技术的进出口产品密钥是有所限制的。

（2）证书的产生

1）浏览器端。如果订阅者的认证信息也符合 RA 的要求，RA 就会给证书做上许可标记。证书一旦建立，CA 数据库就会存放一个已签名的订阅者证书，并将这个证书放到 Web 前端。这样，订阅者就可以下载并使用证书了。许多 CA 产品还发送电子邮件给订阅者，告知其证书的下载地址，这样订阅者就不需要定期地查看 CA 的 Web 前端。

2）Web 服务器端。服务器端证书的产生过程和浏览器端本质上是一样的，区别仅仅在于证书通过电子邮件返回给服务器。

3）S/MIME 客户端。S/MIME 客户端的证书产生过程本质上和浏览器端是一样的。一旦确定了证书的需求，CA 就会为 S/MIME 订阅者生成一个证书。S/MIME 客户端就等待着接收 PKCS 7[3] 格式的电子邮件证书。

5. 证书分发

证书分发有几种方式，证书可以以电子邮件的方式发送给订阅者；订阅者也可以直接从 CA 的 Web 前端下载证书；或者从一个证书库（如目录服务器）里获得。下面仍然以 Secure Web 和安全电子邮件为应用背景，讲述证书的分发。

1）浏览器端。证书被放到 Web 前端以后，订阅者就可以下载并使用证书。许多 CA 产品发送电子邮件给订阅者，告知其证书的下载地址，这样订阅者就不需要定期查看 CA 的 Web 前端。下载到本地以后，浏览器检查与证书中的公钥相关的私钥是否存放在了密钥数据库里。如果没有找到，浏览器便不会下载证书，而返回一个错误信息给订阅者。通常，CA 的证书也可以通过 Web 接口下载到,本质上和订阅者下载普通证书是一样的。浏览器将 CA 的证书存放到自己的证书库里,并认为它是可信任的。CA 证书和普通证书的区别在于它们的 HTML 标记是不同的。需要注意,浏览器已经在其证书库里存放了一些知名的 root CA 证书(Trust List),它们通常是证书服务商的证书。另外,还可以对证书库进行修改、删除不需要信任的证书等。

2)Web 服务器端。Web 服务器端证书是 CA 通过电子邮件发送给它的,采用 PKCS 7〔3〕Signed Data 格式。这种格式允许订阅者相关的完整证书路径(服务器和 CA 证书)在同一个邮件中传送。管理员收到来自 CA 的证书以后,就可以将它安装到服务器上。服务器的下载程序还要检查与证书中的公钥相关的私钥是否存放在了密钥数据库里。如果没有找到,便不会下载证书,而返回一个错误信息给管理员。PKCS 7 邮件中所有的 CA 证书都会被安装到服务器的证书库里,并被认为是可信任的。

3)S/MIME 客户端。S/MIME 客户端通过电子邮件从 CA 那里得到证书。和 Web 服务器一样,S/MIME 证书也是 PKCS 7〔3〕格式的邮件。客户端收到邮件以后,订阅者便打开它。S/MIME 客户端验证 PKCS 7 邮件以后,自动将客户证书和所有 CA 证书安装到本地数据库。同浏览器和 Web 服务器一样,S/MIME 客户端也能把 CA 证书和普通证书区别开,并且通常预装了一些常见的 root CA 证书。和 Web 产品不一样的是,大多数 S/MIME 产品并不自动信任 CA 证书,而需要订阅者明确地将可信任的证书标识出来。

6. 安全危机恢复

证书作废分两种情况,安全危机作废和例行作废。安全危机作废包括:相关私钥出现安全危机、订阅者无法获取私钥(忘记密码或口令)、订阅者被解雇等。例行作废则是因为证书中所包含的信息失效,或组织机构的从属关系发生变化而发生的。

不论什么原因,都需要给发放证书的 CA 传达证书作废通知。可以是发送电子邮件、给 CA 操作员打个电话、提交其他形式的表格等。为了防止 DoS 攻击,CA 操作员必须确保作废通知是可认证的。

证书作废时,CA 通过发布 CRL(证书作废列表)的方式通知其他订阅者。CA 将定期产生并发布 CRL,其发布机制通常和证书是一样的。CRL 发布到目录服务器、Web 接口或通过电子邮件分发。CRL 的相关问题是现今 PKI 讨论区的主要议题之一。人们关注作废通知的时效性,因为 CRL 只可能定期地产生。为解决这一问题,紧急的 CRL 或者说含有那些因为安全危机而作废的证书的 CRL 可能会被更及时地发布,并且直接发送给订阅者而不是让订阅者自己去获取。另一个被关注的问题是,随着 CA 发布证书的数量越来越多,CRL 会越来越庞大,而 CRL 的大小会影响到其验证一个证书地址所需要的时间。最后的问题是通常没有一个稳定的目录服务使得订阅者可以随时获得 CRL。基于以上这些问题,大多数安全产品都没有提供 CRL,因而订阅者必须通过手工的方法从数据库中删除已经作废的证书。

证书在线验证是另一个证书作废模型。这种模型里,证书或者证书路径需要发送到一个可信任实体(CA 或者证书资源库),由这个实体来确定证书是否合法,并且将结果通知给请求者。在线验证同样有自己的问题,它需要请求者和实施验证的可信任实体之间有网络连接。网络的使用,以及验证请求和结果回应所带来的额外网络开销成为实现在线验证不可避免的问题。实施验证的实体信任级别也需要考虑,这还取决于具体的需求和环境。

CA 也帮助其订阅者从密钥安全危机中恢复。如果 CA 参与了密钥的产生,会提供备份功能。这样,如果订阅者无法获得密钥而又需要恢复被加密的信息,CA 就会提供密钥的一份复件给订阅者,或者发布一个旧密钥的新标识。这样的安全危机下,订阅者必须获得一对新的密钥,并且生成证书。CA 也要参与进来,初始化新的密钥并且生成证书,如前所述。

7. 密钥恢复

通常只有加密密钥需要提供恢复功能,而签名密钥则不涉及恢复的问题。CA 为订阅者产生密钥的时候,可以提供备份或第三方契约的功能。PKI 正是通过这些手段,来实现密钥恢复。

CA 将在安全的数据库上存放一份私钥的备份,这一密钥将在需要的时候用来恢复被它加密的信息。甚至订阅者自己生成密钥的情况下,CA 提供密钥备份也是可能的,只要能将订阅者的私钥安全地传递给 CA,问题就解决了。另外,完全独立于 PKI 体系的密钥恢复机制也是可能的。

8. 密钥更替

PKI 体系下有两种情形证书需要更新,一是证书到达自然的过期时间;再是前一证书作废而新的证书需要发布。第一种更新又分两种情况,密钥和证书的同时更新;密钥不变而仅更新证书。新的密钥是否生成取决于密钥生命期值。如果密钥生存期比证书有效期长,则继续使用密钥,直到其生存期截止。

证书更新时密钥更替的过程和初始化证书时生成密钥的过程,本质上是一样的。如果不生成新密钥,则证书的更新过程更为简单。

9. 密钥销毁

与对称密钥管理所不同的是,PKI 并不对密钥的销毁进行跟踪。非对称密钥过期或出现安全危机时,就需要销毁。多数安全产品需要订阅者从数据库中手工删除旧密钥和证书。同时需要注意,有的情况下订阅者也需要保留过期的或出现安全危机的密钥,以便恢复被这些密钥加密的数据。

5.6.5 PKI 信任模型

现实世界中,每个 CA 只可能覆盖一定的作用范围,不同行业往往有各自不同的 CA。它们颁发的证书都只在行业范围内有效,终端用户只信任本行业的 CA。目前,国内已建和在建的 CA 认证中心有近 30 家,它们的 PKI 体系结构各不相同,有的是单 CA 信任模型,有的是其他信任模型,而这些不同的 PKI 体系在实际中需要相互联系,因此解决 PKI 中的多级信任模型问题(即解决各个独立 PKI 体系间的交叉信任问题)就显得尤为重要。本节从技术指标和性能指标两个角度对目前常用的多级信任模型进行了分析与研究

1. 信任模型相关概念

1)信任域,即信任的范围。是指公共控制下或者服从一组公共策略的实体集。对于一个公司或者单位而言,这个公共策略包括机构制定的操作规则和安全章程。

2)信任锚,即信任的起点。在信任模型中,当可以确定一个实体身份或者有一个足够可信的身份签发者证明该实体的身份时,就能做出对它信任的决定,这个可信的身份签发者称为信任锚。

3)信任路径。在一个实体需要确认另一个实体身份时,需要先确定信任锚,再由信任锚找出一条到达待确认实体的各个证书,这些证书组成的路径称为信任路径。通过信任路径进

行传递信任。

4）信任关系。当两个认证机构中的一方给对方的公钥或双方给对方的公钥颁发证书时，二者之间就建立了信任关系。

5）信任模型。描述了建立信任关系的方法，研究的是 PKI 体系中用户与 CA 的信任关系以及 CA 间的相互信任关系。

从技术的可实现角度出发，评价一个 PKI 信任模型所要涉及的方面很多，其中最重要的几个方面如下：

1）信任域扩展的灵活度。信任域能否扩展，扩展是否容易，扩展数量有没有限制等是多级信任模型应考虑的首要问题。

2）信任建立方式的安全度。信任建立方式涉及到一个信任域或多个信任域内外的认证或交叉认证，信任的建立会涉及到很多不同的 PKI 体系间相互的认证，交叉认证越复杂，交叉证书的管理难度就越大，安全性就会越低；同时，信任锚的安全性也决定了信任域的安全度。

3）信任关系的可靠度。由于信任在传递的过程中会发生衰减，如何保证建立的信任关系的可靠度对一个信任模型来说非常重要。

4）信任路径构建的难易度。即从现有的信任关系中找出一条从信任的发起方或者发起方的根 CA 到信任的目的方或者根 CA 的满足要求的路径的难易程度。信任路径构建越容易，需要的运算量以及必需的信息量就越少，反之，证书路径的构建和验证很困难。

5）信任路径的长度。信任路径的长度与证书的数量和管理直接相关，信任路径越短，信任路径构建越容易，构建的信任度就越高。

6）证书管理的复杂度。一个信任模型运行所需要的证书数量越多，管理证书的难度就越大，证书路径处理就越复杂。

2. 层次结构模型分析

它是一个以主从 CA 关系建立的分级 PKI 结构（如图 5-26 所示）。它可以描绘为一棵倒置的树，根在顶上，树枝向下伸展，树叶在下面。在这棵树中，根代表一个对于整个 PKI 系统的所有实体都有特别意义的 CA——根 CA，它是整个信任域中的信任锚（Trust Anchor），所有实体都信任它。根 CA 的下面是零层或多层子 CA，上级 CA 可以而且必须认证下级 CA，而下级 CA 不能认证上

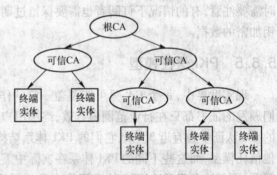

图 5-26　层次结构模型

级 CA。与非 CA 的 PKI 实体相对应的树叶通常被称作终端用户，每个终端实体都必需拥有根 CA 的公钥。两个不同的终端用户进行交互时，双方都提供自己的证书和数字签名，通过根 CA 来对证书进行有效性和真实性的认证。

层次结构模型有如下优点。

1）证书路径长度较短，最长的路径等于树的深度。

2）到达一个特定最终实体只有唯一的信任路径，证书信任路径构建简单。

3）证书策略简单，证书短小，数量不会很多，证书管理较容易。

4）它建立在严格的层次机制之上，因此建立的信任关系可信度高。

5）同一机构中信任域扩展容易,当需增加新的认证域时,该信任域可以直接加到根CA下面,也可以加到某个子CA下,这两种情况都很方便,容易实现。

层次结构模型有如下缺点。

1）根CA密钥的安全是最重要的。如果它的私钥泄露,整个信任体系就会瓦解。

2）它是一种严格的层次模型,要求参与的各方都信任根CA,因此,在一个国家或全世界建造一个统一的根CA是不现实的。这实际上表明在不同的PKI信任域间难以进行信任域的统一与扩展。

3）根CA的策略制定也要考虑各个参与方,这会使策略比较混乱。

3. 网状结构模型分析

在网状模型中(如图5-27),信任锚的选取不是唯一的,终端实体通常选取给自己发证的CA为信任锚。CA间通过交叉认证形成网状结构。网状信任模型把信任分散到两个或更多个CA上。

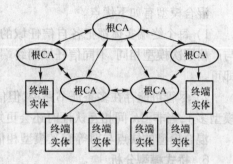

图5-27 网状结构模型

网状结构模型有如下优点。

1）信任建立的安全性较高,因为存在多个信任锚,单个CA安全性的削弱不会影响到整个PKI。

2）信任域扩展较方便,任何一个独立的CA,只要与域内的某一CA建立了交叉认证,就加入了该域。

3）信任关系可以传递,从而减少颁发的证书个数,使证书管理相对简单容易。

网状结构模型有如下缺点。

1）信任路径的构建复杂,可能会出现多条认证路径和死循环的现象,这将使证书验证变得困难。

2）证书路径可能较长,信任的传递将引起信任度的衰减,信任关系处理的复杂度增加。

4. 对等交叉模型分析

对等交叉信任模型中的任意两个机构的关系是对等的。每个机构的信任锚是它自己的根CA。该模型必须在域间进行双向交叉认证。最简单的点对点对等交叉模型如图5-28所示。

图5-28 对等交叉模型

对等交叉模型有如下优点。

1）可应用于各种复杂的信任关系,应用范围广。

2）证书路径最短,一般为1。

3）信任路径构建简单,且信任关系的可靠度较高。

对等交叉模型有如下缺点。

1）由于限制自己只允许直接的信任关系,所以证书量很大,如果有N个机构的CA之间要相互通信,那么一共就需要N(N-1)个证书,给证书管理带来很大的难度。

2）当交叉认证的CA达到一定程度时,所需关系数的爆炸很快会导致其不可扩展。

5. 混合模型分析

混合模型中有多个根CA存在,所有的非根CA(子CA)都采用从上到下的层次模型被认证,根CA之间采用网状模型进行交叉认证。不同信任域的非根CA之间也可以进行交叉认证,这样可以缩短证书链的长度(如图5-29所示)。

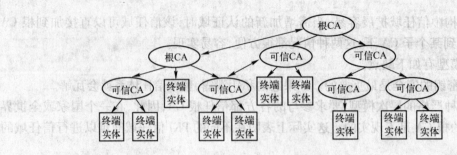

图 5-29 混合模型

混合模型有如下优点。

1）每个终端实体都把各自信任域的根 CA 作为信任锚。同一信任域内的认证优点完全与严格层次模型相同，不同信任域间终端实体认证时，只需将另一信任域的根证书作为信任锚即可。

2）尽管可能存在多条证书路径，但信任路径的构造简单，信任路径的长度只比严格层次模型多 1，当非 CA 间相互认证时还会更短。

混合模型的缺点与对等交叉模型相似。

6. 桥式模型分析

桥式模型被设计成用来克服层次模型和网状模型的缺点和连接不同的 PKI 体系。桥 CA 允许用户保持原有的信任锚，它不直接向用户颁发证书。对于各个根 CA 来说，桥 CA（彼此间相互认证）是它们的同级而不是它们的上级（如图 5-30 所示）。

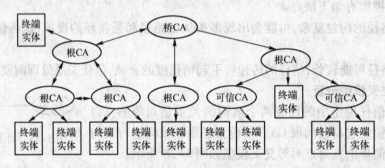

图 5-30 桥式模型

与网状结构 CA 不同的是，桥式 CA 不直接发布证书给用户；与层次结构中的根 CA 不同的是，桥式 CA 也不是当作一个信任点来使用的。所有的 PKI 用户把桥式 CA 当作一个中间人。桥式 CA 为不同的 PKI 建立对等关系（P2P）。这些关系可以组合成为连接不同 PKI 用户的信任桥。

桥式模型有如下优点。

1）信任路径是唯一的。

2）现实性强。该模型分散化的特性比较准确的代表了现实世界中证书机构的相互关系。

3）证书路径较易发现。用户只需知道他们到桥 CA 的路径，从而就能确定从桥 CA 到用户证书的证书路径。

4）证书路径较短。

桥式模型有如下缺点。

1）证书路径的有效发现和确认仍然不很理想。因为基于桥 CA 模型可能包括部分的网状模型。

2）大型 PKI 目录的互操作性不方便。

3）证书复杂。基于桥 CA 模型的 PKI 体系中,桥 CA 需要利用证书信息来限制不同企业 PKI 的信任关系。

4）证书和证书状态信息不易获取。

7. Web 模型分析

这种模型多应用于浏览器产品中,许多根 CA 被预装在标准的浏览器上,每个根 CA 都是一个信任锚,每个根 CA 是平行的,不需要进行交叉认证,浏览器用户信任这多个根 CA 并把这多个根 CA 作为自己的信任锚集合,因此,每个终端实体有多个信任锚可以选择(如图 5-31 所示)。Web 模型更类似于认证机构的层次结构模型,因为浏览器厂商起到了根 CA 的作用,而与被嵌入的密钥相对应的 CA 就是它所认证的 CA,当然这种认证并不是通过颁发证书实现的,而只是物理地把 CA 的密钥嵌入浏览器。

Web 模型有如下优点。

方便简单,操作性强,对终端用户的要求较低。用户只需简单信任嵌入的各个根 CA。

Web 模型有如下缺点。

1）安全性较差。如果这些根 CA 中有一个是坏的,即使其他根 CA 仍然完好无损,安全性也将被破坏。

2）根 CA 与终端用户信任关系模糊,终端用户与嵌入的根 CA 间交互十分困难。

3）扩展性差,根 CA 都已预先安装,难于扩展。

4）让用户来管理如此多的公钥增加了用户的负担,对用户的技术水平提出了更高的要求。

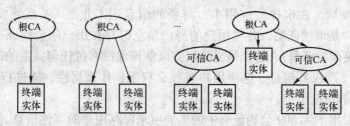

图 5-31　Web 模型

8. 以用户为中心的信任模型分析

在以用户为中心的信任模型中,每个用户自己决定信任哪些证书。没有可信的第三方作为 CA,终端用户就是自己的根 CA(如图 5-32 所示)。著名的安全软件 PGP(Pretty Good Privacy)最能说明以用户为中心的信任模型。在 PGP 中,一个用户通过担当 CA(签署其他实体的公钥)并使其公钥被其他人所认证来建立或参加所谓的"信任网(Web of Trust)"。

该模型有如下优点。

1）安全性最强。在高技术性和高厉害关系的群体

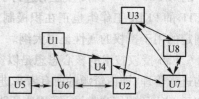

图 5-32　以用户为中心的模型

中,这种模型具有优势。

2）用户可控性很强,用户可自己决定是否信赖某个证书。

该模型有如下缺点。

1）使用范围较窄。期望普通用户自己发放和管理证书是不现实的。

2）不适宜有严格组织机构的群体,因为在这些群体中,往往需要以集约方式控制一些公钥,而不希望完全由用户自己控制。

PKI 的主要目的是建立并维护一个可信的计算机网络环境和安全的网络应用,选择何种信任模型是设计和研发 PKI 必须考虑的一个重要问题。综合上面的分析,严格层次型适合具有等级关系的组织或机构内部;网状型适合一个机构内部或规模不大、数量不多、地位平等的多个机构;桥接型适合更多的 PKI 连接;对等型、混合型适合数量不多的多个机构,但各自又有不同的技术特点;Web 型虽适合多个机构,但需要浏览器厂家的支持;用户型的安全性很强,使用范围很窄。

5.6.6 PMI 基本概念

PKI 通过方便灵活的密钥和证书管理方式,提供了在线身份认证——"他是谁"的有效手段,并为访问控制、抗抵赖、保密性等安全机制在系统中的实施奠定了基础。然而,随着网络应用的扩展和深入,仅仅能确定"他是谁"已经不能满足需要,安全系统要求提供一种手段能够进一步确定"他能做什么"。为了解决这个问题,PMI(Privilege Management Infrastructure)——特权管理基础设施应运而生。

1. PMI 基本概念

PMI 指能够支持全面授权服务、进行特权管理的基础设施,即如何利用 PKI-CA 进行对用户访问的授权管理,它与公钥基础设施有着密切的联系。

随着 PKI 技术的发展和大量以 PKI 技术为基础的 CA 系统的建立,相关的电子商务、电子政务应用飞速发展。在这样的应用中,需要的信息远不止是 CA 系统提供的身份信息(CA 证书提供用户是谁的证明,并将用户的身份信息保存在用户的公钥证书中,为某个人的身份提供不可更改的证据),特别是交易双方以前彼此没有过任何关系的时候,就更需要验证对方的属性(授权)信息,这个用户有什么权限、什么属性、能进行哪方面的操作、不能进行哪方面的操作。

早期的应用采用了 X.509 公钥证书中的扩展项来保存用户的属性信息,但随之引发的问题是:各个证书系统都定义了自己的专有证书扩展项以满足自己应用的需要,但专有扩展项的增加,给证书的互操作性、证书发放的权限和证书的撤销都带来很多不便。

为了解决这个问题,在 1997 年出版的 X.509 V3 中,最早提出了属性证书的概念。2000 年的 X.509 V4 中对属性证书进行了更为详细的描述,并且针对 PMI 模型也进行了详细定义。IETF 的 PKIX 工作组也正在积极制定与属性证书相关的协议标准,RFC 3281 协议就是 IETF 制定的用于授权的属性证书大纲。

PMI 授权技术的核心思想是以资源管理为核心,将对资源的访问控制权统一交由授权机构进行管理,即由资源的所有者来进行访问控制管理。与 PKI 信任技术相比,两者的区别主要在于 PKI 证明用户是谁;而 PMI 证明这个用户有什么权限、什么属性,并将用户的属性信息保存在属性证书。相比之下,后者更适合于那些基于角色的访问控制领域。

就像现实生活中一样,网络世界中的每个用户也有各种属性,属性决定了用户的权力。PMI 的最终目标就是提供一种有效的体系结构来管理用户的属性。这包括两个方面的含义,首先,PMI 保证用户获取他们有权获取的信息、做他们有权限进行的操作;其次,PMI 应能提供跨应用、跨系统、跨企业、跨安全域的用户属性的管理和交互手段。

PMI 建立在 PKI 提供的可信的身份认证服务的基础上,以属性证书的形式实现授权的管理。PMI 体系和模型的核心内容是实现属性证书的有效管理,包括属性证书的产生、使用、作废、失效等。下面介绍属性证书及 PMI 体系结构和模型等知识。

PMI 使用的属性证书是一种轻量级的数字证书,它不包含公钥信息,只包含证书所有人 ID、发行证书 ID、签名算法、有效期、属性等信息。一般的属性证书的有效期都比较短,这样可以避免公钥证书在处理 CRL 时的问题。

属性证书的引入,将用户的信息合理地分成了两类,一类是存放在 X.509 公钥证书中的基本身份信息;另一类是存放容易改变的属性信息的属性证书。两个证书的发放权限也可以由不同的部门来管理和执行。而且一般而言,属性证书通过短有效期在一定程度上解决证书作废的问题,极大地简化了证书发放的流程。

X.509-2000 年版(V4)定义的 PMI 模型中包括 PMI 的一般模型、控制模型、委托模型和角色模型。

2. 属性证书

属性证书 AC,就是由 PMI 的属性认证机构 AA(Attribute Authority)签发的将实体与其享有的权力属性捆绑在一起的数据结构,权威机构的数字签名保证了绑定的有效性和合法性。属性证书主要用于授权管理。

属性证书建立在基于公钥证书的身份认证的基础上。公钥证书 PKC 为了保证用户身份和公钥的可信度,将两者进行捆绑,并由可信的第三方——证书颁发机构 CA 签名的数据结构,即为公钥证书,公钥证书的管理由 PKI 系统进行。公钥证书保证实体及其公钥的对应性,为数据完整性、实体认证、保密性、授权等安全机制提供身份服务。那么,为什么不直接用公钥证书来承载属性而使用独立的属性证书呢?

首先,身份和属性的有效时间有很大差异。身份往往相对稳定,变化较少,而属性,如职务、职位、部门等则变化较快。因此,属性证书的生命周期往往远大于用于标识身份的公钥证书。举例来说,公钥证书类似于日常生活中的护照,而属性证书类似于签证。护照代表了一个人的身份,有效期往往很长;而签证的有效期则几个月、几年不等。

其次,公钥证书和属性证书的管理颁发部门有可能不同。仍以护照和签证为例,颁发护照的是一个国家,而颁发签证又是另一个国家;护照往往只有一个(多国籍的除外),而签证数量却决定于要访问的国家的多少。与此相似,公钥证书由身份管理系统进行控制,而属性证书的管理则与应用紧密相关,什么样的人享有什么样的权力,随应用的不同而不同。一个系统中,每个用户只有一张合法的公钥证书,而属性证书则灵活得多。多个应用可使用同一属性证书,但也可为同一应用的不同操作颁发不同的属性证书。

因此,只有那些身份和属性生命期相同、而且 CA 同时兼任属性管理功能的情况下,可以使用公钥证书来承载属性,即在公钥证书的扩展域中添加属性字段。大部分情况下应使用公钥证书+属性证书的方式实现属性的管理。属性证书的格式如表 5-3 所示。

表5-3 属性证书格式

字 段	含 义
版本	
主体名称	该授权证书的持有者
发行者	颁发本 AC 的 AA 名称
发行者唯一标识符	颁发本 AC 的 AA 的唯一标识符(比特串)
签名算法	
序列号	
有效期	
属性	持有者所具有的权力属性
扩展域	

属性证书的作废与公钥证书相似,也是通过证书作废列表 CRL 的方式。通常对于有效期较长的属性证书系统,需要维护 ACRL(属性证书作废列表),而对于生存周期非常短的属性证书来说,证书作废是没有必要的。

3. PMI 模型

(1)一般模型

属性认证机构 AA 是 PMI 的核心机构,CA 和 AA 往往是独立的。PMI 的体系结构和 PKI 有相似之处,如图 5-33 所示。

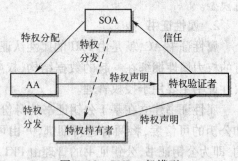

图 5-33 PMI 一般模型

1)属性管理中心 SOA(Source of Attribute Authority),是整个授权系统的最终信任源和最高管理机构,相当于 PKI 系统中的根 CA,对整个系统特权分发负有最终的责任。SOA 的主要职责是授权策略的管理、应用授权受理、AA 中心的设立审核及管理等。

2)AA 是属性管理体系的核心服务节点,是对应于具体应用系统的授权管理分系统,由各应用部门管理,SOA 授权给它管理一部分或全部属性的权力。AA 中心的职责主要包括应用授权受理。AA 可以有多个层次,上级 AA 授权给下级 AA,下级 AA 可管理的属性的范围不超过上级 AA。

3)特权持有者(End-Entity Privilege Holder)是使用属性证书的实体或人。在很多使用环境中,系统只存在一个 AA,即 SOA 管理所有的特权和属性,并直接分配特权给最终用户,如图 5-33 中虚线所示。在大型的复杂的环境中,则存在多级 AA,PMI 呈树状体系结构,分层进行管理,属性的验证也较为复杂,不仅要验证最终用户持有的属性证书,还必须逐级回溯,验证各级 AA 的权力和有效性,直至 SOA,这类似 PKI 系统中的信任链。

(2)PMI 的访问控制模型

PMI 访问控制模型由 3 大实体组成,如图 5-34 所示。

1)对象(Object):指的是被保护的资源,包

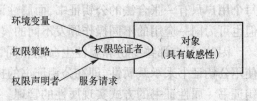

图 5-34 PMI 访问控制模型

188

括设备、文件、进程等。每个对象都具有一定的操作方法,如防火墙对象,具有"允许进入"、"拒绝访问"等方法;或者是文件系统中的文件,则具有"读"、"写"、"执行"等权限。PMI 中对象的定义与标准访问控制框架(ISO 10181-3)中的对象定义一致。

2)权限声明者(Privilege Asserter):指具有某些权限的实体,即携带属性证书的访问者。PMI 中的用户相当于标准访问控制框架中的发起者(Initiator)。

3)权限验证者(Privilege Verifier):根据权限声明者所具备的权限来判断是否允许其访问某一对象的机构。PMI 中的验证者相当于标准访问控制框架中的 ADF(Access Control Decision Function)。

验证者获得用户的属性证书后,依据以下 4 点判断是否允许该用户访问某一对象。

- 用户的权限:即属性证书中的属性,它体现了授权机构对该用户的信任程度。
- 权限策略:指采用特定方法访问特定对象所需权限的最小集合或门限。
- 当前相关的环境变量参数:验证者进行权限判断时所使用的一些参量,如时间等。
- 对象及其操作方法的敏感程度:反应了要处理的资源的属性,如文档密级等。这种敏感程度既可以外在的标签方式与对象共存,也可是对象固有数据结构封装的一部分。

在这个模型中,用户向验证者提交属性证书的方式有以下两种(如图 5-35 所示)。

- "推"模式:当用户请求访问对象的时候,首先从使用自己公钥证书的 AA 处获得属性证书,将公钥证书和属性证书均提交给验证者。
- "拉"模式:当用户请求访问对象的时候,只将公钥证书提交给验证者,由验证者到 AA 去查询用户的属性证书。

这两种模式在实现中对用户均应是透明的。它们各有优缺点,适应于不同场合的应用。"推"模式下,验证者不需进行证书查找,验证效率较高,可提高系统的性能;"拉"模式基本不需对客户端及现有协议做大的改动。具体应用系统中采用哪种方式应根据环境及要求决定。

(3)委托模型

在某些情况下需要委托模型,见图 5-36。在委托模型中有 4 种组成部分,属性管理中心 SOA、属性认证机构 AA、权限验证者和权限持有者。

在没有使用委托的情况下,SOA 是用户属性证书的签发者。在允许委托的情况下,SOA 可以将某些权限赋予一个实体,同时让它可以作为属性证书认证机构为其他实体签发属性证书。它签发的证书所具有的权限能等同或小于它所得到的委托。SOA 还可以对所授的权限进行限制。这些中间的属性证书认证机构可以进一步委托其他实体作为属性证书认证机构。一个统一的要求是任何一个属性证书认证机构的委托都不能超过它自己所拥有的权限。

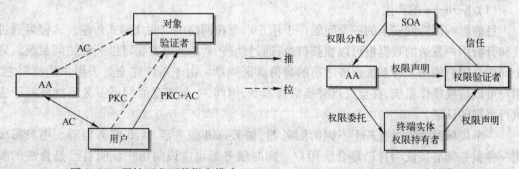

图 5-35　属性证书两种提交模式　　　　图 5-36　委托模式

（4）角色模型

角色是给用户分配权限的一种间接手段。系统定义角色，每个角色对应一定的权限。通过颁发角色分配证书（Role Assignments Certificate），使用户具有一个或多个角色；通过验证机构的本地设置或颁发角色说明证书（Role Specification Certificate）给验证机构，使验证者获知角色和权限的对应关系，从而对用户的访问可依其角色所具有的权限作出判断，实施对用户的控制。PMI的角色模型如图5-37所示。

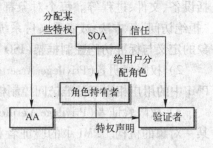

图 5-37　PMI 的角色模型

PMI 是 PKI 的发展方向。PMI 是将对资源的访问控制权交给资源所有者。考虑到不同行业纵向业务系统中授权管理体系和不同行政级别的横向行业者管理系统中的授权管理体系并存，因而存在一个信任链互连的问题。所以可以考虑将 PKI 和 PMI 互连，这样就可以节省时间、金钱，并获得更大的安全，有效地提高授权控制能力。

5.7　网络安全协议

互联网通信主要是在 TCP/IP 通信协议的基础上建立起来的。数据从应用层开始，每经过一层都被封装进一个新的数据包。这就好比将信件先装入一个小信封，再逐层装入一个更大的新信封、邮包、邮车内，信封、邮包、邮车上都附有具体的传送信息。在 TCP/IP 体系中，应用层数据经过 TCP 层、IP 层和网络接口层后分别装入 TCP 包、IP 包和网帧。每个数据包都有首部和载荷，而网帧除了首部和载荷外，还可能有尾部。数据包的首部提供传送和处理信息。TCP 包的载荷是应用层的数据，IP 包的载荷是 TCP 包，而网帧的载荷是 IP 包，网帧最后经网络媒体传输出去。所以，在网络的不同层次中置放密码算法所得到的效果是不一样的。本节着重分析在应用层、传输层和网络层进行加密的协议。

5.7.1　应用层安全协议

应用层有各种各样的安全协议，常用的应用层安全协议包括 Kerberos 身份认证协议（Kerberos）、安全外壳协议（SSH）、多用途互联网邮件扩充安全协议（S/MIME）、电子交易安全协议（SET）和电子现钞协议（eCash）。

1. Kerberos 协议

（1）Kerberos 的产生

目前影响因特网安全的一个问题在于用户口令在网络中以明文形式传输。入侵者通过截获和分析用户发送的数据报可以捕获口令；通过伪装 IP 地址等方法可以远程访问系统。另一个问题是用户使用某种系统服务之前的身份认证问题。由于系统完全处于用户的控制之下，用户可以替换操作系统，甚至可以替换机器本身，因而，一个安全的网络服务不能依赖于主机执行可靠的认证。

一个局域网通常设有若干不同的服务器，如 E-mail 服务器、Web 服务器等。用户每次使用一种服务都必须证明自己是合法用户。同时服务器也应该向用户证明自己是合法的服务器。用户可以通过登录名和登录密码向服务器证明自己的身份，但这样做要求用户每次访问服务器时都必须输入登录密码,诸多不便。同时,每台服务器还需要存储和维护用户登录密码,增加系统管理的负担。

公钥证书是跨网络认证数据和认证用户身份的有效方法。不过,使用公钥证书不能没有证书机构,且证书机构通常是要收费的。此外,执行公钥密码算法比执行常规加密算法耗时。对于局域网而言,因为每个用户都必须登记注册和设立登录密码,所以在局域网内无须使用公钥证书。Kerberos 协议就是一个不使用公钥证书而用常规加密算法进行身份认证的协议。

Kerberos 协议是由麻省理工学院于 1988 年设计并开发出来的身份认证系统,它是为 TCP/IP 网络设计的可信的第三方认证协议,用户将自己的登录名和口令交给本地计算机上可信任的代理者,由它帮助局域网用户有效地向服务器证明自己的身份从而获取服务。

RFC 1244(目前被 RFC 2196 所取代)中对 Kerberos 进行了说明,"Kerberos,其名称来自于神话传说中守卫地狱大门的狗,它是一种可在大型网络中使用的软件集,用于验证用户所宣称的身份,该系统由麻省理工学院(MIT)开发,使用了加密技术和分布式数据库技术,这样位于校园中的某个用户能够从校园网中的任何计算机上登录并启动会话,在那些具有大量的潜在用户,并且这些用户可能希望从许多工作站中的任意一个建立到服务器的连接环境下,使用 Kerberos 具有明显的好处。"目前 Kerberos 公开的版本有版本 4、5(第 1 ~ 3 版均为内部开发版),其代码是公开的,源代码可由 MIT's Project Athena(雅典娜工程)免费提供。

Kerberos 具有 3 个主要功能,认证、授权及记账(Accounting)。

1)认证。在基本的认证中,要求用户提供一个口令。在改进的认证中,要求用户使用赋给 ID 合法拥有者的一块硬件(令牌),或者要求用户提供生物特征(指纹、声音或视网膜扫描)来认证对 ID 的声明。Kerberos 的目标是将认证从不安全的工作站集中到认证服务器。服务器在物理上是安全的,并且其可靠性是可控制的,这就保证了一个 Kerberos 辖域中所有用户被相同标准或策略认证。

2)授权。在用户被认证后,应用服务或网络服务可以管理授权。它查看被请求的资源,应用资源或应用函数,检验 ID 拥有者是否具有使用资源或执行应用函数的许可。Kerberos 的目标是在基于其授权的系统上提供 ID 的委托认证。

3)记账与审计。记账的目标是为客户支付的限额和消费的费用提供证据。另外,记账审计用户的获得,以确保动作的责任可以追溯到动作的发起者。例如,审计可以追溯发票的源点来自某个将其输入系统的人。

在 Kerberos 协议中,用户首先获取使用服务器的通行证,然后凭此通行证向服务器获取服务。为了便于管理,Kerberos 协议使用两个特殊的服务器,分别称为身份认证服务器 AS(Authentication Server)和通行证授予服务器 TGS(Ticket Granting Server)。AS 用于管理用户,而 TGS 用于管理服务器。Kerberos 假设只有 AS 知道用户登录密码。除此之外,TGS 和其他服务器分别拥有共享密钥。

用户 C 登录时首先向 AS 证明自己的身份,AS 验证用户的登录名和登录密码后给用户签发一个 TGS 通行证,用户持此通行证可随时向 TGS 证明自己的身份,以便领取访问服务器 V 的通行证,这个通行证称为服务器通行证。服务器通行证用于向该服务器索取服务。

Kerberos 协议有两种模式,单域模式和多域模式。一个 Kerberos 域是指用户和服务器的集合,它们都被同一个 AS 服务器所认证。下面分别介绍。

（2）Kerberos 单域认证处理过程

在下面的描述中用到一些符号,说明如下:

C,客户

V,服务器

AS,身份认证服务器

TGS,通信证授予服务器

ID_C,客户 C 的 Kerberos 系统登录名

ID_V,服务器 V 的 ID

ID_{TGS},TGS 的标识符

t_i,时间戳

E_k,使用密钥 k 的常规加密算法

K_C,由客户登录密码产生的密钥

$K_{C,TGS}$,由 AS 产生的用于 C 和 TGS 之间通信使用的会话密钥

K_{TGS},AS 和 TGS 的共享主密钥

K_V,TGS 和 V 的共享主密钥

$K_{C,V}$,由 TGS 产生的用于 C 和 V 之间通信使用的会话密钥

LT_i,有效期

$Ticket_{TGS}$,AS 给用户签发的使用 TGS 的通行证

$Ticket_V$,TGS 给用户签发的使用 V 的通行证

AD_C,C 的 MAC 地址

$Auth_{C,TGS}$,用 $K_{C,TGS}$ 加密的 C 的认证码

$Auth_{C,V}$,用 $K_{C,V}$ 加密的 C 的认证码

∥,连接符

单域认证处理过程分 3 个阶段,如图 5-38 所示。

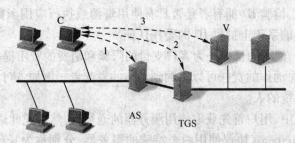

图 5-38　Kerberos 单域认证处理过程

阶段 1:用户 C 向 AS 提出使用 TGS 的请求,AS 给用户签发使用 TGS 的通行证。

$$C \rightarrow AS : ID_C \parallel ID_{TGS} \parallel t_1$$

$$AS \rightarrow C : EK_C(K_{C,TGS} \parallel ID_{TGS} \parallel t_2 \parallel LT_2 \parallel Ticket_{TGS})$$

$$Ticket_{TGS} = EK_{TGS}(K_{C,TGS} \parallel ID_c \parallel AD_C \parallel ID_{TGS} \parallel t_2 \parallel LT_2)$$

在第 1 阶段中,用户向 AS 发出的请求不加密,时间戳用户防御重放攻击。因为 Kerberos 主要用于局域网,而在局域网内不难统一所有计算机的时钟,所以只用时间戳便可有效地防御重放攻击。

AS 根据用户的 ID 计算出一个密钥 K_C,然后 AS 产生一个用于 C 和 TGS 之间通信使用的会话密钥 $K_{C,TGS}$,并用 AS 和 TGS 共享的主密钥 K_{TGS} 将 $K_{C,TGS}$ 以及 ID_C、AD_C、t_2 等加密产生一个 TGS 通行证。这里 ID_C 用于向 TGS 表明用户 C 的 ID,AD_C 用于表明该 TGS 通行证只对用户 C 在地址为 AD_C 的计算机上使用才有效,时间戳 t_2 和 LT_2 用于抵御重放攻击。

用户 C 收到 AS 的回信后,用与 AS 使用的相同的算法计算出密钥 K_C,并用 K_C 将收到的信息解密,得到会话密钥 $K_{C,TGS}$ 和 TGS 通行证 $Ticket_{TGS}$。用户 C 在有效期范围内便可以多次重用这个通行证向不同的服务器验证自己的身份,而不需要输入登录密码。

阶段 2:用户 C 用 TGS 通行证向 TGS 提出访问某服务器 V 的请求,TGS 给用户签发使用该服务器 V 的通行证。

$$C \to AS: ID_V \parallel Ticket_{TGS} \parallel Auth_{C,TGS}$$
$$Auth_{C,TGS} = EK_{C,TGS}(ID_C \parallel AD_C \parallel t_3)$$
$$TGS \to C: EK_{C,TGS}(K_{C,V} \parallel ID_V \parallel t_4 \parallel Ticket_V)$$
$$Ticket_V = EK_V(K_{C,V} \parallel ID_C \parallel AD_C \parallel ID_V \parallel t_4 \parallel LT_4)$$

用户 C 通过第 1 阶段获得 TGS 通行证后,可在有效期内凭此通行证向任何服务器 V 索取服务。例如用户可能一会儿需要收发电子邮件,因此需要访问 E-mail 服务器,一会儿可能要上网浏览,因此需要访问 Web 服务器。在第 2 阶段中,C 首先将 V 的名称、TGS 通行证和用密钥 $K_{C,TGS}$ 加密的认证资料送给 TGS。认证资料包含 C 的登录名、C 的机器地址和时间戳。时间戳用于防御旧信重放,C 的登录名和机器地址必须与 TGS 通行证内的相同,否则认证失败。

认证成功后,与 AS 类似,TGS 为用户 C 产生一个用于 C 和 V 之间的通信密钥 $K_{C,V}$ 和服务器 V 的通行证 $Ticket_V$,该通行证用 TGS 和 V 共享的密钥 K_V 加密,以便 V 认证其出处。

阶段 3:用户 C 用服务器通行证向服务器 V 索取服务。

$$C \to V: Ticket_V \parallel Auth_{C,V}$$
$$Auth_{C,V} = EK_{C,V}(ID_C \parallel AD_C \parallel t_5)$$
$$V \to C: EK_{C,V}(t_5 + 1)$$

在第 3 阶段中,用户 C 将从 TGS 处获得的通行证 $Ticket_V$ 连同用密钥 $K_{C,V}$ 加密的用户信息和时间戳输送给服务器 V,认证通过后 V 将时间戳加 1,并用密钥 $K_{C,V}$ 将其加密后送给 C,表明认证完毕且 C 将得到所请求的服务。

(3) Kerberos 的多域认证处理过程

当一个系统跨越多个组织时,就不可能用单个认证服务器实现所有的用户注册,相反,需要多个认证服务器,各自负责系统中部分用户和服务器的认证。

多域 Kerberos 协议只需在单域 Kerberos 协议上作一些修改即可。假设某个单域 Kerberos 系统用户 C 需要使用邻近的另一个单域 Kerberos 系统提供的服务。多域 Kerberos 协议分 4 个阶段,如图 5-39 所示。

阶段 1:用户向本域 AS 发出使用本域 TGS 的请求,本域 AS 给用户签发本域 TGS 的通行证。

阶段 2:用户用本域 TGS 通行证向本域 TGS 提出使用邻域 TGS 的请求,本域 TGS 给用户签发邻域 TGS 的通行证。

阶段 3:用户用邻域 TGS 通行证向邻域 TGS 发出使用邻域某服务器的请求,邻域 TGS 给用户签发使用该服务器的通行证。

阶段 4：用户用邻域服务器通行证向邻域服务器获取服务。

（4）Kerberos 的不足

尽管 Kerberos 解决了连接窃听以及用户身份的认证问题，但也存在不少问题和缺陷，下面列举了一部分。

1）它增加了网络环境管理的复杂性，系统管理必须维护 Kerberos 认证服务器以支持网络。对 Kerberos 配置文件的维护是比较复杂而且很耗时。如果 Kerberos 认证服务器停止访问或不可访问，用户就不能使用网络。如果 Kerberos 认证服务器遭到入侵，整个网络的安全性就被破坏。

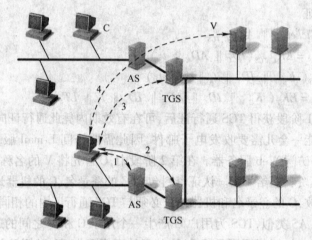

图 5-39　多域 Kerberos 系统示意图

2）Kerberos 中旧的认证码很有可能被存储和重用。尽管时间标记可用于防止这种攻击，但在票据的有效时间内仍可发生重用。虽然服务器存储所有的有效票据就可以阻止重放攻击，但实际上这很难做到。票据的有效期可能很长，典型的为 8 小时。认证码基于这样一个事实，即网络中的所有时钟基本上都是同步的。如果能够欺骗主机，使它的正确时间发生错误，那么旧的认证码毫无疑问就能被重放。大多数的网络时间协议是不安全的，因此这就可能导致严重的问题。

3）Kerberos 对猜测口令攻击也很脆弱。攻击者可以收集票据并试图破译它们。一般的客户通常很难选择最佳口令。如果一个黑客收集了足够多的票据，那么他就有很大的机会找到口令。

4）Kerberos 协议依赖于 Kerberos 软件都是可信的。黑客完全能够用完成 Kerberos 协议和记录口令的软件来代替所有客户的 Kerberos 软件。任何一种安装在不安全计算机中的密码软件都会面临这种威胁。Kerberos 在不安全环境中的广泛使用，使它特别容易成为被攻击的目标。

2. 其他应用层安全协议

1）安全外壳协议 SSH。SSH（Secure Shell，安全外壳协议）是由芬兰学者 Tatu Ylonen 于 1995 年设计实现的，其目的是用密码算法提供安全可靠的远程登录、文件传输和远程复制等网络应用程序。这些应用程序，即远程登录协议（Telnet、Rlogin）、文件传输协议（FTP）和远程复制协议（RCP），在 UNIX 和 Linux 操作系统（包括 X11 视窗）中广泛使用，但它们却将数据以明文形式传输,故窃听者用网络嗅探软件(如 TCPdump 和 Ethreal)便可轻而易举地获知其传输的通信内容。SSH 用密码算法保护这些协议传输的数据,它由 SSH,SFTP 和 SCP 三个基本协议所组成,其中 SSH 代替 Telnet 和 Rlogin,SFTP 代替 FTP,而 SCP 则代替 Rcp。SSH 在 1996 年经过修改后称为 SSH-2。OpenSSH 向用户免费提供这些程序。SSH 开放程序提供如下功能。

- 可用常规加密算法 3DES、AES、Blowfish 或 RC4 将 X11 视窗数据和传统网络协议传输的数据加密,分别称为 X11 运送和端口运送。
- 可用公钥或 Kerberos 协议提供身份认证。
- 可对数据进行压缩。

SSH 是远程登录和文件传输中普遍使用的应用层安全协议,它有若干免费程序可供用户下载使用(参见习题)。

2) 安全超文本传输协议 S-HTTP。S-HTTP(Secure Hyper Text Transfer Protocol,安全超文本传输协议)是 Web 上使用的超文本传输协议(HTTP)的安全增强版本,由企业集成技术公司设计。S-HTTP 提供了文件级的安全机制,用作加密及签名的算法可以由参与通信的收发双方协商。S-HTTP 提供了对多种单向散列函数以及非对称密钥的支持。

S-HTTP 是保护因特网上所传输敏感信息的安全检查协议,随着因特网和和 Web 对身份验证需求的日益增长,用户在彼此收发加密文件之前需要身份验证,S-HTTP 协议也考虑了这种需求。

3) 电子邮件安全协议 S/MIME。早期人们使用最多的电子邮件安全协议为 PGP。PGP 的第 1 版是由 PhilZimmermann 独自开发出来的,于 1991 年公布使用。目前广泛使用的电子邮件安全协议称为 S/MIME(Secure Multipurpose Internet Mail Extensions,多用途互联网邮件扩充安全协议)。许多主要软件开发公司,包括微软、苹果和网景,都在其开发的电子邮件系统中加入了 S/MIME 协议。

简单邮件传递协议(SMTP)和邮局协议(POP)是最基本的电子邮件协议。POP3 是 POP 的第 3 版,是目前普遍使用的版本。SMTP 传递邮件,POP 接收邮件,如图 5-40 所示。

但 SMTP 和 POP3 有如下 3 个缺陷。

- 它们只传递 7 比特 ASCII 码表示的邮件,而不能传递二进制文件和用 8 比特 ASCII 码表示的文件。
- POP 将邮件保存在邮件服务器中,用户使用 POP 阅读邮件时首先将邮件下载到自己的机器中,而这些保存在邮件服务器中的邮件均被删除,这就给使用多台计算机阅读和管理邮件带来不少麻烦。

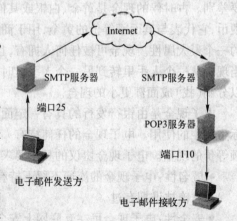

图 5-40　简单电子邮件协议示意图

- 它们不能给邮件加密或认证邮件的出处。

IMAP(Internet Message Access Protocol,互联网邮件读取协议),解决了第二个问题。IMAP 将邮件保存在服务器的目录中,使得用户可从多台计算机读取邮件和管理邮件。IMAP

还可将邮件下载到用户的机器中而不删除保存在服务器中的已下载的邮件。

为解决第一个问题而设计的电子邮件协议称为 MIME（多用途互联网邮件扩充协议），它支持多种形式邮件的传递和接收，包括排版文件、图像、声音和录像，而且这些不同格式的文件还可以混合出现在同一邮件中。

S/MIME 协议是为解决第三个问题而设计的协议，它在 MIME 的基础上加上了加密和认证功能。S/MIME 是由 RSA 安全公司于 1990 年中旬设计的，S/MIME 第 3 版于 1999 年由互联网工程任务小组（IETF）指定为电子邮件安全的标准协议，它具有数字签名和数据加密的功能。它可以自动将所有送出的邮件加密、签名或同时加密和签名，也可以有选择地给特定的邮件加密、签名或同时加密和签名。S/MIME 要求签名者必须持有公钥证书。

4) 电子交易安全协议 SET。SET（Secure Electronic Transaction，电子交易安全）协议的主要目的是保障信用卡持有者在互联网上进行在线交易时的安全，它是由美国 Visa 和 Master 两个信用卡公司于 1996 年发起研制的。

在互联网上用信用卡付账涉及信用卡持有者（买方）、商品和服务提供者（卖方）和信用卡签发者（银行）3 方，其安全性要求如下：

- 真实性：任何一方的身份必须能够认证。
- 完整性：所有传输的数据不能被任何一方更改或伪造，包括窃听者、买方、卖方和银行。比如买方的购买单和付款指令不能被卖方和银行伪造。
- 隐私性：卖方不能获得买方的信用卡号码和有关信息，而银行不能获得买方的购买项目。
- 保密性：所有重要信息（如信用卡号码和购买单）在传输过程中不能泄漏。

除满足上述要求外，SET 还要求 SET 协议能直接在 TCP 上实现，同时也允许在 SSL/TLS 及 IPsec 上实现。SET 协议涉及的面很多，是一个很复杂的通信安全协议。

5) 电子现金协议 eCash。使用信用卡付款会暴露付款人的身份，这是与用现金付款的主要差别。古时候的现金是黄金、白银或其他比较贵重的金属（如黄铜）。现代的现金是纸币和硬币，它代表与其面额等价的黄金，用于商品交换。无论现金以何种方式出现，匿名性是现金的一个最大属性。现金可被任何人拥有，且不会暴露现金持有人的身份。此外现金可以流通，当现金从一个人手里转到另一个人手里时，从现金本身不能查出它曾被谁拥有过。现金还可以分割（找）成面额更小的现金。

电子现金是由银行发行的具有一定面额的电子字据，用于在互联网上流通，模拟现金在实际生活中的使用。电子现金的任何持有人都可以从发行电子现金的银行中将其兑现成与其面额等价的现金。电子现金协议的具体要求如下：

- 匿名性：电子现金的流通不留下持有者的痕迹，电子现金的当前持有人和银行均不知道它曾被谁拥有过。
- 安全性：电子现金可在互联网上安全流通，不能被伪造。
- 方便性：电子现金交易无须通过银行。
- 单一性：电子现金不能复制；电子现金落到他人之手后，其原拥有者便不能使用该电子现金。
- 转让性：电子现金可以转让给他人使用。
- 分割性：电子现金可以分割成若干数额较小的电子现金。

5.7.2 传输层安全协议 SSL

1. SSL 基本概念

传统的安全体系一般都建立在应用层上。这些安全体系虽然具有一定的可行性,但也存在着巨大的安全隐患。因为 IP 包本身不具备任何安全特性,很容易被修改、伪造、查看和重播。

在 TCP 传输层之上实现数据的安全传输是另一种安全解决方案。

传输层安全协议通常指的是安全套接层协议(SSL,Security Socket Layer)和传输层安全协议(TLS,Transport Layer Security)两个协议。SSL 是美国网景(Netscape)公司于 1994 年设计开发的传输层安全协议,用于保护 Web 通信和电子交易的安全。Web 的基本结构是客户/服务器应用程序,所以在传输层设置密码算法来保护 Web 通信安全是很实用的选择。目前 SSL v3.0 得到了业界广泛认可,已成为事实上的标准。TLS(传输层安全,Transport Layer Security)协议是 IETF 的 TLS 工作组在 SSL v3.0 基础之上提出的,目前版本是 1.0。TLS v1.0 可看作 SSL v3.1,和 SSL v3.0 的差别不大。

SSL 协议是介于应用层和可靠的传输层协议(TCP)之间的安全通信协议。其主要功能是当两个应用层相互通信时,为传送的信息提供保密性和可靠性。SSL 协议的优势在于它是与应用层协议独立无关的,因而高层的应用层协议(如 HTTP、FTP、TELNET)能透明的建立于 SSL 协议之上。SSL 提供一个安全的"握手"来初始化 TCP/IP 连接,来完成客户机和服务器之间关于安全等级、密码算法、通信密钥的协商,以及执行对连接端身份的认证工作。在此之后 SSL 连接上所传送的应用层协议数据都会被加密,从而保证通信的机密性。

SSL 可以用于任何面向连接的安全通信,但通常用于安全 Web 应用的 HTTP 协议。目前,SSL 已经成为了安全 Web 应用的工业标准。当前流行的客户端软件(如 Microsoft Internet Explorer)、绝大多数的服务器应用(如 Netscape,Microsoft,Apache,Oracle,NSCA 等)以及证书授权(CA)(如 VeriSign 等)都支持 SSL。

2. SSL 使用的安全机制以及提供的安全服务

SSL 使用公钥密码系统和技术进行客户机和服务器通信实体身份的认证和会话密钥的协商,使用对称密码算法对 SSL 连接上传输的敏感数据进行加密。

SSL 提供的面向连接的安全性具有以下 3 个基本性质。

1)连接是秘密的。在初始握手定义会话密钥后,用对称密码(例如用 DES)加密数据。加密 SSL 连接要求所有在客户机和服务器之间发送的信息都被发送方软件加密,并且由接收方软件解密,以提供高度的机密性。

2)连接是可认证的。实体的身份能够用公钥密码(例如,RSA、DSS 等)进行认证。SSL 服务器认证允许用户确认服务器的身份,支持 SSL 的客户端软件使用标准的公钥密码技术检查服务器的证书和公共 ID 是否有效,并且是由属于客户端的可信证书授权(CA)列表中的 CA 颁发证书。SSL 客户端认证允许服务器确认用户的身份。采用与服务器认证同样的技术,支持 SSL 的服务器端软件检查客户证书和公共 ID 是否有效,并且由属于服务器端的可信 CA 列表中的 CA 颁发证书。

3)连接是可靠的。消息传输包括利用安全 Hash 函数产生的带密钥的消息认证码 MAC(Message Authentication Code)。

SSL 中使用的安全机制有加密机制、数据签名机制、数据完整性机制、交换鉴别机制和公证机制,下面分别进行介绍。

1)加密机制。SSL 协议使用了多种不同种类、不同强度的加密算法(如 DES,Triple-DES, RC4,IDEA 等)对应用层以及握手层的数据进行加密传输。而加密算法所用的密钥由消息散列函数 MD5 产生。

2)数据签名机制。加密机制只能防止第三者获得真实数据,仅解决了安全问题的一个方面。为了解决通信过程中可能发生的否认、伪造、篡改和冒充等情况,SSL 协议中多处使用了数据签名技术,SSL 协议在握手过程中要相互交换自己的证书(Certificate)以确定对方身份;证书的内容由 CA(Certificate Authority 认证中心)签名,通信双方收到对方发来的证书时,可使用 CA 的证书来进行验证。

若服务器没有证书或拥有的证书只能用于签名,则服务器就会产生一对临时密钥来进行密钥交换,并通过 ServerKeyExchange 消息把公钥发送给客户。为了防止在传输过程中伪造、篡改、冒充等主动攻击,在此消息中,服务器对公钥进行了签名。

另外,当客户发出自己的证书后,也可以接着发出签名 CertificateVerify 消息,以使服务器能对客户证书确认。

3)数据完整性机制。数据完整性机制包括两种形式,一种是数据单元的完整性;另一种是数据单元序列的完整性。

数据单元完整性包括两个过程,一个过程发生在发送实体;另一个过程发生在接收实体。保证数据完整性的一般方法是,发送实体在一个数据单元上加上一个标记,这个标记是数据本身的函数,它本身是经过加密的;接收实体产生一个对应的标记,并将产生的标记与接受到的标记相比较,以确定在传输过程中数据是否被修改过。

数据单元序列的完整性是要求数据编号的连续性和时间标记的正确性,以防止假冒、丢失、重发、插入或修改数据。

SSL 协议使用报文鉴别码 MAC 技术来保证数据完整性,具体说来,在 SSL 的记录协议中,密文与 MAC 一起被发送到收方,收方收到数据后校验。其中包含消息的序列号 Sequence Numbers,长度为 64 比特,序列号可以保证能检测出消息的篡改或失序,有效地防止重放攻击。MAC 中包含有 Write MAC Secret,这只有通信双方才知道,确保 MAC 不会被伪造。

双方握手结束时,都要发出 Finished 消息,消息受双方协商好的算法、密钥的保护。收方收到 Finished 消息后,进行验证。

因为 Finished 消息中包含前面双方所有的握手消息,因此只要其中任一消息在传输过程中发生变化(受到攻击),在校验时都会反映出来,另外 Finished 消息中有只有双方才知的 MasterSecret,确保 Finished 消息不会被伪造。

4)鉴别交换机制。鉴别交换机制是以交换信息的方式来确认实体身份的机制,用于鉴别交换的技术通常有口令、密码技术和用实体的特征或所有权。SSL 协议使用了基于密码的鉴别交换机制,这种技术一般与数字签名和公证机制一起使用,具体分析参见数字签名和公证机制部分。

5)公证机制。在一个大型的网络中,由于有许多节点,在使用这个网络时,并不是所有的用户都是诚实的、可信的,同时也可能由于系统故障等原因使信息丢失、迟到等。这很可能会引起责任问题。为了解决这个问题,就需要有一个各方都信任的第三方实体——公证机构。

SSL 协议的双方在真正传输数据之前,先要互相交换证书以确认身份。证书就是一种公证机制,双方的证书都是由 CA 产生且用 CA 证书验证。

3. SSL 协议的基本结构

下面基于 SSL 第 3 版介绍 SSL 协议的主要结构,如图 5-41 所示。SSL 协议主要由 SSL 记录协议(SSL Record Protocol)和 SSL 握手协议(SSL Handshake Protocol)两部分组成。密码规格给出算法名称和参数,SSL 修改密码规格协议允许通信双方在通信过程中更换密码算法或参数。SSL 报警协议是管理协议,通知对方可能出现的问题。

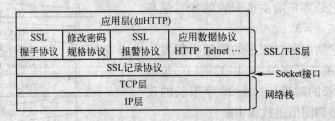

图 5-41   SSL 协议结构

在介绍 SSL 握手协议和 SSL 记录协议之前,介绍一下 SSL 的两个重要概念:SSL 会话和 SSL 连接。

SSL 会话由握手协议创建,定义了一系列相应的安全参数,最终建立客户机和服务器之间的一个关联。对于每个 SSL 连接,可利用 SSL 会话避免对新的安全参数进行代价昂贵的重复协商。

每个 SSL 会话都有许多与之相关的状态。一旦建立了会话,就有一个当前操作状态。SSL 会话状态参数如下所述。

1)会话标识(Session Identifier):由 Server 选择的用于标识活动或恢复的会话状态所选的一个随机字节序列。

2)对等实体证书(Peer Certificate):对等实体的 X. 509 V3 证书。

3)压缩方法(Compression Method):在加密前使用的压缩算法。

4)加密规范(Cipher Spec):加密算法(DES,3DES,IDEA 等)、消息摘要算法(MD5,SHA-1 等)以及相关参数。

5)主密码(Master Secret):由客户机和服务器共享的密码。

6)是否可恢复(Is Resumable):会话是否可用于初始化新连接的标志。

SSL 连接是一个双向连接,每个连接都和一个 SSL 会话相关。SSL 连接成功后,即可进行安全保密通信。SSL 连接状态的参数如下所述。

1)服务器和客户机随机数(Server and Client Random):一个随机结构,包含一个 32 bit 的时间戳以及一个 28B 的随机数,用来防止在密钥交换过程中遭受重放攻击。

2)服务器写 MAC 密钥(Server Write MAC Secret):服务器方 MAC 值的加密密钥。

3)客户机写 MAC 密钥(Client Write MAC Secret):客户机方 MAC 值的加密密钥。

4)服务器写密钥(Server Write Key):用于从服务器到客户机的数据的加密。

5)客户机写密钥(Client Write Key):用于从客户机到服务器的数据的加密。

6)初始化向量(Initialization Vector):数据加解密的初始化向量(CBC 模式)。

7)序列号(Sequence Numbers):通信双方为对方传送和接收的消息保留的唯一序列号。

4. SSL 握手协议

SSL 握手协议是 SSL 各子协议中最复杂的协议,它提供客户和服务器认证并允许双方商定使用哪一组密码算法。以在线购物为例子,通信一方是上网购物的客户 Client,另一方为提供商品的服务器程序 Server。双方分 4 阶段交换信息完成握手协议(如图 5-42 所示)。

第 1 阶段:商定双方将使用的密码算法。

1)客户端首先向服务器端发送客户问候。客户问候包括如下数据。

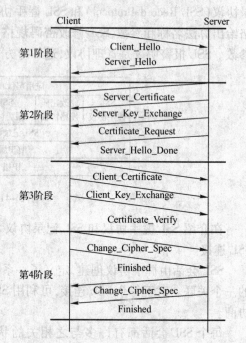

图 5-42　SSL 握手协议过程

- 版本号 v_c:它是客户端主机安装的 SSL 最高版本号,比如 $v_c = 3$。
- 随机数 r_c:它是由客户程序的伪随机数发生器秘密产生的二元字符串,共 32 字节,包括一个 4 字节长的时戳和一个 28 字节长的现时数,用于防御旧信重放攻击。
- 会话标识 S_c:$S_c = 0$ 表示客户希望在新的传输会话阶段上建立新的 SSL 连接,其他数值表示客户希望在目前的传输会话阶段上建立新的 SSL 连接,或只是更新已建立的 SSL 连接。SSL 连接由双方商定的密码算法、参数和压缩算法所决定。
- 密码组:它是客户端主机支持的所有公钥密码算法、常规加密算法和散列函数算法的三个优先序列,按优先顺序排列,排在第一位的密码算法是客户主机最希望使用的算法。比如,客户的这三种密码算法的优先序列分别为 RSA、ECC、Diffie-Hellman、AES-128、3DES/3、RC5,SHA-512、SHA-1、MD5。此外,密码组的每个成员还附有使用说明。
- 压缩算法:它是客户端主机支持的所有压缩算法按优先次序的排列,比如 ZIP、PKZIP 等压缩算法。

2)服务器端向客户端回送问候,服务器问候包括如下数据。

- 版本号 v_s:$v_s = \min\{v_c, v\}$,v 是服务器主机安装的 SSL 最高版本号。
- 随机数 r_s:它是由服务器程序的伪随机数发生器秘密产生的二元字符串,共 32 字节,包括一个 4 字节长的时戳和一个 28 字节长的现时数。
- 会话标识 S_s:如果 $S_c = 0$,则 S_s 等于新阶段号,否则,$S_s = S_c$。
- 密码组:它是服务器主机从客户密码组中选取的一个公钥密码算法、一个常规加密算法和一个散列函数算法,比如 RSA、AES、SHA-1。
- 压缩算法:它是客户端主机从客户压缩算法中选取的压缩算法。

第 2 阶段:服务器认证和密钥交换。

服务器向客户端发送如下消息。

1)服务器公钥证书(Server_Certificate)。

2)服务器端密钥交换消息(Server_Key_Exchang)。

3）请求客户端公钥证书（Certificate _ Request）。

4）完成服务器问候（Server _ Hello _ Done）。

如果需要认证，则服务器首先发送其证书。如果服务器在第1阶段选取了RSA作为密钥交换手段，则第2）步也可免去。

因为客户可能没有公钥证书，加上客户的身份可以随后从其信用卡号码和用于认证信用卡的方法来验证，所以第3）步通常免去。

第3阶段：客户认证和密钥交换。

客户端向服务器发送如下消息。

1）客户公钥证书（Client _ Certificate）。

2）客户端密钥交换消息（Client _ Key _ Exchange）。

3）客户证书验证消息（Certificate _ Verify）。

客户端密钥交换消息用于产生双方将使用的主密钥；客户证书验证消息是客户用私钥将前面送出的明文的散列值加密后的数值。

如果服务器没有请求客户公钥证书，则第1）步和第3）步可不做。

第4阶段：结束。

1）客户机发送一个改变密钥规范（Change _ Cipher _ Spec）消息，并且把协商得到的密码算法列表复制到当前连接的状态之中。

2）然后，客户机用新的算法、密钥参数发送一个完成（Finished）消息，这条消息可以检查密钥交换和认证过程是否已经成功，其中包括一个校验值，对所有的消息进行校验。

3）、4）服务器同样发送改变密钥规范（Change _ Cipher _ Spec）消息和完成（Finished）消息。

至此，SSL握手过程完成，建立起了一个安全的连接，客户端和服务器可以安全地交换应用层数据。

5. SSL记录协议

执行SSL握手协议之后，客户端和服务端双方就统一了密码算法、算法参数和密钥以及压缩算法。

SSL记录协议的作用是在Client和Server之间传输应用数据和SSL控制信息，可能情况下在使用底层可靠的传输协议传输之前，还进行数据的分段或重组、数据压缩、附以数字签名和加密处理。

在SSL协议中，所有的传输数据都被封装在记录中。SSL记录是由记录头和长度不为0的记录数据组成。所有的SSL通信包括握手消息、安全空白记录和应用数据都使用SSL记录层。SSL记录协议包括了记录头和记录数据格式的规定。

图5-43描述了SSL记录协议的操作步骤。

令 M 为客户希望输送给服务器的数据。客户端SSL记录协议按如下步骤先将 M 压缩、认证和加密，然后才发送给服务器。

1）分段：将 M 分成若干长度不超过 2^{14} 字节的段

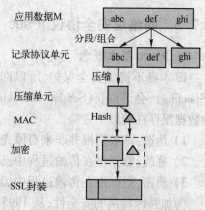

图5-43 SSL记录协议

$M_1, M_2, \cdots, M_k$。

2）压缩：将每段 M_i 用双方在 SSL 握手协议第 1 阶段中商定的压缩函数压缩成 M'_i。

3）加消息认证码：用密钥 $K_{C,HMAC}$ 和双方在 SSL 握手协议第 1 阶段中商定的散列函数算出压缩段 M'_i 的消息验证码 $HMAC(M'_i)$，并加在 M'_i 的后面。

4）加密：用密钥 $K_{C,E}$ 和双方在 SSL 握手协议第 1 阶段中商定的常规加密算法将 M'_i。$HMAC(M'_i)$ 加密得 C_i。

5）SSL 封装：将 C_i 用 SSL 记录协议包封装起来，即在 C_i 的前面加上一个 SSL 记录协议首部。

服务器收到客户送来的 SSL 记录协议包后，首先将 C_i 解密得 $M'_i \parallel HMAC(M'_i)$，验证 HMAC，然后将 M'_i 解压还原成 M_i。同理，从服务器送给客户的数据也按如上方式处理。双方之间通信的保密性和完整性由此得到保护。

6. SSL 协议的安全性

SSL v2 和 v3 版支持的加密算法包括 RC4、RC2、DES 和 IDEA 等，而加密算法所用的密钥由消息散列函数 MD5、SHA 等产生。RC4 和 RC2 由 RSA 定义，其中 RC2 适用于块加密，RC4 适用于流加密。认证算法采用 X.509 格式的证书标准，通过 RSA 算法进行数字签名来实现。

SSL 协议所采用的加密算法和认证算法使它具有较高的安全性。下面是 SSL 协议对几种常用攻击的应对能力。

1）监听和中间人攻击：SSL 使用一个经过通信双方协商确定的加密算法和密钥，对不同的安全级别应用都可以找到不同的加密算法。它在每次连接时通过产生一个哈希函数生成一个临时使用的会话密钥。除了不同连接使用不同密钥外，在一次连接的两个传输方向上也使用各自的密钥。尽管 SSL 协议为监听者提供了很多明文，但由于 RSA 交换密钥有较好的密钥保护性能，以及频繁更换密钥的特点，因此对监听和中间人式的攻击具有较高的防范性。

2）流量分析攻击：流量分析攻击的核心是通过检查数据包的未加密字段或未保护的数据包属性，试图进行攻击。在一般情况下该攻击是无害的，SSL 无法阻止这种攻击。

3）重放攻击：通过在 MAC 数据中设置时间戳可以防止这种攻击。

SSL 协议本身也存在诸多缺陷，如认证和加解密的速度较慢；对用户不透明；尤其是 SSL 不提供网络运行可靠性的功能，不能增强网的健壮性，对拒绝服务攻击就无能为力；依赖于第三方认证等等。

5.7.3 网络层安全协议 IPsec

1. IPsec 基本概念

IP 本身不提供安全保护，所以网络入侵者就能够通过数据报嗅探（Sniffer）、IP 电子欺骗（Spoofing）、会话截获（Session Hijacking）和重放攻击（Replay）等方法来攻击。因此，用户收到的数据报存在着以下危险。

1）伪造：该数据报并非来自原先要求的发送方。

2）篡改：数据报在传输过程中已被修改。

3）泄密：数据报在传输过程中，其内容已被别人看过。

为加强因特网的安全性，从 1995 年开始，IETF 着手研究制定了一套用于保护 IP 通信的 IP 安全协议（IP Security，IPSec）。IPSec 是 IPv6 的一个组成部分，也是 IPv4 的一个可选扩展协议。IPSec 弥补了 IPv4 在协议设计时缺乏安全性考虑的不足。

IPSec 定义了一种标准、健壮的以及包容广泛的机制,可用它为 IP 及其上层协议(如 TCP 和 UDP)提供安全保证。IPSec 的目标是为 IPv4 和 IPv6 提供具有较强的互操作能力、高质量和基于密码的安全功能,在 IP 层实现多种安全服务,包括访问控制、数据完整性、数据源验证、抗重播、机密性等。IPSec 通过支持一系列加密算法,如 DES、三重 DES、IDEA、AES 等确保通信双方的机密性。

IPSec 可在网络层上对数据包进行安全处理,IPSec 支持数据加密,同时确保资料的完整性,这样就可以保护所有的分布应用,包括远程登录、客户/服务器、电子邮件、文件传输和 Web 访问等。各种应用程序可以享用 IPSec 提供的安全服务和密钥管理,而不必设计和实现自己的安全机制,因此减少了密钥协商的开销,也降低了产生安全漏洞的可能性。IPSec 可连续或递归应用,在路由器、防火墙、主机和通信链路上配置,实现端到端安全、虚拟专用网络和安全隧道技术等。

图 5-44 是 IPSec 的一个典型方案。一个使用 LAN 的组织可以分布在各地。非安全的 IP 流量在各 LAN 内部使用,通过专用或公用 WAN 的外部流量则使用 IPSec 协议。这些协议在网络设备如路由器或防火墙中运行,它们将各 LAN 与外部世界相连。IPSec 网络设备将对所有进入 WAN 的流量加密、压缩,并解密和解压来自 WAN 的流量,这些操作对 LAN 上的工作站和服务器是透明的。当然,对于使用拨号上网的个人用户也可以进行安全传输。这些用户的工作站就必须使用 IPSec 协议提供安全保障。

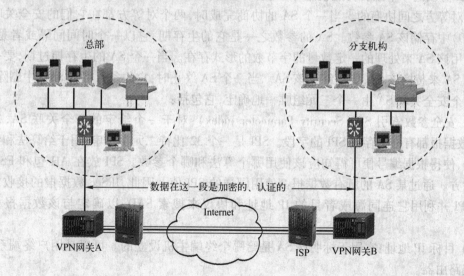

图 5-44 IPSec 的一个典型方案

IPSec 协议不是一个单独的协议,它给出了应用于 IP 层上网络数据安全的一整套体系结构,它主要包括:

1)认证头 AH(Authentication Head)协议:它规定认证格式,用于支持数据完整性和 IP 包的认证。数据完整性确保在包的传输过程中内容不可更改。认证确保终端系统或网络设备能对用户或应用程序进行认证,并相应地提供流量过滤功能,同时还能防止地址欺骗攻击和重放攻击。

2）载荷安全封装 ESP(Encapsulating Security Payload)协议：提供 IP 数据报的完整性和认证功能，还可以利用加密技术保障数据的机密性。

3）因特网密钥交换 IKE(Internet Key Exchange)协议：可以确保 IP 数据报的保密性，也可以提供完整性和认证功能（视加密算法和应用模式而定）。

虽然 AH 和 ESP 都可以提供身份认证，但它们有如下区别。

- ESP 要求使用高强度加密算法，会受到许多限制。
- 多数情况下，使用 AH 的认证服务已能满足要求，相对来说，ESP 开销较大。

设置 AH 和 ESP 两套安全协议意味着可以对 IPSec 网络进行更细粒度的控制，选择安全方案可以有更大的灵活度。

2. 安全关联 SA(Security Association)

SA 是 IPSec 的基础。在使用 AH 或 ESP 之前，先要从源主机到目的主机建立一条网络层的逻辑连接，此逻辑连接叫做安全关联 SA。这样，IPsec 就将传统的因特网无连接的网络层转换为具有逻辑连接的层。SA 是通信对等方之间对某些要素的一种协定，例如，IPSec 协议、协议的操作模式（传输模式和隧道模式）、密码算法、密钥、用于保护它们之间数据流的密钥的生存期。安全关联是单向的，因此输出和输入的数据流需要独立的 SA。IPsec 规定一个 SA 不能同时用于 AH 协议和 ESP 协议。如果希望同时用 AH 和 ESP 来保护两个对等方之间的数据流，则需要两个 SA，一个用于 AH；一个用于 ESP。

IKE 协议的一个主要功能就是 SA 的管理和维护。SA 是通过像 IKE 这样的密钥管理协议在通信对等方之间协商的。当一个 SA 的协商完成时，两个对等方都在它们的安全关联数据库（SAD）中存储该 SA 参数。SA 的参数之一是它的生存期，它以一个时间间隔或者是 IPSec 协议利用该 SA 来处理的一定数量的字节数的形式存在。当一个 SA 的生存期过期，要么用一个新的 SA 来替换该 SA，要么终止该 SA。当一个 SA 终止时，它的条目将从 SAD 中删除。

一个安全关联 SA 由一个三元组唯一地确定，它包括：

1）安全参数索引 SPI(Security Parameter Index)：对于一个给定的安全关联 SA，每一个 IPsec 数据报都有一个存放 SPI 的字段。SPI 是一个 32 比特二元字符串，用于给算法和参数集合编号，使得根据编号便可得知应该使用哪个算法和哪个参数。SPI 放在 AH 包和 ESP 包中传给对方。通过某 SA 的所有数据报都使用同样的 SPI 值。因此，IPSec 数据报的接收方易于识别 SPI 并利用它连同源或者目的 IP 地址和协议来搜索 SAD，以确定与该数据报相关联的 SA。

2）目标 IP 地址：它用于标明该 SA 是给哪个终端主机设立的。可以是用户终端系统、防火墙或路由器。

3）安全协议标识符：它用于标明该 SA 是为 AH 还是为 ESP 而设立的。

顺便指出，SA 是为通信两端的某个会话阶段而设立的。所以，即便使用相同的算法和参数，但因为两端地址不同，其 SA 也不同。而且即便两端地址相同，使用的算法和参数也相同，IPsec 仍可以定义不同的 SA 来表示不同的会话阶段。为便于查找，当通信两端设立了 SA 后，IPsec 将 SA 编成索引存入安全关联数据库（SAD）中。因此，发送端 IPsec 只需在发送的数据包外加上 SA 的索引，就能通知接收端的 IPsec 按索引从自己的 SAD 中找到相应的 SA 来处理收到的数据包。

IPsec 设在网络层，因此它将处理来自不同用户的各种 TCP 包，这些 TCP 包有些需要加密有些不需要加密,有些需要认证有些不需要认证。为使 IPsec 知道哪些 TCP 包需要加密和认证而哪些不需要,终端主机 IPsec 管理员必须制定一组规则,称为安全策略,简记为 SP。SP 存储在安全策略数据库(SPD)中以便查找。IPsec 根据 IP 包首部的信息从 SPD 中找到相应的安全策略,并根据其安全策略执行相应的加密和认证步骤,或者不执行任何加密或认证就让其通过。

IPsec 还允许每个 SA 定义一组规则用于决定该 SA 将给什么样的数据包使用。这样的规则称为选择规则。比如,可以给某个 SA 定义这样的选择规则,如果 IPsec 收到的 TCP 包的起始地址落在区间 A,目标地址落在区间 B,则这个数据包必须由该 SA 处理。某些 SA 只能处理发送出去的数据包,某些 SA 只能处理接收的数据包,而某些 SA 可以同时处理发送出去的数据包和接收到的数据包。安全关联关系可以由终端主机的 IPsec 管理员手工输入而设立,或通过网络通信协议(如 IKE)自动设立。

3. IPSec 的两种应用模式

IPSec 有两种工作模式模式(如图 5-45 所示),传输模式和隧道模式。

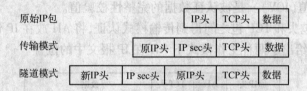

图 5-45　在传输模式和隧道模式下受 IPSec 保护的 IP 包

1)传输模式用于在两台主机之间进行的端到端通信。发送端 IPsec 将 IP 包载荷用 ESP 或 AH 进行加密或认证,但不包括 IP 头,数据包传输到目标 IP 后,由接收端 IPsec 认证和解密。

2)隧道模式用于点到点通信,对整个 IP 包提供保护。为了达到这个目的,当 IP 包加 AH 或 ESP 域之后,整个数据包加安全域被当做一个新 IP 包的载荷,并拥有一个新的 IP 包头(外部 IP 头)。原来的整个包利用隧道在网络之间传输,沿途路由器不能检查原来的 IP 包头(内部 IP 头)。由于原来的包被封装,新的、更大的包可以拥有完全不同的源地址与目的地址,以增强安全性。

IPSec 如何操作隧道模式的例子如下。网络中的主机 A 生成以另一个网络中主机 B 作为目的地址的 IP 包,该包选择的路由是从源主机到 A 网络边界的防火墙或安全路由器;再由防火墙过滤所有的外部包。根据对 IPSec 处理的请求,如果从 A 到 B 的包需要 IPSec 处理,则防火墙执行 IPSec 处理并在新 IP 头中封装包,其中的源 IP 地址为此防火墙的 IP 地址,目的地址可能为 B 本地网络边界的防火墙的地址。这样,包被传送到 B 的防火墙,而其间经过的中间路由器仅检查新 IP 头;在 B 的防火墙处,除去新 IP 头,内部的包被送往主机 B。

在传输模式中,IP 头与上层协议头之间嵌入一个新的 IPsec 头,用来保护上层数据。

隧道模式用来保护整个 IP 数据报。在隧道模式中,要保护的整个 IP 数据报都封装到另一个 IP 数据报里,同时在外部与内部 IP 头之间嵌入一个新的 IPsec 头。IPSec 的隧道模式为构建一个 VPN 创造了基础。

4. 认证头 AH

AH 用于支持数据完整性和 IP 包的认证。认证头的格式如图 5-46 所示,它包含如下字段。

1）下一个头（8 bit）。标识紧接在 AH 后的报头类型（如 TCP 或 UDP）。

2）载荷长度（8 bit）。即认证数据字段的长度，以 32 bit 字为单位，再加 1，比如，如果完整性效验值为 96 bit 散列信息认证码（HMAC），则载荷长度等于⌈96/32⌉+1 = 4，这里⌈x⌉表示大于或等于 x 的最小整数。

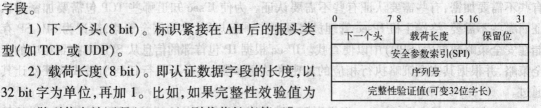

图 5-46　IPSec 认证头 AH 格

3）保留（16 bit）。为今后可能用到的数据保留的，目前全置为 0。

4）安全参数索引 SPI（32 bit）。标识一个安全关联。

5）序列号（32 bit）。序列号是单调递增计数器，用于防御重放攻击。

这里解释一下序列号域的作用。发送端在开始使用某个 SA 之前先将对应于该 SA 的序列号初值置 0，该 SA 每使用一次序列号就加 1，直到序列号等于 $2^{32}-1$ 为止。然后发送者必须终止这个 SA 并重新设立一个新的 SA。

6）完整性校验值（ICV）。是被认证数据的完整性校验值。

将 AH 放在 IP 包头和 TCP 包之间得到传输模式认证，将 AH 放在 IP 包头之前便得到隧道模式认证。图 5-47 给出了两种工作模式下 AH 在 IP 报文中的位置。

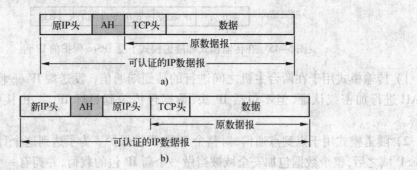

图 5-47　AH 在安全 IP 报文中的位置
a）传输模式　b）隧道模式

如果使用传输模式，则被认证的数据只是 IP 包载荷，即 TCP 包或 ESP 包，不含 IP 包头。如果使用隧道模式，则被认证的数据除了 IP 包载荷外，还包含 IP 包头中在传输过程中不变的数据，如起始 IP 地址和目标 IP 地址。在传输过程中会改变的数据包括效验和及 TTL 值。ICV 是指被认证数据经过数据认证算法的运算后得到的输出或输出的子序列。比如将被认证的数据用 HMAC-SHA-1 认证算法求出 HMAC，然后取其 96 比特前缀作为 ICV。

当发送端在发送 IP 数据报之前，用户首先选择一个 SPI 和目的 IP 地址，然后产生一个 SA，用这个 SA 的算法和密钥计算整个 IP 数据报的散列填入 AH 报头的认证数据部分，然后送出。当接收端收到该数据报时，首先提取认证报头的信息。然后产生一个类同发送端的 SA，按同样方式计算 IP 数据报的散列，然后比较这个散列是否与认证头中的散列一致。若一致，则验证了 IP 数据报的完整性。另外，若采用的是非对称密钥，还可验证发送者的身份，也就是说每个 IP 数据报被签名了。

AH 既可用于主机到主机通信，也可用于网关到网关的方式（网关在这里是一个模糊的概念,它即可指路由器,又可指防火墙和堡垒主机等)。用于网关方式中,也可是网关到主机。在网关模式中,网关参与整个会话的认证过程,内部主机可以透明得到这一功能。可以看出,AH 能彻底防止困扰着 TCP/IP 中的欺骗,提供了一种强大的验证功能,使 TCP/IP 的安全迈上了一个新的台阶。然而 AH 并不能确保数据的保密性,于是又产生了 ESP。

5. 载荷安全封装 ESP

ESP 能确保 IP 数据报的完整性和机密性,也可提供验证(或签名)功能(视算法而定)。图 5-48 是 ESP 包的格式,它包含如下字段。

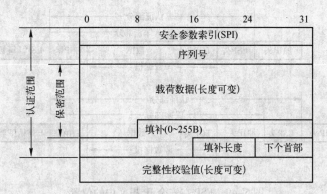

图 5-48　ESP 格式

1) 安全参数索引 SPI(32 bit)。标识一个安全关联。

2) 序列号(32 bit)。定义和用法与 AH 相同。

3) 载荷数据。被加密的数据。如果使用传输模式,则被加密的数据只是 IP 包载荷,不含 IP 头。如果使用隧道模式,则加密数据是整个 IP 包,包括首部和载荷。

4) 填补区域。用于将加密数据根据加密算法的要求填补到规定的长度。

5) 填补长度区域。长 8bit,用于表示填补数量。

6) 下一个头。作用和 AH 的一样,给出载荷中出现的第一个报头的数据类型,比如 TCP。由"载荷数据 | 填充 | 填充长度 | 下一个头"构成的二元字符串的长度必须是 32 的倍数。

7) 完整性校验值。是如下二元字符串的 ICV:SPI | 序列号 | 载荷数据 | 填补 | 填补长度 | 下一个首部。它是 32 的倍数,用于检测数据的完整性。如果 ESP 和 AH 同时使用,则 AH 应在 ESP 执行后才执行。这样做使接收端能首先验证数据,如果认证失败,则接收端就不用白费力气将数据解密了。

SPI 和序列号组成 ESP 包的头,载荷数据、填补、填补长度和下一个头组成 ESP 包的载荷,被认证数据组成 ESP 包的尾。

ESP 尾和原来数据报的数据部分一起进行加密,因此攻击者无法得知所使用的传输层协议。ESP 的认证数据和 AH 中的认证数据是一样的。因此,用 ESP 封装的数据报既有认证源站和检查数据报完整性的功能,又能提供保密。

发送端在发送 IP 数据之前,首先选择一个 SPI,产生一个 SA,而后用 SA 中的加密算法加密上层(TCP,UDP)或 IP 整个数据,并在 ESP 头前面再加上一个明文 IP 头(用于路由)。当接收端收到该数据报时,提取 ESP 中的 SPI 值,产生一个类同于发送端的 SA,然后用 SA 的算法为数据解密。

图 5-49 给出了两种工作模式下 ESP 在 IP 报文中的位置。

6. 因特网密钥交换协议 IKE

IKE 的主要用途是在 IPSec 通信双方之间建立起共享安全参数及验证的密钥。

IPSec 使用共享密钥执行认证以及（或者）机密性保障任务，为数据传输提供安全服务。对 IP 包使用 IPSec 进行保护之前，必须建立一个安全关联（SA）。SA 可手工创建或动态建立。采用手工增加密钥的方式会大大降低扩展能力，利用因特网密钥交换 IKE 可以动态地验证 IP-Sec 参与各方的身份、协商安全服务以及生成共享密钥等。

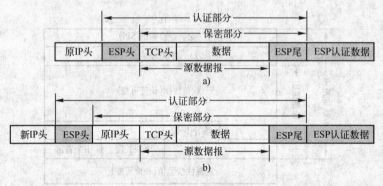

图 5-49　ESP 在安全 IP 报文中的位置
a) 传输模式　b) 隧道模式

整个 IKE 协议规范主要由 3 个文档定义，RFC 2407、RFC 2408 和 RFC 2409。RFC 2407 定义了因特网 IP 安全解释域（IPSec DOI）；RFC 2408 描述了因特网安全关联和密钥管理协议（Intemet Security Association and Key Management Protocol，ISAKMP）；RFC 2409 则描述了 IKE 协议如何利用 Oakley，SKEME 和 ISAKMP 进行安全关联的协商。

Oakley 由亚利桑那大学的 Hilarie Orman 提出，是一种基于 Diffie-Hellman 算法的密钥交换协议，并提供附加的安全性。SKEME 则是由密码专家 Hugo Grawczyk 提出的另外一种密钥交换协议，该协议定义了验证密钥交换的一种类型，其中通信各方利用公钥加密实现相互间的验证。ISAKMP 由美国国家安全局（NSA）的研究人员提出。ISAKMP 为认证和密钥交换提供了一个框架，可实现多种密钥交换。

IKE 基于 ISAKMP、Oakley 和 SKEME，是一种“混合型”协议，它建立在由 ISAKMP 定义的一个框架上，同时实现了 Oakley 和 SKEME 协议的一部分。它沿用了 ISAKMP 的基础、Oakley 的模式以及 SKEME 的共享和密钥更新技术。

7. IPSec 与 VPN

目前，IPSec 主要用在网关上，也可用在单机和防火墙上。若用在网关上，则内部主机不参与 IPSec 的认证和加密，所有工作由网关透明地完成。用在单机上时，每个参与通信的主机负责 IPSec 的认证和加密。

在以往的防火墙中，大多数过滤都是基于数据报报头（如 IP、TCP 报头），而这些报头都是明文传送（即不可靠），在应用层采取认证和加密措施又会带来兼容问题。一个单位的防火墙认证和加密很有可能不能与别的单位互通，这就限制了它的使用。而更重要的缺陷是不同的应用协议往往要采用不同的认证措施，且有时需要修改客户端的程序。这一点对于一个稍大的网络而言是十分不便的。

在防火墙上实现 IPSec,能更好地实现虚拟专用网 VPN(Virtual Private Network)的功能。若一个单位或集团有很多不同的站点,那么,在这些站点之间的防火墙能正确实施高强度的安全策略,可以把一个分散于不同地点的网络虚拟成一个内部网络。同时,它又具有开放性,能在确保安全的条件下,对外部用户进行交互。

虽然借助于 IPSec,能大幅度提高 TCP/IP 的安全性,然而 IPSec 却是一个十分复杂的系统,而且,IPSec 不能保护通信流量的隐蔽性。

5.8 IPv6 新一代网络的安全机制

IP 协议是因特网的核心协议,现在使用的 IPv4 是在 20 世纪 70 年代末期设计的。事实证明,IPv4 具有相当强的生命力,易于实现且互操作性良好,经受住了从早期小规模互联网络扩展到如今全球范围因特网应用的考验。所有这一切都应归功于 IPv4 最初的优良设计。但是,由于 IPv4 在设计之初在资源限制上较为保守,随着因特网的爆炸性增长,以及因特网用户对加密和认证需求的飞速增长,IPv4 逐渐显示出了它的不足之处。

1)网络地址需求的增长。因特网呈指数级的飞速发展,导致 IPv4 地址空间几近耗竭。

2)IP 安全需求的增长。由于 IPSec 对 IPv4 只是一个可选的补充标准,企业使用各自私有安全解决方案的情况还是相当普遍,导致信息交流的困难性。

3)更好的实时 QoS 支持的需求。IPv4 的 QoS 在实时传输上依赖于服务类型(TOS),并使用 UDP 或 TCP 端口进行身份认证。但数据包若被加密的话,就无法使用 TCP/UDP 端口进行身份认证。

为了解决这些问题,IETF 从 1992 年起就开始了相关的研究,并于 1994 年提出了 IPng(IP Next Generation)建议草案。1995 年底 IEFT 提出了正式的协议规范,经过进一步的修改,成为今天的 IPv6。IPv6 综合了多个对 IPv4 进行升级的提案。在设计上,IPv6 力图避免增加太多的新特性,从而尽可能地减少了对现有的高层和底层协议的冲击。

5.8.1 IPv6 的新特性

IPv6 为了解决不足之处,在协议中增加了一些新的特性。

1)新包头格式。IPv6 包头的设计原则是力图将包头开销降到最低,具体做法是将一些非关键性字段和可选字段移出包头,置于 IPv6 包头之后的扩展包头中。因此,尽管 IPv6 地址长度是 IPv4 的 4

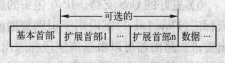

图 5-50 IPv6 的一般格式

倍,但包头仅为 IPv4 的 2 倍。改进后的 IPv6 包头在中转路由器中处理效率更高。IPv6 的数据包格式如图 5-50 所示。

IPv6 与 IPv4 两者的包头没有互操作性,且 IPv6 也不兼容 IPv4,因此在主机和路由器中必须分别实现 IPv4 和 IPv6。

2)更大的地址空间。IPv6 采用了 128 位的地址空间,即共有 $2^{128} - 1(3.4 \times 10^{38})$ 个地址,这一地址空间是 IPv4 地址空间的 1025 倍,彻底解决 IPv4 地址不足的问题。IPv6 采用分级地址模式,支持从因特网核心主干网到企业内部子网等多级子网地址分配方式。在 IPv6 的庞大地址空间中,目前全球联网设备已分配掉的地址仅占其中极小一部分,有足够的余量可供未来的发展之用。

3）高效的层次寻址及路由结构。IPv6 采用聚类机制,定义非常灵活的层次寻址及路由结构,同一层次上的多个网络在上层路由器中表示为一个统一的网络前缀,这样可以显著减少路由器必须维护的路由表项。在理想情况下,一个核心主干网路由器只需维护不超过 8192 个表项。这大大降低了路由器的寻址和存储开销。

4）全状态和无状态地址配置。为了简化主机配置,IPv6 支持全状态和无状态(Stateful And Stateless)两种地址配置方式。在 IPv4 中,动态宿主机配置协议 DHCP 实现了主机 IP 地址及其相关配置的自动设置,IPv6 继承 IPv4 的这种自动配置服务,并将其称为全状态自动配置(Stateful Auto Configuration)。除了全状态自动配置,IPv6 还采用了一种被称为无状态自动配置(Stateless Auto Configuration)的自动配置服务。在无状态自动配置过程中,在线主机自动获得本地路由器的地址前缀以及链路局部地址以及相关配置。

5）内置安全设施。IPv6 全面支持 IPSec,以便满足和提高不同的 IPv6 之间的协同工作能力。IPv6 在扩展报头中定义了认证报头 AH 和封装安全有效载荷 ESP,从而使在 IPv4 中仅仅作为选项使用的 IPsec 协议成为 IPv6 的有机组成部分。

认证报头 AH 是 IPv6 所定义的扩展报头中的一种,由有效载荷类型 51 来标征。例如,一个被认证的 TCP 数据报会包括一个 IPv6 报头、一个认证报头和 TCP 数据报本身。不过,还有其他几种变体,例如在 AH 前插有路由选择报头,或者在 AH 和有效载荷之间插入端到端选项等,如图 5-51 所示。

ESP 报头在 IPv6 报头链中总是在最后的位置,并处于加密部分的最外层(如图 5-52 所示)。

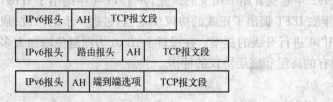

图 5-51   认证过的 TCP 数据报举例

图 5-52   使用 ESP 报头的加密数据报

6）更好的 QoS 支持。IPv6 包头的新字段定义了数据流如何识别和处理。IPv6 包头中的流标志(Flow Label)字段用于识别数据流身份,利用该字段,IPv6 允许终端用户对通信质量提出要求。路由器可以根据该字段标志出同属于某一特定数据流的所有包,并按需对这些包提供特定的处理。由于数据流身份信息包含在 IPv6 包头中,因此即使是经过 IPSec 加密的数据包也可以获得 QoS 支持。

7）用于邻节点交互的新协议。IPv6 的邻居发现协议(Neighbor Discovery Protocol)使用一系列 IPv6 控制信息报文(ICMP v6)来实现相邻节点(同一链路上的节点)的交互管理。邻居发现协议以及高效的组播和单播邻居发现报文替代了以往基于广播的地址解析协议 ARP、IC-MP v4 路由器发现和 ICMP v4 重定向报文。

8）可扩展性。IPv6 特性具有很强的可扩展性,新特性可以添加在 IPv6 包头之后的扩展包头中。不像 IPv4 包头最多只能支持 40B 的可选项,IPv6 扩展包头的大小仅受到整个 IPv6 包最大字节数的限制。

5.8.2 IPv6 安全机制对现行网络安全体系的新挑战

在前面的分析中,大家了解了 IPv6 的优点及其在安全中的应用,但是,这并不能说 IPv6 就可以确保系统的安全了。因为,安全包含着各个层次、各个方面的问题,不是仅仅由一个安全的网络层就可以解决得了的。如果黑客从网络层以上的应用层发动进攻,比如利用系统缓冲区溢出或木马进行攻击,纵使再安全的网络层也与事无补。

而且仅仅从网络层来看,IPv6 也不是尽善尽美的。它毕竟同 IPv4 有着极深的渊源。并且,在 IPv6 中还保留着很多原来 IPv4 中的选项,如分片、TTL。而这些选项曾经被黑客用来攻击 IPv4 或者逃避检测,很难说 IPv6 也能够逃避得了类似的攻击。同时,由于 IPv6 引进了加密和认证,还可能产生新的攻击方式。比如,加密是需要很大的计算量的,而当今网络发展的趋势是带宽的增长速度远远大于 CPU 主频的增长,如果黑客向目标发送大量貌似正确实际上却是随意填充的加密数据报,受害机就有可能由于消耗大量的 CPU 时间用于检验错误的数据报而不能响应其他用户的请求,造成拒绝服务。

另外,当前的网络安全体系是基于现行的 IPv4 协议的,防范黑客的主要工具有防火墙、网络扫描、系统扫描、Web 安全保护、入侵检测系统等。IPv6 的安全机制对他们的冲击可能是巨大的,甚至是致命的。例如,对于包过滤型防火墙,使用了 IPv6 加密选项后,数据是加密传输的,由于 IPsec 的加密功能提供的是端到端的保护,并且可以任选加密算法,密钥是不公开的,防火墙根本就不能解密;在对待被加密的 IPv6 数据方面,基于主机的入侵检测系统有着和包过滤防火墙同样的尴尬。

为了适应新的网络协议,寻找新的解决安全问题的途径变得非常急迫。而安全研究人员也需要面对新的情况,进一步研究和积累经验,尽快找出适合的安全解决方法。

5.9 思考与练习

1. TCP/IP 协议存在哪些安全缺陷?简述当前流行的网络服务存在哪些安全问题?
2. 结合实际使用,谈谈如何安全地收发电子邮件。
3. 查阅资料,进一步了解目前对垃圾邮件有哪些有效地处理技术。
4. 在下图所示的局域网环境中会发生什么样的 ARP 欺骗攻击?

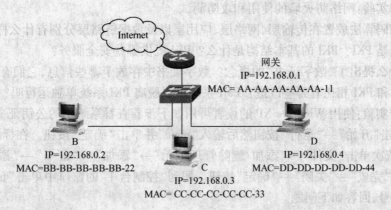

5. 当前有哪几种网络攻击技术？黑客攻击的一般步骤包括哪些？各个步骤的主要工作是什么？

6. 什么是 DoS 攻击、DDoS 攻击？举例说明这两种攻击的原理、相应的工具及防范技术。

7. 简述 OSI 安全体系结构提出的安全服务及其内容。可以采用哪些安全机制来实现安全服务？

8. 什么是防火墙？防火墙采用的主要技术有哪些？什么是包过滤、包过滤有几种工作方式？防火墙有哪些主要体系结构？请选择一个画图表示。

9. 什么是"NAT"、"VPN"，它们有什么作用？

10. 什么是 IDS？简述异常检测技术的基本原理。

11. 比较异常检测和误用检测技术的优缺点。

12. 什么是 IPS？其与防火墙、IDS 等安全技术有何关联？IPS 的工作原理是什么？

13. 网络隔离是指两个主机之间物理上完全隔开吗？网络隔离技术和防火墙技术以及 NAT 等技术有何异同点？

14. 网闸的特征是什么？网闸阻断了所有的连接，怎么交换信息？应用代理阻断了直接连接，是网闸吗？

15. 应用设计：考虑这样一个实例，一个 A 类子网络 116.111.4.0，认为站点 202.208.5.6 上有黄色的 BBS，所以希望阻止网络中的用户访问该点的 BBS；再假设这个站点的 BBS 服务是通过 Telnet 方式提供的，那么需要阻止到那个站点的出站 Telnet 服务，对于 Internet 的其他站点，允许内部的网用户通过 Telnet 方式访问，但不允许其他站点以 Telnet 方式访问网络；为了收发电子邮件，允许 SMTP 出站入站服务，邮件服务器是 IP 地址为 116.111.4.1；对于 WWW 服务，允许内部网用户访问 Internet 上任何网络和站点，但只允许一个公司（因为是合作伙伴关系，公司的网络为 98.120.7.0）的网络访问内部 WWW 服务器，内部 WWW 服务器的 IP 地址为 116.111.4.5。请设定合理的过滤规则表。

16. 操作实验：Windows 下安装配置开放源码的入侵检测系统 Snort。Snort 是一个轻量级的网络入侵检测系统，能完成协议分析，内容的查找/匹配，可用来探测多种攻击的入侵探测器（如缓冲区溢出、秘密端口扫描、CGI 攻击、SMB 嗅探、指纹采集尝试等）。

17. 操作与编程实验：网络扫描工具的使用与编程实现。

18. 操作与编程实验：网络嗅探工具的使用与编程实现。

19. 操作实验：网络防火墙的使用和攻防测试。

20. 将密码算法放置在传输层、网络层、应用层以及数据链路层分别有什么样的区别。

21. 什么是 PKI？PKI 的基本结构是什么？PKI 提供哪些安全服务？

22. 为什么提出了"数字证书"的概念？数字证书中存放了哪些信息，它们有什么作用？

23. PMI 和 PKI 相比有哪些改进？PMI 系统可以脱离 PKI 系统单独运行吗？

24. 操作实验：使用 Windows XP 的读者可用如下步骤查看系统中的公钥证书和证书吊销名单：依次单击"开始"→"运行"按钮然后输入"mmc"并单击"确定"按钮。在标题为"控制台 1"的窗口中依次单击"文件"→"添加/删除管理单元"→"添加"→"证书"→"添加"→"我的用户账户"→"完成"→"关闭"→"确定"按钮。回到"控制台 1"的窗口中单击"证书 - 当前用户"左边的 + 号，回答如下问题。

1）每一项的含义是什么？

2)证书吊销名单出现在哪一项中？哪个证书被吊销了？

25. 操作实验：在 Adobe Acrobat 版本 6.0 或版本 7.0 中建立和使用公钥证书。如果计算机中装有的 Adobe Acrobat 7.0 中文版，打开一个 PDF 文件，然后依次单击"高级"→"安全性设置"→"数字身份证"。在其中完成数字身份证的添加，并分析产生的公钥证书的内容。接着，单击"文件"→"另存为已严重那个的文档"完成对该 PDF 文档的签名。

26. 简述 Kerberos 会话密钥交换过程。

27. 分析在 Kerberos 协议中将 AS 和 TGS 分成两个不同的实体的好处。

28. 用图描述单域 Kerberos 协议的流程，将每一个阶段的对话表示出来。

29. 用图描述多域 Kerberos 协议的流程，将每一个阶段的对话表示出来。

30. 下面的认证过程存在什么缺陷？

1) $C \rightarrow AS: ID_C \parallel P_C \parallel ID_V$

2) $AS \rightarrow C: Ticket$

3) $C \rightarrow V: ID_C \parallel Ticket$

$Ticket = EK_V[ID_C \parallel P_C \parallel ID_V]$

> Terms:
> C = Client
> AS = Authentication Server
> V = serVer
> ID_C = Identifier of user on C
> ID_V = Identifier of V
> P_C = Password of user on C
> K_V = secret encryption key shared by AS an V
> $\parallel$ = concatenation

31. 在使用 IPsec 时传输模式和隧道模式可以混和使用，描述 SA 捆绑的组合方式，并指出它们的优缺点。

32. 因特网的网络安全协议族 IPsec 都包含哪些主要的内容？

33. AH 和 ESP 有哪些相同点、哪些不同点？

34. IPsec 的传输模式和隧道模式有什么区别？

35. SSL 使用了哪些安全机制？试简述 SSL 的工作过程。

36. 根据在线购物的经验，描述 SSL 的执行步骤。

37. 用网络流程图描述 SSL 握手协议。

38. 描述 SSL 的接收端如何执行 SSL 记录协议。

39. 操作实验：用 Ethereal 网络嗅探软件分析 SSL 握手信息。如果读者有银行在线户头，用 Ethereal 截获自己的登录信息，并检查这些信息是否都是以密文形式传输的。

40. 操作实验：在 Windows 2003 服务器上为 Web 应用程序（站点）配置 SSL。

41. 编程实验：使用 OpenSSL 编程实现一个 C/S 安全通信程序。OpenSSL 是一个非常优秀的实现 SSL/TLS 的著名开源软件包，它实现了 SSL v2.0、SSL v3.0 和 TLS v1.0。

42. 操作实验：WinSCP 是一个 Windows 环境下使用 SSH 的开源图形化 SFTP 客户端。同时支持 SCP 协议。它的主要功能就是在本地与远程计算机间安全的复制文件。从 http://winscp.net/eng/index.php 网址免费下载 WinSCP 客户和服务器程序（SShClient 和 SecureWindowsFTP server），安装并使用。

43. 操作实验:使用 PGP 进行安全邮件通信。PGP 是一种兼容于各种平台的安全软件,除了安全邮件通信外,还提供 ICQ 安全消息传递、信息安全存储和防火墙等功能。本实验主要进行 PGP 在邮件安全方面的应用,在发送邮件时加密和签名,接收邮件时验证签名和解密。

44. IPv6 的安全机制有哪些应用?

45. IPv6 在网络层的安全性上得到了很大的增强。但是为什么又说"它的应用也带来一些新的问题,且对于现行的网络安全体系提出了新的要求和挑战。"?

46. 材料分析:2006 年 6 月 23 日,在北京江民科技总部,包括某银行软件工程师、微软工程师、江民反病毒专家在内的数位专家共同见证了网银大盗病毒。用户登陆网上银行正常登陆页面时,会自动跳转到一个没有安全控件的登陆页面,从而避开微软的安全认证。病毒正是利用了这一漏洞,轻而易举地窃取到用户账号及密码,并利用自身发信模块向病毒作者发送。

虽然网银大盗目前只盗取某网上银行用户卡号和密码,但不排除其变种可以成功偷取其它网上银行用户密码。目前此事已得到了各大网上银行系统的高度重视。

有关数据显示,网上银行的用户已有近千万,每年通过网上银行流通的资金超过千亿。网银大盗木马病毒使千万网上银行用户陷入了前所未有的险境,谁也料不到病毒会来之何方,一旦感染该木马,可能几秒内大笔资金就会易主。

反病毒专家提醒广大网上银行用户,早在 6 月 13 日就已截获了这一病毒,19 日又截获了该病毒的两个变种,用户只需安装杀毒软件,开启隐私信息保护监视功能,升级最新病毒库,打开病毒实时监控,即可有效防范该病毒。【www. jiangmin. com 2004-6-3】

请根据上述材料谈谈网上银行服务提供商应当采取哪些安全措施确保交易的安全?

第6章 数据库安全

人类社会正在向信息社会迈进,以数据库为基础的信息管理系统正在成为政府机关部门、军事部门和企事业单位的信息基础设施。可以说人类社会将越来越依赖数据库技术,同时数据库中存储的信息的价值也将越来越高,因而数据库的安全问题显得更加重要。

传统的数据库类型包括关系型数据库、层次数据库和网状数据库,近些年来,随着计算机网络技术的高速发展,数据库技术也得到了很大的发展,先后出现了面向对象数据库和非结构数据库等新型数据库类型,但是,从应用角度来看,关系数据库仍然是主流数据库品种。为讨论方便,本书涉及的数据库专指关系型数据库。

本章研究数据库的安全问题,包括数据库受到的安全威胁和数据库的安全需求如访问控制、可靠性与完整性等;介绍数据库的安全控制机制;对目前应用比较广泛的数据库管理系统SQL Server 的安全机制进行了分析,并给出了 SQL Server 2000 的安全配置策略。

6.1 数据库安全概述

本节首先介绍关系数据库的一些基本概念,然后再讨论数据库的安全问题。

6.1.1 数据库概念

1. 关系、层次和网状型数据库模型

比较流行的数据库模型有3 种,即按关系理论建立的关系结构模型、按图论理论建立的层次结构模型和网状结构模型。本章的内容专门针对关系型数据库。

1)关系结构模型。关系数据结构把一些复杂的数据结构归结为简单的二元关系(即二维表格形式),按照关系运算理论(主要是三范式原则)组织与管理数据。

2)层次结构模型。层次结构模型实质上是一种有根节点的定向有序树(在离散数学中"树"被定义为一个无回路的连通图)。按照层次模型建立的数据库系统称为层次模型数据库系统。IMS(Information Management System)是其典型代表。

3)网状结构模型。按照网状数据结构建立的数据库系统称为网状数据库系统,其典型代表是 DBTG(DataBase Task Group)。用离散数学方法可将网状数据结构转化为层次数据结构。

2. 数据库

数据库由一些库表组成,每张库表由一些相关字段(也称为域)组成,这些字段对应着某个客观实体的属性集合。库表是一张二维表,每张库表内可以存放多条记录,表的每一行是一条记录,表的每一列是一个字段,库表的每一行每一列的交叉点是一个数据元素,它是一个字段在一条记录中的取值。以教师基本情况表为例(见表6-1),每一条记录是一位教师属性的取值,可以为张三、李四、王五等,每人在库表中占一条记录。每一条记录描述一位教师的简况,其中包括姓名、性别、出生日期、电话、毕业学校、专业、工作单位等字段,整张表就是描述

"教师"这个客观实体的部分属性的集合。

作为一个关系的二维表,必须满足以下条件。

- 表中每一列必须是基本数据项,即不可再分解。
- 表中每一列必须具有相同的数据类型,例如字符型或数值型等。
- 表中每一列的字段名必须是唯一的。
- 表中不应有内容完全相同的行。
- 行的顺序与列的顺序不影响表格中所表示信息的含义。

表6-1　教师基本情况表

姓　名	性　别	出生日期	电　话	毕业学院	专　业	工作单位
张　明	男	80.05	4481222	南大	数学	大数部
李　芝	女	72.12	3384222	南师	计算机	计算机系
王　虎	男	77.11	6644988	东南	通信	计算机系

并非每个客观实体用一张库表就能够描述,有时需要几张相互关联的库表去描述一个实体的更多属性。例如,如果还需要管理每个教师的科研成果的话,根据三范式的原则要求,需要另外建立一张成果库表。成果库表中包含姓名、成果名称、获奖等级、获奖日期、批准单位等字段。这张库表是教师基本情况表的从表,通过关键字段"姓名"把这两张库表关联起来。表6-2是这张库表的实例。还可以为教师建立其他关联的库表。为了便于查询和提高检索速度,还需要为这些库表建立索引文件,索引文件根据某些字段,如姓名、出生日期等排序。

表6-2　教师科研成果库表

姓　名	成果名称	获奖等级	获奖日期	批准单位
张　明	多媒体信息隐藏	三等奖	06.01	省科技厅
张　明	中文语音处理	三等奖	07.11	省科技厅
王　虎	办公自动化系统	一等奖	07.03	省教育厅
李　芝	网络管理系统	三等奖	06.04	省科技厅

如果这个数据库是全学院的人员数据库,那么还可能包括教务员、实验人员、职工等实体的对应库表,这些库表根据实际要求建立必要的关联关系。所有这些库表及其相互的关系形成了数据库的逻辑结构,并被称为数据库的模式。其中的一部分逻辑结构(例如教员的所有库表)形成子模式。

3. 数据库管理系统 DBMS

流行的商业数据库,如 Oracle,SQL server、Sybase、DB2 等大型数据库系统都提供自己的数据库管理系统(Database Management System,DBMS)。

DBMS 是专门负责数据库管理和维护的计算机软件系统。它是数据库系统的核心,对数据库系统的功能和性能有着决定性影响,DBMS 既负责数据库的维护工作,又要按数据库管理员的要求保证数据库的安全性和完整性。

DBMS 的主要职能包括:

1）正确的编译功能，能正确执行规定的操作。

2）正确执行数据库命令。

3）保证数据的安全性、完整性，能抵御一定程度的物理破坏，能维护和提交数据库内容。

4）能识别用户、分配授权和进行访问控制，包括身份认证。

5）执行数据库访问，保证网络通信功能。

另外，数据库的管理不但要靠 DBMS，还要靠人员。这些人员主要是使用数据库系统的数据库管理员（Database Administrator，DBA）、系统分析员、应用程序员和用户。系统分析员负责应用系统的需求分析和规范说明，而且要和用户及 DBA 相结合，确定系统的软硬件配置并参与数据库各级应用的概要设计。这些人中最重要的是 DBA，他们负责全面地管理并控制数据库系统。

DBA 的主要职责包括：

1）负责定义组织数据的规则，建立数据库模式和用户子模式，决定数据库的信息内容和结构。

2）决定数据库的存取控制策略。

3）监督和控制数据库的使用和运行。

用户通过 DBMS 提供的实用工具或数据库处理程序和数据库交互信息。图 6-1 给出了数据库系统结构示意图。

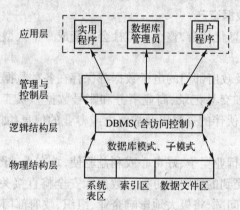

图 6-1 数据库系统结构示意图

DBMS 提供数据操作和查询语言，供用户创立和删除数据库、创立和删除库表，增加、删除、更改记录和查询库表中符合条件的记录或字段。现在流行的查询语言是结构化查询语言——SQL 语言（Structured Query Language），利用 SQL 可以用类似自然语言的形式描述查询命令。例如，对于教师基本情况库表进行如下查询。

SELECT 性别 = '男' FROM 教师基本情况表

该查询语句可以把该库表中男性教师的记录都抽取出来，查询的结果形成一个数据库子模式，这种查询称作选择操作。除选择操作外，数据库的查询还有投影、连接等操作，这些操作也可以组合在一起使用。DBMS 提供的这些操作是完整的，可以描述所有的查询要求。

使用数据库系统主要有以下优点。

1）共享访问：数据库中的数据可以被众多的用户同时使用。

2）最小的冗余度：数据库中的数据可以通过"关系"互相关联起来，每个用户不必重复存储属于别人但自己又需要的数据，他可以通过数据库访问别人的数据，有效地减少了数据冗余。

3）数据一致性好：对于数据库中存储的数据，不管哪个用户去访问所得到的结果是一样的，对某个数据项的修改，将影响使用该数据的所有用户。

4）数据的完整性：数据库提供机制，尽量减少对数据的偶然或恶意修改、添加等破坏数据可信度（真实与正确性）的操作。

5）强有力的访问控制：DBMS有一套独立于操作系统的访问控制机制，可以对进入数据库系统的用户进行合法性认证，并对合法用户的非授权访问进行控制。

数据库设计的主要目标是共享资源和加强对数据的综合利用，这些目标往往和部门的安全利益有冲突。强调系统的安全性是以增加系统规模和复杂性为代价的，安全性要求会降低系统向用户提供数据的能力。

为了保护数据库系统的安全，首先需要认识数据库安全的重要性，搞清楚数据库系统受到哪些安全威胁，正确理解数据库系统的安全需求，才能确定合理的安全策略。

6.1.2 数据库安全的重要性

由于数据库的重要地位，其安全性也备受关注，其重要性体现在以下几方面。

1. 保护敏感信息和数据资产

人类社会正在进入信息化社会，整个人类社会将变成一个大型信息系统，数据库系统是信息系统的核心。

大多数企业、组织以及政府部门的电子数据都保存在各种数据库中，数据库服务器中常常保存着敏感的金融数据（如交易记录、商业事务和账号数据）、员工的详细资料（如银行账号、信用卡号码等）、一些商业伙伴的资料以及战略上或专业的信息（如专利、工程数据、市场计划等）。

由于各种原因，例如，行业竞争、好奇心或利益驱使，总有人试图进入数据库中获取或破坏信息，对于连网的数据库受到的威胁就更大。数据库安全将直接关系到数据的完整性和保密性。如果数据库系统出现问题，将极大地影响企业、组织、政府部门甚至个人的形象和利益。

2. 计算机网络系统安全的关键环节

数据库涉及其他应用软件，因而数据库的安全还涉及到应用软件、系统软件的安全甚至整个网络系统的安全。有些数据库所提供的机制威胁着网络安全底层。比如，某公司的数据库里面保存着所有技术文档、手册和白皮书，但不重视数据库安全的重要性。这样，即使运行在一个非常安全的操作系统上，入侵者只需要执行一些内置在数据库中的扩展存储过程，就可能通过数据库获得操作系统权限，这些存储过程能提供一些执行操作系统命令的接口，从而对整个域机器的安全产生严重威胁。

6.1.3 数据库面临的安全威胁

数据库的安全主要受到以下因素的威胁。

1）软硬件故障与灾害破坏。支持数据库系统的硬件环境发生故障，如无断电保护措施因而在断电时造成信息丢失；硬盘故障致使库中数据读不出来；环境灾害也是对数据库系统的

218

威胁。

2）缺乏保护机制。数据库系统的安全保护功能弱或根本没有安全机制，对数据库的攻击者而言够不成屏障作用。

3）管理漏洞。数据库管理员专业知识不够，不能很好地利用数据库的保护机制和安全策略，不能合理地分配用户的权限，或经若干次改动后造成用户权限与用户级别混乱配合，可能会产生超过用户级别应有权限的情况发生；数据库管理员责任心不强，不按时维护数据库（备份、恢复、日志整理等），使数据库的完整性受到威胁；不能坚持审核审计日志，不能及时发现并阻止黑客或恶意用户对数据库的攻击。

4）黑客攻击。网络黑客或内部恶意用户对网络与数据库的攻击手段不断翻新，他们整天琢磨操作系统和数据库系统的漏洞，千方百计地设法侵入系统，现在不仅针对 Windows、UNIX 等各种操作系统的病毒蔓延，还出现了针对各种数据库系统的病毒，直接威胁网络数据库服务器的安全。

5）不掌握数据库核心技术。由于国外 DBMS 的性能和可扩展性非常好，目前我国正在使用的 DBMS 大多来自国外，在许多国家关键部门也不例外。由于国外能够卖给我国的 DBMS 都是安全级别 B 级以下的，缺乏强制访问控制机制。因而整个国家信息的安全建筑在外国公司的"良知"与"友好"上，这是最大的不安全因素。

6）数据错误。向数据库中输入了错误或被修改的数据；有的敏感数据在输入过程中已经泄漏了，失去应有的价值；在数据维护（增、删、改）和利用过程中可能对数据的完整性造成了破坏。

7）敏感数据的泄露问题。数据库中的敏感数据是指公开范围应该受到限制的那些数据。敏感数据的确定与具体的数据库和数据的具体内容有关，也与数据库拥有者的意愿有关。有的数据库内容是完全不敏感的，如图书资料数据库或企业的广告信息库；有的数据库则是完全保密的，如军用数据库。这些要么可以全部公开，要么全部要求保密的数据库的访问控制相对而言比较简单。困难的情况是，如果一个数据库内数据的敏感程度不一样，这就需要对不同权限的用户实施不同级别的访问控制。不仅需要控制每个人对直接目标的访问，还要防止用户对数据库可能的间接访问途径，即防止所谓的推理泄露问题。

一般地，统计数据库允许用户查询聚集类型的信息（例如合计、平均值等），但是不允许查询单个记录信息。例如，查询"员工的平均工资是多少？"是合法的，但是查询"某个员工的工资是多少？"就不允许。

下面来看看推理泄露的情况。对于教师情况数据库，下面两个查询都是合法的。

共有多少女性教授？女教授的工资总额是多少？

如果第 1 个查询的结果是"1"，那么第 2 个查询的结果显然就是这个女教授的工资数。这样统计数据库的安全性机制就失效了。

为了解决这个问题，可以规定任何查询至少要涉及 N 个以上的记录（N 足够大）。但是即使这样，还是存在另外的泄密途径，看下面的例子。

某个员工 A 想知道另一员工 B 的工资数额，他可以通过下列两个合法查询获取。

员工 A 和其他 N 个员工的工资总额是多少？员工 B 和其他 N 个员工的工资总额是多少？

假设第 1 个查询的结果是 X，第 2 个查询的结果是 Y，由于员工 A 知道自己的工资是 Z，那么他可以计算出员工 B 的工资 = Y - (X - Z)。

这个例子的关键之处在于两个查询之间有很多重复的数据项,即其他 N 个员工的工资。因此可以再规定任意两个查询的相交数据项不能超过 M 个。这样就使得获取他人的数据更加困难了。可以证明,在上述两条规定下,如果想获知用户 B 的工资额,用户 A 至少需要进行 $1 + (N-2)/M$ 次查询。

当然可以继续规定任一用户的查询次数不能超过 $1 + (N-2)/M$,但是如果两个用户合作查询就可以使这一规定失效。

另外还有其他一些方法用于解决统计数据库的安全性问题,例如数据污染。但是无论采用什么安全性机制,都仍然会存在绕过这些机制的途径。好的安全性措施应该使得那些试图破坏安全的人所花费的代价远远超过他们所得到的利益,这也是整个数据库安全机制设计的目标。

归结起来,数据泄露还有以下几种类型。

1) 数据本身泄露。这是最严重的泄露,用户可能只是向数据库系统请求访问一般性的数据,但有缺陷的系统管理程序却把敏感数据也无意地传送给用户,即使用户不知道这些数据是敏感数据,这都使敏感数据的安全性受到了破坏。

2) 范围泄露。范围泄露是指暴露了敏感数据的边界取值。假定用户知道了一个敏感数据的值在 LOW 与 HIGH 之间,用户可以依次用 LOW ≤ X ≤ HIGH,LOW ≤ X ≤ HIGH/2 等步骤去逐步逼近敏感数据的真值,最终可能获得接近实际数据的结果。在有的情况下,即使仅仅泄露某个敏感数据的值超过了某个数量,也是对安全造成了威胁。

3) 从反面泄露。对于敏感数据即使让别人知道其反面结果也是一种泄露。例如,如果让别人知道某个地方的防空导弹数量为零,其危害性并不比知道该地方的具体导弹数量差。从反面泄露可以证明敏感事物的存在性。在许多情况下,事物的存在与否是非常敏感的。

4) 可能的值。通过判断某个字段具有某个值的概率来判断该字段的可能值。

由上面分析可以看出,保护敏感数据的安全不仅需要防止泄露真实取值,而且需要保护敏感数据的特征不被泄露,泄露了敏感数据的特征也可能造成安全问题。成功的安全策略必须包括防止敏感数据的直接和间接两种泄露。

由于敏感数据有可能通过其特征或通过非敏感数据间接地泄露出去,使得非敏感数据的共享问题变得非常复杂。数据库的准确性与安全性之间就存在一定的冲突。准确性的目标是,在保护所有敏感数据的同时,让用户从数据库获得尽可能多的非敏感数据。准确性与安全性之间的关系可以用图 6-2 表示。从图中可以看出数据的敏感层次从左向右可以分为不许暴露的数据、防止查询推理的数据、可能被查询推理的数据和可自由查询的数据。左边三层数据需要为安全性而隐蔽;右边三层数据需要为准确性而暴露。安全性与准确性的合理组合是在维护良好的保密性的同时提供最大的准确性。但实际中,常常为了保护安全性而对部分非敏感数据也需要保护,这就影响了数据库查询的准确性。

还有来自许多方面的威胁,图 6-3 给出了数据库受到的主要威胁的示意图。在这些严重威胁下,为了保护数据库的安全性、完整性和可靠性,数据库系统必须具有强有力的访问控制机制,需要合理的安全策略和有效的安全技术。

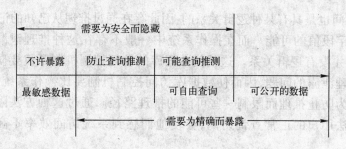

图 6-2　安全性与准确性关系

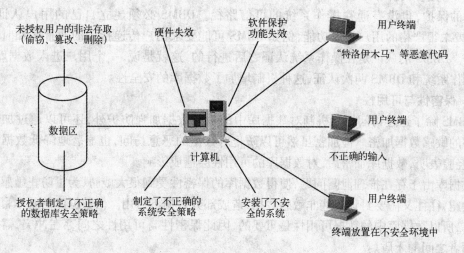

图 6-3　数据库受到的主要威胁

6.1.4　数据库的安全需求

数据库主要的安全需求是数据库的访问控制、保密性与可用性、完整性、可审计性,其中完整性包括物理完整性、逻辑完整性和元素完整性;保密性要求包括访问控制、用户认证、审计跟踪、数据加密等内容。下面分别就这些安全需求做进一步说明。

1. 访问控制与用户认证

和操作系统相比,数据库的访问控制难度要大得多。在操作系统中,文件之间没有关联关系,但在数据库中,不仅库表文件之间有关联,在库表内部记录、字段都是相互关联的。对目标访问控制的粒度和规模也不一样,操作系统中控制的粒度是文件,数据库中则需要控制到记录和字段一级。操作系统中几百个文件的访问控制表的复杂性远比具有几百个库表文件,且每个库表文件又有几十个字段和数十万条记录的数据库的访问控制表的复杂性要小得多。访问控制机制规模大而复杂对系统的处理效率也有较大影响。

由于访问数据库的用户的安全等级是不同的,分配给他们的权限不一样,为了保护数据的安全,数据库被逻辑地划分为不同安全级别数据的集合。有的数据允许所有用户访问,有的则要求用户具备一定的权限。在 DBMS 中,用户有对数据库的创建、删除,对库表结构的创建、删除与修改,对记录的查询、增加、修改、删除,对字段值的录入、修改、删除等权限,DBMS 必须提供安全策略管理用户这些权限。

由于数据库中的访问目标(数据库、库表、记录与字段)是相互关联的,字段与字段值之间、记录与记录之间也是具有某种逻辑关系的,因此存在通过推理从已知的记录或字段值间接获取其他记录或字段值的可能。而在操作系统中一般不存在这种推理泄漏问题,它管理的目标(文件)之间并没有逻辑关系。这就使数据库的访问控制机制不仅要防止直接的泄露,而且还要防止推理泄露的问题,因而使数据库访问控制机制要比操作系统的复杂得多。限制推理访问需要为防止推理而限制一些可能的推理路径。通过这种方法限制可能的推理,也可能限制了合法用户的正常查询访问,会使他们感到系统访问效率不高,甚至一些正常访问被拒绝。

DBMS 是作为操作系统的一个应用程序运行的,数据库中的数据不受操作系统的用户认证机制的保护,也没有通往操作系统的可信路径。DBMS 必须建立自己的用户认证机制。DBMS 要求很严格的用户认证功能,例如 DBMS 可能要求用户传递指定的通行字和时间—日期检查。DBMS 的认证是在操作系统认证之后进行的,这就是说,一个用户进入数据库,需要进行操作系统和 DBMS 两次认证,这种机制增加了数据库的安全性。

2. 保密性与可用性

DBMS 除了通过访问控制机制对数据库中的敏感数据加强防护外,还可以通过加密技术对库中的敏感数据加密。但加密虽然可以防止对数据的恶意访问,也显著地降低数据库访问效率,经验表明,数据库加密后,对数据库的可用性会造成影响。

数据库由于存在推理泄露问题,使得数据库的保密性受到很大威胁,为了防止敏感数据的间接泄露,往往又需要封锁某些非敏感数据,造成部分数据不可用。但数据库的基本目的是资源共享,所以数据库中的数据可用性是重要的,因此保密性与可用性之间存在冲突,需要妥善解决两者之间的矛盾。

3. 数据库的完整性

在物理完整性方面,要求从硬件或环境方面保护数据库的安全,防止数据被破坏或不可读。例如,应该有措施解决掉电时数据丢失被破坏的问题,存储介质损坏时数据的可利用性问题,还应该有防止各种灾害(如火灾、地震等)对数据库造成不可弥补的损失,应该有灾后数据库快速恢复能力。数据库的物理完整性和数据库留驻的计算机系统硬件可靠性与安全性有关,也与环境的安全保障措施有关。

在逻辑完整性方面,要求保持数据库逻辑结构的完整性,需要严格控制数据库的创立与删除、库表的建立、删除和更改的操作,这些操作只能允许具有数据库拥有者或系统管理员权限的人进行。逻辑完整性还包括数据库结构和库表结构设计的合理性,尽量减少字段与字段之间、库表与库表之间不必要的关联,减少不必要的冗余字段,防止发生修改一个字段的值影响其他字段的情况。例如,一个关于学生成绩分类统计的库表中包括总数、优秀数、优秀率、良好数、良好率、及格数、及格率和不及格数、不及格率等字段,其中任何一个字段的修改都会影响其他字段的值。其中有的影响是合理的,例如,良好数增加了,其他级别的人数就应相应减少(保持总量不变),有的影响则是因为库表中包括了冗余字段所致,如各个关于“率”的字段都是冗余的。另外因为有了优秀数、良好数和及格数,不及格数或总数这两个字段中的一个也是冗余的。数据库的逻辑完整性主要是设计者的责任,由系统管理员与数据库拥有者负责保证数据库结构不被随意修改。

在元素完整性方面,元素完整性主要是指保持数据字段内容的正确性与准确性。元素完整性需要由 DBMS、应用软件的开发者和用户共同完成。

4. 可审计性

为了能够跟踪对数据库的访问,及时发现对数据库的非法访问和修改,需要对访问数据库的一些重要事件进行记录,利用这些记录可以协助维护数据库的完整性,还可以帮助事后发现是哪一个用户在什么时间影响过哪些值。如果这个用户是一个黑客,审计日志可以记录黑客访问数据库敏感数据的踪迹和攻击敏感数据的步骤,因为他们可能用一组访问逐步逼近敏感数据,系统分析人员利用对踪迹的分析,可以辨别黑客对敏感数据已经获得了哪些线索,制定阻止策略。

对于审计粒度与审计对象的选择,需要考虑存储空间的消耗问题。审计粒度是指在审计日志中记录到哪一个层次上的操作(事件),例如,用户登录失败与成功、通行字正确与错误、对数据库、库表、记录、字段等的访问成功与错误。为了达到上述审计目的,则必须审计到对记录与字段一级的访问才行。但小粒度的审计又需要大量的存储空间,这又是一般数据库系统很难做到的。对于那些安全要求高的系统来说,这种开销是需要的。

但审计日志也不一定能完全反映实际的访问情况,例如,在选取操作中,可以访问一个记录但并不把结果传递给用户,但在另外的情况下,用户可能已经得到了某些敏感数据,而在审计日志中却没被反映出来。因此说审计日志可能夸大也可能低于用户实际知道的值。所以在确定审计日志中到底记录哪些事件的时候需要仔细斟酌,需要考虑敏感数据可能被攻破的各种路径。

6.1.5 数据库的安全策略

数据库的安全策略是指导信息安全的高级准则,即组织、管理、保护和处理敏感信息的法律、规章及方法的集合。它包括安全管理策略和访问控制策略。安全机制是用来实现和执行各种安全策略的功能的集合,这些功能可以由硬件、软件或固件来实现。

安全管理策略的目的是定义用户共享数据和控制它的使用,这种功能可由拥有者完成,也可由数据库管理员实现。这两种管理的区别是,拥有者可以访问所有可能的数据类型,而管理员只有控制数据的权利。

访问控制策略主要考虑如何控制一个程序去访问数据。数据库的控制方式可分为集中式控制和分布式控制两类。集中式控制系统只有一个授权者,他们控制着整个数据库的安全;分布式控制是指一个数据库有多个数据库安全管理员,每个人控制着数据库的不同部分。对不同的数据库形式,有不同的安全策略。一般可以分为:

1)按实际要求决定粒度大小策略。在数据库中,可按要求将数据库中的项分成大小不同的粒度,粒度越小,安全级别越高。通常,要根据实际要求决定粒度大小尺寸。

2)开系统和闭系统控制策略。"开系统"指除了明确禁止的项目外,数据库中的其他数据项均允许用户存取;"闭系统"指数据库只允许用户对明确授权的项目进行存取。这两种系统按不同要求控制存取,从安全保密角度看,闭系统要可靠得多。

3)最小特权策略。最小特权策略的一个明确操作要求是客体有数据库管理系统允许的最小粒度。

4)与内容有关的访问控制策略。最小特权策略可扩展为与数据项内容有关的控制,"内容"主要是指存储在数据库中的数值,存取控制是根据此时刻的数据值来进行的。这种控制产生较小的控制粒度。

5）上下文相关的访问控制策略。该策略根据上、下文的内容，严格控制用户的存取区域。一方面限制用户，不允许在同一请求里或者在特定的一组相邻请求里对某些不同属性进行存取；另一方面规定用户对某些不同属性的数据必须在一组存取。这种策略主要是限制用户同时对多个域进行访问。

6）与历史有关的访问控制。利用推理来获取机密信息的方法对数据库的安全保密是一种极大的威胁，一般要防止这种类型的泄密。但是要防止用户做某种推理，仅仅控制当时请求的上下文一般是无效的。防止这类推理就要求与历史有关的访问控制。它不仅考虑当时请求的上下文，而且也考虑过去请求的上下文关系。根据过去已经执行过的存取来控制他现在提出的请求。

7）按存取类型控制策略。这种策略或者允许用户对数据作出任何类型的存取，或者干脆不允许用户存取。如果规定用户可以对数据存取的类型，如读、写、修改、插入、删除等，则可对其存取实行更严格的控制。

6.2 数据库安全控制

为了保证数据库数据的安全可靠和正确有效，DBMS 必须提供统一的数据保护功能。数据保护也称为数据控制，主要包括数据库的安全性、完整性、并发控制和恢复。

6.2.1 数据库的安全性

由于数据库系统的数据量庞大且为多用户存取，安全性问题就显得尤其突出，其安全性问题主要是指保护数据库以防止不合法的使用造成数据泄露、更改或破坏。

数据库安全可分为 2 类，系统安全性和数据安全性。

1）系统安全性是指在系统级控制数据库的存取和使用的机制，包含：
- 有效的用户名/口令的组合。
- 一个用户是否授权可连接数据库。
- 用户对象可用的磁盘空间的数量。
- 用户的资源限制。
- 数据库审计是否有效。
- 用户可执行哪些系统操作。

在一般的计算机系统中，安全措施是分级和分层设置的，数据库安全控制模型如图 6-4 所示。

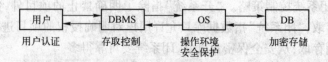

图6-4　数据库安全控制模型

在 DB 存储这一级可采用密码技术，当物理存储设备失窃后，它起到保密作用。在数据库系统这一级中提供两种控制，用户认证和数据存取控制。

2）数据安全性是指在对象级控制数据库的存取和使用的机制，包含哪些用户可存取一指定的模式对象及在对象上允许作哪些操作类型。

1. 用户认证

本书在第 4 章已经介绍了用户认证的概念，它包括用户的标识与鉴别。用户认证通过核对用户的名字或身份(ID)，决定该用户对系统的使用权。数据库系统不允许一个未经授权的用户对数据库进行操作。

用户用 ID 和口令登录时，用户输入的口令并不显示在屏幕上，而只是以某种符号代替，如"∗"号，系统根据用户的输入鉴别此用户是否为合法用户。这种方法简便易行，但保密性不是很高。

另外一种标识鉴别的方法是，用户先标识自己，系统提供相应的口令表，但并不是简单地将这个口令表与用户输入的口令比较，而是系统给出一个随机数，用户按照某个特定的过程或函数进行计算后给出结果值，系统同样按照这个过程或函数对随机数进行计算，如果与用户输入的相等则证明此用户为合法用户，可以再接着为用户分配权限。否则，系统认为此用户根本不是合法用户，拒绝其进入数据库系统。

2. 访问控制模型

基于角色的访问控制模型(RBAC 模型)是目前商用数据库管理系统常采用的访问控制模型，本书已在第 4 章中作了介绍，此处不再赘述。下面介绍一下其他模型的应用。

1) 访问控制矩阵模型。在数据库系统的安全模型中，主体集合 S、客体集合 O 和访问权限集合 R 的成员分别是，主体成员有数据库的用户、用户组、用户的查询过程或 DBMS 的管理进程；客体成员是指所有被访问的对象，包括数据库本身、库表、记录、字段和数据元素等；访问权限是指主体对客体实施的操作，包括 READ、WRITE、UPDATE、APPEND、DELETE、CREATE 等操作。

访问控制矩阵模型是用矩阵结构描述主体对客体的访问权限。这种模型用同一种方法处理系统内所有客体的保护问题，不管对库表的访问控制还是对库表内字段的访问控制都可以用这种结构，表 6-3 给出了访问控制矩阵的一个例子。从该控制矩阵可以看出，系统管理员和数据库的拥有者对该库表的所有字段都拥有全部权限，用户甲的权限最低，只有三个非敏感字段的读权，用户丁的权限较高可以读所有的字段，并具有两个敏感字段的修改权。

表 6-3　教师简况表的访问控制矩阵

主体/客体	姓　　名	性　　别	工　　资	奖　　金	考　　评	部　　门
系统管理员	ALL	ALL	ALL	ALL	ALL	ALL
数据库主	ALL	ALL	ALL	ALL	ALL	ALL
用户甲	R	R				R
用户乙	R	R		R/W		R
用户丁	R	R	R/W	R/W	R	R

2) 扩展的访问控制矩阵模型。在数据库的实际应用中，对库表各字段的访问权限往往与记录存放的内容有关，在有的记录中某一个字段的内容是敏感的，而在另一条记录中，同一字段中的内容可能是不敏感的。这一访问控制要求可以通过在上述控制矩阵增加谓词功能得以实现。谓词的作用是控制主体访问权限的执行，当谓词值为真的时候，方可对客体执行相应权

限的操作。表6-4给出带谓词的访问控制矩阵。在矩阵中谓词"T→ALL"表示无任何控制条件,谓词"处罚次数 <4→W"表示用户乙在写入奖金数的时候,必须满足该职员所受处罚数低于4次的条件。

表6-4 扩展的访问控制矩阵

主体/客体	姓 名	工 资	处罚次数	奖 金	评 语	部 门
系统管理员	T→ALL					
数据库主	T→ALL	T→ALL	T→ALL	T→ALL	T→ALL	T→ALL
用户甲						
用户乙					处罚次数 <4→W	
用户丁						

对于上面矩阵描述的访问控制规则,可以用四元组(S,O,R,P)表示,其中S是主体集合、O是客体集合、R是权限的集合、P是谓词的集合。四元组的含义是在谓词P成立的条件下,主体S对客体O才能进行R类操作。在谓词P中引用的数据称为控制数据。访问控制机制中还应该有一个验证过程,确保所有对数据库的访问都符合权限的要求。

3) 多级安全模型。上面介绍的安全模型中,安全性具有"是"与"否"的性质,主体对客体的访问要么被许可,要么被拒绝;客体的安全等级要么是敏感的,要么就是非敏感的。但在实际数据库系统中,用户按其身份或工作需要是分为不同权利等级的,同一条记录(或字段)的密级也不相同。这种情况需要使用多级安全模型来描述。

在实际情况中,数据库中的敏感信息是分为不同敏感级别的,一般可以划分为绝密、机密、秘密、无密四种等级,每一个等级的信息又可能分属于不同的主体。一个单位内不同部门都有自己不同敏感级别的信息,一个部门的用户未经许可不能访问另一部门的敏感信息,哪怕这个用户在本部门内具有很高的访问权限也不行。例如在某军训部门的管理信息系统中,数据库中的信息可以按部门划分为组织计划信息、训练实施信息、训练保障信息、部队简况信息、外军训练信息等不同类别的信息。这种划分把军事训练信息划分成不同的分隔项。假定外军训练信息是无密级别的,可供任何用户查询,而其他类别的信息划分为绝密、机密、秘密、无密四种不同敏感等级。目标信息可以用安全级别与分隔项的组合形式"级别;分隔项"表示成带有敏感级别的信息段,对主体的访问许可权限也可以用同样的形式表示。根据军用安全模型的原理,主体S对目标O具有访问权,当且仅当主体S的安全级别不低于目标O的级别,目标的所有分隔项允许主体S知道。

4) 信息流安全模型。上面介绍的访问控制模型可以控制主体对客体的访问,但无法控制主体获得客体的信息后,再把客体的信息传递给其他无权主体。防止这种类型泄漏,需要使用信息流安全模型。Bell-LaPadula模型是符合这种要求的信息流模型。该模型的简单安全特性防止低权限的主体去读高敏感级别的信息,而该模型的 *-特性则保证某一主体在读取目标O的信息后,不得将该信息再"下写"到敏感级低于O的另一个目标P上。这样就可以有效防止信息的泄漏。

3. 视图

有了视图机制,就可以在设计数据库应用系统时,对不同的用户定义不同的视图,使机密数据不出现在不应看到这些数据的用户视图上。即通过定义不同的视图及有选择地授予视图上的权限,可以将用户、组或角色限制在不同的数据子集内。

例如:

1) 可以将访问限制在基表中行的子集内。如定义一个视图,其中只含有本科生或研究生记录的行,但向用户隐藏有关教师的信息。

2) 可以将访问限制在基表中列的子集内。如定义一个视图,其中含有教师信息表中的所有列,但省略了工资和年龄列,因为这些信息比较敏感。

3) 可以将访问限制在基表中列和行的子集内。

4) 可以将访问限制在符合多个基表连接的行内。如可以定义一个视图,它连接教师基本信息表、科研情况表和教学情况表,以显示教师的基本情况,但该视图隐藏教师的个人收入等财务信息。

5) 可以将访问限制在基表中数据的统计汇总内。如定义一个视图,其中只含有所有教师的平均工资。

6) 可以将访问限制在另一个视图的子集内或视图和基表组合的子集内。

4. 加密存储

对于在一些重要部门或敏感领域的应用,有必要对数据库中存储的重要数据进行加密处理,以实现数据存储的安全保护。

1) 数据库密码系统的选择。数据库密码系统可采用对称加密体制。因为数据库的数据是共享的,有权限的用户随时需要使用密钥来查询数据。

2) 数据库加密的范围。传统的加密以文件为单位,加/解密都是按从头至尾顺序进行。数据库数据的使用方法决定了它不可能以整个数据库文件为单位进行加密。当数据库中符合检索条件的记录被检索出来后,则必须对该记录迅速解密。然而该记录是数据库文件中随机的一段,无法从中间开始解密,除非从头到尾进行一次解密,然后再去查找相应的记录,显然这是不合适的。必须解决能随机地从数据库文件中某一段数据开始解密的问题。

数据库中不能加密的部分包括:

- 索引字段不能加密。为了达到迅速查询的目的,数据库文件需要建立一些索引,它们的建立和应用必须是明文状态,否则将失去索引的作用。
- 关系运算的比较字段不能加密。DBMS 要组织和完成关系运算,参加并、差、积、商、投影、选择和连接等操作的数据一般都要经过条件筛选,这种"条件"选择项必须是明文,否则 DBMS 将无法进行比较筛选。例如,要求检索工资在 1000 元以上的职工人员名单,"工资"字段中的数据若加密,SQL 语句就无法辨认比较。
- 表间的连接码字段不能加密。数据模型规范化以后,数据库表之间存在着密切的联系,这种相关性往往是通过"外部编码"联系的,这些编码若加密就无法进行表与表之间的连接运算。

安全性和实用的方便性一直是一对矛盾,DBMS 要完成对数据库文件的管理和使用,必须具有能够识别部分数据的条件。因此,只能对数据库中的数据进行部分加密。

3) 数据库加密对数据库管理系统原有功能的影响。目前 DBMS 的功能都比较完备,特别是象 Oracle、Sybase 这些数据库管理系统,具有数据库管理和应用开发等工具。然而,数据库数据加密以后,DBMS 的一些功能将无法使用。例如,无法实现密文数据的排序、分组和分类。select 语句中的 group by、order by、having 子句分别完成分组、排序、分类等操作。这些子句的操作对象如果是加密数据,那么解密后的明文数据将失去原语句的分组、排序、分类作用,显然这不是用户所需要的。

6.2.2 数据库的完整性

数据库的完整性是指数据的正确性和相容性。例如,学生的学号必须唯一;性别只能是男或女;本科学生年龄的取值范围为 14～30 的整数;学生所在的系必须是学校已开设的系等。数据库是否具备完整性关系到数据库系统能否真实地反映现实世界,因此维护数据库的完整性是非常重要的。

数据的完整性和安全性是两个不同的概念。前者是为了防止错误信息的输入和输出,防止数据库中存在不符合语义的数据,而后者是保护数据库防止恶意的破坏和非法的存取。也就是说,安全性的防范对象是非法用户和非法操作,完整性措施的防范对象是不合语义的数据。当然,完整性和安全性是密切相关的。

为维护数据库的完整性,软件开发者应该在应用程序中增加对字段值的录入或更新的检查功能。用户在进行数据准备、数据录入或数据库维护过程中需要保证数据的真实性与准确性,不要把错误数据和虚假数据输入数据库。在大型数据库系统中,DBMS 提供一种机制来检查数据库中的数据,看其是否满足语义规定的条件。这些加在数据库数据之上的语义约束条件称为数据库完整性约束条件,它们作为模式的一部分存入数据库中。DBMS 中检查数据是否满足完整性条件的机制称为完整性检查。

1. 设置触发器

在功能简单的数据库系统(如 dBASE)中,保护数据库完整性的任务交给用户程序完成。在大型的数据库系统(如 Oracle、Sybase、SQL Server、DB2 等)中,DBMS 可利用触发器(Triger)功能实现上述对字段的输入或更新的检查任务,当用户输入或对数据库系统进行维护时,触发器自动监视相应字段值的变化,不合理的取值将被拒绝。触发器可以完成以下功能。

1)检查取值类型与范围。触发器检查每个字段输入数据的类型与该字段的类型是否一致。例如,是否向字符类型的字段输入数值型的值,若不一致则拒绝写入;范围比较则是检查输入数据是在该字段允许的范围内。例如,成绩的分类是"优秀"、"良好"、"及格"、"不及格",如果当前输入的是"中等",则拒绝写入。又如,成绩字段的取值范围为 0～100,若输入的成绩为 101,则拒绝写入。

字段的取值范围有如下多种形式。

- 离散值,例如,学生的成绩值。
- 连续值,例如,学员的学号。
- 函数值,字段的值可以通过对某个函数的计算获得。

范围比较还可以通过比较字段之间的取值确保数据库内部的一致性,例如,如果规定教授级别的人必须具有本科以上学历,那么触发器也可以监视记录中级别与学历两个字段的取值的一致性。

2)依据状态限制。状态限制是指为保证整个数据库的完整性而设置的一些限制,数据库的值在任何时候都不应该违反这些限制。如果某时刻数据库的状态不满足限制条件,就意味着数据库的某些值存在错误。例如,在每个班的学员记录中,只应该有一个人是班长,而且每个学员的学号不应该有重复。检查数据库状态有可能发现多个班长或有重复学号的状态,若发现这种状态，DBMS 便可以知道数据库处于不完整状态中。

3）依据业务限制。业务限制是指为了使数据库的修改满足数据库存储内容的业务要求，而作出相应的限制。例如，对于有名额限制的录取数据库，当向数据库增加新的录取人员时，必须满足名额还有空缺这一限制条件。

业务限制和字段之间取值关联的问题与具体业务内容情况相关，其中包括许多常识性知识，彻底检查这一类的不一致性，需要在程序中增加一些常识性推理功能，即检查程序需要有一些"智能"处理能力。简单的范围检查可以在多数 DBMS 中实现，而更为复杂的状态和业务限制则需要有用户编写专门的检测程序，供 DBMS 在每次检查活动中调用。

2. 两阶段提交

为了保证数据更新结果的正确性，必须防止在数据更新过程中发生处理程序中断或出现错误。假定需要修改的数据是一个长字段，里面存放着几十个字节的字符串。如果仅更新了其中部分字节时，更新程序或硬件发生了中断，结果该字段的内容只被修改了一部分，另一部分仍然为旧值，这种错误不容易被发现。对于同时更新多个字段的情况发生的问题更加微妙，可能看不出一个字段有明显错误。解决这个问题的办法是在 DBMS 中采用两阶段提交（更新）技术。

第一阶段称为准备阶段。在这一阶段中，DBMS 收集为完成更新所需要的信息和其他资源，其中可能包括收集数据、建立哑记录、打开文件、封锁其他用户、计算最终的结果等处理，总之为最后的更新做好准备，但不对数据库做实际的改变。这个阶段即使发生问题，也不影响数据库的正确性。如果需要的话，这一阶段可以重复执行若干次，如果一切准备就绪，第一阶段的最后一件事是"提交"，需要向数据库写一个提交标志。DBMS 根据这个标志对数据库作永久性的改变。

第二阶段的工作是对需要更新的字段进行真正地修改，这种修改是永久性的。在第二阶段中，在真正进行提交之前对数据库不采取任何行动。如果第二阶段出问题，数据库中可能是不完整的数据，因此一旦第二阶段的更新活动出现任何问题，该阶段的活动也需要重复，DBMS 会自动将本次提交对数据库执行的所有操作都撤销，并恢复到本次修改之前的状态，这样数据库又是完整的了。在 DBMS 中，上述操作称为"回滚"（Rollback）。

上述第一阶段和第二阶段在数据库中合称为一个"事务"（Transaction），所谓事务是指一组逻辑操作单元，使数据从一种状态变换到另一种状态。为确保数据库中数据的一致性，数据的操纵应当是离散的成组的逻辑单元。当它全部完成时，数据的一致性可以保持，而当这个单元中的一部分操作失败，整个事务应全部视为错误，所有从起始点以后的操作应全部回退到开始状态。

3. 纠错与恢复

许多 DBMS 提供数据库数据的纠错功能，主要方法是采用冗余的办法，通过增加一些附加信息来检测数据中的不一致性。附加信息可以是几个校验位、一个备份或影像字段。这些附加信息所需要的空间大小不一，与数据的重要性有关。下面介绍几种冗余纠错的技术。

1）附加校验纠错码。在单个字段、记录甚至整个数据库的后面附加一段冗余信息，用做奇偶校验位、海明校验码或循环冗余校验码（CRC）。每次将数据写入数据库时，便同时计算相应的校验码，并将其同时写入数据库中；每次从数据库中读取数据时，也计算同样的校验码，并与所存的校验码比较，若不相等则表明数据库数据有错，其中某些附加信息用于指示错误位置,另一部分信息则准确说明正确值是什么。奇偶校验码只需一位,只能发现错误不能纠错,所需要的存储空间最小。

其他校验技术需要的附加信息位数多,需要的存储空间就多。如果针对每个字段都设置附加校验信息,需要附加的存储空间更大。

2)使用镜像(Mirror)技术。在数据库中可以对整个字段或整个记录作备份,当访问数据库发现数据有错时,可以用第二套复制直接代替它。也可以对整个数据库建立镜像,但需要双倍的存储空间。

3)恢复。DBMS 维护数据完整性的另一个有力措施是数据库日志功能,该日志能够记录用户每次登录和访问数据库的情况以及数据库记录每次发生的改变,记录内容包括访问用户ID、修改日期、数据项修改前后的值。利用该日志系统管理员可以撤销对数据库的错误修改,可以把数据库恢复到指定日期以前的状态。

6.2.3 数据库的并发控制

数据库系统通常支持多用户同时访问数据库,为了有效地利用数据库资源,可能会有多个程序或一个程序的多个进程并行地运行,这就是数据库的并发操作。在多用户数据库环境中,多个用户程序可并行地存取数据库,如果这些用户不同时访问同一条记录,则用户之间不存在任何问题。当他们同时从一个字段读数据的时候,也不存在相互影响,各自都可以获取正确的数据;但当多个用户同时读写同一个字段的时候,会存取不正确的数据,或破坏数据库数据的一致性。DBMS 提供了解决冲突的机制,例如,加锁/解锁就是一种解决冲突的办法。下面举例说明共享冲突的现象与解决办法。

在飞机票售票系统中,有两个订票员(T1,T2)对某航线(A)的仅剩的 1 张机票作事务处理,操作过程为:首先 T1 读 A,接着 T2 也读 A。然后 T1 将其工作区中的 A 减 1,T2 同时采取同样的动作,它们都得 0 值,最后分别将 0 值写回数据库。在这过程中没有任何非法操作,但实际上多售出一张机票。这种情况称为数据库的不一致性,这种不一致性是由于并发操作而产生的。如果处理程序不对数据库中的数据进行修改,则不会造成任何不一致。另一方面,如果没有并发操作发生,则这种临时的不一致也不会造成什么问题。数据不一致总是由两个因素造成,一是对数据的修改;二是并发操作的发生。

并发操作带来的数据不一致性包括 3 类,丢失修改、不可重复读和读"脏"数据。

1)丢失修改(Lost Update)。两个事务 T1 和 T2 读入同一数据并修改,T2 提交的结果破坏了 T1 提交的结果,导致 T1 的修改被丢失。上面飞机订票例子就属此类。

2)不可重复读(Non-Repeable Read)。不可重复读是指事务 T1 读取数据后,事务 T2 执行更新操作,使 T1 无法再现前一次读取结果。具体地讲,不可重复读包括以下 3 种情况。

- 事务 T1 读取某一数据后,事务 T2 对其做了修改,当事务 T1 再次读该数据时,得到与前一次不同的值。
- 事务 T1 按一定条件从数据库中读取了某些数据记录后,事务 T2 删除了其中部分记录,当 T1 再次按相同条件读取数据时,发现某些记录消失了。
- 事务 T1 按一定条件从数据库中读取某些数据记录后,事务 T2 插入了一些记录,当 Tl 再次按相同条件读取数据时,发现多了一些记录。

后两种不可重复读有时也称为幻影(Phantom Row)现象。

3）读"脏"数据（Dirty Read）。读"脏"数据是指事务 T1 修改某一数据，并将其写回磁盘，事务 T2 读取同一数据后，T1 由于某种原因被撤销，这时 T1 已修改过的数据恢复原值，T2 读到的数据就与数据库中的数据不一致，则 T2 读到的数据就为"脏"数据，即不正确的数据。

产生上述 3 类数据不一致性的主要原因是并发操作破坏了事务的隔离性。因此为了保持数据库的一致性，必须对并发操作进行控制。并发控制就是要用正确的方式调度并发操作，使一个用户事务的执行不受其他事务的干扰，从而避免造成数据的不一致性。

并发控制的主要技术是封锁（Locking），即为读、写用户分别定义"读锁"和"写锁"。当某一记录或数据元素被加了"读锁"，其他用户只能对目标进行读操作，同时也分别给目标加上各自的"读锁"，而目标一旦被加了"读锁"，要对其进行写操作的用户只能等待。若目标既没有"写锁"，也没有"读锁"，写操作用户在进行写操作之前，首先对目标加"写锁"，有了"写锁"的目标，任何用户不得进行读、写操作。这样在第一个用户开始更新时将该字段（或一条记录）加"写锁"，在更新操作结束之后再解锁。在封锁期间，另一个用户禁止一切读、写操作。

在多用户系统中使用封锁后会出现死锁，引起一些事务不能继续工作。当两个或多个用户彼此等待所封锁数据时可发生死锁。

6.2.4 数据库的备份与恢复

尽管数据库系统中采取了各种保护措施来防止数据库的安全性和完整性被破坏，保证并发事务的正确执行，但是计算机系统中硬件的故障、软件的错误、操作员的失误以及恶意的破坏仍是不可避免的，这些故障轻则造成运行事务非正常中断，影响数据库中数据的正确性，重则破坏数据库，使数据库中全部或部分数据丢失，因此数据库管理系统必须具有把数据库从错误状态恢复到某一已知的正确状态（亦称为一致状态或完整状态）的功能，这就是数据库的恢复。数据库系统所采用的恢复技术是否行之有效，不仅对系统的可靠程度起着决定性作用，而且对系统的运行效率也有很大影响，是衡量系统性能优劣的重要指标。

1. 故障的种类

数据库系统中可能发生各种各样的故障，大致可以分为以下 3 类。

1）事务内部的故障。例如，银行转账事务，将一笔资金从一个账户 A 转到另一个账户 B，两个更新操作应当全部完成或者全部不完成，否则就会使数据库处于不一致状态，例如只把账户 A 的余额减少了而没有把账户 B 的余额增加。若产生账户 A 余额不足的情况，应用程序可以发现并让事务回滚，撤销当前的操作。

事务内部更多的故障是非预期的，是不能由应用程序处理的。如运算溢出、并发事务发生死锁而被迫撤销该事务、违反了某些完整性限制等。一般地，事务故障仅指这类非预期的故障。

事务故障意味着事务没有达到预期的终点，因此，数据库可能处于不正确状态。恢复程序要在不影响其他事务运行的情况下，强行回滚该事务，即撤销该事务已经作出的任何对数据库的修改，使得该事务好像根本没有启动一样。这类恢复操作称为事务撤销（UNDO）。

2）系统故障。系统故障是指造成系统停止运转的任何事件，使得系统要重新启动。例如，特定类型的硬件错误（CPU 故障）、操作系统故障、DBMS 代码错误、突然停电等。这类故障影响正在运行的所有事务，但不破坏数据库。这时主存内容，尤其是数据库缓冲区（在内存）中的内容都被丢失，所有运行事务都非正常终止。发生系统故障时，一些尚未完成的事务的结果可能已送入物理数据库，从而造成数据库可能处于不正确的状态。为保证数据一致性，需要清除这些事务对数据库的所有修改。

恢复子系统必须在系统重新启动时让所有非正常终止的事务回滚，强行撤销（UNDO）所有未完成事务。

另一方面，发生系统故障时，有些已完成的事务可能有一部分甚至全部留在缓冲区，尚未写到磁盘上的物理数据库中，系统故障使得这些事务对数据库的修改部分或全部丢失，这也会使数据库处于不一致状态，因此应将这些事务已提交的结果重新写入数据库。所以系统重新启动后，恢复子系统除需要撤销所有未完成事务外，还需要重做（REDO）所有已提交的事务，以将数据库真正恢复到一致状态。

3）介质故障。系统故障常称为软故障（Soft Crash），介质故障称为硬故障（Hard Crash）。硬故障指外存故障，如磁盘损坏、磁头碰撞，瞬时强磁场干扰等。这类故障将破坏数据库或部分数据库，并影响正在存取这部分数据的所有事务。这类故障比前两类故障发生的可能性小得多，但破坏性最大。

4）人为破坏。数据库中的数据还可能遭到计算机病毒等恶意程序的破坏，可能被黑客篡改、删除。计算机病毒和黑客攻击已成为计算机系统的主要威胁，自然也是数据库系统的主要威胁。因此数据库一旦被破坏需要用恢复技术把数据库加以恢复。

总结各类故障，对数据库的影响有两种可能，一是数据库本身被破坏；二是数据库中的数据不正确。

恢复的基本原理十分简单，可以用一个词来概括：冗余。这就是说，数据库中任何一部分被破坏的或不正确的数据可以根据存储在系统别处的冗余数据来重建。尽管恢复的基本原理很简单但实现技术的细节却相当复杂，下面介绍数据库恢复的实现技术。

2. 恢复的实现技术

恢复机制涉及的两个关键问题是，如何建立冗余数据；如何利用这些冗余数据实施数据库恢复。

建立冗余数据最常用的技术是数据转储和登记日志文件。通常在一个数据库系统中，这两种方法是一起使用的。

1）数据转储。所谓转储即DBA定期地将整个数据库复制到磁带或另一个磁盘上保存起来的过程，这些备用的数据文本称为后备副本或后援副本。

当数据库遭到破坏后可以将后备副本重新装入，但重装后备副本只能将数据库恢复到转储时的状态，要想恢复到故障发生时的状态，必须重新运行自转储以后的所有更新事务。转储是十分耗费时间和资源的，不能频繁进行。DBA应该根据数据库使用情况确定一个适当的转储周期。

转储可在两种状态下进行，分别称为静态转储和动态转储。

静态转储是在系统中无运行事务时进行的转储操作，即转储操作开始的时刻，数据库处于一致性状态，转储期间不允许（或不存在）对数据库的任何存取、修改活动。显然，静态转储得到的一定是一个数据一致性的副本。静态转储简单，但转储必须等待正在运行的用户事务结束才能进行，同样，新的事务必须等待转储结束才能执行。显然，这会降低数据库的可用性。

动态转储是指转储期间允许对数据库进行存取或修改，即转储和用户事务可以并发执行。动态转储可克服静态转储的缺点，它不用等待正在运行的用户事务结束，也不会影响新事务的运行。但是,转储结束时后援副本上的数据并不能保证正确有效。例如,在转储期间的某个时刻 T_c,系统把数据 A = 100 转储到磁带上,而在下一时刻 T_d,某一事务已将 A 改为 200,可是转储结束后,后备副本上的 A 已是过时的数据了。为此,必须把转储期间各事务对数据库的修改活动登记下来,建立日志文件(Log File),这样,后援副本加上日志文件就能把数据库恢复到某一时刻的正确状态。

转储还可以分为海量转储和增量转储两种方式。海量转储是指每次转储全部数据库;增量转储则指每次只转储上一次转储后更新过的数据。从恢复角度看,使用海量转储得到的后备副本进行恢复一般说来会更方便些。但如果数据库很大,事务处理又十分频繁,则增量转储方式更实用更有效。

数据转储有 2 种方式,又分别可以在两种状态下进行,因此数据转储方法可以分为 4 类,动态海量转储、动态增量转储、静态海量转储和静态增量转储。

2)登记日志。日志文件是用来记录事务对数据库的更新操作的文件,不同数据库系统采用的日志文件格式并不完全一样。概括起来日志文件主要有两种格式,以记录为单位的日志文件和以数据块为单位的日志文件。

对于以记录为单位的日志文件,日志文件中需要登记以下内容。

- 各个事务的开始(BEGIN TRANSACTION)标记。
- 各个事务的结束(COMMIT 或 ROLLBACK)标记。
- 各个事务的所有更新操作。

这里每个事务开始的标记、结束标记和每个更新操作均作为日志文件中的一个日志记录(Log Record)。每个日志记录主要包括以下内容。

- 事务标识(标明是哪个事务)。
- 操作的类型(插入、删除或修改)。
- 操作对象(记录内部标识)。
- 更新前数据的旧值(对插入操作而言,此项为空值)。
- 更新后数据的新值(对删除操作而言,此项为空值)。

日志文件在数据库恢复中起着非常重要的作用,可以用来记录事务故障恢复和系统故障恢复,并协助后备副本进行介质故障恢复。具体地讲,事务故障恢复和系统故障必须用日志文件;在动态转储方式中必须建立日志文件;后备副本和日志文件综合起来才能有效地恢复数据库;在静态转储方式中,也可以建立日志文件;当数据库毁坏后可重新装入后备副本把数据库恢复到转储结束时刻的正确状态,然后利用日志文件,把已完成的事务进行重做处理,对故障发生时尚未完成的事务进行撤消处理。

为保证数据库是可恢复的,登记日志文件时必须遵循两条原则。

- 严格按并发事务执行的时间次序。
- 必须先写日志文件,后写数据库。

把对数据的修改写到数据库中和把表示这个修改的日志记录写到日志文件中是两个不同的操作。有可能在这两个操作之间发生故障,即这两个写操作只完成了一个。如果先写了数据库修改,而在日志记录中没有登记下这个修改,则以后就无法恢复这个修改了。如果先写日志,但没有修改数据库,按日志文件恢复时只不过是多执行一次不必要的 UNDO 操作,并不会影响数据库的正确性。所以为了安全,一定要先写日志文件,即首先把日志记录写到日志文件中,然后写数据库的修改,这就是"先写日志文件"的原则。

3)数据库的镜像(Mirror)。大家已经看到,介质故障是对系统影响最为严重的一种故障。系统出现介质故障后,用户的应用全部中断,恢复起来比较费时。而且 DBA 必须周期性地转储数据库,这也加重了 DBA 的负担。如果不及时而正确地转储数据库,一旦发生介质故障,会造成较大的损失。

随着磁盘容量越来越大,价格越来越便宜,为避免磁盘介质出现故障影响数据库的可用性,许多数据库管理系统提供了数据库镜像功能用于数据库恢复。即根据 DBA 的要求,自动把整个数据库或其中的关键数据复制到另一个磁盘上。每当主数据库更新时,DBMS 自动把更新后的数据复制过去,即 DBMS 自动保证镜像数据与主数据的一致性。这样,一旦出现介质故障,可由镜像磁盘继续提供使用,同时 DBMS 自动利用镜像磁盘数据进行数据库的恢复,不需要关闭系统和重装数据库副本。在没有出现故障时,数据库镜像还可以用于并发操作,即当一个用户对数据加"写锁"修改数据时,其他用户可以读镜像数据库上的数据,而不必等待该用户释放锁。

由于数据库镜像是通过复制数据实现的,频繁地复制数据自然会降低系统运行效率,因此在实际应用中用户往往只选择对关键数据和日志文件镜像,而不是对整个数据库进行镜像。

6.3　SQL Server 数据库的安全机制

Microsoft SQL Server 是一个高性能、多用户的关系型数据库管理系统。它是专为客户机/服务器计算环境设计的,是当前最流行的数据库服务器之一。它的内置数据复制功能、强大的管理工具和开放式的系统体系结构为基于事务的企业级管理方案提供了一个卓越的平台。

6.3.1　SQL Server 的安全体系结构

在 Windows 操作系统上,SQL Server 的安全体系中包括操作系统的安全管理机制,同时拥有自身的安全技术。

SQL Server 数据库管理系统、Windows 操作系统和网络技术一起构成数据库系统的安全体系。SQL Server 的安全体系结构如图 6-5 所示。

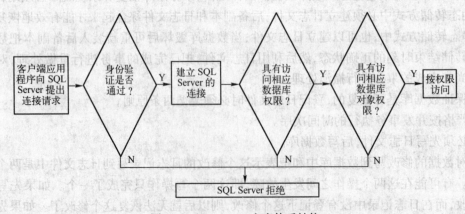

图 6-5　SQL Server 安全体系结构

234

Windows（指 Windows NT、Windows 2000 及更高版本的 Windows 网络操作系统）用户或其他系统下的用户要想获得对 SQL Server 数据库的访问，必须通过以下四道安全防线。

1）操作系统的安全防线。用户需要一个有效的登录账户，才能对网络系统进行访问。

2）SQL Server 的身份验证防线。SQL Server 通过登录账户来创建附加安全层，一旦用户登录成功，将建立与 SQL Server 的一次连接。

3）SQL Server 数据库身份验证安全防线。当用户与 SQL Server 建立连接后，还必须成为数据库用户（用户 ID 必须在数据库系统表中），才有权访问数据库。

4）SQL Server 数据库对象的安全防线。用户登录到要访问的数据库后，要使用数据库内的对象，必须得到相应权限。

4 层安全防线中，第一层涉及网络操作系统安全技术，本章不再讨论。后三层综合起来，便形成了 SQL Server 的安全管理。

6.3.2　SQL Server 的安全管理

安全管理是数据库管理系统必须提供的功能，其中包含两个层次，一是对用户是否有权限登录到系统及如何登录的管理；二是对用户能否使用数据库中的对象并执行相应操作的管理。

SQL Server 的安全管理主要包括以下 4 个方面。

- 数据库登录管理。
- 数据库用户管理。
- 数据库角色管理。
- 数据库权限管理。

1. 数据库登录管理

访问 SQL Server 的第一步必须建立到 SQL Server 的连接，建立连接是通过登录 ID 和密码实现的。登录 ID 是账户标识符，用来控制对任何 SQL Server 系统的访问权限，SQL Server 只有在首先验证了指定的登录 ID 及密码有效后，才完成连接。这种登录验证称为身份认证。SQL Server 提供了两种身份认证，Windows 身份认证和 SQL Server 身份认证，由这两种身份认证派生出两种身份认证模式，Windows 身份认证模式和混合模式。

1）Windows 身份认证。Windows 身份认证使用 Windows 操作系统的内置安全机制，也就是使用 Windows 的用户或组账号控制用户对 SQL Server 的访问。

在这种模式下，用户只需通过 Windows 的认证，就可以连接到 SQL Server，而 SQL Server 本身不再需要管理一套登录数据。Windows 身份认证采用了 Windows 安全特性的许多优点，包括加密口令、口令期限、域范围的用户账号及基于 Windows 的用户管理等，从而实现了 SQL Server 与 Windows 登录安全的紧密集成。

在网络环境中，如果连接客户机和服务器的所有通信协议都是信任连接协议（即 Named pipes 和 TCP/IP）时，应采用 Windows 认证模式。在这种认证模式下，系统只是使用 Windows 认证进程来确认用户信息。

Windows 认证模式的优点是，密码一次性访问，不必再记住 SQL Server 密码。缺点在于，只有通过多协议网库（Multi Protocol Net Library，MPNL）或命名管道（Named Pipes，NP）通信协议才是可用的，因此可能出现因网络原因而阻止 Windows 认证模式的使用。

2）混合身份认证。两种身份认证派生出实际使用的第二种身份验证模式：混合模式。在混合模式下，如果用户在登录时提供了 SQL Server 登录 ID，则系统将使用 SQL Server 身份认证，如果没有提供 SQL Server 登录 ID 而提供的是请求 Windows 身份认证，则使用 Windows 身份验证。

系统使用哪种模式可以在安装过程中或使用 SQL Server 的企业管理器指定。SQL Server 的默认身份认证模式是 Windows 身份认证模式，这也是建议使用的一种模式。

对 SQL Server 数据库登录的管理，通常有两种方法，一种是通过企业管理器（SQL Server Enterprise Manager）来实现；一种是通过系统存贮过程 sp 来实现。这两种方法同样适用于管理用户、角色和权限。所有的登录账号信息存储在 master 数据库的系统表 sysxlogins 中。

SQL Server 有一个默认登录账号（System Administrator，SA），它拥有 SQL Server 系统的全部权限，可以执行所有的操作。此外，Windows 系统的管理员 Administrator 也拥有 SQL Server 系统的全部权限，对应账号分别为 Builtin/Administrator 和 Administrator。

2. 数据库用户管理

登录 ID 成功地进行了身份验证后，只是建立了到 SQL Server 的连接，要实现对数据库及数据库对象的访问，可通过两种途径来实现，一种是登录 ID 必须与相应数据库中的用户 ID 相关联才能访问数据库，另一种是如果登录 ID 不能与任何数据库用户 ID 关联，但此数据库启用了 Guest 客户，则可以与 Guest 客户相关联。后一种方法不提倡采用，因为任何没有数据库权限的用户都可通过 Guest 客户获取数据库的访问权限，这样降低了安全性。

SQL Server 数据库用户，用于管理对指定数据库使用的对象，控制对数据库及数据库对象的访问权限。一般地，登录 ID 与数据库用户 ID 是相同的（建议这样做，便于管理）。一个登录 ID 可以与多个数据库用户相关联。用户信息均存储在数据库的系统表 sysusers 中。

权限的分配是通过数据库用户 ID 实现的，根据用户的性质合理分配最小权限。在权限分配上要充分利用 Windows"组"和 SQL Server 的"角色"。

组是 Windows 系统中的一个概念，把用户编成逻辑组，并分配一定权限，有助于管理用户和实现安全。具体做法是将每个域中的用户指派到 Windows 全局组，将各个域中的全局组放入 Windows 本地组，授予 Windows 本地组登录到 SQL Server 的权限，最后将该本地组与具有一定权限的数据库用户或角色相关联。这样从 Windows 系统及 SQL Server 两方面授权，有助于安全。

3. 数据库角色管理

数据库角色是指为管理相同权限的用户而设置的用户组，也就是说，同一角色下的用户权限都是相同的。

在 SQL Server 数据库中，把相同权限的一组用户设置为某一角色后，当对该角色进行权限设置时，这些用户就自动继承修改后的权限。这样，只要对角色进行权限管理，就可以实现对属于该角色的所有用户的权限管理，极大地减少了工作量。

需要指出的是，一个用户可以同时属于不同的角色，也就是说，一个用户可以同时拥有多个角色中的权限，但这些权限不能冲突，否则只能拥有最小的权限。

SQL Server 数据库的角色通常可以分为 3 类，数据库服务器角色、数据库角色和应用程序角色。前两种是系统预定义的。服务器角色的作用域在服务器范围内，是独立于数据库的管理特权分组，主要实现 SA、数据库创建者及安全性管理员职能。具有服务器角色的用户必须绝对可靠,并且人员要少。数据库角色在数据库级别上定义,提供数据库层管理特权的分组,主要实现数据库的访问、备份与恢复及安全性等职能。用户定义的数据库角色只适用于数据库级别,通过用户定义的角色可以轻松地管理数据库中的权限。

4. 数据库权限管理

设置用户对数据库的操作权限称为授权,SQL Server 中未授权的用户将无法访问或存取数据库数据。SQL Server 通过权限管理指明哪些用户被批准使用哪些数据库对象和 Transact-SQL 语句。

SQL Server 中的权限可授予用户安全账户或用户安全账户所属的组或角色。SQL Server 中权限可识别 4 类用户,不同类型的用户形成不同层次。

1)系统管理员(SA):服务器层权限,在服务器的所有数据库中对任何用户对象有全部权限。

2)数据库拥有者(DBO):数据库层权限,在其拥有的数据库中对任何用户对象有全部权限。

3)数据库对象拥有者:数据库对象层。

4)数据库对象的一般用户:数据库对象用户层。

在应用系统开发过程中,要根据实际情况把用户分出层次,分别授予权限。在授予权限时,要注意 SQL Server 的 3 类权限,对象权限、语句权限、暗示权限,根据实际情况及权限特点合理授予。

1)对象权限:对象权限(SELECT、UPDATE、INSERT、DELETE、EXEC、DRI)管理由哪些数据库用户来使用哪些数据库对象,是处理数据或执行过程时需要的权限类别,由数据库对象拥有者授予、废除或撤消。在授予对象权限时,要非常细心地为用户、用户组及角色授予权限,尤其是工作于较大的、复杂的安全体系和敏感数据中。用户必须只授予在其工作范围之内的权限,而禁止其在工作范围之外的所有活动(最小权限),以确保数据安全。

2)语句权限:指允许对数据库对象(包括表、视图)进行查询、添加、修改和删除(CREATE DATABASE、CREATE DEFAULT、CREATE RULE、CREATE TABLE、CREATE VIEW、CREATE PROCEDURE、CREATE FUNCTION、BACKUP DATABASE、BACKUP LOG)等操作。

语句权限是针对数据库的,只能由 SA 或数据库拥有者授予。合理使用语句权限,是确保系统安全的一个重要方面。

3)暗示权限:暗示权限控制那些只能由预定义系统角色的成员或数据库对象所有者执行的活动。

权限管理主要针对对象权限和语句权限,通常权限有 3 种状态,即授予权限、撤消权限、拒绝访问。对权限的管理可通过如下方式进行。

1)"企业管理器"管理权限:SQL Server 可通过两种途径,即面向单一用户和面向数据库对象的权限设置来实现对语句权限和对象权限的管理,从而实现对用户权限的设定。

2)使用 Transact-SQL 语句管理权限。

总之,权限验证是系统安全的重要方面,要制定出科学的权限分配计划,使每类用户在自己权限范围内工作。

6.3.3 SQL Server 的安全策略

微软的 SQL Server 是一种被广泛使用的数据库,很多电子商务网站、企业内部信息化平台等都是基于 SQL Server 构建的,但是数据库的安全性仍没有象操作系统和网络那样受到重视,这给数据库的安全带来了极大隐患。因此,采用恰当和健全的安全策略就显得十分必要。

SQL Server 的安全策略主要包括安全密码和安全账号、数据库安全配置、操作系统安全设置、日志记录检测、扩展存储过程管理、网络及协议安全管理等方面的策略。下面介绍常用的 4 种安全策略。

1. 安全密码和安全账号策略

SQL Server 的认证模式有 Windows 身份认证和混合身份认证两种。如果数据库管理员不希望操作系统管理员通过操作系统登录来接触数据库的话,可以在账号管理中把系统账号"BUILTIN/Administrators"删除。

数据库账号的密码设置简单或为空对于数据库系统的安全威胁极大,例如,Microsoft SQL Slammer 就是利用管理员"sa"密码为空进行攻击。设置数据库安全密码和安全账号的策略主要如下:

1) 避免让"sa"账号的密码写于应用程序或者脚本中。

2) SQL Server 2000 安装的时候,如果是使用混合模式,那么就需要输入"sa"的密码,除非确认必须使用空密码。

3) 养成定期修改密码的好习惯。数据库管理员应该定期查看是否有不符合密码要求的账号。比如使用下面的 SQL 语句。

Use master

Select name, Password from syslogins where password is null

4) 确保"sa"账号安全。由于 SQL Server 不能更改"sa"用户名称,也不能删除这个超级用户,所以,必须对这个账号进行最强的保护。当然,包括使用一个非常健壮的密码,最好不要在数据库应用中使用"sa"账号,只有当没有其他方法登录到 SQL Server 时(如当其他系统管理员不可用或忘记了密码)才使用"sa"。

5) 建议数据库管理员新建一个拥有与"sa"一样权限的超级用户来管理数据库。很多主机使用数据库只是用来进行查询、修改等简单功能,请根据实际需要分配账号,并赋予仅仅能够满足应用要求和需要的权限。比如,只要查询功能的,那么使用一个简单的 public 账号能够 select 就可以了。

6) 安全账号策略要求用户在进行数据库查询、修改等简单的数据库应用时,根据实际需要分配账号,即按照应用要求来授予最低限度的权限,而不要使用 Local System 或 Administrator 账号。如果不需要 guest,就把账号从数据库中删除,以防止未经验证的用户登录到数据库。

7) 使用强口令机制保护"sa"和"probe"账号。给它们分配强口令,并将这些口令锁放在安全的位置。注意:"probe"账号用于性能分析和分布式处理,在标准模式下使用时,给该账号分配口令会削弱其功能。

2. 日志审计策略

日志记录包括数据库日志和操作系统日志,由于 NTFS 分区具有较高的安全性,应确保将这些日志文件都保存在 NTFS 系统上。同时对文件赋予合适的权限,并定期查看日志以检查是否有可疑的登录事件发生。

审计数据库日志记录主要是审核登录事件的安全性,可在实例属性中选择"安全性",将审核级别选为"全部",这样在数据库日志和操作系统日志里就详细记录了所有账号的登录事件。从操作系统日志记录可以获得与数据库运行相关的信息如数据库的启动、用户登录、执行命令等内容,从而判断是否提高数据库系统的安全级别。

加强数据库日志的记录,特别是审核数据库登录事件的"失败和成功"。定期查看 SQL Server 日志,检查是否有可疑的登录事件发生。例如,在 Windows 命令窗口下,用 findstr 命令寻找关键字符串。

审计使用空口令进行注册的行为。使用下列代码检测空口令。

Use master

Select name,Password

3. 扩展存储过程管理策略

SQL Server 为用户提供了丰富的系统存储过程,其中包括了大量扩展存储过程,这些存储过程很容易被恶意利用来提升权限或进行破坏。存在安全隐患的扩展存储过程主要有以下 3 种:系统操作存储过程、自动操作存储过程和注册表存储过程。

例如,数据库用户通过存储过程 xp_cmdshell,能调用 Windows NT 系统的内置命令,它也能成为攻击者进入操作系统的捷径,因此该存储过程对系统安全具有极大威胁。如果不需要扩展存储过程 xp_cmdshell,则应把它从系统中删除,或通过 SQL Server 的企业管理器将其删除。

再如 OLE 自动存储过程有可能被攻击者利用而威胁到系统安全,造成管理器中的某些特征不能使用。

管理员需要根据数据库应用的实际需要,删除不必要的存储过程,并限制用户账号调用扩展存储过程的权限。

4. 网络及协议安全管理策略

应选择一个能给系统提供最大安全而又不会影响系统性能的网络协议,并删除不必要的网络协议库。目前 SQL Server 支持的通信协议有:

1) 命名管道(Named Pipes):使用 SMB 的端口(137、138、139)进行通信。

2) TCP/IP 协议栈:使用 TCP 端口 1433(缺省)进行通信。

3) 多协议(Multi protocol):client 端需 NT RPCs 支持,使用 TCP 端口通信,数据加密传送。

4) NWLink IPX/SQX:数据未加密,易被 Sniffer 窃取。

5) AppleTalk:数据未加密,易被 Sniffer 窃取。

6) banyan Vines:数据未加密,易被 Sniffer 窃取。

系统缺省情况下,如果是纯 Windows 系统网络环境,采用命名管道连接方式,并使用 Windows 集成的身份验证模式应该是最安全的。如果并不是所有客户端都支持这种方式,那采用多协议连接还是最有效的,而且,多协议连接还支持传递口令及数据的加密,这对安全性要求高的网络来说也是比较好的选择。如果由于其他原因必须使用 IPSockets,则不要使用缺省的端口。如对于 TCP/IP,默认情况下 SQL Server 通常使用 1433 端口接收数据,管理员可以在实例属性中选择"TCP/IP 协议属性",进一步选择"隐藏 SQL Server 实例",并将 TCP/IP 使用的默认端口改为"其他端口"。

此外,如果用户将 SQL Server 连接到因特网,那么应该考虑通过代理服务器 Microsoft

Proxy Server 连接到 SQL Server。Microsoft Proxy Server 是一种独立应用程序,它能够阻止未授权用户连接到用户私有网络中,保证敏感数据的安全性。

防火墙是保护系统免受外部攻击的最有效方法之一。通过授权给 Windows 用户或者禁止数据通过指定 TCP/IP 端口传送,防火墙都能够控制两个方向上的访问。SQL Server 2000 数据库系统本身没有提供网络连接的安全控制,但是可以通过防火墙对 IP 连接进行限制,保证授权的 IP 能够访问,并拒绝其他 IP 进行端口连接,对来自网络上的安全威胁进行有效的控制。

Web 站点通常使用端口 80,为了便于外网用户能够访问 Web 站点,则需要启用该端口。如果网站只利用 ASP 或其他服务器方的脚本机制访问 SQL Server 中的数据,并且将返回结果以 HTML 形式返回客户端,那么就不必启用其他端口。

5. 在线加密

SQL Server 2000 使用表格格式数据流(Tabular Data Stream,TDS)协议来进行网络数据交换。如果不加密,所有的网络传输包括密码、数据库内容等等都是明文的,这将是一个很大的安全威胁。

SQL Server 2000 数据库系统本身没有提供网络连接的安全解决办法,但是 Windows 系统提供了这样的安全机制,使用 IPSec 可以实现 IP 数据包的安全性。SQL Server 2000 支持使用安全套接字层(SSL)对客户端计算机和 SQL Server 实例间所有网络通讯进行加密。

6. 其他一些安全设置

1)选择 NTFS 文件系统来支持 SQL Server 数据库。所有的 SQL Server 数据和系统文件应存放在 NTFS 类型的分区上,并对这些数据和文件配置正确的访问控制权限。如果必须访问操作系统,应确保使用正确的许可权限以防止灾难性故障。

2)禁用 SQL 邮件功能。如果开放邮件功能,则给攻击者提供了上载木马、病毒或进行拒绝服务攻击的机会。

3)最小化权限分配,确保 Server 和数据库级别的角色仅分配给需要的用户。SQL Server 2000 的安全模式有很多改进,它增加了必须监视的额外的许可权限层,以保证没有给用户分配其所不需要的权限,或者没有提供过多的安全性使用户可以提升自己的权限。

4)经常性检查组或角色成员,以组为单位分配许可权限以便简化审计任务确保 public 组不能使用 SELECT 语句访问系统表。

5)避免让用户以交互方式注册到 SQL Server 上。一旦用户能够以交互方式注册到服务器上,就可以使用多种权限扩大攻击方法以获取管理员权限。

6)制定安全容灾备份计划,监测 SQL Server 的安全运行,定期数据备份。

7)确保 SQL Server 的物理安全及所在操作系统的安全。

8)及时安装最新的 Windows、SQL Server Service 修补包及更新程序,定期查看 MS SQL Server 漏洞发布信息,及时修补漏洞。漏洞公布网址有 Microsoft 厂商自身、应急响应部门、安全专业服务公司,如 www.cert.org.cn、www.cert.org 或 www.securityfocus.com。不及时安装最新的修补程序和更新程序将为攻击者提供利用已知漏洞实施攻击的机会。

6.4 思考与练习

1. 数据库安全面临哪些威胁?

2. 常用数据库安全技术有哪些？

3. 数据库中敏感信息泄露有哪些类型？试解释这些泄露类型。

4. 什么是数据库的完整性？数据库的完整性的概念与数据库的安全性概念有何联系与区别？

5. DBMS 的完整性控制机制有哪些功能？

6. 什么是"触发器"？它有何作用？

7. 数据库中为什么要"并发控制"机制？如何用封锁机制保持数据的一致性？

8. 数据库中为什么要有恢复子系统？它的功能是什么？

9. 数据库运行中可能产生哪几类故障？有哪些基本的恢复措施？

10. 材料分析题：目前中国高考所普遍采用的计算机网上阅卷系统分为高速扫描仪（或者专用阅卷机）、数据库服务器、阅卷计算机和统分程序四大部分。阅卷的时候，首先通过高速扫描仪将每道题目扫描成图片，存入服务器数据库，然后基于 B/S 形式由阅卷教师在阅卷点的浏览器上阅卷，服务器向阅卷端提供图片，所有分数最后进入统分程序，计算机程序根据事先的加密号码自动计算每位考生的分数，完成网上阅卷工作。【消息来源：电脑报 2007-7-2 第 26 期】

请分析高考网上阅卷系统的安全关键点及应该采取的安全控制措施。

11. 了解 SQL Server 系统的备份与恢复策略。

12. 试述 SQL Server 系统的安全机制。

13. 访问微软网站 http://support. microsoft. com/kb/813944/zh-cn，了解 SQL Server 2000 安全工具 SQL Critical Update Kit 的功能与使用。

14. 操作实验：SQL Server 2000 的安全管理。实验主要内容：数据库认证模式的设置；数据库登录帐户的管理；数据库用户的管理；数据库角色的管理；数据库的备份与恢复。

15. 操作实验：SQL 注入攻击的原理与防范。实验主要内容：搭建一个网站服务器，并构造一个存在漏洞的页面，使用 SQL 注入攻击工具进行测试；给出 SQL 注入漏洞防御的措施。

第7章 应用系统安全

应用程序系统安全包含两方面的含义,一是防止应用程序对支持其运行的计算机系统的安全产生破坏;二是防止对应用程序本身的非法访问或使用,如对软件版权的技术保护。

由于安全性与易用性需要适当平衡,为了提供良好的服务与共享,操作系统往往只注意消除主要的违反安全的行为,但并不能堵塞系统所有的安全漏洞,总存在让恶意程序钻"空档"的问题。此外,由于程序通常是由十分专业的程序员开发的,有的甚至是单个程序员开发的,很难通过阅读、测试和验证来发现专业程序员故意隐藏在程序中的缺陷,因此如何在程序设计中避免漏洞、如何在应用中发现漏洞,保障应用系统及其运行平台的安全,成为一个重要的问题。本章将重点讨论应用程序可能对所留驻的系统造成的各种危害及其防范措施。

本章首先介绍恶意程序的概念,重点讨论缓冲区溢出攻击的原理和安全编码技术;接着在对重要的 Web 应用系统安全作了剖析,还分析了目前软件版权保护和完整性保护的技术措施;最后讨论了安全软件工程。

7.1 恶意程序

恶意程序(Malicious Program)的分类如图 7-1 所示。

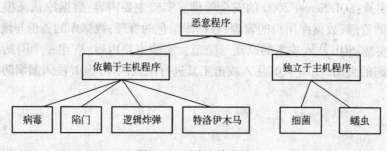

图 7-1 恶意程序分类

1)病毒(Virus):这里指通常意义的计算机病毒。

2)陷门(Trapdoor):指程序中的一个秘密的、未载入文档的入口,可以不通过常规认证方式进入系统。

3)逻辑炸弹(Logic Bomb):是一种在某个特殊的逻辑条件下执行有害行为的程序。从潜伏性、触发性等特征来说,计算机病毒就是逻辑炸弹。它执行一些函数,进行未授权的操作,如改变、删除数据甚至整个文件,造成系统瘫痪等。

4)特洛伊木马(Trojan Horse):木马是一种基于客户/服务器方式的远程控制程序,具有隐蔽性和非授权性等特点。木马是一个有用的、或者表面上有用的程序或者命令过程,包含了一段隐藏的代码,该段代码被激活时可运行某种有害功能,如使非法用户达到进入系统、控制系统和破坏系统的目的。对以往网络安全事件的分析统计发现,有相当部分的网络入侵是通过木马来进行的。木马程序与病毒程序不同,是一个独立的应用程序,不具备自我复制能力,但同病毒程序一样有隐蔽性,且常常有更大的欺骗性和危害性。木马可能包含蠕虫或病毒。

5)细菌(Bacteria):指通过自身复制而消耗系统资源的程序。

6)蠕虫(Worm):蠕虫具有病毒和入侵者双重特点,像病毒那样,它可以进行自我复制,并可能被当成假指令去执行;像入侵者那样,它以穿透网络系统为目标。蠕虫利用操作系统中的缺陷或系统管理中的不当之处进行复制,将其自身通过网络复制传播到其它计算机上,造成网络的瘫痪。蠕虫病毒是通过分布式网络来扩散传播特定的信息或错误,进而造成网络服务遭到拒绝并发生死锁。7.1.2 节中将详细介绍"蠕虫"。

在内存中程序与数据分别存放在不同的区域内,而且程序区与数据区分别都受到操作系统应有的保护。操作系统只能保护对数据区的正常读写,例如,可以防止对只读数据区进行"写"操作,但操作系统无法控制向允许"写"的数据区内写入什么样的数据,即对写入数据的正确性与合理性无法控制。正常的程序会根据访问权限去访问数据,如果程序中有恶意代码(如特洛伊木马程序)或缺陷,就有可能造成对数据进行恶意的访问(如窃取、伪造、恶意修改等),破坏系统的机密性、完整性,甚至造成系统的崩溃。

下面对几种常见恶意代码的原理、危害以及防治作一介绍。

7.1.1 计算机病毒

早在 1949 年,计算机先驱约翰·冯·诺伊曼在"复杂自动装置的理论及组织"论文中,首先注意到程序可以被编写成能自我复制并增加自身的大小的形式。在 1977 年出版的科幻小说"The Adolescence of P-1"中,作者托马斯·赖恩(Thomas J Ryan)描述了病毒从一台计算机感染另一台计算机,最终扩散到 7000 多台计算机,酿成一场灾难的故事。这一科幻故事很快变成了现实。

第一个被检测到的病毒出现于 1986 年,称为 Brain(巴基斯坦智囊病毒)。这是一个驻留内存的根扇区病毒,本无恶意的破坏和扩散意图,但病毒代码中的小错误使磁盘文件或文件分配表中的数据被搅乱,从而造成数据丢失。1988 年 11 月 2 日晚,美国康乃尔大学研究生罗伯特·莫里斯(Robert Morris)将计算机蠕虫投放到计算机网络中。这个只有 99 行代码的病毒程序在美国军方网(MILNET)和 ARPA 网上迅速扩展。至第二天凌晨,病毒从美国东海岸肆虐到西海岸,波及美国国家航空和航天局、军事基地、主要大学以及欧洲连网的计算机,造成 6200 多个用户系统瘫痪,直接经济损失 9200 多万美元。莫里斯蠕虫实际上的活动是在它遇到的每台计算机的后台都运行一个小进程。到了 20 世纪 90 年代,计算机病毒不断变换新的花样,给人类造成的影响也越来越大。

1. 计算机病毒的概念

在 1994 年 2 月 28 日颁布的《中华人民共和国计算机信息系统安全保护条例》中是这样定义计算机病毒的"是指编制或者在计算机程序中插入的破坏计算机功能或者毁坏数据,影响计算机使用,且能自我复制的一组计算机指令或者程序代码"。

计算机病毒是一种计算机程序。此处的计算机为广义的、可编程的电子设备,包括数字电子计算机、模拟电子计算机、嵌入式电子系统等。既然计算机病毒是程序,就能在计算机的中央处理器(CPU)的控制下执行。这种执行,可以是直接执行,也可解释执行。此外,它也能像正常程序一样,存储在磁盘、内存储器中,也可固化成为固件。

计算机病毒不是用户所希望执行的程序,因此病毒程序为了隐藏自己,一般不独立存在

（计算机病毒本原除外），而是寄生在别的有用的程序或文档之上。计算机病毒最特殊的地方在于它能自我复制，或者称为传染性；它的另一特殊之处是，在条件满足时能被激活。自我复制性和激活性有时又称活动性（Living）。

2. 病毒剖析

计算机病毒在结构上有着共同性，一般由潜伏、传染和表现3部分组成。

1）潜伏模块。潜伏模块的功能是初始化，随染毒文件的执行或处理而进入内存，且使病毒相对独立于宿主；为传染部分作准备；利用潜伏机理，对付各种检测，欺骗系统，隐蔽下来。

在某些病毒中尤其是传染引导区的计算机病毒，潜伏部分还担负着将分别存储的病毒程序连接为一体的任务。

2）传染模块。传染模块能使病毒代码连接于宿主程序之中。病毒的传染有其针对性，或针对不同的系统，或针对同种系统的不同环境。一般而言，病毒是否传染系统由传染的判断条件来实现。传染部分包括传染的判断条件和完成病毒与宿主程序连接的病毒传染主体部分。病毒的判断条件中，判断病毒自身是否传染了被传染对象，一般是通过病毒标识来实现的。病毒标识是病毒自身判定条件的一种约定，它可以是病毒传染过程中写入宿主程序的，也可以是系统及程序本身固有的。感染标识是计算机系统可识别的特定字符或字符串。病毒约定，它用于判定系统及程序是否被传染。传染部分是病毒程序的一个重要组成部分，它负责病毒的感染工作，寻找目标，如.exe文件或.com文件；检查该文件中是否有感染标记，如果没有感染标记，则进行感染，将病毒程序和感染标记放入宿主程序中。

3）表现模块。表现部分是病毒程序的主体，它在一定程度上反映病毒设计者的意图。表现部分包括触发条件判断，判定是否表现或破坏，什么时候表现、破坏，以及怎样表现、破坏（如果有多种表现行为的话）等；表现或破坏，如在系统的显示器上显示特定的信息或画面、蜂鸣器发声等。表现部分是病毒间差异最大的部分，潜伏部分和传染部分两部分是为这部分服务的。

3. 常用反病毒技术

在计算机病毒的预防与处理中，最重要的是思想上随时警惕病毒在传染时和传染后留下的蛛丝马迹，并且运用一些反病毒软件及时发现和查杀病毒。

1）访问控制。建立访问控制策略不仅是一种良好的安全措施，还可防止恶意程序的传播。访问控制不会删除甚至不会检测是否有恶意程序，只是防止用户系统被病毒传染。例如，多数病毒程序传染依靠的是拥有对所有文件完全的访问权限。如果系统管理员修改了这些许可权，使用户只能够读取自己需要的可执行程序，则病毒就无法感染这些文件。

这种办法不是对所有可执行程序都有效。有些程序需要在运行过程中对自身做修改，用户需要拥有对这些可执行程序的写入权，而且文件的时间和日期标志也要规律性地变动。怎样确定哪些程序需要写入权？通常用户无法全部搞清楚。查看可执行程序在未提供写访问的时候，日期和时间标志是否改变，只是了解是否被感染的一个方面。这些自行写入的可执行程序很少，用户也不会经常碰到。

2）进程监视。任何恶意程序存在于系统中，都无法彻底和进程脱离关系，即使采用了隐藏技术，也还是能够从进程中找到蛛丝马迹，因此，对进程进行分析成为检测恶意代码的一个重要手段。

3）完整性验证。如果文件内部有字节发生变化，校验和信息就会改变。未被病毒感染的系统首先应该生成一个基准记录,然后规律性地使用完整性验证方法检查文件的改变情况。

CRC 虽然不是最有效的查病毒方法,但它对特洛伊木马的检查很有用。用于代替已有授权检查服务的特洛伊木马程序(如 Telnet 或 FTP 客户和服务器软件)不会简单地修改已有的文件,它会替代这些文件。这种文件替代现象会在完整性验证中被发现。

4) 特征码检测。病毒扫描程序使用特征文件(Signature Files),在被传染的文件中查找病毒。特征文件实际上列出所有已知病毒和它们特征的数据库。这些特征包括各病毒的代码、传染文件的类型和有助于查找病毒的其他方面信息。特征库保存在独立的文件中,这样用户不需要对整个病毒扫描程序进行升级,只需及时升级病毒特征代码库,就可以及时有效的防范和查杀最新的病毒。目前的反病毒软件也具有一定的防范和查杀木马等恶意代码的能力。

4. 反病毒技术的发展

"道高一尺,魔高一丈",虽然几乎每天都有新的病毒产生,但是人们对反病毒技术的研究也在不断深入。

1) 主动内核技术。当代病毒技术的发展,已使病毒能够很紧密地嵌入到操作系统的深层,甚至是内核之中,这种深层次的嵌入给彻底杀除病毒造成了极大的困难。用户无法保证在病毒被杀除时不破坏操作系统本身,CIH 病毒就是一例。实时反病毒技术,能够在用户不干预的情况下,自动将病毒拦截在系统之外,这可以被称作"主动反应"技术,但这还没有深入到内核的技术。能在操作系统和网络的内核中加入反病毒功能,使反病毒成为系统本身的底层模块,而不是一个系统外部的应用软件,一直是反病毒技术追求的目标。

2) 人工智能技术。传统程序设计方法编制的反病毒软件,一般限于固定模式和参数的计算机病毒检测或消除,具有局限性,总是滞后于计算机病毒的研制。随着病毒与反病毒的对抗,计算机病毒的智能化程度日趋增强,必须采用人工智能的方法和技术编制检测和防治病毒软件。

反病毒的一个重要问题是,必须解决计算机病毒特征参数的自动抽取与判定。从数据源中抽取特征参数后,还要对这些特征参数进行相关性判定,从计算机病毒的基本特征中进一步找出类型或种类的判定因素。任何已知的计算机病毒的特征参数及其防治措施,都可作为计算机病毒检测与分类的知识来处理。如果在检测与判定计算机病毒过程中,原有知识库内没有这种特征参数与相关的系数的匹配,则有可能就是一种新型的计算机病毒或病毒变体。待进一步验证确实后,将有关内容送入知识库中,作为新知识存储起来。

建立防治计算机病毒专家系统,且在动态运行过程中不断总结经验和学习,不断加以改进和提高。专家系统的核心是知识库和推理机。根据计算机病毒的类型、特征及其表现的手段和方式,建立一定通用性的计算机病毒检测和判定系统,且使系统具有可扩充性和可移植性。

由于专家系统的复杂性,目前还没有商业的防治病毒的人工智能专家系统;但是,一些防治病毒软件,已开始使用智能检测,例如,Norton 公司的 AntiVirus 软件的 Bloodhound 技术和动态监视程序活动技术,可以检测部分未知的新病毒。虽然它不可能抵御所有今后产生的新病毒,但能根据现有病毒机理检测按这个机理设计的新病毒。这个强大的功能使计算机系统在抵御未知病毒方面的能力得到一定的提高。

3) 数字免疫技术。数字免疫技术通过扩展通用解密(GD)程序仿真技术,提供一种用于更一般目的的仿真和病毒检测系统。这个系统的目标提供很快的响应速度,以便病毒进入系统就能够被消灭。当一个新的病毒进入该系统的时候,免疫系统就会自动俘获它、分析它,增加对它的检测和防御,去除它,且把有关它的一些信息发送到反病毒系统(如 IBM AntiVirus)中。这样,在它被允许运行之前就可检测到它。

图 7-2 简要列出了该数字免疫系统操作的典型步骤。

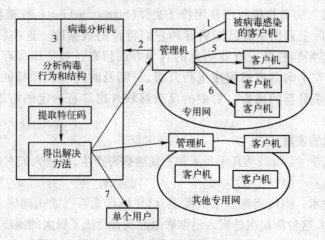

图 7-2　数字免疫系统操作步骤

1)每台计算机上监视程序使用启发式经验规则,同时根据系统行为、程序的可疑变化或家族特征码,判断病毒是否出现。监视程序把认为已经感染的程序的副本,发送到该组织里的管理机上。

2)管理机把该样本加密,发送给中心病毒分析机。

3)这台主机创建一个环境,在其中已经感染的程序能够安全运行以便分析。为了实现这个目的所采用的技术包括仿真技术,即创建一个受到保护的环境,在其中可以执行且分析受到怀疑的程序。这台病毒分析机开出一个用来识别、移除该病毒的"处方"。

4)这个最终"处方"发回相应的管理机。

5)这台管理机又把该"处方"发给受到感染的客户主机。

6)该"处方"也发送给组织里的其他客户主机。

7)世界各地的订购者定期收到反病毒升级软件,就能够使它们避免新病毒的能力。

数字免疫系统的成功与否,取决于病毒分析机检测新的独特病毒的能力。通过经常分析和监视各种新生的病毒,能够不断地升级数字免疫系统的软件,控制这种威胁。

7.1.2　蠕虫

早期恶意代码的主要形式是计算机病毒,1988 年 Morris 蠕虫爆发后,人们为了区分蠕虫和病毒,对病毒重新进行了定义。一般认为"网络蠕虫是一种智能化、自动化,综合网络攻击、密码学和计算机病毒技术,不需要计算机使用者干预即可运行的攻击程序或代码。它会扫描和攻击网络上存在系统漏洞的节点主机,通过局域网或者因特网从一个节点传播到另外一个节点"。该定义体现了新一代网络蠕虫智能化、自动化和高技术化的特征。

蠕虫的一个功能结构框架如图 7-3 所示。网络蠕虫的功能模块可以分为主体功能模块和辅助功能模块。实现了主体功能模块的蠕虫能够完成复制传播流程,而包含辅助功能模块的蠕虫程序则具有更强的生存能力和破坏能力。

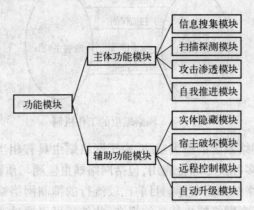

图 7-3　网络蠕虫功能模块

主体功能模块由 4 个模块构成。

1）信息搜集模块。该模块决定采用何种搜索算法对本地或者目标网络进行信息搜集，内容包括本机系统信息、用户信息、邮件列表、对本机的信任或授权主机、本机所处网络的拓扑结构、边界路由信息等，这些信息可以单独使用或被其他个体共享。

2）扫描探测模块。完成对特定主机的脆弱性检测，决定采用何种攻击渗透方式。

3）攻击渗透模块。该模块利用获得的安全漏洞，建立传播途径，该模块在攻击方法上是开放的、可扩充的。

4）自我推进模块。该模块可以采用各种形式生成各种形态的蠕虫副本，在不同主机间完成蠕虫副本传递。例如，Nimda 会生成多种文件格式和名称的蠕虫副本；W32. Nachi. Worm 利用系统程序（例如，TFTP 等）来完成推进模块的功能等。

辅助功能模块是对除主体功能模块以外的其他模块的归纳或预测，主要由 5 个功能模块构成。

1）实体隐藏模块。包括对蠕虫各个实体组成部分的隐藏、变形、加密以及进程的隐藏，主要提高蠕虫的生存能力。

2）宿主破坏模块。该模块用于摧毁或破坏被感染主机，破坏网络正常运行，在被感染主机上留下后门等。

3）信息通信模块。该模块能使蠕虫间、蠕虫同黑客之间进行交流，这是未来蠕虫发展的重点；利用通信模块，蠕虫间可以共享某些信息，使蠕虫的编写者更好地控制蠕虫行为。

4）远程控制模块。控制模块的功能是调整蠕虫行为，控制被感染主机，执行蠕虫编写者下达的指令。

5）自动升级模块。该模块可以使蠕虫编写者随时更新其他模块的功能，从而实现不同的攻击目的。

网络蠕虫的工作机制如图 7-4 所示。从网络蠕虫主体功能模块实现可以看出，网络蠕虫的攻击行为可以分为 4 个阶段，信息收集、扫描探测、攻击渗透和自我推进。信息收集主要完成对本地和目标节点主机的信息汇集；扫描探测主要完成对具体目标主机服务漏洞的检测；攻击渗透利用已发现的服务漏洞实施攻击；自我推进完成对目标节点的感染。

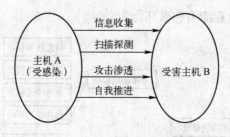

图 7-4　网络蠕虫的工作机制

网络蠕虫已经成为网络系统的极大威胁,由于网络蠕虫具有相当的复杂性和行为不确定性,网络蠕虫的防范需要多种技术综合应用,包括网络蠕虫监测与预警、网络蠕虫传播抑制、网络蠕虫漏洞自动修复、网络蠕虫阻断等。目前比较流行的抑制网络蠕虫传播的方法就是在路由节点屏蔽和过滤含有某个网络蠕虫特征的报文,此外还可以通过对一定地址空间的流量监控来预测网络蠕虫的传播,从而采取更有效的措施来对抗网络蠕虫的大规模攻击。

7.1.3　陷门

陷门是一个模块的秘密的未记入文档的入口。在程序开发与调试期间,程序员常常为了测试一个模块,或者为了今后的修改与扩充,或者为了在程序正式运行后,当程序发生故障时能够访问系统内部信息等目的而有意识预留的。这种陷门可以被程序员用于上述正常目的,也可以被用于非正当目的。下面是程序模块测试的一个例子。

一个程序系统的功能往往是非常复杂的,根据软件开发的要求,程序员一般采用模块化技术开发与测试软件系统。测试时首先测试单个模块,然后再把分立的模块按照处理逻辑组装到一起。图 7-5 是一个程序的模块结构图。在该图中,模块之间的带箭头的连线表示模块之间的调用关系,箭头指向子模块。为了测试某个非底层模块,需要编制一些辅助调试模块,其中由被测模块调用的辅助模块称为"桩"模块,调用被测模块的模块称为"驱动"模块。桩模块的功能可以用很简单的语句实现,如果桩模块是模拟打印模块,则桩模块内可以仅包含一两条打印语句,能够输出一串字符串即可,不需要按最后严格的格式化输出要求编程。如果调试顺序是从上而下,则驱动模块可以使用已经调试好的模块。驱动模块也可以临时编写,其中包含调用被测模块的实参数形成语句和模块调用语句。图 7-6 给出了驱动模块、被测模块和桩模块之间的调用关系。

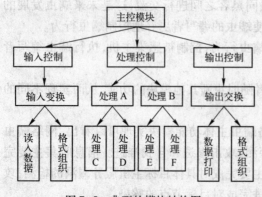

图 7-5　典型的模块结构图

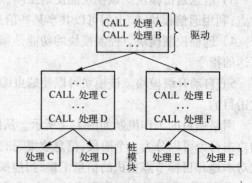

图 7-6　驱动模块、桩模块与被测模块

在程序的测试过程中,当测试有复杂调用关系的模块时,有时为了判断错误的原因,需要在被测模块内插入调试代码。这些代码通常用于显示模块的中间计算结果或用于判断上一级模块传递到被测模块的参数是否正确,有的也用于跟踪程序的运行轨迹。例如,可以利用PRINT 语句显示模块内的某个参数值或某个内部变量的值。又如,可以用一组简单赋值语句var = value 作为调试代码,允许程序员在程序运行期间更改程序的参数值,或用于调试该模块的正确性,或者用于向被测模块传递参数值。这种插入指令的方法是一种广泛使用的调试技术。在调试完成后,这些调试指令如果未被及时清除,则可能留下所谓的"陷门"。

产生陷门的另一个原因是由于设计或编程漏洞造成的。在某些设计粗劣的程序系统中,只检查正常输入情况,忽略对非正常输入的检查,使得用户即使输入错误值仍然可以进入程序系统。例如,某程序的输入模块期望读入一个人的年龄值,由于程序中没有检查输入值的合理性的功能,可能会将用户输入的 250 或 −30 作为合理的年龄值接受,从而允许该用户进一步执行程序的其他功能。又如,程序某模块期望处理成绩优秀、良好和及格三种人员的情况,并有相应的 CASE 语句进行过滤。如果在 CASE 语句中只有处理这三种情况的分支语句,则当遇到不及格情况时就可以穿过该 CASE 语句,执行程序的后续功能,这也是常见的程序缺陷。

在硬件处理器设计中也存在一些缺陷。例如,许多处理器中并非所有的操作码值都对应相应的机器指令。那些无定义的操作码常被用作特殊指令,或被用于测试处理器的设计,或者由于处理器逻辑设计上的漏洞,并未阻塞这些未定义的操作码的逻辑通路,使得程序中出现未定义操作码时,处理器仍能继续执行。

程序中的陷门也可以用来发现安全方面的缺陷。审计程序有时需要借助成品程序的陷门往系统中插入虚设的但可识别的业务,以便跟踪这些业务在系统中的流向,进而研究系统中是否存在安全方面的漏洞。

程序员在程序调试结束时应该去掉陷门(即各种调试用的语句),但程序中仍可能存在陷门的原因有以下几种。

1)忘了去掉某些调试语句,留下了陷门。

2)故意保留下来以便用于别的测试。

3)故意留在程序中以便有助于维护已完成的程序。

4)故意留在程序中以便它成为可接受的成品程序后,有一种访问此程序的隐蔽手段。

以上情况中,第一种是无意识的安全疏忽,中间两种是对系统安全的严重暴露,而最后一种情况则是全面攻击的第一个步骤。对于用于程序测试、修改和维护目的的陷门本身并无错误,而是一种常用的技术。但是在程序调试结束后仍保留一些暴露作用很强的陷门,甚至在程序易受到攻击的情况下没有人采取行动来防止或控制陷门的使用,陷门的存在才成为弱点。

陷门可以被程序员用于保证系统的正常运行而加以利用,也可以被无意或通过穷举搜索而发现陷门的任何人利用。

7.1.4 特洛伊木马

特伊洛木马(Trojan Horse),简称木马,此名称取自希腊神话的特洛伊木马记。传说希腊人围攻特洛伊城,久久不能得手。后来想出了一个木马计,让士兵藏匿于巨大的木马中。大部队假装撤退而将木马弃置于特洛伊城下,敌人将这些木马作为战利品拖入城内。到了夜晚,木马内的士兵则乘特洛伊城人庆祝胜利、放松警惕的时候从木马中爬出来,与城外的部队里应外合而攻下了特洛伊城。

这里讨论的木马,就是这样一个有用的、或者表面上有用的程序或者命令过程,但是实际上包含了一段隐藏的、激活时会运行某种有害功能的代码,它使得非法用户达到进入系统、控制系统和破坏系统的目的。它是一种基于客户机/服务器方式的远程控制程序,具有隐蔽性和非授权性等特点。

所谓隐蔽性是指木马的设计者为了防止木马被发现,会采用多种手段隐藏木马,这样服务端即使发现感染了木马,也不能确定其具体位置;所谓非授权性是指一旦控制端与服务端连接后,控制端将享有服务端的大部分操作权限,包括修改文件、修改注册表、控制鼠标、键盘等,而这些权力并不是服务端赋予的,而是通过木马程序窃取的。木马对系统具有强大的控制功能。一个功能强大的木马一旦被植入某台机器,操纵木马的人就能通过网络像使用自己的机器一样远程控制这台机器,甚至能远程监控受控机器上的所有操作。

著名的一些木马工具有 Back Orifice 2000(BO2K)、SubSeven 以及国产的灰鸽子、冰河等。

1. 木马结构与分类

木马程序一般由两个部分组成,控制端程序,用以远程控制服务端的程序;服务端程序,被控制端远程控制的一方的程序。

"中了木马"就是指被安装了木马的服务端程序。

木马的类型很多,大致可以把它们分为以下两大类。

1) 依照木马的植入技术来分类。一般常见的有可执行文件的捆绑木马、透过动态链接库文件注入木马、动态网页服务程序木马(ASP Trojan、PHP Trojan)、透过浏览器漏洞入侵的网页木马(一般称为 BMP Trojan 或 GIF Trojan)以及透过电子邮件入侵的邮件附件木马等。

2) 依照木马的功能来分类。

- 远程访问型木马:对于这种类型的木马,只要有人运行服务端程序,就会在服务端打开一个端口以保持连接,以实现远程控制。其具有的一般功能是,键盘记录、上传和下载功能、注册表操作、限制系统功能等。著名的木马冰河就是一个远程访问型木马。

- 破坏型木马:这类木马唯一的功能就是破坏并且删除文件,可以自动地删除计算机上的系统所用的核心程序,如 .dll、.ini、.exe 文件。

- 密码发送型木马:这类木马的目的是挖掘隐藏密码,并且监视服务端正在输入的密码,在毫无察觉的情况下把这些密码发送到一个固定的电子邮箱。例如,对于需要输入密码的 ICQ、IRC、FTP、HTTP 或者是其他的应用程序,用户输入的密码就会被这类木马程序发送到一个固定邮箱。

- 键盘记录型木马:这种木马记录服务端的键盘敲击并且在 LOG 文件里查找密码或者其他有用的数据,然后把记录到的信息发送到种植"木马"者的电子邮箱。其主要技术是使用键盘钩子,即拦截击键操作。

- DoS 攻击型木马:随着 DoS 攻击越来越广泛的应用,被用作 DoS 攻击的木马也越来越流行。当攻击者入侵了一台计算机,给被攻击者种上 DoS 攻击木马,那么日后这台计算机就成为攻击者进行 DoS 攻击所谓的"肉鸡"。这种木马的危害不是体现在被感染计算机上,而是体现在攻击者可以利用它来攻击一台又一台计算机,给网络造成很大的伤害和损失。还有一种类似 DoS 的木马叫做邮件炸弹木马，一旦机器被感染，木马就会随机生成各种各样主题的信件，对特定的邮箱不停地发送邮件，一直到对方瘫痪、不能接受邮件为止。

- FTP 木马：这种木马可能是最简单和古老的木马了，它的功能就是打开 21 端口，等待用户连接。
- 反弹端口型木马：与一般的木马相反，反弹端口型木马的服务端使用主动端口，客户端使用被动端口。木马定时监测控制端的存在，如果发现控制端上线立即弹出端口主动连接控制端打开的主动端口。为了隐蔽起见，客户端的监听端口一般开在 80，这样，即使服务端用户使用端口扫描软件检查自己的端口，发现的也是类似"TCP 服务端的 IP 地址:1026，客户端的 IP 地址:80 ESTABLISHED"的情况，服务端的用户稍微疏忽一点就会以为是自己在浏览网页。
- 攻击杀毒软件和防火墙型木马：防木马软件以及防病毒软件极大地抑制了一些木马功能的发挥。基于此种情况，目前的一些木马程序具有了能关闭服务端上运行的这类保护程序的功能。

虽然有多种形式的木马程序，在通常情况下，一种木马程序可能同时具有以上所介绍的多种形式，以增强破坏力。

2. 木马工作原理

用木马这种黑客工具进行网络入侵，从过程上看大致可分为六步，下面按这六步来介绍木马的攻击原理。

1）配置木马。一般一个设计成熟的木马都有木马配置程序，从具体的配置内容看，主要是为了实现伪装和信息反馈。

木马配置程序会采用多种伪装手段隐藏自己，例如修改图标、捆绑文件、定制端口、自我销毁等等。在后面详细介绍。

木马配置程序将对信息反馈的方式或地址进行设置，如设置信息反馈的 E-mail 地址、MSN 号、OICQ 号等等。

2）传播木马。传统的木马传播方式是通过软件下载，一些网站以提供软件下载为名义，将木马捆绑在软件安装程序上，下载后只要一运行这些程序，木马就会自动安装。

此外，木马还有以下一些传播方式，利用共享和 Autorun 文件、把木马文件转换成 .bmp 文件、利用错误的 MIME 头漏洞、在 word 文档中加入木马程序、通过脚本文件传播等。

3）运行木马。服务端用户运行木马或捆绑了木马的程序后，木马就会自动进行安装运行。木马自动运行的一些技术将在后面介绍。

木马被激活后，进入内存，并开启事先定义的木马端口，准备与控制端建立连接。这时服务端用户可以在 MS-DOS 方式下，键入 netstat-a 查看端口状态，一般个人电脑在脱机状态下是不会有端口开放的，如果有端口开放，就要注意是否感染木马了。

4）信息反馈。一般来说，设计成熟的木马都有一个信息反馈机制。所谓信息反馈机制是指木马成功安装后会收集一些服务端的软硬件信息，并通过 E-mail、IRC 或 ICQ 的方式告知控制端用户。从中可以知道服务端的一些软硬件信息，包括使用的操作系统、系统目录、硬盘分区情况，系统口令等，在这些信息中，最重要的是服务端 IP，因为只有得到这个参数，控制端才能与服务端建立连接。

5）建立连接。木马建立连接必须满足两个条件，一是服务端已安装了木马程序；二是控制端、服务端都要在线。在此基础上控制端可以通过木马端口与服务端建立连接。如图7-7所示。

图7-7　木马建立连接过程

假设 A 机为控制端，B 机为服务端，对于 A 机来说要与 B 机建立连接必须知道 B 机的木马端口和 IP 地址，由于木马端口是 A 机事先设定的，为已知项，所以最重要的是如何获得 B 机的 IP 地址。获得 B 机的 IP 地址的方法主要有两种，信息反馈或 IP 扫描。重点来介绍 IP 扫描。因为 B 机装有木马程序，所以它的木马端口7626是处于开放状态的，因此 A 机只要扫描 IP 地址段中7626端口开放的主机就行了，例如图7-7中 B 机的 IP 地址是202.102.47.56，当 A 机扫描到这个 IP 时发现它的7626端口是开放的，那么这个 IP 就会被添加到列表中，这时 A 机就可以通过木马的控制端程序向 B 机发出连接信号，B 机中的木马程序收到信号后立即作出响应，当 A 机收到响应的信号后，开启一个随机端口1037与 B 机的木马端口7626建立连接，到这时一个木马连接才算真正建立。值得一提的是要扫描整个 IP 地址段显然费时费力，一般来说控制端都是先通过信息反馈获得服务端的 IP 地址。尽管拨号上网的 IP 是动态的，即用户每次上网的 IP 都是不同的，但是这个 IP 是在一定范围内变动的，如果 B 机的 IP 是202.102.47.56，那么 B 机上网 IP 的变动范围是在202.102.000.000-202.102.255.255，所以每次控制端只要搜索这个 IP 地址段就可以找到 B 机了。

6）远程控制。木马连接建立后，控制端口和木马端口之间将会出现一条通道，控制端上的控制端程序可藉这条通道与服务端上的木马程序取得联系，并通过木马程序对服务端进行远程控制，可执行的控制操作常见的有：

- 窃取密码。
- 修改注册表。
- 文件的删除、新建、修改、上传、下载、运行、更改属性等操作。
- 重启或关闭服务端操作系统，断开服务端网络连接，控制服务端的鼠标、键盘，监视服务端桌面操作，查看服务端进程等系统操作。

3. 木马伪装技术

隐蔽性是木马的最大特点。木马配置程序为了在服务端尽可能好的隐藏木马，会采用多种隐蔽手段，一般来说有以下一些。

1）修改图标。例如在 E-mail 的附件中看到一个很平常的文本图标，但这很有可能是个木马程序。现在已经有木马可以将木马服务端程序的图标改成.html、.txt、.bmp 等各种文件的图标，这有相当大的迷惑性。

2）捆绑文件。这种伪装手段是将木马捆绑到一个可执行文件，即.exe、.com 一类的文件。当这些可执行文件运行时，木马在用户毫无察觉的情况下，偷偷的进入了系统。

3）出错显示。有一定木马知识的人都知道，如果打开一个文件，没有任何反应，这很可能就是个木马程序，木马的设计者也意识到了这个缺陷，所以已经有木马提供了一个叫做出错显示的功能。当服务端用户打开木马程序时,会弹出一个错误提示框,诸如"文件已破坏,无法打开的!"之类的信息,当服务端用户信以为真时,木马已悄悄侵入了系统。

4)定制端口。很多老式的木马端口都是固定的,这给判断是否感染了木马带来了方便,只要查一下特定的端口就知道感染了什么木马,所以现在很多新式的木马都加入了定制端口的功能,控制端用户可以在 1024 ~ 65535 之间任选一个端口作为木马端口。一般不选 1024 以下的端口,这样就给判断所感染木马类型带来了麻烦。

5)自我销毁。这项功能是为了弥补木马的一个缺陷,即木马一般会将自己复制到 Windows 的系统文件的 C:\windows 或 C:\windows\system 等目录下,为用户发现木马带来了方便。而木马的自我销毁功能是指安装完木马后,原木马文件将自动销毁,这样服务端用户就很难找到木马了。

6)木马更名。安装到系统文件夹中的木马的文件名一般是固定的,用户很容易根据一些安全资料发现木马。所以现在有很多木马都允许控制端用户自由定制安装后的木马文件名,这样木马就很难被查到了。这种木马实现的关键是程序的"自杀"技术。在自杀前,"木马"改变运行设置,自杀后按新的设置搞破坏活动。

7)混淆文件名:这种手段利用了人们对系统文件不熟悉的弱点。为了避免被发现,一些木马程序采用与系统相似的文件名,如 Server. exe,以冒充正常的系统文件名 Server. dll。

8)隐藏在回收站。手工将文件移动到回收站后,还能在回收站中看到文件,除非把回收站清空。但有一个难以想象的情况,如果是通过编程将文件移动到回收站,文件仍然存在,只是在资源管理器下看不见。木马可以利用该方法将自己隐藏在回收站。

9)反向连接技术。反弹型木马的连接方式与远程控制软件相反,进行服务端到控制端的反向连接。当木马服务端程序被种植到目标机器中并运行后,程序会主动连接控制端的 80 端口,如果这时服务端用户用"netstat-a"命令来检查,将显示如"TCP 本机 IP:2513 远程 IP:80 ESTABLISHED"类似的信息,就像在浏览网页,因此防火墙也不会阻挡这种非法连接,给木马的防范带来了困难。使用这种方式的原因是,目标机器的防火墙能严厉防范外部进入的连接,但对内部外出的连接请求宽松一些。另外,当防火墙弹出提示窗口时,木马还可以向其"确定"按钮发送虚拟的按键信息。

10)远程线程插入技术。远程线程是 Windows 为程序开发人员提供的一种系统功能,这种功能允许一个进程在另一个进程中通过创建远程线程的方法进入该进程的内存地址空间,待嵌入的可以是一个 . dll 文件,其拥有被嵌入进程相当的权限。木马服务端程序采用 DLL 技术以 DLL 模块化形式实现,另外,在目标主机中选择特定目标进程(如系统文件或某个正常运行程序)插入线程,由该线程加载运行木马 DLL,从而实现木马植入。用这种方式加载的木马 DLL 在目标主机中不会留有独立进程运行的痕迹,加强了木马的隐蔽性,同时能够通过目标进程间接访问系统资源。

11)拦截系统功能调用。系统功能调用是系统给应用程序提供的程序接口。例如,在 Windows 中有很多 API 函数能够查询进程的存在, PSAPI (Process Status API)、PDH (Performance Data Helper)、ToolHelp API,木马对用来查看进程的函数调用进行截获,替换返回的数据,故意对木马进程不做统计,就可以达到进程列表欺骗的目的。此外,文件读写、文件搜索、进程遍历,包括杀毒软件的查杀毒功能等都需要系统调用的支持。木马为了防止被发现,可以设法接管这些系统调用,比如,木马如果接管了文件打开操作,当杀毒软件调用打开文件操作时就会启动木马拦截功能代码,此时木马判断当前打开的是否是木马文件本身,如果不是，就去调用正确的系统调用；如果是，木马拦截功能代码就会返回"文件不存在"的信息。这样杀毒软件就无法在系统中找到木马文件，也就无法查杀木马了。

4. 木马运行技术

木马的自动运行是木马实现其功能必不可少的一个环节。木马的自动运行需要一定的条件。一个典型的例子就是将木马插入到用户经常执行的程序中。例如 Explorer. exe 本是 Windows 系统中一个有用的系统进程，主要负责显示系统桌面上的图标以及任务栏等，但是木马与之捆绑后，只要其运行，木马也就自动运行了。

还有其他一些木马自动运行的技术：

1）设置在超链接中。这是一种常见手段，在网页上放置木马，引诱用户单击后运行。

2）捆绑到程序中。实现这种触发条件首先要控制端和服务端通过木马建立连接，然后控制端用户用工具软件将木马文件和某一应用程序捆绑在一起，然后上传到服务端覆盖原文件，这样即使木马被删除了，只要运行捆绑了木马的应用程序，木马又会被安装上去了。

3）内置到注册表中。木马常常隐藏在注册表的一些关键位置：
HKEY_LOCAL_MACHINE\Software\Microsoft\Windows\CurrentVersion\下的 Run、RunServices、RunOnce 的键值。

HKEY_CURRENT_USER\Software\Microsoft\Windows\CurrentVersion\Run 以及 HKEY_USERS\Default\Software\Microsoft\Windows\CurrentVersion\下所有以 Run 开头的键值。

4）隐藏在 Win. ini 中。C:\windows 目录下的配置文件 win. ini（如图 7-8 所示），在 [windows] 字段中有启动命令 load = 和 run = ，在一般情况下是空白的，如果有启动程序，可能是木马。

5）隐藏在 System. ini 中。C:\windows 目录下的配置文件 system. ini（如图 7-9 所示），可以在其中寻找木马的启动命令。打开这个文件，在该文件的 [boot] 字段中，看看是不是有这样的内容：

shell = Explorer. exe file. exe

如果有，那 file. exe 可能就是木马服务端程序。另外，在 System. ini 中的 [386Enh] 字段，要注意检查在此段内的"driver = 路径\程序名"，这里也有可能被木马所利用。还有，在 System. ini 中的 [mic]、[drivers]、[drivers32] 这 3 个字段，这些段也是起到加载驱动程序的作用，但也是增添木马程序的好场所。

图 7-8 win. ini 中的内容

图 7-9 system. ini 中的内容

6）隐藏在配置文件中。Autoexec. bat、Config. sys 和 *. ini 是一些系统配置文件,控制端利用这些应用程序的启动配置文件能启动程序的特点,将制作好的带有木马启动命令的同名文件上传到服务端覆盖这同名文件,这样就可以达到启动木马的目的了。不过这种方式不是很隐蔽,目前不常用。

7）隐藏于启动组中。启动组也是木马可以藏身的好地方,因为这里是自动加载运行的好场所。不过这样的隐蔽性不够好,现在很少有木马使用这种运行方式。

5. 木马检测技术

木马的检测很大程度上依赖于它们出现时间的长短及欺骗手段的应用。大多数木马都能够及时被各种防病毒工具、反木马扫描器、防火墙工具或是入侵检测系统检测到。常用的一些检测方法还有:

1）软件 Hash 值校验。即检测文件是否被篡改。无论什么时候,当用户从一个不了解的来源处获取软件时,都应该生成相应文件的 Hash 值,之后与发布厂商网站上的 Hash 值进行比较。例如当人们从 http://packetstormsecurity. org 网站上下载软件时,会在软件链接旁边看到该软件的 MD5 值,在下载了软件之后,使用 MD5 工具生成下载文件的 MD5 散列值,并将这个散列值与该网站上给出的散列值相比较,相等时说明软件没有被篡改,否则就要怀疑这个软件的真实性。此外,通过运用系统完整性检验工具,如 Tripwire,可以监控整个系统中的任何文件或文件夹的修改。这个工具扫描并记录硬盘特征,然后周期性地扫描任何变化,并且在系统发生变化时通知用户。

2）监控进程和端口。监控端口指监控系统当前哪些端口处于监听、连接状态,哪些进程在使用哪些端口,即进行进程和端口的关联。监控端口是检测木马的一个良好途径。木马程序的基本功能就是创建并打开一个或多个控制端（攻击者）能够连接上的端口。通过监视计算机上打开的非常用端口,能够检测出等待建立连接的木马。监视本地打开端口的工具有很多,常用的包括 netstat. exe、fport. exe、tcpview. exe 等。可以访问网站 http://www. onctek. com/library/trojans. html 或 http://www. simovits. com/sve/nyhetsarkiv/1999/nyheter9902. html 了解更多常见恶意软件使用的端口信息。此外,一般文件执行时除了装载文件本身到内存,还有装载它调用的模块到内存,多数的进程内模块为. dll 文件。因而还可以通过监控注册表,监控进程内模块来检测木马。

以上介绍的这些技术的具体实现,读者可以参考《计算机病毒分析与防治简明教程》（清华大学出版社）、《Windows 应用程序捆绑核心编程》（清华大学出版社）、《网络渗透测试——保护网络安全的技术、工具和过程》（电子工业出版社）等书籍。

7.2　应用系统的编程安全

在 1988 年 11 月,世界上出现了第一个针对缓冲区溢出的攻击——名为 Robert T. Morris 的 finger 蠕虫病毒,它利用了 VAX 机上的 BSD UNIX 的一个实用程序 finger 的缓冲区溢出错误,成功入侵了因特网上数以百计的主机,致使全世界大约 10% 的因特网崩溃。事实上,目前网络上的恶意攻击有一半以上是利用了缓冲区溢出的漏洞。

但是现在缓冲区溢出却普遍存在于各种操作系统（Windows、Linux、Solaris、Free BSD、HP-UX以及 IBM AIX）,以及运行在操作系统上的各类应用程序中。例如,在微软的 Windows

2000 服务器版本中,存在着 IIS 5.0 远程缓冲区溢出;商务服务器中存在着 ISAPI 文件缓冲区溢出;Telnet 服务器中存在着缓冲区溢出漏洞;甚至在常用的 Realplay 8.0 中也存在着缓冲区溢出。

7.2.1　缓冲区溢出

1. 什么是缓冲区溢出

简单的说,缓冲区溢出(Buffer Overflow)就是通过在程序的缓冲区写入超出其长度的内容,从而破坏程序的堆栈,使程序转而执行其他指令,以达到攻击的目的。为了了解缓冲区溢出的机理,先来介绍处理器处理机器代码的情况。

处理器中有特殊的存储器,通常称为寄存器,其中有一些特殊的寄存器用来存储程序执行时的信息,主要注意以下 3 个。

1) EIP,扩展指令寄存器,下一条要执行的指令的地址。

2) EBP,扩展基址寄存器,存储当前正在执行的指令的地址。

3) ESP,扩展堆栈寄存器,存储栈顶指针。

再看一看一个程序执行状态下在内存中的存储,如图 7-10 所示,

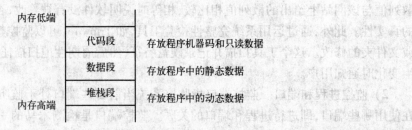

图 7-10　程序在内存中的存储

1) 代码段:存放程序汇编后的机器代码和只读数据,这个段在内存中一般被标记为只读,任何企图修改这个段中数据的指令将引发一个 Segmentation Violation 错误。

2) 数据段:数据段中存放的是各种数据(经过初始化的和未经初始化的)和静态变量。

3) 堆栈段:在函数调用时存储函数的入口参数(即形参)、返回地址和局部变量等信息。

人们称由于一个函数调用所导致的需要在堆栈中存放的数据和返回地址为一个栈帧(Stack Frame)。栈帧的一般结构如图 7-11 所示。

图 7-11　栈帧的一般结构

下面通过一个简单的程序来分析栈帧中的内容。

【例 7-1】

```
#include <iostream.h>
void foo(int m, int n)
{
    int local;
```

```
        local = m + n;
    }

    void main( )
    {
        int t1 = 0x1111;
        int t2 = 0x2222;
        foo(t1,t2);
    }
```

在 Visual C++ 6.0 中输入程序,并设置断点(如图 7–12 中的深色的圆点)。选择 Debug 工具栏中的 Step Over 单步执行程序,利用 Debug 工具栏按钮中的 Memery(内存)和 Registers (寄存器),可看到内存中栈的内容变化情况(如图 7–13 所示):

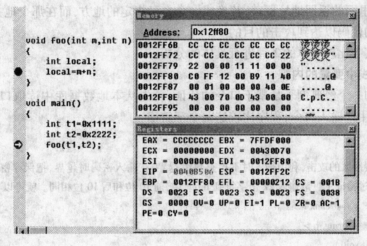

图 7–12　执行到第一个断点

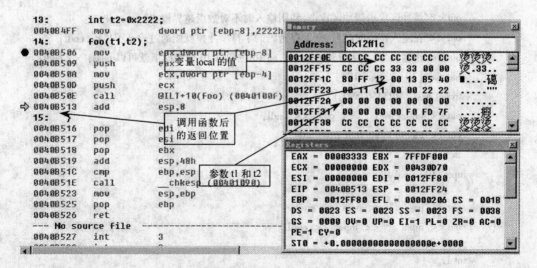

图 7–13　执行到第二个断点

可以看出,当程序中发生函数调用时,计算机依次完成如下操作,首先把入口参数压入堆栈;然后保存指令寄存器 EIP 中的内容作为返回地址(RET);再把基址寄存器(EBP)压入堆栈;最后为本地变量留出一定空间,调用结束后恢复 EBP 的值,调用返回。

从上面的分析可以看出,程序是从内存低端向高端按顺序存放的,输入的形参按照自右至左的顺序入栈,而堆栈的生长方向与内存的生长方向相反,因此在堆栈中压入的数据超过预先给堆栈分配的容量时,就会出现堆栈溢出。

简单地说,缓冲区溢出的原因是由于字符串处理等函数没有对数组的越界加以监视和限制,结果覆盖了堆栈数据。缓冲区的溢出有各种不同的类型。一般而言,有以下几种缓冲区溢出攻击的方式。

1)攻击者可用任意数据覆盖堆栈中变量的内容。

2)覆盖堆栈中保存的寄存器内容,导致程序崩溃。

3)把堆栈里面的返回地址覆盖,替换成一个自己指定的地方,而在那个地方,可以植入一些精心设计了的代码以达到攻击的目的。

下面选择其中比较简单的 2 种进行具体的分析。

2. 覆盖堆栈中变量的内容

安全漏洞的一个经典例子是基于口令的认证,首先从本地数据库中读取口令并存储在本地变量中,然后用户输入口令,程序比较这两个字符串。

【例 7-2】

```
/*对缓冲区的攻击,利用输入时不检查数组越界,在输入密码时越界,把保存密码的字符串冲掉
就能通过验证了! 请输入 22 个字符到 input 中,前 10 位和后 10 位相同。就可以 pass! */
#include <iostream. h>
#include <string. h>
int main(void)
{
    cout <<"缓冲区攻击缓冲区攻击,利用输入时不对数组越界检查"<<endl;
    cout <<"在输入密码时越界,把保存密码的字符串冲掉就能通过验证了!"<<endl;
    cout <<"请输入 22 个字符到 input 中,前 10 位和后 10 位相同。就可以 pass!"<<endl;
    char pass[10], input[10];
    strcpy(pass, "1234567890");
    cout <<"initial pwd: " << pass << endl;
    cout <<"Please input your password:";
    cin >>input;
    input[10] = '\0';

    cout <<"pass =" << pass << endl;
    cout <<"input =" << input << endl;

    int i;
    i = strcmp(pass, input);

    if (i==0)
```

258

```
            cout << "Correct password!" << endl;
    else
    {
            cout << "i = " << i << endl;
            cout << "Failed!" << endl;
    }
    return 0;
}
```

如图 7-14、7-15 所示,通过内存和寄存器中值得变化,可以清晰地看到,当输入 22 个字符时数组 pass[ ] 中的内容被覆盖。因此如果用户输入的是 8888888888008888888888,那么 pass[ ] 和 input[ ] 的内容就是同一个字符串 8888888888,从而比较结果为二者相等。

图 7-14 pass 数组中赋初值

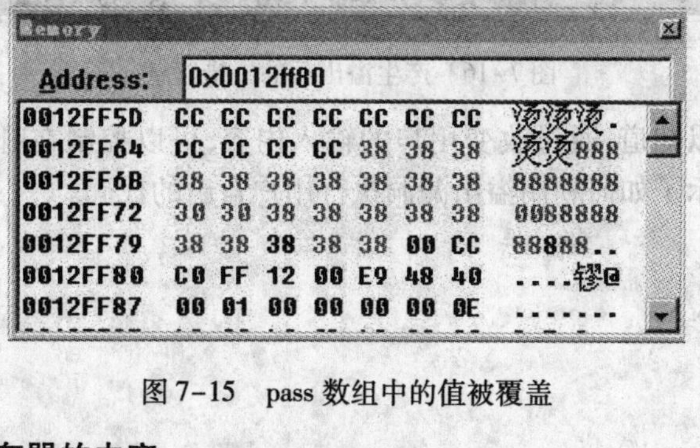

图 7-15 pass 数组中的值被覆盖

3. 覆盖堆栈中寄存器的内容

在栈上声明的各种变量的位置就紧靠着调用函数的返回地址。如果用户输入的数据越过边界就会将调用函数的返回地址覆盖,造成程序崩溃。

下面通过一个小程序的执行过程看一看其中堆栈的操作和溢出的产生过程。

【例 7-3】

```
#include < stdio. h >
```

```
#include < string. h >
void foo( const char  ∗ input)
{
    char buf[10];
    strcpy( buf, input);
    printf("% s \n", buf);
}
void main( )
{
    foo ("AAAAAAAAAAAA");
    return 0;
}
```

因为给函数赋的值超出了 10 个字节的长度,只好向堆栈底部方向继续写入,EBP 和 RET
的值都可能被"A"覆盖,这个时候就会出现溢出问题,VC 给出的出错信息如图 7-16 所示。

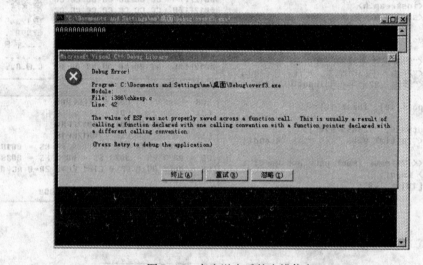

图 7-16　产生溢出后的出错信息

由上面的分析可以知道,通过改变用户的输入内容,可以控制在哪个地址运行下一条指
令。下面一段程序演示了如何利用溢出漏洞执行用户自己的代码。

【例 7-4】

```
#include  < stdio. h >
void come( )
{
    printf("Success!");
}

void test( int i)
{
    char buf[12]; //用于发生溢出的数组
    int addr[4];
```

```
        int k = (int)&i - (int)buf;  //计算参数到溢出数组之间的距离
        int go = (int)&come;
        //由于 EIP 地址是倒着表示的,所以首先把 come() 函数的地址分离成字节
        addr[0] = (go << 24) >>24;
        addr[1] = (go << 16) >>24;
        addr[2] = (go << 8) >>24;
        addr[3] = go >>24;
        //用 come() 函数的地址覆盖 EIP
        for(int j = 0; j < 4; j++)
        {
            buf[k - j - 1] = addr[3 - j];
        }
    }
    void main()
    {
        void test(int i);
        test(1);
    }
```

运行后,"Success!"成功打印出来。不过,由于这个程序破坏了堆栈,所以系统会提示程序遇到问题需要关闭。

在实际应用中,攻击者会事先构造好可以攻击的 shellcode 代码,当返回地址覆盖成 shell-code 的起始地址时,缓冲区溢出发生,程序就会跳到精心设计好的 shellcode 处去执行,达到了攻击的目的。

7.2.2 格式化字符串漏洞

格式化字符串的漏洞产生于数据输出函数中对输出格式解析的缺陷,其根源也是 C 程序中不对数组边界进行检查的缓冲区错误。

以 printf() 函数为例:

```
        int printf(const char * format, agr1, agr2, ......);
```

format 的内容可能为(%s,%d,%p,%x,%n……),将数据格式化后输出。这种函数的问题在于函数 printf 不能确定数据参数 arg1,arg2,……究竟在什么地方结束,也就是说,它不知道参数的个数。printf 函数只会根据 format 中的打印格式的数目依次打印堆栈中参数 format 后面地址的内容。

1. printf 中的缺陷

分析下面的程序:

【例 7-5】

```
        #include "stdio. h"
        void main()
        {
            int a = 44, b = 77;
```

```
        printf("a = % d,b = % d\n",a,b);
        printf("a = % d,b = % d \n");
}
```

对于上述代码,第一个 printf 调用是正确的,第二个调用中则缺少了输出数据的变量列表。那么第二个调用将引起编译错误还是照常输出数据? 如果输出数据又将是什么类型的数据呢?

上述代码在 Windows XP sp2 操作系统下,运行 Visual C + + 6.0 编译器,生成 release 版本的可执行文件,其运行结果如图 7-17 所示。

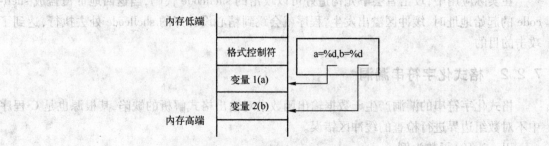

图 7-17　printf 函数的缺陷例子的输出

第二次调用没有引起编译错误,程序正常执行,只是输出的数据优点出乎预料。下面对结果作分析。

第一次调用 printf 的时候,3 个参数按照从右到左的顺序,即 b、a、"a = % d,b = % d\n"的顺序入栈,栈中状态如图 7-18 所示。

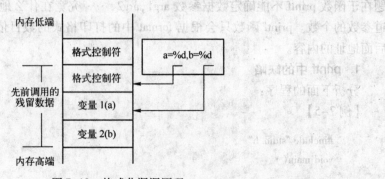

图 7-18　printf 函数调用时的内存布局

当第二次调用时,由于参数中少了输入数据列表部分,故只压入格式控制符参数,这是栈中状态如图 7-19 所示。

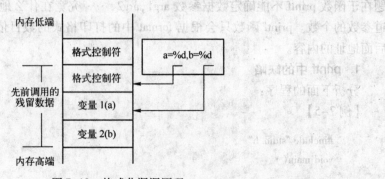

图 7-19　格式化漏洞原理

虽然函数调用时没有给出"输出数据列表",但系统仍然按照"格式控制符"所指明的方式输出了栈中紧随其后的两个 DWORD 类型值。现在可以明白输出"a = 4218928, b = 44"的原因了,4218928 的十六进制形式为 0x00406030,是指向格式控制符"a = % d, b = % d\n"的指针;44 是残留下来的变量 a 的值。

到此为止,这个问题还只是一个 bug,算不上漏洞。但如果 printf 函数参数中的"格式控制符"可以被外界输入影响,那就是所谓的格式化串漏洞了。下面介绍用 printf 读取内存数据。

2. 用 printf 读取内存数据

分析如下代码:

【例 7-6】

```
#include "stdio. h"
int main( int argc, char * * argv)
{

    printf( argv[1] );

}
```

在 Windows XP sp2 操作系统下,运行 Visual C ++6.0 编译器,生成 release 版本的可执行文件。当向程序传入普通字符串(如"Buffer Overflow")时,将得到简单的反馈。但如果传入的字符串中带有格式控制符时,printf 就会打印出栈中"莫须有"的数据。

例如,输入"% p,% p,% p……",实际上可以读出栈中的数据,如图 7-20 所示。

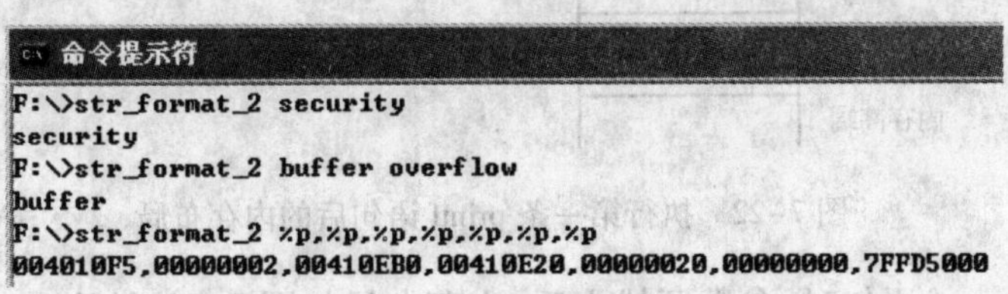

图 7-20   利用格式化串漏洞读内存

3. 用 printf 向内存写数据

只是允许读数据还不算很糟糕,但是如果配合上修改内存数据,就有可能引起进程劫持和 shellcode 植入了。

在格式化控制符中,有一种鲜为人知的控制符% n。这个控制符用于把当前输出的所有数据的长度写回一个变量中去,下面这段代码展示了这种方法。

【例 7-7】

```
#include < stdio. h >
void main( )
{

    int num = 0x61616161 ;
    printf( "Before: num = % #x \n", num) ;
    printf( "%. 20d% n\n", num, &num) ;
    printf( "After: num = % #x \n", num) ;

}
```

当程序执行第一条语句后,内存布局如图 7-21 所示,注意变量 num 的地址为 0012FF7C。

#include<stdio.h>
void main()
{
int num=0x61616161;
printf("Before:num=%#x \n",num);
printf("%.20d%n\n",num,&num);
printf("After:num=%#x \n",num);
}
变量 num 的地址
为 0012FF7C
Memory
Address: 0x0012ff84
0012FF61 CC CC CC CC CC CC CC
0012FF68 CC CC CC CC CC CC CC
0012FF6F CC CC CC CC CC CC CC
0012FF76 CC CC CC CC CC CC 61
0012FF7D 61 61 61 C0 FF 12 00 aaa....
0012FF84 39 12 40 00 01 00 00 9.@....
0012FF8B 00 60 0E 43 00 A0 0D .`.C...

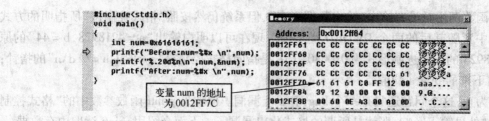

图 7-21 执行第一条语句后的内存布局

程序执行第二条语句后，内存布局如图 7-22 所示。参数从右向左依次压栈。

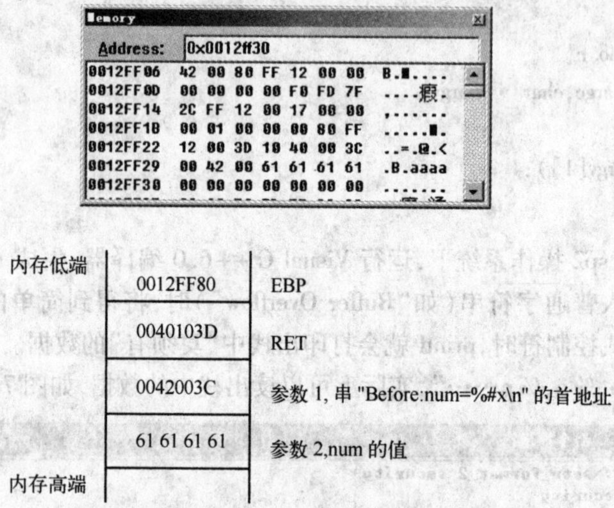

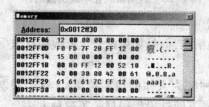

Memory
Address: 0x0012ff30
0012FF06 42 00 80 FF 12 00 00
0012FF0D 00 00 00 00 F0 FD 7F
0012FF14 2C FF 12 00 17 00 00
0012FF1B 00 01 00 00 00 80 FF
0012FF22 12 00 3D 10 40 00 3C ..=.@.<
0012FF29 00 42 00 61 61 61 61 .B.aaaa
0012FF30 00 00 00 00 00 00 00
内存低端
0012FF80
EBP
0040103D
RET
0042003C
参数 1, 串 "Before:num=%#x\n" 的首地址
61 61 61 61
参数 2,num 的值
内存高端

图 7-22 执行第一条 printf 语句后的内存布局

执行第二条 printf 语句时，参数压栈之后，内存布局如图 7-23 所示。

Memory
Address: 0x0012ff30
0012FF06 12 00 00 00 00 00 00
0012FF0D F0 FD 7F 28 FF 12 00
0012FF14 15 00 00 00 01 00 00
0012FF1B 00 80 FF 12 00 52 10
0012FF22 40 00 30 00 42 00 61
0012FF29 61 61 61 7C FF 12 00 aaa|...
0012FF30 00 00 00 00 00 00 00
内存低端
0012FF80
EBP
00401052
RET
00420030
参数 1, 串 "%.20d%n\n" 的首地址
61 61 61 61
参数 2,num 的值
内存高端
0012FF7C
参数 3,num 的地址值

图 7-23 执行第二条 printf 语句后的内存布局

当执行第三条 printf 语句后，变量 num 的值已经变成了 0x14(20)，如图 7-24 所示。这是因为程序中将变量 num 的地址压入堆栈，作为第二条 printf() 的第二个参数，"%n"会将打印总长度保存到对应参数的地址中去。打印结果见图 7-25，0x616161 的十进制值为 1633771873，按照 DWORD 类型，其值长度为 20。

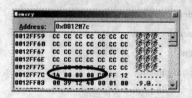

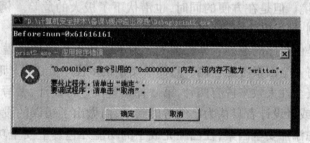

图 7-24　执行第三条 printf 语句后的内存布局　　　　　图 7-25　输出结果

如果不将 num 的地址压入堆栈，如下面的程序所示：

```
#include < stdio. h >
void main( )
{
    int num =0x61616161
    printf("Before:num = % #x \n",num);
    printf("%. 20d% n\n",num); //这里没有将 num 的地址压入栈中
    printf("After:num = % #x \n",num);
}
```

运行结果如图 7-26 所示。

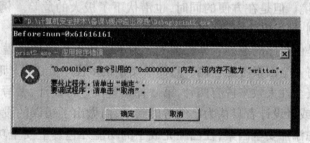

图 7-26　运行结果

程序在执行第二条 printf() 语句时发生段错误，printf() 将堆栈中 main() 函数的变量 num 当作了%n 所对应的参数，而 0x61616161 肯定是不能访问的。

在实际应用中，如果遇到脆弱的程序，将用户的输入错误地放在格式化串的位置，就会造成缓冲区溢出的攻击。

4. 格式化串漏洞的检测与防范

当输入输出函数的格式化控制符能够被外界影响时，攻击者可以综合利用前面介绍的读内存和写内存的方法修改函数返回地址，劫持进程，从而使 shellcode 得到执行。

比起大量使用命令和脚本的 UNIX 系统，Windows 操作系统中命令解析和文本解析的操作并不是很多，再加上这种类型的漏洞发生的条件比较苛刻，使得格式化串漏洞的实际案例非常罕见。

堆栈溢出漏洞往往被复杂的程序逻辑所覆盖，给漏洞检测造成一定困难。相对而言，格式

化串漏洞的起因非常简单,只要检测相关函数的参数配置是否恰当就行。通常能够引起这种漏洞的函数包括:

```
int printf( const char * format [ ,argument] . . . );
int wprintf( const wchar_t * format [ ,argument] . . . );
int fprintf( FILE * stream, const char * format [ ,argument] . . . );
int fwprintf( FILE * stream, const wchar_t * format [ ,argument] . . . );
int sprintf( char * buffer, const char * format [ ,argument] . . . );
int swprintf( wchar_t * buffer, const wchar_t * format [ ,argument] . . . );
int vprintf( const char * format, va_list argptr );
int vwprintf( const wchar_t * format, va_list argptr );
int vfprintf( FILE * stream, const char * format, va_list argptr );
int vfwprintf( FILE * stream, const wchar_t * format, va_list argptr );
int vsprintf( char * buffer, const char * format, va_list argptr );
int vswprintf( wchar_t * buffer, const wchar_t * format, va_list argptr );
```

简单的静态代码扫描一般可以比较容易发现这类漏洞。此外,Visual Studio 2005 中在编译级别对参数做了更好的检查,从而默认情况下关闭了对"%n"控制符的使用。

7.2.3　安全编程

其实,大部分的缓冲区溢出都是由于不良的编程习惯所引起的。尤其是现在通用的编程语言,C 语言和 C++语言因宽松的语法限制而备受各类程序员的欢迎,它们营造了一个轻松、灵活、高效的编程环境。但是在方便的同时,也潜伏下了极大的危险。例如在 C/C++中,不对数组边界进行检测,缺乏安全可靠、简单易行的字符串处理操作。

程序的正确性是由程序的编写者来保证的。为了避免出现缓冲区溢出的漏洞,在编写程序的一开始就必须将安全因素考虑在内。然而事实是很多程序员在设计时都忘记了这一点。

忽略了编码的安全性大致来说有两种,第一种是直接进行设计、编写、测试,然后发布,忘记了程序的安全性,或者设计者自认为已经考虑到了,而做出了错误的设计;第二种错误是在程序完成以后才考虑添加安全因素,在已经完成了的功能外包裹上安全功能。这样做不仅要付出非常昂贵的代价,更重要的是添加的安全功能有可能会影响已经实现的功能,甚至会造成某些功能的不可实现。

也正是由于有这种想法,很多人都会忽略程序的安全问题。但是这是一种不正确的想法,作为一个程序员,必须考虑到每一个应用软件的安全问题,即使只是一个小的漏洞,也有可能会被黑客发现并被攻击,造成巨大的损失。

编写正确的代码虽然可以在一定的程度上减少程序的安全问题。但是这是一项耗时的工作,而且它只能在一定的程度上减少缓冲区溢出的可能。因此在注意编码的同时,也需要用其他的安全手段来保证系统的安全。下面对此作一介绍。

1. C 语言的安全编程

1) 对内存访问错误的检测和修改。访问内存出错主要是由 C 程序中数组、指针及内存管理造成的,其根源是缺乏边界检查。这类错误包括,在内存的分配、使用和释放过程中,使用了未分配成功的内存;引用了未初始化的内存;操作越过了分配的内存边界;未释放内存而使内存耗尽;访问具有不确定值的自由内存。

检测和发现这类错误比较困难,主要因为 C 编译器不能自动发现其源代码中的此类错误;内存访问错误不易捕捉;发现内存错误的异常条件不易再现和把握;难于判定某错误一定是内存错误。因此,内存错误的检查判定很大程度上取决于程序员的编程经验和熟练程度。

2)对于缓冲区溢出的覆盖错误,可由程序员预设缓冲区的大小。C 库中字符函数都有相应的安全函数,如 strcpy(dst , src)的对应函数是 strcpy(dst, src, N),安全函数可以明确字符内容不超过 N,指定实际缓冲区的大小为 N,但是有许多系统不支持这类函数,而且 N 的实际大小仍然要由程序员跟踪确定。

要想做到真正安全的使用这些字符串操作函数并不是一件非常简单的事情。Visual Studio 2005 提供了一套新的安全字符串操作函数,如 strcpy_s( )、strncpy_s( )、strncat_s( )等。VS 2005 在编译时会自动警告对 strcpy、strcat 等不安全函数的调用,并将默认使用带"s"后缀的安全函数。在编码时,大力推荐使用这些安全的函数替换以前的字符串处理函数。

从 Visual C ++ .NET 开始,微软在其开发平台中增加了安全编译选项 GS。VC 7.0 以后的版本中都默认启动这个编译选项。GS 安全编译选项为每个函数调用增加了一些额外的数据和操作,用于检测栈中的溢出。

3)指针引用是 C 中最灵活、最核心、最复杂,也是最易出错的部分。如 C 中关于空指针的引用,如果定义指针时未初始化让其指向合法的静态局部空间或动态分配空间时,程序运行就会出现错误。

对指针的引用,必须抓住两个基本要点,规范标准地定义指针;已定义的指针必须指向合法的存储空间。

4)出于保密的需要,在程序设计时要涉及到创建密钥或密码等问题,具体到 C 程序设计中则是随机数的选取和使用问题。而 C 的随机数是由函数 Rand( )产生的,并且是伪随机数。伪随机数的内部实现机制是依据给定的种子产生重复的输出值,一旦种子不安全就会产生系统漏洞,潜伏安全隐患。

对于随机数的重复性,关键是精心选择生成随机数的种子。选择种子时要全面考虑相关项目的安全配置,否则选取的随机数如同确定数一样易被人识破。

5)C 语言没有提供异常处理机制,其异常检测处理是由程序员预设完成的。C 语言中的异常处理采取"预先设计,主动防错"措施,要求程序员预先设计异常检测处理代码,主动进行防错设计。

编写高质量的代码不是一天能够炼成的功夫。微软的 Michael Howard 与 David LeBlanc 所合著的"Writing Secure Code"(编写安全的代码)一书中集中讨论了编写安全代码的方方面面,读者可进一步阅读。

2. Java 语言的安全编程

Java 是 Sun Microsystem 公司开发的面向对象的程序设计语言。从 1995 年诞生以来,Java 就以其面向对象的、分布的、健壮的、安全的、与平台无关的等特性,越来越受到人们的欢迎。随着因特网的迅速崛起,Java 语言已被广泛接受,成为主流程序设计语言之一。在金融机构、在线电子商务软件、网络数据库应用和其他关键应用程序的部件中都采用 Java,Java 已成为编写信息系统的最佳工具之一。

因特网是 Java 得以诞生和发展的一个重要原因,而在网络中安全性非常关键,因此安全性自然而然就在 Java 的体系结构中占据了重要的地位。Java 采用了一个内置安全模型——沙箱(Sand Box),来着重保护终端用户免受从网络下载来源不可靠的恶意程序的攻击。"沙箱"模型的核心思想是,本地环境中的代码能够访问系统中的关键资源(如文件系统等),而从远程下载的程序则只能访问"沙箱"内的有限资源。该模型的目的是在可靠环境中运行可疑程序。为了实现"沙箱"模型,Java 提供了若干安全机制,本书根据 Java 程序的编译、执行过程将安全机制分成语言层、字节码层以及应用层 3 个层次,如图 7-27 所示。

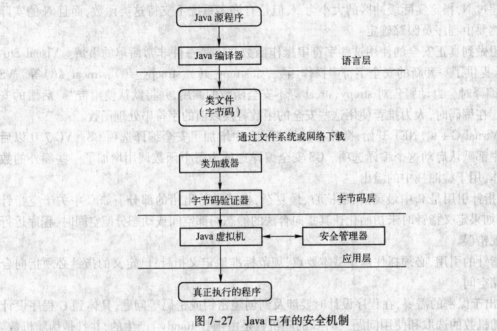

图 7-27　Java 已有的安全机制

（1）语言层安全

语言层安全是通过编译器的编译来实现,即编译成功则说明达到了语言层安全性。Java 在语言层提供如下安全机制。

通过某些关键字(如 private,protected)定义代码的可见性范围(即权限)。在 Java 语言中,可见性最高层次以包为单位来划分,除了声明为 public 的类以外,其他类在包都是不可见的。权限的实现通过对象来表示,获取了对象就等于获取了它所代表的权限,也就获取了对应资源的操作能力。Java 限制了 cast 操作并取消了指针,使得用户不能通过直接对内存访问和类型转换来非法获取对象引用。创建并使用对象的唯一途径是通过 new 操作符,使得资源保护可以通过对象的构造函数来实现

通过类型规则确保程序运行时变量的值始终与声明的类型一致,在函数或方法调用时形参与实参的类型匹配。Java 类型规则构建自较为成熟的类型安全理论,包括编译时的静态类型检查和动态装入时的类文件校验以及 Java 虚拟机的强制类型转换系统。稍做简化的 Java 语言模型已被证明是类型安全的。

同时 Java 还采用自动内存管理、垃圾收集站、字符串和数组的范围检查等方法,来确保 Java 语言的安全性。

（2）字节码层安全

Java 源代码经过编译后产生字节码类文件 * . class,字节码就是 Java 虚拟机(JVM)的机器

268

码指令。在字节码层次，Java 提供了两种保障安全的机制，类加载器和字节码验证器。

1）类加载器。这是 Java 程序执行时的第一道安全防线。由于在 JVM 中执行的所有代码均由加载器从 JVM 外部的类文件中加载进来，因此它可以起到排除恶意代码对正常代码的干扰、保证可信类库不会被替代、把每个类加载到相应的保护域中等作用。

类加载器主要分为四类，启动类加载器、标准扩展类加载器、路径类加载器和网络类加载器。启动类加载器负责加载本地系统中原始的 Java API 类，比如用于启动 Java 的虚拟机；标准扩展类加载器加载不同虚拟机提供商扩展的标准类；路径类加载器加载由环境变量 class-path 指定的类；网络类加载器加载通过网络下载得到的类（例如 Applet 的类载入程序）。这四类加载器被连接在一个双亲——孩子的关系链中，构成一种双亲委派模式，该模式可以防止不可靠的代码用他们自己的版本来替代可信任的类。

在 Java 中，同一源代码生成的字节码被类加载器加载到同一个命名空间中，同一个命名空间的类可以直接进行交互，而不同的命名空间的类除非提供了显式的交互机制，否则是不能直接交互的。这样，类加载器就阻止了破坏性的代码干扰正常的代码，在不同的命名空间之间设置了"保护屏"，有效地保障了 Java 运行时的安全。

在加载具有不同可信度的类时，JVM 使用不同的类加载器。类加载器还会把它加载的每个类分配到保护域中。保护域描述了当这个类在执行时能够获得什么样的许可权。

2）字节码验证器。Java 程序被编译成类文件后，可以在不同平台的 JVM 上运行。一个类文件就是一个字节序列，这就造成了 JVM 无法辨别特定的类文件是由正常的编译器产生还有由黑客特制，为此需要一个文件类检验器——字节码验证器，来保证加载的类文件内容有正确的内部结构，并且这些类文件相互间协调一致，以确保只有合法的 Java 代码才能被执行且执行时不会明显带来破坏性的操作，如修改运行栈的数值或更新系统对象的专用数据区等。

验证分成静态和动态两个阶段。所谓静态验证是指由字节码验证器在 JVM 运行字节码前作检查，一旦不能通过静态检查，根本就不会启动 JVM。所谓动态验证是指利用由 JVM 在字节码运行期间所作的验证。这两个阶段的验证通过 4 次独立的扫描来完成。

- 类文件的结构检查。在类文件加载时，检查类文件的格式是否正确。包括方法的正确定义、属性的长度是否合适、字节码的长度在合适的范围、常量池（Constant Pool）是否能够被分析。

- 类型数据的语义检查。在链接时，检查那些不用分析字节码就可以验证对错的地方，主要是一些语法级的检查。它包括 final 类不能被继承或重载；每个类必须要有一个超类；常量池必须满足更严格的限制条件；常量池中关于属性和方法的引用必须要有合法的类名、属性名、方法名或者合适的签名。

- 字节码验证。在链接时，用字节流分析法验证字节码的正确性。对指定字节码程序中任何给定点，不管这一点如何到达，必须做到栈的大小一致；寄存器的存取要进行合适的类型检查；属性域被修改成合适的类型，所有的操作码要有合适的参数，或者在栈上，或者在寄存器中。

- 符号引用的验证。在动态链接过程中，加载将要用到但是还没有用到的类的定义，并验证当前类是否允许引用新加载的类。这将导致对相应操作码的重写并加上快速标记，以便于以后加载该类时可以快速加载，从而提高运行速度。

（3）应用层安全

一旦类加载器加载了一个类并由字节码验证器验证了它，Java 平台的第三种安全机制，即安全管理器就开始运行。安全管理器是一个由 Java API 提供的类，即，java. lang. SecurityManager 类，它的作用说明一个安全策略以及实施这个安全策略。安全策略描述了哪些代码允许做哪些操作。由安全管理器对象定义的安全检查方法构成了当前系统的安全策略。当这些检查方法被调用时，安全策略就得以实施。

上述 Java 的安全机制为 Java 程序的执行提供了一套相对完整的安全架构。

1）Java 语言层的安全机制是 Java 安全最基本的要素，它使建立安全系统成为可能，这些机制保证了"沙箱"的健壮性。

2）Java 字节码层的安全机制保证了 JVM 的实例和它运行着的应用程序不被下载的恶意或有漏洞的代码攻击，它保证了"沙箱"内代码的完整性。

3）Java 应用层的安全管理器提供了应用程序层策略，它定义了"沙箱"的外部边界，允许为程序建立自定义的安全策略，它保证了"沙箱"的可定制性。

7.3　Web 安全

正是由于 Web 的普及才使得因特网能够飞速发展。因特网的飞速发展又使得诸如网上拍卖、网上商场、网上炒股、信息管理、数据库操作等基于 Web 的应用层出不穷。与此同时，诸如 Web 页面被非法篡改、信用卡号被盗、Web 服务器上机密信息泄漏、客户端被恶意页面攻击等 Web 安全问题也越来越受到人们的关注。在某种程度上，安全问题已经限制了 Web 的应用。本节将讨论 Web 应用程序面临的主要安全威胁，并着重讨论 Web 应用程序安全维护的 3 个主要问题，服务器安全控制、客户端安全控制和数据传输安全控制。

7.3.1　Web 安全概述

在一般情况下，Web 服务器一方面连接着因特网，另一方面连接着企事业单位内部的计算机网络，在这种连接方式下，Web 服务器是企业与外部网络的桥梁，成为攻击者的理想目标。而且，一旦 Web 服务器被攻破，那么它就可能成为进一步攻击内部网络的新据点。

来自网络的安全威胁与攻击有多种多样，存在着不同的分类方法，依照 Web 访问的结构，我们可以将其分为对 Web 服务器的安全威胁、对 Web 浏览客户机的安全威胁和对通信信道的安全威胁这三类。

1. 对 Web 服务器的安全威胁

对 Web 服务器的安全威胁主要存在于：

1）服务器端操作系统、相关软件存在安全漏洞。对企图破坏或非法获取信息的人来说，服务器有很多弱点可被利用，HTTP 服务器、数据库服务器都可能存在漏洞。目前针对 Web 服务器漏洞的缓冲溢出攻击事件很频繁。

2）服务器端的错误配置。造成服务器端错误配置的原因一方面是 Web 服务器软件的维护配置文档太复杂、太庞大，甚至凌乱，不同站点的个性差异大。有时即使是 Web 服务软件提供商也不能提供一种合理的安全配置；另一方面，许多安全管理员缺乏安全意识。可以说，目前绝大多数安全隐患存在的原因在于管理员对系统的错误配置，或者没有及时升级系统、软件和安全补丁。

2. 对 Web 客户端的安全威胁

以 IE 浏览器为例,虽然 IE 普遍使用,但是 IE 存在着大量的漏洞,能导致缓冲区溢出、欺骗攻击以及恶意代码的执行等严重问题。最严重的问题是当用户使用 IE 访问一个含有恶意代码的网页时,这些代码不需要任何的用户交互就可以远程执行,对用户的系统造成威胁。现在这些恶意代码可以在网上随意获得,攻击者利用这些代码在用户机器上安装间谍软件、广告软件以及其他恶意软件。Web 客户端的常见威胁有以下几种。

1) 客户端随意从 Web 站点下载应用程序在本地运行。一般来说 Web 站点提供的免费应用程序特别是一些小的工具程序都没有程序发布者的真实信息,很难保障程序中没有病毒、木马或其他破坏客户端系统的恶意代码。如果客户端主机下载并执行了含有恶意代码的应用程序,其后果不堪设想。然而有些应用程序是需要通过从 Web 站点下载执行的。如一些应用程序的升级版本、补丁,以及浏览器的外部阅读器、插件等。如何保证这类程序没有被非法替换或篡改,让下载者能够确认程序来源的真实性,确认程序内容的完整性,是数字签名技术主要解决的问题。不下载使用来源不明的应用程序是保证 Web 客户端安全的基本要求。

2) 利用浏览器扩展性的攻击。ActiveX、Java Applet、Javascript、VBScript、Cookie 以及其他辅助程序都可以扩展 Web 浏览器的功能,在静态页面中嵌入对用户透明的活动内容,从而完成许多 HTML 语言无法完成的任务:显示动态图像、下载和播放音乐或实现基于 Web 的电子表格程序。它扩展了 HTML 的功能,使页面更为活泼,还将原来要在服务器上完成的某些辅助性处理任务转给大多数情况下处于闲置的客户机来完成。然而企图破坏客户机的人可将破坏性的活动内容放进表面看起来完全无害的页面中。这些模块的功能可以是窃听计算机上的保密信息并将这些信息传到某个地址,也可以是改变或删除客户机上的信息。

3) 浏览器劫持(Browser Hijacking)。浏览器劫持是一种恶意程序,通过浏览器插件、BHO(浏览器辅助对象)、Winsock LSP 等形式对用户的浏览器进行篡改,使用户的浏览器配置不正常,被强行引导到商业网站。用户在浏览网站时会被强行安装此类插件,普通用户根本无法将其卸载。被劫持后,用户只要上网就会被强行引导到其指定的网站,严重影响正常上网浏览。例如,一些不良站点会频繁弹出安装窗口,迫使用户安装某浏览器插件,甚至根本不征求用户意见,利用系统漏洞在后台强制安装到用户电脑中。这种插件还采用了不规范的软件编写技术(此技术通常被病毒使用)来逃避用户卸载,往往会造成浏览器错误、系统异常重启等。

4) 网络钓鱼(Phishing)。攻击者利用欺骗性的电子邮件和伪造的 Web 站点来进行网络诈骗活动,受骗者往往会泄露自己的私人资料,如信用卡号、银行卡账户、身份证号等内容。诈骗者通常会将自己伪装成网络银行、在线零售商和信用卡公司等可信的品牌,骗取用户的私人信息。

5) 隐私信息泄漏。浏览器访问网站时,会泄漏一些信息给远程服务器。或者浏览器保留访问站点的历史记录、临时文件,甚至是网页访问口令等。

3. 对数据传输的安全威胁

首先来看对保密性的安全威胁。嗅探程序(如 Sniffer)能够侵入互联网,并记录通过某台主机(路由器)的任何信息,Web 应用程序通过 HTTP 支持用户与服务器之间的通信与交流,如果这些通过网络传输的数据通过明文方式交换,就可能被攻击者窃取利用。其次是对完整性的安全威胁。破坏完整性的方式有多种多样,例如,破坏他人网站、修改未受保护的银行交易信息等。还有对可用性的安全威胁。这种安全威胁是指破坏正常的计算机处理或使其完全拒绝处理。降低处理速度会导致原有服务无法使用或没有吸引力。最典型的拒绝服务攻击可以通过发送大量请求使主机无法响应而关机,也可以通过发送大量的 IP 包来阻塞通信信道,使网络速度变得慢到难以忍受。

4. Web 安全控制的基本框架

从 Web 应用程序的基本体系结构方面来说,其安全主要包括 3 个环节。这 3 个环节构成了 Web 应用程序安全控制的基本框架,也是从技术层面加强 Web 应用程序安全性能的要点。

1) Web 服务器及其存储数据的安全。Web 应用程序的所有用户都将向 Web 服务器发送自己的请求,因此必须确保 Web 服务器能够持续工作、服务器上的信息在没有授权的情况下不能被随意更改,并且要保证信息仅仅被分发到应该分发的用户。另一方面,要避免攻击者利用服务器程序进行攻击,同时还要严格保护计算机的物理安全。

2) Web 服务器和 Web 浏览器之间的信息传输安全。在 Web 应用程序中,必须确保用户通过网络提供给 Web 服务器的信息(用户名、密码、商业信息等)不会被其他用户读取、更改和破坏。因此,加密或者安全传输技术在 Web 应用程序中应该得到充分重视。

3) 用户计算机的安全。Web 应用程序要让用户确信下载到他们计算机上的信息、数据或者程序不会对用户的计算机造成破坏,否则,他们将拒绝这些服务。

在以上 3 个环节构成的 Web 应用程序安全基本框架的基础上,还可以考虑其他要求,比如向服务器证实用户身份,向用户证实服务器身份,确保信息以一种适时、可靠、没有延时的模式在客户和服务器之间传输,在多个服务器之间进行负载平衡等。

7.3.2 客户端安全控制

用户通过 Web 浏览器访问 Web 应用程序。Web 浏览器发展到今天,已经演变成非常复杂的软件,同时也具有很强的扩展性,这使得 Web 浏览器的功能越来越强大,但潜在的安全威胁也越来越多。因此,保证客户端安全的第一步就是保证用户计算机中安装的 Web 浏览器是安全的,不存在任何形式的 bug。同时,用户必须定期访问 Web 浏览器厂商的站点,随时下载升级或补丁程序。本节以下内容都是讨论如何在用户计算机使用安全的 Web 浏览器。

1. 浏览器安全

IE 浏览器(以 6.0 版本为例)提供了基本的安全控制功能,如划分安全区域、限制浏览器对某些站点的访问和管理用户信息等。

1) 设置安全选项。IE 6.0 中提供了安全配置选项,用于为不同区域的 Web 内容设置安全区域。选择 IE 主界面中的"工具"→"Internet 选项",在弹出的对话框中选择"安全"选项卡,可以设置 Internet 安全选项。

2) 设置内容选项。因特网为用户提供了访问各类信息的广阔天地,但里面也有很多垃圾和不健康的内容,如有关暴力或性等方面的内容严重影响青少年的健康成长。IE 使用分级审查来控制计算机在因特网上可以访问的内容类型。当打开分级审查时,只能显示满足或超过标准的分级内容,但也可以随时调整这些设置来适应特定需要。另外,IE 在内容选项中还提供了证书管理和用户信息管理等功能。

3) 浏览器插件安全控制。所谓插件是指那些直接装入 Web 浏览器程序地址空间并在特定格式的文件被下载时可自动运行的一种程序模块。无论是普通插件,还是 ActiveX 控件,它们都具有潜在的威胁性。

为了控制浏览器插件可能带来的安全问题,可以采取以下几方面的措施。

- 检查插件厂商。对于不明来源的插件,一般都要避免下载或安装。
- 分隔插件执行环境。分隔插件执行环境的基本思想是最小化下载代码运行的执行环境的可用特权。著名的 Java"沙盒"就是这种思想的典型应用。当然,对可执行的机器代码分隔执行环境需要对操作系统和浏览器作相应的修改。
- 控制插件的下载许可。目前典型的 Web 浏览器都提供了用户自行控制是否允许下载特定的插件。如图 7-28 所示是 IE 浏览器控制是否允许下载插件的对话框。

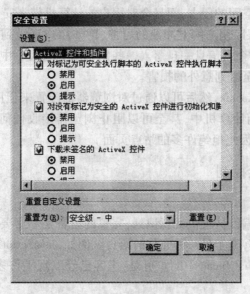

图 7-28　IE 浏览器的插件

4) IE 7.0 新增安全技术。微软推出的 IE 7.0 在保护用户电脑免受病毒和间谍软件威胁方面,增加了许多强力的安全性能。主要功能包括:

- 保护用户电脑免于间谍软件侵害。Windows Defender 随 IE 7.0 一起工作,共同防止恶意代码通过作为下载软件的一部分渗入用户电脑。
- IE 7.0 包含了 Active X 控件管理功能,所有预装的控件按照默认都是关闭的。不过通过信息栏及添加管理工具,用户可以打开控件。用户通过添加管理工具也能随时关闭已经打开的控件,还可以彻底删除控件。
- IE 7.0 默认的安全设置为用户提供了高等级的安全保护。但是有时,有些站点会要求用户设置较低的安全保护级别。当用户对安全设置做出较大的更改时,用户可以看到 IE 7.0 以红色显示的突出项目。在用户浏览特定的站点时,IE 7.0 将会提醒用户新的设置可能会带来风险,直到用户将设置改回到较安全的级别为止。用户可以在信息栏里迅速地重新设定互联网安全设置。
- 使用"钓鱼网站过滤器"(Phishing Filter),防止用户个人信息被偷窃。IE 7.0 可连接网上过滤服务,该服务可以提醒用户一些网站可能试图偷取用户的秘密资料。该服务执行一些本地分析,寻找钓鱼技术的基本特征,同时使用每小时更新数次的网上服务数据。IE 7.0 的安全状态栏包含"钓鱼网站过滤器"通知,HA(High Assurance)证书信息,金挂锁(显示安全网站链接)以及错误证书通知等。轻轻一击就可以检查证书信息以及详细的隐私信息。

- 用户浏览的网站资料以及浏览网页时输入的信息存储在电脑的不同地方。使用 IE 7.0 时，用户可以通过点击删除浏览器历史记录按键，一键清除所有的浏览器信息。

2. Cookie 安全控制

Cookie 是在 HTTP 协议下，服务器或脚本可以维护客户工作站上信息的一种方式。Cookie 是由 Web 服务器保存在用户主机上的小文本文件，它可以包含有关用户的信息（如身份识别号码、密码、用户在 Web 站点购物的方式或用户访问该站点的次数）。一般认为这造成了对个人隐私的侵犯，是对个人空间的侵占，而且会对用户的计算机带来安全性的危害。

用户担心 Cookie 会跟踪用户网上冲浪的习惯，譬如用户喜爱到哪些类型的站点、爱从事些什么活动等。害怕这种个人信息一旦落入一些别有用心的人手中，那么他也就可能成为一大堆广告垃圾的对象，甚至遭到意外的损害。

IE 浏览器允许使用 Cookie，然后可以通过对浏览器的配置来让用户选择是否允许浏览器把 Cookie 保存在用户当前计算机中，甚至可以阻止浏览器接收任何 Cookie。但是，要想完全屏蔽 Cookie 的话，肯定会因此拒绝许多的站点页面。

7.3.3 脚本程序安全控制

1. 脚本语言

随着因特网的出现，编程员很快就意识到，完整的语言是不必要的。脚本语言应运而生。脚本语言是一种微型语言，基于另一种完整的语言。例如，JavaScript 是立足于 Java 的，而 VB-Script(VBS) 是建立在 Visual Basic 中的。可是，黑客已经发现了许多方法可以使用脚本语言攻击计算机。

目前常用的脚本语言有 PHP（超文本预处理器）、ASP（活动服务器页面）和 Perl（Practical Extraction and Reporting Language，实用抽取和报告语言）等。

2. 网页恶意代码

目前，网页中的恶意代码严重威胁着用户的安全，但大多数人却对恶意代码的危害认识不够，甚至在自己不知情的情况下被别人窃取了重要资料。因为相对于前两者，恶意代码具有比较大的隐蔽性，到目前为止，还没有什么病毒防火墙能很好的阻止恶意代码的攻击，大多数甚至根本就不能发现。所以更应该高度警惕恶意代码，一般来说恶意代码大致分为以下几类。

1）不断地消耗本机的系统资源，导致系统拒绝服务甚至崩溃。这类代码可以是在有恶意的网站中出现，也可以被别人当作邮件的附件发给用户。因此防范的主要方法是，不要随便打开自己不熟悉的人寄来的 E-mail，尤其警惕扩展名是 .vbs、.html、.htm、.doc、.exe 的附件。

2）非法读取用户的本地文件。这类代码典型的是在网页中通过对 ActiveX、Java Script 的调用来读取本地文件，也有利用浏览器自身漏洞来实现的。很简单的几行代码就可以读取本地硬盘上的任何 IE 可以打开的文件。对于这类问题大家可以通过关闭 Java Script 并随时注意微软的安全补丁来解决。

3）非法向用户的硬盘写入文件。这类代码的危害较大。IE 可以通过执行 ActiveX 而使硬盘被格式化。如果浏览含有这类代码的网页，浏览器会警告"当前的页面含有不安全的 ActiveX，可能会对你造成危害"，问用户是否执行。如果选择"是"的话，本机硬盘就会被快速格式化，而且因为格式化时窗口是最小化的，用户可能根本就没注意。所以对于在浏览网页时出现的类似提示,除非用户知道自己是在做什么,否则不能随便回答"是"。

4)在用户的计算机上执行任意代码。目前这类问题主要集中在 IE 对 ActiveX 的使用上。IE 有特权在无须提示的情况下下载和执行程序,这是一个严重的安全问题,用户可能在不知情的情况下被别人完全控制。解决方法是对注册表的设置做一些修改。

5)Web 欺骗。攻击者通过先攻入负责目标机域名解析的 DNS 服务器,然后把 DNS 的 IP 地址复制到一台他已经拿到超级用户权限的主机,在那台主机上伪造一个和目标机完全一样的环境,来诱骗用户名和密码,例如网上的银行账号和密码。对于这类攻击目前没有什么非常好的防止方法。

对于各种形式的脚本程序攻击来说,最有效的方法就是禁止浏览器执行脚本程序、提高警惕、及时了解并更新安全漏洞补丁。当然,用户更希望软件厂商能够找出更好的解决方案,使得执行这些语言时能够更安全。

7.3.4 服务器安全控制

几乎所有的 Web 应用程序资源都集中在 Web 服务器中,因此 Web 服务器安全是 Web 应用程序安全控制的重点内容。本节主要讨论服务器安全控制的几种基本措施,包括用户身份认证、用户输入验证、服务器资源控制以及应用程序的安全控制。

1. 部署防火墙保护 Web 服务器

防火墙是一种行之有效的网络安全机制,它是在内部网络和外部网络之间实施安全防范的系统。前面已经提到,很多时候,Web 服务器往往同时连接着外部网络和内部网络,因此可以通过防火墙来保护 Web 应用程序尤其是内部网络的安全。

将 Web 服务器置于 DMZ 是一种主流的解决方案。但是,防火墙仍然不能解决全部的安全问题,它只是一种安全保护措施,必须和其他安全措施,如入侵检测、漏洞扫描和主机防护等结合起来才能充分发挥作用。目前防火墙都或多或少提供增值功能,如 NAT、VPN、入侵检测、病毒检测和内容过滤等。还要注意对位于防火墙内侧的内网环境进行调整,消除内部安全隐患。

2. Web 服务器安全配置

Web 服务器自身的安全配置也很重要。这一节主要以 IIS 5.0 为例讲解 Web 服务器自身的安全配置。

1)IIS 的安全机制。严格地说,IIS 5.0 本身提供的是一种应用级的安全机制,它以 Windows操作系统和 NTFS 文件系统的安全性为基础,实现了与 Windows 系统安全性的紧密集成,从而提供强大的安全管理和控制功能。

访问控制可以说是 IIS 安全机制中最主要的内容,从用户和资源(站点、目录、文件)两个方面来限制访问。当用户访问 Web 服务器时,IIS 利用其本身和 Windows 操作系统的多层安全检查和控制,来实现有效的访问控制。

身份验证是针对用户或者用户组的安全控制技术,它使得 Web 应用程序能够判断用户是谁,并赋予他们访问 Web 应用程序各种资源的权力。除此之外,还可以控制 Web 应用程序各种资源的访问权限,而不必考虑是哪个用户,进而达到安全控制的目的。在 Web 应用程序中,有 3 种基本途径可以实现服务器资源访问控制,Web 服务器权限控制、文件系统权限控制以及主机访问控制。Web 服务器权限控制对象是虚拟目录,文件系统权限控制对象是物理目录,后者是前者的基础,它往往由操作系统实现。

除了完整的访问控制功能之外,还可结合 Windows 的审核功能和 IIS 本身的日志记录功能,来跟踪安全记录,排除潜在的安全隐患。

2）主机访问控制。可以通过配置 Web 服务器,允许或者拒绝计算机、计算机组或者特定域来达到资源访问控制的目的,通常把这种安全策略称作主机访问控制。

在 IIS 服务器中,不仅可以对整个 Web 应用程序及其子目录配置主机访问控制,而且还可以为某个特殊文件配置主机访问控制。

3）用户身份验证。验证访问者的身份是 Web 应用程序避免恶意攻击的主要手段之一。在 Web 应用程序中,通常可以采用两种方式来验证访问者的身份,即基于 Web 服务器的用户身份验证和基于数据库的用户身份验证。身份验证和后面要介绍的资源访问控制密切相关,后者决定了用户可以访问系统哪些资源,以及如何处理这些资源。

IIS 为 Web 应用程序的访问提供了 4 种身份验证方法,匿名访问（Anonymous）、基本身份验证（Basic）、摘要身份验证（Digest）和集成 Windows 身份验证（Integrated Windows Authentication）。

匿名身份验证根本不对用户进行身份验证,而只是赋予用户一个默认的用户权限,称为匿名用户登录账户。当需要为每位用户提供相同的访问,或者 Web 应用程序自己采用基于数据库或其他的身份验证方法时,可以为 IIS 服务器配置匿名身份验证。所有的 Web 浏览器都支持匿名访问。

基本身份验证要求用户在访问页面前输入有效的 Windows 用户账号和口令,然后才能访问系统资源。Web 浏览器使用的基本验证是以未加密的形式传输密码的。通过监视网络通讯,某些人可以很容易地使用某些通用工具截取和破解密码。因此,一般不建议使用基本验证,除非确信用户和 Web 服务器之间的连接是安全的,如直接电缆或专线连接。

摘要身份验证不仅提供了基本身份验证的功能,而且还通过加密凭证来增强安全性,它也可以与防火墙和代理服务器一起使用。摘要身份验证使用了哈希算法,产生一个 160 位的消息摘要。摘要身份验证有两个局限性,首先,只有 IE 浏览器对它提供支持;其次,它只在使用 Windows 域控制器的域中受到支持。

集成 Windows 验证是一种安全的验证形式。集成 Windows 验证既可以使用 Kerberos v5 验证协议,也可以使用自己的质询/响应验证协议。

IIS 服务器的这 4 种身份验证方法中,可以任意配置一种身份验证方法,也可以联合使用几种身份验证方法。如果选择联合使用几种方法,那么,IIS 将优先使用匿名方法,然后是基本身份验证方法,接着是摘要身份验证方法,最后是集成 Windows 验证方法。

为 Web 应用程序配置 IIS 服务器身份验证方法比较简单,如图 7-29 所示。

如果服务器上有多个站点,或站点上的区域要求不同的访问权限,可以创建多个匿名账户,分别用于不同的 Web 站点、目录或文件。通过赋予这些账户不同的访问权限,或将这些账户分配给不同的 Windows 用户组,可以授予用户访问 Web 内容不同区域的匿名权限。要更改匿名用户账户,在"验证方法"对话框中,单击"匿名访问"区域中的"编辑",在打开的对话框中输入要用于匿名访问的有效 Windows 用户账户。

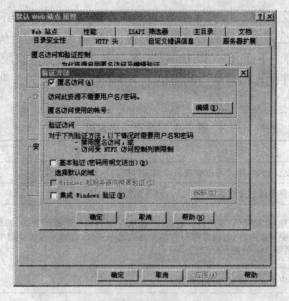

图 7-29   IIS 服务器验证方法配置对话框

IIS 验证用户身份的 3 种情况。

- 只允许匿名连接。服务器忽略用户名和密码。
- 不允许匿名连接。要求明确进行客户身份验证,服务器根据验证方法来处理包含用户名和密码的客户请求,根据用户的权限提供资源服务。摘要和集成 Windows 验证优先于基本验证,若要确保仅对用户进行基本验证,则清除所有其它复选框。
- 匿名访问与客户身份验证同时使用。这时客户身份验证优先响应。Web 服务器接受包含用户名和密码的客户请求时,"匿名登陆"用户账户不用于处理此请求,若使用指定的用户名和密码时没有访问权限时,则请求失败,并将错误通知返回客户。但是当因为匿名访问账户不具有访问资源的权限而匿名请求失败时,将自动请求客户身份验证。

图 7-30 所示是将 IIS 服务器验证方法配置为基本身份验证方法后访问 Web 应用程序时浏览器的运行情况,它要求用户输入账户和口令,否则将拒绝用户进入系统。

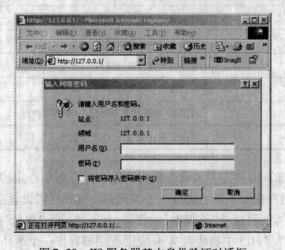

图 7-30   IIS 服务器基本身份验证对话框

4）Web 服务器权限控制。几乎所有 Web 服务器都提供了资源访问控制手段，主要包括用户是否可以访问、改变某个目录或者文件的内容；用户是否可以运行脚本程序以及用户是否可以执行可执行程序等。下面，仍然以 IIS 服务器介绍 Web 服务器权限控制的具体方法。IIS 服务器为 Web 应用程序的虚拟目录访问提供了 7 种权限控制，表 7-1 列出了这些权限及其具体含义。

表 7-1　IIS 服务器权限

权　　限	含　　义
读取	（默认选中）用户可以查看目录或文件的内容及属性
写入	用户可以更改目录或文件的内容及属性
脚本资源访问	用户可以访问资源文件。若选中"读取"，则可以读取原始资料；若选中"写入"，则可以在原始资料中写入内容；若读取和写入都没有被选中，则该选项不可用。脚本资源访问包括脚本的源代码，诸如 ASP 应用程序中的脚本
目录浏览	用户可以查看文件列表和集合
日志访问	为每次对 Web 站点的访问创建日志项目
索引此资源	允许索引服务索引该资源，以便对资源执行搜索功能
执行	如果选择"无"，则不允许执行可执行代码和脚本；如果选样"纯脚本"，则只允许执行脚本程序，比如服务器上的 ASP 应用程序；如果选择"脚本和可执行程序"，则所有文件都可以被执行和访问

在 IIS 服务器中，不仅可以为整个 Web 应用程序设置访问权限，而且也可以为某个特定虚拟目录设置访问权限，甚至还可以为具体的文件设置访问权限。不同对象可设置的权限并不相同，对于文件来说，就只能设置表 7-1 中的读取、写入、脚本资源访问和日志访问 4 种权限。此外，对于每种资源，可以同时指定多种权限。在 Web 应用程序中，应该根据不同的资源类型设置相应的服务器权限，表 7-2 列出了常见资源的建议权限。

表 7-2　IIS 服务器建议权限

Web 应用程序资源	建　议　权　限
静态页面	可读取但没有执行权限
ASP 程序	可读取而且可执行脚本
其他脚本程序	可读取而且可执行脚本
可执行程序	可读取而且可执行
文本文件	可读取（特殊情况下可写入）但不可执行
数据库	可读取而且可写入，但不可执行

注意：在对一个目录同时指定写入和可执行权限时要特别小心，因为这会允许用户向服务器上载文件而且允许用户在服务器上执行二进制代码。这种权限设置必须只能指定给可以信任的人员。如果可能的话，只授予"纯脚本"的权限，而不要授予"执行"权限。

为某个 Web 应用程序（IIS 中将所有 Web 应用程序都看作一个 Web 站点）设置 IIS 服务器权限的操作界面如图 7-31 所示。

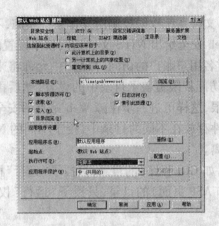

图 7-31 设置 IIS 服务器权限的操作界面

除了设置 Web 服务器访问权限之外,还应当控制 Web 应用程序。所谓 Web 应用程序,是指在 Web 站点中定义的一组目录中执行的任何文件。IIS 支持 ASP、ISAPI、CGI、IDC 和 SSI 应用程序。应用程序可以共享应用程序文件中的信息。

- 设置执行许可。在图 7-31 中的"执行许可"选项中进行选择,以决定对该站点或虚拟目录资源执行何种级别的程序。只有在有执行文件(如 DLL 文件)时,才选择"脚本和可执行程序"。对于 ASP 文件目录,在"执行许可"中只授予"纯脚本"的权限,而不要授予"执行"权限。

- 删除不必要的 IIS 扩展名映射。默认情况下,IIS 支持许多通用的脚本映射,这是通过定义文件名扩展来实现的。当 IIS 收到对某一类文件的请求时,将调用相应的 DLL 程序来处理该请求。应该删除不必要的脚本映射,以减少安全风险。打开 Internet 服务管理器,用鼠标右键单击 Web 服务器,选择"属性"→"WWW 服务"→"编辑"→"主目录"→"配置"→"应用程序映射"。一般应删除 .htr、.idc、.stm、.shtm、.shtml、.printer、.htw、.ida 和 .idq 等脚本映射,如图 7-32 所示。

- 禁止父路径选项。在上面的应用程序配置选项框中,如图 7-33 所示,默认选中"启用父路径"复选框,应该清除该选项,因为该选项允许用户在调用函数(如 MapPath)时使用"..",可带来安全隐患。

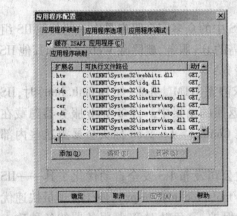

图 7-32 设置应用程序映射

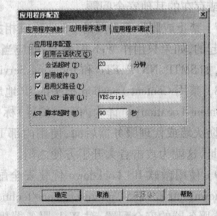

图 7-33 设置应用程序选项

279

5）文件系统权限控制。文件系统权限控制由操作系统实施,不同操作系统的权限控制方法有很大区别。这里针对 Web 安全给出 NTFS 文件访问权限设置的建议。

- 对于根目录,应拒绝匿名用户账户的访问,并选中"允许将来自父系的可继承权限传播给该对象"选项,将此访问权限覆盖子目录中的设置,然后再根据不同子目录中数据的类型为其设置访问权限,这样可进一步保障 Web 站点的安全。
- 最好将不同类型的文件存放在不同的目录中,授予不同的 NTFS 权限。例如,应将可执行程序和脚本文件分离。
- 对于包含可执行程序(如 CGI 程序)的目录,只授予"运行"权限,并拒绝匿名用户访问。
- 对于包含脚本文件(如 ASP 页面)的目录,只授予"运行"权限,不要授予"读取"权限,并拒绝匿名用户访问。
- 对于含有服务器端包含文件(如 INC、SHTM 和 SHTML 等)的目录,只授予"运行"权限,并拒绝匿名用户访问。
- 对于包含静态页面文件(如 HTML、JPG 和 GIF 等)的目录,只允许匿名用户有"读取"权限。
- 最好为每个文件类型创建一个新目录,在每个目录上设置 NTFS 权限,并允许权限传给各个文件。例如,静态页面单独一个目录,图形图像单独一个目录,脚本文件单独一个目录。

在 Windows 操作系统中,最安全的安全控制方法是同时使用 NTFS 权限和 IIS 服务器权限。在内联网中,综合使用 NTFS 权限和 IIS 服务器权限一般包括以下准则。

- 为特定目录分配 IIS 服务器权限来允许浏览。
- 为包含服务器脚本程序的目录分配 IIS 脚本资源访问执行权限。
- 为本地 Users 工作组分配 NTFS 读取权限。
- 为负责本目录内容创建的工作组分配 NTFS 修改权限。
- 为管理员分配 NTFS 完全控制权限。
- 不为其他工作组或用户分配任何 NTFS 权限(拒绝所有权限)。

6）审核 IIS 日志记录。应使用 IIS 日志审核。IIS 日志记录功能可以记录 IIS 所特有的事件,包括 WWW、SMTP 和 FTP 等日志。定期检查这些文件,可以检测服务器或站点上可能受到攻击或存在的其他安全问题。

7）禁止或删除不必要的 IIS 选项或相关组件。IIS 中的众多安全隐患是由一些其他 IIS 组件引起的,如果只用作 Web 服务器,就应当只安装必需的 IIS 服务,删除除 Web 之外的其他 IIS 服务,如 SMTP、NNTP、FTP 和 Indexing Service(索引服务)等。

8）禁用 Content-Location 标头的 IP 地址。当请求静态 HTML 页面(如 Default. htm)时,IIS 将 Content-Location(可译为内容—位置)标头附加在返回的结果中。许多 Web 服务器隐藏在 NAT 防火墙或代理服务器后面,使用内部 IP 地址,但 Content - Location 标头会暴露这些内部 IP 地址,这就为攻击者大开了方便之门。

9）使用微软 IIS Lockdown 优化安全配置。微软公司发布 IIS 安全自动优化工具——IIS Lockdown(http://www. microsoft. com/technet/security/tools/locktool. mspx),便于管理员快速优化 IIS 服务器的安全配置,对 Web 服务器提供有效的保护,避免针对 Web 服务器的各种攻击威胁(包括许多已知的安全漏洞)。

这个软件中还包含了 URL Scan,这是微软公司针对防止对 IIS 服务器造成恶意的 URL 攻击而设计的。这些 URL 特别长,用其他的字符集进行编码,或者是包含了一般的合法请求中不会包含的字符序列。这些 URL 如果经过 IIS 服务器处理后,有可能对 IIS 服务器或者 IIS 服务站点造成很大的破坏。URL Scan 的基本原理就是对所有进入的 IIS 服务器的 URL 请求都进行安全扫描,然后过滤掉非法的请求,并只将有效的数据提交给服务器进程来进行处理。并且 URL Scan 提供功能选项,允许管理员将被过滤掉了的请求存储在日志文件中。

3. Web 应用程序安全控制

除了操作系统级、网络级和 IIS 服务器级的安全措施外,Web 应用程序、后台数据库等安全也很重要。Web 应用程序与操作系统和后台数据库的紧密集成进一步增加了 Web 安全风险,任何一个环节出了问题,都有可能危及 Web 站点乃至整个服务器系统。

安全不仅仅是管理员的事,软件开发人员在开发 Web 应用程序时,也必须注意某些安全细节,编写安全的应用程序,以免给攻击者造成可乘之机。作为管理员,在加载和运行脚本或可执行文件之前,必须验证它们的安全性,确保这些程序不会带来新的安全漏洞,不会给 Web 服务器带来安全问题。有关脚本安全已在 7.3.3 中介绍了,对于后台数据库服务器的安全控制,读者也可参照 6.4 完成。

7.3.5 网络传输安全控制

网络传输安全控制的基本要求就是希望能够在客户端和服务器之间建立一个安全的信息传输通道。安全套接层(SSL)是一个可以在浏览器客户和 Web 服务器之间建立加密会话的协议,因此可以应用 SSL 来为 Web 应用程序提供网络传输安全。

SSL 目前已经得到了广泛的支持,在大多数 Web 服务器中都提供了相应配置机制,IE 浏览器也允许用户安装客户证书。为 Web 应用程序配置 SSL 支持的过程并不复杂。

在 Windows 系统中,IIS 可以使用微软公司的"证书服务器"作为它们自己的 CA,从而在自己的机构中按照需要发布或撤销数字证书。微软公司的证书服务为管理员提供了发布、安装和撤销标准 X. 509 数字证书的能力。这些证书可以为内、外网提供可靠的用户身份证明。证书服务的安装非常简单,只需要从"控制面板"内的"添加删除程序"中添加该 Windows 组件即可。为 Web 应用建立 SSL 安全通道的过程,请读者作为实验内容完成。

7.4 软件保护

本节讨论的软件保护主要是指,对软件供应商经由网络传输或磁盘分发的软件进行版权保护和完整性保护。

7.4.1 软件技术保护的基本原则

应用于商品化计算机软件的保护技术应符合以下原则。

1) 实用性。用户购买的软件,当然会频繁地使用,对合法用户来说,如果在使用或安装过程中加入太多的障碍,甚至需要改变计算机的硬件结构,会影响用户购买的积极性。除非是功能上的需要,或是特定用户群的强制性要求,任何纯为加密而对用户提出的一些硬件上的要求,都是不可接受的。况且,目前大多数计算机用户都不敢自行改变计算机的硬件。

2）局部可共享特性。相当多的计算机用户，都需要一定范围内非商业目的的软件交流，或学术性，或社交性，必须满足他们这方面的要求。不能交流的软件是没有活力的，也是难以推广的。当然，这种交流不应该是大范围的、无限制性的。

3）可重复使用性。计算机软件被装在计算机上，难免被损坏而需要重新安装，如果因为加密而使买来的计算机软件不能重新安装，便可能给用户带来不必要的损失。

根据以上的主要保护原则，下面介绍目前主要的一些软件保护技术。

7.4.2　密码保护技术

密码保护技术是在每一件软件产品中都附带一个密码，在软件安装和运行过程中的某些关键环节要求用户输入该密码，只有用户输入正确的密码，软件才能正确地安装和正常地运行。

密码方式的优点是，简便易行，且无附加成本，是目前很流行的保护方法。例如，几乎所有的 Microsoft 的软件，安装过程中都要求用户输入密码（序列号）才能完成安装。密码可设置得很长，很难被猜出。

密码方式的缺点是，由于其密码相对固定，要保证合法用户获得有效的密码，就不能防止盗版者通过合法途径获取密码后再进行非法复制流通。事实上，盗版者往往先买一份正版软件，再大量复制，然后附上买正版软件时所得的密码出售。所以说，该保护方式不但不能防止盗版，连软件的购买者随意将该软件在其社交圈里流通都无法加以限制，总是用该保护方式保护其软件产品的 Microsoft 也因此被认为是无心防盗版。

其实，目前大多数软件都是采用输入密码（序列号）的方式对软件实现保护，只要适当选取加密算法，非法用户如果不知道密码，是难以安装和使用该软件的。问题在于以前的密码都需要公开地附着于软件载体之上，以便传递到用户手中，这样就不可避免地可以被盗版者所获取，另一个问题在于，这些序列号一旦确定便永久有效，这样盗版者可以任意地复制并将在序列号同样附着于其盗版软件之上，从而达到目的。

换一种思维考虑，如果在软件载体上所附的序列号并不能直接输入，对软件实现解密，而只能将其作为该软件的身份识别标志，并通过向软件生产者提供该标识，以换取针对该软件的解密密码（即授权号），便可以限制该软件的序列号直接被盗版流通，即使发生了盗版行为，也可能通过该授权过程来追访盗版者的踪迹。

为了进一步限制被盗版的软件被大量地重复获取授权号，可以在授权系统中对每一份软件的可授权次数加以适当的限制。这样，任何一份软件即使被盗版，也只有最初极少数的盗版软件购买者可能获得授权使用，而其他购买者便不可能获得授权，从而失去使用价值。那么，这样的盗版软件是不可能达到其商业目的的。

为了更进一步防范盗版者在购买正版软件后，先通过正当途径获取授权号，然后再将授权号随同盗版软件一起复制传播，可以考虑在授权号中加入授权日期信息。那样，该授权号可以预先设定其有效时间，如果超过了规定的日期后，该授权号即自行失效。这样，盗版者是不可能在授权后规定的有效时间内大量复制并卖出而获得非法利益的。

7.4.3　电子注册保护技术

随着网络的普及，已有越来越多的软件开发商正在或准备在网上发售软件。在网上发布出售软件相对于以往的软件销售方式有 3 大优点。

- 免除了代理销售这一中间环节,可有效地降低成本。
- 简单易行。
- 有助于快速占领市场。

但网络是新生事物,有关的立法还不健全,易受攻击,存在很多不安全因素,因此怎样保护放在网上的软件使之不被非授权用户使用,不被盗版者解密,从而保护软件所有者的利益是一个很严峻的问题。目前,大多数软件开发商采用电子注册加密方式保护他们在网上发售的软件产品。这种保护方式简单易用,但保护效果较差。

用户可在网上获得使用采用该技术加密的软件,这时该软件一般是功能受限制,或者使用时间受限制,或者经常出现要求注册的画面等。用户使用后觉得满意,可按要求进行注册,注册法因开发商而异。下面给出 4 种注册法。

1)用户交费之后,软件公司会告诉用户一个地址、用户名和密码,然后用户去那个地址就可以下载到正式版。

2)用户交费之后,软件公司会通过 E-mail 传给用户一个文件,用户把这个文件复制到软件安装的目录之后,就成为正式用户了。一般来说,这个文件很小(几百个 Bytes 或几 K)。这些文件一般来说扩展名是 *.reg(注册表文件)或 *.lic。

3)软件给出该软件的序列号,用户交费时把这一序列号一起寄给软件提供商或开发商,软件开发商利用注册机(软件)产生该软件的注册号寄给用户即可。

4)用户按要求填写个人资料,交费时把这份个人资料一起寄给软件提供商或开发商,软件开发商利用注册机(软件)产生该软件的注册号寄给用户即可。

前两种注册法显然会使得正版用户身边的朋友不难获得该软件的正式版,甚至许多采用前两种注册法的软件的注册文件被放到了网上。对于这种情况,后两种注册法可有效避免,因为各个用户下载的同一个软件的序列号都不相同,或各个用户的个人资料也不会相同,所以使用的注册号也不会相同,因此可避免注册号的流传。使用该电子加密方式注册加密的软件,用户只能在一台机器上安装使用。把软件复制到其他机器上不能运行。若用户想在另一机器上安装运行,必须把软件在这一机器上运行时的序列号寄给软件出版商换取注册密码。当然应再交一份软件费用。

电子注册保护方式的优点是,不需要任何硬件或软盘,方便易用,价格低廉。

电子注册保护方式的缺点是,网上付费方式尚未标准化,能够接受的人不多。如采用邮局汇款的方式仍然十分麻烦。

7.4.4 结合硬件的保护技术

结合硬件的软件保护技术也较为流行,该加密方式将某种软件与某种解密硬件配套出售,在软件运行时需访问该硬件,若没有相应的硬件支持,加密后的软件将无法运行。常见的硬件保护技术有以下几种。

1. "钥匙盘"

传统的有"钥匙盘"技术,该方法是利用某种手段在软盘上设置无法正常复制的信息,特定程序运行时将校验该信息并确定运行的合法性。比较简单的例子是运行或者安装某一程序时需要在驱动器里面插入一张"钥匙盘",如果没有正确的钥匙盘,该程序将不能运行或者某些功能被限制。这张钥匙盘是在软盘的特殊磁道写入一定的信息,或利用软盘某些部位的个体特异性进行了加密,这些都是利用软盘的物理特性信息来限制非法复制。

"钥匙盘"保护技术的优点是,不像密码保护方式能够简单地进行复制,其加密强度可与各种硬加密保护方式相当,能抵抗多种密钥盘复制工具,除非熟练的技术人员使用专业工具才能将其破解。此外,"钥匙盘"的附加成本不高,"钥匙盘"的使用也较方便。

"钥匙盘"保护技术的缺点是,无论何种非正常扇区都是可以由特定程序复制的,因为最起码制造商本人需要某种手段来批量制造合法盘。而一旦其加密点的信息被人得知并复制,该方法即被攻破,且由于这种加密方法并没有改变软盘的物理特性,只要使用专门的复制程序和复制工具便可复制出和母盘一样的目的盘。破解被该种方法加密的软盘的方法有,通过某些软盘分析工具静态分析软盘上的扇区,找出特殊点并设法复制;动态跟踪程序读写软盘的校验工作,分析出加密点的位置及方法。而且,由于一般用户无法进行软盘备份,一旦钥匙盘或硬盘意外损坏,便会给合法用户的使用带来不便。

2. 光盘

随着光盘逐渐取代软盘成为软件的主载体,光盘保护也取代了钥匙盘,即通过某种手段制造难以复制的光盘,使得用户必须使用正版光盘。防复制的光盘,其母盘制作与一般的母盘不同,在盘的许多扇区有指纹系统。该系统由于其格式与一般的光盘标准格式不同,所以普通光驱无法读出。复制的时候这些指纹就无法被复制。而光盘在安装和使用过程中,会通过特制的软件读取该指纹以确认是正版光盘,所以复制过去的盘无法使用。要读出刻在盘上的指纹系统,需要使用该公司专门开发的软件。

3. ROM 片

该方法是在主板上增加专用的 ROM 片,该 ROM 片中存储有预先编制好的数据和程序,往 ROM 片中写数据和程序可以由专用开发工具完成。软件运行过程中将从此 ROM 片上读出有关内容进行判断,每一次售出软件的密码是不同的,同时售给用户的 ROM 片上有与此密码相匹配的若干字节内容,软件的运行与硬件配置在一起,这样使软件的扩散得到了一定的控制。该方法较为简单,易实现,但软件成本有所增加。

该方法的优点与钥匙盘保护方式相似,另外还免除了软加密方式只要用复制工具就能复制软盘的缺点。

该方法的缺点是,所用到的设备昂贵,增加了成本。破解者仍可以通过工具寻找和分析软盘中硬加密信息的地方,从而实现破解。

4. 软件狗

软件狗是一把硬件"钥匙",有的形状像 U 盘(如图 7-34 所示),安装在计算机并行口或 USB 口上,需要保护的软件中有许多"锁",需用软件狗这把"钥匙"来打开,只有当钥匙与锁相匹配时,软件才能正常运行。

传统的软件狗大多采用 EEPROM 存储密钥,而一些稍微复杂的软件狗只不过是增加了一些简单的逻辑芯片,但很容

图 7-34　软件狗产品外形

易用集成电路测试仪测试出其中芯片,这样的软件狗硬件上就很容易仿制,使软件狗失去了意义。随着单片机技术的发展和芯片制造技术的提高,单片机的功耗也越来越低,这就使得开发一种带有单片机的软件狗成为可能。软件狗内置一个单片机,单片机内的程序是不可见的,被

保护的软件与软件狗之间有一套严格的信息交换规约,加之这套严格的规约是反跟踪、反解密、反仿制的,对各种逻辑分析仪来讲,这种信号跟踪装置也有很好的对抗能力。因此,软件狗能够忠实地为软件开发者尽到保护软件的责任。

软件狗内部有一个存储体,总容量为数百字节,内部的信息在掉电后能保持很多年。存储体的读写操作受单片机的控制,用户程序可以通过接口函数来重复读写存储体多次。另外,软件狗内部设有一个时间闸,各种操作必须在一定的时间内完成。通常情况下,正常的操作所需时间小于时间闸,而跟踪所需时间大于时间闸,从而实现反跟踪。

此外,软件狗内部还有一组唯一的码,包括软件狗识别码、算法密钥和随机码,总共占数十字节,同时还有一个两字节的可由用户设置的用户密码,这一密码只可写不可读,写入时须校验原密码,用户程序中所有对软件狗的读写操作都必须检验用户密码。

每个软件锁只有用硬件钥匙来打开,软件才能继续运行。软件锁有三个要素,一是向硬件发送一串数据;二是得到返回数据;三是根据返回结果执行相应程序。用户为了有效地保护软件,必须从软件锁这三个要素出发,先向软件狗发一串数据,再对返回结果进行判断以做出相应处理决策,合法时让软件正常运行,否则终止软件或提示非法用户信息。

用硬件钥匙构造软件保护系统,最容易受到攻击的是软件锁。由于软件锁的数量和复杂性直接影响着攻击者所花费的时间和精力,增加软件锁的数量可提高软件的保护强度,但同时也会影响软件的内存和执行效率;运用较复杂的算法来构造软件锁,同样可提高软件保护强度,但会增加开发设计难度。

可在应用软件狗过程中,采用分散软件锁的方法,即,将决策判断过程放在远离接受回答的位置处,甚至放在不同的函数中,这样对于破译者无疑更难理解。同时,为了提高保护强度,增加攻击者的难度,在设计中采用了多次访问软件狗,不仅在软件前部访问、查找和识别硬件钥匙,判别用户是否合法,而且在软件各功能模块中也访问软件狗,从而增加了访问次数并分散到软件各部分,实践证明效果良好。

软件狗保护的优点是,加密算法具有防动态跟踪和静态分析的能力,提高了加密程序的安全性;加密的程序能够自动检测加密狗所在的并行口或 USB 口,可将加密狗放在任意并口或 USB 口上。

综上所述,新型软件加密狗对软件的保护能够起到较好的作用,对保护软件的知识产权,促进软件业的发展也能起到一定的作用。

7.4.5 基于数字签名的保护技术

通常,用户获得的软件程序不是购自供应商,就是来自网络的共享软件,用户对这些软件往往非常信赖,殊不知正是由于这种盲目的信任,将可能招致重大的损失。

为此,用户需要完成两个重要的工作。

1)程序正确性证明,即它可检验售主或网络所发行程序的正确性。然而,程序正确性证明是个众所周知的 NP 完全问题,在系统里精确地跟踪信息流也是个完全问题,因此试图编写程序对其他程序做讹误存在的分析似乎是不可能的。

2)软件变化检测。软件变化检测是可判定的,实现起来也相对容易些。此方法的症结在于区分软件程序的合法与非法变化。

由于数字签名对软件变化的检测颇具有效性,所以为发行软件程序提供数字签名的双密钥(公开密钥)密码方案被证明是最有希望解决软件完整性检测的方法。其原因是：

1）一个用户能证实程序的供应商签名。

2）包括用户在内的任何人都不能伪造供应商的签名。

3）仲裁者或第三者能解决用户和供应商之间可能出现的争端。

用户从供应商那里买到签名的软件之后,在初次安装或在此后任何时候都可以使用供应商签名的软件。

这里有两个相关的问题。

1）用户必须有能力通过使用某个公开密钥检验软件供应商签署的数字签名,从而证实所发行的程序。公开密钥也必须加以验证,否则签名能通过选择不同的公开密钥来随意生成。

2）用户必须保存一个与不同软件供应商对应的公开密钥表,或向保持所有公开密钥的某中心申请公开密钥。当程序由某些新建的软件供应商发行时,问题将变得颇为繁琐。

下面介绍一种签名方案,该系统由3部分组成。

1）签证中心。中心的任务是对每个软件供应商的资格进行审查,审查合格者,发给签证密钥。

2）软件供应商。发行软件的售主或个人。

3）用户。从软件供应商那里购买软件的顾客。

系统包含3个阶段。

1）预约阶段。在本阶段里,软件供应商向中心提出申请,中心审查软件供应商资格,若审查通过,中心就 向他发放一个签证密钥。这种发放的优点是用户可确认中心是否向软件供应商授权。

2）分发阶段。在本阶段里,软件供应商用签证密钥来签署他们所发行的程序,并把签名的程序分发给用户。

3）鉴别阶段。当用户得到程序时,启用基于身份的代理签名系统验证这些程序是否确实为软件供应商所发行,并进一步验证是否存在讹误。

在上面这个方案中,用户者能证实从软件供应商处所得程序的签名。通过这种鉴别能滤去可疑的程序,减少诸如计算机病毒之类的破坏。由于这个方案是建立在公钥密码体制之上,根据公钥密码的特性,唯有软件供应商才能签名或更改一个未经验测的程序,所以没有人能强夺一个许可供应商的软件,而且供应商也不能逃避对发行程序应负的责任,从而迫使供应商在保护他们的程序免遭完整性攻击方面更加小心,这也将在某种程度上抑制了计算机病毒的传播。因此,上述方案对于保护软件的完整性将起到重要的作用。

7.4.6 软件水印

所谓软件水印,就是把程序的版权信息和用户身份信息嵌入到程序中。它是近年来出现的软件产品版权保护技术,可以用来标识作者、发行者、所有者、使用者等,并携带有版权保护信息和身份认证信息,可以鉴别出非法复制和盗用的软件产品。

根据水印的嵌入位置,软件水印可以分为代码水印和数据水印。代码水印隐藏在程序的指令部分,而数据水印则隐藏在包括头文件、字符串和调试信息等数据中。

根据水印被加载的时刻,软件水印可分为静态水印和动态水印。静态水印存储在可执行程序代码中,比较典型的是把水印信息放在安装模块部分,或者是指令代码中,或者是调试信息的符号部分。区别于静态水印,动态水印则保存在程序的执行状态中,而不是程序源代码本身。这种水印可用于证明程序是否经过了迷乱变换处理。

水印算法的好坏取决于抵御攻击的能力。一般来说,没有一种隐藏系统可以抵抗所有类型的攻击。对于软件水印来说,只要有足够的时间,一个熟练的软件工程师总能够对任何应用软件进行逆向工程。逆向工程师通过反汇编器或反编译器可以反编译应用程序,然后可以分析它的数据结构和控制流图。这个问题其实很早就出现了,只是一直没有得到软件开发商的重视,因为多数程序都非常大,而且被统一封装起来,要想对它进行逆向工程非常困难,几乎是不可能的,但是现在软件正在以一种越来越容易被反编译和逆向工程的方式发行,比如现在的Java 字节码和中性分布格式体系。Java 应用程序是以一种独立于硬件的类文件形式发行的,这种类文件含有 Java 源代码的全部信息,而且很容易被反编译。由于大部分运算是通过标准库进行的,类文件相对比较小,容易逆向工程。只要应用程序被反编译过来,程序就一览无遗,这样嵌入到程序中的水印信息就很容易被分析出来,或者对程序进行一些语义保持变换,即使水印信息仍然存在也无法被检测出来。

语义保持变换主要分为两大类,控制流程变换和数据变换。前者主要影响代码水印的检测,后者主要影响数据水印的检测。控制流程变换可以改变程序的控制流程,它包括插入支路、增加冗余操作数、模块并行化、简单流程图复杂化、循环语句变换、内嵌技术。数据变换包括数据编码、改变变量的存储方式和生存周期、拆分变量等。

7.4.7 软件的反动态跟踪技术

软件的反动态跟踪技术,是指防止破译者利用各种各样的软件动态调试、动态跟踪工具,对被保护的软件进行动态跟踪、分析和破译的技术。随着计算机加密技术的发展,它的对立面——解密技术也应运而生并发展着。因此,除了对程序进行可靠的加密外,还要有较好的反跟踪措施来防止非法复制者对所研制的软件进行解密。一个有效的反动态跟踪措施的加密软件应该具备以下 3 个特性。

1)识别程序是不可跳越的,不执行识别程序,程序就无法执行。

2)识别程序是不可动态跟踪执行的,并且是复杂和隐蔽的,如果强行跟踪,程序就无法执行。

3)不通过识别程序的译码算法,密码是不可破译的。

实现 1:可以通过某种信息加密算法,将被保护程序本身进行加密处理,全部转换成密码,只有当识别程序将保护程序的代码从密码形式转换为明码形式后,被保护程序才能正常运行。于是解密者就无法越过识别程序来观察和运行被保护程序。

实现 2:可采用这样一种识别程序的译码算法,它的运行必然造成解密者动态跟踪环境的破坏。这样,解密者若不执行识别程序的译码算法,就无法观察和运行被保护程序;但是,如果执行识别程序的译码算法,动态跟踪环境又被破坏了,仍然无法观察和运行被保护程序。此外,识别程序还可以对运行状态做进一步的判断,若判定加密程度是在调试程序控制下运行,则立即停止加密程序的运行,或将跟踪引入歧途。

7.5 安全软件工程

程序中各种可能危害安全的缺陷,有的是程序员无意识遗留的,有的则是有意的。无意遗留的仅会在系统中留下安全隐患,一般不会主动造成对系统的危害,但会给系统攻击者留下进入系统的缺口,例如陷门就属于这种情况。凡是程序中包含故意攻击系统的功能,都是程序员故意安插在程序中的,上一节介绍的大部分程序中的攻击手段都属于程序员故意为之。如果要防止这类问题发生,就必须加强对程序开发过程和维护阶段的控制与检查。本节着重讨论防止程序中包含攻击功能的程序开发控制问题,程序的类型以应用程序(其中包括数据库应用程序)为主。安全程序的开发,尤其大型安全程序的开发应该遵照软件工程的方法开发,应该把程序的安全控制分散到各个开发阶段中去,这就是所谓的安全软件工程。本节讨论的内容根据软件开发的几个阶段叙述,这些阶段包括需求分析阶段、设计与验证阶段、编程阶段、测试阶段应采取的控制措施。图7-35说明软件开发各阶段中的安全保障措施。此外本节还要介绍行政管理方面的控制措施。

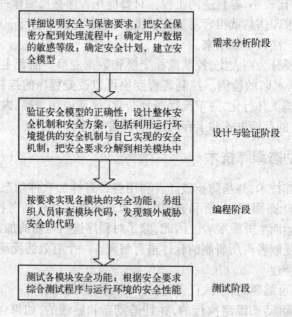

图 7-35 软件开发各阶段上的安全保障

7.5.1 需求分析

待开发的新的程序系统的需求分析需要由开发者与用户共同合作完成。开发方应该根据需求分析阶段软件规范要求,认真组织实施软件需求分析计划,完成需求分析阶段的任务;程序的用户既是需求分析工作的组织领导者,又是开发方需求分析的积极配合者,用户应该对待开发的程序提出明确的功能要求、数据要求以及它们的安全要求。开发者应该制定满足用户要求的安全与保密方案,并把它们体现到相应处理功能中。

详细描述需要实现的系统功能,采用适当的分析技术(如结构化分析或面向对象分析技术)分析新系统的功能,并给出系统的功能模型和系统的处理流程,可以采用数据流图或输入一处理一输出等方法描述用户的需求和处理流程。

确定新系统的数据要求,确定每个数据元素的属性。把数据按逻辑相关性组织到一起,形成表格或其他组织形式。按不同的敏感度把数据划分为不同安全等级。

详细描述用户提出的系统安全与保密要求,确定系统的总体安全策略。并对用户的安全需求进行分类,区别哪些要求可以由购买的系统提供支持,哪些要求由开发者自己加以实现的。然后根据这些要求与安全策略确定相应的安全机制,这些机制应该是可以利用现有安全技术实现的或可购买得到的。

把需要由开发者自己实现的安全与保密要求分配到相应的处理功能中,而功能又与相应的处理对象挂钩;根据需要由运行环境提供的安全保密要求,选择达到某种安全级别(如 C2、B2 级)的操作系统、数据库系统软件平台和硬件平台。开发者还应该解决自己开发的安全功能与现成系统提供的安全机制之间的有效结合问题。

建立新系统安全模型和安全计划。安全模型应该符合总体安全策略的要求,并且应该是简洁的和便于验证的;安全计划应该是具体和可实施的。

7.5.2 设计与验证

设计阶段的任务包含三部分,第一部分是分解软件功能,设计软件的模块结构,确定每个模块的功能,给出每个模块的编程说明;第二部分是数据集设计,除了设计数据结构外,还需要划分数据的敏感等级,数据集可能是数据库或数据文件;第三部分是验证待实现的安全模型的正确性,制定新系统的安全方案,把由程序系统自己实现的安全功能分配到相应的模块中。下面对这些内容进行具体介绍。

1. 系统功能分解原则

根据软件工程的原则,需要把待开发的程序功能模块化。模块化设计的方法很多,其中结构化设计方法和面向对象设计方法应用最广泛。把大的系统模块化有很多优点,不仅有利于编程,而且也有利于安全。根据模块划分的原则,要求模块功能的独立性要好,模块之间的相关性要小。模块之间的交互是通过参数传递实现的,良好的模块化设计还要求模块之间传递的参数的数量要少。因此,模块在一定程度上是自治的,即模块的代码及其处理的对象(数据)被封装在一起。一个模块不能访问另一个模块内部的数据,这种特性称为信息隐蔽。模块的所有这些特点都提高了系统的安全性。满足以上要求的模块化设计有以下优点。

1)降低了编程的复杂性。由于每个模块功能的单一性和规模相对较小,每个模块的代码数量不大,在结构化设计中,要求每个模块的代码的行数不超过一页打印纸的容量(60 行左右)。这样规模的小程序是比较容易编写的。在面向对象的概念中,以对象为单位进行分解,对象中封装了与其有关的处理算法、数据结构和对象间通信机制,其规模较模块而言可能不同。

2)提高了系统的可维护性。由于要求模块功能相对独立,系统结构是模块化的,在系统中增加新模块,或修改已有模块都不会对旧系统做大的改变,对其他模块的影响相对较少。且模块的代码较短,容易阅读、容易理解,这对于程序员的维护工作都是有益的。

3)提高了软件的可重用性。一个模块的功能独立使得这个模块有可能在其他软件中重用,可重用性是提高软件开发效率的有效方法,可以提高系统的可靠性和安全性。一个正确的模块用于其他软件,还可以减少测试的工作量。

4)提高了系统的可测试性。由于模块功能的单一性和代码的简短性,使得比较彻底地测试一个模块成为可能。这样每个模块都有可能获得详细的测试,把这些测试过的模块集成到一起比较容易。

5)提高了系统的安全性。由于模块把其代码和处理的数据封装在一起,使模块内部变成一个黑盒子,实现了信息隐蔽与模块间的隔离作用,便于对数据的访问控制。模块之间的信息交换,以及它们对共享数据的访问都可以受到控制,从而提高了系统的安全性。

2. 数据集的设计原则

位于模块之外,供若干模块共享的数据需要以数据库或数据文件的形式存放,为了一般化起见,把这两种组织形式的数据称为数据集。这里不准备讨论如何设计数据库或数据文件的结构,主要讨论一些设计原则。设计数据集的原则主要有以下 3 个。

1）减少冗余性。冗余性会威胁数据的完整性与一致性。如果是设计数据库,首先要遵照关系三范式理论和数据元素的相关性建立数据库的库表;如果是数据文件设计,也应该把紧密相关的数据放在一个文件中,尽量减少冗余性。

2）划分数据的敏感级。尽量按敏感级分割数据,这样便于对敏感级高的数据加强访问控制管理。数据的敏感级与数据的用途、重要性等因素有关。需要根据数据的敏感级对用户进行分类,以便确定用户对各个数据(库)文件的访问权限。

3）注意防止敏感数据的间接泄漏。不能因为允许访问非敏感数据而造成敏感数据的开放或间接开放。

4）注意数据文件与功能模块之间的对应关系。处理敏感数据的模块越少越好,最好仅由一个模块负责对敏感数据的处理,便于集中精力实现与验证这个模块的安全性问题。由于这种模块的敏感级别高,对这种模块的调用需要进行严格控制,最好通过统一的访问控制模块调用。

3. 关于安全设计与验证问题

在设计阶段需要做的安全性工作主要有两部分,一是验证新系统的安全模型的可行性和可信赖性;二是根据安全模型确定可行的安全实现方案。安全模型的验证与安全模型本身的形式化程度有关,如果形式化程度高,可以采用形式化验证技术。但大多数情况下,模型是非形式化的,在这种情况下,只能进行非形式化验证,验证的方法主要是"推敲"。不仅设计者自己需要反复推敲,而且需要请专家推敲和进行各种纸上攻击,寻找漏洞。对于安全性要求很高的信息系统(如军事信息系统,银行信息系统),用户应该要求开发方按照安全计算机系统评价标准中相应的安全级别要求建立形式化安全模型,要求设计者对模型进行严格验证。

当确认安全模型提供的安全功能是可信赖的时候,设计者应该设计整个应用系统安全的实现方案,并把这些安全功能分配到相关的模块中。整个应用系统应该有一个安全核心模块,这个模块完成对使用应用程序的用户的登录、身份核查和访问控制等功能。关于安全方案及功能的分配问题应该注意以下几点。

1）确定安全总体方案时,应合理划分哪些安全功能是由操作系统或数据库系统完成的,哪些安全功能由应用程序自己完成。由应用程序实现的安全功能应包括使用本程序的用户的身份核查、用户进入了哪个功能模块、操作起止时间、输出何种报表、对敏感模块的访问控制等。对数据库或操作系统的访问由这些系统的安全机制负责。

2）根据总体安全要求,选择相应安全级别的操作系统和数据库系统,而且两者的安全级别应该匹配,如果需要 C2 级安全,两者都应该是 C2 级的。

3）在分配应用程序实现的安全功能的时候不能太分散,应该相对集中地分配到上面提到的那些敏感模块和访问控制模块中。

4）对那些担负安全功能任务的模块的设计需要提出特别要求,模块的封装性要好(信息隐蔽性好),任何对安全模块调用必须通过参数传递的形式进行。在安全模块的入口处或在安全模块入口的外部设置安全过滤层,对所有对安全模块的访问加以监控。图 7-36 给出了对安全模块的访问控制示意图。

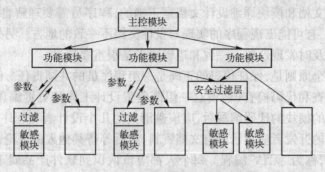

图 7-36　安全模块的访问控制

7.5.3　编程控制

在前面几节中所描述的各种程序中的安全漏洞,大多数都是由于程序员在编程阶段有意或无意引入的。加强在编程阶段的安全控制是减少程序中各种安全漏洞的关键环节。主要措施是加强编程的组织、管理与控制,加强对程序员的职业道德教育,加强对源代码的安全检查。

1. 编程阶段的组织与管理

在很长的一段时间里,人们认为程序编制是程序员个人的事情。程序员接受编程任务后,独自完成,最后把目标程序运行给用户看,如果用户认为程序员已经达到了原先的功能要求,程序员只要再把源代码交给用户就可以交差了。这个过程中可能存在以下问题。

1) 程序员是否对目标程序进行了较彻底的测试,程序中是否还存在较严重的问题?

2) 目标程序中是否还有其他多余的用户不需要的功能?

3) 目标程序中是否包含恶意的功能代码?

4) 程序员提交的源代码与目标程序的版本是否一致?

5) 软件文档是否齐全,是否合乎要求?

这些问题有的是属于组织、管理与控制方面的,有的是属于程序员的职业道德问题,有的属于安全检查方面的问题。解决这些问题的关键措施是贯彻软件工程原则,遵照安全系统的开发规则去开发软件。由于软件规模一般都比较大,程序开发任务很难由程序员一人单独完成。

软件工程适用于大规模程序设计,其基本原则是人员划分、代码重用、使用标准的软件开发工具以及有组织的行动。这几项原则在编程阶段都需要运用。例如,编程人员根据任务与工作量情况划分为不同的程序员组,每个组由 5~7 个人组成,有一个主程序员负责按设计文档要求完成模块的编程任务,并监督这个组的编程质量;程序开发环境中应该提供软件重用库,软件重用可以是程序结构级、模块级和代码片段级。重用时可以是全部、部分或修改利用。当编写一个模块的程序时,应该根据该模块的功能与结构查找软件重用库,如果有就选用,否则就编写。编写时也要根据总体要求的编程方法(如结构化编程、面向对象编程)去编写模块程序,根据软件工程要求,程序员不得擅自更改模块的设计要求,包括模块的功能与接口。

2. 代码审查

程序中各种错误与漏洞,有的是程序员无意产生的,有的则是故意制造的。除了对程序员加强责任心和职业道德教育外,防止这些问题出现的最好办法是进行代码审查。假定设计阶段提供的概要设计文档和模块详细设计文档是正确的,程序员需要理解自己编程的那些模块的说明和接口要求,有可能出现程序的实现与设计文档不一致的地方。另外,也有程序员自己产生的逻辑错误。及时发现这些不一致和逻辑错误是很重要的。

软件工程的一个原则是,保证代码的正确是一组程序员的共同责任。因此,组的各个成员要互相进行设计检查和代码检查(假设这一组既负责设计工作又负责编程实现)。当一个程序员完成某一部分的模块的代码编写后,应该邀请其他几个设计者和程序员对设计文档和代码进行检查。模块的开发者应出示所有文档资料,然后等待其他人的评论、提问和建议。

这种编程方式,称为"无私"编程。每个人都应该认识到软件产品属于整个集体,而不是属于某个程序员的。相互检查是为了保证最终产品的质量,不应该根据发现的错误而去责怪程序员。因为所有检查者本身都是设计者或程序员,他们懂得编程技术,他们有能力理解程序,发现其中的错误。他们知道什么代码在程序中值得怀疑,什么代码与程序不相容,什么代码有副作用。

对于安全性要求高的系统,在整个程序开发期间,管理机构应该强调代码审查制度。严格的设计和代码审查制度能够找出 7.2 节中所描述的缺陷与恶意代码。虽然精明的程序员可以隐藏其中某些缺陷,但有能力的程序员检查代码时,发现这些缺陷的可能性就增大了。如果代码的规模在 30 ~ 60 行之间,发现各种问题的可能性就更大了。

7.5.4 测试控制

程序测试是使程序成为可用产品的至关重要的措施,也是发现和排除程序不安全因素最有用的手段之一。测试的目的有两个,一个是确定程序的正确性;另一个是排除程序中的安全隐患。

发现了程序错误是一件好事情,不能因为发现了错误就批评程序员,为了发现程序错误,需要设计测试数据,每次使用的测试数据称为测试实例。如果发现了错误,说明测试实例是有效的。为了测试一个程序需要大量的测试实例,如何设计测试实例需要很高的技术水平与经验,需要掌握测试理论和测试方法,需要了解程序的模块结构、模块的输入输出参数、程序的数据流与处理流(使用黑盒测试方法)。为了进行更严格的测试,还需要了解模块内部的代码逻辑结构(白盒测试法)。这里不想对测试技术做进一步介绍,这是软件工程的重要内容。

测试是为了发现更多的程序错误,而不是为了证明程序是正确的,这也是设计测试实例的出发点。如果能发现更多的错误,说明测试是严格的;如果没有发现错误,也不能说程序是正确的,只能说明测试实例无效。根据测试理论,程序测试是有限的,不可能穷尽程序的所有运行状态。但测试实例应该覆盖程序中为实现其处理功能必须运行的状态和可能进入的各种状态。

可能由于思维的"惯性"原因或因程序员和自己编的程序的关系太密切的缘故,程序员很难有效测试他自己的程序,不太容易发现自己程序中的错误。有实力的公司可以建立独立的测试小组。当编程任务结束后,程序员提供相应的模块的文档资料(包括模块设计资料和代码),测试小组开始设计测试数据。如果采用黑盒测试技术,则不需要涉及源程序;如果采用白盒测试技术,则需要参照源代码。测试过程中,测试小组需要和程序员交流,对测试结果取得一致的解释。测试小组应该根据需求文档和设计文档的功能要求去测试系统,而不是根据程序员个人的说明和要求去测试。如果没有专门的测试小组,只能由程序员互相测试,无论如何不能由程序员自己测试自己编写的代码。

从安全的角度来讲,由测试小组独立进行测试是值得推荐的,程序员隐藏在程序中的某些东西有可能被独立测试所发现。独立测试对怀有杂念的程序员是一种有效的威慑。

这里,简单介绍一下程序漏洞的检测方法。一般地,可分为静态检测和动态检测。

1)静态检测。不在计算机上实际执行所检测的程序,而是采用人工模拟或类似动态分析的方法,借助相关的静态分析工具完成程序源代码的分析与检测。

研究安全问题的学者偏向于对源代码进行静态分析技术的研究,期望直接在程序的逻辑上寻找漏洞。这方面的方法和理论有很多,比如数据流分析、类型验证系统、边界检验系统、状态机系统等,所有的这些方法都可以追溯到 1976 年一篇发表于 ACM Computing Surveys 上的著名论文"Data flow analysis in software reliability"。

静态分析工具主要由预处理器、数据库、错误分析器和报告生成器形成。工作原理是从前向后逐行读入源程序代码,定位可能的嫌疑,逐步深入分析,报告分析结果。工作过程是读入源程序代码,预处理器结合词法和语法分析识别各种类型语句,将各类信息存放到数据库中,错误分析器在用户指导下利用命令语言或查询语言与系统进行通信与查错,报告生成器输出分析检查结果。依此逐层分析深入,发现可能的错误及安全隐患。

如检测"程序中由'字符串操作'引入的缓冲区溢出"问题,读入源代码,预处理器识别 strcpy( )、sprintf( )、scanf( )、gets( )、strcat( )等函数,分析这些函数的参数;对于 strcpy(dst,src)等函数的源为固定串则不会溢出,源是一个变量 src,则需要进一步分析,如果 src 是程序内部计算结果则一般也不会发生缓冲区溢出,若 src 是从外部输入的数据(如与用户或网络输入直接相关的数据)则定位为潜在的缓冲区溢出点,会构成潜在的安全隐患,然后将这些过程分析放入数据库,并把分析结果通过报告生成器输出,以进行后续更深层次的分析和修改。

目前,已经出现了一些通过检测源代码来查找漏洞的产品,列举如下:

- Fortify 在编译阶段扫描若干种安全风险。
- R. A. T. S (Rough Auditing Tool for Security)用于分析 C/C++ 语言的语法树,寻找存在潜在安全问题的函数调用。
- BEAM(Bugs Errors And Mistakes)是 IBM 研究院研发出的静态代码分析工具,其使用数据流分析的方法,分析源代码的所有可执行路径,以检测代码中潜在的 bug。
- SLAM 使用先进的算法,用于检测驱动中的 bug。值得一提的是,SLAM 被微软所使用,并且已经成功地检测出一些 Windows 驱动程序中的漏洞。
- Flaw Finder 是用 Python 语言开发的代码分析工具,作者是 David Wheeler,可免费使用。
- Prexis 可以审计多种语言的源代码,审计的漏洞类型超过 30 种。
- Coverity 能够在编译源代码的过程中检查很多类型的错误。

2)动态检测。这是实际运行时检测程序的方案,通过程序自身的编译程序或选择适当的检测用例,以发现程序中语法、词法、功能或结构的错误。该技术依靠系统编译程序和动态检查工具实现检测,但完成后可能仍会存在与安全相关的,在编译阶段发现不了、运行阶段又很难定位的错误。

工业界目前普遍采用的是进行 Fuzz 测试。这是一种特殊的黑盒测试，与基于功能性的测试有所不同，Fuzz 的主要目的是"crash"、"break"、"destroy"。Fuzz 的测试用例往往是带有攻击性的畸形数据，用以触发各种类型的漏洞。可以把 fuzz 理解为一种能自动进行"rough attack"尝试的工具。之所以说它是"rough attack"，是因为 Fuzz 往往可以触发一个缓冲区溢出漏洞，但却不能实现有效的 exploit，测试人员需要实时地捕捉目标程序抛出的异常、发生的崩溃和寄存器等信息，综合判断这些错误是不是真正的可利用漏洞。

Fuzz 的优点是，很少出现误报，能够迅速地找到真正的漏洞；缺点是，Fuzz 永远不能保证系统里已经没有漏洞。

攻击者非常热衷于使用 Fuzz 工具，因为软件系统的安全性并不是他们关心的事情，他们只要找到一个漏洞就可以开始庆祝了。

7.5.5 运行维护管理

在软件开发完成并提交运行后，便进入运行维护阶段。软件维护有两重含义，一是修改软件中在运行过程中发现的错误，二是在软件中增加新的功能。这样就产生了软件版本更新的问题。软件版本更新不是一个简单的问题，不是仅把程序错误修改就行了的问题。尤其是软件规模较大、使用面广泛的情况下，软件修改更不是一件随便的事情。软件维护是很复杂的工作，需要专门的组织机构来管理。这种工作又称为软件系统的配置管理。实行配置管理时，由一个人或系统来控制并记录对一个程序或文件的所有更改。由更改控制部的一组专家评审所提出的修改的合理性与正确性，未经许可任何人不得随意修改。

1. 配置管理的必要性与目标

软件配置管理的目标是保证对所有的系统组成部分，包括软件、设计文件、说明文件、控制文件等的正确版本的使用和可获取性，简单地说，配置管理就是强化组织、控制修改和簿记工作。

由于许多原因一个软件的并行版本会不止一个。例如，一个在市面上流行的软件，可能会有一个已发布的版本，程序员刚修改过但还未发布的版本和正在开发的增强型版本。又如，一个软件可能有运行在三种操作系统上的版本，每次当一个模块修改后，必须对所有其他操作系统上的版本进行修改，然后进行测试。对一种版本的修改还要求修改这个版本的其他部分，因此对每个版本，都有一个正在修改的版本和一个发行的版本。这些不同的版本以及对它们所做的修改必须加以记录与控制。

如果程序是由多个程序员共同编制的，当一个程序员修改了一个模块后，必须通知其他程序员，因为这个模块可能影响其他模块。编写程序的人不能任意修改程序，即使修改是为了更改已经发现的错误也不行。通常程序员应该保留更正后的那个程序副本，等待统一的更新周期的到来，在此期间，程序员将完成他们对程序的所有修改，并重新测试整个系统。每个程序员都有静态版本和工作版本。随着系统开发的进展，就有在不同阶段测试或者与其他模块结合的不同静态版本。

根据上述情况，配置管理应达到以下目的。

1）避免无意丢失（删除）某个程序的某个版本。

2）管理一个程序或几个类似版本的并行开发。

3）提供用于控制相互结合构成一个系统的模块的共享设施。

这些目标可通过管理源程序、目标代码和文件的系统方法来达到。配置管理也需要相应的软件工具支持，该工具应该提供详细的记录，使每个人可以知道每个版本的副本存放在哪里，这个版本与其他版本有什么不同的特征。在正规的软件公司中，通常指定一个或多个管理专家来完成这项任务。通常一个程序员在某个时间停止对一个模块的修改，将控制交给配置管理系统后，程序员将不再有权利和能力来修改这个版本。从这时起，对软件的所有修改都由配置管理部门监督进行，配置管理部门要审查所有修改请求的必要性、正确性以及对其他模块产生的潜在影响。

2. 配置管理的安全作用

在运行维护阶段利用配置管理机构，既可以防止无意的威胁，又可以防止恶意威胁。采用配置管理机构可以有效地保护程序和文件的完整性，因为所有的修改都必须在获取配置管理机构同意后才能进行，管理机构对所有修改的副作用都作了认真的评估。配置管理系统保留了程序的所有版本，可以追踪到任何错误的修改。

由于配置管理的严格控制，一旦一个检查过的程序被接受且被用于系统后，程序员就不能再偷偷摸摸地进行小而微妙的更改，不可能再在程序中做手脚。程序员只能通过配置管理部门来访问正式运行的产品程序。这样就能在软件运行维护阶段堵住恶意代码的侵入。

为了防止源代码的版本与目标代码文件的版本的不一致，配置管理部门只在源程序级别上接受对程序的修改。尽管程序员已经编译并测试了这个程序且可以提供目标代码，配置部门只允许在源程序中插入语句、删除和代换。配置部门保存原始的源程序及产生各个版本的单个修改指令。当需要产生一个新版本时，配置管理部门建立一个暂时用于编译的源程序副本。对每次修改都精确记录修改时间和修改者的姓名。

7.5.6 行政管理控制

行政管理控制应在软件工程的各个阶段实施，行政管理控制是为了保证软件开发按严格的规范完成。其主要内容包括标准制定、标准的实施、人员的管理与教育。

1. 制定程序开发标准

程序开发不能由程序员随心所欲，必须遵照严格的软件开发规范。程序开发不仅要考虑正确性，还需要考虑与其他程序的兼容性和可维护性等方面的需要。作为一个正规的软件开发单位，应该制定一些标准，规范每个程序员的行动，下面是一些需要制定的标准。

1）设计标准，包括专用设计工具、语言和方法的使用。

2）文件、语言和编码格式标准，例如，规定一页中代码的格式、变量的命名规则，使用可识别的程序结构等。

3）编程标准，包括规定强制性的程序员间对等检查，进行周期性的代码审核，以便确保程序的正确性和与标准的一致性。

4）测试标准，规定使用何种测试方法和程序验证技术，独立测试、以及对测试结果存档要求以备今后查询。

5）配置管理标准，规定配置管理的内容与要求，控制对成型或已完成的程序单元的访问和更改。

这套标准除了可以规范程序员的开发过程外，还可以建立一个公用框架使得任何一个程序员可以随时帮助或接替另一个程序员的工作。这些标准有助于软件的维护，因为程序员可以得到清晰可读的源程序和其他维护信息。

2. 控制标准的实施

制定标准容易,执行标准难。这里可能有很多原因。一是标准往往和程序员的习惯不一致,执行标准增加了工作的负担,例如,有的程序员喜欢随意命名变量名,不愿意给变量有实际意义的长名字;二是往往因为时间紧、任务急,放松了对开发标准的要求,强调项目的完成而不是遵循已经建立的标准。

承诺遵循软件开发标准的公司通常要进行安全审计。在安全审计中,一个独立的安全评价小组以不声张的方式来检查每一个项目。这个小组检查设计、文件和代码,判断这些结果是否已遵守了有关标准。只要坚持进行这种常规检查,恶意程序员就不敢在程序中放入可疑代码。

3. 人员的管理与使用

一个软件开发部门要想在开发安全程序方面有很高的声誉,它的人员素质是非常重要的。首先一个计算机公司在招聘人才时应该对招聘对象的背景进行必要的调查,对有劣迹的人要慎重对待。对一个新职员的信任需要较长时间的使用才能确认,随着对职员信任的增加,公司才可以逐步放宽对其访问权限的限制。其次,对公司的职员要经常进行职业道德和遵纪守法方面的教育,使他们了解有关计算机安全法律和违法造成的后果。

在安排项目开发任务时,应该分别设置设计组、编程组和测试组,每个组完成不同的任务。在需要别人合作才能完成任务的情况下,这些组员很少打坏主意。在程序设计中,可以把一个程序的不同模块分配给不同的程序员编程,程序员之间必须合谋才能在程序中加入非法代码。设置不包含编程人员的独立测试小组,对模块进行严格的测试,使程序中包含非法代码的可能性更小。这一举措可以保证程序具有更高的安全性。

7.6 思考与练习

1. 试述计算机病毒的一般构成、各个功能模块的作用和作用机制。
2. 简述计算机病毒的防治措施和感染病毒后的修复方法。
3. 什么是计算机病毒免疫?
4. 一个计算机程序能用来自动测试陷门吗? 也就是说,能够设计一个计算机程序,在给定另一个程序的源或目标代码以及对那个程序的适当描述后,能够对这个程序中是否存在陷门回答"是"与"否"吗? 说明方法。
5. 如何防止把带有木马的程序装入内存运行,请给出几个有效的办法,并说明这些方法对系统运行效率的影响。
6. 模块化的影响有好有坏,一个过度模块化的程序以很小的模块方式完成它的操作,因而难以获得一个总的轮廓。要知道许多模块单独的功能很容易,但却不容易确定它们结合起来做什么。请建议一种能够在程序开发中用来维护这种轮廓的方法。
7. 根据程序语言中出现的安全问题,如越界问题、不安全的信息流问题,编译器应如何解决这些问题?
8. 开发一个安全程序的主要手段有哪些? 说明这些手段发挥的作用各是什么?
9. 网络蠕虫的基本结构和工作原理是什么?

10. 病毒程序与蠕虫程序的主要差别有哪些？限制病毒的传播速度的有效措施有哪些？

11. 程序【例7-5】中，如果把第2个调用修改为

```
printf("a = % d,b = % d,c = % d \n");
```

请预测第3个输出值。

12. 访问"灰鸽子"工作室网站 http://www. huigezi. net，了解"灰鸽子"远程控制工具。灰鸽子工作室于2003年初成立，定位于远程控制、远程管理、远程监控软件开发，主要产品为灰鸽子远程控制系列软件产品。然而，互联网上出现许多利用灰鸽子远程管理软件以及恶意破解和篡改灰鸽子远程管理软件为工具的不法行为，2007年3月21日起该工作室全面停止了对灰鸽子远程管理软件的开发和注册。

13. 访问 BO2K 网站 http://www. bo2k. com，了解 BO2K 工具的功能及其演变。

14. 了解 Windows 系统中 Explorer. exe 的功能，以及目前利用其的木马和病毒手段。写一篇读书报告。

15. 访问以下安全网站：

安天实验室 http://www. antiy. com

英国的杀毒软件 Sophoshttp://www. sophos. com

卡巴斯基实验室 http://www. kaspersky. com. cn

eset 公司 http://www. nod32cn. com

360 安全中心 http://www. 360safe. com

QQ 安全中心 http://safe. qq. com

了解其提供的安全产品、技术报告，下载试用版软件，学习使用这些安全工具，加强对自身的安全防护。

16. 访问网站 http://secunia. com/internet_explorer_command_execution_vulnerability_test，可对本机 Windows XP SP2 下 IE 6.0 的漏洞进行测试，分析对你本机测试的报告。

17. 操作实验：使用 WebScarab 进行 Web 应用程序的测试。WebScarab 是一种流行的 Web 代理，是一个用 java 代码编写的开源应用程序，也是一个用来分析使用 HTTP 和 HTTPS 协议的应用程序框架。属于 OWASP 项目的一部分。它记录检测到的会话内容（请求和应答），使用者可以通过多种形式来查看记录。WebScarab 的设计目的是让使用者可以掌握某种基于 http(s)程序的运作过程，也可以用它来调试程序中较难处理的 bug，帮助安全专家发现潜在的程序漏洞。

18. 操作实验：Web 安全控制。实验主要内容：IE 7.0 中新增安全功能的使用；使用 IE Security 工具；为 Web 应用程序建立、安装服务器证书；为 Web 应用程序（站点）配置 SSL 等。

19. 访问以下网站，了解基于软件保护产品：SafeNet 公司 http://cn. safenet-inc. com；阿拉丁公司 http://www. aladdin. com. cn；深思洛克公司 http://www. sense. com. cn/index. htm；星之盾 http://www. star-force. com. cn。

20. 编程实验：编程实现软件注册保护、Nag 窗口时间限制、功能限制、次数限制。

21. 对照一般软件工程的概念，安全软件工程主要增添了哪些任务？

22. 操作实验：使用 ITS4、PCLint、Fortify 等静态分析工具快速发现代码安全漏洞，并对这些工具的优缺点进行分析。

23. 材料分析:2007年11月12日,吉林大学BBS上发布了一篇公告,指出"经过技术人员反复核查,确认'瑞星2008防火墙软件'有严重设计问题",并称"不仅造成网段内网络线路不畅,而且使路由器等网络设备的CPU负载满载,该软件对网络的干扰和破坏力甚至大于很多计算机病毒。"

瑞星2008防火墙监测到局域网中出现ARP攻击或者网关地址更改时,它会不停的向局域网中同一网段的所有电脑发起频率很高的"安全"广播通报,瑞星的开发人员显然没有考虑到高频率广播包所带来的副作用,这种副作用在一个局域网内多台电脑安装瑞星防火墙时尤为明显,这些广播包挤占大量网络带宽,浪费路由器和网关资源,最终导致了网络的瘫痪。

实际上早在10月28日,就有用户在瑞星产品社区的"个人防火墙"论坛上发帖询问"为什么使用瑞星2008 ARP防火墙后会向外发送大量ARP广播包",但瑞星方面并未对此帖做任何回复。【《中国计算机安全》,2007-11-28】

请根据上述材料谈谈如何保证开发软件的安全。

第8章 应急响应与灾难恢复

"9·11"之后，美国联邦调查局所属的关键性基础设施保护中心发布了《关于网络空间安全的国家战略》的报告，明确地将信息安全提升到了关系国家安全的战略高度，"信息安全 + 国土安全 = 国家安全"正逐渐得到社会的认同。

在研究信息安全及网络战防御理论的过程中，美国国防部提出了信息保障（Information Assurance，IA）的概念，并给出了包含保护（Protection）、检测（Detection）、响应（Response）3 个环节的动态模型，后来又增加了恢复（Restore）环节，称为 PDRR 模型。其中的响应环节包括平时事件响应和应急响应，重点在于针对安全事件的应急处理。

本章介绍了应急响应与灾难恢复的概念、内容及相关技术；给出了一个网站备份与恢复系统的设计实例；介绍了入侵取证技术和入侵追踪技术。

8.1 应急响应与灾难恢复的重要性

应急响应与灾难恢复在系统安全中占有相当重要的地位。因为它关系到系统在经历灾难后能否迅速恢复。

就像火车、汽车和飞机的普及将出轨、车祸和空难引入了人们的生活一样，计算机、无线通信和互联网的普及则意味着病毒、通信瘫痪和黑客攻击成为人们生活中必不可少的组成部分。

当前人们需要面对的是：

1）安全事件影响的严重性。人们不仅要从技术的角度谈论安全问题，要站在各行业专家的立场上点评各领域内的漏洞，更要注意到数字灾难在整个社会层面上的影响已经越来越大，后果已经越来越严重。

"9·11"在重创美国的金融中心之后，摩根银行这样的金融巨头一定要感谢他们的备份系统和互联网，正是每天通过网络将价值千亿美元的商业数据不断备份到千里之外的数据中心，才使得这个今天几乎"靠数据为生"的投资银行寡头避免了一场灭顶之灾。但同处于这场袭击中的数以千家的中小企业却有 40% 由于缺乏良好的备份系统而倒闭。

我国还没有受到恐怖袭击，但在互联网上的"战争"却一日也没有停息。发生在 2001 年的三次中美海底光缆断裂，发生在 2000 年广州、西安的银行网络系统瘫痪，发生在 1999 年郑州的因为互联网传播错误信息引起的银行挤兑，都越来越清晰地为大家勾勒出一种全新的灾难形态。应急响应与灾难恢复可在一定程度上减轻安全事件造成的损失。

2）安全漏洞的普遍性。计算机网络和系统变得越来越复杂了。计算机软件（包括操作系统和应用软件）的安全缺陷往往与软件的规模和复杂性成正比。从设计、实现到维护阶段，计算机软件都留下了大量的安全漏洞。应急响应与灾难恢复有助于降低这些漏洞一旦被攻破所带来的影响。

3）恶意代码的流行性。恶意代码或称为攻击程序在网络上广为传播，人们可以轻易的从网络上获取这些攻击工具对目标计算机系统实施破坏。

4）入侵检测能力的局限性。如今的入侵检测工具离人们的期望还有很大距离。对于真实的攻击，目前基于模式匹配的系统漏报率很高。应急响应与灾难恢复可以在一定程度上弥补入侵检测系统的不足。

5）网络和系统管理的复杂性。从管理的层次上讲，每一个组织都应该通过风险分析制定出完备的安全策略，并把安全策略放在一个重要的地位，然后根据安全策略制定防御措施和检测措施。然而，目前很少有组织能够制定出完备的安全策略，甚至根本没有制定安全策略。另一方面，即便具备了完备的安全策略，随着业务的发展和变化，安全策略也不能做到及时更新。应急响应在一定程度上可以以增强维护工作，完善安全策略。

6）法律方面。越来越多的组织在遭受了攻击以后希望通过法律的手段追查肇事者，需要出示收集到的数据作为证据，这就需要计算机取证技术。取证是应急响应中的重要环节，8.5节对入侵取证技术及其应用进行了介绍。

8.2 应急响应概述

8.2.1 应急响应的概念

"应急响应"对应的英文是"Incident Response"或"Emergency Response"等，通常是指一个组织为了应对各种安全事件的发生所做的准备以及在事件发生后所采取的措施。

这里所谓的"安全事件"可以定义为破坏信息或信息处理系统的行为。

1）破坏保密性的安全事件。比如入侵系统并读取信息、搭线窃听、远程探测网络拓扑结构和计算机系统配置等。

2）破坏完整性的安全事件。比如入侵系统并篡改数据、劫持网络连接并篡改或插入数据、安装特洛伊木马、计算机病毒（修改文件或引导区）等。

3）破坏可用性的安全事件。比如系统故障、拒绝服务攻击、计算机蠕虫（以消耗系统资源或网络带宽为目的）等。

以下事件通常也是应急响应的对象。

1）扫描。包括地址扫描和端口扫描等，是攻击者为了侵入系统而寻找系统漏洞的手段。

2）抵赖。指一个实体否认自己曾经执行过某种操作。

3）垃圾邮件骚扰。垃圾邮件是指接收者没有订阅却被强行塞入信箱的广告、政治宣传等邮件，不仅耗费大量的网络与存储资源，而且浪费了接收者的时间。

4）传播色情信息。通过网络传播、贩卖色情信息是世界上绝大多数国家严厉打击的行为。

5）愚弄和欺诈。是指散发虚假信息造成的事件，比如在2003年非典期间通过网络散布谣言，造成大众的恐慌。

综上，可以把安全事件定义为违反安全策略（Security Policy）的行为。由于不同的组织有不同的安全策略，因此，对安全事件的定义也各不相同。

8.2.2 应急响应组织

1988年发生的莫里斯蠕虫事件宣告了信息安全静态防护时代的终结。美国国防部于1989年资助卡内基·梅隆大学建立了世界上第一个计算机应急响应小组（Computer Emergency

Response Team,CERT）及协调中心（CERT/CC）。CERT 的成立标志着信息安全由传统的静态保护手段开始转变为完善的动态防护机制。从 CERT/CC 成立至今,欧洲、美洲、亚洲、大洋洲许多国家和地区,特别是发达国家都已相继建立了信息安全应急组织。据粗略统计,目前已建立应急处理机制的国家和地区已达 40 多个,应急组织的总数超过了 140 个。

为了各响应组之间的信息交换与协调,1990 年 11 月,由美国等国家应急组织发起,一些国家的 CERT 组织参与成立了计算机事件响应与安全工作组论坛 FIRST(Forum of Incident Response and Security Teams)。FIRST 的基本目的是使各成员能在安全漏洞、安全技术、安全管理等方面进行交流与合作,以实现国际间的信息共享、技术共享,最终达到联合防范计算机网络攻击行为的目标。

FIRST 组织有两类成员,一是正式成员;二是观察员。我国的国家计算机网络应急技术处理协调中心（CNCERT/CC）于 2002 年 8 月成为 FIRST 的正式成员。

FIRST 的技术活动除了各成员之间通过保密通信进行信息交流外,每季度还开一次内部技术交流会,每年开一次开放型会议,通常是在美国和其他国家交替进行。

在国内,计算机网络的基础设施已经严重依赖于国外。然而由于政治、文化、地理等多种因素,安全应急服务不可能由国外组织来提供。我国对这一问题的严重性已经有所认识,针对应急响应系统的研究、设计、部署和实施工作也已开始逐步地进行。由于我国信息技术和信息化工作相对落后,目前国内的应急处理和响应机制仍然处于起步阶段。1999 年 5 月教育科研网（CERNET）在清华大学首先成立了应急组织。同年 6 月我国首次参加 FIRST 第 11 次会议,此后国内相继建立应急处理组织,包括中国计算机教育与科研网的计算机紧急事件响应组（CCERT）、中国计算机网络应急处理协调中心（CNCERT/CC）、解放军军队应急组织、公安部计算机病毒防治中心、公安部计算机应急网站等。

尽管 CERT/CC 早就宣称 CERT/CC 是他们注册的名称,但许多应急响应组都仍以 CERT、CIRT 等命名。国际上通常把应急响应组称为 CSIRT(Computer Security Incident Response Team)。根据 RFC 2350 中的定义,CSIRT 是对一个固定范围的客户群内的安全事件进行处理、协调或提供支持的一个团队。一个应急响应组的人员数由应急响应组的服务范围和类型而定的,甚至可以是一个人。

根据资金的来源、服务的对象等多种因素,应急响应组可分成以下几类,公益性应急响应组、内部应急响应组、商业性的应急响应组和厂商应急响应组。

8.2.3　应急响应体系研究

建立完善的计算机应急响应系统,其任务不应该仅仅局限于完成一个用于提供入侵响应和发布安全公告的信息中心,而应该把系统置身于各种具体的安全事件、安全问题、安全技术之上,从全局的角度建立一个具备合理的组织架构、高效的信息流程和控制流程、完备的安全研发及服务体制、长远的实施和发展规划、丰富的信息采源,以及良好的国际国内合作协调关系的大范围的、分布的、动态的安全保障系统。

建立这样一个完善的系统,首先需要对系统的安全服务和组织结构给出明确的定义,制定建设和发展的长期计划,然后逐步加以实施,并在实施过程中随时根据具体的环境和条件做出积极的调整,以最大限度地适应系统的安全需求。

CERT 其核心目标是提供全局范围的安全服务,例如,事件处理、安全咨询、安全评估等。引入对象建模的观点,任何服务都可以看作是系统对外提供的接口,每个接口的功能由具体的实施模块完成。实施模块所采用的策略、方法、技术,目前还远没有达到成熟的阶段,因此需要不断地研究和开发。按照这样的思路,文献《计算机应急响应系统体系研究》引入层次化模型的概念,划分出计算机安全事件应急响应系统的基本体系结构。如图8-1所示,系统最高层称为研究层,主要负责对安全漏洞、安全技术、安全策略等进行研究,为建立实际的安全模块提供指导。研究成果用于帮助用户建立系统的第二个层次,称为系统模块层,其中包括各个完成实际功能的安全模块,例如,入侵检测模块、事件响应模块、用户服务模块等。这些模块的功能通过系统最底层(安全服务层)向用户提供具体的安全服务,包括事件处理、安全公告、安全监控等。

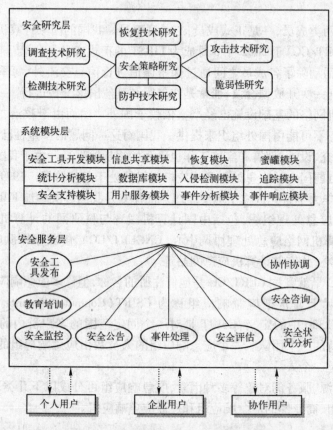

图8-1 计算机应急响应系统体系结构

下面从安全服务层开始,对系统各个层次的具体功能和特性进行详细阐述。

1. 安全服务层

1)事件处理。事件处理是应急响应系统提供的基本服务,包括针对安全事件的报告、分析及响应,具体内容包括制定关于"事件报告"的统一的、规范的定义,创建事件报告的具体方针,建立事件报告、事件分析及事件响应的流程,建立事件报告及处理系统,随时跟踪技术的变化和发展。

事件处理的目的是为计算机网络系统的用户提供可信的事件汇报机制,维护事件数据的安全性,确认安全事件的性质、威胁、风险和影响范围,为响应计算机安全事件提供技术和策略上的支持。安全事件可以囊括有关计算机和网络系统的所有安全问题,包括入侵、病毒、蠕虫、系统崩溃、灾难等。举例来说,当系统检测到入侵事件后,可以根据入侵行为的风险等级及影响范围,采取不同的响应措施。对于高风险、大范围或针对国家要害部门的入侵,可以立即联络技术部门和执法部门,对入侵者进行全面的清查和阻击;对于低风险、小范围的攻击,则可提供相关的技术支持,采取局部响应措施并完成相应的备案工作。

事件响应是应急系统事件处理的核心部分,包括以下内容。

- 根据事件的严重程度和影响程度,向用户或相应部门进行报警或通知。
- 阻止事件的进一步发展,例如,切断攻击者的连接、停止特定程序的运行、启动安全防御系统等。
- 修复受损系统,包括软硬件系统的恢复和数据恢复。
- 进一步调查,确定入侵者的真实来源和其他详细信息。

2) 安全公告。向公众或定义的用户群体发布信息,这种安全公告信息可以来自于自身的研究结果,也可以是转发其他组织的公告信息。具体内容包括,硬件设备、操作系统、应用程序、协议的安全漏洞、安全隐患及攻击手法;系统的安全补丁、升级版本或解决方案;病毒、蠕虫程序的描述、特征及解决方法;安全系统、安全产品、安全技术的介绍、评测及升级;其他安全相关信息。

3) 安全监控。对身份认证系统、访问控制系统、入侵检测系统、安全审计系统等安全部件的日志及其他安全信息进行检查,在整个组织范围内分析网络及系统的行为模式,从整体的角度对事件行为信息进行全面的同步、合成和分析,监视并控制已有的网络环境,建立网络及系统行为的基本标准,用于检测潜在的异常行为,同时维护相关的日志记录,用于事后调查或事件恢复。这种系统级的安全监控与传统的基于单机或单个网络环境的入侵检测系统不同。系统建立在分布式体系结构之上,通过在大规模网络环境中综合收集的安全事件信息,运用状态分析、统计分析、人工智能等智能化数据分析技术对安全数据进行综合处理,结合安全专家的经验知识和完备的安全知识库,从而实现准确判断网络入侵行为的功能。

4) 安全评估。通过漏洞扫描、渗透测试等安全技术,结合用户的安全需求、网络环境、应用方式等信息,引入风险评估机制,为用户分析和确定安全问题及安全隐患,建议或制定全面的解决方案,建立完善的风险管理及安全保障机制。

5) 安全咨询。为用户网络系统安全策略及计划的制定、安全步骤的实施、安全系统的构建及系统的安全维护提供全面的专业咨询。这部分通常和安全评估功能互相融合。

6) 安全状况分析。根据系统或用户的要求,对指定时间内指定用户或区域的安全事件进行统计和分析,形成在特定时间段内用户网络节点或地区网络的安全状况报告,报告内容包括网络系统脆弱性情况统计、安全事件统计、事件类型统计、安全事件风险统计、攻击来源统计等,为客户安全问题的解决提供帮助。根据用户网络安全状况的统计分析结果,还可以为用户提交网络安全趋势预测和安全建议,帮助用户改善网络安全状况。

7) 教育培训。在计算机安全分析技术及响应技术的基础上,为用户提供计算机及网络系统的安全教育及培训,帮助用户预先获得必要的知识和技能,便于对系统的安全问题、异常行为有足够的敏感程度和处理能力。

8) 安全工具发布。向用户或其他群体发布安全工具,包括安全知识库、监控软件、安全增强工具、入侵检测工具、脆弱性评估工具、补丁程序等。

9) 协作协调。这部分功能面向的不是普通用户,而是其他的事件响应组、安全组织,以及国家权力部门、执法部门等机构,目的是共享安全信息,协调各部门之间的安全工作,保证安全知识和技术的随时更新,以及当安全事件发生时响应措施的及时性和高效性。

2. 系统模块层

系统模块层包含了各个安全模块,是各项安全服务的具体实施者。

1) 用户服务模块。用户服务模块是系统模块层和安全服务层之间的连接通道,用户安全事件的报告、事件处理、安全咨询、安全评估、安全状况分析等各项功能,都需要通过用户服务模块提供的接口,与实际提供这些功能的模块进行交互,以获得该项安全服务。

2) 事件分析模块。用户请求处理的安全事件首先被提交到用户服务模块,由后者将事件信息转移给系统模块层中的事件分析模块进行处理。事件分析模块结合系统的脆弱性数据库、攻击模式数据库、安全策略数据库、安全事件数据库、安全知识及支持库等参考信息,对安全事件进行细致分析。事件分析可以依赖于安全专家的人工行为来完成,也可以借助于智能化的数据处理技术进行自动或半自动分析。

事件分析模块根据需要可以调用统计分析、安全支持、入侵检测和事件响应等模块的功能。

3) 入侵检测模块。事件分析模块在分析过程中需要调用入侵检测模块的功能。将用户端提交的各种类型的安全审计数据传递给入侵检测模块,由后者运用入侵检测算法对审计数据进行综合处理,判断入侵或异常行为。入侵检测模块应综合多种检测算法以提高检测准确性。

4) 事件响应模块。事件响应模块在事件分析完成之后根据需要被调用。响应模块根据安全策略数据库和用户信息数据库中定义的响应策略采取相应的响应措施,并根据需要调用恢复模块、追踪模块、蜜罐模块的功能。

5) 蜜罐模块。蜜罐(Honey Pot)是指一种诱骗系统。在发现系统遭受攻击的迹象之后,可以模拟关键系统的文件系统和其他系统特征,引诱攻击者进入并记录下攻击者的行为,从而获得关于攻击者的详细信息,作为进一步调查或采取法律措施的证据。蜜罐模块在需要时被事件响应模块调用。

6) 追踪模块。网络攻击者为避免身份的暴露,惯用的手法是首先攻破一个系统,然后使用网络跳转的办法,利用它作为平台来攻击另一个系统,很多情况下甚至经过多次跳转才到达真正的攻击目标。这种情况下,无论是目标系统的安全管理员,还是政府的安全部门,都希望能够追查到攻击者的真实来源,为入侵行为责任的判定提供证据。追踪模块在需要时被事件响应模块调用,目前入侵追踪技术仍处于研究阶段。

7) 恢复模块。对受保护系统由于攻击、入侵、病毒、蠕虫、系统崩溃所造成的损失进行尽可能的弥补和修复,包括数据恢复、系统恢复、功能恢复、系统升级、安装补丁等。恢复模块在需要时被事件响应模块调用。

8) 安全支持模块。根据数据库中有关系统脆弱性、攻击模式、安全事件、安全知识的内容,完成或指导完成需要向用户提供的各项安全服务。包括安全公告、安全评估、安全咨询、教育培训、安全工具发布、安全状况分析等,并根据需要调用安全工具开发模块和统计分析模块的功能。

9) 统计分析模块。统计分析模块由安全支持模块所调用。根据用户的要求,对用户网络系统的安全状况进行统计和评估,用户可以指定地址区域、时间范围、攻击来源、攻击类型、攻击风险程度等参数来确定具体的统计方式。

10）安全工具开发模块。为用户或其他群体设计和实现安全工具，包括安全知识库、监控软件、安全防护工具、入侵检测系统、脆弱性评估工具等。通过安全支持模块及用户服务模块完成安全工具的发布服务。

11）信息共享模块。完成安全服务层中的协作协调功能，为随时跟踪入侵及安全技术的进展提供保证，这对于安全事件响应能力的有效性和高效性是非常重要的。通常获取信息的方式包括浏览安全站点、加入安全邮件列表、加强与其他事件响应组和安全组织的联络、留意其他媒体的各种相关信息。

12）数据库模块。负责向其他模块提供数据库的访问接口。

3. 安全研究层

安全研究层负责对安全漏洞、安全技术、安全策略等进行研究，为建立实际的安全模块提供指导。

1）安全策略研究。安全策略主要由安全策略目标、机构安全策略和系统安全策略3个不同方面来描述。所谓安全策略目标，是某个机构对需要保护的特定资源应当达到的安全要求所进行的描述，其目的是保护系统信息的保密性、完整性、有效性及可用性；机构安全策略是一套法律、规则及实际操作方法，用于规范某个机构如何管理、保护和分配资源以达到安全策略的既定目标；系统安全策略是指为支持此机构的安全策略要求，如何将特定的信息技术系统付诸工程实现的方法。

安全策略对于维护计算机网络系统的安全有着至关重要的作用。任何安全系统的构建、安全规范的制定、安全步骤的实施、安全管理机制的建立，甚至具体到安全产品的选择、配置、人员培训等，都离不开安全策略所作出的规范而明确的定义。对安全策略的制定、具体化、实施、维护等问题的研究，也应该作为一项长期的任务。策略研究的结果将对系统模块层中所有模块产生作用。

2）防护技术研究。这部分研究是保障系统安全的第一道屏障，研究内容包括鉴别与认证、访问控制、加解密、完整性校验、数字签名，具体到防火墙、安全路由器、VPN、PKI等技术的研发。防护技术研究的结果对系统模块层中的事件分析、事件响应、安全支持和安全工具开发等模块产生作用。

3）脆弱性研究。脆弱性又称漏洞，针对系统脆弱性所进行的发现、利用和防御是网络攻防的焦点。通过对计算机及网络系统漏洞的研究，有助于增强对漏洞本质的理解，以及针对性地消除漏洞，特别是对发现未知漏洞具有积极作用。MITRE 公司从事的"通用脆弱性列表"（Common vulnerability enumeration, CVE）工作，为每个漏洞建立了统一标识，方便了漏洞研究的信息共享及数据交换。漏洞与系统环境和时间密切相关，在对漏洞进行研究时，除了需要掌握漏洞本身的特征属性，还要了解与漏洞密切相关的其他对象的特点。

漏洞的基本属性包括漏洞类型、造成的后果、严重程度、利用需求、环境特征等。与漏洞相关的对象则包括存在漏洞的软硬件、操作系统、补丁程序和修补方法等。对于一些比较成熟的软件系统，单一种类的静态漏洞已经很难发现，因此需要研究软件系统在动态运行环境中、在多系统交叉的边界条件下的脆弱性。

研究脆弱性不仅仅是研究已知存在的系统脆弱性，更为重要的研究内容应该在于对未知脆弱性的发现上。例如，利用源代码扫描、软件错误注入（fault injection）和反汇编技术，形成实用的安全漏洞的发现技术及相应工具,帮助分析和发现软硬件产品存在的安全漏洞。

脆弱性研究的结果对系统模块层中的事件分析、入侵检测、安全支持和安全工具开发等模块产生作用。

4)攻击技术研究。为了有效检测攻击及入侵行为,必须对攻击技术作深入研究。这方面的工作主要集中在研究突防和控制的理论和方法,特别是研究以大规模分布式为特征的信息对抗技术和方法。

攻击技术研究结果对系统模块层中的事件分析、入侵检测、安全支持和安全工具开发等模块产生作用。

5)检测技术研究。面对大规模、高速网络的应用环境,安全审计数据的复杂性和数据量都超出了传统入侵检测系统(IDS)的承受范围。用户需要从系统结构、策略管理、检测技术等各个层次上提出并实现新的入侵检测方法,以适应大规模、分布式系统的要求。构筑分布式入侵检测系统,一种方法是对现有的 IDS 进行规模上的扩展;另一种则通过 IDS 之间的信息共享来实现(例如 CIDF、IDMEF、IDXP 协议)。

检测技术本身的研究仍然是一个重点。传统的模式匹配、状态分析、统计分析、专家系统,以及如数据挖掘、神经网络、人工免疫、基因算法等较为新颖的基于人工智能的检测技术,都是值得研究的方向。即使是目前已经比较成熟的技术也仍然有许多可以改进的地方。

检测技术研究结果对系统模块层中的事件分析、入侵检测、安全支持和安全工具开发等模块产生作用。

6)调查技术研究。调查技术包括蜜罐技术和入侵追踪技术。蜜罐系统对收集入侵者的威胁信息或者收集证据以采取法律措施的安全管理人员很有价值,使用一个蜜罐系统不必让实际系统内容冒损坏或泄露的风险,就可以让一个入侵的受害者辨别入侵者的意图。蜜罐系统对于必须在敌对威胁环境中运行的系统或面临大量攻击的系统尤其有用。

入侵追踪则是另一项引人关注的技术。8.6 节将对此作介绍。

调查技术研究结果对系统模块层中的蜜罐、追踪、安全支持和安全工具开发等模块产生作用。

7)恢复技术研究。恢复包括两方面的内容,一是修正系统以弥补引起攻击的漏洞,例如,系统升级、安装补丁等;二是对受损系统进行灾难恢复,包括系统恢复、数据恢复和功能恢复。

修正系统类似于在实时过程控制系统中利用当前系统进程的结果来调整和优化以后的进程,对于及时弥补系统存在的脆弱性,避免攻击的再次发生是非常必要的。针对受损系统的灾难恢复则涉及到系统的可存活性研究,包括数据库系统、软件系统、硬件系统等,主要研究的问题包括可存活性系统的架构、损害评估及恢复、损害限制及隔离、系统的自适应调整等,目前也是国际上的一个研究热点。

恢复技术研究的结果对系统模块层中的恢复、安全支持和安全工具开发等模块产生作用。

8.3 容灾备份和恢复

8.3.1 容灾备份与恢复的概念

1. 为什么需要容灾备份

"9·11"恐怖袭击事件不仅造成了重大的人员伤亡和财产损失,一批设在世贸中心的公司因为重要数据的毁灭而再也无法恢复营业。"9·11"给大家带来了深切的启示——容灾备份是重要信息系统安全的基础设施,重要信息系统必须构建容灾备份系统,以防范和抵御灾难所带来的毁灭性打击。

容灾备份于 20 世纪 70 年代中期在美国起步,其历史性标志是 1979 年,SUNGARD 在美国费城建立的 SunGard Recovery Services。数十年来,随着银行、证券、保险、医疗和政府部门对容灾备份的需求增加,容灾备份在国外得到了迅猛发展,容灾备份与恢复已形成了一套完善的容灾备份理论体系和方法论,并形成了一个完整的容灾备份行业,如有自己的行业协会、行业认证、专业杂志和定期研讨会等体系结构,有专业的容灾备份服务组织。在美国有上百个容灾备份中心,数十家企业提供专业容灾备份服务,如 SUNGARD 公司,成立二十多年,在全世界有40 多间容灾备份中心,Iron Mountain、新加坡 SEDC 等公司也提供容灾备份服务。国外许多企业出于对业务连续性、成本的考虑,就采用上述公司的容灾备份服务。还有一些大的银行或企业,自己投入巨资建立了自己的容灾备份中心。从 1982 年起的约 15 年间,遍布全美的 25 间容灾备份中心成功地完成了 582 宗灾难恢复,平均每年约 40 宗。

2. 什么是容灾备份

容灾备份是指利用技术、管理手段以及相关资源确保既定的关键数据、关键数据处理信息系统和关键业务在灾难发生后可以恢复和重续运营的过程。

容灾备份防范的灾难包括地震、火灾、水灾、战争、恐怖袭击、设备系统故障、人为破坏等无法预料的突发事件。建设容灾备份的目的可以归纳为:

1) 保障企业数据安全。

2) 保障企业业务处理能恢复。

3) 减少企业灾难损失。

4) 提高企业灾难抵御能力。

3. 容灾备份系统的种类

根据容灾备份系统对灾难的抵抗程度,容灾备份系统可分为:

1) 数据容灾。指建立一个异地的数据系统,该系统是对本地系统关键应用数据实时复制。当出现灾难时,可由异地系统迅速接替本地系统而保证业务的连续性。

2) 应用容灾。应用容灾比数据容灾层次更高,即在异地建立一套完整的、与本地数据系统相当的备份应用系统(可以同本地应用系统互为备份,也可与本地应用系统共同工作)。在灾难出现后,远程应用系统迅速接管或承担本地应用系统的业务运行。

4. 容灾备份系统组成

一个完整的容灾备份系统通常主要由数据备份系统、备份数据处理系统、备份通信网络系统和完善的灾难恢复计划所组成。

1) 数据备份系统。数据备份是通过一定的数据备份技术,在容灾备份中心保留一份完整的可供灾难恢复的数据。容灾备份中心是专门为容灾备份功能设计建造的高等级数据中心,提供机房、办公和生活空间、数据处理设备、网络资源和日常的运行管理。一旦灾难发生,容灾备份中心将接替生产中心运行,利用其各种资源恢复信息系统运行和业务运作。

容灾备份中心是备份系统的基础,也是衡量容灾备份系统等级的主要标准。备份系统的关键技术将在后面介绍。

2) 备份数据处理系统。备份数据处理系统是指在容灾备份中心配置的主机系统、存储系统、网络系统、应用软件,以供灾难恢复使用。备份处理系统所需要达到的处理能力和范围应基于恢复目标及成本效益等因素,选择合适的产品来实现。在建立备份数据处理系统时可采用跨平台、系统集成及虚拟主机等技术来实现资源共享,达到低成本、高效益。

3) 备份通信网络系统。除数据备份系统和备份数据处理系统外还需要根据灾难恢复目标的要求,选择合适的通信网络技术与产品建立备份网络系统,提供安全快速的网络切换方案,实现灾难恢复时各业务渠道的对外服务。

4) 灾难恢复计划。灾难恢复计划是为了规范灾难恢复流程,使组织机构在灾难发生后能够快速地恢复业务处理系统运行和业务运作同时可以根据灾难恢复计划对其容灾备份中心的灾难恢复能力进行测试,并将灾难恢复计划作为相关人员培训资料之一。灾难恢复计划应包含以下内容,灾难恢复目标、灾难恢复队伍及联络清单、灾难恢复所需各类文档和手册等。

为保持容灾备份系统的及时和有效性,需要定期对其进行演练测试,演练的另一目的是为了让灾难恢复队伍和有关的人员熟悉灾难恢复计划。

容灾备份系统规划设计是一项复杂的工作,在一般情况下,容灾备份方案的设计不仅需要考虑技术手段和容灾备份目标,还需考虑投资成本及管理方式等多方面的因素。一般而言,关键业务系统容灾备份的等级可以比较高,其他非核心业务系统则可选用较低级别。容灾备份系统规划设计的前提是必须进行业务需求分析,如果业务面的考虑不允许系统停止运作或交易中断,就必须做到"热备份中心"。若业务面可以允许系统停顿一定时间,这种情况通常考虑规划"冷备份中心"。另外在容灾备份的"量"上也可以有不同的安排,备份系统如果采取与生产中心相同数量设备、相同配置架构的"全量备份",成本当然比较高,因此在考虑资源分配时,综合考虑备份数据处理系统必须能支持的交易量,对重要的设备或应用加以整合规划,采取"减量备份"的方式。因此一个完整的容灾备份方案因为业务的容灾备份需求不同,可能包含多个容灾备份级别。

5. 容灾备份系统的等级

设计一个容灾备份系统,需要考虑多方面的因素,如备份/恢复数据量大小、应用数据中心和备援数据中心之间的距离和数据传输方式、灾难发生时所要求的恢复速度、备援中心的管理及投入资金等。根据这些因素和不同的应用场合,通常可将容灾备份分为4个等级。

第0级:没有备援中心。这一级容灾备份,实际上没有灾难恢复能力,它只在本地进行数据备份,并且被备份的数据只在本地保存,没有送往异地。

第1级:本地磁带备份,异地保存。在本地将关键数据备份,然后送到异地保存。灾难发生后,按预定数据恢复程序恢复系统和数据。这种方案成本低、易于配置。但当数据量增大时,存在存储介质难管理的问题,并且当灾难发生时存在大量数据难以及时恢复的问题。为了解决此问题,灾难发生时,先恢复关键数据,后恢复非关键数据。

第2级:热备份站点备份。在异地建立一个热备份点,通过网络进行数据备份。也就是通过网络以同步或异步方式,把主站点的数据备份到备份站点,备份站点一般只备份数据,不承担业务。当出现灾难时,备份站点接替主站点的业务,从而维护业务运行的连续性。

第3级:活动备援中心。在相隔较远的地方分别建立两个数据中心,它们都处于工作状态,并进行相互数据备份。当某个数据中心发生灾难时,另一个数据中心接替其工作任务。这种级别的备份根据实际要求和投入资金的多少,又可分为以下两种。

1) 两个数据中心之间只限于关键数据的相互备份。

2）两个数据中心之间互为镜像,即零数据丢失等。零数据丢失是目前要求最高的一种容灾备份方式,它要求不管什么灾难发生,系统都能保证数据的安全。所以,它需要配置复杂的管理软件和专用的硬件设备,所需要的投资相对而言是最大的,但恢复速度也是最快的。

6. 衡量容灾备份的两个技术指标

1）RPO(Recovery Point Objective):即数据恢复点目标,主要指的是业务系统所能容忍的数据丢失量。

2）RTO(Recovery Time Objective):即恢复时间目标,主要指的是所能容忍的业务停止服务的最长时间,也就是从灾难发生到业务系统恢复服务功能所需要的最短时间周期。

RPO针对的是数据丢失,而RTO针对的是服务丢失,二者没有必然的关联性。RTO和RPO的确定必须在进行风险分析和业务影响分析后根据不同的业务需求确定。对于不同企业的同一种业务,RTO和RPO的需求也会有所不同。

8.3.2 容灾备份的关键技术

数据备份是容灾备份的核心也是灾难恢复的基础。传统的离线备份、备份介质异地保存等方法可以在一定程度上实现上述目标,也是最简单而省成本的数据备份方式,但随着业务对系统可用性、实时性要求的提高,只使用备份介质异地存放的容灾备份系统已不能完全达到容灾备份的目的,较高级别的容灾备份系统必须使用电子数据链路方式来实现数据的远程实时备份,因此可以说容灾备份的关键问题是数据远程实时备份问题。其中涉及到多种技术,如,SAN或NAS技术、远程镜像技术、基于IP的SAN的互连技术、快照技术等。下面分别介绍。

1. SAN 或 NAS 技术

目前存储市场上主要有3种方式,DAS、NAS、SAN。

1）DAS(Direct Attached Storage,直接附加存储)。DAS也被称为SAS(Server-Attached Storage,服务器附加存储),这是一种传统的存储模式。如图8-2所示,DAS是以服务器为中心的存储结构,它依赖于服务器,其本身不带有任何存储操作系统。存储设备通过电缆(通常是SCSI接口)直接连接到服务器,I/O请求直接发送到存储设备。

图8-2　DAS的一般结构

伴随着网络时代越来越庞大的数据量,DAS存在以下一些缺点。

● 因存储容量的限制,难于扩展。DAS的扩容仅可以通过3种方式,向服务器插扩展卡来增加SCSI主机总线适配器端口,但是每条并行SCSI总线最多只能够支持15个磁盘阵列;在总线外以菊花链链接更多的设备;增加服务器用于增加新的DAS。

● 数据存取存在瓶颈。多台服务器扩大存储容量后,对来自用户和其他服务器的存储请求进行读写操作时,只有一台服务器访问保存文件的磁盘阵列,容易形成单故障点或瓶颈。

● 维护和安全性存在缺陷。如果某一台服务器需要维护、升级或扩容时,与它连接在一起的设备都必须离线,造成整个网络服务的中断。

2) NAS(Network Attached Storage,网络附加存储)。NAS 是一种专业的网络文件存储及文件备份设备,或被称为网络直联存储设备、网络磁盘阵列。它是解决 DAS 存储速度缓慢、服务中断和扩容不易现象的一条途径。NAS 的一般结构如图 8-3 所示。

图 8-3　NAS 的一般结构

NAS 系统不再像 DAS 需要一个专门的文件服务器,而是在内部拥有一个优化的文件系统和一个"瘦"操作系统——面向用户设计的、专门用于数据存储的简化操作系统。NAS 相当于有效地将存储的数据从服务器后端移出,直接将数据放在传输网络上,通过使用网络接口卡来传输 LAN 上的数据流和存储数据,因此任何拥有访问权限的用户,都可以直接访问 NAS 系统中的数据。而且,NAS 设备还进行了优化,可以比常规并行 SCSI 配置更快地处理存储 I/O 事务。以上的这些特点,就消除了低速的文件服务器硬件或操作系统造成的延时。

简单地说,NAS 是通过与网络直接连接的磁盘阵列,它具备了磁盘阵列的所有主要特征:高容量、高效能、高可靠。

NAS 存储系统的特点是通过基于 IP 网络的网络文件协议向多种客户端提供文件级 I/O 服务,且 NAS 设备利用特殊的文件服务协议,如,用于 UNIX 的 NFS 和用于 Windows NT 的 CIFS。

虽然与 DAS 相比,NAS 已经在许多方面有了很大的改善,但是仍然存在着一些局限性:

- 网络带宽的消耗。将存储事务由并行 SCSI 连接转移到了网络上,也就是说 LAN 除了必须处理正常的用户传输流外,还必须处理数据备份与恢复。因而,在数据备份时,会占用大量的网络带宽,运行、备份的速度也相对较慢。
- 可扩展性有限。虽然在网络中直接增加一台 NAS 设备非常容易,但新的 NAS 设备要求有新的 IP 地址,无法与原有的 NAS 设备集成为一体,增加了存取和管理的复杂度。
- 对数据库服务支持有限。由于 NAS 仅仅提供文件系统功能用于存储服务,采用的是 NFS 和 CIFS 这类网络文件访问协议,而不是块协议或数据库协议,因而使得 NAS 不能有效地支持数据库服务。

3) SAN(Storage Area Network,存储区域网络)。SAN 是一种通过光纤集线器、光纤路由器、光纤交换机等连接设备,将诸如大型磁盘阵列或备份磁带库等存储设备与相关服务器连接的,实现高速、可靠访问的专用网络。SAN 的一般结构如图 8-4 所示。

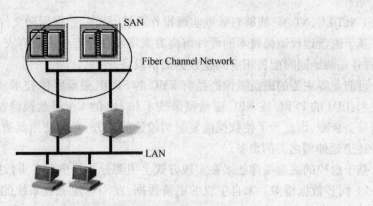

图 8-4 SAN 的一般结构

在 SAN 中,每个存储设备并不隶属于任何一台单独的服务器。相反,所有的存储设备都可以在全部的网络服务器之间作为对等资源共享。就像局域网可以用来连接客户机和服务器一样,SAN 绕过了传统网络的瓶颈,在服务器与存储设备间、服务器之间以及存储设备之间建立连接,实现高速传输。

与 DAS、NAS 相比,SAN 技术的主要优点是:

- 出色的可扩展性。SAN 并没有提高单个磁盘驱动器的数量,但它能显著提高连接到每台主机 I/O 控制器的设备数,它还提供了通过级联网络交换机和集线器来扩展容量的方法,允许在不关闭服务器的情况下对存储容量进行扩充。可直接通过光纤接口接入服务器,并保证其数据随时可用,这种无需关机的可扩展能力就更显得重要了。
- 传输效率高。利用光纤通道技术,将数据在传送时分成更小的数据块,使得 SAN 在通信结点(尤其是服务器)上的处理费用开销更少。传统上用于数据备份的网络带宽可以节约下来用于其他应用,因此 SAN 非常适用于存储密集型环境。
- 远程备份与恢复。正因为 SAN 采用了光纤通道协议(Fiber Channel Protocol,FCP),SAN 使用单模光纤且不使用重发器,就可支持长达 10 公里的高速数据传输,将 SAN 拓展到城域网基础设施上,SAN 就可以与远程设备无缝连接,传输 150 公里,几乎不会降低性能。通过部署关键任务应用和用于关键应用服务器的远程数据复制来提高容灾能力。
- 数据共享能力突出。SAN 中所存储的数据可供多用户同步使用,SAN 在一组系统服务器之间提供高速的数据访问能力和非常突出的数据共享能力。

但 SAN 也有些不足,如 SAN 系统设备非常昂贵,与原系统兼容的品牌组件比较少,设备互操作性差等等。实际应用中通常融合 NAS 和 SAN 设计方案建立"统一网络存储系统"。

2. 远程镜像技术

目前主要的远程镜像技术按其实现方式可分为基于盘控的磁盘镜像、软件方式数据复制和数据库镜像以及其他数据复制技术等方式。

（1）基于盘控的磁盘镜像解决方案

该方案指采用磁盘镜像技术,利用磁盘控制器提供的功能,在物理卷级操作上实现两地磁盘机数据的复制。这种方式独立于主机和主机操作系统,不占用主机 CPU、主机通道和网络资源,对应用透明,现有应用系统不做任何改动和变化。

磁盘镜像数据复制支持几乎所有的主机平台,如 IBM S/390、IBM RS/6000、IBM AS/400、

HP、SUN、DEC、NT 等，能够有效地实现操作系统、程序、数据库和文件系统的复制功能。

基于磁盘远程镜像技术的硬件解决方案需要在生产中心及容灾备份中心安装专用的存储设备，并在两地同时配备相应高速数据通信设备。

目前业界主要的磁盘镜像产品有 EMC 的 SRDF 磁盘镜像技术；HDS 的 True Copy 磁盘镜像技术；IBM 的 PPRC 或 XRC 磁盘镜像技术和 HP 的 CA 磁盘镜像技术等。因为通信线路的电信号会衰减，因此为了使数据能复制到较远的地方，必须使用具有信号放大功能的设备，如 CNT 通道延伸器之类的设备。

基于盘控的磁盘镜像技术在实现方式上主要分为同步和异步数据复制两种。

1）同步数据镜像。来自主机的更新数据，在写本地磁盘系统的同时，该复制系统将数据发送给容灾备份中心的磁盘系统，只有当两个磁盘系统都完成数据更新后，才给应用系统返回确认信息，也就是每一个 I/O 均需得到备份中心的确认才能够在主中心完成，从而确保了两中心的数据一致性。

同步方式的优点是，对主机系统和应用透明，能保证数据不丢失，而且还能最好地保证数据的一致性实现以及管理方便和数据恢复快等优点。

同步方式的缺点是，当生产中心和容灾备份中心距离较远时，会产生较大延迟，对性能可能产生较大影响；对通信网络带宽要求高；两中心距离受限制和投资大等缺点。

目前业界主要存储厂商，如 EMO、HDS、IBM、HP 等公司的磁盘镜像产品都能实现数据的同步镜像。

2）异步数据镜像。来自服务器的更新在写入本地磁盘卷组时，该系统立即向服务器返回一个 I/O 完成指示，该更新数据在一定时间内被发送到远地磁盘系统，更新远程镜像卷组。

异步方式优点是，对主机系统和应用透明、对系统性能影响较小、两中心距离和通信网络带宽选择灵活等优点。

异步方式缺点是，备份数据有一定延迟（丢失），数据的一致性难以保障。目前业界只有少数公司的磁盘镜像技术能保障数据的一致性，而其他公司则采用其他的变通技术，如在本地先建一个同步卷，再将同步卷的数据远程复制到远地磁盘等方式来保证数据的一致性。

基于存储的磁盘镜像对数据有较高安全保护，但不论是同步还是异步方式都需要存储设备和较高网络带宽要求，投资很高，因此这种硬件方式的磁盘镜像技术比较适合大型企事业单位的数据中心的容灾备份建设。

（2）基于软件的数据镜像解决方案

基于软件的数据备份方案指使用 Veritas、IBM、CA 等公司的备份软件包，进行数据中心和容灾备份中心之间的主机系统平台进行远程数据备份。

软件备份方案是操作系统级的解决方案，与系统平台相关但对应用程序透明，它基于通信网络，支持数据在两个不同地点之间实时镜像，提供同步、异步等多种数据镜像模式，并可实现远程热备份。

1）Veritas 公司的数据备份解决方案。Veritas 公司能提供多种平台的数据复制产品，Veritas 的数据复制产品（Veritas Volume Replicator 和 File Replicator）提供了逻辑卷级和文件系统级的基于 IP 网络的远程复制能力，它把对指定数据的修改及时地发布到网络的各数据中心，从而实现各数据中心的负载均衡、容灾和灾难恢复。支持的平台有 UNIX、NT 等。其主要特点包括：

- 基于 TCP/IP 的复制技术,不受距离限制。
- 支持同步实时复制或异步复制。
- 支持双向复制和一对多、多对一的复制能力。

2)IBM 的 HAGEO 容灾备份解决方案。HAGEO 是 IBM 在 RS/6000 平台上的容灾备份和恢复解决方案。HAGEO 对客户的关键业务数据实行远程实时镜像,在一些不可预料的物理灾难,如断电、火灾、水灾、龙卷风或地震发生时,可以迅速在备份中心恢复生产业务。

3)CA 的 ARCserve 容灾备份解决方案。CA 公司的 ARCserve 软件不仅能完成数据的备份,而且配合 ARCserve 的灾难恢复选件(Disaster Recovery Option),就可以使用户拥有一套完整的备份和恢复解决方案。该产品支持的平台有 NetWare 和 Windows NT。

(3)基于数据库镜像技术的解决方案

基于数据库的数据复制技术是指通过一定的数据复制机制,将数据从生产中心主机的主数据库远程复制到备份中心的备份机数据库。其基本原理是将主数据库的更新日志实时传送到容灾备份中心,使容灾备份中心拥有一套可以实时备份而且可操作的数据库。

目前主要有如下几个厂商的数据库镜像技术。

1)LakeView 公司的 MIMIX 产品。

2)VISION Suite 公司的 OMS/400 产品。

3)ORACLE、Sybase 公司的数据库镜像技术解决方案。

这些产品都能对数据库进行实时备份。其优点是通信网络和距离选择灵活、投资较小、数据的一致性能得到较好保证。其缺点是对主机系统性能有一定影响、数据可能有丢失、实施复杂和运营管理复杂等。

对于中小规模企事业单位的信息系统,容灾备份建设不可能有太多的投入,但容灾备份的建设要求又不能降低,利用数据库复制技术来实现容灾备份应是一种比较合适选择。

(4)其他数据备份技术解决方案

对于数据的远程复制,还可以采用带库技术实现数据远程备份,如 IBM 的 TIVOLI 存储管理 ADSM、微软的容灾备份与恢复解决方案等。

(5)数据远程复制技术选择原则

具体的数据远程在线实时备份技术方案,需要在进行容灾备份系统规划设计时,针对客户现有的 IT 环境和未来业务发展需要,结合容灾备份需求,对容灾备份的策略和目标进行综合分析,并选用先进成熟的数据远程备份产品,实现数据远程容灾备份,其数据远程据复制技术产品的选择原则是:

1)对应用程序透明。

2)数据丢失量可控。

3)可实现远程异地数据备份。

4)实时或定期备份更新数据。

5)灾难恢复时间可控。

6)成熟先进的技术产品。

7)较低的投资成本。

3. 快照技术

远程镜像技术往往同快照技术结合起来实现远程备份,即通过镜像把数据备份到远程存储系统中,再用快照技术把远程存储系统中的信息备份到远程的磁带库、光盘库中。

快照是通过软件对要备份的磁盘子系统的数据快速扫描,建立一个要备份数据的快照逻辑单元号 LUN 和快照 Cache。在快速扫描时,把备份过程中要修改的数据块同时快速复制到快照 Cache 中。快照 LUN 是一组指针,它指向快照 Cache 和磁盘子系统中不变的数据块(在备份过程中)。在正常业务进行的同时,利用快照 LUN 实现对原数据的一个完全的备份。它可使用户在正常业务不受影响的情况下(主要指容灾备份系统),实时提取当前在线业务数据。其"备份窗口"接近于零,可大大增加系统业务的连续性为实现系统真正的 7 ×24 运转提供了保证。

快照是通过内存作为缓冲区(快照 Cache),由快照软件提供系统磁盘存储的即时数据映像,它存在缓冲区调度的问题。

4. 互连技术

早期的主数据中心和备援数据中心之间的数据备份,主要是基于 SAN 的远程复制(镜像),即通过光纤通道 FC 把两个 SAN 连接起来,进行远程镜像(复制)。当灾难发生时,由备援数据中心替代主数据中心保证系统工作的连续性。这种远程容灾备份方式存在一些缺陷,如实现成本高、设备的互操作性差、跨越的地理距离短(10 公里)等,这些因素阻碍了它的进一步推广和应用。

日前,出现了多种基于 IP 的 SAN 的远程数据容灾备份技术。它们是利用基于 IP 的 SAN 的互连协议,将主数据中心 SAN 中的信息通过现行的 TCP/IP 网络,远程复制到备援中心 SAN 中。当备援中心存储的数据量过大时,可利用快照技术将其备份到磁带库或光盘库中。这种基于 IP 的 SAN 的远程容灾备份,可以跨越 LAN、MAN 和 WAN,成本低、可扩展性好,具有广阔的发展前景。

8.4　网站备份与恢复系统实例

交互性是 Web 的精华,同时也是它的致命弱点。当前,政府、企业正在大规模上网,Web 站点的安全直接关系到政府、企业的形象和利益。然而很多网站在保护 Web 服务器方面的工作只是基于事先预防——通过种种手段使 Web 服务器尽可能安全,如,使用防火墙、检查 Web 服务器软件本身的安全漏洞、检查系统是否存在安全漏洞、根据具体的 Web 服务器优化各项配置等。然而当这些方法都失效,黑客攻入了 Web 服务器,非法篡改了网页甚至关闭 Web 服务器,用户该怎么办呢? 需要一个有效工作的网站实时备份与恢复系统。

网站实时监控与自动恢复技术属于信息安全领域灾难恢复研究的范畴,该技术是对传统计算机安全的概念、方法和工具的进一步拓展,使得网站系统具有在受到攻击时具备继续完成既定任务的能力。它的内涵远比安全、保险、可靠性和可用性的内容要多。它综合了各种质量属性以保证尽管一个系统的某些重要部分已经受到破坏,该系统的网络、软件和其他服务的任务仍会进行下去。

8.4.1　系统工作原理与总体结构

系统的工作原理是,对 Web 服务器上的关键文件进行实时地一致性检查,一旦发现文件的内容、属主、时间等被非法修改就及时报警,并立即进行自动恢复。

系统由备份端、监控端、远程控制端三部分组成。系统的体系结构及在网站中的部署示意图如图 8-5 所示。各部分的功能如下：

1）备份端。用于保存被保护对象的备份，等待来自监控端的连接，响应监控端的请求，包括备份文件、恢复文件、删除文件等。

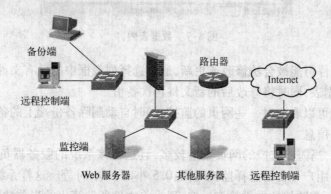

图 8-5　网站备份与恢复系统的部署示意

2）监控端。运行在被保护对象所在的服务器上，对被保护对象进行一致性检查，一旦发现被保护对象被非法篡改，就使用备份端的备份内容进行自动恢复。具体包括，设置被保护对象；对被保护对象进行一致性检查，如发现被保护目录下被非法添加了文件、被保护目录或文件被非法删除、内容被非法篡改，则立即对非法添加的文件进行删除，对被非法删除、非法篡改的文件进行恢复；记录和整理日志；接受用户通过界面（主要是通过菜单命令）发送的命令，如开始、停止监测等；响应远程控制端的各项控制请求；响应上传控制端的各项上传控制请求。用四个模块，定制监控网页、定时监控、实时监控、日志管理，来实现这些具体的功能，如图 8-6 所示。

图 8-6　系统结构界面

3）远程控制端。对监控端和备份端实行远程控制。具体包括与监控端建立连接，实时获取并显示监控信息；远程发送控制命令（如开始、停止监控，初始化数据库，终止上传状态等）；进行远程的日志管理。

8.4.2　系统主要功能

1）系统用户身份认证。包括控制端、备份端用户身份认证功能，修改用户信息等功能。
2）定制监控网页。包括添加、更新和恢复被监控网页。

仅需通过文件对话框选择要监控的网页文件即可自动备份相关网页文件到备份端中，并自动在备份端上建立与被保护服务器相同的目录结构。在备份的同时，系统将所需监控的网页文件的文件名、数字指纹以及备份文件的路径、文件名写入数据表（如图 8-7 所示），以供监控时使用。

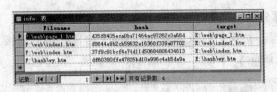

图 8-7　数据表内容

考虑到网页文件可能被合法修改或更新,通过选择列表框中的已有文件,可重新计算其数字指纹,并更新数据表,同时将修改后的新文件再次备份。

删除网页功能可以取消对一些网页的监控,同时自动删除备份端上的备份文件,并在数据表中删除其相应的信息。

3) 定时监控。当需要监控的网页数量较多,且运行该系统的服务器负载较大时,可以选择定时监控功能。用户可自己选择监控时间:0.5 小时、1 小时等。这样系统就会每隔指定的时间,将数据表中所需监控的文件轮询一遍,通过将文件所计算出的当前数字指纹与数据表中该文件原有的数字指纹作比较,来判断文件是否被修改。若发现改动,立即用备份端上的备份文件进行恢复。

4) 实时监控。若运行该系统的主机负载可以承受的话,可采用实时监控方式,即在发现文件被修改的情况下实时恢复。

将所需监控的所有网页文件按照其所属目录进行分类,利用分类链表结构记录下来,然后利用并发的多线程实施实时监控。

5) 日志管理。当系统发现被监控网页文件发生了变化,除了进行自动恢复外,系统还会将这一过程记录进日志,以供管理人员查看、删除、汇总。日志文件依旧采用数据表形式,内容包括文件修改时间、日期、被修改网页的文件名以及备注字段,如图 8-8 所示。

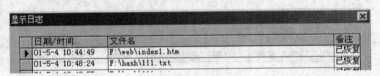

图 8-8　日志界面

6) 远程控制。远程控制监控端的行为;远程控制监控端的状态;实时获取并显示监控信息;远程日志操作;对被保护对象的正常维护支持功能。

7) 系统的可扩展性。本系统不仅对于网页文件,对于文本文件、Office 文档、图像文件同样能够进行实时的监控与恢复。

8.4.3　系统采用的关键技术

1) 备份与恢复技术。这里采用的网站灾难恢复技术是异机备份技术,而且是一台备份机面向多台监控机。如何优化网络通讯,加快备份技术,以及在数据传输过程中如何应用加密技术都是主要研究方向。

2) 文件扫描与一致性检查技术。利用单向 hash 算法,生成被保护文件的 Hash 值并保存。在运行过程中实时计算被保护文件的 Hash 值,并与被保护文件数据库中的相关记录比较,判断其是否被修改。

3）远程控制技术。目前许多网站都是远程托管的,如何在远端控制网站监控与实时恢复系统的运行状态与运行行为是很关键的。远端控制包括参数的设定、运行状态的管理等。

4）网站文件安全修改技术。一般来说 WWW 文档目录被设定为被监控目录,系统在不中断监控的情况下对网站文件进行更新,该部分功能由远程控制端实现。

5）多线程并行技术。在进行实时监控时,系统对需监控的所有网页文件按照其所属目录进行分类,然后启动多个并发的工作者线程对多个目录实施实时监控,一个线程监控一个目录。

6）自身安全性能的提高。只有确保该系统自身运行平台的安全性,才可能发挥该系统的安全防护作用,所以,将该系统所运行的平台操作系统的抗毁性技术融入其中,增加系统的抗攻击能力。

7）与 WWW 服务器的整合。如何将网站监控与自动恢复系统的功能和 WWW 服务软件整合为一体,如做成 Apache 服务器的一个模块,甚至于与操作系统(如 Linux 操作系统)结合起来,做到功能的整合,是今后的一个研究方向。

网站监控与自动恢复系统的关键性能指标是资源占有量、正确性和实时性指标的好坏,提高这几个方面的性能是提高该系统整体性能的关键,所以,算法的效率非常关键,如何提高该系统核心算法的性能是进一步研究的重点。

8.5 计算机取证

虽然人们已经普遍意识到网络安全的重要性,并积极发展安全策略和各种技术手段(如 IDS,Firewall 等)阻止网络入侵,但网络入侵犯罪事件仍在不断的出现。在意识到单纯依靠技术手段阻击网络入侵远远不够的情况下,人们开始考虑利用法律去维护受害者权益和对网络入侵犯罪者进行惩罚和威慑。取得确凿的网络入侵者犯罪证据,这是确认入侵者违法事实,确定入侵者应负法律责任和应接受惩罚的前提和基础。

因此,计算机和法学的交叉学科——计算机取证(Computer Forensic)已经成为了计算机信息安全领域中一个重要的研究课题。而且连续几年成为 FIRST 安全年会的热点。

8.5.1 计算机取证的概念

1. 什么是"计算机取证"

在计算机犯罪案例中,计算机既是黑客入侵的目标也是作案的工具和犯罪信息的存储器,因此计算机(连同它的外设)中都会留下大量与犯罪有关的数据。

"计算机取证"一词由 International Association of Computer Specialists(IACIS)在 1991 年举行的第一次会议中提出,它是一门计算机科学与法学的交叉学科。计算机取证方面的资深人士 Judd Robbins 对计算机取证给出了如下的定义,计算机取证是简单地将计算机调查和分析技术应用于对潜在的、有法律效力的证据的确定与获取上。

一般认为,计算机取证就是采用可靠的技术手段对计算机犯罪的证据进行获取、保存、分析、鉴定、归档的全过程。包括使用软件和工具,按照一些预先定义的程序全面地检查计算机系统,以提取和保护有关计算机犯罪的证据;对以磁介质编码信息方式存储的计算机证据的保护、确认、提取和归档,然后据此找出入侵者(或入侵计算机),认定犯罪嫌疑人,并将由于网络入侵和攻击所造成的损失诉诸法律解决。

计算机取证是为了揭露或帮助响应发生或已经发生的入侵、破坏或危及系统安全的未授权犯罪行为,采用计算机取证技术可以通过法律的手段规范网络用户的行为,维护网络的正常运行,以及对网络入侵者实施惩治和威慑。

2004 年 3 月 15 日,因谋杀室友的公安部 A 级通缉犯马家爵在海南省三亚市被捕。计算机取证技术在这次成功抓捕中起到了非常重要的作用。公安技术侦察人员通过计算机取证技术将搜查范围锁定在三亚。经检查发现,在宿舍马家爵使用的旧电脑的硬盘竟然已被他格式化了三遍,技术人员通过专业软件将硬盘数据进行恢复。经过对硬盘中存放的海量信息过滤,发现他在出逃前三天基本上都在搜集有关海南省的信息,尤其是与三亚的旅游、交通和房地产有关的信息。正是这些线索使警方将警力重点布防在三亚,并最终取得了抓捕的成功。马家爵案的侦破已经初步显示计算机取证的威力。

2. 计算机取证的原则

在计算机取证界中,最权威的计算机取证原则莫过于 IOCE(International Organization on Computer Evidence,计算机证据国际组织)提出的 6 条原则。所有的取证和处理证据的原则必须被遵守;获取证据时所采用的方法不能改变原始证据;取证人员必须经过专门的培训;完整地记录对证据的获取、访问、存储或者传输的过程,并对这些记录妥善保存以便随时查阅;每一位保管电子证据的人应该对他的每一个针对电子证据的行为负责;任何负责获取、访问、存储或传输电子证据的机构有责任遵循这些原则。

实施计算机取证应当遵循符合程序原则、共同监督原则、保护隐私原则、影响最小原则、证据连续原则和证据完好原则。

1) 符合程序原则:取证应当首先启动法律程序,要在法律程序规定的范围内展开工作,否则会陷入被动。

2) 共同监督原则:由原告委派的专家所进行的检查、取证过程,必须受到由其他方委派的专家的监督。

3) 保护隐私原则:在取证过程中,要尊重任何关于客户代理人的隐私。一旦获取了一些关于公司或个人的隐私,绝不能泄露。

4) 影响最小原则:如果取证要求必须进行某些业务程序,应当使运行时间尽量短。必须保证取证不给系统带来副作用,如引进病毒等。

5) 证据连续原则:必须保证证据的连续性(Chain of Custody),即在将证据提交法庭前要一直跟踪证据,要向法庭说明在这段时间内证据有无变化。此外,要向法庭说明该证据的完全性。

6) 证据完好原则:必须保证提取出来的证据不受电磁或机械的损害,必须保证收集的证据不被取证程序破坏。

3. 计算机取证的程序

计算机取证的程序分为计算机证据的发现、计算机证据的固定、计算机证据的提取、计算机证据的分析和计算机证据的提交 5 个方面。

(1) 计算机证据的发现

识别可获取的信息的类型以及获取方法。侦查人员要对存储在大容量介质的海量数据进行分析,区分出哪些是必须提取的数据,哪些是可以不必关心的数据;确定哪些由犯罪者留下的活动记录作为电子证据,并明确这些记录的存储方式。可以作为证据或可以提供相关信息的信息源有日志(如操作系统日志等)、文件(目标系统中所有文件,包括现存的正常文件、已经被删除但仍存在于磁盘上还没有被覆盖的文件、隐藏文件、受密码保护的和加密文件)、系统进程(如进程名、进程访问文件等)、用户(特别是在线用户的服务时间、使用方式等)、系统状态(如系统开放的服务、网络运行的状态等)、通信连接记录(如网络路由器的运行日志等)、存储介质(如磁盘、光盘、闪存等)。

(2) 计算机证据的固定

取证人员要收集的信息包括系统的硬件配置信息和网络拓扑结构、备份或打印系统原始数据,将获取的信息安全地传送到取证分析机上,并将有关的日期、时间和操作步骤详细记录。

(3) 计算机证据的提取

证据提取主要是提取特征,包括过滤和挖掘、解码(对软件或数据碎片进行残缺分析、上下文分析,恢复原来的面貌)。在提取电子证据时应采取有效的措施保护电子证据的完整性和真实性。确保跟原始数据一致,不对原始数据造成改动和破坏。

取证的证据主要来自以下 3 个方面。

1) 来自于系统的证据。计算机的硬盘、移动硬盘、U 盘、MP3 播放器、磁带和光盘等存储介质上往往包含着相关的电子证据,具体包括:

- 用户创建的文档,如 Word 文件、图片视频文件、E-mail、文本文件、程序文件、数据库文件等。
- 用户保护的文档,如加密及隐藏的文件,入侵者残留的程序、脚本、进程、内存映像等。
- 系统创建的文件,包括系统日志文件、安全日志文件、交换文件、系统恢复文件、注册表等,这些文件中往往有用户或程序的运行记载,如 Cookies 中记载有用户的信息,交换文件中有用户的 Internet 活动记录、访问过的网站等信息。
- 其他数据区可能存在的数据证据,如硬盘上的坏簇、文件 Slack 空间、未分配的空间、系统数据区、系统缓冲区、系统内存等空间通常也包含着很多重要的证据。这里尤其要注意两个特殊区域,文件 Slack 空间和未分配的空间。

硬盘的存储空间是以簇为单位分配给文件的,一个簇通常由若干扇区组成,而文件往往不是簇的整数倍,所以分配给文件的最后一个簇总会有剩余的部分,称之为 Slack 空间,这个空间中可能包含了先前文件遗留下来的信息,这可能就是重要的证据,而且这一空间也可能被用来保存隐藏的数据。取证时对硬盘的复制不能在文件级别上进行,因为正常的文件系统接口是访问不到这些 Slack 空间的。

未分配的空间是指,当一个文件被删除,原先占用的所有数据块会被回收,处于未分配状态,这些未分配空间中实际上还保存有先前的文件数据。

2) 来自于网络通信数据报文的证据。在基于网络的取证中,采集在网络段上传输的网络通信数据报文作为证据的来源。这种方式可以发现对主机系统来说不易发现的某种攻击的证据。

3) 来自于其他安全产品的证据。防火墙、IDS 系统、访问控制系统、路由器、网卡、PDA 以及其他安全设备、网络设备、网络取证分析系统产生的日志信息。

若现场的计算机正处于工作状态,取证人员还应该设法保存尽可能多的犯罪信息。由于犯罪的证据可能存在于系统日志、数据文件、寄存器、交换区、隐藏文件、空闲的磁盘空间、打印机缓存、网络数据区和记数器、用户进程存储区、堆栈、文件缓冲区、文件系统本身等不同的位置,要收集到所有的数据是非常困难的,因而在关键的时候要有所取舍。如果现场的计算机是黑客正在入侵的目标,为了防止犯罪者销毁证据文件,最佳的选择也许是马上关掉电源;而如果计算机是作案的工具或相关信息的存储器,则应该尽量保存缓存中的数据。

(4)计算机证据的分析

对电子证据进行相关分析,并给出专家证明。分析的目的为犯罪行为重构、嫌疑人画像、确定犯罪动机、受害程度行为分析等。

(5)计算机证据的提交

向管理者、律师或者法院提交证据。

8.5.2 计算机取证关键技术

1. 存储介质的安全无损备份技术

如果直接在被攻击机器的磁盘上进行操作,可能会对原始数据造成损坏,而一旦这些数据有所损坏,就无法还原了,因此取证操作应尽量避免在原始盘上进行。应使用磁盘镜像复制的办法,将被攻击机器的磁盘原样复制一份,其中包括磁盘的临时文件、交换文件以及磁盘未分配区等,然后对复制的磁盘进行取证分析。可采用的专用工具如 NTI(New Technologies Incorporated)的 SafeBack、Norton 的 Ghost 进行磁盘备份,这些备份工具甚至可拷贝坏扇区和校验错误的 CRC 数据,以便进行下一步的取证分析研究和作为法庭证据。

2. 已删除文件的恢复技术

即使是将硬盘数据删除并清空回收站,数据还仍然保留在硬盘上,只是硬盘 FAT 表中相应文件的文件名被标记,只要该文件的位置没有被重新写入数据,原来的数据就可以恢复出来。

3. slack 磁盘空间、未分配空间,交换文件和空闲空间中所包含信息的发掘技术

十六进制编辑器可对 Windows 交换文件进行分析,如 NTI 的 IPFilter 可动态获取交换文件进行分析。系统关闭后,交换文件就被删除,恢复工具软件如 GetFree 可获取交换文件和未分配空间或删除文件;GetSlack 可获取文件的 Slack 并自动生成一个或多个文件。同时,这些分析工具对 Slack 空间、未分配空间、删除文件可进行关键词检索,能够识别有关 Internet 活动的文字、电话号码、信用卡号、身份证号、网络登录及密码等关键词。

4. 日志反清除技术

Windows 系统通常使用 3 种日志(系统日志、应用程序日志和安全日志)记录所有事件,这些日志文件一般存放在操作系统安装的区域"system32\config"目录下,可以通过打开"控制面板"→"管理工具"→"事件查看器"来浏览其中内容。其他一些 Windows 应用程序可能会把自己的日志放到其他的地方,例如,IIS 服务器默认的日志目录是"C:\Winnt\system32\logfile"。但是,一旦攻击者获得了权限,他们就可以轻易地破坏或删除操作系统所保存的日志记录,从而掩盖他们留下的痕迹,在实际中可以考虑使用安全的日志系统和第三方日志工具来对抗日志的清除问题。

5. 日志分析技术

可分析 CPU 时段负荷、用户使用习惯、IP 来源、恶意访问提示等,系统的日志数据还能够提供一些有用的源地址信息。系统日志数据报文包括系统审计数据、防火墙日志数据、来自监视器或入侵检测工具的数据等。这些日志一般都包括以下信息,访问开始和结束的时间、被访问的端口、执行的任务名或命令名、改变权限的尝试、被访问的文件等。

通过手工或使用日志分析工具如 NetTracker, LogSurfer, Netlog 和 Analog 等对日志进行分

析,以得到攻击的蛛丝马迹。应用系统也有相应的日志分析工具。目前常用的 Web Server 有 Apache、Netscape enterprise server、MS IIS 等,其日志记录不同,相应的分析工具也不同,如常用的有 Webtrends Tools、FWLogQry、Tcpreplay、Tcpshow、Swatch 等。

6. 取证数据传输安全技术

将所记录的数据从目标机器安全地转移到取证分析机上,由于网络取证的整个过程必须具有不可篡改性,因此,数据在传输过程中要提高对远程数据传输的保密性,避免在传输途中遭受非法窃取。可采用加密技术,如 IP 加密、SSL 加密等协议标准,保证数据的安全传输。

7. 取证数据的完整性检测技术

文件完整性检查系统保存有每个文件的数字文摘数据库,每次检查时,它重新计算文件的数字摘要并将它与数据库中的值相比较。如不同,则文件已被修改;若相同,文件则未发生变化。文件的数字摘要通过 Hash 函数计算得到。另外,通过使用消息认证码(MAC)可保证数据在传输过程中的完整性。

8. 网络数据报文截获和分析技术

利用 TcpDump/WinDump 或 SNORT 之类的工具来捕获并分析网络数据报文,可得到源地址和攻击的类型和方法。一些网络命令可用来获得有关攻击的信息,如 netstat、nslookup、whois、ping、traceroute 等命令来收集信息,了解网络通信的大致情况。

9. Honeypot/Honeynet(蜜罐/蜜网)技术

为了形象地描述利用蜜罐技术的取证过程,这里做个简单的比喻,将入侵者比做入室行窃的小偷,蜜罐就好比是为小偷特意设置的房间,小偷在这间屋子里的一举一动全都在监控之下,而小偷却浑然不知。这样一来,网络攻防的不平等在这里得到了有效的转变。

蜜罐是一个可以模拟具有一个或多个攻击弱点的主机的系统或软件,给攻击者提供一个易于被攻击的目标。常见的蜜罐产品有:

1) BOF(Back Officer Friendly)。它模拟了一些基本的服务,包括 HTTP、Telnet、FTP、Back Orifice 等。一旦检测到对这些端口的连接,BOF 就进行监听并作记录。BOF 还提供了"假应答"选项,使攻击者可以顺利地连接。通过这种方式可以记录 HTTP 攻击,Telnet 暴力穷举登录以及其他的一些活动。当有人利用自动扫描工具扫描系统时,它可以产生一个报警信号,及时通知管理员。BOF 的主要价值在于检测,可以监控指定端口的行为,这些端口往往是攻击者最感兴趣的。

2) Specter。一种商用型的蜜罐,由瑞士的 NerSec 公司开发和支持,它设计于企业环境,是一种模拟多种服务的蜜罐,Specter 7.0 具有模拟 14 个不同操作系统的能力,这使得 Specter 可以轻易地适应并融合到不同的环境中。

3) Honeyd。由 Michigan 大学的 Niels Provos 创建的一种功能强大的具有开放源代码的蜜罐,运行在 UNIX 系统上,可以同时模仿上千种不同的计算机,同时呈现上千个不同的 IP 地址。

4) Mantrap。一种高交互的商用蜜罐,由 Recourse Technology 维护和销售。它的功能更强大,其独特之处在于它被设计为不仅可被入侵者攻击,而且可被入侵者侵入。它能生成一个可供入侵者进行交互的高度受控的操作环境,并在此基础上进一步形成一个带有笼子(Cage)的功能完整的操作系统。这些 Cage 是逻辑控制的环境,入侵者不可能通过它们来攻击底层的系统。每一个 Cage 都是主操作系统的镜像,是功能完整的操作系统。但是它只能支持某些特定的操作系统。

ManTrap 能够用来防止、检测和回应入侵者的攻击。它的价值主要表现为防止攻击、检测攻击、回应攻击、数据分析和入侵者攻击行为研究。但是 ManTrap 只能运行在 Solaris 操作系统上,在 Solaris 上运行的应用服务也因操作系统而受到限制。

10. 其他方面的技术

除了上述的主要取证技术外,还有入侵追踪技术(8.6 节介绍)、动态内存获取技术、基于入侵检测系统的取证技术、信息隐藏的取证发现和分析技术、逆向工程取证分析技术、密码分析技术、证据间的关联分析技术等。

8.5.3 计算机取证软件

1. 取证软件的工作原理

当前的计算机取证软件的主要功能是文件信息获取和数据恢复。为了更好地理解它们的原理和实现方法,下面将以 Windows 系统为例介绍基本的文件系统理论,了解数据在磁盘中是如何组织的,即磁盘如何管理数据。由于软盘等其他磁介质的管理数据的方式和硬盘大致相似,因此,这里主要介绍硬盘的数据组织方式。

众所周知,计算机之所以神奇,是因为它具有高速分析处理数据的能力。计算机在读取相应的文件时,必须要给出相应的规则。向一块硬盘写入数据之前,首先需要将其分区和格式化,这个过程一般可以分为以下 3 个步骤。

1) 物理格式化,也就是通常所说的低级格式化(Low-Level Formatting,LLF)。

2) 分区。

3) 逻辑格式化,也就是通常所说的高级格式化(High-Level Formatting,HLF)。

低级格式化的时候,硬盘被分成若干个磁道,这些磁道又被分成若干个扇区,每个扇区填充了随机数据。几乎所有的硬盘在出厂前都已经被低级格式化过,所以,用户只要对硬盘进行分区和逻辑格式化就可以了。逻辑格式化也即安装文件系统。

分区的动作将硬盘分成几个部分,成为分区或者是分片。每个分区/分片由若干个柱面组成。分区从实质上说就是对硬盘的一种格式化。当用户创建分区(使用 fdisk 命令,或其他一些基于图形界面的工具)时,就已经设置好了硬盘的各项物理参数,指定了硬盘主引导记录和引导记录备份的存放位置。而对于文件系统以及其他操作系统管理硬盘所需要的信息则是通过以后的高级格式化来实现。

分区完成后,实际上也仅仅在硬盘的某个区域里写入了一些信息,这个区域叫做主引导记录区(Master Boot Record,MBR),位于整个硬盘的 0 磁头 0 柱面 1 扇区。不过,在总共 512 字节的主引导扇区中,MBR 只占用了其中的 446 个字节(偏移 0 ~ 偏移 1BDH),另外的 64 个字节(偏移 1BEH ~ 偏移 1FDH)则是 DPT(Disk Partition Table,硬盘分区表),最后两个字节“55,AA”(偏移 1FEH ~ 偏移 1FFH)是分区的结束标志。这个整体构成了硬盘的主引导扇区。

主引导记录中包含了硬盘的一系列参数和一段引导程序。其中硬盘引导程序的作用是检查分区表是否正确,并且在系统硬件完成自检以后,引导具有激活标志的分区上的操作系统,并将控制权交给启动程序。MBR 是由分区程序(如 fdisk.com)所产生的,它不依赖任何操作系统,而且硬盘引导程序也是可以改变的,从而实现多系统共存。

DPT 中存放的是主分区和扩展分区的信息,而逻辑分区信息则保存在扩展分区里。

分区操作所做的事情是对主引导扇区进行修改,对硬盘的其他地方没有做任何的操作,若有以前的分区表备份信息,只要没有进行逻辑格式化,硬盘上的数据是可以恢复的,这也是在后面的取证调查中,从分区后的硬盘中依然可以恢复数据的一个依据。

有了这些基础后,再来了解逻辑格式化与文件系统。

前面提到,分区过的硬盘只是逻辑上将它分成了几个区域,还没有办法直接在其上进行文件存取。对于计算机取证而言,证据很大程度上就是某种文件,如文本、图片、音频或视频文件。若需要进行文件级的存取,还需要逻辑格式化。

逻辑格式化,或者叫做高级格式化,通常是采用 format 命令来实现的。格式化的过程也是在系统上创建文件系统的过程。那么,文件系统究竟是什么?

事实上,从硬盘的低级格式化、分区,到逻辑格式化,都是为了更好地组织硬盘,让其能够管理存储在其上的数据,从最低级的磁介质的凸起、凹陷状态对应到 0、1,再将这些 0、1 组织起来形成具体的文件。

用一个形象的比喻,分区就好比在一张白纸上画一个大方框,而格式化好比在方框里打上格子,存储文件则好比在格子里写字(如图 8-9 所示)。

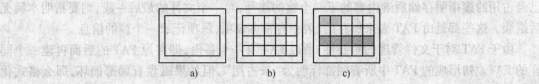

图 8-9　分区、格式化、安装程序
a) 分区　b) 格式化　c) 存储文件

因此,可以这样理解文件系统。所谓文件系统,它是一组数据对象的集合,能从外部对其引用和操作。它是操作系统中藉以组织、存储和命名文件的结构。文件系统工作在分区上,不同的分区可以使用不同的文件系统。操作系统通过文件系统存储文件,使得很容易通过文件名、存储位置、日期或其他特征访问各类文件。像数据库一样,文件系统有一个或多个索引(表)。对于每个对象(文件),这些表都有一个唯一的标识,并含有相应的位置信息。这样,当用户要求访问文件时,系统就可以通过这些表找到对象。

简而言之,文件系统有两个基本的功能,将磁盘物理空间映射到组成文件的逻辑地址;对于打开、修改和删除文件的读写约束。建立文件系统的目的可以简单地理解成计算机需要一个进行长期数据存储和恢复的方法。文件系统提供了按等级和目录的方式存储文件的机制。

磁盘或分区和它所包括的文件系统是不同的,大部分应用程序都基于文件系统进行操作,在不同种文件系统上不能工作。文件系统与操作系统紧密相关,不同的操作系统使用不同的文件系统。

文件系统可以有不同的格式,叫做文件系统类型。这些格式决定信息是如何被储存为文件和目录。某些文件系统类型储存重复数据,某些文件系统类型加快硬盘驱动器的存取速度。

接下来,了解一下微软在 DOS/Windows 系列操作系统中有些什么样的文件系统,以及从计算机取证的角度出发,它们值得关注的一些特征。

微软在 DOS/Windows 系列操作系统中共使用了 5 种不同的文件系统。它们分别是:FAT12、FAT16、FAT32、NTFS、NTFS 5.0。其中 FAT12、FAT16、FAT32 均是 FAT 文件系统,是 File Allocation Table(文件分配表)的简称。Windows 所有操作系统都支持 FAT,目前 U 盘、存

储卡也多是用 FAT 文件系统。

在解释文件分配表的概念之前,先来谈谈簇(Cluster)的概念。文件占用磁盘空间时,基本单位不是字节而是簇。簇的大小与磁盘的规格有关,一般情况下,软盘每簇是 1 个扇区,硬盘每簇的扇区数与硬盘的总容量大小有关,可能是 4、8、16、32、64……。同一个文件的数据并不一定完整地存放在磁盘的一个连续的区域内,而往往会分成若干段,这种存储方式称为文件的链式存储。硬盘上的文件常常要进行创建、删除、增长、缩短等操作。这样操作越多,盘上的文件就可能被分得越零碎(每段至少是 1 簇)。但是,由于硬盘上保存着段与段之间的连接信息(即 FAT),操作系统在读取文件时,总是能够准确地找到各段的位置并正确读出。不过,这种以簇为单位的存储法也是有其缺陷的。

这主要表现在对空间的利用上。每个文件的最后一簇都有可能有未被完全利用的空间,称为闲散空间。在后面我们进行 Windows 系统下的调查取证时,这个闲散空间将会是一个很重要的证据来源。一般来说,当文件个数比较多时,平均每个文件要浪费半个簇的空间。

为了实现文件的链式存储,硬盘上必须准确地记录哪些簇已经被文件占用,还必须为每个已经占用的簇指明存储后继内容的下一个簇的簇号,对一个文件的最后一簇,则要指明本簇无后继簇。这些都是由 FAT 表来保存的,表中有很多表项,每项记录一个簇的信息。

由于 FAT 对于文件管理的重要性,所以 FAT 有一个备份,即在原 FAT 的后面再建一个同样的 FAT。初形成的 FAT 中所有项都标明为"未占用",但如果磁盘有局部损坏,那么格式化程序会检测出损坏的簇,在相应的项中标为"坏簇",以后存放文件时就再使用这个簇。FAT 的项数与硬盘上的总簇数相当,每一项占用的字节数也要与总簇数相适应,因为其中需要存放簇号。图 8-10 所示即为 FAT 文件系统管理的硬盘的逻辑结构。

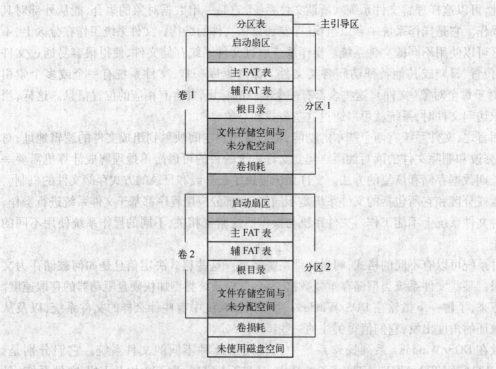

图 8-10　FAT 文件系统与分区的关系

图中除了未使用的磁盘空间,每一个分区都有相应的几个部分,操作系统启动扇区、FAT表、根目录和数据区。

操作系统启动扇区通常位于硬盘的 0 磁道 1 柱面 1 扇区,是操作系统可以直接访问的第一个扇区,它包括一个引导程序和一个被称为 BPB(Bios Parameter Block)的本分区参数记录表。引导程序的主要任务是当 MBR 将系统控制权交给它时,判断本分区跟目录前两个文件是不是操作系统的引导文件(以 DOS 为例,即是 Io. sys 和 Msdos. sys)。如果确定存在,就把它读入内存,并把控制权交给该文件。BPB 参数块记录着本分区的起始扇区、结束扇区、文件存储格式、硬盘介质描述符、根目录大小、FAT 个数,分配单元的大小等重要参数。

在操作系统启动扇区之后的是文件分配表 FAT 区,这里保存了 FAT 的信息。FAT 对于文件管理非常重要,因为它决定了分区上空间的分配和回收,并通过它来定位具体的文件。

根目录区紧接着辅 FAT 表(即备份的 FAT 表)之后,记录着根目录下每个文件(目录)的起始单元、文件的属性等。定位文件位置时,操作系统根据根目录区中的起始单元,结合 FAT 表就可以知道文件在硬盘中的具体位置和大小了。

数据区是真正意义上数据存储的地方,位于根目录区之后,占据硬盘上的大部分数据空间。所用的操作系统文件和用户文件就存放在这里。

FAT 文件系统的最基本的思想就是给每个文件和目录都分配一个叫做目录项的数据结构,这其中包括文件名、文件大小、文件起始地址等信息。文件是以簇为数据单元存放的。如果文件被分配到多个簇中,这些簇将要通过文件分配表(FAT)来定位。图 8-11 可以清晰地显示文件目录项、簇和文件分区表的关系。

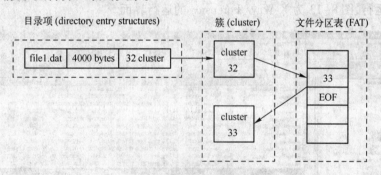

图 8-11　目录项、簇、分区表关系图

NTFS(New Technology File System)是微软 Windows NT 内核的系列操作系统支持的、一个特别为网络和磁盘配额、文件加密等管理安全特性设计的磁盘格式。和 FAT32 一样,NTFS 也是以簇为单位来存储数据文件,但 NTFS 中簇的大小并不依赖于磁盘或分区的大小。当分区的大小在 2 GB 以下时,簇的大小都比相应的 FAT32 簇小;当分区的大小在 2 GB 以上时(2 GB ~2TB),簇的大小都为 4 KB。簇尺寸的缩小不但降低了磁盘空间的浪费,还减少了产生磁盘碎片的可能。

NTFS 支持文件加密管理功能,可为用户提供更高层次的安全保证。但是,NTFS 分区格式的兼容性不好,特别是对 Windows 98 SE/Windows ME 系统,它们还需借助第三方软件才能对NTFS 分区进行操作,Windows 2000 和 Windows XP 则对 NTFS 提供了很好的支持。

NTFS 和 FAT32 文件系统结构在某些方面比较相似,NTFS 文件系统结构如图 8-12 所示。

系统引导扇区	MFT	系统文件	文件区域

图 8-12　NTFS 文件系统结构

这种设计使得文件的访问变得非常之快。在 FAT 文件系统中,使用了一个专门的 FAT 表来维护文件分配的簇链,文件所在的父目录维护的目录项中含有文件的首簇,也就是文件簇链在 FAT 表中的索引,当用户要读取一个文件的时候,先读取 FAT 表,以确定文件是否存在,然后再依次读取该文件的簇链。而在 NTFS 中,文件就在 MFT 表中。

了解了 FAT 和 NTFS 这两种文件系统后,就可以在其上进行文件搜索了。作为计算机取证人员,除了常规的文件搜索,有时候还需要关注那些被删除的、或者被人故意隐藏起来的信息。典型的是在文件系统的未分配空间(也叫自由空间)、未分配磁盘等,这些地方事实上都是有信息的。另外,还有些特定文件系统固有的地方可以用来存储信息,FAT、NTFS 文件系统各自的闲散空间,NTFS 文件系统的文件记录(FR)的剩余空间等。当然,NTFS 用来恢复文件的日志($LogFile)更有帮助。

2. 取证工具介绍

用于检测分区的工具软件、杀毒软件、各种压缩工具、数据恢复软件等,如 Quick View Plus、Easy Recovery、Final Data、recover4all、Digital Image Recovery 可作为取证的一般工具使用。

下面介绍比较主流的取证专用产品。

1)X-Ways Forensics(http://www.x-ways.net/index-c.html)。可在 Windows 2000/XP/2003 环境下运行,图 8-13 为 X-Ways Forensics 的运行界面。

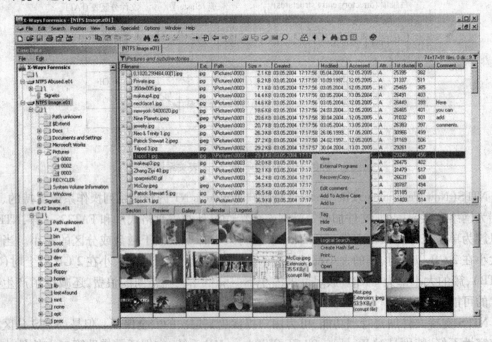

图 8-13　X-Ways Forensics 运行界面

它包含 WinHex 软件的所有基本功能和一些新增的特有功能,如:

● 磁盘克隆和镜像功能,也可以在 DOS 环境下,使用 X-Ways Replica,以司法认可取证方式进行数据获取。

- 可检查 RAW 原始数据镜像文件中的完整目录结构,支持分段保存的镜像文件。
- 支持 FAT、NTFS、Ext2/3、CDFS、UDF。
- 内置对 RAID 0、RAID 5 和动态磁盘的处理和恢复。
- 察看并获取物理 RAM 和虚拟内存中的运行进程。
- 各种数据恢复功能,可对特定文件类型恢复。
- 数据擦除功能,可彻底清除存储介质中的数据。
- 对磁盘或镜像文件处理,收集残留空间、空余空间、分区空隙中信息。
- 建立所有计算机存储介质中文件、目录的列表。
- 基于文件类型、哈希库、时间戳等技术进行动态过滤。
- 逐级查看所有目录下现存和删除的文件。
- 自动识别加密的 MS Office 和 PDF 文件。
- 自动查找文件中嵌入的图片(如 MSWord,PDF,PowerPoint)。
- 内置 Windows 注册表查看器(支持所有 Windows 版本),自动生成注册表报告。

2）FTK（Forensic Toolkit,http://www.accessdata.com/Products/ftk2test.aspx）。FTK 电子物证分析软件,执行自动、完整、彻底的计算机电子取证检查。FTK 拥有强大自动的文件分析、过滤和搜索功能,自动对所有文件进行分类,自动定位有嫌疑的文件,快速自动找出所需的证据;FTK 被公认为是进行电子邮件分析的领先取证工具,是全球销量领先的电子物证分析软件。

3）TCT（The Coroner's Toolkit,http://www.porcupine.org/forensics/tct.html）。该软件主要用来调查被攻击的 UNIX 主机,它提供了强大的调查功能。它的特点是可以对运行中的主机的活动进行分析,并捕获目前的状态信息。其中的 grove-robber 可以收集大量正在运行的进程、网络连接以及硬盘驱动器方面的信息。

4）EnCase（http://www.guidancesoftware.com/products/ef_index.asp）。EnCase 是目前使用广泛的计算机取证工具之一。它提供良好的基于 Windows 的界面,界面左边是 case 文件的目录结构,右边是用户访问目录的证据文件列表。它能调查安装 Windows、Macintosh、Linux、UNIX 或 DOS 计算机的硬盘,把硬盘中的文件镜像成只读的证据文件,这样可以防止调查人员修改数据而使其成为无效的证据。为了确定镜像数据与原始数据是否相同,EnCase 会对计算机 CRC 校验码和 MD5 哈希值进行比较。EnCase 对硬盘驱动镜像后重新组织文件结构,采用 Windows GUI 显示文件的内容,允许使用多个工具完成多个任务。在检查一个硬盘驱动时,EnCase 深入操作系统底层,查看所有的数据——包括文件 slack 空间、未分配的空间和 Windows 交换分区(存有被删除的文件和其他潜在的证据)的数据。在显示文件方面,EnCase 可以由多种标准(如时间戳或文件扩展名)来排序。此外,EnCase 可以比较已知扩展名的文件签名,使得调查人员能确定用户是否通过改变文件扩展名来隐藏证据。对调查结果可以采用 HTML 或文本方式显示,并可打印出来。

5）FBI（Fact-Based Investigation,http://nuix.com）。从 2000 年开始,Nuix 开始研发 FBI 软件,并逐渐发展成为世界上强大的电子邮件和数据分析软件。FBI 最显著的特点就是简单、强大和实用。FBI 处理数据时,直接读取原有文件格式。案件创建时间短,无需进行数据转换,文件结构中所有元数据都被保留,并可进行全面分析。FBI 提供了强大的数据过滤功能,以图形化方式显示数据之间的关系,结果简明易见。调查人员只需几分钟,就可以迅速发现与特定证据信息相关联的嫌疑人。FBI 可以以多种格式导出证据、关系图和汇总报告,支持原有数据格式、HTML、PDF 和 TIFF。FBI Legal Desktop 法律版还增加了与第三方证据管理软件 Ringtail、Concordance 和 Summation 结合的数据格式。FBI 使用简便,对于发现证据极为有效。FBI 将案件中所有邮件进行关联,从而揭示通信人之间的邮件联络关系,可以快速显示出证据是如何进入,内部发生了什么事情,及其去向。FBI 具有简洁但非常强大的图形展示功能,可以清晰地描述事件是如何发生的,什么人涉及在事件当中。

6)ForensicX(http://forensicx. deviantart. com)。主要运行于 Linux 环境,是一个以收集数据及分析数据为主要目的的工具。它与配套的硬件组成专门的工作平台。它利用 Linux 支持多种文件系统的特点,提供在不同的文件系统里自动装配映像等能力,能够发现分散空间里的数据,也可以分析 UNIX 系统是否含有木马程序。其中的 Webtrace 可以自动搜索互联网上的域名,为网络取证进行必要的收集工作。

7)NTI(New Technologies Incorporated,http://www. forensics-intl. com)。NTI 以命令的形式执行软件,所以速度很快,软件包的体积很小。

8)磁力显微镜 MFM(Magnetic Force Microscope)。磁盘是利用它表面介质的磁性方向表示数据的。在将数据写入磁盘时,磁头产生的磁场会使存储数据的介质朝着某个方向磁化。值得注意的是,在写入新数据时,介质所具有的磁性强度不能完全摆脱其原始状态的影响。通俗地说,假设认为"1"被写到磁盘上时介质的磁力强度应该是 1。但事实上,把这个"1"写在原来为"0"的地方得到的磁力的强度大约是 0. 95,而写在原来是"1"的地方就是 1. 05。普通的磁盘电路会把这两个值都认为是 1,但是使用磁力显微镜这样的专门工具,可以恢复出磁盘上的上一层甚至上两层数据。另外,由于新的数据很难精确地写在原有数据的位置上,即使经过多次随机覆盖之后,原来的数据还是可能被找出来。

8.5.4 计算机取证的发展趋势

1. 当前计算机取证技术的局限和反取证技术

从对计算机取证理论和软件实现过程的分析中都可以发现,当前的计算机取证技术还存在着很大的局限。

从理论上讲,计算机取证人员能否找到犯罪的证据取决于以下 3 个条件。首先,有关犯罪的电子证据必须没有被覆盖;其次,取证软件必须能够找到这些数据;再次,取证人员还要能够知道文件的内容,并且能够证明它们和犯罪有关。从当前软件的实现情况来看,许多所谓的"取证分析"软件还仅仅是可以恢复使用"rm"或"strip"命令删除的文件,要用它们对付老奸巨猾的犯罪者还相差甚远。

严重的问题是,在计算机取证技术蓬勃发展的同时,一种叫做反取证的技术悄悄地出现了。反取证就是删除或者隐藏证据使取证调查无效。现在的反取证技术可以分为 3 类,数据擦除、数据隐藏和数据加密。这些技术还可以结合起来使用,让取证工作的效果大打折扣。

数据擦除是最有效的反取证方法,它是指清除所有可能的证据(索引节点、目录文件和数据块中的原始数据)。原始数据不存在了,取证自然就无法进行。

为了逃避取证,计算机犯罪者还会把暂时还不能被删除的文件伪装成其他类型(如库文件)或者把它们隐藏在图形或音乐文件中。也有人把数据文件藏在磁盘上的隐藏空间中,比如,反取证工具 Runefs 就利用 TCT 工具包不检查磁盘坏块的特点,把存放敏感文件的数据块标记为坏块来逃避取证。这类技术统称为数据隐藏。

数据隐藏仅仅在取证者不知道到哪里寻找证据时才有效,所以它仅适用于短期保存数据。为了长期保存数据,可将数据隐藏和其他技术联合使用,比如使用别人不知道的文件格式或加密,包括对数据文件的加密和对可执行文件的加密。

此外,黑客还可以利用 Root Kit(系统后门、木马程序等),绕开系统日志或者利用窃取的密码冒充其他用户登录,使取证调查变得更加困难。

2. 计算机取证技术的发展

由于自身的局限性和计算机犯罪手段的变化(特别是反取证软件的出现),现有的取证技术已经不能满足打击犯罪的要求。另外,由于当前取证软件的功能集中在磁盘分析上,而其他工作全部依赖于取证专家人工进行,几乎造成计算机取证软件等同于磁盘分析软件的错觉。这些情况必将随着对计算机取证研究工作的深入和新的取证软件的开发而得到改善。此外,计算机取证技术还会受到其他计算机理论和技术的影响。总之,未来的计算机取证技术将会向着以下几个方向发展。

1)取证工具的专业化和自动化。现在的计算机犯罪已经达到了无孔不入的地步,除台式机外,大量的移动设备,如便携式计算机、掌上电脑、手机都可能成为犯罪的目标。而犯罪的证据也会以各种不同的形式分布在计算机、便携式设备、路由器、入侵检测系统等不同设备上。要找到这些证据就需要针对不同的硬件和信息格式开发出相应的取证工具。在 2002 年 FIRST 年会上,Joe Grand 介绍的对手持式操作系统设备进行取证的工具 pdd 就是这一类工具的代表。相信在不久的将来会有更多针对特定硬件、操作系统数据结构的取证工具出现,可弥补现有取证工具的匮乏。

现在,很多工作都依赖于人工实现,大大降低了取证的速度和取证结果的可靠性。相信未来的取证软件会加入更多的信息(系统数据、日志、数据库等)分析和自动证据发现的功能,以代替大部分人工操作。

2)融合其他理论和技术。另外,计算机取证科学是一门综合性的学科,涉及到磁盘分析、加密、图形和音频文件的研究、日志信息发掘、数据库技术、媒介的物理性质等许多方面的知识。吸收计算机领域内其他的理论和技术有助于更好地打击计算机犯罪,例如,

- 磁盘数据恢复技术。
- 反向工程。
- 解密技术。
- 更安全的操作系统。

3)取证的工具和过程标准化。由于计算机取证倍受关注,很多组织和机构都投入了人力对这个领域进行研究,并且已经开发出大量的取证工具。因为没有统一的标准和规范,软件的使用者很难对这些工具的有效性和可靠性进行比较。另外,到现在为止,还没有任何机构对计算机取证机构和工作人员的资质进行认证,使得取证结果的权威性受到质疑。为了能让计算机取证工作向着更好的方向发展,制定取证工具的评价标准、取证机构和从业人员的资质审核办法以及取证工作的操作规范是非常必要的。

8.6 入侵追踪

网络攻击的追踪是对网络攻击做出正确响应的重要前提。一旦网络遭到攻击,如何追踪入侵者并将其绳之以法,是十分必要的。入侵追踪一般指两方面的工作。

1) 发现入侵者的 IP 地址、MAC 地址或是认证的主机名。

2) 追踪攻击源,确定入侵者的真实位置。

本节首先讨论追踪 IP 地址、MAC 地址或主机名的方法。

8.6.1 IP 地址追踪

1. netstat 命令

使用"netstat"命令可以获得所有联接被测主机的网络用户的 IP 地址。Windows 系列、UNIX 系列、Linux 等常用网络操作系统都可以使用"netstat"命令。

使用"netstat"命令的缺点是只能显示当前的连接,如果使用"netstat"命令时攻击者没有连接,则无法发现攻击者的踪迹。为此,可以使用 Scheduler 建立一个日程安排,安排系统每隔一定的时间使用一次"netstat"命令,并使用"netstat >> textfile"格式把每次检查时得到的数据写入一个文本文件中,以便需要追踪网络攻击时使用。

2. 日志数据

系统的日志数据提供了详细的用户登录信息。在追踪网络攻击时,这些数据是最直接、有效的证据。但是,有些系统的日志数据不完善,网络攻击者也常会把自己的活动从系统日志中删除。因此,需要采取补救措施,以保证日志数据的完整性。

例如,UNIX 和 Linux 的日志中较详细地记录了用户的各种活动,如登录的 ID、用户 IP 地址、端口号、登录和退出时间、每个 ID 最近一次登录时间、登录的终端、执行的命令、用户 ID 的账号信息等。通过这些信息可以提供 ttyname(终端号)和源地址,是追踪网络攻击的最重要的数据。

大部分网络攻击者会把自己的活动记录从日志中删去,而且 UDP 和基于 X-Windows 的活动往往不被记录,给追踪带来困难。为了解决这个问题,可以在系统中运行 wrapper 工具,这个工具记录用户的服务请求和所有的活动,且不易被网络攻击者发觉,可以有效地防止网络攻击者消除其活动记录。

Windows 系统有系统日志、安全日志和应用程序日志等三个日志,而与安全相关的数据报文含在安全日志中。安全日志记录了登录用户的相关信息。安全日志中的数据是由配置所决定的。因此,应该根据安全需要合理进行配置,以便获得保证系统安全所必需的数据。但是,Windows 安全日志存在重大缺陷,它不记录事件的源,不可能根据安全日志中的数据追踪攻击者的源地址。为了解决这个问题,可以安装一个第三方的能够完整记录审计数据的工具。

防火墙日志数据能提供最理想的攻击源的地址信息。但是,攻击者也可以向防火墙发动拒绝服务攻击,使防火墙瘫痪或至少降低其速度使其难以对事件做出及时的反应,从而破坏防火墙日志的完整性。因此,在使用防火墙日志之前,应该运行专用工具检查防火墙日志的完整性,以防得到不完整的数据,贻误追踪时机。

3. 捕获原始数据报文

由于系统主机有被攻陷的可能,因此,利用系统日志获取攻击者的信息有时就不可靠了。所以,捕获原始数据报文并对其数据进行分析,是确定攻击源的另一个重要的、比较可靠的方法。利用数据报文头的数据,可以获得较为可靠的网络攻击者的 IP 地址,因为这些数据不会被删除或修改。但是这种方法也不是完美无缺的,如果网络攻击者对其数据报文进行加密,对收集到的数据报文的分析就没有什么用处。

4. 搜索引擎

利用搜索引擎获得网络攻击者的源地址,从理论上来讲没有什么根据,但是它往往会起到意想不到的效果,给追踪工作带来意外的惊喜。黑客们在 Internet 上有他们自己的虚拟社区,他们在那儿讨论网络攻击的技术方法,同时会炫耀自己的战果。因此,在那里经常会暴露他们攻击源的信息甚至是他们的身份。

利用搜索引擎追踪网络攻击者的 IP 地址就是使用一些好的搜索引擎(如搜狐的搜索引擎)搜索网页,搜索关键词是被攻击机器所在域的域名、IP 地址或主机名,看是否有贴子是关于对上述关键词所代表的机器进行攻击的。虽然网络攻击者一般在发贴子时会使用伪造的源地址,但也有很多人在这时比较麻痹而使用了真实的源地址。因此,往往可以用这种方法意外地发现网络攻击者的踪迹。

由于不能保证网络中贴子源地址的真实性,所以,不加分析的使用可能会牵连到无辜的用户。然而,当与其他方法结合起来使用时,使用搜索引擎还是非常有用的。

8.6.2 攻击源追踪

在追踪网络攻击中另一个需要重点考虑的问题是:大部分网络攻击者采用 IP 地址欺骗技术,这样使得以 IP 地址去发现入侵者变得毫无意义。因此网络攻击追踪技术的研究重点就逐渐转为如何重构攻击路径,或对攻击源地址和攻击路径做出尽可能真实的定位。这是当前非常具有研究意义和挑战性的课题。

攻击源追踪技术大体上可以分为两类,一类称之为被动追踪技术,在这类技术中,只有在被攻击的主机或网络探测到攻击现象发生以后,才会启动追踪机制;另一类称之为主动追踪技术,在攻击尚未发生时,转发数据报文的节点将自身的标识信息,发送给报文的接收方。被攻击方在检测到攻击发生时,利用这些报文重构出攻击路径。

目前已有的一些黑客攻击源点追踪技术介绍如下:

1. 入口过滤(Ingress Filtering)

通过配置路由器以阻止那些具有非法源地址的报文。该方法要求路由器具有足够的能力检查每个报文的源地址,并区分合法与非法的源地址。

如果报文是从多个 ISP(Internet Service Provider)汇合进入,就很难确定是否报文拥有"合法的"源地址。而且,以高速连接来说,对于许多路由器架构,入口过滤的消耗变得太不实际了。而且入口过滤的效能还依赖于大范围或者整体网络的配置。

2. 链路测试(Link Testing)

这包括输入检测(Input Debugging)和受控泛洪(Controlled Flooding)。

输入检测方法要求被攻击的系统从所有的报文中描述出攻击报文标志。通过这些标志,管理员在上流的出口端配置合适的输入检测。管理员据此检测网络各端口以确定攻击的来源,这个过滤过程可以一直朝上流进行,直到能够到达最初的源头。这种方法需要很大的管理开销和各个 ISP 之间的协同合作,因此其实现有一定的难度。

受控泛洪方法实际上就是制造泛洪攻击,通过观察路由器的状态来判断攻击路径。这种想法很有独创性,但是有几个缺点和限制。要求有一个几乎覆盖整个网络的拓扑图;只能对正在进行攻击的情况有效;很难用于 DDoS 攻击的追踪;这种办法本身就是一种拒绝服务攻击,会对一些信任路径也造成危害。

3. 日志记载(Logging)

在传输路径上的一些重要路由器中对过往的报文作日志记录,并使用数据挖掘的方法来分析报文传输的真实路径。这一方法的优点是它能够在攻击实施后追踪攻击者,但是它具有的明显缺点是需要耗费大量的系统资源,而路由器的存储资源有限。因此这种方法只能支持较短时间周期内的源点追踪。

4. ICMP 追踪方法

由 Bellovin 领导的 ICMP 协议扩展小组,提出在路由器中增加跟踪机制来实现路由追踪。这种路由器称为 itrace 路由器。一个 itrace 路由器以概率 p(如 1/2000)发送对报文的复件,该复件是一种特殊类型的 ICMP 报文,其中记录发送它的路由器的 IP 地址,以及其前一跳和后一跳路由器的 IP 地址。itrace 路由器向源或目的地址都转发该 ICMP 报文。受害者收集足够多的由攻击报文引发的 itrace 报文,就可以找出攻击路由。该算法的缺陷在于产生 itrace 报文的概率不能太高,否则带宽耗用太高,所以该算法在攻击报文数量很多时才比较有效。也容易受到假的 ICMP 追踪报文的干扰,而且许多网络管理域对 ICMP 报文的穿越是有限制的,因此实际可操作性较低。

5. 报文标记(Packet Marking)追踪

通过将信息写入到 IP 报文头来追踪泛洪攻击,这种办法具有很多优点。首先,它不需要同 ISP 进行合作,因此可以避免输入检测的消费;它也不象受控泛洪那样需要额外的大网络流量,并且可以用来追踪多攻击源;而且跟日志记载一样,也可以在攻击结束后进行追踪,而且实验发现标志机制不需要网络路由器大的消耗。

报文标记方案使得不仅能在攻击发生时追踪攻击源,即使在攻击事件已经停止,也可以进行追踪,因而越来越多的研究者将他们的注意力集中到了这一网络安全的新方向。然而,依然存在着许多的问题制约这种追踪技术的应用。

首先,在标记方案中,存在着攻击源不确定性的问题。其次,所有的报文标记方案中,都需要对 IP 报文头格式进行重载,这影响到了 IP 协议的兼容性问题。在 IPv6 中如何使用包标记技术,也同样有待研究。最后,如何减少重构路径时产生的误报率,如何对抗攻击者的伪造标记信息,如何解决攻击路径上的节点被攻击者所控制等问题,还需要更进一步的研究。

虽然报文标记技术还存在着这样或那样的问题,但作为攻击源追踪的一项颇具前景的技术,依然是研究的热点。Andrey Belenky 等人对攻击源追踪技术提出了一些标准和规范,对以后的追踪技术研究有一定的指导作用。概括来讲,一个好的追踪方案,必须有以下性能。

1) ISP 的参与程度要尽可能的低。对 ISP 来讲,参与到攻击源追踪技术中,并没有实际的利益,相反,可能使他们目前所提供的一些服务性能降低,或者有可能使他们的网络拓扑暴露,这是他们所不愿意的。只有要求他们参与的程度尽可能的低,才有可能使他们参与到这项技术中来,使得追踪技术能真正应用到实际中。

2）重构攻击路径所需的攻击报文数越少越好。理想情况下,只需要一个攻击报文就应该可以追踪到攻击源。

3）追踪所需的开销越低越好。追踪在 ISP 的网络所需的开销是 ISP 最不愿意的,因为这意味着他们可能需要购买新的设备或可能降低他们所提供的服务性能。一个理想的方案应该只在追踪的过程中才需要最小的开销,包括报文处理开销和带宽开销,以及存储器开销。

4）可扩展性要好。当一个新的设备添加到方案中来时,需要在另外的一些设备上所作的配置更改的数量称为可扩展性。理想情况下仅仅需要在新添加的设备上进行配置。

5）逃避与抗干扰。逃避是指攻击者逃避追踪的可能性。对追踪方案来讲,攻击者逃避的可能性应该尽可能的低。抗干扰是指在攻击路径上,如果攻击者控制了其中一个节点,来伪造标记信息等,此时,追踪方案应能够将这个节点的伪造信息排除,准确地构造攻击路径。

6）追踪经过转换过的数据报文的能力。最普通的数据报文的转换有 NAT。对一个追踪方案来讲,这种能力是必须的,否则使用数据报文转换的攻击者就可以轻松逃避追踪了。

8.7 思考与练习

1. 谈谈应急响应与灾难恢复在 PDRR 安全模型中的重要地位和作用。
2. 什么是应急响应,国外国内有哪些应急响应组织?
3. 谈谈一个完善的应急响应系统的结构和主要内容。
4. 谈谈一个完备的容灾备份系统的组成。
5. 目前有哪些容灾备份技术,比较它们的优缺点。
6. 网站备份与恢复系统涉及的关键技术有哪些?
7. 什么是电子证据? 计算机取证的程序是什么?
8. 什么是计算机取证? 取证的数据来自于哪些地方? 取证涉及哪些关键技术?
9. 什么是蜜罐/蜜网? 进一步了解相关产品的功能。
10. 访问上海金诺网络安全技术发展股份有限公司网站 http://www. kingnet. biz,下载、试用《计算机犯罪勘查取证系统》,访问北京天宇宏远科技有限公司网站 http://www. timehost. cn,了解当前的取证产品有哪几类,分别具有何功能;了解取证的过程、内容和取证系统的结构;了解最新技术及取证产品信息。
11. 访问国家计算机网络应急技术处理协调中心网站 http://www. cert. org. cn,国家计算机病毒应急处理中心网站 http://www. antivirus-china. org. cn,国家计算机网络入侵防范中心 http://www. nipc. org. cn,了解最新的安全事件以及信息安全研究动态和研究成果。
12. 什么是入侵追踪? 目前有哪些追踪手段? 进一步了解报文标记方案的新进展。写一篇读书报告。
13. 操作实验:Windows 系统的 Cookie 文件夹中有一个 index. dat 文件,是一个具有"隐藏"属性的文件,它记录着通过浏览器访问过的网址、访问时间、历史记录等信息。实际上它是一个保存了 Cookie、历史记录和 IE 临时文件中所记录内容的副本。即使用户在 IE 中执行"删除脱机文件"、"清除历史记录"、"清除表单"等操作,index. dat 文件也不会被删除。

如果你试图人工删除它,系统会警告"无法删除 index:文件正被另一个人或程序使用。"即使重新启动系统且不打开任何程序窗口,也同样无法用常规方法删除它。试下载第三方软件如"Index. Dat FileViewer"查看 index. dat 中的内容,并利用 Tracks Eraser Pro 软件删除index. dat。

14. 操作实验:数据恢复软件 Easy Recovery 的安装与使用。

15. 操作实验:计算机取证软件 Encase 的安装与使用。

第9章 计算机系统安全风险评估

随着计算机越来越多地在政府机关、金融、经济和军事部门中应用,大量机密信息进入计算机,计算机系统的安全性越来越引起人们的重视。什么样的计算机系统是安全的,如何评估计算机系统的安全成为各国政府、各种应用计算机的组织以及广大计算机用户关心的问题。

计算机系统安全风险评估是信息安全建设的起点和基础。安全风险评估是加强信息安全保障体系建设和管理的关键环节。通过开展信息安全风险评估工作,可以发现信息安全存在的主要问题和矛盾,找到解决诸多关键问题的办法。

本章主要介绍安全评估的国内外标准,评估的主要方法、工具、过程,最后给出了一个信息系统安全风险评估的实例。

9.1 计算机系统安全风险评估的目的和意义

1. 安全风险评估是科学分析并确定风险的过程

任何系统的安全性都可以通过风险的大小来衡量。在日常生活和工作中,风险评估也是随处可见。如人们经常会提出这样一些问题:什么地方、什么时间可能出问题? 出问题的可能性有多大? 这些问题的后果是什么? 应该采取什么样的措施加以避免和弥补? 人们为了找出答案,分析确定系统风险及风险大小,进而决定采取什么措施去减少、转移、避免风险,把风险控制在可以容忍的范围内,这一过程实际上就是风险评估。早在19世纪初期,科学家就已开始研究风险管理理论。

信息安全风险评估,就是从风险管理的角度,运用科学的方法和手段,系统地分析网络与信息系统所面临的威胁及其存在的脆弱性,评估安全事件一旦发生可能造成的危害程度,提出有针对性的抵御威胁的防护对策和整改措施,并为防范和化解信息安全风险,将风险控制在可接受的水平,最大程度地保障计算机网络信息系统安全提供科学依据。

2. 信息安全风险评估是信息安全建设的起点和基础

信息安全风险评估是风险评估理论和方法在信息系统安全中的运用,是科学地分析理解信息和信息系统在机密性、完整性、可用性等方面所面临的风险,并在风险的预防、控制、转移、补偿以及分散等之间作出决策的过程。

所有信息安全建设都应该基于信息安全风险评估,只有在正确地、全面地理解风险后,才能在控制风险、减少风险、转移风险之间作出正确的判断,决定调动多少资源、以什么样的代价、采取什么样的应对措施去化解和控制风险。

3. 信息安全风险评估是需求主导和突出重点原则的具体体现

如果说信息安全建设必须从实际出发,坚持需求主导、突出重点,则风险评估(需求分析)就是这一原则在实际工作中的重要体现。从理论上讲风险总是客观存在的,安全是安全风险与安全建设管理代价的综合平衡。

不考虑风险的信息化是要付出代价的,有时代价可能很高,甚至是灾难性的。

不计成本、片面地追求绝对安全、试图消灭风险或完全避免风险是不现实的,也不是需求主导原则所要求的。坚持从实际出发,坚持需求主导、突出重点,就必须科学地评估风险,有效控制风险,最大程度地保障信息系统的安全。

4. 重视风险评估是信息化比较发达的国家的基本经验

由于信息技术的飞速发展,关系国计民生的关键信息基础设施的规模越来越大,同时复杂程度也极大地增加,发达国家越来越重视信息安全风险评估工作,提倡风险评估制度化。

20世纪70年代,美国政府就颁布了《自动化数据处理风险评估指南》。其后颁布的信息安全基本政策文件《联邦信息资源安全》明确提出了信息安全风险评估的要求,要求联邦政府部门依据信息和信息系统所面临的风险,根据信息丢失、滥用、泄露、未授权访问等造成损失的大小,制订、实施信息安全计划,以保证信息和信息系统应有的安全。

自"9.11"事件以来,美国政府更加重视信息安全问题,于2002年通过的《联邦信息安全管理法案》(FISMA)规定必须对联邦政府信息系统进行安全评估并备案,并为美国政府机构信息系统改善信息安全问题设定了目标,也被称为美国电子政务法案。美国国家技术与标准局(NIST)为实现这些目标进一步制定了最低的安全要求,NIST因此专门启动了信息系统安全认证认可计划,该计划后来被称为信息系统安全计划。

美国联邦政府信息系统的安全工作是在信息系统整个生命周期中进行的,而整个信息系统安全工作的关键控制点则是信息安全风险评估。

有些国家和国际组织还十分重视阶段性的再评估工作,以求信息安全措施可以持续地适应信息安全形势的变化和发展。

9.2 安全风险评估途径

风险评估途径也就是规定风险评估应该遵循的操作过程和方式。组织应当针对不同的环境选择恰当的风险评估途径。目前,实际工作中经常使用的风险评估途径包括基线评估、详细评估和组合评估。

1. 基线评估(Baseline Risk Assessment)

采用基线风险评估,组织根据自己的实际情况(所在行业、业务环境与性质等),对信息系统进行安全基线检查,即拿现有的安全措施与安全基线规定的措施进行比较,找出其中的差距,得出基本的安全需求,通过选择并实施标准的安全措施来消减和控制风险。所谓的安全基线,是在诸多标准规范中规定的一组安全控制措施或者惯例,这些措施和惯例适用于特定环境下的所有系统,可以满足基本的安全需求,能使系统达到一定的安全防护水平。组织可以根据以下资源来选择安全基线:

1)国际标准和国家标准。

2)行业标准或推荐,如,德国联邦安全局IT基线保护手册。

3)来自其他有类似商务目标和规模的组织的惯例。

当然,如果环境和商务目标较为典型,组织也可以自行建立基线。

基线评估的优点是:需要的资源少,周期短,操作简单,对于环境相似且安全需求相当的诸多组织,基线评估显然是最经济有效的风险评估途径。

基线评估的缺点:

1) 基线水平的高低难以设定。如果过高,可能导致资源浪费和限制过度;如果过低,可能难以达到充分的安全。

2) 在管理安全相关的变化方面,基线评估比较困难。

基线评估的目标是:建立一套满足信息安全基本目标的最小对策集合,它可以在全组织范围内实行,如果有特殊需要,应该在此基础上,对特定系统进行更详细的评估。

2. 详细评估

详细评估要求对资产进行详细识别和评估,对可能引起风险的威胁和脆弱点进行评估,根据风险评估的结果来识别和选择安全措施。这种评估途径集中体现了风险管理的思想,即识别资产的风险并将风险降低到可接受的水平,以此证明管理者采用的安全控制措施是恰当的。

详细评估的优点在于:

1) 组织可以通过详细的风险评估对信息安全风险有一个精确的认识,并且准确定义出组织目前的安全水平和安全需求。

2) 详细评估的结果可用来管理安全变化。

当然,详细的风险评估可能是非常耗费资源的过程,包括时间、精力和技术,因此,组织应该仔细设定待评估的信息系统范围,明确商务环境、操作和信息资产的边界。

3. 组合评估

基线风险评估耗费资源少、周期短、操作简单,但不够准确,适合一般环境的评估;详细风险评估准确而细致,但耗费资源较多,适合严格限定边界的较小范围内的评估。基于此,实践当中,组织多是采用二者结合的组合评估方式。

为了决定选择哪种风险评估途径,组织首先对所有的系统进行一次初步的高级风险评估,着眼于信息系统的商务价值和可能面临的风险,识别出组织内具有高风险的或者对其商务运作极为关键的信息资产(或系统),这些资产或系统应该划入详细风险评估的范围,而其他系统则可以通过基线风险评估直接选择安全措施。

组合评估将基线和详细风险评估的优点结合起来,既节省了评估所耗费的资源,又能确保获得一个全面系统的评估结果,而且,组织的资源和资金能够应用到最能发挥作用的地方,具有高风险的信息系统能够被预先关注。当然,组合评估也有缺点:如果初步的高级风险评估不够准确,某些本来需要详细评估的系统也许会被忽略,最终导致结果失准。

9.3 安全风险评估基本方法

在风险评估过程中,可以采用多种操作方法,无论何种方法,共同的目标都是找出组织信息资产面临的风险及其影响,以及目前安全水平与组织安全需求之间的差距。

1. 基于知识的评估方法

基于知识的评估方法又称作经验方法,它牵涉到对来自类似组织(包括规模、商务目标和市场等)的"最佳惯例"的重用,适合一般性的信息安全组织。

采用这种方法,组织不需要付出很多精力、时间和资源,只要通过多种途径采集相关信息,识别组织的风险所在和当前的安全措施,与特定的标准或最佳惯例进行比较,从中找出不符合的地方,并按照标准或最佳惯例的推荐选择安全措施,最终达到消减和控制风险的目的。

基于知识的评估方法,最重要的还在于评估信息的采集,信息源包括:

1）会议讨论。

2）对当前的信息安全策略和相关文档进行复查。

3）制作问卷,进行调查。

4）对相关人员进行访谈。

5）进行实地考察。

为了简化评估工作,组织可以采用一些辅助性的自动化工具,这些工具可以帮助组织拟订符合特定标准要求的问卷,然后对解答结果进行综合分析,在与特定标准比较之后给出最终的推荐报告。市场上可选的此类工具有多种,COBRA 就是典型的一种。

2. 基于模型的评估方法

2001 年 1 月,由希腊、德国、英国,挪威等国的多家商业公司和研究机构共同组织开发了一个名为 CORAS(Consultative,Objective and Bifunctivnal Risk Analysis)的安全危急系统的风险分析平台。该项目的目的是开发一个基于面向对象建模,特别是 UML 技术的风险评估框架,它的评估对象是对安全要求很高的一般性的系统,特别是 IT 系统的安全。CORAS 考虑到技术、人员以及所有与组织安全相关的方面,通过 CORAS 风险评估,组织可以定义、获取并维护 IT 系统的保密性、完整性,可用性、抗抵赖性、可追溯性、真实性和可靠性。

采用 UML 建模语言分析和描述被评估信息系统及其安全风险相关要素,可以运用面向对象的分析方法,采用图形化建模技术,提高系统及其相关安全要素描述的精确性,提高评估结果质量。UML 在风险评估中的应用,有利于风险评估过程与系统开发过程的相互支持,有利于对安全风险相关要素进行模式抽象和总结,通过模式的复用,以及开发应用基于模型方法的工具集,提高效率,降低成本,提高风险评估的生产率。

与传统的定性和定量评估类似,CORAS 风险评估沿用了识别风险、分析风险、评估并处理风险这样的过程,但其度量风险的方法则完全不同,所有的分析过程都是基于面向对象的模型来进行的。

CORAS 的优点在于:

1）提高了对安全相关特性描述的精确性,改善了分析结果的质量。

2）图形化的建模机制便于沟通,减少了理解上的偏差。

3）加强了不同评估方法互操作的效率。

3. 定量评估方法

定量评估方法是指运用数量指标来对风险进行评估,即对构成风险的各个要素和潜在损失的水平赋予数值或货币金额,当度量风险的所有要素(资产价值、威胁频率、弱点利用程度、安全措施的效率和成本等)都被赋值,风险评估的整个过程和结果就都可以被量化了。典型的定量分析方法有因子分析法、聚类分析法、时序模型、回归模型、等风险图法、决策树法等。

定量评估中常涉及的几个重要概念:

1）暴露因子(Exposure Factor,EF):特定威胁对特定资产造成损失的百分比,即损失的程度。

2）单一损失期望(Single Loss Expectancy,SLE):或者称作 SOC(Single Occurrence Costs),即特定威胁可能造成的潜在损失总量。

3）年度发生率(Annualized Rate of Occurrence,ARO):在一年内估计会发生威胁的频率。

4）年度损失期望(Annualized Loss Expectancy,ALE):或者称作 EAC(Estimated Annual

Cost),表示特定资产在一年内遭受损失的预期值。

定量分析的过程如下：

1）识别资产并为资产赋值。

2）通过威胁和弱点评估，评估特定威胁作用于特定资产所造成的影响，即 EF（取值在 0%~100% 之间）。

3）计算特定威胁发生的频率，即 ARO。

4）计算资产的 SLE：SLE = 总资产值 × EF。

5）计算资产的 ALE：ALE = SLE × ARO。

举例：假定某公司投资 500000 美元建了一个网络运营中心，其最大的威胁是火灾，一旦火灾发生，网络运营中心的估计损失程度 EF 是 45%。根据消防部门推断，该网络运营中心所在的地区每 5 年会发生一次火灾，于是得出 ARO 为 0.20。基于以上数据，该公司网络运营中心的 ALE 将是 500000 × 45% × 0.20 = 45000 美元。

可以看到，对定量分析来说，有两个指标是最为关键的，一个是威胁事件可能引起的损失（EF），另一个就是事件发生的可能性（ARO）。

定量评估方法的优点是用直观的数据来表述评估的结果，可以对安全风险进行准确的分级，但这有个前提，那就是可供参考的数据指标是准确的，然而在信息系统日益复杂多变的今天，定量分析所依据的数据的可靠性是很难保证的。此外，常常为了量化，使本来比较复杂的事物简单化、模糊化了，有的风险因素被量化以后还可能被误解和曲解。

4. 定性分析方法

定性的评估方法主要依据评估者的知识、经验、历史教训、政策走向及特殊情况等非量化资料，对系统风险状况做出判断的过程。定性分析的操作方法可以多种多样，包括小组讨论、检查列表（Checklist）、问卷（Questionnaire）、人员访谈（Interview）、调查（Survey）等。在此基础上，通过一个理论推导演绎的分析框架做出调查结论。典型的定性分析方法有因素分析法、逻辑分析法、历史比较法、德尔斐法（Delphi Method）。

定性分析方法是目前采用最为广泛的一种方法，优点是避免了定量方法的缺点，可以挖掘出一些蕴藏很深的思想，使评估的结论更全面、更深刻。但是它的主观性很强，往往需要凭借分析者的经验和直觉，或者业界的标准和惯例，为风险管理诸要素（资产价值，威胁的可能性，脆弱点被利用的容易度，现有控制措施的效力等）的大小或高低程度定性分级，如，"高"、"中"、"低"三级。

与定量分析相比较，定性分析的精确性不够，定量分析则比较精确，但前期建立风险模型较困难。定性分析没有定量分析那样繁多的计算负担，但却要求分析者具备一定的经验和能力。定量分析依赖大量的统计数据，而定性分析没有这方面的要求。定性分析较为主观，定量分析基于客观。此外，定量分析的结果很直观，容易理解，而定性分析的结果则很难有统一的解释。组织可以根据具体的情况来选择定性或定量的分析方法。

5. 定性与定量相结合的综合评估方法

系统风险评估是一个复杂的过程，需要考虑的因素很多，有些评估要素可以用量化的形式来表达，而对有些要素的量化很困难甚至是不可能的，所以在复杂的信息系统风险评估过程中，应该将这两种方法融合起来。定量分析是定性分析的基础和前提，定性分析应建立在定量分析的基础上才能揭示客观事物的内在规律。

层次分析法(AHP)是一种综合的评估方法。该方法是由美国著名的运筹学专家 T. L. Saaty 于 20 世纪 70 年代提出来的,是一种定性与定量相结合的多目标决策分析方法。这一方法的核心是将决策者的经验判断量化,从而为决策者提供定量形式的决策依据。目前该方法已广泛地应用于尚无统一度量标尺的复杂问题的分析,解决用纯参数数学模型方法难以解决的决策分析问题。该方法对系统进行分层次、拟定量、规范化处理,在评估过程中经历系统分解、安全性判断和综合判断三个阶段。

在 9.6 节中,介绍了采用模糊数学的风险分析综合评判法实例。

9.4 安全风险评估工具

风险评估工具是风险评估的辅助手段,是保证风险评估结果可信度的一个重要因素。风险评估工具的使用不但在一定程度上解决了手动评估的局限性,最主要的是它能够将专家知识进行集中,使专家的经验知识被广泛地应用。

根据在风险评估过程中的主要任务和作用原理的不同,风险评估的工具可以分成风险评估与管理工具、系统基础平台风险评估工具、风险评估辅助工具 3 类。

1. 风险评估与管理工具

风险评估与管理工具是一套集成了风险评估各类知识和判据的管理信息系统,以规范风险评估的过程和操作方法;或者是用于收集评估所需要的数据和资料,基于专家经验,对输入输出进行模型分析。根据实现方法的不同,风险评估与管理工具可以分为 3 类:

1) 基于信息安全标准的风险评估与管理工具。目前,国际上存在多种不同的风险分析标准或指南,不同的风险分析方法侧重点不同,如,NIST SP 800-30 、BS7799、ISO/IEC 13335 等。以这些标准或指南的内容为基础,分别开发相应的评估工具,完成遵循标准或指南的风险评估过程。

2) 基于知识的风险评估与管理工具。这类工具并不仅仅遵循某个单一的标准或指南,而是将各种风险分析方法进行综合,并结合实践经验,形成风险评估知识库,以此为基础完成综合评估。它还涉及来自类似组织(包括规模、商务目标和市场等)的最佳实践,主要通过多种途径采集相关信息,识别组织的风险和当前的安全措施;与特定的标准或最佳实践进行比较,从中找出不符合的地方;按照标准或最佳实践的推荐选择安全措施以控制风险。

3) 基于模型的风险评估与管理工具。这类工具都使用了定性分析方法或定量分析方法,或者将定性与定量相结合。基于模型的风险评估与管理工具是在对系统各组成部分、安全要素充分研究的基础上,对典型系统的资产、威胁、脆弱性建立量化或半量化的模型,根据采集信息的输入,得到评价的结果。

2. 系统基础平台风险评估工具

系统基础平台风险评估工具包括脆弱性扫描工具和渗透性测试工具。

脆弱性扫描工具主要用于对信息系统的主要部件(如操作系统、数据库系统、网络设备等)的脆弱性进行分析,目前常见的脆弱性扫描工具有以下几种类型:

1) 基于网络的扫描器。在网络中运行,能够检测如防火墙错误配置或连接到网络上的易受攻击的网络服务器的关键漏洞。

2) 基于主机的扫描器。发现主机的操作系统、特殊服务和配置的细节,发现潜在的用户行为风险,如密码强度不够,也可实施对文件系统的检查。

3)分布式网络扫描器。由远程扫描代理、对这些代理的即插即用更新机制、中心管理点三部分构成,用于企业级网络的脆弱性评估分布和位于不同的位置、城市甚至不同的国家。

4)数据库脆弱性扫描器。对数据库的授权、认证和完整性进行详细的分析,也可以识别数据库系统中潜在的脆弱性。

渗透性测试工具是根据脆弱性扫描工具的扫描结果进行模拟攻击测试,判断被非法访问者利用的可能性。这类工具通常包括黑客工具、脚本文件。渗透性测试的目的是,检测已发现的脆弱性是否真正会给系统或网络带来影响。通常,渗透性工具与脆弱性扫描工具一起使用,并可能会对被评估系统的运行带来一定影响。

3. 风险评估辅助工具

风险评估需要大量的实践和经验数据的支持,这些数据的积累是风险评估科学性的基础。风险评估辅助工具可以实现对数据的采集、现状分析和趋势分析等单项功能,为风险评估各要素的赋值、定级提供依据。常用的辅助工具有:

1)检查列表。检查列表是基于特定标准或基线建立的,对特定系统进行审查的项目条款。通过检查列表,操作者可以快速定位系统目前的安全状况与基线要求之间的差距。

2)入侵检测系统。入侵检测系统通过部署检测引擎,收集、处理整个网络中的通信信息,以获取可能对网络或主机造成危害的入侵攻击事件;帮助检测各种攻击试探和误操作;同时也可以作为一个警报器,提醒管理员发生的安全状况。

3)安全审计工具。用于记录网络行为,分析系统或网络安全现状;它的审计记录可以作为风险评估中的安全现状数据,并可用于判断被评估对象威胁信息的来源。

4)拓扑发现工具。通过接入点接入被评估网络,完成被评估网络中的资产发现功能,并提供网络资产的相关信息,包括操作系统版本、型号等。拓扑发现工具主要是自动完成网络硬件设备的识别、发现功能。

5)资产信息收集系统。通过提供调查表形式,完成被评估信息系统数据、管理、人员等资产信息的收集功能,了解到组织的主要业务、重要资产、威胁、管理缺陷、控制措施和安全策略的执行情况。此类系统主要采取电子调查表形式,需要被评估系统管理人员参与填写,并自动完成资产信息获取。

6)其他。如用于评估过程参考的评估指标库、知识库、漏洞库、算法库、模型库等。

除了上述这些工具外,风险评估过程最常用的还是一些专用的自动化风险评估工具,无论是商用的还是免费的,此类工具都可以有效地通过输入数据来分析风险,最终给出对风险的评估,并推荐相应的安全措施。目前常见的自动化风险评估工具介绍如下:

1)COBRA。COBRA(Consultative,Objective and Bifunctional Risk Analysis)是英国的 C&A 系统安全公司推出的一套风险分析工具软件,它通过问卷的方式来采集和分析数据,并对组织的风险进行定性分析,最终的评估报告中包含已识别风险的水平和推荐措施。此外,COBRA 还支持基于知识的评估方法,可以将组织的安全现状与 ISO 17799 标准相比较,从中找出差距,提出弥补措施。

2)CRAMM。CRAMM(CCTA Risk Analysis and Management Method)是由英国政府的中央计算机与电信局(Central Computer and Telecommunications Agency,CCTA)于 1985 年开发的一种定量风险分析工具,同时支持定性分析。经过多次版本更新,目前由 Insight 咨询公司负责

管理和授权。CRAMM 是一种可以评估信息系统风险并确定恰当对策的结构化方法,适用于各种类型的信息系统和网络,也可以在信息系统生命周期的各个阶段使用。CRAMM 的安全模型数据库基于著名的"资产/威胁/弱点"模型,评估过程经过资产识别与评估、威胁和弱点评估、选择合适的推荐对策这三个阶段。CRAMM 与 BS7799 标准保持一致,它提供的可供选择的安全控制多达 3000 个。除了风险评估,CRAMM 还可以对符合 ITIL(IT Infrastructure library)指南的业务连续性管理提供支持。

3)ASSET。ASSET(Automated Security Self-Evaluation Tool)是美国国家标准技术协会(National Institute of Standard and Technology,NIST)发布的一个可用来进行安全风险自我评估的自动化工具,它采用典型的基于知识的分析方法,利用问卷方式来评估系统安全现状与 NIST SP 800-26 指南之间的差距。NIST Special Publication 800-26,即信息技术系统安全自我评估指南(Security Self-Assessment Guide for Information Technology Systems),为组织进行 IT 系统风险评估提供了众多控制目标和建议技术。ASSET 是一个免费工具,可以在 NIST 的网站下载。

4)CORA。CORA(Cost-of-Risk Analysis)是由国际安全技术公司(International Security Technology)开发的一种风险管理决策支持系统,它采用典型的定量分析方法,可以方便地采集、组织、分析并存储风险数据,为组织的风险管理决策提供准确的依据。

5)CC tools。CC tools 是针对 CC 开发的工具,它帮助用户按照 CC 标准自动生成 PP(保护轮廓)和 ST(安全目标)报告。

不可否认,以上这些工具的使用会减轻评估所需的系统脆弱、威胁信息,简化评估的工作量,减少评估过程中的主观性,但无论这些工具功能多么强大,由于信息系统风险评估的复杂性,它在信息系统的风险评估过程中也只能作为辅助手段,代替不了整个风险评估过程。

9.5 安全风险评估的依据和过程

安全风险评估是组织确定信息安全需求的过程,包括风险评估准备、资产识别、威胁识别、脆弱性识别和风险分析等一系列活动。

9.5.1 风险评估的依据

首先应当明确的是,风险评估应当依据国家政策法规、技术规范与管理要求、行业标准或国际标准进行,主要包括以下内容:

1)政策法规。如《国家信息化领导小组关于加强信息安全保障工作的意见》(中办发[2003]27 号);《国家网络与信息安全协调小组关于开展信息安全风险评估工作的意见》(国信办[2006]5 号)。

2)国际标准。如 ISO/IEC 27000 标准族;SSE-CMM《系统安全工程能力成熟模型》。

3)国家标准。如 GB/T 9361-2000 计算机场地安全要求;GB 17859-1999 计算机信息系统安全保护等级划分准则;GB/T 18336-2001 信息技术安全技术信息技术安全性评估准则(idtISO/IEC 15408:1999);GB/T 19716-2005 信息技术信息安全管理实用规则(ISO/IEC 17799:2000,IDT);GB-T 20984-2007 信息安全风险评估规范。

4)行业通用标准。如 CVE 公共漏洞数据库;信息安全应急响应机构公布的漏洞;国家信息安全主管部门公布的漏洞。

5）其他。

9.5.2 风险要素

风险评估围绕着资产、威胁、脆弱性和安全措施这些基本要素展开,在对基本要素的评估过程中,还需要充分考虑业务战略、资产价值、安全需求、安全事件、残余风险等与这些基本要素相关的各类属性。图 9-1 给出了风险要素及属性之间的关系,图中方框表示风险评估的基本要素,椭圆表示与这些要素相关的属性。

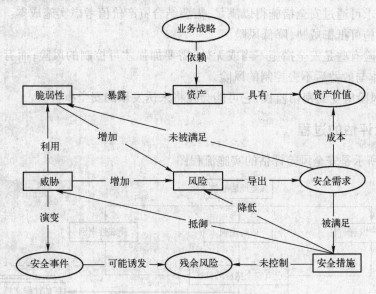

图 9-1　风险评估要素关系图

1. 风险要素及属性的相关术语

1）威胁(Threat):可能导致对系统或组织危害的不希望事故的潜在起因。

2）脆弱性(Vulnerability):可能被威胁所利用的资产或若干资产的薄弱环节。

3）安全措施(Security Measure):保护资产、抵御威胁、减少脆弱性、降低安全事件的影响,以及打击信息犯罪而实施的各种实践、规程和机制。

4）信息安全风险(Information Security Risk):人为或自然的威胁利用信息系统及其管理体系中存在的脆弱性,导致安全事件的发生及其对组织造成的影响。

5）业务战略(Business Strategy):组织为实现其发展目标而制定的一组规则或要求。

6）资产价值(Asset Value):资产的重要程度或敏感程度的表征。资产价值是资产的属性,也是进行资产识别的主要内容。

7）安全需求(Security Requirement):为保证组织业务战略的正常运作而在安全措施方面提出的要求。

8）安全事件(Security Incident):系统、服务或网络的一种可识别状态的发生,它可能是对信息安全策略的违反或防护措施的失效,或未预知的不安全状况。

9）残余风险(Residual Risk):采取了安全措施后,信息系统仍然可能存在的风险。

2. 风险要素与属性之间的关系

从图 9-1 可以看出,风险要素及属性之间存在着以下关系:

1)业务战略的实现对资产具有依赖性,依赖程度越高,要求其风险越小。

2)资产是有价值的,组织的业务战略对资产的依赖程度越高,资产价值就越大。

3)风险是由威胁引发的,资产面临的威胁越多则风险越大,并可能演变成为安全事件。

4)资产的脆弱性可能暴露资产的价值,资产具有的脆弱性越多则风险越大。

5)脆弱性是未被满足的安全需求,威胁利用脆弱性危害资产。

6)风险的存在及对风险的认识导出安全需求。

7)安全需求可通过安全措施得以满足,需要结合资产价值考虑实施成本。

8)安全措施可抵御威胁,降低风险。

9)残余风险有些是安全措施不当或无效,需要加强才可控制的风险;而有些则是在综合考虑了安全成本与效益后不去控制的风险。

10)残余风险应受到密切监视,它可能会在将来诱发新的安全事件。

9.5.3 风险评估的过程

如图 9-2 所示是安全风险评估的实施流程图。

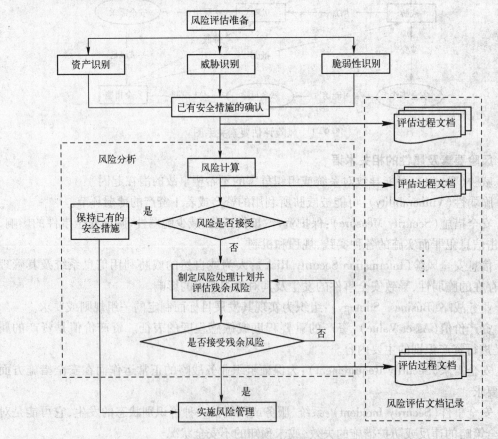

图 9-2   风险评估实施流程

1. 风险评估准备

风险评估准备是整个风险评估过程有效性的保证。在正式进行风险评估之前,应该制定一个有效的风险评估计划,确定安全风险评估的目标、范围,建立相关的组织机构,并选择系统性的安全风险评估方法来收集风险评估所需的信息和数据。具体主要包括以下内容:

1) 确定风险评估的目标。根据满足组织业务持续发展在安全方面的需要、法律法规的规定等内容,识别现有信息系统及管理上的不足,以及可能造成的风险大小。

2) 确定风险评估的范围。风险评估范围可能是组织全部的信息及与信息处理相关的各类资产、管理机构,也可能是某个独立的信息系统、关键业务流程、与客户知识产权相关的系统或部门等。

3) 组建适当的评估管理与实施团队。风险评估实施团队,由管理层、相关业务骨干、IT 技术等人员组成风险评估小组。必要时,可组建由评估方、被评估方领导和相关部门负责人参加的风险评估领导小组,聘请相关专业的技术专家和技术骨干组成专家小组。

评估实施团队应做好评估前的表格、文档、检测工具等各项准备工作,进行风险评估技术培训和保密教育,制定风险评估过程管理相关规定。可根据被评估方要求,双方签署保密合同,适情签署个人保密协议。

4) 进行系统调研。系统调研是确定被评估对象的过程,风险评估小组应进行充分的系统调研,为风险评估依据和方法的选择、评估内容的实施奠定基础。调研内容至少应包括:

- 业务战略及管理制度。
- 主要的业务功能和要求。
- 网络结构与网络环境,包括内部连接和外部连接。
- 系统边界。
- 主要的硬件、软件。
- 数据和信息。
- 系统和数据的敏感性。
- 支持和使用系统的人员。
- 其他。

系统调研可以采取问卷调查、现场面谈相结合的方式进行。调查问卷是提供一套关于管理或操作控制的问题表格,供系统技术或管理人员填写;现场面谈则是由评估人员到现场观察并收集系统在物理、环境和操作方面的信息。

5) 确定评估依据和方法。根据系统调研结果,确定评估依据和评估方法。根据评估依据,应考虑评估的目的、范围、时间、效果、人员素质等因素来选择具体的风险计算方法,并依据业务实施对系统安全运行的需求,确定相关的判断依据,使之能够与组织环境和安全要求相适应。

6) 制定风险评估方案。风险评估方案的目的是为后面的风险评估实施活动提供一个总体计划,用于指导实施方开展后续工作。风险评估方案的内容一般包括(但不仅限于):

- 团队组织。包括评估团队成员、组织结构、角色、责任等内容。
- 工作计划。风险评估各阶段的工作计划,包括工作内容、工作形式、工作成果等内容。
- 时间进度安排。项目实施的时间进度安排。

7) 获得最高管理者对风险评估工作的支持。上述所有内容确定后,应形成较为完整的风险评估实施方案,得到组织最高管理者的支持、批准;对管理层和技术人员进行传达,在组织范围就风险评估相关内容进行培训,以明确有关人员在风险评估中的任务。

2. 资产识别

在这一过程中确定信息系统的资产,并明确资产的价值。资产是组织(企业、机构)赋予了价值因而需要保护的东西。资产的确认应当从关键业务开始,最终覆盖所有的关键资产。在确定资产时一定要防止遗漏,划入风险评估范围的每一项资产都应该被确认和评估。

1)资产分类。根据资产的表现形式,可将资产分为数据、软件、硬件、文档、服务、人员等类。

表9-1列出了一种资产分类方法。

表9-1 一种基于表现形式的资产分类

分　类	示　例
数据	存在信息媒介上的各种数据资料,包括源代码、数据库数据、系统文档、运行管理规程、计划、报告、用户手册等
软件	系统软件:操作系统、数据库管理系统、语言包、开发系统等 应用软件:办公软件、数据库软件,各类工具软件等 源程序:各种共享源代码、自行或合作开发的各种程序等
硬件	网络设备:路由器、网关、交换机等 计算机设备:大型机、小型机、服务器、工作站、台式计算机、便携计算机等 存储设备:磁带机、磁盘阵列、磁带、光盘、软盘、U盘、移动硬盘等 传输线路:光纤、双绞线等 保障设备:动力保障设备(UPS、变电设备等)、空调、保险柜、文件柜、门禁、消防设施等 安全保障设备:防火墙、入侵检测系统、身份验证等 其他电子设备:打印机、复印机、扫描仪、传真机等
服务	办公服务:为提高效率而开发的管理信息系统(MIS),它包括各种内部配置管理、文件流转管理等服务 网络服务:各种网络设备、设施提供的网络连接服务 信息服务:对外依赖该系统开展的各类服务
文档	纸质的各种文件、传真、电报、财务报告、发展计划等
人员	掌握重要信息和核心业务的人员,如主机维护主管、网络维护主管及应用项目经理及网络研发人员等
其它	企业形象,客户关系等

2)资产赋值。保密性、完整性和可用性是评价资产的三个安全属性。风险评估中资产的价值不是以资产的经济价值来衡量,而是由资产在这三个安全属性上的达成程度或者其安全属性未达成时所造成的影响程度来决定的。安全属性达成程度的不同将使资产具有不同的价值,而资产面临的威胁、存在的脆弱性、以及已采用的安全措施都将对资产安全属性的达成程度产生影响。为此,应对组织中的资产的三个安全属性进行赋值。表9-2、表9-3和表9-4分别给出了资产保密性赋值、完整性赋值和可用性赋值的参考。

表 9-2　资产保密性赋值

赋　值	标　识	定　义
1	很低	可对社会公开的信息,公用的信息处理设备和系统资源等
2	低	仅能在组织内部或在组织某一部门内部公开的信息,向外扩散有可能对组织的利益造成轻微损害
3	中等	组织的一般性秘密,其泄露会使组织的安全和利益受到损害
4	高	包含组织的重要秘密,其泄露会使组织的安全和利益遭受严重损害
5	很高	包含组织最重要的秘密,关系未来发展的前途命运,对组织根本利益有着决定性的影响,如果泄露,会造成灾难性的损害

表 9-3　资产完整性赋值

赋　值	标　识	定　义
1	很低	完整性价值非常低,未经授权的修改或破坏对组织造成的影响可以忽略,对业务冲击可以忽略
2	低	完整性价值较低,未经授权的修改或破坏会对组织造成轻微影响,对业务冲击轻微,容易弥补
3	中等	完整性价值中等,未经授权的修改或破坏会对组织造成影响,对业务冲击明显,但可以弥补
4	高	完整性价值较高,未经授权的修改或破坏会对组织造成重大影响,对业务冲击严重,较难弥补
5	很高	完整性价值非常关键,未经授权的修改或破坏会对组织造成重大的或无法接受的影响,对业务冲击重大,并可能造成严重的业务中断,难以弥补

表 9-4　资产可用性赋值

赋　值	标　识	定　义
1	很低	可用性价值可以忽略,合法使用者对信息及信息系统的可用度在正常工作时间低于25%
2	低	可用性价值较低,合法使用者对信息及信息系统的可用度在正常工作时间达到25%以上,或系统允许中断时间小于60 min
3	中等	可用性价值中等,合法使用者对信息及信息系统的可用度在正常工作时间达到70%以上,或系统允许中断时间小于30 min
4	高	可用性价值较高,合法使用者对信息及信息系统的可用度达到每天90%以上,或系统允许中断时间小于10 min
5	很高	可用性价值非常高,合法使用者对信息及信息系统的可用度达到年度99.9%以上,或系统不允许中断

　　资产的最终价值应依据资产在保密性、完整性和可用性上的赋值等级,经过综合评定得出。综合评定方法可以根据自身的特点,选择对资产保密性、完整性和可用性最为重要的一个属性的赋值等级作为资产的最终赋值结果;也可以根据资产保密性、完整性和可用性的不同等级对其赋值进行加权计算得到资产的最终赋值结果。加权方法可根据组织的业务特点确定。表 9-5 列举了一个资产等级的划分。

表 9-5　资产等级

等　级	标　识	描　述
1	很低	不重要,其安全属性破坏后对组织造成很小的损失,甚至忽略不计
2	低	不太重要,其安全属性破坏后可能对组织造成较低的损失
3	中等	比较重要,其安全属性破坏后可能对组织造成中等程度的损失
4	高	重要,其安全属性破坏后可能对组织造成比较严重的损失
5	很高	非常重要,其安全属性破坏后可能对组织造成非常严重的损失

3. 威胁识别

在这一步骤中,组织应该识别每项(类)资产可能面临的威胁。安全威胁是一种对组织及其资产构成潜在破坏的可能性因素或者事件。无论对于多么安全的信息系统,安全威胁是一个客观存在的事实,它是风险评估的重要因素之一。

1) 威胁分类。识别威胁的关键在于确认引发威胁的人或事物,即所谓的威胁来源。威胁来源通常可分为:环境因素和人为因素,见表 9-6。

表 9-6　威胁来源列表

来　源		描　述
环境因素		断电、静电、灰尘、潮湿、温度、鼠蚁虫害、电磁干扰、洪灾、火灾、地震、意外事故等环境危害或自然灾害,以及软件、硬件、数据、通信线路等方面的故障
人为因素	恶意人员	不满的或有预谋的内部人员对信息系统进行恶意破坏;采用自主或内外勾结的方式盗窃机密信息或进行篡改,获取利益 外部人员利用信息系统的脆弱性,对网络或系统的保密性、完整性和可用性进行破坏,以获取利益或炫耀能力
	非恶意人员	内部人员由于缺乏责任心,或者由于不关心或不专注,或者没有遵循规章制度和操作流程而导致故障或信息损坏;内部人员由于缺乏培训、专业技能不足、不具备岗位技能要求而导致信息系统故障或被攻击

针对上述的威胁来源,可以根据威胁表现形式对其进行分类,见表 9-7。

表 9-7　威胁分类列表

种　类	描　述	威胁子类
软硬件故障	对业务实施或系统运行产生影响的设备硬件故障、通信链路中断、系统本身或软件缺陷等问题	设备硬件故障、传输设备故障、存储媒体故障、系统软件故障、应用软件故障、数据库软件故障、开发环境故障等
物理环境影响	对信息系统正常运行造成影响的物理环境问题和自然灾害	断电、静电、灰尘、潮湿、温度、鼠蚁虫害、电磁干扰、洪灾、火灾、地震等
无作为或操作失误	应该执行而没有执行相应的操作,或无意执行了错误的操作	维护错误、操作失误等
管理不到位	安全管理无法落实或不到位,从而破坏信息系统正常有序运行	管理制度和策略不完善、管理规程缺失、职责不明确、监督控管机制不健全等
恶意代码	故意在计算机系统上执行恶意任务的程序代码	病毒、特洛伊木马、蠕虫、陷门、间谍软件、窃听软件等
越权或滥用	通过采用一些措施,超越自己的权限访问了本来无权访问的资源,或者滥用自己的权限,做出破坏信息系统的行为	非授权访问网络资源、非授权访问系统资源、滥用权限非正常修改系统配置或数据、滥用权限泄露秘密信息等

种　类	描　述	威胁子类
网络攻击	利用工具和技术通过网络对信息系统进行攻击和入侵	网络探测和信息采集、漏洞探测、嗅探(账号、口令、权限等)、用户身份伪造和欺骗、用户或业务数据的窃取和破坏、系统运行的控制和破坏等
物理攻击	通过物理的接触造成对软件、硬件、数据的破坏	物理接触、物理破坏、盗窃等
泄密	信息泄露给不应了解的他人	内部信息泄露、外部信息泄露等

2) 威胁赋值。分析了资产面临的威胁后,还应该评估威胁出现的频率。评估者应根据经验和(或)有关的统计数据来进行判断。在评估中,可以对威胁出现的频率进行等级化处理,不同等级分别代表威胁出现的频率的高低。等级数值越大,威胁出现的频率越高。表9-8提供了威胁出现频率的一种赋值方法。

表9-8　威胁赋值

等　级	标　识	描　述
1	很低	威胁几乎不可能发生,仅可能在非常罕见和例外的情况下发生
2	低	威胁发生的频率较小,或一般不太可能发生,或没有被证实发生过
3	中	威胁出现的频率中等(或 >1 次/半年);或在某种情况下可能会发生;或被证实曾经发生过
4	高	威胁出现的频率较高(或≥1 次/月);或在大多数情况下很有可能会发生;或可以证实多次发生过
5	很高	威胁出现的频率很高(或≥1 次/周);或在大多数情况下几乎不可避免;或可以证实经常发生

4. 脆弱性识别

光有威胁还构不成风险,威胁只有利用了特定的弱点才可能对资产造成影响,所以,应该针对每一项需要保护的信息资产,找到可被威胁利用的脆弱点,并对脆弱性的严重程度进行评估,即对脆弱性被威胁利用的可能性进行评估,最终为其赋予相对等级值。

1) 脆弱性识别内容。脆弱性识别时的数据应来自于资产的所有者、使用者,以及相关业务领域和软硬件方面的专业人员等。脆弱性识别所采用的方法主要有:问卷调查、工具检测、人工核查、文档查阅、渗透性测试等。

脆弱性识别主要从技术和管理两个方面进行,技术脆弱性涉及物理层、网络层、系统层、应用层等各个层面的安全问题。管理脆弱性又可分为技术管理脆弱性和组织管理脆弱性两方面,前者与具体技术活动相关,后者与管理环境相关。表9-9提供了一种脆弱性识别内容的参考。

表9-9　脆弱性识别内容表

类　型	识别对象	识别内容
技术脆弱性	物理环境	从机房场地、机房防火、机房供配电、机房防静电、机房接地与防雷、电磁防护、通信线路的保护、机房区域防护、机房设备管理等方面进行识别
	网络结构	从网络结构设计、边界保护、外部访问控制策略、内部访问控制策略、网络设备安全配置等方面进行识别

类　型	识别对象	识别内容
技术脆弱性	系统软件	从补丁安装、物理保护、用户账号、口令策略、资源共享、事件审计、访问控制、新系统配置、注册表加固、网络安全、系统管理等方面进行识别
	应用中间件	从协议安全、交易完整性、数据完整性等方面进行识别
	应用系统	从审计机制、审计存储、访问控制策略、数据完整性、通信、鉴别机制、密码保护等方面进行识别
管理脆弱性	技术管理	从物理和环境安全、通信与操作管理、访问控制、系统开发与维护、业务连续性等方面进行识别
	组织管理	从安全策略、组织安全、资产分类与控制、人员安全、符合性等方面进行识别

2）脆弱性赋值。可以根据脆弱性对资产的暴露程度、技术实现的难易程度、流行程度等，采用等级方式对已识别的脆弱性的严重程度进行赋值。脆弱性严重程度可以进行等级化处理，不同的等级分别代表资产脆弱性严重程度的高低。等级数值越大，脆弱性严重程度越高。表9-10提供了脆弱性严重程度的一种赋值方法。

表9-10　脆弱性严重程度赋值表

等　级	标　识	描　　述
1	很低	如果被威胁利用，将对资产造成的损害可以忽略
2	低	如果被威胁利用，将对资产造成较小损害
3	中	如果被威胁利用，将对资产造成一般损害
4	高	如果被威胁利用，将对资产造成重大损害
5	很高	如果被威胁利用，将对资产造成完全损害

5. 已有安全控制措施确认

在影响威胁发生的外部条件中，除了资产的脆弱点外，另一个就是组织现有的安全措施。识别已有的（或已计划的）安全控制措施，分析安全措施的效力，确定威胁利用脆弱点的实际可能性，一方面可以指出当前安全措施的不足，另一方面也可以避免重复投资。

安全控制措施可以分为：

1）管理性（Administrative）：对系统的开发、维护和使用实施管理的措施，包括安全策略、程序管理、风险管理、安全保障、系统生命周期管理等。

2）操作性（Operational）：用来保护系统和应用操作的流程和机制，包括人员职责、应急响应、事件处理、意识培训、系统支持和操作、物理和环境安全等。

3）技术性（Technical）：身份识别与认证、逻辑访问控制、日志审计、加密等。

从控制的功能来看，安全控制措施又可以分为以下几类：

1）威慑性（Deterrent）：此类控制可以降低蓄意攻击的可能性。

2）预防性（Preventive）：此类控制可以保护脆弱点，使攻击难以成功，或者降低攻击造成的影响。

3）检测性（Detective）：此类控制可以检测并及时发现攻击活动，还可以激活纠正性或预防性控制。

4）纠正性（Corrective）：此类控制可以使攻击造成的影响减到最小。

通过相关文档的复查、人员面谈、现场勘查、清单检查等途径可以分析出现有的安全措施。对已识别的安全控制措施,应该评估其有效性(Effectiveness),即是否真正地降低了系统的脆弱性,抵御了威胁。对有效的安全措施继续保持,以避免不必要的工作和费用,防止安全措施的重复实施。对确认为不适当的安全措施应核实是否应被取消或对其进行修正,或用更合适的安全措施替代。

安全措施的有效性一般也可以通过五级来表述。

6. 风险分析

风险分析原理如图9-3所示:

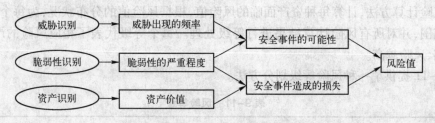

图9-3 风险分析原理图

从图中可以看出,在完成了资产识别、威胁识别、脆弱性识别后,就可以采用适当的方法与工具,根据威胁及威胁利用脆弱性的难易程度确定安全事件发生的可能性,根据脆弱性的严重程度及安全事件所作用的资产的价值计算安全事件造成的损失。最后综合安全事件发生的可能性以及安全事件出现后的损失,计算安全事件一旦发生对组织的影响,即风险值。

风险值的计算可以用下面的范式形式化加以说明:

$$风险值 = R(A,T,V) = R(L(T,V),F(Ia,Va))。$$

其中,R 表示安全风险计算函数;A 表示资产;T 表示威胁;V 表示脆弱性;Ia 表示安全事件所作用的资产价值;Va 表示脆弱性严重程度;L 表示威胁利用资产的脆弱性导致安全事件的可能性;F 表示安全事件发生后造成的损失。其中有以下三个关键计算环节:

1) 计算安全事件发生的可能性。根据威胁出现频率及脆弱性的状况,计算威胁利用脆弱性导致安全事件发生的可能性,即:

$$安全事件的可能性 = L(威胁出现频率,脆弱性) = L(T,V)。$$

在具体评估中,应综合攻击者技术能力(专业技术程度、攻击设备等)、脆弱性被利用的难易程度(可访问时间、设计和操作知识公开程度等)、资产吸引力等因素来判断安全事件发生的可能性。

2) 计算安全事件发生后造成的损失。根据资产价值及脆弱性严重程度,计算安全事件一旦发生后造成的损失,即:

$$安全事件造成的损失 = F(资产价值,脆弱性严重程度) = F(Ia,Va)。$$

部分安全事件的发生造成的损失不仅仅是针对该资产本身,还可能影响业务的连续性;不同安全事件的发生对组织的影响也是不一样的。在计算某个安全事件的损失时,应将对组织的影响也考虑在内。

部分安全事件造成的损失的判断还应参照安全事件发生可能性的结果,对发生可能性极小的安全事件,如,处于非地震带的地震威胁、在采取完备供电措施状况下的电力故障威胁等,可以不计算其损失。

3）计算风险值。根据计算出的安全事件的可能性以及安全事件造成的损失，计算风险值，即：

风险值 = R（安全事件的可能性，安全事件造成的损失）= $R(L(T,V), F(Ia, Va))$。

评估者可根据自身情况选择相应的风险计算方法计算风险值，如矩阵法或相乘法。矩阵法通过构造一个二维矩阵，形成安全事件的可能性与安全事件造成的损失之间的二维关系；相乘法通过构造经验函数，将安全事件的可能性与安全事件造成的损失进行运算得到风险值。矩阵法和相乘法的风险计算具体步骤请参考《GB-T20984-2007 信息安全风险评估规范》。

为实现对风险的控制与管理，可以对风险评估的结果进行等级化处理。评估者应根据所采用的风险计算方法，计算每种资产面临的风险值，根据风险值的分布状况，为每个等级设定风险值范围，并对所有风险计算结果进行等级处理。每个等级代表了相应风险的严重程度。等级越高，风险越高。

表9-11 提供了一种风险等级划分方法。

表9-11 风险等级

等 级	标 识	描 述
1	很低	一旦发生造成的影响几乎不存在，通过简单的措施就能弥补
2	低	一旦发生造成的影响程度较低，一般仅限于组织内部，通过一定手段很快能解决
3	中	一旦发生会造成一定的经济、社会或生产经营影响，但影响面和影响程度不大
4	高	一旦发生将产生较大的经济或社会影响，在一定范围内给组织的经营和组织信誉造成损害
5	很高	一旦发生将产生非常严重的经济或社会影响，如组织信誉严重破坏、严重影响组织的正常经营，经济损失重大，社会影响恶劣

风险等级处理的目的是为风险管理过程中对不同风险的直观比较，以确定组织安全策略。组织应当综合考虑风险控制成本与风险造成的影响，提出一个可接受的风险范围。

如果风险计算值在可接受的范围内，则该风险是可接受的，应保持已有的安全措施。

如果风险评估值在可接受的范围外，即风险计算值高于可接受范围的上限值，则该风险是不可接受的。对不可接受的风险应根据导致该风险的脆弱性制定风险处理计划。风险处理计划中应明确采取的弥补脆弱性的安全措施、预期效果、实施条件、进度安排、责任部门等。在对于不可接受的风险选择适当安全措施后，为确保安全措施的有效性，可进行再评估，以判断实施安全措施后的残余风险是否已经降低到可接受的水平。残余风险的评估可以依据本标准提出的风险评估流程实施，也可做适当裁减。一般来说，安全措施的实施是以减少脆弱性或降低安全事件发生可能性为目标的，因此，残余风险的评估可以从脆弱性评估开始，在对照安全措施实施前后的脆弱性状况后，再次计算风险值的大小。某些风险可能在选择了适当的安全措施后，残余风险的结果仍处于不可接受的风险范围内，应考虑是否接受此风险或进一步增加相应的安全措施。

7. 风险评估文档记录

风险评估文档是指在整个风险评估过程中产生的评估过程文档和评估结果文档，包括（但不仅限于此）：

1）风险评估方案。阐述风险评估的目标、范围、人员、评估方法、评估结果的形式和实施进度等。

2）风险评估程序。明确评估的目的、职责、过程、相关的文档要求，以及实施本次评估所需要的各种资产、威胁、脆弱性识别和判断依据。

3）资产识别清单。根据组织在风险评估程序文档中所确定的资产分类方法进行资产识别，形成资产识别清单，明确资产的责任人/部门。

4）重要资产清单。根据资产识别和赋值的结果，形成重要资产列表，包括重要资产名称、描述、类型、重要程度、责任人/部门等。

5）威胁列表。根据威胁识别和赋值的结果，形成威胁列表，包括威胁名称、种类、来源、动机及出现的频率等。

6）脆弱性列表。根据脆弱性识别和赋值的结果，形成脆弱性列表，包括具体脆弱性的名称、描述、类型及严重程度等。

7）已有安全措施确认表。根据对已采取的安全措施确认的结果，形成已有安全措施确认表，包括已有安全措施名称、类型、功能描述及实施效果等。

8）风险评估报告。对整个风险评估过程和结果进行总结，详细说明被评估对象、风险评估方法、资产、威胁、脆弱性的识别结果、风险分析、风险统计和结论等内容。

9）风险处理计划。对评估结果中不可接受的风险制定风险处理计划，选择适当的控制目标及安全措施，明确责任、进度、资源，并通过对残余风险的评价以确定所选择安全措施的有效性。

10）风险评估记录。根据风险评估程序，要求风险评估过程中的各种现场记录可复现评估过程，并作为产生歧义后解决问题的依据。

记录风险评估过程的相关文档，应符合以下要求（但不仅限于此）：

1）确保文档发布前是得到批准的。

2）确保文档的更改和现行修订状态是可识别的。

3）确保文档的分发得到适当的控制，并确保在使用时可获得有关版本的适用文档。

4）防止作废文档的非预期使用，若因任何目的需保留作废文档时，应对这些文档进行适当的标识。

对于风险评估过程中形成的相关文档，还应规定其标识、储存、保护、检索、保存期限，以及处置所需的控制。相关文档是否需要以及详略程度由组织的管理者来决定。

9.6 信息系统安全风险评估实例

1. 风险的评判

根据风险的含义，风险 R 不仅是风险事件发生的概率 P 的函数，而且是风险事件所产生后果 C 的函数，可表示为 $R = f(P, C)$。P 和 C 的域值设为区间 $[0, 1]$，用 P_f 表示事件未发生（失败）概率，P_s 表示事件发生（成功）概率，对事件发生所产生的后果也用概率测度来表示，用 C_f 表示事件未发生（失败）影响程度的大小，C_s 表示事件发生（成功）影响程度的大小。显然有 $P_f = 1 - P_s$，$C_f = 1 - C_s$，以概率测度为变量的风险函数如下：

$R_s = f$（风险事件发生的概率测度，风险事件发生后果的概率测度）

= 1 - 风险事件未发生概率 × 其未产生后果的概率测度

$$= 1 - P_f\, C_f = 1 - (1 - P_s)(1 - C_s) = P_s + C_s - P_s C_s$$

这里得到的风险度是由概率测度表示的,实际上是风险事件发生和其他产生后果的似然估计,用 R_s 表示。

2. 风险事件发生的概率 P_s

前面已分析,影响系统的主要因素是威胁、脆弱性及已有的安全控制措施。他们构成了对信息系统进行安全风险评估的因素集合(论域),设因素集 U =(威胁,脆弱性,已有的安全控制措施) $=(u_1, u_2, u_3)$,U 中各元素在评估中的影响程度大小的界定实际上是一个模糊择优问题,可按照它们在不同类型系统、不同安全要求中的作用程度分类赋予权值,记为 $A = (a_1, a_2, a_3)$。在对因素集 U 中的因素作单因素评估时,根据我们实际工作中的情况将评估结果分为五个等级,并为每一个等级给出相应的权重,记为 $B = (b_1, b_2, b_3, b_4, b_5) = (0.1, 0.3, 0.5, 0.7, 1.0)$。

请有关专家组成的风险评估小组对事件的威胁性、脆弱性及已有的安全控制措施进行评估,从 u_i 确定该因素对等级 b_j 的隶属度 e_{ij}。

$$e_{ij} = \frac{在\ i\ 因素\ j\ 量级内打勾的专家数}{参加评判的专家总数}$$

则风险事件发生的概率 $P_s = \prod\limits_{i=1}^{3} \prod\limits_{j=1}^{5} (a_i e_{ij} b_j) = AEB^T$,其中 E 称为评判矩阵。

3. 风险事件发生后影响程度 C_s 的模糊综合评判

对风险事件后果的影响程度大小估计,通常从对资产的影响、对能力的影响以及系统恢复费用三方面衡量。对资产的影响包括环境恶化、数据泄露、通信被干扰和信息丢失等。对能力的影响包括中断、延迟和削弱等。由于这种估计的不确定性因素很大,具有模糊性,因而我们采用模糊综合评判法来估计风险事件的后果大小。

设因素集 $\underset{\sim}{U}$ =(资产,能力,费用) $=(u_1', u_2', u_3')$,赋予各因素相应的权向量 $A = (a_1', a_2', a_3')$。评估集 V =(可忽略,较小,中等,较大,灾难性) $= (v_1, v_2, v_3, v_4, v_5)$。由专家参照评估集分别对各因素 $\underset{\sim}{U}$ 进行评估,可得模糊子集 $\underset{\sim}{R}_i = \{r_{i1}, r_{i2}, r_{i3}, r_{i4}, r_{i5}\}$ ($i = 1,2,3$)。由此得到的评判矩阵为:

$$\underset{\sim}{R} = \begin{bmatrix} r_{11} & r_{12} & r_{13} & r_{14} & r_{15} \\ r_{21} & r_{22} & r_{23} & r_{24} & r_{25} \\ r_{31} & r_{32} & r_{33} & r_{34} & r_{35} \end{bmatrix}$$

这样,对某个风险事件的模糊综合评判矩阵 $\underset{\sim}{B}$ 是 V 上模糊子集 $\underset{\sim}{B} = \underset{\sim}{A}\underset{\sim}{R}$

对 $\underset{\sim}{B}$ 进行规一化处理得到 $\underset{\sim}{B}' = \underset{\sim}{B} = (b_1', b_2', b_3', b_4', b_5')$

则信息系统发生风险事件的影响程度 C_s 可表示为:

$$C_s = \underset{\sim}{B}' V^T = v_1 b_1' + v_2 b_2' + v_3 b_3' + v_4 b_4' + v_5 b_5'$$

4. 风险度 R_s 的计算

风险度 $R_s = P_s + C_s - P_s C_s$。根据表 9-11,我们设定 R 的评估集 V = {很高风险,高风险,中等风险,低风险,很低风险}。其相应权值为 {1,0.7,0.5,0.3,0.1},一般认为 $0.7 < R_f < 1$ 为很高风险信息系统,$0.5 < R_f < 0.7$ 为高风险信息系统,$0.3 < R_f < 0.5$ 为中等风险信息系统,$0.1 < R_f < 0.3$ 的为低风险信息系统,$0 < R_f < 0.1$ 的为很低风险信息系统,对属于不同风险类

型的信息系统可采取相应的措施。

5. 案例

笔者参与了对某单位信息系统的检测与评估,该单位属于政府类系统,在安全上要求与Internet 在物理上隔绝,涉密信息必须加密传输,对访问要有权限控制,内部敏感信息有范围限制。整个系统由 PC 机 200 余台、NT 服务器 3 台(1 台是数据库服务器,1 台是 PROXY 服务器,1 台是 EMAIL 服务器)组成。网上的主要业务是内部公文流转和内部邮件传输,对内提供FTP 服务。该信息系统对外有一个在电信局机房托管的信息发布网站,通过一条 64K DDN 专线远程维护。网站与内部网络之间有一台防火墙。在该系统试运行时由十名专家对系统进行风险评估。在此之前我们根据评估标准,采用一些技术辅助手段为专家提供一些技术依据,如用安全扫描软件(CyberCop Scanner)对信息系统进行脆弱性检测,在系统中运行一段时间的入侵检测(CyberCop Monitor)进行威胁性检测,获取防火墙配置的安全策略等等,将得到的技术指标提供给专家,再请专家对该系统的威胁性、脆弱性以及已有的安全控制措施进行评价。首先,把通过安全扫描软件得到的系统漏洞(脆弱性)和威胁严重性提供给该专家(表 9-12),同时为专家提供威胁、脆弱点的可能性等级度量表(表 9-8、表 9-10)和风险等级表(表 9-11)。

表 9-12 脆弱性部分等级及量化表

序 号	脆弱点名称	脆弱性说明	影响等级权重	可能性等级权重	脆弱点估计值
1	NETBIOS 共享	(略)	1.0	0.5	0.5
2	匿名 FTP	(略)	0.7	0.7	0.49
3	SYN 洪水	(略)	1.0	0.7	0.7

在表 9-12 中,某专家根据系统的实际情况,对每个脆弱点给出可能性等级权重,从而得到相应的脆弱点估计值 = 影响等级权重 × 可能性等级权重,以及整个脆弱性风险因素的综合评估值:

$$\frac{\sum_{i=1}^{n} 脆弱性估计值_i}{n} = 0.41$$

因为该值在 0.3 ~ 0.5 之间,因此该专家在脆弱性等级 b_3 处打勾。

威胁评估等级及量化、以有安全控制措施的等级及量化均参照上面的过程完成。

将五名专家对该单位信息系统进行风险评估的打勾情况汇总,得到的评判矩阵为:

$$E = \begin{bmatrix} 0 & 0.2 & 0.8 & 0 & 0 \\ 0 & 0.4 & 0.6 & 0 & 0 \\ 0.2 & 0.8 & 0 & 0 & 0 \end{bmatrix}$$

若在某一等级 b_j 处专家中没人打勾,则得到的 e_{ij} 为零,说明该信息系统在此项指标方面完全不属于 b_j 这个等级。

经专家调查确定 $A = (0.3, 0.3, 0.4)$,则可计算得出风险事件发生的概率为

$$P_s = AEB^T = 0.368$$

对于发生灾难后的影响程度需要专家从资产、能力及费用三方面进行判断,得到的模糊评判矩阵为:

$$R = \begin{bmatrix} 0 & 0.3 & 0.7 & 0 & 0 \\ 0 & 0.2 & 0.7 & 0.1 & 0 \\ 0 & 0.4 & 0.4 & 0.2 & 0 \end{bmatrix}$$

并且确定 $A = (0.3, 0.3, 0.4)$，评估集 $V = (v_1, v_2, v_3, v_4, v_5) = (0.1, 0.3, 0.5, 0.7, 1.0)$，可计算

$$B = AR = (0, 0.31, 0.58, 0.11, 0)$$

对 B 进行归一化处理得到 B'，进而求得该信息系统影响程度大小

$$C_s = B'V^T = 0.46$$

这样就得到该信息系统的风险度为：

$$R_s = P_s + C_s - P_s C_s = 0.368 + 0.46 - 0.368 \times 0.46 = 0.659$$

由于该信息系统的风险度是介于 $0.5 \sim 0.7$ 之间，因此该信息系统的风险属于高风险。

安全评估作为信息系统安全工程重要组成部分，已经不仅仅是个别企业的问题，而是关系到国民经济各个方面的重大问题，它将逐渐走上规范化和法制化的轨道上来，国家对各种配套的安全标准和法规的制定将会更加健全，评估模型、评估方法、评估工具的研究和开发将更加活跃，信息系统及相关产品的风险评估认证将成为必需环节。

9.7　思考与练习

1. 请谈谈计算机信息系统安全风险评估在信息安全建设中的地位和重要意义。
2. 简述在风险评估时从哪些方面来收集风险评估的数据。
3. 简述运用模糊综合评估法对信息系统进行风险评估的基本过程。
4. 参考其他文献，列举其他对信息系统进行安全风险评估的方法，比较它们的优缺点，并选择一种评估方法对本单位（学校、院系）的系统安全作一次风险评估。
5. 请访问中国信息安全风险评估论坛（http://www.cisraf.infosec.org.cn）、国家信息中心信息安全风险评估网（http://www.isra.infosec.org.cn），了解更多安全风险评估理论与技术的进展。
6. 操作实验：Nessus 安全扫描工具使用。实验内容：安装 Nessus 软件；扫描的配置；分析扫描报告；使用软件的附带工具。

第10章 计算机系统安全管理

计算机信息系统安全的保护工作不仅包括技术开发工作,还包括加强行政管理、法律法规的制定和进行信息安全的法律法规教育,提高人们的安全意识,创造一个良好的社会环境,保护信息安全。

本章首先介绍计算机信息系统安全管理的目的、任务,安全管理的程序和方法;接着介绍计算机系统安全评测标准、管理标准及其实施办法;最后对我国有关信息安全的法律法规作了简要介绍,并系统介绍了我国计算机知识产权的法律保护措施。

10.1 计算机系统安全管理概述

10.1.1 安全管理的重要性

"三分技术、七分管理"——这是强调管理的重要性,在安全领域更是如此。仅通过技术手段实现的安全能力是有限的。

应当看到,许多安全技术和产品远远没有达到计算机信息系统安全的标准。例如,微软的Windows NT、IBM 的 AIX 等常见的企业级操作系统,大部分只达到了美国国防部 TCSEC C2 级安全认证,而且核心技术和知识产权都掌握在国外大公司手中,不能满足国家涉密信息系统或商业敏感信息系统的需求。

应当看到,技术往往落后于新风险的出现。例如,在计算机病毒与反病毒技术的对抗过程中,经常是在一种新的计算机病毒出现并已经造成大量损失后,才能开发出查杀该病毒的工具或软件。

应当看到,在安全技术和产品的实际应用中,即使这些安全技术和产品在指标上达到了实际应用的安全需求,往往由于配置和管理不当,还是不能真正地达到安全需求。例如,虽然在网络边界设置了防火墙,但由于没有风险分析、安全策略不明或是系统管理人员培训不足等原因,防火墙的配置出现严重漏洞,其安全功效大打折扣。再如,虽然引入了身份认证机制,但由于用户安全意识薄弱,再加上管理不严,使得口令设置或保存不当,造成口令泄漏,依靠口令检查的身份认证机制实际上形同虚设。

应当看到,目前由各种安全技术和产品构成的系统日益复杂,迫切需要具备自动响应能力的综合管理体系,完成对各类网络安全设施的统一管理。目前的计算机网络应用系统正在逐步应用各类安全技术和产品,如防火墙、安全审计、入侵检测系统(IDS)、病毒防范、加密通道、安全扫描、身份验证等。防火墙设备需要用厂商提供的专用配置管理软件进行管理;IDS 要采用厂商的控制端软件实现系统状态监控;身份验证系统需要采用相应的控制中心进行管理。管理员如果要实现一个整体安全策略,需要对不同的设备分别进行设置,并根据不同设备的日志和报警信息进行管理,难度较大,特别是当全局安全策略需要进行调整时,很难考虑周全和实现全局的一致性。

所有这些告诉大家一个道理:仅靠技术不能获得整体的信息安全,需要有效的安全管理来支持和补充,才能确保技术发挥其应有的安全作用,真正实现整体的计算机系统安全。

10.1.2 安全管理的目的和任务

安全管理的目的是,通过对计算机和网络系统中各个环节的安全技术和产品实行统一的管理和协调,进而从整体上提高整个系统防御入侵、抵抗攻击的能力,使得系统达到所需的安全级别,将风险控制在用户可以接受的程度。

信息安全管理根据具体管理对象的不同,采用不同的具体管理方法。信息安全管理的具体对象包括机构、人员、软件、设备、介质、涉密信息、技术文档、网络连接、门户网站、应急恢复、安全审计、场地设施等。

安全管理包括多个方面的建设,如技术上实现的计算机安全管理系统、为系统定制的安全管理策略、相应的安全管理制度和人员教育培训等。主要内容有:

1) 系统安全管理。这是指管理系统的安全管理,它是一项综合管理,依据一定的安全保密政策在各级网络中心建立不同等级的安全管理信息库,此信息库包含了系统所需的全部安全信息。

系统安全管理要求保障管理协议和传送管理信息的通道的安全,防止潜在的各种安全威胁和破坏。更应该保证两个安全保密管理应用软件之间通信的安全性。安全保密管理应用软件使用通信信息去更新安全管理信息库之前,必须事先由安全主管部门批准。系统安全管理必须做到有效修改和一致性维护,以保证管理网络的正常工作。系统安全管理还必须保证安全服务管理和安全机制管理的正常交互功能以及其他管理功能的交互作用。

2) 安全服务管理。它为特定的安全服务确定和分配安全保护目标,为提供所需的安全服务选择特定的安全机制。安全服务和安全机制必须符合一定的安全管理协议,并为安全主管部门提供有效的调用。

3) 安全机制管理。它涉及各项安全机制的功能、参数和协议的安全管理。

4) 安全事件处理管理。安全事件处理管理要确定安全事件报告的界限和远距离报告的途径以及处理内容等。它需要对网络进行大量的风险分析和安全分析,比如,明确资源状况、资源弱点、预测事件发生的可能性、事件损失的评估、保险安排、故障控制、安全计划等一系列工作。这是一项非常复杂的工作,其目标是使事件最大限度地减少损失。

5) 安全审计管理。它主要是对安全事件的记录和远距离收集、启用和终止被选安全审计记录数据、事件跟踪调查和安全审计报告等。安全审计数据应防止被任意调用、修改和破坏。

6) 安全恢复管理。主要是对安全事故制订明确的安全恢复计划、规程和操作细则,提出完备的安全恢复报告。必要的备份措施是成功恢复的关键。备份包括通信中心备份、线路备份、设备备份、软件备份和文档资料备份等。安全主管部门应建立安全恢复文档资料。

7) 保密设备和密钥管理。保密设备的使用应与网络中被保护对象的密级一致。密码算法、密钥和保密协议是核心内容,同步技术和工作方式的选择也很重要。对保密设备的管理主要包括保密性能指标的管理、工作状态的管理、保密设备的类型、数量、分配和使用者状况的管理等。

密钥的管理主要涉及密钥的生成、检验、分配、保存、更换、注入和销毁等。

8) 安全行政管理。安全行政管理的重点是要设立专门的安全管理机构、专门的安全管理人员和逐步建立完善的安全管理制度。安全行政管理机构的设立可视网络信息系统的规模而定。

9) 人事管理。人员管理是安全管理的重要环节,特别是各级关键部位的人员,对信息系统的安全起着重要的作用。对人员的安全管理主要包括人员审查和录用、岗位和责任范围的确定、工作评价、人事档案管理、提升、调动和免职、基础培训等。

10.1.3 安全管理原则

计算机信息系统安全管理要遵循如下基本原则。

1) 规范原则。计算机信息系统的规划、设计、实现、运行要有安全规范要求,要根据本机构或部门的安全要求制定相应的安全政策。安全政策中应根据需要选择采用必要的安全功能、安全设备,不应盲目开发、自由设计、违章操作、无人管理。

2) 预防为主原则。在计算机信息系统的规划、设计、采购、集成、安装中应该同步考虑安全政策和安全功能,以预防为主的指导思想对待信息安全问题,不能心存侥幸。

3) 立足国内原则。安全技术和设备首先要立足国内,不能未经许可、不经消化改造直接应用境外的安全保密技术和设备。

4) 选用成熟技术原则。尽量选用成熟的技术,以得到可靠的安全保证。采用新技术时要慎重,要重视其成熟的程度。

5) 注重实效原则。不应盲目追求一时难以实现或投资过大的目标,应使投入与所需要的安全功能相适应。

6) 系统化原则。要有系统工程的思想,前期的投入和建设与后期的提高要求要匹配和衔接,以便能够不断扩展安全功能,保护已有投资。

7) 均衡防护原则。安全防护如同木桶装水,只要木桶的木板有一块坏板,水就会从里面泄漏出来,木桶中的水只和最低一块木板平齐。所以,安全防护措施要注意均衡性,注意是否存在薄弱环节或漏洞。

8) 分权制衡原则。要害部位的管理权限不应交给一个人管理,否则,一旦出现问题将全线崩溃。分权可以相互制约,提高安全性。

9) 应急恢复原则。安全管理要有应急响应预案,并且要进行必要的演练,一旦出现问题就能够马上采取应急措施,阻止风险的蔓延和恶化,将损失减少到最低程度。在灾难可能不会同时波及的地区设立备份中心,保持备份中心与主系统数据的一致性。一旦主系统遇到灾难而瘫痪,便可立即启动备份系统,使系统从灾难中得以恢复,保证系统的连续工作。

10) 持续发展原则。为了应对新的风险,对风险要实施动态管理。因此,要求安全系统具有延续性、可扩展性,能够持续改进,始终将风险控制在可接受的水平。

10.1.4 安全管理的程序和方法

安全管理的最终目标是将系统(即管理对象)的安全风险降低到用户可接受的程度,保证系统的安全运行和使用。风险的识别与评估是安全管理的基础,风险的控制是安全管理的目的,从这个意义上讲,安全管理实际上是风险管理的过程。由此可见,安全管理策略的制定依据就是系统的风险分析和安全要求。

安全管理模型遵循管理的一般循环模式,但是随着新的风险不断出现,系统的安全需求也在不断变化,也就是说,安全问题是动态的。因此,安全管理应该是一个不断改进的持续发展过程。图10-1给出的PDCA安全管理模型就体现出这种持续改进的模式。

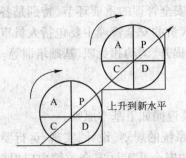

图10-1 PDCA安全管理持续改进模型

PDCA管理模型是由美国著名质量管理专家戴明博士提出,故又称为"戴明循环"或"戴明环"。PDCA管理模型实际上是指有效地进行任何一项工作的合乎逻辑的工作程序,它包括计划(Plan)、执行(Do)、检查(Check)和行动(Action)的持续改进模式,每一次的安全管理活动循环都是在已有的安全管理策略指导下进行的,每次循环都会通过检查环节发现新的问题,然后采取行动予以改进,从而形成了安全管理策略和活动的螺旋式提升。

信息安全管理的程序遵循PDCA循环模式,4个阶段的主要内容是:

1)计划。根据法律、法规的要求和组织内部的安全需求制定信息安全方针、策略,进行风险评估,确定风险控制目标与控制方式,制定信息安全工作计划等内容,明确责任分工,安排工作进度,形成工作文件。

2)执行。按照所选择的控制目标与控制方式进行信息安全管理实施,包括建立权威安全机构,落实各项安全措施,开展全员安全培训等。

3)检查。在实践中检查、评估工作计划执行后的结果,包括制定的安全目标是否合适,是否符合安全管理的原则,是否符合安全技术的标准,是否符合法律法规的要求,是否符合风险控制的指标,控制手段是否能够保证安全目标的实现等,并报告结果。检查阶段就是明确效果,找出问题。

4)行动。行动阶段也可以称之为处理阶段,依据上述检查结果,对现有信息安全管理策略的适宜性进行评审与评估,评价现有信息安全管理体系的有效性。对成功的经验加以肯定并予以规范化、标准化,指导今后的工作,对于失败的教训也进行总结,避免再出现。

10.2 信息安全标准及实施

安全管理不只是网络管理员日常从事的管理概念,而是在明确的安全策略指导下,依据国家或行业制定的安全标准和规范,由专门的安全管理员来实施。因此,网络安全管理的主要任务就是制定安全策略并贯彻实施。制定安全策略主要是依据国家标准,结合本单位的实际情况确定所需的安全等级,然后根据安全等级的要求确定安全技术措施和实施步骤。同时,制定有关人员的职责和网络使用的管理条例,并定期检查执行情况,对出现的安全问题进行记录和处理。

目前,国际流行的信息安全标准大致可以分为以下3类。

第一类是主要解决不同安全产品的互操作性问题,可以称之为互操作标准,如加密标准DES、安全电子邮件标准SMIME、安全电子商务标准SET等。这一类标准在本书前面的相关章节中已有介绍。

第二类是针对信息安全技术和信息工程的,它认定安全等级,评定安全产品和安全服务商,如美国的可信计算机系统评估准则TCSEC、欧盟的信息技术安全性评估准则ITSEC、国际标准组织的信息产品通用测评准则CC/ISO 15408以及我国的计算机信息系统安全保护等级划分准则GB17859-1999。

第三类是针对使用网络和信息系统的企业或组织,它对企业或组织的信息安全管理进行评估,如国际标准ISO/IEC27000标准族。

本节主要介绍第二、三类标准。

10.2.1 国外主要的计算机系统安全评测准则

1. 可信计算机系统评估准则TCSEC(桔皮书)

早在1967年,美国国防科学委员会就提出计算机安全保护问题,1970年美国国防部(DoD)在国家安全局(NSA)建立了一个计算机安全评估中心(NCSC),开始了计算机安全评估的理论与技术的研究。

1983年DoD首次公布了《可信计算机系统评估准则》(Trusted Computer System Evaluation Criteria,TCSEC)以用于对操作系统的评估,这是IT历史上的第一个安全评估标准。1985年公布了第2版。TCSEC为业界所熟知的名字"桔皮书"则是因其封面的颜色而得来。TCSEC的解释文件也被陆续公布以将其应用到其他技术中,如《TCSEC的可信网络解释》(TNI)。TCSEC所列举的安全评估准则主要是针对美国政府的安全要求,着重点是基于大型计算机系统的机密文档处理方面的安全要求。CC被接纳为国际标准后,美国已停止了基于TCSEC的评估工作。

桔皮书把计算机系统的安全分为A、B、C、D 4个大等级7个安全级别。按照安全程度由弱到强的排列顺序是:D,C1,C2,B1,B2,B3,A1(见表10-1)。

表10-1 计算机系统安全级别

安全级别					主要特征
1	D	无保护级	D		无安全保护
2	C	自主保护等级	C1	自主安全保护	自主访问控制
			C2	可控访问保护	可控的自主访问控制与审计
3	B	强制保护等级	B1	标记安全保护	强制访问控制,敏感度标记
			B2	可结构化保护	形式化模型、隐蔽信道约束
			B3	安全区域保护	安全内核、高抗渗透能力
4	A	验证保护等级	A1	可验证性保护	形式化安全验证,隐蔽信道分析

2. 信息技术安全性评估准则ITSEC

《信息技术安全性评估准则》(Information Technology Security Evaluation Criteria,ITSEC)是英国、德国、法国和荷兰四个欧洲国家安全评估标准的统一与扩展,由原欧共体委员会(CEC)在1990年首度公布,俗称"白皮书"。在吸收TCSEC成功经验的基础上,首次在评估准则中提出了信息安全的保密性、完整性与可用性的概念,把可信计算机的概念提高到了可信信息技术的高度。ITSEC 成为欧洲国家认证机构所进行认证活动的一致基准,自 1991 年 7 月起,ITSEC 就一直被实际应用在欧洲国家的评估和认证方案中,直到其被 CC 所取代。

3. 加拿大可信计算机产品评估准则 CTCPEC

1992 年 4 月,《加拿大可信计算机产品评估准则》(CTCPEC)3.0 版的草案发布,它可被看作是在 TCSEC 及 ITSEC 范围之上的进一步发展,而且它实现结构化安全功能的方法也影响了后来的国际标准。该标准将安全需求分为 4 个层次,机密性、完整性、可靠性和可说明性。

4. 美国联邦准则 FC

1993 年颁布的美国联邦准则 FC 参照了 CTCPEC 及 TCSEC,其目的是提供 TCSEC 的升级版本,同时保护已有投资,但 FC 有很多缺陷,是一个过渡标准,后来结合 ITSEC 发展为通用评估标准 CC。

5. 信息技术安全评估通用标准 CC

信息技术安全评估通用标准 CCITSE(Common Criteria of Information Technical Security Evaluation)简称 CC,是在美国、加拿大、欧洲等国家和地区自行推出测评准则并具体实践的基础上,通过相互间的总结和互补发展起来的。

1996 年,六国七方(英国、加拿大、法国、德国、荷兰、美国国家安全局和美国标准技术研究所)公布《信息技术安全性通用评估准则》(CC 1.0 版);

1998 年,六国七方公布《信息技术安全性通用评估准则》(CC 2.0 版);

1999 年 12 月,ISO 接受 CC 为国际标准 ISO/IEC 15408 标准,并正式颁布发行。

从 CC 的发展历史可以看出,CC 源于 TCSEC,但已经完全改进了 TCSEC。TCSEC 主要是针对操作系统的评估,提出的是安全功能要求,目前仍然可以用于对操作系统的评估。随着信息技术的发展,CC 全面地考虑了与信息技术安全性有关的所有因素,以"安全功能要求"和"安全保证要求"的形式提出了这些因素,这些要求也可以用来构建 TCSEC 的各级要求。

CC 定义了作为评估信息技术产品和系统安全性的基础准则,提出了目前国际上公认的表述信息技术安全性的结构,即把安全要求分为规范产品和系统安全行为的功能要求以及解决如何正确有效的实施这些功能的保证要求。

CC 分为以下 3 个部分。

第 1 部分:"简介和一般模型",介绍了 CC 中的有关术语、基本概念和一般模型以及与评估有关的一些框架,附录部分主要介绍保护轮廓(PP)和安全目标(ST)的基本内容。

第 2 部分:"安全功能要求",按"类族—组件"的方式提出安全功能要求,提供了表示评估对象 TOE(Target of Evaluation)安全功能要求的标准方法。每一个类除正文以外,还有对应的提示性附录作进一步解释。

第 3 部分:"安全保证要求",定义了评估保证级别,介绍了 PP(保护轮廓)和 ST(安全目标)的评估,并按"类—族—组件"的方式提出安全保证要求。本部分还定义了 PP 和 ST 的评估准则,并提出了评估保证级别,即定义了评估 TOE 保证的 CC 预定义尺度,这被称为评估保证级别。

CC 的 3 个部分相互依存,缺一不可。其中第 1 部分是介绍 CC 的基本概念和基本原理,第 2 部分提出了技术要求,第 3 部分提出了非技术要求和对开发过程、工程过程的要求。这 3 部分的有机结合具体体现在 PP 和 ST 中,PP 和 ST 的概念和原理由第 1 部分介绍,PP 和 ST 中的安全功能要求和安全保证要求在第 2、3 部分选取,这些安全要求的完备性和一致性,由第 2、3 两部分来保证。

比起早期的评估准则,CC 的特点体现在其结构的开放性、表达方式的通用性以及结构和表达方式的内在完备性和实用性 4 个方面。

在结构的开放性方面,CC 提出的安全功能要求和安全保证要求都可以在具体的"保护轮廓"和"安全目标"中进一步细化和扩展,如可以增加"备份和恢复"方面的功能要求或一些环境安全要求。这种开放式的结构更适应信息技术和信息安全技术的发展。

通用性的特点,即给出通用的表达方式。如果用户、开发者、评估者、认可者等目标读者都使用 CC 语言,互相之间就更容易理解沟通。如用户使用 CC 语言表述自己的安全需求,开发者就可以针对性地描述产品和系统的安全性,评估者也更容易有效客观地进行评估,并确保评估结果对用户而言更容易理解。这种特点对规范实用方案的编写和安全性测试评估都具有重要意义。这种特点也是在经济全球化发展、全球信息化发展的趋势下,进行合格评定和评估结果国际互认的需要。

CC 的这种结构和表达方式具有内在完备性和实用性的特点,具体体现在"保护轮廓"和"安全目标"的编制上。"保护轮廓"主要用于表达一类产品或系统的用户需求,在标准化体系中可以作为安全技术类标准对待。其内容主要包括:

1) 对该类产品或系统的界定性描述,即确定需要保护的对象。

2) 确定安全环境,即指明安全问题——需要保护的资产、已知的威胁、用户的组织安全策略。

3) 产品或系统的安全目的,即对安全问题的相应对策——技术性和非技术性措施。

4) 信息技术安全要求,包括功能要求、保证要求和环境安全要求,这些要求通过满足安全目的,进一步提出具体在技术上如何解决安全问题。

5) 基本原理,指明安全要求对安全目的、安全目的对安全环境是充分且必要的。

6) 附加的补充说明信息。

"保护轮廓"的编制,一方面解决了技术与真实客观需求之间的内在完备性;另一方面用户通过分析所需要的产品和系统面临的安全问题,明确所需的安全策略,进而确定应采取的安全措施,包括技术和管理上的措施,有助于提高安全保护的针对性、有效性。

"安全目标"在"保护轮廓"的基础上,通过将安全要求进一步针对性、具体化,解决了要求的具体实现。常见的实用方案就可以当成"安全目标"对待。通过"保护轮廓"和"安全目标"这两种结构,便于将 CC 的安全性要求具体应用到 IT 产品的开发、生产、测试、评估和信息系统的集成、运行、评估、管理中。

6. ISO/IEC 21827:2002(SSE-CMM)

信息安全工程能力成熟度模型(System Security Engineering Capability Maturity Model),是关于信息安全建设工程实施方面的标准。

SSE-CMM 的目的是建立和完善一套成熟的、可度量的安全工程过程。该模型定义了一个安全工程过程应有的特征,这些特征是完善的安全工程的根本保证。SSE-CMM 模型通常以下述 3 种方式来应用,"过程改善"——可以使一个安全工程组织对其安全工程能力的级别有一个认识,于是可设计出改善的安全工程过程,可以提高他们的安全工程能力;"能力评估"——使一个客户组织可以了解其提供商的安全工程过程能力;"保证"——通过声明提供一个成熟过程所应具有的各种依据,使得产品、系统、服务更具可信性。

SSE-CMM 是系统安全工程领域里成熟的方法体系,在理论研究和实际应用方面具有举足轻重的作用,SSE-CMM 模型适用于所有从事某种形式安全工程的组织,而不必考虑产品的生命周期、组织的规模、领域及特殊性。它已经成为西方发达国家政府、军队和要害部门组织和实施安全工程的通用方法,我国也已准备将 SSE-CMM 作为安全产品和信息系统安全性检测、评估和认证的标准之一。

10.2.2 我国计算机安全等级评测标准

由公安部主持制定、国家技术标准局发布的中华人民共和国国家标准 GBl7895-1999《计算机信息系统安全保护等级划分准则》已经正式颁布,并于 2001 年 1 月 1 日起实施。

《准则》将计算机信息系统安全保护能力划分为 5 个等级,计算机信息系统安全保护能力随着安全保护等级的增高,逐渐增强。

第 1 级:用户自主保护级。它的安全保护机制使用户具备自主安全保护的能力,保护用户的信息免受非法的读写破坏。

第 2 级:系统审计保护级。除具备第 1 级所有的安全保护功能外,要求创建和维护访问的审计跟踪记录,使所有的用户对自己行为的合法性负责。

第 3 级:安全标记保护级。除继承前 1 个级别的安全功能外,还要求以访问对象标记的安全级别限制访问者的访问权限,实现对访问对象的强制访问。

第 4 级:结构化保护级。在继承前面安全级别安全功能的基础上,将安全保护机制划分为关键部分和非关键部分,对关键部分,直接控制访问者对访问对象的存取,从而加强系统的抗渗透能力。

第 5 级:访问验证保护级。这一个级别特别增设了访问验证功能,负责仲裁访问者对访问对象的所有访问活动。

此外,我国针对不同的技术领域还制定了一系列安全标准,目前,我国已经颁布的有关信息安全的标准有 120 多个,电子政务标准化信息网站提供了更多的介绍(http://www.egs.org.cn 或 http://www.egovstd.org.cn)。

10.2.3 国外计算机信息安全管理标准

随着计算机信息安全管理重要性地位的日益突出,20 世纪 90 年代后期,ISO 和 IEC 开始研究和制定信息安全管理标准。SC27 是 ISO/IEC 联合技术委员会 JTCl 下设的专门负责信息安全领域国际标准化研究的分技术委员会。

随着国际信息安全管理体系标准族的初步提出和成型,项目逐渐增多,任务量增大,2005年,SC27 正式将原 WG1 工作组分解为两个工作组,新的 WG1 和 WG4。

新的 WG1 工作组主要针对信息安全管理体系(ISMS)标准与指南进行开发,具体包括:

1)ISO/IEC 27000 标准族(ISMS 标准族)的开发和维护。

2)对未来 ISMS 标准与指南需求的识别。

3)对正在研究的 WG1/SD1(WG1 路线图)的维护。

4)与 SC27 其他工作组的协作,特别是就标准 ISO/IEC27001 中控制措施和控制目标实施的相关内容与 WG4 进行协作。

WG4 工作组则负责对在 ISO/IEC 27001 中定义的支撑控制措施与控制目标实现的服务与应用类标准和指南进行开发维护。

随着新工作组组织结构的调整，国际对信息安全管理相关标准的编号也进行了重新分配和预留，信息安全管理体系路线图相关标准编号为 27000～27029，WG4 安全服务和控制标准路线图相关标准编号为 27030～27039。

下面分别介绍由新的 WG1 工作组负责的信息安全管理体系标准族和 WG4 工作组负责的信息安全服务和控制类标准。

1. 信息安全管理体系标准族——ISO/IEC 27000 标准族

2005 年 SC27 正式启动了信息安全管理体系（ISMS）标准族的研制计划，即 ISO/IEC 27000 系列标准。该系列标准对当时已有的几个内容有重叠的信息安全管理标准进行了整合和改进，吸纳了与 ISMS 主题相关的其他信息安全管理标准项目。目前，ISO/IEC 27001 和 ISO/IEC27002 这两个核心、基础标准已于 2005 年 10 月正式发布，用于指导 ISMS 审核认证机构工作的 ISO/IEC 27006 也于 2007 年 3 月正式发布，其他诸如 ISO/IEC27000/27003/ 27004/ 27005 等支撑 ISO/IEC 27001 实施的标准正在制定过程中，关于 ISMS 审核的标准，即 ISO/IEC 27007，也开始了标准制定流程。下面简单介绍该标准族中的各标准。

1）ISO/IEC 27000《信息技术 安全技术 信息安全管理体系 基础和术语》。内容基于 ISO/ IEC 13335-1：2004《信息技术 安全技术 信息与通信技术安全管理（MICTS）第 1 部分：信息与通信技术安全管理概念和模型》。该标准将规定 ISMS 标准族所共用的基本原则、概念和词汇。预计 2008 年 11 月发布。

2）ISO/IEC 27001《信息技术 安全技术 信息安全管理体系 要求》。内容基于 BS 7799-2。该标准规定了一个组织建立、实施、运行、监视、评审、保持、改进信息安全管理体系的要求；它基于风险管理的思想，旨在通过持续改进的过程（PDCA 模型）使组织达到有效的信息安全。该标准使用了和 ISO 9001、ISO 14001 相同的管理体系过程模型，是一个用于认证和审核的标准。该标准与 ISO/IEC 27002 共同使用，一个组织在按照该标准实施其 ISMS 的过程中，应首先选择 ISO/IEC 27002 中推荐的控制措施。

3）ISO/IEC 27002《信息技术 安全技术 信息安全管理实用规则》。原编号为 ISO/IEC 17799：2005。该标准包括 11 个主要安全类别，汇集了 39 个控制目标和 133 个安全控制措施；是实施 ISO/IEC 27001 的支撑标准，给出了组织建立 ISMS 时应选择实施的控制目标和控制措施集；是一个信息安全最佳实践的汇总集，而不是一个认证和审核标准。

4）ISO/IEC 27003《信息技术 安全技术 信息安全管理体系实施指南》。内容基于 ISO/ IEC WD 24743：2004 的附录 B。该标准提供了 ISO/IEC 27001 具体实施的指南，包括 PDCA 过程的详细指导和帮助。预计 2009 年 5 月发布。

5）ISO/IEC 27004《信息技术 安全技术 信息安全管理测量》。该标准给出了测量组织 ISMS 实施有效性、过程有效性和控制措施有效性的过程和方法。预计 2008 年 11 月发布。

6）ISO/IEC 27005《信息技术 安全技术 信息安全风险管理》。内容基于 ISO/IEC 1st CD 13335-2：2005。该标准给出了信息安全风险管理的一般过程及每个过程的详细内容，包括背景建立、风险分析、风险评价、风险处理、风险接受、风险沟通、风险监视与评审等内容。

7）ISO/IEC 27006《信息技术 安全技术 信息安全管理体系审核认证机构要求》。内容基于 EA-7/03《信息安全管理体系认证/ 注册机构的认可指南》。该标准规定了第三方 ISMS 认证/注册机构应该满足的一般要求。

8）ISO/IEC 27007《信息技术 安全技术 信息安全管理体系审核指南》。目前正处于工作草案征求意见阶段。该标准将提供除了 ISO 19011 中指南以外的、指导 ISMS 审核和信息安全管理体系审核员能力的指南。该标准适用于任何需要进行 ISMS 内部或外部审核的组织，或者需要管理 ISMS 审核计划的组织。

除了上述标准之外，有关 ISMS 监视和评审、ISMS 持续改进等标准是否需要制定也被纳入了国际 ISMS 标准族的研究范围之内。在与其他技术委员会沟通、协调的基础上，国际 ISMS 路线图逐渐将其他行业的 ISMS 标准或指南纳入了 ISO/IEC 27000 标准系列，像电信、银行和金融、健康等方面的信息安全管理标准和指南。

2. 信息安全服务和控制类标准

SC27 在重组工作组之前，已经制定了一批信息安全服务和控制方面的标准和指南。但是由于当时国际信息安全管理标准整体框架尚未建立，标准定位不清晰，使得这些标准实际发挥的作用受到了一定程度的限制。随着新的 SC27/WG4 的成立及其工作范围的明确，国际上也开始了这方面标准路线图的研究，通过对现有标准进行了梳理和整合，规划了该工作组未来的标准研究思路和方向。表 10-2 列出 WG4 工作组当前的所有标准项目情况。

表 10-2　WG4 当前的标准项目

标准编号	标准名称	备　注
ISO/IEC 15816（X.841）	用于访问控制的安全信息对象	2002 年发布第 1 版
ISO/IEC 14516（X.842）	使用和管理可信第三方服务的指南	2006 年发布第 1 版
ISO/IEC 15945（X.843）	支持数字签名应用的 TTP 服务规范	2002 年发布第 1 版
ISO/IEC 15947	IT 入侵检测框架	2002 年发布的第 1 版已被撤销，内容并入 ISO/IEC 18043:2006 的附录 A 中
ISO/IEC 18043	入侵检测系统的选择、配置和运行	2006 年 6 月发布第 1 版
ISO/IEC 18044	信息安全事件管理	2004 年 10 月发布第 1 版
ISO/IEC 24762	信息和通信技术灾难恢复服务指南	2008 年 2 月发布第 1 版
ISO/IEC 27033-1（原 ISO/IEC 18028-1）	IT 网络安全 第 1 部分：网络安全管理	2006 年 7 月发布，2007 年 5 月开始修订，目前处于 1st WD
ISO/IEC 27033-2（原 ISO/IEC 18028-2）	IT 网络安全 第 2 部分：网络安全体系结构	2006 年 2 月发布，2007 年 5 月开始修订，目前处于 1st WD
ISO/IEC 27033-3（原 ISO/IEC 18028-6）	IT 网络安全 第 3 部分：参考连网方案 风险、设计、技术和控制问题	新工作项目提案
ISO/IEC 27033-4（原 ISO/IEC 18028-3）	IT 网络安全 第 4 部分：带网络安全网关的安全网络信息 风险、设计、技术和控制问题	2005 年 4 月发布第 1 版，目前正在修订
ISO/IEC 27033-5（原 ISO/IEC 18028-4）	IT 网络安全 第 5 部分：安全远程访问 风险、设计、技术和控制问题	2005 年 4 月发布第 1 版，目前正在修订
ISO/IEC 27033-6（原 ISO/IEC 18028-5）	IT 网络安全 第 6 部分：使用 VPN 的网络间的安全通信	2006 年 7 月发布第 1 版，目前正在修订
ISO/IEC 27033-7（原 ISO/IEC 18028-7）	IT 网络安全 第 7 部分：网络安全的设计和实现指南	新工作项目提案
ISO/IEC 27031	业务连续性的 ICT 准备	新工作项目提案
ISO/IEC 27032	数字安全指南	新工作项目提案
ISO/IEC 27034	应用安全指南	新工作项目提案

10.2.4　我国信息安全管理标准

我国信息安全标准化研究的初期,本着积极采用国际标准的原则,转化了一批国际信息安全基础技术标准,成为我国信息安全标准化的基础。但是,一直以来"重技术、轻管理"的思想使得多年来我国的信息安全管理标准研究基本处于空白阶段。2002 年 4 月,在国务院信息化工作办公室和国家标准化管理委员会的指导下,成立了全国信息安全标准化技术委员会,并启动了信息安全管理工作组(WG7),该工作组在我国信息安全管理标准空白的情况下,学习研究当前国际信息安全管理标准化的重点项目,目前已正式发布了信息安全管理国家标准 9 项,如表 10-3 所示。

表 10-3　正式发布的信息安全管理国家标准

标准编号	标准名称	备　注
GB/T 19715.1-2005	信息技术 信息技术安全管理指南 第 1 部分:信息技术安全概念和模型	
GB/T 19715.2-2005	信息技术 信息技术安全管理指南 第 2 部分:管理和规划信息技术安全	
GB/T 19716-2005	信息技术 信息安全管理实用规则	正在修订
GB/T 20269-2006	信息安全技术 信息系统安全管理要求	
GB/T 20282-2006	信息安全技术 信息系统安全工程管理要求	
GB/T 20984-2007	信息安全技术 信息安全风险评估规范	
GB/Z 20985-2007	信息技术 安全技术 信息安全事件管理指南	
GB/Z 20986-2007	信息安全技术 信息安全事件分类分级指南	
GB/T 20988-2007	信息安全技术 信息系统灾难恢复规范	

在这 9 项国家标准中,GB/T19715.1-2005、GB/T19715.2-2005、GB/T 19716-2005、GB/Z 20985-2007 是由国际先进标准转化而来的;GB/T 20269-2006、GB/T 20282-2006 是吸收原有行业标准的精华上升为国家标准的;GB/T 20984-2007、GB/Z 20986-2007、GB/T 20988-2007 则是根据国家关于信息安全风险评估、重要信息系统灾难备份,以及应急处理制度和网络与信息安全信息通报制度等有关文件的精神和要求,自主研究制定的国家标准。

由于我国尚未形成自成体系的信息安全管理标准框架,这些标准似乎处于"各自为政"的状态,但实际上它们对有关行业和领域的安全管理工作具有重要的参考价值,为下一步我国信息安全管理标准的研制规划积累了宝贵的经验。

考虑到国际 ISMS 标准族及 ISO/IEC 27001 国际认证给我国电子商务带来的潜在的影响,为使我国企业及时、正确地了解国际标准情况,标准化、规范化自身的安全管理行为,在市场竞争中占据优势,目前 WG7 还组织了对国际 ISO/IEC 27000 标准族中相关标准的研究,并转化其中成熟的部分。

根据国家信息安全标准化"十一五"规划中提出的信息安全管理标准化工作要求,我国下一步信息安全管理标准化研究工作将围绕信息安全等级保护、信息安全管理体系标准族、信息安全应急与灾备、信息安全服务管理等四方面展开。

10.2.5　计算机信息系统安全等级保护管理要求

为保障我国计算机信息系统基础设施的安全与健康发展,我国 1994 年颁布了《计算机信息系统安全保护条例》,并决定对计算机信息系统安全实施等级保护制度,1999年发布了《计算机信息系统安全保护等级划分准则》(以下简称《准则》)。为了使《准则》有效实施,制定一系列标准和指南不仅必要而且紧迫。《计算机信息系统安全等级保护管理要求》(GA/T 391-2002,以下简称《管理要求》)正是《准则》在安全管理,特别是安全行政管理方面的重要延伸,是等级保护体系标准的重要组成部分,也是其他系列标准有效实施的保证。《管理要求》与《准则》技术要求、工程要求、评估要求等形成一个整体并共同保障《准则》的有效实施。

《管理要求》编制过程中,主要参考了如下标准。

1) ISO/IEC 13335:《信息技术 IT 安全管理指南》(GMITS)第 1~5 部分。

2) ISO/IEC 17799-2000:《信息技术 信息安全管理实践规范》。

根据《准则》所确定的 5 个安全保护等级的要求,从行政管理和可加以管理操作实施的各类因素出发,针对潜在威胁和薄弱环节,从以下 6 个层面的提出管理要求,以确保建立一个集成的、适用的、可操作的计算机信息系统的安全管理体系框架。

1) 物理层:硬件平台的安全管理要求。

2) 系统层:操作系统、数据库系统安全管理要求。

3) 网络层:网络系统安全管理要求。

4) 应用层:应用系统安全管理要求。

5) 运行层:运行过程安全管理要求。

6) 管理层:安全管理职责体系要求。

《管理要求》不仅对计算机信息系统安全的五个层面提出与安全管理有关的要求,对管理层面本身的安全也提出了相应的要求,其关系如图 10-2 所示。

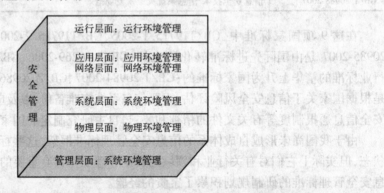

图 10-2　安全管理要求

在《管理要求》中,从物理安全管理、系统安全管理、网络安全管理、应用安全管理和运行安全管理这 5 个层面阐述了安全管理的要求,从而保证实现整个计算机信息系统安全目标:信息安全和计算机信息系统安全。在运行安全中,涉及了大量的内容,包括信息安全、IT 风险管理、生命周期管理等,由于管理成效是计算机信息系统安全和信息安全的决定因素,所以《管理要求》就涉及的各种基本管理事务进行了说明,并提出了相应的管理要求。

通过以上简单的描述可以看出,通过科学、可信的安全管理,在计算机信息系统的整个生命周期的有效管理和组织,才能有效保证计算机信息系统的可靠性、可用性、可生存性,只有安全管理才能保证安全技术的正确实施和有效运行。

10.3　安全管理与立法

为了保证计算机信息系统的安全,除了运用技术手段和管理手段外,应不断加强立法和执法力度,这是对付计算机犯罪,保证计算机及网络安全,保证信息系统安全的重要基础。只有重视和加强了立法和执法力度,计算机安全和信息系统的安全才能够改善和提高。

10.3.1　我国信息安全相关法律法规介绍

1.《中华人民共和国宪法》

宪法是依法治国的根本大法,是我国一切法律法规的依据。因此信息化建设和信息安全都要从根本上遵守宪法。

2.《中华人民共和国计算机信息系统安全保护条例》

1994年2月18日中华人民共和国国务院147号令发布了《中华人民共和国计算机信息系统安全保护条例》。该条例是我国历史上第一个规范计算机信息系统安全管理、惩治侵害计算机安全违法犯罪的法规,在我国网络安全立法历史上具有里程碑意义。

《条例》有5章31条,在总则中确定了由公安部主管全国计算机信息系统安全保护工作。国家安全部、国家保密局和国务院其他有关部门,在国务院规定的职责范围内做好计算机信息系统安全保护的有关工作。计算机信息系统的安全保护工作的重点是维护国家事务、经济建设、国防建设、尖端科学技术等重要领域的计算机信息系统的安全。计算机信息系统的安全保护,应当保障计算机及其相关的和配套的设备、设施(含网络)的安全,运行环境的安全,保障信息的安全,保障计算机功能的正常发挥,以维护计算机信息系统的安全运行。任何组织或个人,不得利用计算机信息系统从事危害国家利益、集体利益和公民合法利益的活动,不得危害计算机信息系统的安全。

在第2章安全保护制度中要求:

1)计算机信息系统的建设和应用,应当遵守法律、行政法规和国家其他有关规定。

2)计算机信息系统要实行安全等级保护。

3)机房建设要符合国家标准和有关规定。

4)进行国际联网的计算机信息系统要进行备案。

5)携带计算机信息媒体出境要如实向海关申报。

6)计算机信息系统的使用单位应当建立健全安全管理制度。

7)发生案件要向公安机关报告。

8)对计算机病毒和危害社会公共安全的其他有害数据的防治研究工作,由公安部归口管理。

9)计算机信息系统安全专用产品的销售实行许可证制度。

在第3章安全监督中规定:

1)公安机关对计算机信息系统保护工作行使监督、检查、指导;查处危害计算机信息系统安全的违法犯罪案件;履行计算机信息系统安全保护工作的其他监督等职责。

2)公安机关发现影响计算机信息系统安全的隐患时,应当及时通知使用单位采取安全保护措施。紧急情况下,可以就涉及计算机信息系统安全的特定事项发布专项通令。

在第 4 章法律责任中规定了对以下 5 种行为由公安机关处以警告或者停机整顿。

1）违反计算机信息系统安全等级保护制度,危害计算机信息系统安全的。

2）违反计算机信息系统国际联网备案制度的。

3）不按照规定时间报告计算机信息系统中发生的案件的。

4）接到公安机关要求改进安全状况的通知后,在限期内拒不改进的。

5）有危害计算机信息系统安全的其他行为的。

《条例》以计算机为中心建立了安全保护制度。条例第 5 条规定,"中华人民共和国境内的计算机的安全保护,适用本条例。未联网的微型计算机的安全保护办法,另行制定。"因此,《条例》保护的对象不是未联网的微型计算机即所谓的单机,而是有配套网络设备、设施(包括具有联网功能但临时未联网)的计算机。但是,《条例》建立的安全保护制度并非以计算机网络为重点,而是以计算机为中心,《条例》中的各项制度都是针对于计算机而制定的,如计算机安全等级标准、安全等级保护的具体办法、计算机机房标准、计算机使用单位的安全管理制度等,没有直接规定保护计算机信息网络安全的条款。

《条例》规定的各项具体安全保护制度分为两类,一类是安全管理制度,如《条例》第 11 条规定的计算机国际联网备案制度和第 12 条规定的计算机信息媒体的海关管理制度等;一类是计算机技术防护制度,如第 9 条规定的计算机安全等级保护制度和第 10 条规定计算机机房标准等。而在保护计算机安全的行为规范方面,只有第 7 条对此进行概括地规定,即"任何组织或者个人,不得利用计算机信息系统从事危害国家利益、集体利益和公民合法利益的活动,不得危害计算机信息系统的安全。"

事实上,保护计算机安全应当既重视计算机本身的安全防护能力,也应当重视建立计算机安全保护的行为规范,以遏制各种危害计算机安全的违法犯罪行为。

3.《计算机信息网络国际联网安全保护管理办法》

随着我国互联网应用迅猛发展,利用互联网犯罪成为计算机、网络相关犯罪的主要特点,越来越多的犯罪通过互联网来实施,例如"黑客"非法侵入,"网络蠕虫"病毒、网络诈骗、网络盗窃、网络敲诈等各种涉网案件大量发生,并在计算机、网络相关犯罪案件中占据绝对比例。跨国跨区域的计算机网络犯罪成为最常见的犯罪形式。

1997 年 12 月 11 日经国务院批准,1997 年 12 月 30 日由公安部发布了《计算机信息网络国际联网安全保护管理办法》,该办法共 5 章 25 条,其目的在于加强对计算机信息网络国际联网的安全保护,维护公共秩序和社会稳定。

《办法》基本上修正了《条例》的缺陷,强调重视计算机信息网络安全的保护,同时,不仅规定了计算机信息网络安全保护制度,还在第一章"总则"中较为全面的规定了两类网络违法犯罪行为,建立了网络安全行为规范。

《办法》总则规定:

1）任何单位和个人不得利用国际联网危害国家安全、泄露国家秘密,不得侵犯国家的、社会的、集体的利益和公民的合法权益,不得从事违法犯罪活动。

2）任何单位和个人不得利用国际联网制作、复制、查阅和传播下列信息:煽动抗拒、破坏宪法和法律、行政法规实施的,煽动颠覆国家政权,推翻社会主义制度的;煽动分裂国家、破坏国家统一的;煽动民族仇恨、民族歧视,破坏民族团结的;捏造或者歪曲事实,散布谣言,扰乱社会秩序的;宣扬封建迷信、淫秽、色情、赌博、暴力、凶杀、恐怖,教唆犯罪的;公然侮辱他人或者捏造事实诽谤他人的;损害国家机关信誉的;其他违反宪法和法律、行政法规的。

3)任何单位和个人不得从事下列危害计算机信息网络安全的活动:未经允许,进入计算机信息网络或者使用计算机信息网络资源的;未经允许,对计算机信息网络功能进行删除、修改或者增加的;未经允许,对计算机信息网络中存储、处理或者传输的数据和应用程序进行删除、修改或者增加的;故意制作、传播计算机病毒等破坏性程序的;其他危害计算机信息网络安全的。

4)用户的通信自由和通信秘密受法律保护。任何单位和个人不得违反法律规定,利用国际联网侵犯用户的通信自由和通信秘密。

《办法》的第2章安全保护责任中规定:

国际出入口信道的提供单位、互联单位的主管部门或者主管单位,应当依照法律和国家有关规定负责国际出入口信道、所属互联网络的安全保护管理工作。其安全保护职责是:

1)负责本网络的安全保护管理工作,建立健全安全保护管理制度。

2)落实安全保护技术措施,保障本网络的运行安全和信息安全。

3)负责对本网络用户的安全教育和培训。

4)对委托发布信息的单位和个人进行登记,并对所提供的信息内容按照本办法进行审核。

5)建立计算机信息网络电子公告系统的用户登记和信息管理制度。

6)发现有本办法所列情形之一的,应当保留有关原始记录,并在24小时内向当地公安机关报告。

7)按照国家有关规定,删除本网络中含有本办法规定内容的地址、目录或者关闭服务器。

还规定了备案、用户变更账号管理登记,涉及重要领域的审批以及要求采取相应的安全保护措施。

在第3章安全监督中规定:

各级公安机构应当有相应机构负责国际联网的安全保护管理工作,公安机关计算机管理监察机构应当掌握互联单位、接入单位和用户的备案情况,建立备案档案进行备案统计,并按照国家有关规定逐级上报。应当督促互联单位、接入单位及有关用户建立健全安全保护管理制度。监督、检查网络安全保护管理以及技术措施的落实情况。发现含有违规内容的地址、目录或者服务器时,应当通知有关单位关闭或者删除。应当负责追踪和查处通过计算机信息网络的违法行为和针对计算机信息网络的犯罪案件,对违反规定的违法犯罪行为,应当按照国家有关规定移送有关部门或者司法机关处理。

在第四章法律责任中规定了罚则和处理办法。

4.《中华人民共和国刑法》

《计算机信息网络国际联网安全保护管理办法》和《中华人民共和国计算机信息系统安全保护条例》一起构建了我国较为完备的网络安全法规体系,但是他们是行政处罚法规,只能处罚网络犯罪中社会危害性较轻的行为,对于其中社会危害性严重的则达不到有效的打击效果。因此,必须建立打击网络犯罪的刑法规范,并使之在建立网络安全行为规范和控制网络犯罪中发挥作用。

在国内网络安全形势发展的推动下,我国刑法进行重新修订时,新增了第285条、第286条和287条,设立了非法侵入计算机信息系统罪和破坏计算机信息系统罪。

第 285 条:违反国家规定,侵入国家事务、国防建设、尖端科学技术领域的计算机信息系统的,处 3 年以下有期徒刑或者拘役。

第 286 条:违反国家规定,对计算机信息系统功能进行删除、修改、增加、干扰,造成计算机信息系统不能正常运行,后果严重的,处 5 年以下有期徒刑;后果特别严重的,处 5 年以上有期徒刑。违反国家规定对计算机信息系统中存储、处理或者传输的数据和应用程序进行删除、修改、增加操作,后果严重的,依照前款的规定处罚。故意制作、传播计算机病毒等破坏性程度,影响计算机系统正常运行,后果严重的,依照第一款的规定处罚。

第 287 条:利用计算机实施金融诈骗、盗窃、贪污、挪用公款、窃取国家秘密或者其他犯罪的,依照本法有关规定定罪处罚。

5.《全国人民代表大会常务委员会关于维护互联网安全的决定》

从保护信息社会发展的角度看,《中华人民共和国刑法》保护的对象过于狭窄,许多重要领域的计算机信息系统,如航空、交通、医院等领域的计算机信息系统都没有得到刑法的保护。

2000 年 12 月 28 日,九届全国人大常委会第十九次会议表决通过《全国人民代表大会常务委员会关于维护互联网安全的决定》。决定从 4 个方面界定了构成犯罪,依照刑法有关规定追究刑事责任的 15 种行为。

1）在保障互联网的运行安全方面:

- 侵入国家事务、国防建设、尖端科学技术领域的计算机信息系统。
- 故意制作、传播计算机病毒等破坏性程序,攻击计算机系统及通信网络,致使计算机系统及通信网络遭受损害。
- 违反国家规定,擅自中断计算机网络或者通信服务,造成计算机网络或者通信系统不能正常运行。

2）在维护国家安全和社会稳定方面:

- 利用互联网造谣、诽谤或者发表、传播其他有害信息,煽动颠覆国家政权、推翻社会主义制度,或者煽动分裂国家、破坏国家统一。
- 通过互联网窃取、泄露国家秘密、情报或者军事秘密。
- 利用互联网煽动民族仇恨、民族歧视,破坏民族团结。
- 利用互联网组织邪教组织、联络邪教组织成员,破坏国家法律、行政法规实施。

3）在维护社会主义市场经济秩序和社会管理秩序方面:

- 利用互联网销售伪劣产品或者对商品、服务做虚假宣传。
- 利用互联网损坏他人商业信誉和商品声誉。
- 利用互联网侵犯他人知识产权。
- 利用互联网编造并传播影响证券、期货交易或其他扰乱金融秩序的虚假信息。
- 在互联网上建立淫秽网站、网页,提供淫秽站点链接服务,或者传播淫秽书刊、影片、音像、图片。

4）在保护个人、法人和其他组织的人身、财产等合法权利方面:

- 利用互联网侮辱他人或者捏造事实诽谤他人。
- 非法截获、篡改、删除他人电子邮件或者其他数据资料,侵犯公民通信自由和通信秘密。
- 利用互联网进行盗窃、诈骗、敲诈勒索。

《决定》还指出除了上述行为以外的其他行为,构成犯罪的,也须依照刑法有关规定追究刑事责任。利用互联网实施违法行为，违反社会治安管理，尚不构成犯罪的，由公安机关依照《治安管理处罚条例》予以处罚；违反其他法律、行政法规，尚不构成犯罪的，由有关行政管理部门依法给予行政处罚；对直接负责的主管人员和其他直接责任人员，依法给予行政处分或者纪律处分。利用互联网侵犯他人合法权益，构成民事侵权的，依法承担民事责任。

《决定》要求，各级人民政府及有关部门要采取积极措施，在促进互联网的应用和网络技术的普及过程中，重视和支持对网络安全技术的研究和开发，增强网络的安全防护能力，有关主管部门要加强对互联网的运行安全和信息安全的宣传教育，依法实施有效的监督管理，防范和制止利用互联网进行的各种违法活动，为互联网的健康发展创造良好的社会环境，从事互联网业务的单位要依法开展活动，发现互联网上出现违法犯罪行为和有害信息时，要采取措施，停止传输有害信息，并及时向有关机关报告，任何单位和个人在利用互联网时，都要遵纪守法，抵制各种违法犯罪行为和有害信息。人民法院、人民检察院、公安机关、国家安全机关要各司其职，密切配合，依法严厉打击利用互联网实施的各种犯罪活动。要动员全社会的力量，依靠全社会的共同努力，保障互联网的运行安全与信息安全，促进社会主义精神文明和物质文明建设。

6.《计算机病毒防治管理办法》

《计算机病毒防治管理办法》由公安部于 2000 年 4 月 26 日发布执行，共 22 条。目的是加强对计算机病毒的预防和治理，保护计算机信息系统安全。其主要内容如下：

1）公安部公共信息网络安全监察部门主管全国的计算机病毒防治管理工作，地方各级公安机关具体负责本行政区域内的计算机病毒防治管理工作。

2）任何单位和个人应接受公安机关对计算机病毒防治工作的监督、检查和指导，不得制作、传播计算机病毒。

3）计算机防病毒产品厂商，应及时向计算机病毒防治产品检测机构提交病毒样本。

4）拥有计算机信息系统的单位应建立病毒防治管理制度并采取防治措施。

5）病毒防治产品应具有计算机信息系统安全专用产品销售许可证，并贴有"销售许可"标记。

7.《计算机信息系统国际联网保密管理规定》

《计算机信息系统国际联网保密管理规定》由国家保密局发布并于 2000 年 1 月 1 日开始执行，分 4 章共 20 条。目的是加强国际联网的保密管理，确保国家秘密的安全。

总则中规定：

国家保密工作部门主管全国的国际联网保密工作；县级以上地方各级保密工作部门主管本行政区域内的国际联网保密工作；中央国家机关在其职权范围内主管本系统国际联网的保密工作。

国际联网的保密管理，实行控制源头、归口管理、分级负责、突出重点、有利发展的原则。

《规定》第 2 章要求的保密制度主要有：

1）涉及国家秘密的计算机信息系统，必须实行物理隔离。

2）涉及国家秘密的信息，不得在国际联网的计算机信息系统中存储、处理、传递。

3）上网信息的保密管理坚持"谁上网谁负责"的原则。

《规定》第 3 章要求实施的保密监督包括：保密检查；监督、检查保密管理制度规定的执行情况；依法查处各种泄密行为。

8.《互联网电子公告服务管理规定》

2000 年 10 月 8 日,中华人民共和国信息产业部第三号令颁布了《互联网电子公告服务管理规定》。《规定》根据《互联网信息服务管理办法》制定,旨在加强对互联网电子公告服务的管理,规范电子公告信息发布行为,维护国家安全和社会稳定,保障公民、法人和其他组织的合法权益。《规定》共 22 条。主要内容有:

《规定》所称电子公告服务,是指在互联网上以电子布告牌、电子白板、电子论坛、网络聊天室、留言板等交互形式为上网用户提供信息发布条件的行为。

电子公告服务提供者开展服务活动,应当遵守法律、法规,加强行业自律,接受信息产业部及省、自治区、直辖市电信管理机构和其他有关主管部门依法实施的监督检查。

上网用户使用电子公告服务系统,应当遵守法律、法规,并对所发布的信息负责。

还规定了从事互联网信息服务,拟开展电子公告服务应当具备的条件。

规定了不得在电子公告服务系统中发布含有下列内容之一的信息。

1) 反对宪法所确定的基本原则的。

2) 危害国家安全,泄露国家秘密,颠覆国家政权,破坏国家统一的。

3) 损害国家荣誉和利益的。

4) 煽动民族仇恨、民族歧视,破坏民族团结的。

5) 破坏国家宗教政策,宣扬邪教和封建迷信的。

6) 散布谣言,扰乱社会秩序,破坏社会稳定的。

7) 散布淫秽、色情、赌博、暴力、凶杀、恐怖或者教唆犯罪的。

8) 侮辱或者诽谤他人,侵害他人合法权益的。

9) 含有法律、行政法规禁止的其他内容的。

违反本规定第十二条的规定,未经上网用户同意,向他人非法泄露上网用户个人信息的,由省、自治区、直辖市电信管理机构责令改正;给上网用户造成损害或者损失的,依法承担法律责任。

9.《中华人民共和国电子签名法》

《中华人民共和国电子签名法》由中华人民共和国第十届全国人民代表大会常务委员会第十一次会议于 2004 年 8 月 28 日通过,自 2005 年 4 月 1 日起施行。《电子签名法》共 5 章 36 条。

这部法律确立了电子签名的法律效力,首次赋予电子签名与传统的文本签名具有同等法律效力,承认电子文件与书面文书具有同等效力。明确了电子签名规则,消除了电子商务发展的法律障碍,意味着互联网上用户的身份确定成为可能,为互联网从单纯的媒体时代过渡到全面应用时代奠定了基础,从法律上维护电子交易各方的合法权益,保障电子交易安全。为我国的电子交易,电子政务,乃至各类网上民事活动的开展提供了公平和安全的保证,为电子商务和电子政务发展创造了有利的法律环境。

10.《互联网安全保护技术措施规定》

2005 年 12 月 13 日,公安部颁布了《互联网安全保护技术措施规定》(以下简称"规定"),于 2006 年 3 月 1 日起实施。《规定》是与《计算机信息网络国际联网安全保护管理办法》(以下简称"管理办法")配套的一部部门规章,它从保障和促进我国互联网发展出发,根据《管理办法》的有关规定,对互联网服务单位和联网单位落实安全保护技术措施提出了明确、具体和可操作性的要求,保证了安全保护技术措施的科学、合理和有效的实施,有利于加强和规范互联网安全保护工作,提高互联网服务单位和联网单位的安全防范能力和水平,预防和制止网上违法犯罪活动。

《规定》包括立法宗旨、适用范围、互联网服务单位和联网使用单位及公安机关的法律责任、安全保护技术措施要求、措施落实与监督和相关名词术语解释等 6 个方面的内容,共 19 条 2000 余字。主要内容:

1)明确了互联网安全保护技术措施是指保障互联网安全和信息安全、防范违法犯罪的技术设施和技术手段,并且规定了互联网安全保护技术措施负责落实的责任主体是互联网服务提供者和联网使用单位;负责实施监督管理工作的责任主体是各级公安机关公共信息网络安全监察部门。

2)强调了互联网服务单位和联网使用单位要建立安全保护措施管理制度,保障安全保护技术措施的实施不得侵犯用户的通信自由和通信秘密,除法律和行政法规规定外,任何单位和个人未经用户同意不得泄露和公开用户注册信息。

3)规定了互联网服务单位和联网使用单位应当落实的基本安全保护技术措施,并分别针对互联网接入服务单位、互联网信息服务单位、互联网数据中心服务单位和互联网上网服务单位规定了各自应当落实的安全保护技术措施。安全保护技术措施主要包括防范计算机病毒、防范网络入侵攻击和防范有害垃圾信息传播,以及系统运行和用户上网登录时间和网络地址记录留存等技术措施要求。

4)为了保证安全保护技术措施的科学合理和统一规范,规定安全保护技术措施应当符合国家标准,没有国家标准的应当符合公共安全行业标准。为了及时发现报警和预警防范网上计算机病毒、网络攻击和有害信息传播,规定了安全保护技术措施应当具有符合公共安全行业技术标准的联网接口。

5)为保证安全保护技术措施的正常运行,《规定》明确了互联网服务单位和联网单位不得实施故意破坏安全保护技术措施、擅自改变措施功能和擅自删除、篡改措施运行记录等行为。同时,《规定》作为《管理办法》的完善和补充,不再设立新的罚则,对违反《规定》的行为将依照《管理办法》第 21 条的规定予以处罚。

6)明确了公安机关监督管理责任和规范了公安机关监督检查行为。《规定》明确公安机关应当依法对辖区内互联网服务单位和联网使用单位安全保护技术措施落实情况进行指导、监督和检查。同时规定,公安机关在依法监督检查时,监督检查人员不得少于 2 人,并应当出示执法身份证件,互联网服务单位、联网单位应当派人参加。

《规定》的颁布实施有利于加强和规范互联网安全技术防范工作,保护互联网服务单位、联网使用单位和广大网民合法权益,维护国家安全、社会秩序和公共利益,促进互联网健康有序发展。《规定》的贯彻实施需要公安机关、政府有关部门、互联网服务单位、联网使用单位和社会各界的广泛支持和参与。

11.《信息安全等级保护管理办法》

为加快推进信息安全等级保护,规范信息安全等级保护管理,提高信息安全保障能力和水平,维护国家安全、社会稳定和公共利益,保障和促进信息化建设,国家公安部、国家保密局、国家密码管理局、国务院信息化工作办公室于 2007 年 6 月 22 日颁布了《信息安全等级保护管理办法》,并自颁布之日起实施。

信息系统的安全保护等级分为以下 5 级。

第 1 级：信息系统受到破坏后，会对公民、法人和其他组织的合法权益造成损害，但不损害国家安全、社会秩序和公共利益。

第 2 级：信息系统受到破坏后，会对公民、法人和其他组织的合法权益产生严重损害，或者对社会秩序和公共利益造成损害，但不损害国家安全。

第 3 级：信息系统受到破坏后，会对社会秩序和公共利益造成严重损害，或者对国家安全造成损害。

第 4 级：信息系统受到破坏后，会对社会秩序和公共利益造成特别严重损害，或者对国家安全造成严重损害。

第 5 级：信息系统受到破坏后，会对国家安全造成特别严重损害。

新办法中不再将监管强度、保护措施与系统定级标准相对应，而是根据信息系统被侵害客体的受侵害程度进行划分。再有，等级保护工作的主要内容是定级、备案、系统建设整改、等级测评、监督检查，而科学、准确、公正地确定信息系统的安全等级是开展信息安全等级保护工作的关键。

10.3.2　我国有关计算机软件知识产权的保护

按照国际惯例和我国法律，知识产权主要是通过版权（著作权）进行保护的，我国已在 1991 年颁布了《计算机软件保护条例》。因此，公司或个人开发完成的软件应及时申请软件著作权保护，这是一项主要手段。

还可通过申请专利来保护软件知识产权，但是专利对象必须具备新颖性、创造性和实用性，这样使得有的产品申请专利十分困难。

此外，软件可以作为商品投放市场。因而，大批量的软件可以用公司的专用商标，即计算机软件也受到商标法的间接保护，但是少量生产的软件难以采用商标法保护，而且商标法实际上保护的是软件的销售方式，而不是软件本身。

还可运用商业秘密法保护软件产品。

由于以上各种法律法规并不是专门为保护软件所设立，单独的某一种法律法规在保护软件方面都有所不足，因此应综合运用多种法规来达到软件保护的目的。下面分别介绍各种保护方法。

1.《计算机软件保护条例》

按照我国现有法律的定义，计算机软件是指计算机程序及其文档资料。软件（程序和文档）具有与文字作品相似的外在表现形式，即表达，或者说软件的表达体现了作品性，因而软件本身所固有的这一特性——作品性，决定了它的法律保护方式——版权法，这一点已被软件保护的发展史所证实。

版权法在我国被称为《中华人民共和国著作权法》（下面简称《著作权法》），该法第 3 条规定，计算机软件属于《著作权法》保护作品之一。

2001 年 12 月 20 日，中华人民共和国国务院令第 339 号发布了《计算机软件保护条例》。该条例根据《著作权法》制定，旨在保护计算机软件著作权人的权益，调整计算机软件在开发、传播和使用中发生的利益关系，鼓励计算机软件的开发与应用，促进软件产业和国民经济信息化的发展。《条例》分 5 章 33 条。

《条例》第 1 章解释了常用语的含义：

1）计算机程序：是指为了得到某种结果而可以由计算机等具有信息处理能力的装置执行的代码化指令序列，或者可以被自动转换成代码化指令序列的符号化指令序列或符号化语句序列。同一计算机程序的源程序和目标程序为同一作品。

2）文档：是指用来描述程序的内容、组成、设计、功能规格、开发情况、测试结果及使用方法的文字资料和图表等，如程序设计说明书、流程图、用户手册等。

3）软件开发者：是指实际组织开发、直接进行开发，并对开发完成的软件承担责任的法人或者其他组织；或者依靠自己具有的条件独立完成软件开发，并对软件承担责任的自然人。

4）软件著作权人：是指依照本条例的规定，对软件享受著作权的自然人、法人或者其他组织。

《条例》规定，受保护的软件必须由开发者独立开发，并已固定在某种有形物体上；对软件著作权的保护不延及开发软件所用的思想、处理过程、操作方法或者数学概念等。

《条例》在第 2 章中规定了软件著作权人享有的各项权利：

1）发表权：即决定软件是否公之于众的权利。

2）署名权：即表明开发者身份，在软件上署名的权利。

3）修改权：即对软件进行增补、删节，或者改变指令、语句顺序的权利。

4）复制权：即将软件制作一份或者多份的权利。

5）发行权：即以出售或者赠与方式向公众提供软件的原件或者复制件的权利。

6）出租权：即有偿许可他人临时使用软件的权利，但是软件不是出租的主要标的的除外。

7）信息网络传播权，即以有线或者无线方式向公众提供软件，使公众可以在其个人选定的时间和地点获得软件的权利。

8）翻译权：即将原软件从一种语言文字转换成另一种自然语言文字的权利。

9）应当由软件著作权人享有的其他权利：软件著作权人可以许可他人行使其软件著作权，并有权获得报酬。软件著作权人可以全部或者部分转让其软件著作权，并有权获得报酬。

软件著作权自软件开发完成之日产生。自然人的软件著作权，保护期为自然人终生及其死亡后 50 年，截止于自然人死亡后第 50 年的 12 月 31 日；软件是合作开发的，截止于最后死亡的自然人死亡后第 50 年的 12 月 31 日。法人或者其他组织的软件著作权，保护期为 50 年，截止于软件首次发表后第 50 年的 12 月 31 日，但软件自开发完成之日起 50 年内未发表的，本条例不再保护。

软件的合法复制品所有人享有下列权利。

1）根据使用的需要把该软件装入计算机等具有信息处理能力的装置内。

2）为了防止复制品破坏而制作备份复制品，这些备份复制品不得通过任何方式提供给他人使用，并在所有人丧失该合法复制品的所有权时，负责将备份复制品销毁。

3）为了把该软件用于实际的计算机应用环境或者改进其功能、性能而进行必要的修改；但是，除合同另有约定外，未经该软件著作人许可，不得向任何第三方提供修改后的软件。

为了学习和研究软件内含的设计思想和原理，通过安装、显示、传输或者存储软件等方式使用软件的，可以不经软件著作权人许可，不向其支付报酬。

《条例》第 3 章中规定了软件著作权的许可使用和转让办法。

《条例》第 4 章中明确了法律责任。除《中华人民共和国著作权法》或者本条例另有规定外，有下列侵权行为的，应当根据情况，承担停止侵害、消除影响、赔礼道歉、赔偿损失等民事责任。

1）未经软件著作权人许可，发表或者登记其软件的。

2）将他人软件作为自己的软件发表或者登记的。

3）未经合作者许可，将与他人合作开发的软件作为自己单独完成的软件发表或者登记的。

4）在他人软件上署名或者更改他人软件上的署名的。

5）未经软件著作权人许可，修改、翻译其软件的。

6）其他侵犯软件著作权的行为。

同时损害社会公共利益的，由著作权行政管理部门责令停止侵权行为，没收违法所得，没收、销毁侵权复制品，可以并处罚款；情节严重的，著作权行政管理部门可以没收主要用于制作侵权复制品的材料、工具、设备等；触犯刑律的，依照刑法关于侵犯著作权罪、销售侵权复制品罪的规定，依法追究刑事责任。

文档资料受《著作权法》保护无可非议，但程序受保护就需要具体分析。从表达方式上讲，计算机程序使用符号或数字表达并记录在磁带、磁盘或卡片上，与文字作品类似，能够成为著作权保护的对象；从复制方式上讲，软件的复制、录制和复印也与文字作品复制方式相近似；从侵权损害上讲，目前，使软件所有人受到严重经济损失的活动就是无偿复制销售其软件，非法销售复制的成本与开发成本相比极为低廉，这也与文字作品受侵权的情况相同。因此，应用《著作权法》保护程序，成为国际潮流的趋势，但在这方面，并不是所有问题都得到了妥善解决。

由于著作权不具备排他性，如果两个计算机程序能够达到完全相同的结果，但两者又是以两种差别极大的高级语言写成的，那么从著作权的角度看，两者互不构成侵权；但是从技术角度看，其中一个作者可以全面研究另一个作者的计算机程序，从接收、处理到数据传输方式，从而以不同语言的源程序，精确地复制操纵同类计算机程序的方法，并且在用户使用时完全分辨不出两个计算机程序的区别。这说明在计算机领域里，保护思想与保护思想的表达形式都是必不可少的，而《著作权法》对于保护思想显然是无能为力的。《著作权法》保护文字作品的相对完整性，能够表达一定的思想，因此任何方法、过程是不受保护的；而计算机程序内涵思想的表现形式也是实现思想的具体过程，通过目标代码的二进制形式体现为一系列电脉冲，本身就控制着硬件动作实现的某种过程。面对网络的迅猛发展，人们需要思考如何有效的保护计算机软件知识产权。

2.《中华人民共和国专利法》

事实上，软件的精华之处并不在于它的外在表现形式，而在于它解决问题的创造性构思，如组织结构、处理流程、算法模型、技术方法等设计信息。因此，只要掌握了这种创造性构思，其他人就不难编写出具有同样功能的软件。为此，软件的权利人，不仅要求保护自己软件作品的表达不被他人擅自复制、传播、销售，还迫切要求保护自己软件作品中的创造性构思不被他人仿制、剽窃，并寻求从根本上能使软件开发的精华得以保护的方式。

计算机软件的程序包括源程序（简称源码）和目标程序（简称目标码）。就目标码而言，其二进制形式可以体现为一个电脉冲序列，它能够用来控制和驱动计算机硬件的工作，从而获得某种结果，如用软件实现对某工业过程的自动化控制。可见，计算机软件具有功能使用性，即具有工具性。因此，也有人称计算机软件是"一种实用工具"。软件控制硬件工作，每解决一个技术难题，就形成一种应用自然规律改造客观世界的某种技术方案。由此，决定了软件的另一种法律保护形式——专利法。

专利法保护的是一种新的技术方案,而且获得专利法保护的专利权人,在一定地域范围内,在一定期限内,享有制造、使用、销售、实施、许可其专利产品或依专利法直接获得的产品,以及使用专利方法的权利,并有权禁止他人以生产经营为目的制造、使用、销售、进口其专利产品或专利方法直接获得的产品,以及使用其专利方法。例如,"利用笔形输入法处理中文字输入系统"等涉及计算机软件的发明专利,如果他人不知道该技术已申请专利,自己又独立开发完成了与此相同或近似的技术,虽然他既未仿制,也未剽窃,但也触犯了《专利法》,构成侵权。专利权人有权阻止他人使用该技术,并且有权要求赔偿因使用该专利技术造成的损失。可见,专利权具有强烈的排他性、垄断性和独占性,这就从根本上保护了计算机软件的创造性设计构思,提高了计算机软件的知识产权保护水平,增大了其保护力度。

需要特别指出的是,许多国家的专利法都规定,对于智力活动的规则和方法不授予专利权。我国《专利法》第25条第2款也做出明确规定。然而,计算机程序往往是数学方法的具体体现,仍属于智力活动的规则和方法。因此,如果发明专利申请仅仅涉及程序本身,即纯"软件",或者是记录在软盘及其他机器可读介质载体上的程序,则就其程序本身而言,不论它以何种形式出现,都属于智力活动的规则和方法,因而不能申请专利。但是,并非所有含有计算机程序的发明创造均不能申请专利。如果一件含有计算机程序的发明专利申请能完成发明目的,并产生积极效果,构成一个完整的技术方案,也不应仅仅因为该发明专利申请含有计算机程序,而判定为不可以申请专利。

由专利法原理可知,专利保护的不是科学发现、自然规律、逻辑法则本身,而是运用科学发现、自然规律、逻辑法则所完成的新的技术方案。如前所述,含有软件的发明不在《专利法》范围内。在此,为读者提供可操作性强的判定法——2步判定法。

1)是否涉及数学方法和软件程序本身。

2)将软件和被控对象作为整体方案考虑是否仍属于软件程序本身。

若两者均是,则不具备可专利性。

应用两步判定法,通过案例分析和专利代理实践,归纳可授予专利权的有以下3种类型。

1)用软件控制测量或测试过程的装置或方法。

2)用软件控制计算机,使其内部性能得以改进。

3)用软件控制、实现自动化控制过程的发明。

总之,当软件与硬件或机器、设备结合在一起时,既体现了利用自然力对客观世界进行的改造,同时又能够实现发明目的,产生积极效果,构成一个完整的技术方案,就具备可专利性。按专利三性(新颖性、创造性、实用性)标准衡量,若具备专利性,即可申报专利。当然,专利申请是否通过实质性审查而获得专利权,还与发明高度、申请文件的撰写水平等因素有关。

在此,应特别强调《专利法》和《著作权法》的保护目的是不同的。从计算机软件本身的固有特性来看,它既具有工具性又具有作品性。受专利法保护的是软件的创造性设计构思,而受《著作权法》保护的则是软件作品的表达。在软件作品的保护实践中,如果遇到适用法律的冲突,《著作权法》第7条规定,将适用于专利法。

3. 商业秘密所有权保护

我国现在没有《商业秘密保护法》,相关保护在其他法规中,如《中华人民共和国保守国家秘密法》(简称《保密法》)、《中华人民共和国反不正当竞争法》、《中华人民共和国刑法》等。

商业秘密是一个范围更广的保密概念，它包括技术秘密、经营管理经验和其他关键性信息，就计算机软件行业来说，商业秘密是关于当前和设想中的产品开发计划、功能和性能规格、算法模型、设计说明、流程图、源程序清单、测试计划、测试结果等资料；也可以包括业务经营计划、销售情况、市场开发计划、财务情况、顾客名单及其分布、顾客的要求及心理、同行业产品的供销情况等。对于计算机软件，如能满足以下条件之一，则适用于营业秘密所有权保护。

1）涉及计算机软件的发明创造，达不到专利法规定的授权条件的。

2）开发者不愿意公开自己的技术，因而不申请专利的。

这些不能形成专利的技术视为非专利技术，对于非专利技术秘密和营业秘密，开发者具有使用权，也可以授权他人使用。但是，这些权利不具有排他性、独占性。就是说，任何人都可以独立地研究、开发，包括使用还原工程方法进行开发，并且在开发成功之后，亦有使用转让这些技术秘密的权利，而且这种做法不侵犯原所有权人的权利。

在我国可运用《保密法》保护技术秘密和营业秘密。

4.《中华人民共和国商标法》

目前，全世界已经有150多个国家和地区颁布了商标法或建立了商标制度，我国的商标法是1982年8月颁布的，1993年进行了修改。

计算机软件还可以通过对软件名称进行商标注册加以保护，一经国家商标管理机构登记获准，该名称的软件即可以取得专有使用权，任何人都不得使用该登记注册过的软件名称。否则就是假冒他人商标欺骗用户，从而构成商标侵权，触犯商标法。

5.《互联网著作权行政保护办法》

网络已成为信息传播和作品发表的主流方式，同时也对传统的版权保护制度提出挑战。为了强化全社会对网络著作权保护的法律意识，建立和完善包括网络著作权立法在内的著作权法律体系，采取有力措施促进互联网的健康发展，由国家版权局、信息产业部共同颁布的《互联网著作权行政保护办法》于2005年4月30日发布，并于5月30日起实施。

《办法》根据《中华人民共和国著作权法》及有关法律、行政法规制定。《办法》共19条，主要涉及办法适用的对象；网络信息服务提供者的行政法律责任承担；著作权、互联网信息服务提供者、互联网内容提供者在保护网络著作权中的具体做法；对严重违法侵权行为的处理等内容。

《办法》的出台填补了在网络信息传播权行政保护方面规范的空白，其规定的"通知和反通知"等新内容完善了原有的司法解释，将对信息网络传播权的行政管理和保护，乃至互联网产业和整个信息服务业的发展产生积极影响。

《办法》在我国首先推出了通知和反通知组合制度，即著作权人发现互联网传播的内容侵犯其著作权，可以向互联网信息服务提供者发出通知；接到有效通知后，互联网信息服务提供者应当立即采取措施移除相关内容。在互联网信息服务提供者采取措施移除后，互联网内容提供者可以向互联网信息服务提供者和著作权人一并发出说明被移除内容不侵犯著作权的反通知。接到有效的反通知后，互联网信息服务提供者即可恢复被移除的内容，且对该恢复行为不承担行政法律责任。同时，规定了互联网信息服务提供者收到著作权人的通知后，应当记录、提供的信息内容及其发布的时间、互联网地址或者域名；互联网接入服务提供者应当记录互联网内容提供者的接入时间、用户账号、互联网地址或者域名、主叫电话号码等信息，并且保存以上信息60天，以便于著作权行政管理部门查询。

《办法》还有一个重要方面就是规范行政管理和执法行为,依法维护执法秩序。《办法》的行政执法主体是各级著作权行政管理部门;国务院信息产业主管部门或者省、自治区、直辖市电信管理机构。涉嫌构成犯罪的,应依法将案件移送司法部门追究刑事责任。《办法》明确规定行政执法主体,就是为了限制越权执法,其实,越权执法本身就是违法的。这样才能既保护著作权人的合法权益,又能够构建和谐社会,营造良好的投资环境。

办法规定,著作权行政管理部门可以根据《著作权法》的规定责令互联网信息服务提供者停止侵权行为,并给予没收违法所得、罚款等处罚;对于那些经著作权管理部门依法认定专门从事盗版活动,或有其他严重情节的互联网信息服务提供者,将由国务院信息产业主管部门或者省、自治区、直辖市电信管理机构依据相关法律、行政法规的规定处理;如发现互联网信息服务提供者的行为涉嫌构成犯罪,有关部门将依照《行政执法机关移送涉嫌犯罪案件的规定》,将案件移送司法部门,依法追究刑事责任。

《办法》规定,表演者、录音录像制作者等与著作权有关的权利人,通过互联网向公众传播其表演或者录音录像制品的权利的行政保护适用本办法。

《办法》对加大网络著作权保护的力度,严厉打击侵权盗版行为具有重要意义。办法的颁布和实施,为主管部门加强网络著作权管理提供了新的法律依据。

6.《信息网络传播权保护条例》

《信息网络传播权保护条例》于2006年5月10日国务院第135次常务会议通过,5月18日颁布,自2006年7月1日起施行。

我国《著作权法》对信息网络传播权保护已有原则规定,但是随着网络技术的快速发展,通过信息网络传播权利人作品、表演、录音录像制品(以下统称作品)的情况越来越普遍。如何调整权利人、网络服务提供者和作品使用者之间的关系,已成为互联网发展必须认真加以解决的问题。世界知识产权组织于1996年12月通过了《版权条约》和《表演与录音制品条约》(以下统称互联网条约),赋予权利人享有以有线或者无线方式向公众提供作品,使公众可以在其个人选定的时间和地点获得该作品的权利。我国《著作权法》将该项权利规定为信息网络传播权,《条例》就是根据《著作权法》的授权制定的。

根据信息网络传播权的特点,《条例》主要从以下方面规定了保护措施。

1)保护信息网络传播权。除法律、行政法规另有规定的外,通过信息网络向公众提供权利人作品,应当取得权利人许可,并支付报酬。

2)保护为保护权利人信息网络传播权采取的技术措施。《条例》不仅禁止故意避开或者破坏技术措施的行为,而且还禁止制造、进口或者向公众提供主要用于避开、破坏技术措施的装置、部件或者为他人避开或者破坏技术措施提供技术服务的行为。

3)保护用来说明作品权利归属或者使用条件的权利管理电子信息。《条例》不仅禁止故意删除或者改变权利管理电子信息的行为,而且禁止提供明知或者应知未经权利人许可被删除或者改变权利管理电子信息的作品。

4)建立处理侵权纠纷的"通知与删除"简便程序。

《条例》以《著作权法》的有关规定为基础,在不低于相关国际公约最低要求的前提下,对信息网络传播权作了合理限制。

一是合理使用。《条例》结合网络环境的特点,将《著作权法》规定的合理使用情形合理延伸到网络环境,规定为课堂教学、国家机关执行公务等目的在内通过信息网络提供权利人作品,可以不经权利人许可、不向其支付报酬。此外,考虑到我国图书馆、档案馆等机构已购置了一批数字作品,对一些损毁、丢失或者存储格式已过时的作品进行了合法数字化,为了借助信息网络发挥这些数字作品的作用,《条例》还规定,图书馆、档案馆等机构可以通过信息网络向馆舍内服务对象提供这些作品。

二是法定许可。为了发展社会公益事业,《条例》结合我国实际,规定了两种法定许可:

1) 为发展教育设定的法定许可。为通过信息网络实施九年制义务教育或者国家教育规划,可以使用权利人作品的片段或者短小的文字作品、音乐作品或者单幅的美术作品、摄影作品制作课件,由法定教育机构通过信息网络向注册学生提供,但应当支付报酬。

2) 为扶助贫困设定的法定许可。为扶助贫困,通过信息网络向农村地区的公众免费提供中国公民、法人或者其他组织已经发表的与扶助贫困有关的作品和适应基本文化需求的作品,网络服务提供者可以通过公告的方式征询权利人的意见,并支付报酬,但不得直接或者间接获取经济利益。

《条例》关于信息网络传播权限制的规定完全符合互联网公约的有关要求。

网络服务提供者包括网络信息服务提供者和网络接入服务提供者,是权利人和作品使用者之间的桥梁。为了促进网络产业发展,有必要降低网络服务提供者通过信息网络提供作品的成本和风险。而且,网络服务提供者对服务对象提供侵权作品的行为,往往不具有主观过错。为此,《条例》借鉴一些国家的有效做法,对网络服务提供者提供服务规定了以下4种免除赔偿责任的情形。

1) 网络服务提供者提供自动接入服务、自动传输服务的,只要按照服务对象的指令提供服务,不对传输的作品进行修改,不向规定对象以外的人传输作品,不承担赔偿责任。

2) 网络服务提供者为了提高网络传输效率自动存储信息向服务对象提供的,只要不改变存储的作品、不影响提供该作品网站对使用该作品的监控、并根据该网站对作品的处置而做相应的处置,不承担赔偿责任。

3) 网络服务提供者向服务对象提供信息存储空间服务的,只要标明是提供服务、不改变存储的作品、不明知或者应知存储的作品侵权、没有从侵权行为中直接获得利益、接到权利人通知书后立即删除侵权作品,不承担赔偿责任。

4) 网络服务提供者提供搜索、链接服务的,在接到权利人通知书后立即断开与侵权作品的链接,不承担赔偿责任。但是,如果明知或者应知作品侵权仍链接的,应承担共同侵权责任。

综上所述,对计算机软件的知识产权,应实施以版权法为基础的全方位多种法律的综合保护。

目前,我国已制定了一系列有关计算机信息系统安全的法律和法规,形成了较为完备的计算机信息系统安全的法律法规体系。对于制止、打击计算机网络犯罪,促进信息技术的发展,发挥了很大的作用。

面对信息技术新的发展,一方面要加强计算机信息系统安全保护和信息网络、国际互联网安全保护等法律、法规的贯彻执行,加强执法力度,严厉打击计算机犯罪和计算机病毒制造等非法行为,坚决打击泄漏、篡改、破坏信息系统和信息的行为,严厉制裁违法犯罪者。加强对计算机及网络服务提供者的管理,确定安全管理原则和相应的管理制度,对申请提供计算机及网络服务的进行严格的审查,并要求在运行时按安全规范行事,抵制和取缔不良的信息服务。

另一方面,还要对现行法律体系进行必要的修改和补充,使法律体系更加科学和完善。还应根据应用单位的实际情况制定具体的法律法规。制定的各项法律法规应与现行法律体系保持良好的兼容性,应从维护系统资源和合理使用的目的出发,维护信息正常流通,维护用户的正当权益。

10.4　思考与练习

1. 计算机安全管理有何重要意义? 安全管理包含哪些内容? 安全管理要遵循哪些原则?

2. 分析国外安全评估标准的发展,谈谈你对计算机系统安全评估内容的认识。

3. 本章中介绍的一些安全标准有何联系与区别?

4. 简述 ISO/IEC 27000 标准的应用范围。

5. 查阅计算机信息系统安全等级保护管理要求制定的说明文件。

6. 根据我国法律,软件著作权人有哪些权利? 在人们的学习和生活中,在大家的周围寻找有哪些违反软件著作权的行为?

7. 谈谈对计算机软件知识产权保护的法律手段有哪些。

8. 我国对计算机犯罪是如何界定的?

9. 我国有关计算机安全的法律法规有哪些? 请访问网站:中国法律信息网(http://law. law-star. com),中华人民共和国中央政府网站的法律法规栏目(http://www. gov. cn/ flfg/fl. htm)了解更多内容,思考在学习和生活中如何规范自己的行为。

10. 材料分析:爱尔兰最大的银行爱尔兰银行总裁迈克·索登 2004 年 5 月 29 日宣布,由于自己在办公室浏览色情网站的行为违反了公司的有关规定,因此辞去总裁职务,他还对自己给公司带来的不良影响表示道歉。爱尔兰银行的官员表示,公司之所以对浏览色情内容惩罚很重,并不是因为色情内容本身,而是因为色情网站中经常会附带一些病毒代码。历史上,爱尔兰银行曾经发生过大量客户信用卡账号、个人资料被盗的情况,而在检查中发现,客户资料被盗的情况与员工浏览色情网站并被攻击有关。【http://news. QQ. com,2004 年 5 月 31 日】

请根据上述材料,谈谈企业或公司网络应当采取哪些安全管理措施确保公司网络的正常运行。

参 考 文 献

[1] Charles P Pfleeger, Shari Lawrence Pfleeger. Security in Computing [M]. 4th ed. New Jersey: Prentice Hall, 2007.

[2] 肖军模, 刘军, 周海刚. 网络信息安全[M]. 北京: 机械工业出版社, 2003.

[3] 祁明. 电子商务安全与保密[M]. 北京: 高等教育出版社, 2006.

[4] 赵战生, 杜虹, 吕述望. 信息安全保密教程[M]. 合肥: 中国科学技术大学出版社, 2006.

[5] 戴宗坤, 罗万伯, 等. 信息系统安全[M]. 北京: 电子工业出版社, 2002.

[6] 方勇, 刘嘉勇. 信息系统安全导论[M]. 北京: 电子工业出版社, 2003.

[7] 蔡立军. 计算机网络安全技术[M]. 北京: 中国水利水电出版社, 2002.

[8] 周学广, 刘艺. 信息安全学[M]. 北京: 机械工业出版社, 2003.

[9] 张世永. 网络安全原理与应用[M]. 北京: 科学出版社, 2003.

[10] 蒋建春, 文伟平, 杨凡, 等. 计算机网络信息安全理论与实践教程[M]. 北京: 北京邮电大学出版社, 2008.

[11] William Stallings. 密码编码学与网络安全: 原理与实践[M]. 3版. 杨明, 等译. 北京: 电子工业出版社, 2001.

[12] 斯托林斯. 网络安全基础教程: 应用与标准[M]. 北京: 清华大学出版社, 2002.

[13] 马建峰, 郭渊博. 计算机系统安全[M]. 西安: 西安电子科技大学出版社, 2005.

[14] 李涛. 网络安全概论[M]. 北京: 电子工业出版社, 2004.

[15] 中国科学技术协会. 计算机科学学科发展报告2006-2007[M]. 北京: 中国科学技术出版社, 2007.

[16] Mark Stamp. 信息安全原理与实践[M]. 杜瑞颖, 赵波, 王张宜, 等译. 北京: 清华大学出版社, 2007.

[17] 曹天杰. 计算机系统安全[M]. 2版. 北京: 高等教育出版社, 2007.

[18] 朱文余, 孙琦. 计算机密码应用基础[M]. 北京: 科学出版社, 2000.

[19] 赖溪松, 韩亮, 张真诚. 计算机密码学及其应用[M]. 北京: 国防工业出版社, 2001.

[20] 宋如顺, 钱刚, 陈波. 网络系统安全技术[M]. 南京: 东南大学出版社, 2000.

[21] 卢开澄. 计算机密码学——计算机网络中的数据保密与安全[M]. 北京: 清华大学出版社, 1998.

[22] Bruce Schneier. 应用密码学—协议, 算法与C源程序[M]. 吴世忠, 祝世雄, 张文政, 等译. 北京: 机械工业出版社, 2000.

[23] 胡向东, 魏琴芳. 应用密码学教程[M]. 北京: 电子工业出版社, 2005.

[24] 陈波, 于泠. 信息安全技术的新热点——数字水印[J]. 计算机时代, 2001(4).

[25] 陈波, 于泠. 信息隐藏技术在安全电子邮件中的应用研究[J]. 计算机工程与应用, 2001, 37(24).

[26] 赵树升, 赵韶平. Windows 信息安全原理与实践[M]. 北京: 清华大学出版社, 2004.

[27] 汪小帆, 戴跃伟, 茅耀武. 信息隐藏技术——方法与应用[M]. 北京: 机械工业出版社, 2001.

[28] Stefan K Fabien, A P Petitcolas. 信息隐藏技术——隐写术与数字水印[M]. 吴秋新, 钮心忻, 杨义先, 等译. 北京: 人民邮电出版社, 2001.

[29] 杨义先, 钮心忻, 任金强. 信息安全新技术[M]. 北京: 北京邮电大学出版社, 2002.

[30] 王丽娜. 网络多媒体信息安全保密技术[M]. 武汉: 武汉大学出版社, 2003.

[31] 刘振华, 尹萍. 信息隐藏技术及其应用[M]. 北京: 科学出版社, 2002.

[32] 王丽娜, 张焕国. 信息隐藏技术与应用[M]. 武汉: 武汉大学出版社, 2003.

[33] 王丽娜,郭迟,李鹏.信息隐藏技术实验教程[M].武汉:武汉大学出版社,2004.

[34] 求是科技,苏彦华,等.Visaul C++数字图像识别技术典型案例[M].北京:人民邮电出版社,2004.

[35] 王育民,张彤,黄继武.信息隐藏理论与技术[M].北京:清华大学出版社,2006.

[36] 求是科技,许主洪.加密与解码—密码技术剖析与实战应用[M].北京:人民邮电出版社,2002.

[37] 飞天诚信.软件加密原理与应用[M].北京:电子工业出版社,2004.

[38] 段钢.加密与解密[M].2版.北京:电子工业出版社,2003.

[39] 胡苏太,董立平,柴亚利.英汉信息安全技术辞典[M].北京:国防工业出版社,2004.

[40] 刘杰,刘济林.TEMPEST ATTACK对信息安全的威胁与对策[J].浙江大学学报(理学版),2004,31(5).

[41] 李敏,孙德刚,杜虹.TEMPEST威胁与检测技术[J].信息安全与通信保密,2003(1).

[42] 冯子腾,卢峰,刘瀚.计算机系统中的TEMPEST技术[J].成都信息工程学院学报,2004,19(3).

[43] 张焕国,罗捷,金刚,等.可信计算研究进展[J].武汉大学学报:理学版,2006,52(5).

[44] 张兴,张晓菲.可信计算:我们研究什么[J].计算机安全,2006.6.

[45] 卿思汉,刘文清,刘海峰.操作系统安全导论[M].北京:科学出版社,2003.

[46] 卿思汉,刘文清,温红子.操作系统安全[M].北京:清华大学出版社,2004.

[47] N Haller. The S/Key one-time password system[s]. RFC 1760. 1995.

[48] 董军,侯颖,杨文静.网络安全分析师之路[M].北京:电子工业出版社,2006.

[49] 刘宏月,范九伦,马建峰.访问控制技术研究进展[J].小型微型计算机系统,2004,25(1).

[50] 洪帆,何绪斌,徐智勇.基于角色的访问控制[J].小型微型计算机系统,2000,21(2).

[51] 李伟琴,杨亚平.基于角色的访问控制系统[J].电子工程师,2000(2).

[52] 陈凤珍,洪帆.基于任务的访问控制(TBAC)模型[J].小型微型计算机系统,2003,24(3).

[53] 王群主编,王磊.Windows网络安全配置、管理和应用实例[M].北京:清华大学出版社,2004.

[54] 刘晖.Windows安全指南[M].北京:电子工业出版社,2008.

[55] 冯登国.网络安全原理与技术[M].北京:科学出版社,2003.

[56] 张玉清,戴祖锋,谢崇斌.安全扫描技术[M].北京:清华大学出版社,2004.

[57] 刘晓辉,王淑江.网络管理必备工具软件精解(Windows版)[M].北京:人民邮电出版社,2006.

[58] 胡道元,闵京华.网络安全[M].北京:清华大学出版社,2004.

[59] 袁津生,郭敏哲.计算机网络与安全实用编程[M].北京:人民邮电出版社,2005.

[60] 张兴虎,王智贤,张新霞.黑客攻防技术内幕Ⅱ[M].西安:西安交通大学出版社,2006.

[61] 卿斯汉,蒋建春,马恒太,等.入侵检测技术研究综述[J].通信学报,2004,25(7).

[62] 张然,钱德沛,张文杰,等.入侵检测技术研究综述[J].小型微型计算机系统,2003,124(7).

[63] 段海新,吴建平.计算机网络安全体系的一种框架结构及其应用[J].计算机工程与应用,2000,36(5).

[64] 唐三平.构造高性能的物理隔离体系[D].成都:四川大学,2002.

[65] 吴赣.物理隔离技术的安全应用方案[J].信息安全与通信保密,2001(11).

[66] 朱鹏.基于状态包过滤的防火墙技术[J].微计算机信息.2005,21(3).

[67] 何宝宏.IP虚拟专用网技术[M].北京:人民邮电出版社,2002.

[68] 戴宗坤,唐三平.VPN与网络安全[M].北京:电子工业出版社,2002.

[69] CaseyWilson,PeterDoak.虚拟专用网的创建与实现[M].钟鸣,魏允韬,译.北京:机械工业出版社,2000.

[70] Ruixi Yuan, W Timothy Strayer. Virtual Private Networks Technologies and Solutions[M].邓少鹍,唐宏伟,孙彩霞,等译.北京:中国电力出版社,2003.

[71] Carlton R Davis. IPSec VPN的安全实施[M].周永彬,冯登国,徐震,李德全,等译.北京:清华大学出版社,2002.

[72] 史伟奇,张波云,段丹青.PKI多级信任模型的分析研究[J].网络安全技术与应用,2004(12).

[73] 魏利明,陈相宁. PKI 技术分析[J].网络安全技术与应用,2005(3).

[74] 宁宇鹏,陈昕,等. PKI 技术[M].北京:机械工业出版社,2004.

[75] 谭强,黄蕾. PMI 原理及实现初探[J].计算机工程,2002,28(8).

[76] 谢希仁.计算机网络[M].4 版.北京:电子工业出版社,2003.

[77] 王玲,钱华林. IPv6 的安全机制及其对现有网络安全体系的影响[J].微电子学与计算机,2003 (1).

[78] 蔡红柳,何新华.信息安全技术及应用实验[M].北京:科学出版社,2004.

[79] Dieter Gollmann.计算机安全[M].华蓓,等译.北京:人民邮电出版社,2003.

[80] 萨师煊,王珊.数据库系统概论[M].2 版.北京:高等教育出版社,2000.

[81] Cohen Fred. Computer Viruses,Theory and Experiments[J]. Computer&Security,1987,6(1).

[82] Michael Howard,David LeBlanc. 编写安全的代码[M].程永敬,吴嵘,庄锦山,等译.北京:机械工业出版社,2002.

[83] Michael Howard,David LeBlanc. 编写安全的代码[M].2 版.翁海燕,朱涛江,等译.北京:机械工业出版社,2005.

[84] Jon Erickson. 黑客之道:漏洞发掘的艺术[M].田玉敏,范书义,等译.北京:中国水利水电出版社,2005.

[85] 胡建伟,马建峰.网络安全与保密[M].西安:西安电子科技大学出版社.2003.

[86] 文伟平,卿斯汉,蒋建春,等.网络蠕虫研究与进展[J].软件学报,2004,15(8).

[87] 赵树升.计算机病毒分析与防治简明教程[M].北京:清华大学出版社,2007.

[88] 张正秋. Windows 应用程序捆绑核心编程[M].北京:清华大学出版社,2007.

[89] 李匀. 网络渗透测试——保护网络安全的技术、工具和过程[M].北京:电子工业出版社,2007.

[90] 王清. 0day 安全:软件漏洞分析技术[M].北京:电子工业出版社,2008.

[91] 段海新.计算机网络安全的应急响应[J].电信技术,2002(12).

[92] 周勇林.计算机应急响应与我国互联网应急处理体系[J].世界电信,2004(3).

[93] 连一峰,戴英侠.计算机应急响应系统体系研究[J].中国科学院研究生院学报,2004,21(2).

[94] GDS 高阳万国公司.加快灾难备份系统建设步伐,确保企业业务连续运作——灾难备份关键技术浅谈[J].网络安全技术与应用,2004(5).

[95] 谢长生,韩得志,李怀阳,等. 容灾备份的等级和技术[J].中国计算机用户,2003(5).

[96] 陈波,于泠.一个 UNIX 下网页监控与恢复系统[J].计算机时代,2000(7).

[97] 陈波,于泠.基于数字指纹的网页监控与恢复系统[J].计算机工程与应用,2002,38(2).

[98] 刘宝旭,安德海,许榕生.基于 Hash 函数和自动恢复技术的网站抗毁系统研究与实现[J].计算机工程与应用,2001,37(24).

[99] 王玲,钱华林.计算机取证技术及其发展趋势[J].软件学报,2003,14(9).

[100] 任伟,金海.网络取证技术研究[J].计算机安全,2004(11).

[101] 陈龙,麦永浩,黄传河,等.计算机取证技术[M].武汉:武汉大学出版社,2007.

[102] Chad Steel. Windows 取证:企业计算机调查指南[M].吴渝,唐红,陈龙,译.北京:科学出版社,2007.

[103] 冯登国,张阳,张玉清.信息安全风险评估综述[J].通信学报,2004,25(7).

[104] 范红,冯登国,吴亚非.信息安全风险评估方法和应用.北京:清华大学出版社,2006.

[105] 张建军,孟亚平.信息安全风险评估探索与实践[M].北京:中国标准出版社,2005.

[106] 张耀疆.信息安全风险管理[J].信息网络安全,2004(9,10).

[107] 宋如顺.基于 SSE-CMM 的信息系统安全风险评估[J].计算机应用研究,2000(11).

[108] 宋如顺,于泠.基于 SSE-CMM 的信息安全管理与控制[J].计算机工程与应用,2000,36(12).

[109] 张红旗.信息网络安全[M].北京:清华大学出版社,2002.

[110] 牛少彰.信息安全概论[M].北京:北京邮电大学出版社,2004.

[111]　上官晓丽,许玉娜.国内外信息安全管理标准研究[J].信息技术与标准化,2008(5).

[112]　苏一丹,李桂.构建基于 BS7799/ISO17799 的信息安全管理体系[J].信息网络安全,2004(2).

[113]　中国信息安全产品测评认证中心.信息安全标准与法律法规[M].北京:人民邮电出版社,2003.

[114]　皮勇.网络安全立法的发展趋势及存在的问题[J].信息网络安全,2004(10).

[115]　戴元军.信息隐藏与数字水印技术[EB/OL].2002-1-01. http://www-128. ibm. com/developerworks/cn/ security/l-info/index. html.